La Estela de Caicedo

Miradas críticas

Juan Duchesne Winter
Felipe Gómez Gutiérrez
Editores

ISBN: 1-930744-38-2

INSTITUTO INTERNACIONAL DE
LITERATURA IBEROAMERICANA
Universidad de Pittsburgh
1312 Cathedral of Learning
Pittsburgh, PA 15260
(412) 624-5246 • (412) 624-0829 fax
iili@pitt.edu • http://www.pitt.edu/~hispan/iili/index.html

Colaboraron en la preparación de este libro:

Composición, diseño gráfico y tapa: Sara Brooks y Erika Braga
Correctores: Susana Rosano y Jorge Zavaleta

Imagen de portada:
Fotograma de la película *Calicalabozo* (1997) de Jorge Navas

La Estela de Caicedo

Miradas críticas

Juan Duchesne Winter
Felipe Gómez Gutiérrez
Editores

La Estela de Caicedo

Índice

Incursiones

Excursiones

Introducción

I

En el estrecho lapso de los aproximadamente diez años que transcurren entre su primeras publicaciones y el año de su suicidio enigmático (1967-1977), ejecuta Andrés Caicedo en Cali, Colombia, su fascinante y perturbadora aportación a la literatura, al teatro, a la crítica de cine y al *sensorium* de su generación y las que le siguieron. Se puede hablar de un Evento Caicedo, en el sentido astrofísico de la expresión, a juzgar por el evento fugaz pero casi cósmico que representó este escritor para muchos jóvenes en su época y que creen experimentar todavía otros tantos en nuestros días al entrar en contacto con su obra. Se puede hablar también de una estela de Caicedo. De ser un objeto de culto *impúblico* en el margen del margen de Cali, Caicedo pasó a configurar un tema que cifra el presente tardomoderno en importantes ámbitos colombianos. No es común en ninguna capital contemporánea que más de un centenar de jóvenes acudan a la presentación del libro de un autor muerto un tercio de siglo atrás, como ocurrió en Bogotá cuando se publicó *El cuento de mi vida* en septiembre de 2007. Y en tiempos recientes el interés en quien algunos consideran un vidente de las transformaciones de la subjetividad contemporánea se internacionaliza con intervenciones refrescantes como la del chileno Alberto Fuguet en su "dirección y montaje" de la "autobiografía" de Andrés Caicedo: *Mi cuerpo es una celda* (2008).

El estallido de Caicedo no relumbró en su momento, pues ocurrió cuando las miradas hacia la literatura hispanoamericana sólo reposaban en las anécdotas editoriales del "realismo mágico", particularmente en el país del gran García Márquez, a quien se le endilgó como a ninguno ese escapulario folklorista. Desde José Antonio Osorio Lizarazo, autor de *El día del odio* (1950), no surgía en Colombia una narrativa urbana cabal ni se la anticipaba. Además, el realismo delirantemente urbano de un imberbe filo-lumpenesco, pseudo-roquero, salsero y anti-estetizante, en una Cali demasiado conectada a los flujos de la industria cultural norteamericana y transnacional, apenas marcaba una sustracción oscura en el horizonte promocional del Boom literario latinoamericano. La estética de Caicedo era demasiado pop, masificada, desclasada, "descuidada", *desliteraturizada*, "queer", casi que desnacionalizada, en fin, anti-estética, para el programa de la "revolución dentro del lenguaje", de la reinvención de la escritura en cuanto técnica, es decir, de autentificación moderna de la alegoría cultural de América Latina prevaleciente en la época. El autor de *¡Que viva la música!* (1977) no busca, con su incesante *rumbeo* verbal, convertir al lenguaje literario en el "personaje central" de su creación según prescribían las estéticas adosadas al Boom, sino exponerlo a lo no lingüístico, lo no literario y lo no cultural, comenzando por los cuerpos y sus demandas salvajes. Visto desde la perspectiva modernizadora que domina su entorno hispanoparlante, el virtuosismo lingüístico de Caicedo no contribuye a la técnica literaria, sino que la *arruina*, como el adolescente que se "daña" cuidadosamente la cara al sacarse las espinillas, o al perforar o tatuar su piel. Caicedo no sólo introduce la digna "oralidad" en la escritura sino que le mete la boca, la lengua y los dientes; todo sin abandonar un estilo de expresión esencialmente "cool", en el despliegue orgulloso y narcisista de la desesperación.

Por estas y otras razones, que esperamos se desprendan de este libro, la estela de Caicedo se remonta en la oscuridad y sólo comienza a hacerse visible en tiempos recientes. Al principio la hilvanaban los testimonios *cultistas* de "unos pocos buenos amigos", luego los admiradores espontáneos de un público lector creciente alertado por una escasa pero lúcida crónica cultural atenta a las transformaciones de la afectividad contemporánea, y finalmente, la crítica académica intenta interpretar los textos que atestiguan el fenómeno.

Es probable que este volumen constituya la primera colección de trabajos críticos sobre Andrés Caicedo. Sólo tres de los textos incluidos aquí han sido publicados antes y les fueron expresamente solicitados a sus autores (Rosario Caicedo, Sergio Ramírez Lamus y Felipe Van der Huck). El resto del volumen es el resultado de una convocatoria abierta que circuló en las redes académicas de la internet, bajo el nominativo "Evento Caicedo". Se seleccionaron las propuestas que representan con mayor consistencia los actuales estudios caicedianos, sin pretender imponer perspectivas ni tendencias específicas. Agradecemos a todos los contribuyentes su pronta y generosa respuesta y procedemos a describir sin demora sus aportaciones a esta colección para ayudar al lector a hacer su carta de lectura.

Los textos reunidos en la sección "Atestiguaciones" pretenden atestar un evento que desborda la obra, a través del cual ésta se excede a sí misma y se deshace; un evento-persona que incita al reordenamiento de las subjetividades e invita a dar cuenta de la capacidad de ser afectados que experimentan sus testigos. César Aira ha dicho: "Lo que me importa, como escritor, es el autor, su totalidad, el mito personal que construye con sus libros, buenos y malos, y no sólo con los libros, con su vida también".[1] No es que se pretenda volver a los compendios de "vida y obra", sino más bien reconocer un plano de composición intertextual obra-vida, sin necesidad del "y", regido por la promiscuidad incontenible de los cuerpos y los signos.

ROSARIO CAICEDO ESTELA recorre la dimensión fantasmal que imprime a su vida el paso rápido de su hermano por ciertos parajes, presencia a la que todavía se aproxima en el espacio encantado del cine para convalecer de la perplejidad de ver al irreductible raro de la familia convertido en imagen cooptada por la institución cultural. FELIPE GÓMEZ GUTIÉRREZ presenta un documento dotado de máscaras discursivas y epistemológicas que evocan los ejercicios de Thomas De Quincey. La parodia de producción positiva del conocimiento calibra finamente la deriva del Caicedo-personaje, es decir, del personaje enmascarado como autor de una obra que lo escribe a él y le dicta su muerte. La distancia irónica del texto en verdad prepara, sin previo aviso, la colisión con un cuerpo y con una pasión. La entrevista a Guillermo Lemos, en la que participa también el cineasta Óscar Campo, registra, con silencios elocuentes y cortes fortuitos, el torrente de palabras deseantes que provoca la pregunta por Andrés Caicedo en quienes lo conocieron. A Guillermo Lemos lo autoriza la propia orfandad de toda autoridad que le regaló su íntimo contacto con el portento. Lemos le sobrevive a Caicedo para rendir cuenta de la temporada en la intemperie significada por la obra de su amigo y amante.

La sección "Primeras dosis" presenta dos de las primeras exégesis de envergadura teórica sobre el evento caicediano que fueran publicadas en el siglo veinte. Recordemos que Paracelso advirtió que lo determinante no es el veneno sino la dosis. La intervención teórica, a fin de cuentas, dosifica esa otra teoría sin límite que es la obra literaria y en consecuencia provoca ciertos actos de lectura. SERGIO RAMÍREZ LAMUS sube directo a la afectividad adolescente para mostrar cómo la lógica caicediana de las sensaciones expone una estructura de clases deslegitimada por el desclasamiento en el preciso instante en que "un país deja de ser Macondo" y comienzan a caer muertos "las últimas Amarantas y los últimos Aurelianos". En Caicedo, sugiere Ramírez, el desclasamiento se erige en procedimiento metafórico del deseo. Para FELIPE VAN DER HUCK el acto suicida de nuestro autor dispara una cadena de intertextualidad retrofleja en el campo literario, donde el efecto final se convierte en primera causa. Se instaura así un círculo de consagración tautológica que solicita ser interrrogado constantemente por la crítica, sin hacer concesiones al reduccionismo sociológico ni a la mistificación esteticista.

La sección "Incursiones" agrupa artículos que *caminan* el mapa social y urbano atravesado por los personajes de *¡Que viva la música!*, *Calicalabozo*, *Angelitos empantanados* y *Ojo al cine*. EDWIN CARVAJAL CÓRDOBA, ubicándose en una línea interpretativa importante en su país, sopesa en el elenco de "ángeles" de Caicedo un intento de animar un proyecto contracultural fallido, dado su desarraigo social y su indefinición política. CAMILO HERNÁNDEZ CASTELLANOS, ADOLFO CAICEDO y NELSON ANTONIO GÓMEZ SERRUDO demarcan de modo específico el espacio urbano plural de hablas, sexualidades, relaciones de género, conflictos interclase y formas culturales como las galladas, el rock y la salsa, movilizadas en cuanto implementos de una escritura. En ningún momento los autores reducen su lectura a una aplicación psico-social, más bien emplean el texto narrativo como foco de aglutinación interpretativa donde se contaminan mutuamente los discursos sobre la psiquis, la cultura y la sociedad en la confluencia de flujos urbanos transnacionales iniciados en Cali justo en la época de Andrés Caicedo. CARLOS DANIEL ORTIZ CARABALLO elabora la performance perpetrada por la protagonista de *¡Que viva la música!* al enarbolar la salsa como paradigma biopolítico –razón y resistencia de un cuerpo plural desinhibido. Caicedo conocía bien el cine europeo y latinoamericano, y no ignoraba el japonés. Pero la pantalla donde realmente proyecta su deseo es la cinematografía norteamericana de la violencia. HÉCTOR FERNÁNDEZ L'HOESTE nos ayuda a calibrar la lógica y la complejidad de esa preferencia vinculándola al contexto geopolítico colombiano.

El renglón "Excursiones" designa derivas conceptuales y existenciales que dialogan más allá de toda secuencialidad causal o argumento de influencia, con enunciados contemporáneos del pensamiento literario y filosófico. A juzgar por los artículos de esta sección, en el caso de Andrés Caicedo nos enfrentamos a una escritura que se le escapa por entre las piernas a la señora Alegoría. Para NORMAN VALENCIA la fuga constante de Siempreviva o María del Carmen Huertas, la protagonista de *¡Que viva la música!*, desafía la noción de cronotopo de Bakhtin, según articulada al Bildungsroman (novela de formación). Cronos y Topos, ni sincronizan ni se intersecan en una figuración estable en la narrativa de Caicedo. MARÍA DEL PILAR MELGAREJO ACOSTA examina el espectro del canibalismo que recorre los cuentos de Caicedo Estela sin caer en el tratamiento tantas veces tópico que ciertos estudios culturales le han conferido a esta metáfora cultural (*sicut Calibán* y epígonos). Según ella "la política y la poética del deseo se articulan en la metáfora del canibalismo". Esta premisa la conduce a una lectura original del perturbador relato "Maternidad". GUSTAVO ARANGO ubica la enigmática e inconclusa novela *Noche sin fortuna*, que el suicidio del autor interrumpiera, en un plano de diálogo con ciertos enunciados existenciales de Albert Camus. Arango realiza una de las pocas lecturas de esa novela que destacan la especial pertinencia de los apéndices o notas al calce, en los que se interrumpe el relato y se "[traspasa] un límite que la ficción más convencional se niega a cruzar". Ciertas convergencias con el teatro existencialista orientan la interesante exégesis de ROSANA DÍAZ-ZAMBRANA de otro aspecto casi inexplorado de alguien que escribió, dirigió y actuó para las tablas. En un artículo reciente,[2] Daniel Balderston ha sugerido que la inverosímilmente promiscua heroína de *¡Que viva la música!* constituye una advocación travesti y queer del deseo de un narrador masculino encubierto. En diálogo con pensadores muy poco frecuentados por la crítica latinoamericanista en Estados Unidos (Maurice Blanchot, Roberto Esposito y similares), KARINA MILLER advierte en la narrativa de Andrés Caicedo una escritura "donde no existe la promesa de un mundo mejor", cuyas subjetividades proliferan en un ámbito intermedio como larvas sin resolución. En todo caso, LILIANA MORENO MUÑOZ nos ofrece aquí una de las lecturas más reivindicativas de ese personaje caicediano. Reivindica en ella a la "heroína cruel", antepuesta a la "heroína piadosa", así como a la mujer fatal, logrando eludir la polaridad romántica de la mujer gracias a su potencia plural, inatrapable. Siempreviva es legión secreta, parece confirmar la exégeta cuando cita uno de los oráculos paradójicos del personaje: "somos muchas, incomunica el dato". Quien escribe estas líneas propone que la escritura no le concede un refugio a Caicedo ni él lo busca en ella. Caicedo procura en la escritura precisamente eso que ella le concede: acelerar su exposición a la intemperie, liberar su deseo de las trampas acechantes del mito (en su sentido ideológico), incluyendo el de la obra como altar del sacrificio. Y para terminar este volumen sin concluirlo, FELIPE GÓMEZ GUTIÉRREZ traza una parábola desde la década de los setentas hasta el siglo XXI siguiendo la estela del suicidio. Señala ciertas líneas de coincidencia y de distanciamiento entre esta obsesión caicediana un tanto intimista y su avatar casi serial, contagioso, en una novela reciente del ex guerrillero León Valencia, *Con el pucho de la vida* (2003). De acuerdo a Gómez, el contraste entre ambas expresiones muestra que escribir la pulsión suicida, sostenerla como exceso de la palabra y del sentido y como opción permanentemente disponible del cuento de la vida, de algún modo contiene (alberga y pospone) el exceso sin voz, sin sentido, sin cuento, de su consumación real.

–Juan Duchesne Winter

NOTAS

1 "César Aira y los estallidos de impureza". Obtenido en http://luchadores.wordpress.com/2006/10/22/cesar-aira-y-los-estallidos-de-impureza/ (17.2.2009).

2 Daniel Balderston, "Baladas de la loca alegría: literatura queer en Colombia". *Revista Iberoamericana* LXXIV/225 (2008): 1059-1073.

II

La estela del cometa: el estado actual de los estudios caicedianos

Los estudios caicedianos se deben, en principio, a la existencia y la publicación de la obra del personaje que nos concierne: el escritor, crítico de cine, dramaturgo, actor, y hasta cineasta en ciernes Andrés Caicedo. A los relatos "El atravesado" y "Maternidad", publicados por Caicedo con el patrocinio de su madre, al igual que a una serie de textos sobre cine que aparecieron en su momento en una variedad de periódicos y en su afamada e igualmente efímera revista *Ojo al cine*, se vendrá a sumar de manera póstuma su novela *¡Que viva la música!* (1977), publicada al poco tiempo del suicidio de Caicedo. Tanto o más importantes que estos textos del corpus caicediano serán los volúmenes *Destinitos fatales* (1988) y *Ojo al cine* (1999), compilados y editados por Luis Ospina y Sandro Romero Rey, quienes se convertirán en esos "pocos buenos amigos" encargados de divulgar y promover la historia y la obra del personaje caleño. Ospina fue durante parte de la década de los setentas uno de los únicos interlocutores que tuvo Caicedo para discutir y hablar de cine con un conocimiento enciclopédico y una mirada aguda equiparable a la que él poseía; Romero Rey, admirador y cultor de la obra de Caicedo, a pesar de no haber interactuado mucho con el Caicedo vivo, lo ha hecho más que muchos con el Caicedo muerto. Estos dos personajes, luego de obtener el permiso de la familia Caicedo Estela para abrir los cerrojos de aquello que dieron en llamar "el archivo expiatorio", sellados al exterior durante diez años, realizaron una labor de selección y compilación de textos para la publicación de *Destinitos fatales* que en lo sucesivo habrían de constituir el material para tres de los volúmenes de narrativa que se han publicado desde entonces con la firma de Caicedo: *Calicalabozo* (1998), *Angelitos empantanados o historias para jovencitos* (1995), y *Noche sin fortuna* (2002). La imagen de Ospina y Romero Rey hurgando entre los baúles del difunto es la representación del acto gótico por excelencia, y no puede dejar de recordarnos a los personajes adolescentes de la película *Carne de tu carne* (1983) de Carlos Mayolo mientras revuelven y descubren entre los cofres de un tío marginado por loco y comunista la evidencia de un incesto cometido en el pasado, y la vestimenta con la cual escenificar otra vez, y de manera monstruosa, ese pecado.

A dicha labor, que por entonces los editores no dudaban en calificar de "rescate"y "develamiento", habría que sumar la creación y divulgación del documental biográfico *Unos pocos buenos amigos* (1986) realizado por Ospina y en el que, además de la valiosa reconstrucción de fragmentos de la película inconclusa *Angelita y Miguel Ángel* (1971), se incluían opiniones y remembranzas surgidas del íntimo círculo conformado por quienes habían interactuado con Caicedo en vida (Carlos Mayolo, Patricia Restrepo, Oscar Campo, Enrique Buenaventura, entre otros). Con estos trabajos hubo material suficiente para que se fuera, de a pocos, generando y fortaleciendo un círculo de admiradores, lectores y críticos de la obra de Caicedo que trascendiera el grupo inicial.

En el texto introductorio de la edición de *Destinitos fatales*, Ospina y Romero Rey hacían una evaluación de la paradoja en que se encontraba la obra de Caicedo en la década de los ochentas: si bien, por una parte, es necesario hacer que se conozca y reconozca la obra, por otra parte ésta "no pertenece a la 'cultura oficial', ni sus textos van a ser de obligada lectura escolar, ni recibirá condecoraciones post-mortem".[1] Veinticinco años (número mágico en el caso caicediano) después de escritas estas consideraciones, y luego de los homenajes, las sucesivas reimpresiones, ediciones y nuevas publicaciones de la obra de Caicedo, sería difícil aceptar esas palabras con la misma naturalidad con que se leían en ese momento: ya en el vigésimo aniversario de su muerte, y con ocasión de la recopilación de la obra dramática de Caicedo que realizara la Universidad del Valle, se advertía que Caicedo "corre ahora el peligro de ser integrado al sistema oficial de los valores literarios más respetados. Paradoja del destino para quien como Andrés realizó con meditada rebeldía su descenso a los infiernos".[2] Hoy en día no sólo se lee y se enseña parte de la obra de Caicedo en escuelas, colegios y universidades, sino que es además posible conseguir un análisis literario especialmente preparado para que los estudiantes escriban sus ensayos o incluso para que los compren hechos a través de la red. A pesar de ello, la paradoja se mantiene, pues no obstante el reconocimiento y el crecimiento de los estudios académicos y no académicos con relación a las muchas dimensiones de su obra, los textos de Caicedo siguen estrellándose de cabeza contra muchas paredes institucionales, rehusándose a ser etiquetados y taxonomizados. Esto sin duda se debe en gran medida a la calidad contracultural de su escritura, tanto en lo concerniente a sus temas y personajes como en lo que corresponde al empleo que en ellos se le da al lenguaje.

A medida que la lista de trabajos sobre la obra caicediana aumenta, valdría la pena tomar un momento para observar el camino recorrido. A la muerte de Caicedo siguió una primera etapa en la que se destacaron los trabajos y las apreciaciones de Williams, Cobo Borda, Jaramillo, Ramírez Lamus y Ochoa Marín, los cuales –aunque divergentes en sus metodologías, intereses y evaluaciones de la obra de Caicedo– horadaron el camino para que vinieran estudios académicos posteriores en un medio en el que habían primado comentarios breves, reseñas moralistas y evaluaciones impertinentes, inmediatistas y superficiales. Ya a finales de la década de los noventas, y durante el primer lustro del nuevo siglo, el campo vio la germinación de tesis doctorales como las de Fernández L'Hoeste, Tono, Shouse, quien escribe, Linck, y Arango, así como la publicación de artículos de López, Motato C., Patiño M., Carvajal Córdoba y Alzate, entre otros. Las exploraciones que realizaban estos textos de la obra narrativa de Caicedo insistían sobre su importancia, novedad y validez dentro de un panorama cultural colombiano y latinoamericano en el que se habían privilegiado durante décadas las lecturas del macondismo y el realismo mágico, y abrían los textos del siempre joven escritor caleño al análisis de temas tales como la representación urbana, la música y la oralidad en la escritura, la representación del sujeto posmoderno y pos-letrado, el gótico tropical, el absurdo, la resistencia y las drogas.

La consolidación y reactivación de los estudios caicedianos desde fines de los años noventas puede deberse a la publicación de nuevas ediciones de sus textos narrativos, pero los primeros asomos a la diversidad de miradas sobre su obra también se debe de manera importante a la recopilación de los escritos de Caicedo relacionados con el cine en *Ojo al cine*, de sus obras de teatro reunidas en el volumen publicado por la Universidad del Valle, y de algunas de sus cartas inéditas seleccionadas por Romero Rey para la revista *El Malpensante*. Estas publicaciones abrieron nuevas vertientes para la crítica y la interpretación. Entre las respuestas más contundentes a estas nuevas publicaciones está la de Van der Huck, quien explora desde la encrucijada entre sociología y literatura el vínculo entre el suicidio y la obra de Caicedo. Peláez y el Teatro Matacandelas, por su parte, inauguraron otra dimensión interesante con la creación de material escrito, escénico y visual que parte de la obra narrativa de Caicedo, integrando las imágenes rápidas provenientes del cine y la cultura del vídeo clip para extender su sombra, trabajo que será beneficiado por becas de creación de Colcultura y por una publicación de separata en la revista *Gestus*. Romero Rey también entrará a participar, y estos trabajos repercuten de manera directa sobre la faceta del Caicedo que fuera principalmente dramaturgo y actor de teatro entre 1966 y 1972. Pero en sentido estricto, la creación de material nuevo a partir de y/o como homenaje a los textos y los fantasmas caicedianos ya se había perfilado en el cine con los largometrajes de Ospina y Mayolo. A estos trabajos se sumaría el documental videográfico de Oscar Campo y el original y novedoso trabajo en videoarte de Jorge Navas basado en *Calicalabozo*, del cual, y gracias a su generosidad, se desprende el fotograma que aparece en la portada del presente volumen. Algunos esfuerzos han sido realizados también por estudiantes universitarios que han creado y dirigido adaptaciones cinematográficas de textos de Caicedo, esfuerzos que quizás tengan su contraparte en una anunciada adaptación de *¡Que viva la música!* para el cine que seguramente dará mucho para hablar.

En los últimos años, las publicaciones a propósito de Caicedo se han visto favorecidas por nuevas perspectivas, como las propuestas por Jiménez Camargo y Duchesne Winter, trabajo este último que se encuentra entre los pocos que se han ocupado de Caicedo desde fuera de las fronteras nacionales colombianas o de los estudios colombianistas (sumando quizás a Díaz Zambrana, Linck y a unos textos más bien a manera de presentación que han hecho el poeta argentino Fabián Casas y el citado Alberto Fuguet). En ese trabajo, Duchesne Winter ofrece una mirada desde todo punto de vista original y novedosa, proponiendo una lectura de la obra literaria del caleño en la que el hallazgo es la creación de una utopía, no de los fines sino del camino mismo a seguir –el trance. En la utopía del trance caicediano habría, según esta mirada, "corrientes de hablas" que se comunican e invaginan mediante un movimiento quiasmático en el que se conjugan el "entrar saliendo y salir entrando en todas direcciones" con una constante alternancia de aproximación y distanciamiento.[3]

Este tipo de miradas aparecen en un momento en el que ya se vuelve costumbre encontrar notas en diarios y revistas que mencionan a Caicedo, su obra y su suicidio, en lo que Jiménez Camargo sugiere que sería parte más "de los hábitos del mercadeo y del consumo que de la reflexión crítica" (121). De manera paralela a los primeros signos de la globalización de la figura de Caicedo, es interesante asimismo notar cómo las publicaciones más recientes de los textos firmados con su nombre han tendido a adentrarnos en la intimidad del Caicedo individuo, por medio de documentos que habían permanecido celosamente guardados por su familia y amigos, y que coincidiendo con el momento de la donación de materiales a la Biblioteca Luis Ángel Arango en Bogotá, empiezan a ver la luz. Son también ediciones que desde sus títulos han querido mostrar a un Caicedo más vivo y próximo que nunca, al tiempo que el concepto se amplía mediante el abandono paulatino de las portadas genéricas que decoraban las ediciones iniciales de los textos caicedianos en los años setentas y ochentas, y las imágenes en los noventas que querían hacer referencia a sus temas y personajes. En las ediciones de textos de Caicedo aparecidos en la última década, y en especial desde la publicación de *Ojo al cine*, nos encontramos en cambio con portadas en las que la imagen fotográfica del escritor es la protagonista, con un acercamiento progresivo del lente hasta llegar al *close-up* extremo de *Mi cuerpo es una celda*, el montaje autobiográfico realizado por Alberto Fuguet a partir de muchos textos previamente publicados y algunos inéditos, y que incluye además algunos textos directamente creados y otros manipulados y modificados por el chileno. El momento en que se hace esta última publicación, que viene prologada por un evento en el marco de la FIL de Guadalajara en 2007 y que coincide con una edición latinoamericana de *¡Que viva la música!* lanzada desde Buenos Aires y con un nuevo tomo escrito por Romero Rey, y que sirve además de preámbulo para una serie de proyecciones y charlas a cargo de Ospina y Fuguet durante el reciente BAFICI en Buenos Aires, hace que se pueda pronosticar una movida a nivel más amplio en el campo de los estudios que nos conciernen.

En las publicaciones recientes pueden entonces detectarse los esfuerzos editoriales por renovar y fortalecer la audiencia a la que se dirige la obra caicediana, intentando llevarla más allá de las fronteras colombianas en las que tradicionalmente ha sido recibida. Con la mayor difusión de su obra, se ha promovido en consecuencia la constitución de una nueva audiencia, más numerosa y diversa en términos generacionales y de nacionalidad, y en su interior se han ido acomodando y estableciendo críticos y aficionados pertenecientes a múltiples áreas disciplinarias. En el momento en que aparece este volumen es claro que el espacio para abordar la obra de Caicedo es múltiple y se renueva constantemente, aunque hay áreas, como las relacionadas con el teatro y el cine, o la concerniente al suicidio, que apenas empiezan a abrirse.

–Felipe Gómez Gutiérrez

Notas

[1] Luis ospina y Sando Romero Rey. "Invitación a la noche". Andrés Caicedo, *Destinitos fatales* (Bogotá: La Oveja Negra, 1988) 24.

[2] Maurizio Domenici. "El teatro maldito de Andrés Caicedo". Andrés Caicedo Estela, *Teatro* (Santiago de Cali: Editorial Universidad del Valle, 1997) 7.

[3] Juan Duchesne Winter. *Equilibrios encimita del infierno: Andrés Caicedo y la utopía del trance.* (Cali: Archivos del Índice, 2007) 55.

Atestiguaciones

A mi hermano le gustaba ir al cine[1]

Rosario Caicedo Estela

> Rosario, escúchame a la distancia, en tu verano lejano y ardiente, escúchame. ¿Qué haces? ¿Qué estudias? ¿Contacto hecho, verdad? Entonces hablo. Tengo una carta. Un sobre cerrado para ti que jamás enviaré. Tres páginas terribles que escribí pensando en ti porque sólo tú me podías escuchar, porque por haberte fallado a ti sufría, porque mi vergüenza era imaginar que me vieras, que me avergonzaras con tu lástima y con tu decepción, y así todos somos Julios, y sufrimos y sufrimos y todos quieren que sigamos.
>
> Andrés Caicedo, *Destinitos fatales*

Cuando Andrés se mató yo no estaba en Cali. Hace ya mas de trece años que vivo bastante lejos de la ciudad rodeada de montañas donde él y yo nacimos. La ciudad donde los dos nos hicimos grandes entre paseos al río y matinés de domingos. El 4 de marzo de 1977, el día que él escogió para morirse, ha quedado vívidamente fijo en mi memoria como una de esas fotografías de familia que uno nunca puede olvidar, imágenes del pasado a las que siempre se regresa para descubrir en cada ocasión algo nuevo, algo que le dé significado a tantas preguntas sin respuesta.

De ese día me acuerdo claramente de todos los pequeños detalles que llenaron la rutina de las horas antes de que el teléfono sonara en la noche con la noticia de su muerte. Me recuerdo del clima extrañamente cálido en esa mañana de invierno y del viento frío que comenzó a envolver a la ciudad en el atardecer cuando el sol se ocultó. Ya de noche, lista finalmente para descansar, le di de comer a mi hija mayor (en esa época todavía un bebé) y empecé a preparar una comida más elaborada para una buena amiga a la que había invitado. Todavía me acuerdo claramente del fuego de la chimenea, de las imágenes fascinantes de las llamas que mi hijita, sin éxito, trataba de capturar. Recuerdo haberme sentido contenta y satisfecha durante esa sobremesa, el sello final de un día que, como cosa rara, todo parecía haber marchado bien. Solamente la mañana anterior el correo me había traído lo que vendría a ser la última carta de Andrés para mí. Paradójicamente en esas sus últimas páginas, cada palabra denotaba optimismo y esperanza. Me mencionaba su novela que muy pronto iba a salir. "Es cuestión de días, Rosarito. Increíble, ¿no te parece? El final de una larga lucha que finalmente he ganado". Me prometía mandarme inmediatamente una copia. Y por supuesto, en la carta me hablaba también de cine, hojas tras hojas comentándome a *Barry Lyndon* de Stanley Kubrick. Barro Lindo, la llamaba. Al leer su carta, aprovechando la tranquilidad de una casa silenciosa mientras mi hija dormía la siesta de la tarde, yo saboreaba una tras otra sus palabras, la increíble habilidad de la mente de mi hermano para crear ritmo y música con su escritura. El cine y el vasto conocimiento que acumuló acerca de él le ocasionaron grandes placeres en la vida. En nuestros tiempos juntos él y yo podíamos hablar horas y horas sobre películas y libros. En medio de esos dos temas, como si fuera un corto cinematográfico, él me contaba detalles de su vida, la angustia que nunca lo dejaba tranquilo, los muchos temores que lo paralizaban. Yo recuerdo escucharlo silenciosa sin saber qué decir o responder. Recuerdo cómo llorando muchas veces me acercaba a él y abrazándolo estrechamente le repetía una y otra vez todo lo que lo quería. Esos abrazos eran mi simple respuesta y él parecía sentirse mejor después de nuestras largas charlas.

Cuando la llamada llegó esa noche de marzo, el dolor que sentí fue tal que dejó mi cuerpo casi inmóvil y por un instante me pareció como si hubiera sido yo la que hubiera dejado de respirar. Me acuerdo de las palabras entrecortadas y el llanto distante de mis padres: de las voces de mis hermanas, de mi silencio incrédulo, del dolor compartido a larga distancia. Después de colgar me quedé parada cerca al teléfono, mi cuerpo y mis manos abrazando una pared. Al día siguiente el sol salió de nuevo y yo, sorprendiéndome a mí misma, tuve fuerzas para sonreírle a mi hija, demasiado pequeña todavía para pretender el entendimiento de la muerte. Esa noche, sin embargo, dejé a mi esposo cuidando a nuestro bebé y me fui sola a cine. Sabía que sería la mejor forma de decirle adiós a Andrés. No pudiendo ir a su funeral decidí crear mis propios medios para estar cerca de él. Y me fui entonces al pequeño teatrito que fue su preferido en una de sus visitas. La película que me vi era un western de los clásicos, una de esas aventuras épicas que a él le encantaban.

Ocho años han pasado desde la muerte de mi hermano y este 29 de septiembre, si él hubiera estado vivo, habría cumplido 34 años. Durante este largo tiempo he visitado Cali muchísimas veces y para mí la ciudad y su ente, como es de esperarse, han cambiado. Pero yo, habiendo estado tan lejos y no siendo partícipe de su cambio, me siento profundamente insegura y aislada en la ciudad que me dio la seguridad suficiente para poder salir de ella. Mi familia ya no vive en el mismo vecindario de mi niñez y adolescencia y la nueva casa de mis padres no tiene para mí los recuerdos de las otras, más pequeñas, pero en mi mente más mías. Cuando voy de visita yo me paso los días disfrutando de un sol que rara vez se ve en la ciudad donde vivo ahora. En la casa nueva no tengo recuerdos de Andrés y a la pieza que fue su cuarto rehúso invariablemente entrar.

Ahora recorro Cali sin él. Ya no puedo verlo en la Nacional del centro, esperándome siempre cerca de la puerta, hojeando afanosamente un libro. Su Cine Club ya no se reúne a las doce del día los sábados en el San Fernando. Andrés ya no está a la entrada repartiendo las consabidas hojas de mimeógrafo, pisando fuerte, buscándome entre la gente con su mirada miope. La última vez que yo lo vi con vida fue también en un sábado de Cine Club. Los dos nos abrazamos en la casa de mis papás, él listo para salir al cine sin poder ir al aeropuerto a despedirme. "Vuelve muy pronto", me dijo, tratando de sonreír con su pelo recién cortado.

Cuando Andrés se murió él no era famoso. Al menos, no en la misma forma en la que lo es ahora, ocho años después, cuando parece como si su popularidad creciera cada vez más. Cada visita para mí es una sorpresa en ese sentido: Hay interés por su obra en todos "los segmentos de la población" como diría un estudiante novato de Ciencias Sociales. Sus escritos se han convertido en tópicos aceptables de conversación, un tema que puede ser discutido en esos coctelitos y fiestas de fin de semana, tan característicos de la ciudad que tanto tuvo que ver con su muerte. CALICALABOZO, la llamó él, y en ella, cuando estaba vivo, Andrés fue considerado siempre "el raro del paseo". Niño raro, adolescente raro, escritor raro, "el hijo raro de Carlos Alberto y Nellie". Y ahora me encuentro con que mi hermano raro se ha convertido en persona respetable. Señores de saco y corbata discuten su obra y para esta hermana, todavía teniendo en mente las muchísimas veces en las que Andrés fue catalogado persona non grata, este cambio de valores ha sido bastante sorprendente. ¿Qué hubiera dicho Andrés ante esta fama que él nunca conoció? Porque como bien lo saben todos lo que lo conocieron de cerca, Andrés tenía sus peculiares gustos y disgustos, pero había dos cosas que detestaba profundamente: La respetabilidad (razón por la cual hizo de su vida un testimonio de antivalores) y los héroes míticos. Fueron muchas las veces en las que lo oí monologar en contra de mitos y supuestos heroísmos. Sin embargo, en vida luchó desesperadamente porque sus escritos se conocieran, y ahora cada vez que voy de visita, me encuentro con escritos sobre él acumulados en casa de mis padres, hojas de periódico amarillentas que de vez en cuando yo recibo en el correo, leyéndolas a la carrera al final del día. Frases y palabras elogiosas que agudizan el dolor de su pérdida, títulos con su nombre que nunca lo reemplazarán. El de la fama póstuma es un fenómeno bastante común, todos lo sabemos, pero aquí en estas páginas yo no tengo interés alguno en comentar un simple hecho histórico. Básicamente me estoy haciendo preguntas sobre la vida de mi hermano y el destino escogido por él. Presumir de objetividad sería por lo tanto más absurdo de mi parte.

Cada día me hago más y más consciente de cómo las consecuencias de su muerte se visualizan en mis acciones diarias. Ha habido algunos artículos de periódico que yo les he mostrado a mis hijos, especialmente aquellos en que ellos han reconocido al tío a través de las mismas fotografías que llenan las paredes de la casa de mis padres. Como es de esperarse los niños han hecho preguntas y yo honestamente se las he contestado. Les he mostrado sus libros, les he contado detalles de su vida, su amor por el cine, su suicidio. Muchas veces, de súbito, en nuestras conversaciones los dos me han cuestionado sobre su dolorosa escogencia. Por qué el tío se mató. Mi respuesta siempre es básica, precisa: Yo no lo sé, les digo una y otra vez. Y ellos, con los ojos muy abiertos, deciden quedarse callados, formando en silencio sus propias conclusiones. Imaginémonos. Si es tan profundamente difícil para un niño entender la muerte, ¿qué preguntas podrá tener ante la escogencia de ella como una acción preconcebida? Ningún suicidio puede explicarse con palabras fáciles y cuando sucede en una familia los miembros sobrevivientes continuamos nuestras vidas sin poder encontrar respuesta a tan dolorosa incógnita. Pero Andrés y su muerte son parte de mi historia y yo siento que mis hijos tienen el derecho de compartirla.

La última vez que yo visité Cali, la presencia de Andrés se visualizó en una forma más clara, comparada con otras visitas. Tuvo que ver, tal vez, con lo que he mencionado anteriormente; su fama actual, el interés de tanta gente por su obra. Mientras estaba en la ciudad hubo un encuentro de escritores que llevó su nombre: Encuentro de Narradores Andrés Caicedo: Mi hermano presente en la burocrática respetabilidad de una sala de gobierno. Mientras me alistaba para asistir con mi familia, una y otra vez pensé en lo extraño de todo este cambio, y fue mientras esperaba a que los discursos comenzaran, rodeada de quienes fueron sus amigos, que una mujer joven se acercó al grupo y me miró detalladamente una vez que fui presentada como "la hermana del escritor". De su cartera sacó una copia gastada de *¡Que viva la música!* y se apresuró a mostrármela. Ella había llenado las páginas con sus propios comentarios y con fotografías de Andrés recortadas de periódicos. Yo le sonreí tímidamente a esta muchacha, fiel seguidora de un fantasma, y momentos después, queriendo huir tal vez, traté de entrar en una forma tan apresurada al auditorio que literalmente me llevé la puerta de vidrio por delante hiriéndome en la frente. A pesar de la sangre y de los consejos médicos yo decidí quedarme hasta el final para poder oír a Sandro Romero hablar sobre el mundo caicediano. Mirando mi cicatriz ahora en el espejo, meses después, yo estoy segura que Andrés hubiera catalogado todo el episodio como digno de figurar en *Destinitos fatales*, otro evento más de *Calicalabozo*, cuando el viento baja de las montañas en las horas de la tarde.

¿Qué hubiera dicho Andrés, yo me sigo preguntando, si él se hubiera visto en los libros de literatura de estudiantes de Bachillerato? Que los jóvenes lo estén leyendo, eso le hubiera gustado. Para ellos escribió. Para los jovencitos. Así lo expresó tantas veces, en numerosas ocasiones, añadiendo también con su voz tartamuda, que él también escribía porque no podía hablar.

Tantos recuerdos que tengo de él, unidos a la ciudad donde quiso expresamente morir. Donde paradójicamente se sintió más a gusto con el sol y las montañas y su música preferida. Cuando él murió la Salsa no había conquistado a toda la ciudad, a todas sus clases. Ahora, cuando veo a ejecutivos bien vestidos bailando con amas de casa al ritmo de la Salsa, no puedo hacer otra cosa que recordar el pasado, cuando salsa y burguesía unidas representaban una verdadera contradicción terminológica. Andrés se hubiera reído, de eso no hay duda. ¡La salsa en el Club Campestre! Él muy bien sabía que la vida puede presentar situaciones bastante bizarras y mi hermano, más que cualquier otra persona a quien yo haya podido conocer de cerca, creó de lo bizarro su propia rutina diaria.

Que Andrés era una persona bastante especial, yo lo supe desde muy pequeña, compartiendo mi infancia con un niño que, a los seis años, llamaba a las legumbres "los crayones de la naturaleza". Mi hermano nunca fue lo que pudiéramos catalogar de común y corriente. En todos mis recuerdos asociados con él, resalta siempre por su asombrosa peculiaridad y yo, normal testigo familiar, lo respeté desde el comienzo. Andrés, a los 8 o 9 años leyendo y entendiendo a Edgar Allan Poe. Andrés niño comentándome de su angustia ante los atardeceres. Angustia cuando yo, mayor que él, no sabía el significado de la palabra. "No te has perdido de nada", el me contestó cuando le pregunté qué era lo que me trataba de decir.

Desde que yo puedo tener recuerdos claros, el amor y admiración que sentí por Andrés han estado muy presentes en mi vida. La nuestra fue una infancia llena de fantasías compartidas, de idas al cine más de una vez por semana, de tardes dedicadas a leer todo lo que nos caía en las manos. Desde los "comics" hasta los clásicos. Infancia en la que hablábamos por horas sobre nuestros temores y pesadillas, compartiendo en la noche con ansiedad creciente el terror a la oscuridad. Con él aprendí a respetar el lenguaje y la magia incomparable de las palabras. Cuando Andrés comenzó a escribir me interesé profundamente y en las mañanas de domingo, los dos adolescentes nos sentábamos juntos, él leyendo en voz alta, yo escuchando, admirada ante su disciplinada energía creadora.

Tantos años han pasado. En Cali, de visita, cuando veo a sus amigos que hacen cine, sus amigos que viven y producen, la falta de su presencia aumenta. Sus amigos ya no son los niños terribles de los últimos años de la década del sesenta. Ya todos presentan un cierto aire de respetabilidad que es innato quizás en la edad madura, unido a las calvicies incipientes y algunos kilos de más. Mi hermano, fiel al mensaje de Peter Pan –uno de sus personajes favoritos– rehusó también crecer y trató de encontrar a su propia manera, la tierra de nunca jamás.

Pero en esos días caleños de tardes de viento, de montañas engrandecidas por el sol, es en esas tardes cuando lo quiero cerca de mí, caminando de prisa, casi a saltos.

Pero claro está, es más que nunca en ocasiones cuando voy al cine y las luces se apagan y la magia empieza a obrar y la película es buena; y yo me encuentro susurrando al principio y después hablando duro, diciendo como si lo tuviera allí al lado con los pies en algo en la silla del frente: ¡"Andrés, de las películas que te has perdido"! Las personas sentadas a mi lado me miran extrañadas. Yo les doy la libertad de que saquen sus propias conclusiones. Además, sé con certeza que no será la última vez que alguien vea a una mujer hablarle sola a la oscuridad. Palabras son las únicas armas que se nos ha permitido tener y yo con ellas me defiendo bien.

Contacto hecho, Andrés. El cine continúa y yo ahora soy una espectadora solitaria. Y es allí en la oscuridad de la sala de cine cuando inmensamente lo extraño.

agosto-septiembre 1985

Nota

1 Publicado en Contrastes de *El Pueblo* (Cali, 6 de octubre de 1985): 10-12.

Señores Editores:

En el año 2004 me embarqué en la búsqueda de un viejo conocido, alguien cuyo nombre es (¿era?) Nicolás Lebón, y que barrunto que ustedes conocerán ya por algunas publicaciones que hizo a propósito de la obra de Caicedo antes de su desaparición. Esta búsqueda me llevó a un sinuoso viaje por Colombia durante el cual tuve la ocasión de recibir y encontrar algunos de los manuscritos del libro que preparaba Lebón sobre Caicedo. Muchos de esos papeles fueron destruidos por las llamas en circunstancias que no vienen ahora al caso. Lo que quizás importe es que este que les envío como respuesta a su convocatoria logró salvarse casi completamente de esa vorágine.

No me queda duda de que la firma que acompaña al texto es un pseudónimo de Nicolás Lebón: como fácilmente podrán verificar, se trata de un anagrama de su nombre, mientras que Nobel es a la vez una imagen especular de Lebón. Quizás hallen un poco más interesante el que las dos iniciales incluidas en el nombre sean las mismas del sujeto de estudio, Andrés Caicedo. En Cali me han señalado que Solín resuena como un eco de los solitarios personajes caicedianos, y en especial de uno: Solano Patiño. No debe escapárseles que Solín es también el acompañante del otrora famoso Kalimán, dato que me ha proporcionado un sociólogo que fue amigo de Caicedo y que podría ser atractivo no sólo por el juego homofónico con la ciudad colombiana del que el escritor a veces abusó, sino porque además remite a la cultura popular: en los setentas Kalimán y Solín habrían llegado a miles de hogares colombianos en formato de historieta cómica y radionovela. La explicación que le atribuyo al título que sigue a la firma es que se buscaba mediante ella darle algún tipo de validación académica y científica al estudio presentado.

Precisamente en cuanto a la validez y veracidad del texto mismo, debo confesar que no poseo la pericia en psicología, psiquiatría, sociología y antropología que parece necesaria para evaluarlo, pero intuyo que Lebón tampoco la tenía, y que se trata de un ejercicio de simulacro. Confío en que ustedes tendrán a su disposición los recursos para determinarlo. Conforme al respeto que dicta mi ignorancia, he conservado el estilo del manuscrito original, tocándolo únicamente para reconstruir parte de la sección de obras citadas, que fue cuota devorada por el fuego. Mi conocimiento e intereses, algo alejados de los de Lebón, sólo me han permitido sorprenderme ante el estilo y el método empleados en la construcción de este estudio por alguien a quien anteriormente publicara trabajos muy disímiles. Su uso del lenguaje clínico me hace pensar en Burroughs, y quizás intuir que Lebón pudiera haber querido intentar darle un derrotero terapéutico a la controversia por el suicidio de Caicedo, dejando abierta la posibilidad del silencio. Tendría otros comentarios sobre las fuentes empleadas y unas nimiedades semejantes, pero creo que no vienen al caso.

Reconozco que este texto les llegará ya muy pasada las fechas de recepción, y les ofrezco mis sinceras disculpas. La explicación es quizás demasiado inocente: antes de decidirme a enviar el texto quise aguardar hasta el final, siempre abrazado a la esperanza de tener noticias de Lebón. Mis últimas pesquisas le ubicaban en la zona de La Macaregua por la época en que el gobierno de turno y la guerrilla rompían los diálogos y las negociaciones en febrero del 2002. Lo que haya ocurrido luego de eso es algo que no se ha podido averiguar con certeza. Existen sendas versiones similares de su desaparición que deposita cada una la responsabilidad en un actor armado diferente; carecemos de evidencia contundente para verificar cualquiera de ellas. Luego de las varias y a veces espectaculares liberaciones, rescates o fugas de secuestrados por la guerrilla hemos recobrado momentáneamente la esperanza, sólo para saber al cabo del tiempo que no habremos logrado aprender nada nuevo sobre su suerte. Incluso los jefes paramilitares que habían prometido dar informaciones sobre el paradero de miles de desaparecidos han sido expresamente extraditados, y permanecen incomunicados mientras se negocian a puerta cerrada los términos de sus juicios. De parte del gobierno y el ejército tampoco hemos sabido nada. En la poco probable eventualidad de que recibiera nuevas informaciones, se las habré de enviar para incluirlas en la sección correspondiente del libro.

Su muy atento servidor,

N.N.

Andrés Caicedo: Historia debida –un reporte clínico–

Solín A. Nobel C., PhD

> ... he sentido un despojamiento muy profundo y sólo ante estas páginas puedo encontrar un refugio. Mi único refugio está dentro de mí, y yo lo estoy minando. Cuando se derrumbe será mi cabeza la que perderá todo punto de apoyo y se desinflará como un globo punzado.
>
> Andrés Caicedo
> "Diario de un viaje a Nueva York"

> from where / a red tomato / lies rotting /
> I am only /
> A few steps away
>
> Saito Mokichi

Introducción

El presente estudio cualitativo pretende hacer uso de los métodos propuestos por el relativamente reciente campo interdisciplinario de la suicidología, y en particular de la herramienta de la historia de vida para reconstruir el caso de Andrés Caicedo a partir de fragmentos y documentos suyos y los proporcionados por sus allegados. La ventaja más perceptible que ofrece este método frente a otros como el de la autopsia psicológica es que no se limita a trazar los eventos sociales y mentales precedentes al acto suicida sino que además se detiene en reflexiones sobre sus posibles impactos posteriores. Pioneros dentro del campo son los trabajos de Baechler y Gratton. Este último es de mayúscula importancia para el caso presente, pues los resultados de sus estudios aplicados a historias de vida de jóvenes señalan una honda desconexión entre los valores de estos jóvenes y los recursos que se les ofrecen.

El problema del suicidio

A lo largo de su prolongado recorrido, los estudios sobre el "mal del siglo XIX" han ofrecido un completo inventario de posibles orígenes para este comportamiento. Una de las propuestas exploradas lo examina como un problema existencial inherente a las facultades de autorreflexión propias de los individuos de la raza humana. Desde la perspectiva antropológica, Malinowski presentó su contribución en la obra *Crime & Custom in a Savage Society*. Estudiando el fenómeno del suicidio en islas del Pacífico, Malinowski revela tensiones en el sistema de clanes matrilineales para afirmar que cada transgresión de una norma social expone a la institución que la ha dictado. Ruth Benedict dio continuidad a esta vena investigativa con *Patterns of Culture*, en donde sostiene que las actitudes adoptadas frente al suicidio son tan variables como lo pueden ser las adoptadas hacia la vida y la muerte.

De acuerdo con cifras de la OMS (WHO), más de un millón de suicidios son registrados anualmente alrededor del mundo, es decir, el suicidio se presenta a razón de uno cada cuarenta segundos. Esta cifra espectacular supera a la suma de muertes por homicidio (500 mil) y por guerras (230 mil) y constituye casi la mitad de las muertes violentas que ocurren en el planeta. La cifra se hace aún más escalofriante cuando se tiene en cuenta que por cada suicidio concretado puede producirse hasta veinte intentos fallidos, es decir que en el mundo alguien intenta suicidarse cada segundo. Estos números son un frío antifaz tras el cual se esconde la muerte de personas de carne y hueso.

Durkheim

Los aspectos sociológicos en que basamos el presente estudio se acogen principalmente a teorías contemporáneas del suicidio derivadas del importante análisis hecho por Emile Durkheim. En su obra *Le suicide* (1897), Durkheim realiza estudios cualitativos a partir de historias de vida y notas dejadas por víctimas de suicidio. De manera innovadora, propone que la estructura de cada sociedad es la que *escoge* su propio contingente de muertes suicidas, es decir, que las causas para estos suicidios son siempre sociales y los motivos aparentes son apenas pretextos. Sus conclusiones le permiten trazar y dividir un mapa del suicidio en cuadrantes determinados según el éxito con el cual el individuo logra o no adaptarse a las condiciones de su sociedad.

En la hipotética situación ideal ubicada en la intersección de los ejes trazados, el grado de individualización experimentado por el sujeto no debe ser ni muy fuerte ni muy débil. Cuando la individualización alcanzada es excesiva, la insuficiente integración del sujeto a las redes sociales conduciría a un suicidio *egoísta*, es decir, enfatizado en el ser individual. Cuando, por el contrario, es muy débil el grado de individuación, se presenta una excesiva integración social y se habla de suicidio *altruista*, término derivado del francés que define la diligencia en procurar el bien ajeno aun a costa del propio.

La proverbial inclinación de Durkheim por la moderación es ya evidente en la determinación de las dos primeras categorías. Para él, el exceso ni excelso es, ni saludable. Individuo y sociedad deben lograr y mantener un equilibrio mediante normas sociales ni muy fuertes ni demasiado laxas. El desequilibrio producido por exceso o falta de regulación daría paso, respectivamente, a la ocurrencia de suicidios *fatalistas* y *anómicos* (del griego *a-nomos*, "sin ley"), estos últimos característicos de sociedades que han experimentado cambios demasiado rápidos.

Parasuicidios

El problema del suicidio se ha agudizado en Colombia durante los últimos treinta años, exhibiendo tendencias similares a las observadas a nivel mundial. Las ideas suicidas han experimentado un aumento vertiginoso entre grupos de adolescentes y jóvenes, quienes se han situado en el lugar de prevalencia en los últimos diez años. Hace dos lustros, esta franja correspondía a las edades entre 30 y 44 años. Según estudios recientes, el 5 por ciento de la población colombiana mayor de 18 años –un número que ronda los dos millones de personas y que triplica al de 1993– ha intentado suicidarse alguna vez, mientras que el 12 por ciento ha llegado a por lo menos contemplar la idea. Las grandes ciudades como Bogotá, Cali y Medellín revelan una incidencia muy superior de síndromes suicidas juveniles. ¿Qué fantasmas, qué temores pasarán por la cabeza de los jóvenes que eligen el camino sin regreso para sus problemas?

En el campo cultural pareciera en ocasiones que el discurso sobre el suicidio estuviera sometido al de género. Mientras que la muerte de célebres personajes de carne y hueso como Walter Benjamin y Yukio Mishima, o literarios como el del protagonista de *Respiración artificial*, suele representarse con un énfasis instrumental, suicidios femeninos como el de Virginia Woolf y Alejandra Pizarnik o el de Antígona con frecuencia se presentan con un enfoque distinto. Las cifras también indican una suerte de división genérica en los casos estudiados. Los trastornos mentales suelen hallar similar incidencia entre hombres y mujeres, pero los hombres son más propensos a caer en adicciones alcohólicas o drogadicción para evadir sus problemas. Quizás se deba esto a que los hombres generalmente no saben pedir ayuda, y caen víctimas de su auto-indulgencia. El de las mujeres, en cambio, además de ser el grupo que con mayor frecuencia se ve afectado por el suicidio (en las grandes ciudades las mujeres adolescentes actualmente constituyen el sector con mayor tendencia suicida, tendencia que ha crecido exponencialmente en años recientes), también es el que más a menudo llega a concebir un plan de realización para ese suicidio.

En el caso de Caicedo, el primer intento documentado sólo ocurre a comienzos de 1976, aunque suponemos que las ideas suicidas surgen antes de eso. En carta a un colega y amigo describe la experiencia de ingerir una sobredosis de benzodiazepinas, de la que es rescatado con lavados gastrointestinales, administración intravenosa de fluidos y dosis adecuadas de Flumazenil:

> hace no sé cuánto tiempo me tomé, impecablemente, 25 Valium Blues y me hice profundas cortadas en las muñecas con el cuchillo de cocina más oxidado que pude encontrar: no me pasó nada: de lo primero una falta de memoria como de 3 o 4 días: de lo segundo, una posible infección, un temido tétano, bastante sangre, espesa, negra, pero después la coagulación, el cierre, y olvídate, ninguna cortada de venas resulta efectiva. [...] Sufrí de fiebre altísima y de inflamación en los ganglios del pescuezo, pero anoche me apliqué un supositorio de Cloranfelicol y hoy estoy bien, mientras la pobre P[R] guarda cama. Parece que la única forma de curarse es transmitir la enfermedad a la persona amada. ("Nueve" 53)

El segundo intento viene dos semanas después y es de una intensidad significativamente más brutal: "125 pastillas de Valium 10, y si no es por mi hermana, que viajó oportunamente de Cali a Bogotá, me toteo" ("Nueve" 54). En vista de este nuevo intento, y de la proximidad de su cumpleaños número 25, su familia decide internarle en una clínica psiquiátrica. Recluso, se siente sólo y abandonado a pesar de que el afecto familiar se manifiesta con visitas y regalos:

> me han traído un equipo de sonido de esos en forma de maletín ejecutivo con tocadiscos, radio y grabadora y estoy escuchando pura salsa, todos los discos que compré en la víspera de mi segundo suicidio, de lo que no me acuerdo nada: las 125 pepas me produjeron amnesia retrógrada: abarcando 3 días antes y 3 días después. ("Nueve" 55)

Es de notar que en ambos intentos fallidos documentados Caicedo se vale de métodos considerados "suaves", por lo cual sería ventajoso ubicarles en la categoría de "parasuicidios". Los métodos "fuertes" –es decir, los que involucran armas de fuego, saltos, ahorcamientos, ahogamiento, etc.– no son contemplados por él, lo cual de por sí permite un asomo adicional a las características de su personalidad, de sus sentimientos hacia el poder y la violencia.

A pesar de la reincidencia, no se puede afirmar que el comportamiento suicida sea una constante en Caicedo; más bien parece ser un acto explosivo y coyuntural que se intercala con acciones explícitamente vitales como las relaciones personales o la creación artística. Si la suya fuera considerada una sociedad egoísta, sus intentos de suicidio podrían leerse como un comportamiento típico de quien en realidad no deseaba morir sino ajustar la vida a un nivel percibido como aceptable. Antes que lograr resultados fatales, el sujeto habría entonces estado ejerciendo el chantaje o lanzando un llamado de auxilio, tras lo cual esperaba una intervención que le reconciliara con su entorno social.

Un ejemplo de lo anterior se puede hallar en los comentarios que Caicedo refiere a un colega sobre el artículo que escribe con ocasión del matrimonio de Kim Novak a un veterinario: "lo mejor que he publicado y a todo el mundo le digo que es lo último que publicaré. Tú y yo sabemos que es mentira, pero me gusta que la gente piense que ya estoy acabado, para que reciban, de tanto en tanto, la sorpresita" ("Nueve" 52). Como es evidente en estos comentarios, dentro de sus cálculos cabe la posibilidad de que con sus intentos o alusiones al suicidio la sociedad lo acepte. Es, de alguna manera, la misma dinámica observada por el pecador al expiar sus pecados tras la confesión en el ritual católico. Dado como presupuesto su aislamiento social, el sujeto marcado por la ausencia de relaciones significativas busca llamar la atención y propiciar cambios en la configuración de su círculo afectivo más próximo. Una buena parte del mensaje aportado en estas acciones es el ruego implícito de que esa "dulce compañía / no le desampare ni de noche ni de día", como reza la conocida oración de la guardia angelical.

Es interesante ver que en su caso el intento definitivo de suicidio viene justo cuando la publicación de su obra es un hecho, cuando hay una sensación de deber cumplido o por lo menos de ciclo cerrado, saldando su visión de "dejar obra y morir tranquilo". A partir de ese momento sólo le resta eliminarse para dar cumplimiento y valor a su palabra. El suicidio es para él en ese momento un compromiso inaplazable en el que cada día vale, y un periodo de seis meses le parece "demasiado tiempo para mi pobre vida" ("Nueve" 54). Al mismo tiempo, su obra impresa le asegura la supervivencia, no en términos monetarios, sino en términos de fama y memoria. Conjugando la publicación y el suicidio, Caicedo se deja devorar por una muerte luminosa (a la que suele llamar afectuosamente "mi muerte a plazos" (54)) mientras trasciende la vida del cuerpo físico y se convierte en muerto viviente, vampiro y zombi.

Suicidio

En 1977, el sujeto cumple su promesa y se suicida a solas en su apartamento del céntrico Edificio Durkhy.[1] Se le ve con vida por última vez recorriendo la Avenida Sexta desde el Teatro Bolívar hasta el Oasis cargando bajo el brazo la primera copia editada de su novela, lista para publicación. A los amigos y conocidos que encuentra por el camino les enseña orgulloso la primera página con una lúdica dedicatoria manuscrita en clave de salsa y firmada por JGC y SM, sus editores: "Pa' chismoso tú". También cuenta de su tristeza por no haber podido estar en ese momento en el Festival de Cine de Cartagena, donde en las ediciones anteriores se le viera "borracho desde las 9 de la mañana..., escribiendo para El Pípol [El Pueblo] crónicas perfectamente delirantes y esquizofrénicas" ("Nueve" 53). Las meseras del Oasis aseguran haberle oído canturreando: "Ya llegó la hora / dulce y bendecida". Tras pagar la cuenta se habría alejado recitando: "en tus manos el día que ya pasó y la noche que viene" (Mayolo, Entrevista personal).

Faltan seis meses para que deje de tener veinticinco años cuando el sujeto es presentado por familiares y amigos en las instalaciones de Medicina Legal con un cuadro de muerte por sobredosis de barbitúricos. De acuerdo con los testimonios allí consignados, sus últimas palabras fueron: "se me estalla la cabeza".[2] Algunas versiones han indicado la existencia de una nota suicida que nunca ha salido a la luz, aunque es difícil imaginar en Caicedo la actitud caricaturesca que le permitiera encabezar una nota con las palabras "Señor Juez" o "No se culpe a nadie". Esta nota, de existir, en todo caso, sería definitiva para determinar si su suicidio fue o no un acto voluntario. Sin contar con el beneficio que podría proporcionar la existencia de dicha nota, se decide formalizar el término *suicidio* para describir su muerte con el fin de evitar en lo posible los abismales juicios morales connotados por otros términos como "muerte voluntaria" o "auto-asesinato", traducciones literales de las palabras latinas *sui cidium* y *sui cadere*, ancestros etimológicos empleados ocasionalmente en el campo clínico.

Posibles causas: infancia y componente familiar

En Caicedo emergen en la adolescencia patologías psiquiátricas que pueden ser adjudicadas a eventos ocurridos en la infancia. Nacido en Cali en septiembre de 1951, su padre, aunque portara el apellido de una de las familias de alcurnia de la región, es de sangre mulata, lo cual lo hace vulnerable a la discriminación dentro de las esferas altas y medias de la sociedad. Eso es precisamente lo que hace la familia de su esposa, señora principal de la crema de la conservadora Popayán, quien nunca ve con buenos ojos la unión de la pareja ni el nacimiento de sus hijos.

En uno de sus diarios, proporcionado para este estudio por uno de sus más cercanos amigos, se deduce que la infancia la pasó trasladado de una escuela a la otra, viviendo experiencias que fueron traumáticas. De esas primeras épocas permaneció el amargo recuerdo del cura Cortés, encargado de la administración del colegio internado. Este sacerdote era el prototipo del industrial valluno: cruel, prejuicioso, abusivo y racista. Como era además exhibicionista y sádico, obligó al sujeto a presenciar sus abusos sexuales y por su herencia de sangre lo relegó al mismo tratamiento que daba a los sirvientes de la escuela, rol que abandonaba sólo cuando llegaban sus padres a visitar. Al partir estos volvía a dormir en la cocina en una batea sobre un costal lleno de piojos, a recoger frutas en las madrugadas, regar los sembrados en las noches y recibir raciones miserables de comida. Su refugio y amparo fueron los negros y negras, indios e indias de la servidumbre que "vieron en mí exactamente como si fuera uno de ellos, con la diferencia que por ser más blanco que ellos acaso necesitaba más consuelo... y me lo dieron a manos llenas" (Diario IV).

Otro aspecto que es necesario explorar es el componente familiar en el fenómeno afectivo del sujeto. La muerte de su hermano infante, consecuencia de una deformación congénita, es vista por muchos como prueba irrefutable del desencanto que produce a su Dios la unión de la pareja generadora. Para Caicedo significa, más que eso, quedarse como único hijo varón de la familia, al cuidado de sus tres hermanas, que ya son bastante mayores para la época. Por ellas demuestra siempre gran afecto y admiración, al punto que en algún momento en que enumera a sus actrices preferidas de Hollywood (empezando por Rita Coolidge y la Varsi de "antes de las anfetaminas"), incluye también a Jean Seberg, Lee Remick y Shirley Mac Laine, asociándolas con sus hermanas por similitudes en sus edades y algunos atributos físicos. Sin embargo, su nexo más cercano es con la menor de esas hermanas, a quien siente más próxima en edad y sensibilidad.

Los factores biológicos no se descartan. A partir de la información recolectada en clínicas psiquiátricas fue posible realizar un "genograma" (árbol genealógico complejo), herramienta que permite reconstruir la historia de vida del sujeto para determinar comportamientos suicidas intergeneracionales y los eventos principales que marcaron a su familia durante las tres generaciones anteriores. Respetando aspectos familiares de su vida que se nos ha confiado, debemos señalar que el problema depresivo y el suicidio se dieron también en otros miembros de la familia y operan entre ellos como una suerte de enfermedad mental. Existen incluso versiones (posiblemente echadas a andar por el mismo Caicedo) que hablan de la existencia de un hermano gemelo, fallecido en circunstancias parecidas, lo cual tendría sentido a la luz de investigaciones que señalan una incidencia significativa de casos de suicidio entre mellizos y gemelos. Sin embargo, la veracidad sobre la existencia de dicho hermano no se ha comprobado mediante el genograma, por lo cual esta teoría no ha podido ser desarrollada seriamente.[3] El acceso a cartas escritas a su madre y a sus hermanas (especialmente las intercambiadas con su hermana mayor durante el período en que ella gestaba su segundo par de gemelos), aún inéditas y celosamente guardadas, podrían darnos más luces sobre este y otros aspectos. Caicedo proporciona indicaciones en ese sentido cuando afirma que "[en] el género epistolar... se puede encontrar, después de mi muerte, algo de lo mejor que he escrito" ("Nueve" 49).

Círculo Lovecraft

En casos como el de Caicedo, el vínculo humano es a menudo el mejor recurso salvavidas. Ante la difícil relación con su madre, puede adivinarse la intención de consolidar este tipo de vínculo tras las relaciones de amistad que establece mediante proyectos como el del Cine-Club de Cali, la revista *Ojo al Cine*, o la película que se propuso realizar y que nunca se terminó. El desarrollo de estos proyectos es su manera de crear y extender lazos afectivos que le permitan arraigarse dentro de su sociedad. Sin embargo, esos vínculos nunca se muestran satisfactorios y sus esperanzas de mantenerse atado a la vida se van disolviendo lentamente. Es ilustrativa la manera en que el proyecto de la revista –cuya importancia es reconocida a nivel nacional desde un principio– termina siendo para él una carga más a medida que sus compañeros lo van abandonando hasta dejarlo prácticamente solo a cargo de todo el trabajo de redacción, edición, diseño y hasta distribución y venta. La excepción a esa actitud sería su compañera afectiva de los últimos meses, quien se mantiene a su lado hasta el final a pesar del accionar agresivo que en ocasiones emprende contra ella. "En una ocasión estuve muy cerca de lanzarme por la ventana y de clavarme un cuchillo... porque en esas horas en que ella me lloraba tan injusta e implacablemente no encontraba para qué vivir más" (Diario IV).

Sensible como siempre lo fue, Caicedo se muestra consciente de la presencia de esta mujer y perturbado por su obvia incapacidad de responder a su tratamiento solidario. A diferencia de lo observado por Henry y Short en sociedades integradas, la situación social del sujeto parece obligarle a dirigir contra sí mismo la mayor parte de la agresividad producida por esa perturbación. Esto pudo haber tenido una incidencia importante en su decisión final.

La situación le lleva en cierto momento a intentar lanzar un desesperado llamado de auxilio a sus lectores:

> escribo estas líneas con una gran angustia. Que me den un contrarrestante más fuerte o que me extraigan la droga de mi cuerpo. Ya no puedo más. No es justo haber estado un mes y seis días en una clínica de reposo para después sentirme tan mal... Este que ahora dice llamarse Andrés Caicedo no lo es más. 'Por favor', ayuda. ("Nueve" 56)

El llamado, originalmente consignado en sus diarios, es reproducido en cartas destinadas a sus colegas, allegados y amigos más próximos. Insiste en comunicarles lo mucho que necesita de ellos y de su contacto. Sin embargo, no obtiene la respuesta que él espera, y con la futilidad de cada nuevo intento se percibe más aislado y alienado que nunca.

La soledad y el ser que opta por el encierro son temas que le obsesionan y que se hacen presentes con notoriedad desde sus primeros textos, interrelacionados con el aspecto sexual. Una imagen que le acompaña permanentemente es la del hermano de un amigo suyo, que "se murió de locura, y que se la pasó 12 años encerrado, menos por la noche que salía a ver jugar bolos y una vez que salió a conocer a las mujeres y le pegaron gonorrea" (Diario V). Según su propio testimonio, buscando salir de la soledad y del estado en que le dejó la experiencia vivida en la clínica, tuvo que "ahogar el recuerdo" con alcohol, con tal frecuencia e intensidad que terminó abocado a "un verdadero ataque de nervios" ("Nueve" 56).

El Edipo

En su círculo afectivo se destaca la madre, hacia quien Caicedo demuestra gran cercanía y aprecio, al punto de la veneración.[4] Al mismo tiempo, teme constantemente ser víctima de su abandono o su desprecio. Sostiene una relación confusa y compleja con ella, implorándole que le siga aceptando en su condición de hijo a pesar de que su comportamiento contravenga las normas que ella misma ha impuesto en la relación de ambos. Al esbozar el significado de sus intentos suicidas debe considerarse la intención del sujeto de anunciarle en primera instancia las consecuencias insoportables que tendría para él separarse de ella, lo cual en casos de trastorno ansioso similares a este se ha percibido como algo extremadamente doloroso (Bowlby 48). Es crucial en este sentido la culpabilidad que siente el sujeto en dos momentos: aquel en que es confrontado por ella sobre el uso y abuso de drogas y el momento en que ella le rechaza al conocer de su convivencia con la mujer que le acompañó durante las últimas épocas de su vida. Entraremos en estos dos aspectos a continuación.

Pedofilia

Hacia el final de su adolescencia desarrolla una relación con CSL, una ninfeta mucho menor que él. La relación contribuyó, en determinados momentos, a acentuar su angustia y frustración. En varias de las cartas escritas a sus amigos entre 1974 y 1975 habla de esta relación, pero es especialmente en la dirigida a MM, hijo de un conocido filósofo español, en la que cuenta del viaje que se vio obligado a realizar, "como un buen personaje hustoniano", a las montañas de Silvia. Con su mejor tono de añoranza y resignación le cuenta que resolvió "cambiar de clima, enfilarme por la Carretera al Mar y asentarme en una casita de un amigo en el sitio más alto de los Farallones de Cali... desde donde todas las mañanas, en día despejado, uno puede ver el mar". Este viaje, aclara, no fue realizado por razones políticas "sino románticas, de amor loco y persecución paternal". La retirada le lleva a recluirse "en los bosques, sin dedicarme a otra cosa que a ser devorado por Caperucita" ("Nueve" 46).

Al parecer, y por razones obvias, el padre de esta Lolita, un eminente inmigrante español, se opone vigorosamente a la relación, por lo cual

> [p]arece que hubo una demanda contra mí... búsqueda armada con claras intenciones de asesinato, y mi huida se vio, menos mal, benéficamente acompañada por mi objeto amado, al que destruiré o terminará por destruirme, y en esa transmisión se encontrará creo yo la última, insuperable felicidad. (46)

Ahondando en detalles sobre esta relación, cuenta en esta carta de su

> ...amor, hace ya cuatro años, con una niña de 12 (es decir, cuando la conocí ella tenía 8 y yo 19), del auténtico proceso de *corrupción de mayores* [énfasis original] que se ha venido dando desde entonces: puedo decir que antes de conocerla a ella mi intuición y mi experiencia sexual eran casi nulas, así como mi ignorancia del uso de los estimulantes que fueron a la larga la perdición de Poe, De Quincey, Kerouac, B. Jones, Lowry, y el abismo y cima del padre Burroughs, que a propósito estuvo por Cali hacia 1950 buscando yagé, y fue la única ciudad en Colombia en la que no recayó de aquella fiebre del opio... (46)

En misiva escrita por la misma época y dirigida a un caro colega peruano describe a esta "niña de 12 años super-veloz, super-violenta y super-disipada... [que] me obligó a renegar de mi cultura y de mi pobreza, y a dedicarme a la vida campestre, despreocupada, andar sin gafas por la calle y olvidarme de compromisos intelectuales y todo eso" (46).

El amor

Un poco después se enamora de PR, joven mujer con la cual trabaja en la redacción de la revista y con quien establece una corta pero intensa relación amorosa a pesar de los conflictos con sus amigos más cercanos que esto conlleva y de la feroz oposición de su madre, a la cual él adscribe hondos sentimientos de celos. La madre se niega a proporcionarle en adelante apoyo económico, haciendo que él asimile su conflicto al de *Furtivos*, película ganadora del Festival de Cartagena ese año. En carta del 25 de abril de 1976 a un colega le confiesa estar perfectamente enamorado de PR, conviviendo en un apartamento durante los últimos cuatro meses, aunque con "diversas interrupciones, algunas muy violentas" ("Nueve" 53). A una psicóloga por su parte le confía lo siguiente en nota manuscrita:

> Sus cartas [de PR] y la contemplación de su rostro purifican mi alma y mi cuerpo de forma milagrosa. ¡No sabía lo que era estar enamorado! Sus palabras y su imagen despachan al mayor monstruo que me aterrorizaba y corrompía mi alma: las tentaciones sexuales cuya realización no me producía sino repulsión... Había la tendencia a entregarme a esos monstruos cuando me encontraba más deprimido y me parecía imposible afrontar la vida. (Carta a GD)

Conflictos

Caicedo vivió también los conflictos sociales, culturales y políticos que se dieron en su época. Aunque Durkheim no llegó a discutir en detalle el suicidio fatalista, con la información disponible podemos concluir que en el sujeto no se presentan condiciones para un suicidio de este tipo. Por el contrario, en la confrontación con las anteriores, su generación vive una época de explosiva liberación y rebeldía que es lentamente reprimida por una corriente conservadora y reaccionaria. Por convicciones que tendrían que llamarse políticas (aunque él nunca las definiera con esa palabra), el sujeto ahonda aún más este grado cuando se distancia también de los esquemas preponderantes de su clase social y racial. De repente se encuentra en una situación inesperada de aislamiento en la que los contactos con los demás habitantes de la ciudad ya no son claros ni fuertes.

Se suicida en su ciudad

El sujeto parece responder a las características del suicida egoísta, especialmente en cuanto al singular aislamiento en el que se encuentra al momento de su muerte. El progreso de la urbanización, la pérdida de estructuras sociales y vínculos familiares, así como los cambios en los papeles de los sexos tienen todos un rol determinante en la formación de su conducta a través de la adolescencia (Klerman). Durante el espacio de vida del sujeto, su sociedad experimenta un traumático y súbito proceso de secularización, industrialización e individualización. En este proceso –también denominado "modernización" por influencia de la jerga económica– la calidad de vida cambia notablemente para los habitantes de la ciudad, el bienestar transándose frecuentemente por índices contables, por perspectivas o promesas monetarias controladas por estamentos gubernamentales o elites raciales y socioeconómicas. Esta situación ha sido propuesta como causa estructural en el aumento del número de suicidios anómicos, atribuibles con frecuencia a situaciones de soledad en sociedades cada vez más complejas en las que incrementa constantemente la dificultad de establecer contactos sociales satisfactorios. En sociedades con estas características es típico el surgimiento de personalidades como la del sujeto, introvertidas, incapaces de relacionarse con otros de manera satisfactoria. Para Giddens, el comportamiento suicida de este tipo de individuos podría estar dirigido a procurar expiación o reintegración social.

La dramática mutación que sobrelleva la ciudad durante los años de su adolescencia –pasando súbitamente de una periférica situación provincial a una de centro urbano– hace dificultosa y frágil la integración del sujeto en esa nueva e improvisada sociedad. La cantidad de habitantes aumenta en oleadas desproporcionadas y los "locales" como él optan muchas veces ante esta nueva situación por una conformación social que les agrupe defensivamente frente a los recién llegados. Adicionalmente, el alto grado de identificación que presenta Caicedo con su lugar de habitación genera en él la percepción de que los cambios que suceden sobre su ciudad son cambios inducidos sobre su propio ser biológico.

Puntos cardinales

A pesar del eurocentrismo que lleva implícito, el concepto del gradiente geográfico no es del todo inútil para este caso. La epidemiología general del suicidio muestra un gradiente Norte-Sur y Oriente-Occidente, lo cual sugiere entre otras cosas que factores relacionados con el clima y las estaciones pueden intervenir en estas actitudes. Varios estudios han señalado al final de la primavera y el transcurso del verano como temporadas propicias para la crisis definitiva de una personalidad suicida. Sin embargo, la vida de Caicedo transcurre casi completamente en regiones tropicales donde no existen estaciones claramente demarcadas como las de los hemisferios Norte y Sur, aunque él sí habla en sus obras de temporadas propicias para, o colmadas de suicidios. Puede incorporarse además el hecho de que muchos de sus ataques depresivos parecen agudizarse en los períodos en que se encuentra viviendo en la capital y en otras zonas montañosas andinas de considerable altura sobre el nivel del mar, en las que recibe menos oxigenación y exposición a la luz y el calor solar, o en los momentos en que viaja al hemisferio Norte, donde también cambian sus referentes lumínicos y geográficos. En este procedimiento debe tenerse en cuenta, dadas las características relacionales de la personalidad del sujeto, que en esos momentos no sólo se encuentra más alejado de su lugar natal sino también de su madre, familia y allegados.

Si se piensa en la idea del suicidio como un mensaje que encuentra mayor repercusión en el norte y el oriente, hay que atender a los espacios de recepción del sujeto, que no siempre coinciden con los espacios de habitación. Como se dijo, los espacios de habitación del sujeto son predominantemente tropicales, pero además se ubican al sur y al occidente de los polos dominantes a nivel local y global. Es evidente la gran atención que le dedica él a todas las ideas y las imágenes venidas de esos polos dominantes, además del interés por cierta influencia de las filosofías orientales que se abren paso en occidente en gran medida gracias a la mediación ejercida por la cultura norteamericana. En este respecto es preciso señalar la singular afinidad que construye él mismo entre su ciudad y la figura de la despiadada diosa Kali de la mitología hindú basándose en la homofonía de sus nombres.

Trasladado a una escala menor, el tropismo hacia un polo suroccidental se repite nuevamente en su experiencia local de la ciudad. Entre 1963-1966, realizó varias expediciones en compañía de su madre para explorar los barrios del sur y la costa del Pacífico. Estos viajes le dejan definitivamente impresionado. Nacido y criado en el norte geográfico de la urbe, su inconformidad social le atrae muy tempranamente hacia los barrios del sur, con frecuentes ensoñaciones que refieren a la costa occidental sobre el Océano Pacífico, del que la cordillera le separa en su lugar de habitación como una cortina que impide la entrada del sol en las mañanas. Allí tuvo una experiencia traumática, se había enamorado de una muchacha quien terminó por despedirlo con un desplante clasista, llamándolo una "norteña rana platanera" (Diario IV). En el año 1972 decide abandonar para siempre la casa de sus padres ubicada en la zona norte de la ciudad. Un año antes había terminado sus estudios en el elitista Liceo Belalcázar.

Juventud

Si bien a lo largo del siglo XX las tasas más altas de suicidio se ubican entre grupos de ancianos varones, en los últimos cuarenta años se nota un aumento dramático en el número de jóvenes que recurren a este acto, acercando cada vez más sus porcentajes a los de las multitudes de jóvenes que han realizado intentos fallidos. El incremento en la rata Carb & Hall aplicada al grupo comprendido entre 15 y 35 años se dice correlacionado con una tasa incremental de depresión y potencial adictivo.

En los suicidios entre adolescentes y jóvenes se destacan problemas asociados a la adolescencia misma y a la urgencia sexual (Stenager & Stenager). Llegado el momento de enfrentar este tipo de problemas, las reacciones de sus padres son descritas como unas de vergüenza, celos y temor, ahondando la brecha en la comunicación intergeneracional con su hijo. No es de sorprender entonces encontrar que los conflictos edípicos de la niñez nunca ceden, y el deseo sexual del sujeto hacia su madre es entonces coincidente con el temor y la ansiedad manifestados por los padres. Caicedo tiende durante la adolescencia a la rebeldía por necesidad de afirmar su autonomía, a pesar de que se note en el fondo su deseo por el consejo que le pueden brindar los padres.

Al mismo tiempo, el grupo de locales al que pertenece el sujeto es atravesado por una división generacional acelerada por influencias culturales externas a las que la situación urbana le expone con mayor intensidad. Durante esta época Caicedo se mantiene ininterrumpidamente expuesto a literatura, cine y otras artes en las que no sólo se insta al rompimiento con la generación de sus antecesores sino en que además la muerte es un tema principal y constante. De tal manera, el subgrupo de jóvenes al que pertenece el sujeto choca y rompe con sus precursores, lo cual le sume en un nivel más hondo del grado de individualización.

Otro tema de incidencia es el de la definición de la identidad sexual. El sujeto, quien a menudo se identifica con entes o cuerpos femeninos como la madre, la mujer, la ciudad o la música, logra verse a sí mismo de esta manera (recuérdese por ejemplo la voz narrativa femenina de la protagonista en su novela). Sin embargo, esta transferencia se logra únicamente luego de rebasar lo que para él es una edad límite entre la juventud y el inicio de la putrefacción. Caicedo se constituye así en parte del grupo que inició el repunte de esta tendencia suicida entre grupos de jóvenes durante el último cuarto del siglo XX.

Incluso dentro del mundo intelectual y artístico sus convicciones chocan con los principios de los modelos imperantes, adscritos por la época a las tendencias en boga del realismo mágico y otras propuestas generadas por los escritores del llamado "boom" latinoamericano. En una de sus cartas, escribe lo siguiente:

> no quiero levantarme más..., no quiero sentir ese terror de nuevo. Ya estarás pensando que me expreso desde el snobismo existencialista de hace mil años, pero es que ya no puedo más con la vejez de mi adolescencia, ya no puedo más con las exigencias que me hacen los malditos intelectuales ni las que me hace mi alma educada según el cumplimiento del deber y del arrepentimiento. ("Nueve" 51)

Interesado más por la realidad coloquial urbana y adolescente, por la indagación de los cambios que le han arrojado súbitamente a un mundo desencantado y conflictivo, le es sumamente difícil mantener y desarrollar relaciones estables dentro del mundo de la industria cultural. Desde muy temprano se decepcionó con la obstinación ideológica de algunos dirigentes y militantes de la izquierda a nivel local y nacional. Sus responsabilidades como director del Cine-Club y de la revista estuvieron en muchos casos llenos de incomprensiones. En particular le angustia el momento en que se da la ruptura del "tándem" de CM y LAO, dos amigos fraternales y compañeros de aventuras intelectuales. La relación de amistad con CM viene complicada desde años atrás por desacuerdos en posturas ideológicas y estéticas: una confrontación en la que hay una mujer de por medio exacerba esa crisis mientras trabajan juntos en la realización del largometraje. La cosa nunca mejora y la película queda inconclusa. Ya entonces expresaba temores por el desarrollo que habrían de tomar sus iniciativas, un "miedo de que el cine club termine con gente así medio lumpen, aunque por otra parte me produce mucha alegría" ("Nueve" 41). Por esa época también hace públicas por primera vez sus intenciones suicidas, diciéndole en carta a CM: "si llega un día y yo me voy vos te podés encargar del cine club, y la compañía y todo" (42).

"Me ofusca que me sigan llamando 'caleño' o 'loco por el cine', cuando ninguna de las dos cosas me define", escribe, dejando traslucir su inconformidad por las categorías con que se quiere capturar su identidad ("Nueve" 54). Esta cierta ambigüedad hacia su identidad personal y sexual es propiciada entre otras cosas por la irresoluble situación del complejo edípico que se ha detallado anteriormente. En este respecto, una imagen del documental biográfico *Andrés Caicedo: Unos pocos buenos amigos*, que se hace al conmemorarse los diez años de su muerte, vale más que todas las palabras. La filmación casera revela al sujeto desnudo, saliendo del baño ante el grito lleno de sensualidad paródica del pequeño grupo presente. Una voz femenina pronuncia el nombre del sujeto en el diminutivo desde detrás de la cámara, mientras esta última se mueve de manera ascendente, hasta lograr un plano completo de su cuerpo, el pene bien escondido entre las piernas, desaparecido. Es la imagen del sujeto feminizado o desprovisto de su masculinidad más evidente. Es también la imagen de él encarnando a uno de sus famosos "angelitos", empantanado y desexualizado (Ospina, *Amigos*).

El golpe de gracia de su alienación lo constituye el fracasado intento de ser asimilado por los grupos de migrantes desclasados y desplazados, los grupos *lumpenizados* en los que se quiere sumergir y a los que no logra pertenecer por causa de sus ambiguas marcas sociales y raciales. Por todo esto se puede afirmar que Caicedo se ubica en una posición marginal incluso al margen mismo, incapaz por convicción o por imposibilidad de relacionarse con los distintos grupos familiares, raciales, sociales y culturales que le rodean.

Los críticos de Durkheim señalan una confusión aplicable a este caso entre las categorías de anomia y egoísmo. El principio egoísta postula un incremento en las tasas de suicidio durante las crisis políticas; sin embargo, según el sociólogo, en situaciones de guerra como la que prima a lo largo de la vida del sujeto, las normas sociales deberían tender a fortalecerse, generando una mayor cohesión entre sus miembros, lo cual redundaría por el contrario en un descenso en esas tasas. Por otra parte, un floreciente crecimiento económico supone también la desregularización de las normas sociales, induciendo a suicidios anómicos. La confusión no cede al pensar que en esta época el entorno del sujeto se caracteriza tanto por crisis políticas como por el "florecimiento" económico generado por la inclusión de la ciudad y el país en esquemas internacionales de mercado.

Esto merece ser mirado en detalle. Tenemos que pensar que Durkheim se refiere a períodos de guerra librada contra un enemigo "externo". Es problemático hablar de una mayor cohesión entre la población cuando en la situación del sujeto lo que se evidencia es todo lo contrario, polarización y división en bandos que ponen en jaque esa supuesta cohesión. Aún más, cuando el sociólogo habla de descensos en las tasas de suicidios, es claro que no está teniendo en cuenta los suicidios perpetrados por los propios actores de la guerra que se rebelan contra el deber aparentemente ineludible de matar a un enemigo,o, en ocasiones incluso emplean el suicidio como un arma de ataque contra ese enemigo (piénsese en los kamikazes y en los "sujetos bomba" de guerras recientes).

Sin ser exactamente un soldado ni pertenecer a ningún ejército armado, este sujeto puede considerarse militante de su propia causa, una no tan individual ni tan desconectada como podría pensarse en un principio. Mediante la invocación del suicidio, Caicedo expresa su deseo de pertenecer a una organización invisible que rebase fronteras nacionales y temporales, y a la que puedan afiliarse escritores, artistas e intelectuales con el único requisito de resistir contra la muerte mediante una actitud nihilista. En ese grupo estarían incluidos los innumerables astros de Hollywood que se han quitado la vida, de los que dice: "Todos se fueron, como me estoy yendo yo. Paro de contar porque si no, iremos es llegando al faro del fin del mundo" ("Nueve" 47). Verlo como soldado de este "grupo" de malditos que operarían de manera análoga a la de organizaciones suicidas tan notables como la JUNIR (Juventud Nihilista Revolucionaria) permite intuir en su suicidio motivaciones y repercusiones en los campos políticos, culturales y sociales.

Cabe preguntarse si tuvo en él alguna incidencia el publicitado caso de Yukio Mishima, autor de la tetralogía *El mar de la fertilidad*, quien en la plenitud de su carrera literaria encendió la irrevocable determinación de morir. El 25 de noviembre de 1970, a los 45 años, Mishima realizó frente a un amplio público el ritual del suicidio samurai para defender sus ideas políticas con respecto a la figura del emperador y el papel de las fuerzas armadas japonesas en la posguerra. También se citan razones políticas relacionadas con el estado de la Italia de posguerra como una de las causas del suicidio en 1950 de Césare Pavese, otro escritor y realizador de cine muy admirado por él. Sin llegar a los niveles de espectacularidad que tiene el suicidio de Mishima, ni a la contundencia del de

Pavese, el suicidio de este sujeto comparte con los de estos escritores, además del dramatismo, varios puntos en común.

En el cuadrante cognitivo, el suicidio del sujeto puede verse como solución a problemas personales. Douglas habla de los significados del suicidio, visto como un acto social que incluye significados subjetivos construidos en la interacción entre la víctima y su contexto cultural. La cultura de origen es sin duda un factor determinante en el tipo de suicidio y el método empleado por Caicedo. Si bien dentro de su región geográfica es poco frecuente el suicidio entre las comunidades de raza negra, protegidas por patrones culturales, en su caso particular hay una filiación con grupos de adolescentes, entre quienes el suicidio por imitación o por pactos es más común. Esta sería una aplicación del denominado "efecto Werther", siguiendo al personaje romántico de la novela de Goethe (1774) que provocó una ola de suicidios en la Europa del siglo XVIII.

Es digno de investigar si sus ideas de suicidio aparecen por obra de modelos, por imitación, por contagio o sugestión. En los textos no-ficcionales escritos por el sujeto es frecuente la aparición de personajes suicidas, y muchos de los personajes ficcionales parecen a su vez adaptados de esos personajes. Está por ejemplo la persona que le relató la historia que sirvió de base para el cuento "El atravesado", quien sirvió como modelo para el personaje principal y a quien Caicedo encuentra tiempo después "muy mal, adicto a los downers y a los hipnóticos" ("Nueve" 49). El sujeto pudo haberse decidido a imitar un modelo de comportamiento suicida como el de este personaje como consecuencia de su predisposición emocional y el vacío existente en el terreno donde precisaría de apoyo social.

Aunque puede presumirse la existencia de un "pacto" firmado entre el sujeto y su idealizada personalidad infantil, garantizándole a esta última la preservación en la vida eterna, por encima de las adversidades presentadas por el tiempo cronológico y sus circunstancias, quizá resulta más claro el papel que juegan los medios de comunicación en el proceso mimético que influye al sujeto adolescente. Existe, por ejemplo, en él una obvia atracción por el mundo de las estrellas cinematográficas de Hollywood y lo que denomina su realidad "desvestida", en la que las contravenciones a la moral, los excesos y el suicidio cumplen un papel fundamental ("Hollywood"). Estos personajes tienen a menudo como denominador común su vínculo al mundo artístico, su calidad de "estrellas" y también su juventud y su "caída". Muchas de las víctimas de suicidio catalogadas por Caicedo a lo largo de sus textos guardan también similitudes con él mismo en términos de edad, sexo, posibles motivaciones en el campo psicosocial, ideologías, idiosincrasia y métodos empleados. Pero escoger entre esos personajes una figura central que se erija como modelo no es tarea fácil.

Hallar este modelo suicida excede los propósitos del presente texto, pero un proyecto serio destinado a hacerlo podría empezar por fijarse en similitudes de este tipo. Amigos y conocidos recuerdan, por ejemplo, un "airecito Lewisiano" en el sujeto. Se refieren al cómico estadounidense Jerry Lewis,[5] por quien demostraba gran admiración (véase los artículos dedicados a su obra que publicó en periódicos y en la revista) y de quien, se dice, copió la risa y la forma de orinar. También puede buscarse en los catálogos del cine de terror y la literatura gótica ("desde *Don't Look Now* no leo más que literatura gótica", le confiesa a uno de sus amigos, y "me he encontrado muy semejante físicamente al Heathcliff adolescente de *Wuthering Heights*", "Nueve" 52). O puede mirarse en detalle el caso del escritor Raymond Chandler, cuya obra del género negro siempre fue admirada por Caicedo. Debe recordarse que Chandler, como Caicedo mismo, intentó infructuosamente quitarse la vida dos veces, aunque terminó siendo doblegado por una enfermedad respiratoria agravada por su rígida vocación etílica.

La lucha del sujeto parte de un espacio local y quiere extenderse hacia lo global con el efecto de ondas concéntricas que avanzan en el agua. Por una parte, quiere ser piedra de escándalo que contribuya a derribar los cimientos morales de la sociedad pacata y reaccionariamente conservadora en la que se desarrolla; en una escala mayor, busca también atacar los principios fundamentales del capitalismo occidental. Su suicidio delata la intención de actuar consecuentemente con el cuerpo frente a sus convicciones, contribuyendo al mismo tiempo a borrar la división central a Occidente entre cuerpo y pensamiento, con la que discrepa. Su visión es un tanto anárquica y procura minar más que construir. El alcance y la intensidad de sus resultados es discutible, sobre todo cuando se piensa en la manera en que su obra y su imagen han venido siendo explotadas y cooptadas por instituciones estatales, comerciales, editoriales y educativas a partir de su muerte.

Otras lecturas

Desde una perspectiva alternativa, Baechler plantea el suicidio como solución a un problema existencial en cuatro categorías distintas de individuos. Según su lectura, Caicedo se acomodaría a la descripción del individuo escapista, ansioso por evadirse de una situación vital con la que no se encuentra a gusto y que se siente imposible de cambiar. También podría hallarse un asomo de personalidad agresiva, a pesar de que sus métodos por lo general no lo sean. La ocasional rudeza de su actitud podría residir precisamente en el deseo inquebrantable de atacar y minar la fundación moral y económica imperante en su sociedad. En ese respecto, puede mirarse a su madre como encarnación de esa sociedad de privilegios que no le acepta completamente pero que tampoco cesa en su intento de imponerle restricciones para acreditarlo como ciudadano según parámetros previstos.

De la misma manera, su actitud puede rozar la categoría del oblato, queriéndose inmolar en pos de un ideal más grande que no es necesaria ni únicamente personal o egoísta. Finalmente, también hay algo en él de jugador, apostándole a la muerte en los diferentes intentos suicidas. Cada nuevo intento es una sesión más de ruleta rusa en la que Caicedo se juega la vida ("de todos modos la llevo perdida") con la intención de ver cuánto puede ganar o perder. Taylor habla de la significación que puede tener el acto para el actor. Según él, la víctima raramente busca la muerte en sí y más bien se inclina por la aventura, que representa un riesgo tomado en situación de juego. En este modelo, la muerte puede también tomar la dimensión de un renacimiento o una reencarnación. En la búsqueda de una escapatoria para los problemas, Caicedo hallaría la reinvención de una vida que tuviera para él mayor sentido.

"[E]n caso de que remonte algún día las sierras [que me separan del mar] eso querrá decir que me he ido buscando el primer círculo del infierno... allí me atascaré el tiempo suficiente como para que mis cartas te lleguen cada lustro dentro de una botella" ("Nueve" 51), le escribe a MM. A través del descenso hacia estos "círculos infernales" puede rastrearse lo que Freud en 1917 llamaba "duelo y melancolía". Frecuentes y cada vez más fuertes sensaciones de culpabilidad y auto-devaluación preceden al momento de su suicidio. Durante los últimos meses de su vida se hacen notar distorsiones en los esquemas cognitivos mediante los cuales Caicedo se ve a sí mismo, al mundo y a sus perspectivas de futuro (lo que se conoce como el triángulo cognitivo) de una manera negativa que prescinde de cualquier objetividad. Un dolor psicológico excesivo genera en él una contracción cognitiva que se traduce en lo que se conoce como "visión atunelada". Esta perspectiva le condiciona a obsesionarse excesivamente por una idea fija sin ver la situación de manera relacional con un todo mayor. La causa directa para esta deformación puede hallarse en el concepto del suicidio sugerido por el rezago de su cultura católica, una idea que adquiere en él más credibilidad a medida que su esquema cultural se va haciendo indiferenciable del personal. Caicedo presenta incluso síntomas de crisis narcisista. Por su naturaleza, es lastimado fácilmente por las críticas y también por la falta de atención especial. Sin embargo, es claro que esta crisis no fue el factor definitivo para su suicidio.

Depresión y auto-agresión

En 1974, Caicedo escribe: "ya tengo 23 años, y hay amaneceres en que las tristezas están a punto de matarme" ("Nueve cartas" 46). "Lo único que importa es la pasión que lleva a la muerte", dice en cambio a menos de doce meses de darse muerte (54). Estas frases concentran de buena manera lo que fueron para él los últimos años de su fugaz vida. Sus escritos durante ese último período confiesan inconformidad e insatisfacción con la persona que es, especialmente a los ojos de los demás. También anuncian la intención de auto-agredirse. Diagnósticos psiquiátricos evidencian una seria disfunción en el sistema regulador de serotonina, y a ello se atribuyen recurrentes episodios de pérdida del control impulsivo y actitudes depresivas y agresivas. También se vinculan indirectamente a esta disfunción su inestabilidad afectiva y los primeros intentos fallidos de suicidio.

Según Freud la realización poética (literaria) es la consecuencia de la sublimación de los impulsos eróticos. Los escritores en general son proclives a la depresión y al trastorno bipolar, siendo para algunos la poesía el último arte de la auto-aniquilación. La historia de la literatura está llena de imágenes que contribuyen al aura mítica que rodea a muchos escritores. Entre otros contemporáneos que padecieron cuadros semejantes y llegaron al suicidio podemos recordar a Vladimir Maiacovski, Ana Ajmátova, Sylvia Plath, Alejandra Pizarnik y a Ernest Hemingway, quien a los 61 años se disparó con su escopeta tras librar una prolongada batalla contra la depresión y el alcoholismo; la versión oficial atribuyó su muerte a un lamentable y trágico accidente. Virginia Woolf se sumergió en el Támesis con los bolsillos llenos de piedras, también buscó un lecho acuático la argentina Alfonsina Storni ahogándose en La Perla, Mar del Plata. Gerard de Nerval –muy admirado por Ciorán– se ahorcó en un farol parisino; Horacio Quiroga, en cambio, ingirió arsénico en 1937 luego de una atribulada vida en la tuvo que sobrellevar el suicidio de su mujer y el asesinato accidental de uno de sus amigos. En el lúgubre despacho adyacente a ese en que la poeta colombiana María Mercedes Carranza dirige la Casa de Poesía Silva, en el colonial barrio bogotano de la Candelaria, el romántico José Asunción se habría matado con un werthiano y certero disparo al corazón ciento siete años antes. El autor del "Nocturno" fue enterrado en un basurero.

Las depresiones son cuadros en los cuales la perturbación fundamental consiste en una alteración del humor. En Caicedo, la depresión cíclica estuvo marcada por períodos de elevación del ánimo en los que pudo producir gran parte de su obra. Para Freud, en algunas de las formas de depresión –que las calificaba como "duelo" y las diferenciaba entre el "normal y patológico"– la persona que lamenta la pérdida de un ser amado, propiedad o creencia ideológica se siente triste, perdida y por momentos incapaz de disfrutar nada. Después de la pérdida, la libido es retirada del objeto amado e investida al sujeto. Este se retrae, se siente culpable por pecados de omisión y comisión hacia la persona perdida y manifiesta agresión por sentirse abandonado. La ruptura temprana en su relación con la madre y la continua segregación que sufrió por diferentes motivos generaron una ambivalencia afectiva. La depresión del sujeto puede ser entendida fundamentalmente por sus orígenes en las etapas tempranas del desarrollo y en el área de la sexualidad. El sujeto-adolescente y el sujeto-adulto fueron esencialmente un llanto que infructuosamente pidió el amor perdido del sujeto-niño.

Una mirada como la que le hemos dado a las páginas de los diarios personales y las cartas del sujeto sirve también para documentar la presencia explícita y discapacitante de la depresión. En carta fechada en las montañas en julio de 1971 manifiesta: "estoy excesivamente preocupado con mi mala salud. Vine en pobres condiciones ... los primeros quince días estuve bregando contra la depresión que padecía". En correspondencia a su psiquiatra en Bogotá en septiembre de 1974, manifiesta otro ánimo producto del tratamiento llevado con ella, pero no deja de manifestar que "en cuanto a mis molestias físicas la única que no logro superar es el insomnio" (Díaz). En 1975 confiesa la insoportable recurrencia de problemas para dormir y la presencia de sueños espantosos que intenta alejar con dosis auto-recetadas del costoso antibiótico Ceporex. Igualmente, le aquejan frecuentes ataques de asma, para los cuales decide empezar a usar un inhalador a base de salbutamol, mostrándose consciente de sus propiedades adictivas: "Aquí se hicieron famosos los asmáticos jóvenes y drogadictos que fueron encontrados muertos, felices, aferrados a su Ventilán medio vacío en un sólo día, en las calles o en las discotecas" ("Nueve" 48). Si se añade la hipocondría, hay que excluir solamente al mal genio y el tabaquismo de sus males.

Sus cambios eran con frecuencia súbitos e inesperados. En carta fechada en 1976 expresa: "durante mis dos meses de estadía en Bogotá pude, con los buenos oficios de una prodigiosa psicóloga, aliviarme de mis principales trastornos nerviosos, y la depresión mortal que me atormentaba" (Diario IV). Quince días después, en carta a esa psicóloga, manifiesta "Despertaron nuevamente los vampiros que me estaban desangrando... usted me recetó unas pastillas ...creo que lo mío no puede curarse con pastillas sino con sangre" (Carta a GD). En octubre de 1976 escribe: "dentro de pocos días tendré la felicidad de escribir en la primera página: Este libro ya no es para CSL, sino para la Doctora GD, a quien debo la resurrección de mis capacidades" (Carta a GD). Sin embargo, en diciembre del mismo año anuncia que nuevamente ha "caído en una inesperada crisis depresiva" y en abril de 1977 expresa: "estaba realmente magullado por una frustración casi inesperada y dolorosa, un deseo de muerte contra el cual me encontraba luchando fieramente" (Diario IV). Por si hiciera falta adivinar el final de esta historia, que puede entreverse con claridad por medio de estos manuscritos, el sujeto también recurre a materiales publicados para anunciarlo.

Otros síntomas

En una página de sus diarios, Caicedo señala el origen de sus males: "en julio de 1972 hizo crisis una dolencia psíquica que contraje en la infancia" (Diario IV). A partir de entonces documenta episodios de depresión mayor (tristeza permanente y profunda, ideas suicidas), distimia y enfermedad bipolar: estando en el piso 13 de un céntrico edificio bogotano contiguo a la plaza de toros, viendo una película, confiesa, "me da de pronto una atracción, de que bien pudiera tirarme y caer en toda la mitad, y, ¿sí cabría mi cabezota en el ruedo? Ya no me da ni pizca de miedo la muerte, aunque haya dejado de meter pepas" ("Nueve" 53).

Los cuadros se repitieron en épocas siguientes de su vida y lo llevaron a sumirse en inactividad por largos períodos o renunciar a proyectos. Un síntoma que siempre lo acompañó y por el que tuvo que tomar medicación permanente fue el insomnio. Otros, revelados en sus testimonios y cartas, fueron el asma, la tartamudez, la impotencia sexual y la cefalea que le impide dedicarse a la lectura y la escritura de documentos importantes tanto como quisiera, al igual que la fobia social y ciertas hipomanías, obsesiones y compulsiones.

La agudización de síntomas depresivos como la tartamudez y la angustia se ha relacionado igualmente con los sucesos acontecidos en su vida en el año 1971, que coinciden con el momento en que entra a la "vida adulta" como ciudadano e inicia simultáneamente sus contactos con "la pandilla salvaje de CSL". Con ellos se dedica a pasar el tiempo "tirando fuerte salsa (...) sudando muchísimo porque, como quien dice, ya que el trabajador de la cultura no hace esfuerzo físico, entonces que baile, que se dedique a la sanísima actividad del sudor bailando música caliente" ("Nueve cartas" 43). Ese ritmo, sin embargo, le va debilitando rápidamente. En carta del 23 de julio de 1972, afirma: "hace unos años tenía suficiente energía para hacer frente a esta lucha de clases, pero el abandono de mi niñez y mi frágil constitución nerviosa me han invalidado" (Carta a JB).

También debe a sus andanzas con esa "pandilla" las preocupaciones asociadas a su precario estado financiero. Los gastos de transporte de los jovencitos en frecuentes viajes al campo y a las ciudades, donde en ocasiones asisten a hasta cuatro funciones de cine por día, corren por cuenta de él, por ser el mayor del grupo. Esa crítica situación económica en la que va cayendo, admite, "no ayuda a curar mi asma" ("Nueve" 48).

Uno de los síntomas psicosomáticos más relevantes fue "la sensación de impotencia viril que me produce esterilidad creativa" (Diario III). En su relación con las mujeres encuentra "una verdadera lucha de sexos, de modos de enfrentar la vida y, por mi parte, una inadaptabilidad a ciertas actitudes morales de las mujeres, sobre todo cuando yo estoy de por medio" ("Nueve"

38). Pocas veces Caicedo describe haber logrado una relación sexual efectiva, pero confiesa algunos logros como

> el encuentro con Maryuli [¿Maryuli, Mary, María?], una joven prostituta lindísima, me parece que lo único barro son los dientes que a mí me gustan grandes y a esa luz como rojiza no se los pude ver bien, estuve conversando con ella todo el tiempo. Debió ser el toque sutil, complejísimo, que mi cuerpo y alma necesitaban para recuperar el vínculo con todas las cosas y me devolvió eso que los médicos llaman "tono de vida" (39).

Cara droga

Los parasuicidios y demás síntomas de desorden psiquiátrico constituyen en Caicedo factores de riesgo en la transferencia al grupo de aquellos que completan el suicidio. La temporada de permanencia en clínicas psiquiátricas eleva en él ese riesgo a niveles graves. Igualmente, los síntomas depresivos y esquizofrénicos y su cada vez mayor adicción a las drogas, así como los ataques de ansiedad y desórdenes en la personalidad le ubican dentro de una categoría de alto riesgo. Una proveniencia urbana y el rezago de la educación católica recibida (a pesar de su explícito rechazo a esa fe) contribuyen para darle un perfil total extremadamente alto. Todos estos datos son comunicados a su familia y allegados con prontitud por el personal de las clínicas, pero no así las maneras de encarar el problema de manera unificada.

A lo largo de su tratamiento fueron empleados métodos preventivos que no dieron resultados efectivos a largo plazo, como el ostracismo social o el castigo. El internado en clínicas psiquiátricas constituyó para él una forma de enclaustramiento que le hizo sentirse aún más desconectado del resto del mundo. La aproximación restringida a métodos empleados frecuentemente en estos casos tampoco pareció ser de ayuda. En la terapia de intervención a sus crisis se incluyeron la psicoterapia y la farmacoterapia, así como un método experimental de Estimulación Magnética Transcraneana (TMS).

Con la dureza de las lecciones aprendidas, puede afirmarse hoy que habría resultado más conducente un esfuerzo por la protección y el mejoramiento de condiciones de vida tales como el ambiente familiar, laboral y social, así como mayor tolerancia hacia la individualidad de su estilo de vida. El deseable y poderoso desarrollo de una relación de apoyo entre el sujeto y sus terapeutas no funcionó a cabalidad, en muchas ocasiones por displicencia del propio personal médico. Tampoco se hizo un mayor esfuerzo por involucrar directamente en ese proceso a las personas más significativas de su entorno social y familiar.

La promoción de una mejora en su calidad de vida debió tener en cuenta recursos como el deporte y una dieta saludable, la diversión e incluso la espiritualidad, aspectos que se vieron minimizados frente a un intento de solución que enfatizaba excesivamente el reemplazo de las sustancias psicoactivas que consumía el sujeto por dosis de medicamentos farmacéuticos muchas veces recomendados según experimentos realizados en otras regiones bajo circunstancias muy distintas a las suyas.

Al considerar su adicción a las drogas vale la pena investigar las causas más que aceptarla simplemente como motor único de su suicidio. Caicedo no parece ser capaz de visualizar mayores opciones para su vida, y las drogas se convierten entonces en mecanismos de escape. Alterar su conciencia le permite evadirse de la angustiosa realidad temporal y cronológica en la que su cuerpo envejece a paso constante e incontrolable durante años. En ello halla incluso un mecanismo motriz para ser capaz de establecer conexiones que el bloqueo nervioso de su conciencia no le habría permitido reconocer fácilmente y para hacerse más productivo, para escribir más y más rápido, de un tirón. Es de notar que le interesa la idea propuesta por Edgar Allan Poe en su *Filosofía de la composición*, según la cual el tema más sublime al que puede aspirar el arte es el de una mujer joven muerta por agotamiento de las fuerzas, que sirve de base para la creación de la heroína de su propia novela y en alguna medida también como modelo para su vida.

En muchos aspectos, el suicidio del sujeto parece coincidir con el de la poeta argentina Alejandra Pizarnik, "la hija del insomnio", cuyos poemas aluden con frecuencia a la sangre y a la muerte: "triste como sí misma / hermosa como el suicidio". El verdadero nombre de Alejandra era Flora, uno que manifiesta su conexión con el nombre de Siempreviva con que se bautiza la heroína de la novela del sujeto en las últimas páginas de la misma. Pizarnik también estuvo internada en una clínica psiquiátrica, y al igual que Caicedo, empleó una dosis letal de Seconal para quitarse la vida a finales de septiembre de 1972, el mismo día que salió de la clínica, día en que coincidencialmente Caicedo celebraba su cumpleaños número 21.

El personal médico encargado de tratar a Caicedo confió excesivamente en los resultados que brindaría la sedación y el tratamiento con antidepresivos y ansiolíticos, debidamente acompañados por drogas contra los síntomas de supresión. Lamentablemente, este procedimiento sólo pareció agudizar su fármaco-dependencia y extender el catálogo de drogas que utilizaba con frecuencia, aunque no queda claro si estas drogas las obtenía siempre por receta médica o por conexiones con el mundo subterráneo del comercio ilícito.

Una numerosa variedad de fármacos le fueron recetados durante el tratamiento, incluyendo antidepresivos y somníferos comunes como Prolixin D, Prozac, Zoloft, Paxil, Luvox, Celexa, Lexapro, Fenergan, Wellputrin, Effexor, Halcion, Serzone y Remeron. La prescripción de estas drogas y de sus dosis cambió continuamente, obedeciendo a notorios efectos secundarios relatados por Caicedo. El Prozac, por ejemplo, le produjo agorafobia y hemorragias gastrointestinales, mientras que el Zoloft le causó una exacerbada y poco realista preocupación nerviosa que tomaba la forma de recurrentes pesadillas; el Celexa le generaba trastornos de ansiedad afectiva como fobias hacia las mujeres, los perros y los espejos; el Remeron le indujo irritabilidad, llanto frecuente e impulsos explosivos; el Halcion se creyó responsable de pérdida del apetito, alucinaciones y ataques de pánico; el Paxil de aumento del apetito, ansiedad y agitación; el Lexapro le alborotaba el insomnio y la depresión neurótica y el Wellputrin parecía lanzarlo hacia el sueño excesivo y tornarlo hostil. El Seroxat alborotaba sus trastornos obsesivos compulsivos y sus manías suicidas, algo a lo cual el trastorno bipolar le hacía especialmente vulnerable. Para colmo, luego de una de sus excursiones al sujeto se le administran dosis de drogas contra la malaria, que le incendian en fiebres y complican su cefalea (Diario V, VI).

Para la época de estas muertes no se habían hecho públicos los primeros estudios que indicaban la posible relación entre antidepresivos y manías suicidas. Los que vinculan las drogas contra la malaria y las actitudes suicidas, ya documentados en estudios realizados en la guerra del Vietnam, permanecieron clasificados durante décadas. Hoy en día, tras la abrumadora evidencia de la cual lastimosamente no pudo beneficiarse el sujeto, se recomienda la observación estrecha de los pacientes tratados con estos agentes para detectar el empeoramiento de la depresión o la aparición de tendencias suicidas.

En la época de internado forzoso hablaba de estar alejando la idea del suicidio. "Llegar a viejitos tocará, hermano", dictamina, con una convicción que es imposible determinar si es verdadera, si la escribe para evadir la censura de la institución, o si es producto del estado mental en que le tienen las drogas psiquiátricas. Al respecto de lo último conserva nítida conciencia y produce varios comentarios: se queja de que "me están dando mucha droga", y de los "coloquios molestosos" con uno de los psiquiatras, quien "volvió mierda todos los artículos en [la revista] y está dispuesto a que a mí se me quite la idea de creerme un genio" ("Nueve" 55). Sin embargo, parece luchar por mantener una perspectiva optimista del tratamiento al que está siendo sometido: "me estoy desintoxicando de todo lo que venía metiendo desde 1969: mariguana [...], cocaína [...], benzedrina, ritalina y sobre todo el Valium que me quitaba la tartamudeadera... Espero que cuando salga de aquí pueda enfrentar la vida en condiciones normales" (55).

Ese optimismo se pierde al cabo de unas semanas de estar internado y "prisionero" de "esa mierda de droga" (56). A partir de ese momento empieza a definir su situación como un verdadero "horror lovecraftiano" reminiscente de lo vivido por el personaje principal de *A Clockwork Orange*, como puede evidenciarse en un inserto de su diario:

> Bogotá, julio 28, 1976
> casi al mes de haber sido inyectado con Prolixin D: imposibilidad de demostrar o sentir emociones, como ira o felicidad. Lo único que puedo hacer es caminar de un lado a otro o dormir bajo el efecto del Fenergán. Tampoco puedo leer y a duras penas escribir... No puedo demostrar afecto, no puedo hacer el amor, soy como un ente que tiene dentro de sí una droga destinada a "pensar bien". Realmente nunca me había sentido tan mal en la vida, nunca, ni en mis peores intoxicaciones con drogas peligrosas no formuladas. Por las tardes me da una nostalgia terrible de mis anteriores estados de ánimo, y apenas abro el ojo por las mañanas, una profundísima tristeza del poco margen de actividad que me depara el día. Incluso el cine... me está prohibido: no me es posible estar una hora y media o más en una butaca: a la media hora ya estoy inquieto... Y no soporto la compañía de las personas, porque implica raciocinio, conversación, y yo no estoy dispuesto para ninguna de las dos ("Nueve" 56).

Obra

Las experiencias de "corrupción de mayores" con la bella y joven CSL son aprovechadas por Caicedo en el terreno creativo, y las emplea como inspiración para su novela, no/dedicada a ella "pues cuando creció llegó a parecerse tanto a mi heroína que lo desmereció por completo" (*Música* 3). También se basa en estas experiencias para escribir, por encargo de Luis Ospina y Carlos Mayolo, un guión para largometraje que Bárbara Steele se ofrece inicialmente a protagonizar: "se llama 'No me desampares ni de noche ni de día', de horror, basado libremente en *Otra vuelta de tuerca* [*The Turn of the Screw* de Henry James], y es en todo caso sobre niños perversos y en general bastante loco" ("Nueve" 53). El guión quedó inconcluso a raíz de su muerte, pero el núcleo de la idea fue retomado años después en el largometraje *Carne de tu carne*, dedicado por Mayolo a la memoria de Caicedo.[6]

A pesar de sus tribulaciones emocionales, la última etapa de su vida marca también una desenfrenada actividad creativa que se ha iniciado explosivamente a partir de 1969, cuando recibe premios locales y latinoamericanos por sus relatos "El tiempo de la ciénaga", "Berenice" y "Los dientes de caperucita". En los setentas publica columnas de crítica cinematográfica en periódicos locales y nacionales como *El País*, *El Pueblo*, *Occidente* y el Magazín Dominical de *El Espectador* mientras trabaja creando eslóganes publicitarios tan recordados como aquel de "la consulta que resulta". A menudo se queja de problemas y censura en los diarios para los que trabaja, cuya orientación y motivación de ortodoxia partidista desconoce y desprecia el interés suyo por lo *camp*, lo cursi y la serie B. Entre 1974 y 1977 edita y publica los cinco números de la revista *Ojo al Cine* del Cine-Club de Cali, que incluyen un buen número de artículos escritos por él. También escribe su relato "Antígona", que aparecerá publicado póstumamente en 1979 por *ECO, Revista de la Cultura de Occidente*, al igual que varios otros de sus textos críticos y literarios.

Esta desenfrenada actividad creativa hace juego con su ansiedad manifiesta por quedar incluido, publicado e impreso después del día de su muerte. "[N]unca voy a ser ni escritor ni director de cine famoso", augura en otra de sus cartas. "Lo único que yo quiero es dejar un testimonio, primero a mí de mí, luego a dos o tres personas que me hayan conocido y quieran divertirse con las historias que yo cuento" ("Nueve" 41).

Como puede establecerse a través de su correspondencia, su auto-estima se encuentra en continua crisis, oscilando entre la sub- y la sobre-valoración de sus propias habilidades. A menudo estas crisis son acompañadas por actitudes agresivas activadas por sensaciones de impotencia y desesperanza frente al futuro del mundo, de su ciudad y de sí mismo. El pesimismo que se le observa en apreciaciones sobre el futuro contrasta con lo que llega a pensar que podría lograr con su suicidio para alterar ese proceso. Por una parte, el futuro significa para él el lugar en el que reside su adultez, condición que busca evitar a toda costa no sólo por lo que conlleva en términos de edad y corrupción física sino además por los compromisos y las responsabilidades que promete, distantes absolutamente de la idea que él tiene sobre lo que significa vivir en libertad y conforme a su criterio moral. Escapar perpetuamente en vida de ese destino no se le presenta como una opción viable, pues intuye y luego comprueba lo que significa el ostracismo institucionalizado en manicomios, cárceles, hospitales, o incluso en casas de reposo para ancianos.

La anomia en que se sume su sociedad le crea una permanente sensación de insatisfacción en el desempeño personal; en este sentido, el suicidio tiene como fin que el sujeto logre sobrepasarse a sí mismo según sus propios índices de calidad. Si bien se nota en él una constante tendencia hacia el incremento de su producción, no lo hace con el fin de acumular residuos que puedan ser guardados en forma de "ahorros" para el futuro. Por el contrario, intenta concentrar la producción al tope de sus capacidades, manteniendo una línea de vida totalmente ascendente, para luego hacer del evento de su muerte una explosión resonante que marque su intransigencia por la cooptación que significa para él el período descendente de la existencia.

Siguiendo con esta preocupación, en 1975 prepara la publicación de un libro "muy influenciado por Vargas Llosa, Nicholas Ray y Anthony Burgess" que incluirá dos de sus cuentos, "uno de 50 páginas y otro de una y media" ("Nueve" 47). Con el patrocinio de su madre, el libro aparece impreso con escaso tiraje por Ediciones Pirata de Calidad para la fecha de su cumpleaños, "día en el que, si amanezco muy obsesionado con Billy the Kid y decido que no vale la pena empezar los 25, me pegaré un tiro" (47). Luego de autografiarlo y regalarlo a "unos pocos buenos amigos", termina vendiendo personalmente los ejemplares restantes del libro por las calles y en los teatros de las principales ciudades, desde los más populares y derruidos hasta los más atestados de "snobismo revolucionario". Es el mismo procedimiento con el cual ha venido hasta entonces distribuyendo los números de la revista (encuentra una dificultad cada vez mayor en conseguir quién pague los 30 pesos que cuesta el ejemplar desde la aparición de una revista de la competencia, *Cuadernos de cine*). Para su sorpresa y satisfacción, el libro tiene buena acogida entre universitarios y adolescentes.

A mediados de 1975 Caicedo inicia, por encargo de la Universidad del Valle, el proyecto de realizar un plan de estudio del cine en Ciencias de la Comunicación. La facultad es entonces dirigida por el español JMB, de formación epistemológica francesa, y a quien se le publicara una lectura plural de *Chinatown* en el tercer número de la revista. Cuando su propuesta es rechazada decide viajar a Bogotá en busca de nuevas oportunidades. El día en que masacran a los estudiantes en la protesta estudiantil en Cali él se encuentra realizando unos contactos en la Universidad Nacional y se manifiesta maravillado por un discurso improvisado por un tal Pedro Manrique Figueroa, familiar de un amigo suyo, que logró movilizar a un enorme grupo de estudiantes (Diario VI).

El proyecto original que tenía para el libro publicado en 1975 sufrió modificaciones por las cuales decidió ampliar uno de sus cuentos cien páginas más hasta convertirlo en la novela. Es un texto que ha empezado a escribir en 1973, la época de su primer viaje a los Estados Unidos (que es también el primer momento en que usa la cocaína). Quiere "contar más cosas, más sensaciones y aventuras de la chica esa, mi protagonista", un personaje inspirado en CSL, aunque también en PR, especialmente en cuanto a su apariencia física. En un principio percibe la obra como un "inmenso libro sobre los Stones [su grupo favorito de rock] que entroncaré con el fracaso de mi generación" ("Nueve" 51).[7] En 1974, durante su viaje a Nueva York, se enfrasca nuevamente en el abuso de la cocaína mientras trabaja obsesivamente en el proyecto de la novela y otros textos. La propuesta del libro es aceptada para publicación y los derechos son comprados por la Colección Popular de Colcultura y por la editorial Crisis de Argentina (esta última termina rompiendo su promesa de publicarla a principios del año 1976, posiblemente por incidentes relacionados con el golpe de estado militar). Es un momento positivo para él, pues también se monta en Bogotá su versión de "La ciudad y los perros", de Vargas Llosa. Sin embargo, no cesa de pensar en la realización de "mi obra última, la menos intelectual, la más auto-destructiva. No creas, por lo tanto", le escribe a MM en abril del 76, "que estoy bien vivo. Estoy muerto... el rico llanto de ahora es lo que me da fuerzas para escribirte mientras espero, por favor, por favor, que se acabe la proyección" ("Nueve" 51).

El proyecto termina tomando la forma de una novela-testimonio y fue motivo de viajes e investigaciones y de reflexiones sobre su propia vida durante los siguientes doce meses. Las publicaciones, las cartas a sus amigos y las conversaciones con los que frecuentaba, así como los episodios clínicos, revelaban a un hombre que estaba constantemente despidiéndose de la vida. En una de las cartas que escribió al padre, y que fuera publicada en la revista *Eclipses*, fechada en Cali en febrero de 1976, escribe: "Mis temporadas de angustia se hacen cada vez más largas, y estoy pensando que si no salgo de esta, me terminaré yendo a escribir al Carajo" (122). Finalmente, en la penúltima carta a PR que conocemos, fechada en octubre del 76, expresa: "Con la prosa trunca en mi mente y en toda mi naturaleza, no puedo proyectar películas ni investigar... Soy un condenado. Pero he hecho una vida completa, veloz e intensa, ejemplar"(Carta a PR). Cuatro meses después, escribe una carta a su colega peruano en la que anuncia su muerte inminente, y el 4 de marzo del 77 enciende "la última rumba" y vacía el contenido del tubo de seconales en su boca con ayuda de una botella de ron, falleciendo antes de poder recibir atención médica.

Su obra es, como dice el crítico G. Gutiérrez, "una coherente, urgente, dolorosa y –a la postre– esperanzada visión del país" (62). La crítica hacia algunos de sus textos fue muchas veces injusta, y estuvo dominada más por criterios políticos y faranduleros que los propiamente literarios. El proceso cubano, la guerra interna, y la ineptitud del gobierno fueron motivo para determinar y tomar posiciones que muchas veces resultaron controversiales. La publicación previa en la antología de nuevos narradores colombianos *Obra en Marcha 2* (1976) de algunos fragmentos de sus "diarios" ("Pronto"), le generó ataques personales y una polémica que afectó su sensibilidad provinciana. Se trata de textos experimentales en crítica cinematográfica que ficcionalizan sus experiencias sobre lo a/típico en Hollywood desde un punto de vista totalmente personal e íntimo. Son caracterizados por él como "notas apasionadas y más bien terapéuticas que escribí en Los Ángeles, en uno de mis periodos de soledad y horror más acusados" ("Nueve" 49).

Conclusión

William Styron, en su texto "Darkness Visible", advierte que "the greatest fallacy about suicide lies in the belief that there is a single immediate answer –or perhaps combined answers– as to why the deed was done" (38-39). Por insatisfactorio que pueda parecer, el presente estudio puede ofrecer como única conclusión para el suicidio de este sujeto la configuración de un complejo acto multideterminado al que no se puede adscribir una causa única.

A la luz de la teoría construccionista, el significado dado por Caicedo a su suicidio estaría asociado a una manera de transformar su alma en el paso de este mundo a uno siguiente. Se trataría de una transformación sustancial del ser como mecanismo que active los sentimientos de los seres queridos o que actúe en venganza contra ellos. A pesar de su formación religiosa, no existe evidencia concreta de que Caicedo crea en una vida posterior a la muerte, aunque sí en la persistencia de la imagen, del legado y de la memoria, todos los cuales sin duda estaría tratando de afectar y agrandar con su suicidio, aunque rechace abiertamente la fama como una posibilidad a ser adquirida por él en vida. La muerte en efecto cambia sustancialmente su situación y su consideración como creador y como figura pública.

El sujeto dramaturgo, narrador, ensayista, crítico y finalmente suicida, es producto de una época y de las circunstancias familiares, culturales, sociales y políticas que lo rodearon, pero es también resultado de la actitud de una parte de la intelectualidad local que no supo reconocer en ese momento la verdadera dimensión de su obra. De alguna manera se sintió más despreciado e incomprendido que amado. Esto también explica, aunque no justifica, su decisión final. Caicedo fue víctima, como muchos otros, de una sociedad hipócrita, violenta, agresiva, y fundamentalmente depresiva. Una sociedad que a casi tres décadas de su desaparición no ha cambiado en lo sustancial. Es así como ante nuestros ojos tenemos aún todo el material del que Caicedo tomó prestado para construirse y destruirse.

Notas

1 N.E.: El autor equivoca el nombre del edificio Corkidi, en que vivió Caicedo el último periodo de su vida.

2 Véase Ospina y Romero Rey, 15.

3 Con todas las ventajas que puede proporcionar, el método del genograma también tiene sus límites. Por una parte, le brinda demasiado crédito a una idea genealógica arborescente que entra en conflicto con la estructura de la sociedad "parricida, matricida y nanicida" que parece estar planteando el sujeto mediante su obra y su vida.

4 Recuérdese que el sujeto considera como su *opus magnus* el cuento que titula "Maternidad". Este texto fue publicado gracias al mecenazgo de la madre, quien como regalo en el vigésimo-primer cumpleaños del hijo ofreció correr con todos los gastos de imprenta y encuadernación.

5 Existen opiniones que indican que también podrían estarse refiriendo soterradamente al escritor Lewis Carrol, con quien el sujeto compartía la atracción por los menores de edad.

6 Una nota sería necesaria para aclarar la relación de esta novela con la obra y la vida de Caicedo. En la novela corta de James, dos de los protagonistas (hermanos de 8 y 10 años de edad), son acusados por su institutriz de "corrupción" y "contaminación". James evoca en ella magistralmente "horrores" que van desde el abuso sexual infantil hasta el suicidio; el efecto de este texto se logra por sugestión. En su artículo "Neurology in 'The turn of the screw'" (British Medical Journal, 894:4 [Dec. 22, 1973]: 717-21), J. Purdon Martin argumenta que una epilepsia lobular temporal puede ser responsable por las experiencias de la institutriz.

[7] Nótese la proyección en el Cine Club de la película *Gimme Shelter*, una de sus preferidas, la noche posterior a su segundo intento de suicidio.

Bibliografía

Baechler, Jean. *Suicides. Les suicides* [1975]. Barry Cooper, trad. New York: Basic Books, 1979.

Benedict, Ruth. *Patterns of Culture.* Boston: Houghton Mifflin, 1934.

Bowlby, John. *Attachment and Loss. Attachment Vol 1.* International psycho-analytical library, no. 79. London: Hogarth Press and the Institute of Psycho-Analysis, 1974.

Caicedo, Carlos Alberto. Entrevista personal. Cali, Abr. 13, 1997.

Caicedo Estela, Andrés. *Angelitos empantanados o historias para jovencitos* [1995]. Cara y cruz. Santafé de Bogotá: Norma, 1997. 2a.

_____ "Antígona". *ECO* 35/212 (Jun 1979): 120-44.

_____ "Carta a su padre". *Eclipses* 1/1 (feb 1976): 122.

_____ Carta a GD (Cali, 9 de abril de 1976).

_____ Carta a ILF (2 de enero de 1975).

_____ Carta a JB (23 de julio de 1972).

_____ Carta a PR (Cali, 12 de octubre de 1976).

_____ *Destinitos fatales.* Luis Ospina y Sandro Romero Rey, eds. Bogotá: Oveja Negra, 1988.

_____ Diarios I-VI, ms. Fundación Andrés Caicedo. Santiago de Cali.

_____ *El atravesado.* Cali?: Ediciones Pirata de Calidad, s.f. (1975?).

_____ "El genio de Jerry Lewis". *Cinemateca* 1/1 (julio 1977): 10-11.

_____ "Hollywood desvestido". *Cinemateca* 1/1 (julio 1977): 15-21.

_____ "Kiss, me, Kim". *Cinemateca* 1/1 (julio 1977): 8-10.

_____ *Maternidad.* Ed. Museo Rayo. Roldanillo, Valle: Ediciones Embalaje, 1990.

_____ "Nueve cartas inéditas de Andrés Caicedo". *El Malpensante* 1/1 (noviembre-diciembre 1996): 36-57.

_____ (Cine Club de Cali). *Ojo al cine.* Vols. 1-5, 1974-1976.

_____ *Ojo al cine.* Luis Ospina y Sandro Romero Rey, eds. Santa Fe de Bogotá: Norma, 1999.

_____ "Pronto: fragmentos de unas tales *Memorias de una Cinesífilis* encontradas dentro de una botella en las riberas del Canal de Panamá". *Obra en marcha: la nueva literatura colombiana.* Juan Gustavo Cobo Borda, ed. Vol. 2. Biblioteca colombiana de cultura--colección popular. Bogotá, D.E.: Instituto Colombiano de Cultura (Colcultura), 1976. 463-90.

_____ "Pronto: fragmentos de unas tales *Memorias de una Cinesífilis* encontradas dentro de una botella en las riberas del Canal de Panamá". *Ojo al cine.* 1999. 479-91.

_____ *¡Que viva la música!* [1977]. Sexta ed. Santafé de Bogotá: Plaza y Janés Editores, S.A, 1996.

Douglas, Jack D. *The Social Meanings of Suicide.* Princeton: Princeton UP, 1967.

Durkheim, Emile. *Suicide, a Study in Sociology.* John A. Spaulding y George Simpson, trads. Glencoe, IL: Free Press, 1951.

Freud, Sigmund. "The Uncanny". *Collected Papers* [1919]. Ernest Jones, ed. Vol. 4. New York: Basic, 1959.

Giddens, Anthony. *The Sociology of Suicide: A Selection of Readings.* London: Cass, 1971.

Gómez Gutiérrez, Felipe. "Andrés Caicedo: el otro boom". *Himenginación* 6 (1998): 42-70.

Gratton, F. "Sociology of Sucide" (Oct. 17, 2001) <http://www.sciencedirect.com/>

Henry, Andrew F., y James F. Short. *Suicide and Homicide; Some Economic, Sociological, and Psychological Aspects of Aggression.* Glencoe, IL: Free Press, 1954.

Klerman, Gerald L. *Suicide and Depression Among Adolescents and Young Adults.* Washington, DC: American Psychiatric Press, 1986.

Lester, David. *Making Sense of Suicide: An in-Depth Look at Why People Kill Themselves.* Philadelphia: Charles Press, 1997.

Malinowski, Bronislaw. *Crime and Custom in Savage Society.* International Library of Psychology, Philosophy, and Scientific Method. London: Routledge & Kegan Paul, 1961.

Martin, J. Purdon. "Neurology in 'The turn of the screw'". *British Medical Journal* 894/4 (Dec. 22, 1973): 717-21.

Mayolo, Carlos, Dir. *Carne de tu carne.* Compañía de Fomento Cinematográfico, Focine, Colombia, 1985.

_____ Entrevista telefónica (Bogotá, 22 de abril de 1997).

_____ Entrevista personal (Bogotá, 1 de agosto de 1996).

Ospina, Luis, Dir. *Andrés Caicedo: unos pocos buenos amigos.* 1986.

_____ Entrevista personal (Bogotá, 22 de febrero de 1997).

_____ Entrevista personal (Bogotá, 6 de julio de 1996).

_____ y Sandro Romero Rey. "Invitación a la noche". Caicedo, *Destinitos fatales* 9-25.

Rodríguez, Marta. Entrevista personal (Bogotá, 14 de julio de 1996).

Stenager, Elsebeth y Egon Stenager. *Disease, Pain, and Suicidal Behavior.* New York & London, 1998.

Styron, William. *Darkness Visible.* New York: Random House, 1990.

Taylor, Steve. *Durkheim and the Study of Suicide.* London: Macmillan Press, 1982.

Cali-drama: Guillermo Lemos sobre Andrés

JUAN DUCHESNE WINTER
University of Pittsburgh

Óscar Campo,[1] director de cine y profesor de Comunicación Social radicado en Cali, me condujo al sector de esa ciudad identificado en la obra de Andrés Caicedo como el "Sur" o "surcito", donde quedaba el cine San Fernando, y donde todavía vive Guillermo Lemos con su madre en la que siempre ha sido la casa de su familia. La imagen del sector no coincide siempre con el mapa social caicediano, no presenta la proletarización que algunos relatos le imprimen, a diferencia del "Norte" o "nortecito" que se asociaba a la clase media alta en su época. En este otrora "surcito" más bien predominan rasgos clasemedieros con algunos trazos contradictorios de mejora y de decaimiento urbano que apuntan al universal desclasamiento. Allí Óscar me presentó a Guillermo. Hace más de tres décadas, a sus 19 años, Andrés Caicedo conoció a los hermanos Lemos, Guillermo y Clarisol, quienes sólo alcanzaban 12 y 8 años respectivamente. El narrador de "Remontando el río" dice sobre este encuentro:

> No tenía mujer, ni me interesaba. Tomaba mucha cerveza y me la pasaba contento en Cali, mucho más después de que me hice muy amigo de Clarisol y Guillermo Lemos, dos niños super precoces y super perversos y fui dando la imagen del niño que no ha crecido o se niega a crecer: ellos me hicieron probar los hongos y el *Daprisal*, y yo estaba contento con mi pose silvestre porque así desconcertaba a los intelectuales de profesión, a los que he detestado siempre y bastante es el mal, con pullas indirectas, que me han hecho. Pero como todo el mundo deseaba y admiraba a Clarisol, no se podían meter conmigo, pensaban "ése va a acabar mal", pero no decían nada. Pero terminé mal, la pura verdad. Con Clarisol hicimos un pacto: "Tú aparentas mi edad y yo la tuya", y así pasábamos el tiempo, cada uno desconcertando a su manera.[2]

Guillermo, vástago de una familia de clase media alta, cuyo padre era un prominente abogado de origen español, condensa en su figura las señales de una prolongada decadencia digna de las páginas de Émile Zola. Su precario cuerpo por momentos luce casi juvenil por lo flaco y alámbrico, su rostro ha resistido las devastaciones de la incuria, pero está congelado en esa misma resistencia, y lo que reflejan sus ojos inmóviles no cabe aquí. La conversación transcurre mientras Guillermo, Óscar y yo caminamos por San Fernando y sectores aledaños, procurando identificar aquí y allá esquinas, lugares y tópicos de la cartografía delirante de Caicedo. El propósito de esta entrevista es dar cabida en el discurso crítico e interpretativo precisamente a una voz no autorizada por la *ciudad letrada*, la voz de quien fuera un "angelito empantanado" del evento caicediano, un sobreviviente de una tribu urbana desaparecida.[3]

G: Guillermo Lemos
JD: Juan Duchesne
O: Óscar Campo

[El segmento de la entrevista que se ha logrado grabar comienza con comentarios sobre la posible referencia a personajes reales en la novela de Caicedo *¡Qué viva la música!*]

JD: Es decir, que Leopoldo es una invención.

G: Sí. Leopoldo sí, es una invención (estoy empezando a ver los pájaros también... estos pájaros...). No corresponde a personajes reales de Cali. Es un tipo sureño, ¿no? agresivo, ¿no?, peleador...

JD: ¿Y la puertorriqueña, María Lata Bayó?

O: Sí, es la que llega con un gringo y entonces María del Carmen y el Bárbaro los asaltan en el Valle del Renegado. ¿Te acordás? Hay una escena ahí en el Valle del Renegado.

JD: Y hay una escena como desviada...

O: ...que matan a un gringo.

G: Pero esto es con la protagonista.. Con María del Carmen...

O: Sí, pero ahí hay una mujer puertorriqueña que... María del Carmen termina teniendo relaciones eróticas con la puertorriqueña.... sí en la violación, sí.

JD: María del Carmen.

O: Sí.

G: Sí, es rarísimo.

O: ¿Ya no te acuerdas de eso?

G: Es muy abstracta esa parte. Lo que pasa es que...

O: Lo que pasa es que cuando hablas de personajes reales, ¿a qué te referís exactamente?

G: Pues, quién te digo... Mauricio Márquez... este personaje... cómo es que se llama...

O: Mauricio Márquez, ¿quién era?

G: (Hmm... todo el pico rosa) era el *chuter* más joven de América ... Pero el envenenador de sus hermanas era Miguel Fernández.

O: Miguel.

G: ...que como les vendía perico a las hermanas...

JD: ¿A cuáles hermanas? ¿A las de Caicedo?

G: No, no.

O: A las de él.

G: Recuerden que hay una escena en que van a una fiesta y ella comienza a saltar en un colchón y abajo del colchón están las hermanas muertas de Miguel Fernández. Entonces ahí hay un símbolo, ves, porque se sobreentiende que en la vida real Miguel Fernández vendía perico, entonces mataba a las hermanitas, a las hermanas en Cristo... entonces a las peladas les daba perico y entonces las mataba ¿no? Ahí hay una cosa muy de Andrés, según él lo refleja, los gringos venían a gozar la rumba barata y a envenenar viejas.

O: Había muchos gringos en esa época en Cali.

G: Sí, además de que eran gringos que venían de lo de Vietnam.... Hubo una cantidad de gente que salió de Vietnam envenenados en droga... máquinas de matar... cuando llegaron a Estados Unidos nadie los quería. Allá no los querían porque eran unas bestias, sus actos eran asquerosos, mataban a la gente y la picaban en partes. Eran tipos que tenían unas tensiones muy altas y los mandaron para el Tercer Mundo. "Ábranse de los Estados Unidos, váyanse a América del Sur, para donde quieran, pero no frieguen aquí". Esa gente vino aquí e hizo y deshizo, venían taqueados de dólares en una época en que la economía era muy lenta; entonces eran los reyes con unas pensiones altísimas pero con malos hábitos, los mismos malos hábitos que traían de Vietnam, porque cada vez que se endrogaban volvían a ese infierno y al que les pusiera el calce lo picaban en partes. Hubo varios asesinatos así muy misteriosos que entraron a la tradición oral.... uno fue de unas gringas que mataron... eso está documentado todo... fue un acto real, que picaron a dos viejas en Santa Rita. Esos fueron los mismos gringos que andaban por ahí, Roy y Ben, que andaban por ahí...

O: ¿Roy y Ben?

G: ...que andaban en el mercado de las pulgas con Leo el Holandés, ¿te acuerdas? Es que estamos hablando de esa época, de los setenta, ya el personaje es real.

O: Esa época se volvió llena de hippies, pero hippies también criollos. Había un sitio que se llamaba el "Mercado de las pulgas" donde llegaban gentes de todos lados, inclusive latinoamericanos y llegaban muchos hippies gringos.

JD: Entonces en el principio de los setenta...

O: Principio de los setenta, eso es en el barrio español.

G: Sí. Primero estuvo en San Fernando. Te acordás que la primera estuvo lejos, que vivía en San Fernando, es que Leo era el dueño de eso, era de Holanda, era un tipo pues, muy libre, venía de una sociedad muy civilizada, con un vestuario pues espectacular, además, era un tipo pelirrojo con una nariz respingada y ojos azules... ¿Te acordás? que usaba zuecos, además era una imagen muy libre, lo que todo el mundo quería pero no se atrevía, eso era él.

JD: Entonces él era amigo de Andrés.

G: Sí, era conocido, es que hablamos de un Cali que era un pueblito, era chiquitico, entonces todo el mundo era "qué hubo, qué hubo, qué hubo" por eso el cineclub era como.... el cineclub de Cali funcionaba en el Teatro de San Fernando, aquí arriba y era un punto de reunión, el club para mucha gente, entonces uno ahí veía a la gente "qué hubo, qué hubo, qué hubo". Eran conocidos. A Andrés lo conocía mucha gente, pero ya amigos.... Andrés era como muy exclusivista en muchos aspectos porque Andrés era como un niñito grandote. La gente pone a Andrés como muy autosuficiente y hay algo que yo siempre he recalcado, que una cosa es la vida y otra cosa es la obra, y hasta qué punto la vida la quieren mistificar, volverla un mito y ya el personaje pues aparece omnipresente, omnipotente, omnisapiente y totalmente definido pero...

JD: ¿Usted cuándo conoció a Caicedo?

G: Fue una cosa curiosa... yo estaba en la Universidad del Valle, fue un viernes. Estaba en la recién.... es que la Universidad del Valle antes funcionó aquí en San Fernando viejo.

O: Por el Parque del Perro.

G: Ajá por ahí, a raíz de los Juegos Panamericanos de 1971, que fue un hito en la ciudad, en el desarrollo de la ciudad. Cali pasa de ser un pueblito o una ciudad intermedia a volverse una ciudad más grande con esos Juegos Panamericanos, pues a la ciudad le hacen toda una infraestructura y... ¿Sí?

JD: ¿Y cuándo lo conoció?

G: Entonces yo estaba ese día en la Universidad del Valle, un viernes, y había una presentación en el auditorio, de una obra de Andrés que se llama *El mar*. También estaba conmigo una hermanita mía que es Clarisol, es un personaje.... Clarisol a los ocho, a los seis años conversaba con estudiantes en pleno campus de la Universidad del Valle, en la plazoleta, pues había leído tres o cuatro paginitas de *El capital* y decía que lo había leído todo. Bueno, yo nunca la vi leérselo entero, francamente [risas].

JD: ¿A los cuántos años?

G: Seis. Una vez se le subió en pleno concierto a Santana...

JD: Era precoz.

O: Una niña genio.

G: Terrible. Una genio. No precoz.

O: Y a los 12 años tenía una novela escrita, no recuerdo el título ahora…

G: Sí.

JD: ¿A los doce años? ¿Y qué edad tenía usted?

G: Yo le llevaba a ella cuatro años. Sí. Cuando conocimos a Andrés ella tenía ocho y yo tenía doce. Imagine, éramos unos niñitos. Clarisol a los siete años se le subió en pleno concierto a Carlos Santana, en la tarima, y comenzó a rumbear y a Carlos Santana le impactó su manera de ser. Se extrañó de ver a esa niña tan independiente. Clarisol le dijo que andaba sola. Él se hizo responsable.

O: Sí, yo me acuerdo de eso.

G: Y Santana la trajo hasta aquí [señala su casa, que pasamos en ese instante].

JD: ¿Carlos Santana?

G: Sí. Y él: –Por favor –tocó en nuestra puerta: tan, tan, tan. –¿Buenas? Abrimos y vemos un tipo al lado de una limusina. –¿Y usted quién es? –Yo soy Carlos Santana, el de *Samba pa' ti*. No le gustaba el rock pero sí sabía qué clase de guitarrista era y… le ha llamado la atención esta niñita tan articulada y exhuberante. –¿Esta niñita es la reencarnación de quién? –pregunta él. –¿Ustedes son esotéricos, ustedes tuvieron un gurú? Aquí se la devuelvo, cuídenla –...sigue diciendo… está tocado. Ya ves que él era un gurú, que era un gran maestro y… vino dos veces más a Cali y otra vez se arrimó aquí a casa a visitar a Clarisol. Eso fue en mi época de los setenta, que Santana estuvo por ahí en Colombia. Pero es que Clarisol era un personaje… aterrador. Bueno, pero para volver ahora a lo de la conocida, a cuando conocí a Andrés. Daban la obra suya *El mar*. Ese día me dijo Clarisol: –Me invitaron a ver una obra de teatro en el Auditorio 5, ¿va a ir? Entonces, la entrada era libre y fuimos. Perdón, fue ella, en verdad yo no fui, no entré. Yo me quedé hablando afuera con unas muchachas que por allí estaban como… ahí como en un plan todo… macabro pues... con ellas [risas]… y entonces entró Clarisol a ver la obra y resulta que Clarisol se subió al pleno escenario. Pues había una parte en la obra (la dirigían Jaime Acosta y Ramiro Arbeláez) en la que aparecía un televisor vacío, repleto de peloticas de colores, de peloticas de ping pong. En cierta escena (perdón... [estornuda] ... la rinitis la tengo rebotá desde esta mañana)... En cierta escena liberaban la tapa y las peloticas se desparramaban por todo el escenario. Resulta que Clarisol, que era tan espontánea, de repente se subió al escenario a recoger las peloticas. Al director de la obra le llamó la atención la aparición de este nuevo personaje... –¡Ave María, pero pues quién es esta niñita! Entonces le dijo que volviera al otro día, que iban a dar la obra al otro día para que ella volviera y se subiera al escenario y recogiera las peloticas. Ella se inventó como personaje. Y el director la metió dentro de la obra. Allí en el auditorio estaba Andrés, el autor de *El mar*, quien le dijo: –Yo tengo un cineclub, ¿por qué no va mañana?

JD: Caicedo ya dirigía el cineclub.

G: Sí. Y resulta que Clarisol, cuando salió del auditorio me contó: –Vea este muchacho tiene un cineclub, vamos a ir mañana. –Camine, camine, vamos mañana, le digo con actitud en parte evasiva; yo no era muy adicto al cine. Al otro día llegamos y Andrés… ahí conocí a Andrés. Yo no lo conocí el viernes, pues no había entrado al auditorio, sino el sábado en el cineclub. Y nos hizo entrar –Buenas, buenas, sigan, sigan –todo atento. Cuando terminó la función… Hablamos al final de la película, porque al principio siempre estaba ocupado. Además él salía a sala, se dirigía al público y hablaba algo sobre la película que iban a dar. Andrés tenía una cosa de que cuando se daba una presentación, escribía la crítica de inmediato. En esa época no existían los medios de ahora, entonces era aterrador, porque yo le puedo decir que a veces él había rumbeado dos días sin dormir, pero no más veía la película y picaba directo al esténcil, porque era en esténcil, para el mimeógrafo, a escribir su crítica. ¡Qué cabeza, sin nada! Todos esos escritos de una obra que… le llamó... ¿*Ojo al cine*?

JD: Sí, así se llama, yo la leí.

G: Casi todos son escritos de memoria, lo que retenía de la película acabada de ver, de un tirón... ¡Aterrador!

O: Él los había hecho así...

G: Él los hacía así, todo rumbeado, en el acto.

O: Sí, se estaba hablando con dos o tres personas y estaba rumbeadísimo y los escribía ahí porque él llegaba de estar rumbeando, pues entonces se rumbeaba los viernes (pues que casi todos los días al final, ¿no?), entonces le tocaba exhibir la película los sábados y escribir la crítica...

G: Sí.

JD: Aparte de eso se daba el trago...

G: Sí, y mucha droga.

O: Sí, muchísima, pregúntele a él [señala a Guillermo] todo lo que se tomaban.

G: Es que Andrés no sólo...

O: Toda la droguería que se conseguía en esa época...

JD: ¿En qué año era eso?

O: Desde el año setenta y...

G: De finales del 71 creo. Ahí empieza nuestra... era después de agosto.

JD: ¿Cuánto duró esa amistad?

G: Hasta el 77, hasta que murió. Sí, bueno... decía que ese primer día de vernos, antes de empezar la película, en el cine club había mucha… Pero al final de la función, casi cuando terminó todo y se estaba yendo la gente, él vino hacia mí y... –¿Y usted quién es?, me pregunta. –Yo soy Guillermo. Y comencé a hablar rápido y le decía sin perder tiempo: –A mí me gusta leer, yo me he leído a Vargas Llosa, y he leído esto otro. Ahí mismo le toqué el punto débil de él, la lectura. –¿Y usted leyó *La ciudad y los perros*?, como que me examinaba. Pero yo: No, pero me leí *Los jefes*, pero me leí *Los cachorros*…

JD: Quiere decir que salían de una película pero no hablaron de cine, sino de libros. ¿Era la lectura tan importante en la conversación?

G: Sí, mucho y comenzó la amistad por los libros.

O: Porque es que el padre de Guillermo era un abogado muy culto...

JD: Prominente, ¿no?

G y O: Sí.

G: La familia mía siempre han sido personas así como muy… todas… todos hemos sido grandes lectores. Yo estaba leyendo desde los seis años sin parar. Entonces yo ya había leído bastantísimo y a Andrés eso lo descrespaba –¿Cómo vos vas a tener doce años y haber leído todo lo que has leído? Ya. Pero sí, es real. Entonces ahí fue el comienzo de la amistad conmigo. Claro, y con Clarisol, porque ella era un imán, pues es que Clarisol era un personaje de una atracción…

JD: ¿En qué sentido?

O: Era una niña linda.

G: Era bonita. Además, que todo el mundo la adoraba. Era adorable el personaje, era adorable. Y todo el mundo deseaba estar cerca de ella, estar en ese grupito de ella. Él menciona esa atracción de ella en...

O: Ahora te muestro un pedazo, un fragmento de la película [se dirige a mí]. Porque Andrés los grabó cuando ellos tenían más o menos… ella tenía diez años y él [señala a Guillermo] doce, catorce...

G: Catorce.

O: Eso está en la película que hice de Guillermo [Se refiere a *Ángel del pantano*].

G: Y ahí se oye la voz de Clarita.

O: Sí, fue lo único que él grabó también en un vídeo.

JD: Toda la técnica del vídeo ya había…

G: Sí, usó el vídeo-tape porque resulta que Hernán Nichols había traído un aparato de vídeo, era el único que había en Cali. Entonces se hicieron unas filmaciones así por ensayo y de pronto a Andrés le dio por sacar un pedazo de la novela que estaba escribiendo, *¡Qué viva la música!* donde había un cuestionario que le hacen al personaje llamado Ricardito el Miserable. Ah, ¿usted sabe quién es Ricardito el Miserable? [A Óscar Campo.]

O: No, ¿quién es?

G: ¡Él mismo! ¡Es él! ¡Ése es Andrés, Ricardito el Miserable! Yo mismo le decía Ricardito el Miserable.... Me echaba, me daba de patadas. –Pobre Ricardito el Miserable, decía yo y me reía.

O: Es que Guillermo estuvo muy cercano a toda la escritura de *¡Que viva la música!*

G: A todo. A todo. Además que...

JD: Es que él escribía en compañía de ustedes a veces.

G. Sí. Lo que pasa es que Andrés era un niñito bien, y yo no digo que no hubiera vivido, pero había vivido dentro de unos parámetros de clase, dentro de un núcleo como muy norteño [se refiere al norte de Cali] y fíjese ya todas esas historias del enfrentamiento con la la gallada [se refiere a *El Atravesado*], no digo que se las diera yo, pues eso es de él... pero yo influía en su atención, yo le decía, lo ponía de frente a esa cantidad de personal, y al mismo tiempo le daba el contacto con La Marquetalia.

O: La Marquetalia era una gallada también. En esa época eran jóvenes pandilleros. Aquí en este parque, aquí mismo [señala un parque aledaño], venía la gallada de La Calavera. La Marquetalia quedaba un poco más allá, estaba también Canta-Rana que quedaba por allá... [señala el horizonte donde se pierde una calle tranquila y arbolada que no parece territorio de pandilleros].

JD: ¿Y cómo? ¿Es que eran pandillas de clase media?

O: Esa sí. Pero más allá sí eran más proletas.

G: Eran más proletarias algunas, pero es que se mezclaban, como era la cuestión de sentarse, de jugar al fútbol, de hacer campamentos, era algo como muy social, se compartía.

O: Y mucha droga.

G: Mucha droga, sí. Pero la gallada no era de droga muy dura.

O: Era marihuana, *seconal*, barbitúricos, pues eran peleones callejeros. Tomaban muchas drogas pero es para salir a pelear, no para robar ni ser delincuentes.

JD: Y marcaban territorio, como los lugares que señalas.

O: Marcaban territorio.

G: Sí, pero era como la cuestión de la marihuana, que te fumas un marihuano y te agarrás a hablar porque te da pereza, entonces la marihuana crea eso, pero no siempre crea la pelea, en cierta forma también la marihuana llevaba a socializar y a compartir más. Ves... por eso el bazuco después acabó con las galladas, porque el bazuco es antisocial.

O: Es que la marihuana es sociable.

G: Te da pereza y te quedás a hablar.

O: Pero el bazuco es individualista porque quieres fumarlo todo el tiempo.

G: Y es egoísta.

O: Egoísta. Entonces, cuando vino el bazuco, la gente comenzó a enemistarse. Este le robaba al otro y así. O se le metía a la casa y le robaba cualquier cosa. Entonces terminaron matándose. Además de estas galladas salió mucho soldado del crimen para el batallón del cartel de Cali. Pero no los primeros, los jefes, sino más los medios, los sicarios.

JD: Suplieron los cuadros del cartel.

G: Pero eso es cuando vienen ya drogas duras. De lo que yo hablo ahora es de la parte social que había cuando la marihuana y las pepas.

JD: Y la relación de Caicedo con ese medio, ¿cuál era? ¿Hablaba ocasionalmente del tema?

G: En el documental tú mismo lo dices [se dirige a Óscar Campo], Andrés previó muchas cosas que iban a pasar, como en *El Atravesado*: la guardia civil, la limpieza social, que iba a haber una represión violenta por parte del Estado en el momento en que se extendieran las drogas. Porque antes los que metían estaban allá y los que no metían estaban aquí, y mientras no me echaran el humito pa´cá, no había problema, con el primer uso social de drogas. Pero ya cuando vienen unas drogas duras que son dañinas, solitarias, que a la gente le dan ansiedad, que la ansiedad no calma, que el crack, que el bazuco, que hay que robar, que hay que coger lo que sea con tal de meter, comienzan a aparecer los problemas, o sea, cambia, todo. Ya hay un enfoque distinto de la gente porque la clase baja, que tiene que rebuscar, que llega el muchacho y se roba el televisor y no tiene más para el chuteo, pues se va para la calle. ¿Cuál clínica, ni que nada? Se va a tirar a la calle, comienza la indigencia. En los setenta había gamines y uno que otro perdido, pero no había indigencia. Indigencia como profesión, como existe ahora, como forma de vida. Yo digo que nosotros en aquella época si hubiéramos visto pasar a un indigente con un costal, no hubiéramos seguido en eso, hubiéramos tenido miedo, pero a nosotros nos tocó ser los primeros y se pagó muy caro.

O: Es que la gente no sabía que la droga fuera eso...

G: No. Y además al principio eran drogas que no hacían daño. Era la cervecita, era la marihuana y era el perico. Entonces era delicioso, hablar, bla bla bla, ¿no? Eso daba un poco de guayabo y un poco de resaca, tres días después de la rumbeada del viernes, sábado y el domingo…

JD: Y a lo largo de esos años, ¿cómo fue la relación con Caicedo? ¿Fue de intimidad, de encuentro, de verse todos los días?

G: Claro. Para él era como un refugio esta casa [señala su casa, donde nos hemos detenido de nuevo], pero después hubo problemas. Mi papá se enemistó con él y comenzaron los chismes, que no faltan, entonces ya mi padre nos prohibió la amistad con Andrés. Pero nos las ingeniábamos para vernos con Andrés. Entonces mi padre le puso una demanda por corrupción de menores.

JD: ¿A quién? ¿A Andrés?

G: Sí. Pero Andrés respondió que más bien él nos iba a poner a nosotros una demanda por corrupción de mayores... [Risas.]

O: Guillermo y Clarisol eran más drogadictos que Andrés. Esa es una de las razones por las que la familia de Andrés detesta a Guillermo y a Clarisol...

G: Es que decían que nosotros lo metimos en muchas drogas, y la misma gente malpensante dice todavía que estábamos metiendo perico desde 1968, que a Andrés no le gustaba pero que lo hacía. Eso está documentado.

JD: Porque yo vi un vídeo en *You Tube*. Aparece una dama muy indignada que culpa a Guillermo y Clarisol por la situación de Andrés.

G: Ah, esa es María.

JD: Dice algo en el sentido de que los hermanos Lemos fueron los que perdieron a Andrés.

G: Y ahora lanzaron un libro sobre Andrés. ¿Van a ir? En Bogotá. En la Biblioteca Arango, a las 4 y media.

O: ¿Hoy?

G: Sí, señor. En serio. Vamos y yo les presento a María Victoria.[4]

O: ¿Y qué decía María Victoria?

JD: Una declaración en el sentido de que los hermanos lo perdieron...

G: Los Lemos... y Clarisol, que era la que atraía como imán.

O: Casi no cubrí ese aspecto en mi documental sobre Guillermo. Ahora sí, yo podría comentar un poco más la relación de los hermanos Lemos con Andrés en un próximo documental.

G: Yo pienso que el documental que usted hizo [a Óscar Campo] es un trabajo muy serio, un trabajo bien documentado y un trabajo que hay que analizar palabra por palabra porque fue muy medido, por el exceso de material y el poco tiempo.

O: Fue un programa de cuatro días y en la universidad yo estaba peleando con todos, con el director del canal... realmente me trataron muy mal... me dejaron sin recursos. Hay que volver a hacerlo. Ya hay que ir a una cosa más completa. Yo quisiera desarrollar algo sobre los efectos que la novela y el mundo de Andrés tuvieron sobre su familia [se dirige a Guillermo].

G: Y yo quisiera también, pues siempre ha habido un veto. Yo estoy vetado. Yo me considero vetado.

O: Usted también ha sido negado socialmente.

G: Un personaje maldito, dentro del núcleo mío. Yo soy payanés de pura cepa y es una tradición que Andrés era payanés, además éramos parientes por el lado Arboleda, del padre de él ¿no? Él es Carlos Alberto Caicedo Arboleda. Porque Popayán es una ciudad nuestra, como llena de tradiciones, es una ciudad donde aún prevalece ese concepto antiguo de lo nobiliario; todo eso como en un mini espacio. En ese núcleo yo soy un maldito.

JD: Me dice Óscar que ustedes son españoles.

G: Sí, yo soy español de nacimiento.

O: Y Clarisol también, ¿no? Es española.

G: Pues, ella fue engendrada allá pero nació acá, de allá vino embarazada mi mamá, vino a tenerla acá.

JD: ¿Y a qué se dedica Clarisol hoy en día?

G: Clarisol ahora vive en España. Es ama de casa.

JD: ¿Nunca se dedicó a estudiar?

G: No, así con diploma o título, no. Ha sido como yo, gran lectora, pero pésima estudiante.

O: Bueno, pero volviendo a cuando comenzó la amistad en el Cineclub y todo eso, ¿cómo era la cosa, Guillermo?

G: Pues después se desarrolló la amistad. Él en esa época vivía en San Antonio. A él le dio con que nos iban a enseñar salsa en Rolling Stone, e íbamos allá a escuchar música y comenzó esa fase. Ahora bien, Andrés era alguien que estaba siempre activo, tenía mucho que hacer. Si uno andaba con él, tenía que seguirlo y por lo general, terminaba empapado de lo que estaba haciendo. Nos involucraba, nos hacía preguntas, preguntaba mucho, me refiero a la parte creativa. Así uno como que terminaba participando en lo que él pensaba.

JD: ¿Y ustedes se veían a diario?

G: Sí, casi a diario. Él venía mucho, mi casa era como un polo, era como un imán. Yo creo que el genio de mi hermana también lo atraía. Había un grupo enorme que asistía a casa. Andrés comenzó a frecuentar la casa.

JD: Entonces no llegaron a compartir un apartamento y vivir realmente juntos.

G: No, no porque Andrés cuando esa época vivía en San Antonio ya con otro muchacho. Compartían la casa, él tenía su área, la biblioteca. Pero por lo general él era muy dependiente de la familia y así lo dice en *El cuento de mi vida*, ¿no? La mamá iba y le dejaba comida, lo ayudaba. Él hizo mucho por quitarse de lo de mami, estaba muy amarrado. En *El cuento de mi vida* dice que de pronto llama a la mamá y le dice: "Me haces tanta falta, estoy tan solo". Entonces la otra responde: "Ay mi hijo" y a llorar. Pero él lo ha dicho sólo para estudiar la reacción de la mamá y ponerla en su escritura. Lo que era tan terrible, tan frío. Ese es su estilo. Porque Andrés adoraba escribir, para él era como un acto, un experimento donde creaba la sensación, las emociones.

JD: A mí me impresiona eso, que él provocara situaciones emocionales para poder escribir sobre ellas. Provoca una reacción en la mamá para luego contarlo en su escritura.

G: Sí, es terrible. Frío, en ese aspecto.

JD: Yo creo que en el fondo cada drama que él provocaba para luego escribirlo era real, lo que pasa es que él lo distanciaba, lo sublimaba, viviéndolo como si fuera una actuación para la escritura...

G: Sí, y lo reflejaba.

JD: Dicen que la madre era muy guapa...

G: Que fuera guapa no es el tema, es que Andrés siempre la adoró demasiado y además, el Edipo de Andrés era superexagerado. Eso yo lo sé.

O: Sí.

G. Superexagerado. El odio por el papá era declarado.

O: Le han quitado al diario todas las páginas más terribles, ¿no?

G: Pero él odiaba al papá a muerte.

JD: Eso no aparece en...

G: A muerte. Entonces decía que era el ser más... que lo odiaba, que era un mal poeta, que era un pésimo escritor, porque él también escribe, ¿no? Carlos escribe poemas. Y chispazos. En esas cosas del gazapo... esos gazapos.

O: Es que esos gazapos gramaticales, se escriben en la prensa... son como errores, erratas.

G: Ahora sí, hay una cosa, que Andrés le daba mucha preeminencia a la cuestión familiar.

JD: Sí, se nota en la obra.

G: Demasiada.

JD: El drama, ¿no? El pequeño drama familiar se agiganta en sus relatos.

G: El drama. Hay cosas que él no pudo olvidar.

JD: Y hablando del Edipo y de temas sexuales, si leemos *El cuento de mi vida* antes que nada como una narración, que es desesperada y trágica, pero que nos queda como una narración, y como una obra literaria... Allí el texto menciona una relación homosexual que el narrador niega que sea en verdad homosexual, y se disculpa con el personaje llamado W...

G: Eso es ya posterior, pues W es un personaje que aparece después, W, aparece mucho después del inicio de nuestra amistad.

JD: Es que saltaste a *El cuento de mi vida.*

G: Pues, sí. Pero es que, volviendo a nuestra amistad. Sí. Andrés tenía... y tuvo relaciones homosexuales conmigo también, sí, es verdad. Sí las hubo. Ahora lo curioso es que la relación homosexual, la relación que tiene conmigo, no fue de un momento a otro, yo llevaba desde el 71 con él y eso fue en 1975.

Llevábamos cuatro años de amigos y un día yo lo miré y … no sé, había algo que… no sé… algo extraño. Había amistad, pero también había algo que… no sé. Percibí algo y después… fue real. Y después hubo un contacto y a él le pasó lo mismo, de pronto como una atracción. Tal vez de estar tanto tiempo juntos, porque es que en esa época él había estado muy ocupado con lo de *Ojo al cine* y en esos trabajos… Además, que llegó un momento en que yo andaba con él desde la 7 de la mañana y ahí iba y me quedaba en la casa de él y al otro día nos levantábamos de vuelta. Porque es que, yo te digo una cosa, eso del grupo Cali era Andrés solo, esos otros hijos de puta amigos suyos eran unos sentados.

JD: ¿Vagos?

G: Yo te lo puedo decir. Ahí el que metía el culo pa´ todo, y perdón por la expresión, era Andrés. Luis Ospina escribía y… pero lo de él más era el punto, el punto de reunión. Ponía la casa de él, donde todo podía hacerse y donde todo era permitido y donde había qué hacer… o sea, tenía una biblioteca de cine excelente, tenía medios audiovisuales…

O: Tenía una sala de cine.

G: Un proyectorcito.

O: Proyectaban películas.

G: Sí, en Super 8.

O: Había una piscina también ahí. Estaba muy bien equipado. Era un niño rico que venía aquí a Cali y hacía películas y se iba otra vez.

G: Tenía grabadoras de las de cinta, entonces grababa en los Estados Unidos unas 8 a 9 horas de puro rock, de rock clásico, ¿no? Mucha música, mucho blues. Entonces era el punto. Andrés grababa sus propios discos. Además tenía un salón donde… Eduardo Carvajal, que era un fotógrafo, les producía las fotos. Es el de las fotos a la salida del cineclub.

JD: Sí, que Andrés está caminando, etcétera.

G: Sí, unas fotos que hay del cineclub, de la salida del cineclub. Yo le tengo que quemar [a mí] un CD con unas fotos que yo he ido sacando que tengo por ahí de Andrés, para hacérselo llegar. Es que no alcancé ayer porque es que el computador se me quemó el domingo y me tocó arreglarlo. Lo arreglé y le volví a meter el sistema operativo. Otra vez me ha tocado, en este país toca…. Como yo tenía mucho que escribir y yo pasé el guión de él, el guión que hicimos lo pasé a máquina, entonces, cuando mi viejo vio la máquina... No voy a volver a usar la máquina y entonces prendí el computador y ha sido una lucha, la verdad, porque yo tengo el Cristo de espaldas y son equipos muy viejos y hasta que aprendí cómo, hasta que aprendí a arreglarlo…

JD: ¿Ustedes mantuvieron su relación íntima por mucho tiempo?

G: Pero mucho tiempo... pasamos tantas horas juntos.

O: Guillermo estuvo muy cerca de él, por ejemplo, cuando él escribió la novela.

G: Y él me hacía muchas preguntas sobre cada cosa que iba escribiendo, me ponía a leer mucho su manuscrito.

JD: ¿Cuál manuscrito? ¿*¡Que viva la música!*?

G: Ese, *¡Que viva la música!*

O: *¡Que viva la música!* está dedicada a Clarisol, pero *El Atravesado* también está dedicado a Guillermo, porque es que andaba mucho con ellos también, en el Sur, porque es que la obra de él se manifiesta como ruptura. Pero la ruptura está muy cercana, digamos, a la vida que tuvo con ellos.

JD: ¿Y cuando es que él conoce a W?[5]

G: Bueno, es que ella era esposa de X, quien siempre fue un hombre muy perro...

O: "Perro" acá es mujeriego.

G: Bueno, era muy mujeriego. Por otro lado, siempre hubo muchas mujeres muy lindas trabajando cerca de Caicedo, las cuales no dejaban de atraerle a X, su amigo, porque le encantaban las rubias y a Andrés también. Andrés decía que las mujeres que le gustaban eran monas...

O: "Monas" acá es rubias.

G: ...Y él opinaba (¿como Hitchcock, no será?) que las rubias son las damas de la sala y las putas en la cama. Bueno, resulta que había habido siempre una cosa muy rara ahí, de que... como que las mujeres que cogía X le gustaban a Andrés. Primero pasó con Ute. Esta mona que tenía nombre de alejar perros: "ute, ute".

O: Ute era una alemana que vivía en Cali por la época.

G: Entonces el hombre escribía unas cosas tremendas de deseo de esta mujer... Porque Ute, como era europea, era desinhibida. ¡Ah!... y estaba trabajando aquí en una cantidad de trabajos y compromisos. Ella era modelo profesional. Era una mujerzota, una mujer de uno ochenta, pues, ojos azules, europea, hermosa.

O: En esa época Cali era el centro donde se hacía la publicidad en Colombia. Aquí estaban las multinacionales, gran parte de la actividad industrial se concentraba aquí y por eso, digamos, había mucha concentración de medios de comunicación, lo mismo el periodismo, y llegaban todo tipo de extranjeros.

JD: ¿Esta mujer fue novia de Andrés?

G: No. De X. Pero había unas cercanías siempre, dado que estaban muchas horas juntos y a él Ute le llamaba la atención y me decía que cómo sería ver a la novia de uno con otro... pero en este caso el "uno" era X y el "otro" era Andrés mismo, ¿no? Pero después el conoció a W, y W le parecía un personaje genial porque es que ella era genial.

O: W era la esposa de X.

G: Claro. Se casaron. Y resulta que ella era un personaje impresionante. Entonces, cuando el festival de cine en Cartagena, viaja todo el grupo del cineclub, los más cercanos colaboradores de Andrés, y se queda todo el grupo en un cuarto de hotel. Y le toca a la pobre W, la única mujer, estar con cuatro tipos ahí. Ella protesta, pero nada dice X. Entonces ella ahí... todos pasaban así en ropa interior y ella tenía que soportar ese pantalonillaje tan hijo de puta. Pero de pronto un día estaban muy cansados de haber rumbeado. X se ha ido, por ahí, por el festival. Andrés ha llegado antes y se acuesta, y Andrés tenía la costumbre de dormir desnudo. W llegó después, al rato, muy cansada y se recostó a un lado sin mirar dónde ni qué. Y de pronto Andrés, que estaba dormido, tuvo una erección de esas cuando se duerme... Y W, también dormida, echó el brazo así y le puso la mano encima a Andrés y cuando sintió semejante instrumento tan grande que tenía el otro no lo soltó de ahí en adelante... no lo volvió a soltar jamás.

O: ¿Y?

G: Terrible. Ahí parece (eso nunca me lo dijo Andrés) que X los... [baja la voz hasta ser inaudible].

O: ¿Los qué?

G: Los... [inaudible]...adentro. Parece que X los vio haciendo el amor y ahí acabó la relación de X con W. Pero con un nuevo problema, que W seguía muy enamorada de X, pero le encantaba el chiringo grande de Andrés, entonces no sabía. La entiendo, ella estaba en un dualismo, una dualidad ahí terrible. Andrés era una persona muy inestable. Andrés siempre andaba buscando como aprobación. Que le dijeran "Ay ¿cómo estás?, eres mi niño favorito, ay que cómo escribes". Siempre de "ay", ¿no? A él le encantaba eso.

O: Y realmente... era muy solo. Solamente andaba con Guillermo...

G: Sí, esa aprobación solamente la necesitaba de las personas que le importaban dentro de su vida porque ante los demás parecía muy aplomado.

JD: ¿Y la relación con W duró o no duró?

G: Sí, pero claro, hasta la muerte de él. Claro.

JD: ¿Se van a vivir juntos?

O: Vivían juntos. Se van a vivir juntos.

JD: Y ella se separa de X y viven juntos, entonces...

G: Entonces resulta que Andrés comienza a viajar a Bogotá y comienza a verse como que W quiere dejar a X, pero está con X y está con Andrés. Y Andrés va a Bogotá y vuelve y el otro como que se da cuenta que Andrés sigue, pero no le importa, porque X con las mujeres era muy tranquilo...

O: Sí, estaba con muchas al mismo tiempo.

G: Sí, además comienza esa cosa de Andrés, de viajar para arriba y para abajo. En ese momento de zozobra comienza el cuento conmigo también, la relación conmigo también. Es en ese momento.

O: Setenta y cinco.

G: En el 75, y la relación con W.

JD: Todo a la vez.

G: Las cosas a la vez… tenaz.

O: P sabía de lo de ustedes dos, ¿no?

G: Sí, W sabía. Además es que Andrés nos sugirió varias veces que nos acostáramos los tres. Pero W decía que ni hijo de puta… Porque él decía que yo era alguien que sabía mucho de sexo, que me había leído el *Kama Sutra* a los doce años, que yo era el campeón.

O: Como que usted ya tenía una vida sexual de antes [a Guillermo].

G: Sí, pues yo claro. Para mí, el sexo nunca fue mi problema… Además es que era algo muy extraño. Yo sí puedo decir que llegó un momento en que para mí el sexo era indiscriminado, me acostaba igual con alguien que... Había bisexualismo, sí, claro. En esa época los dos sexos atraían mucho…Terrible.

JD: ¿Atraían a Caicedo?

O: No, a Guillermo.

G: A mí.

O: Andrés y Clarisol tuvieron alguna vez algún tipo de relación, ¿o nunca pasó nada?

G: Nunca.

O: Estaba muy niña, ¿no?

G: ¡Muy niña! ¡Él era un hombre! Hubo un viaje de ellos ahí a Silvia donde se vio como una cercanía, pero no hubo nada, era un cariño infantil.

JD: Un viaje a Silvia. ¿Dónde es Silvia?

O: Silvia es un sitio que queda en el camino a Popayán, que es un sitio de indios guambianos. Es un sitio muy bello, y en la década del 70 eso se llenó de hippies gringos, había muchos. También era un sitio de rumba de caleños, un sitio de fiesta. Y Andrés se parcheaba ahí, ahí escribió *¡Que viva la música!*, una parte grande.

G: Hay que entender que la mamá de Andrés era de Silvia.

O: Eran los dueños ahí de una hacienda que se llamaba Estela, que la llamaban después Los Silvios. Los Silvios… en esa hacienda hubo muchos muertos.

JD: ¿En los 70?

O: En la década de los 70. Y la mamá de Andrés… desciende de unos terratenientes del Cauca que son muy criminales también en su relación con los indígenas.

G: Sí, son terribles. Entonces Silvia era como un sitio de veraneo de la familia de toda la vida, habían ido ahí siempre, se había generado la costumbre de ir a Silvia. Allí fuimos con él. Lo que pasa es que nosotros éramos para él como un bálsamo. Dentro de todo éramos unos niños y él era como un niño con nosotros. Había una integración muy linda, había un…

JD: En realidad, con quien más momentos de solaz pasaba era con ustedes.

G: Sí, y disfrutaba mucho de eso. Y la gente no lo entendía porque la diferencia de edad era muy notable. Una cosa es una diferencia de 7 años hoy por hoy, a esta edad adulta, y otra cosa es cuando yo tengo 12 años y él tiene 19, ¡y Clarisol tiene 8! Muy diferente.

O: ¿Qué es lo que tomaban en ese momento, era *valium*? Eran muchísimas drogas muy distintas.

G: Sí, pero Andrés era de los *valium*. Esos se los debe a la mamá porque él repetía esa frase de los *Stones*, "le voy a dejar una tirita para mamá".

O: La canción de los *Rolling Stones*.

G: Sí, la mamá que le dice: "Ay, está nervioso, tómese este valiumcito", entonces el vicio de él por los tranquilizantes no se lo debe a nadie, sino a la propia familia. Todo lo resolvían con *valium*, la mamá y la familia.

JD: ¿Y la terapia de choque que recibió?

G: Eso ya es posterior.

O: ¿Pero ustedes qué tomaban? Tomaban *diaprisales*.

G: *Diaprisal*, que es la de…

O: La de Sartre.

G: Esa.

JD: Esa es como un estimulante.

G: Y cocaína. Ahora, después del cineclub íbamos a una fuente de soda que quedaba por ahí y entonces comenzamos a tomar cerveza y Andrés desde que llegaba al cineclub que tomaba una o dos cervezas. Después de la proyección se hacían cuentas y todo, que las hacía Ramiro, entonces él se sentaba allá en la fuente de soda de al lado del teatro con Andrés y entraba a pedir cerveza. Pero siempre la cerveza y por ahí había siempre perico. La cerveza de la época que a uno ya lo volteaba, era una cerveza más fuerte que ahora, ahora es mucho más aguada. Y entonces, por lo general, era muy curioso pero el perico siempre lo tenía yo. Porque a mí me lo regalaban y yo guardaba para dárselo a él.

O: Era perico muy bueno en esa época.

G: Muy bueno. Entonces yo me daba un pase cada quince días, cuando estaba muy cansado y...

O: Pero también él obtenía el perico por el lado de Nichols, de los publicistas.

G: Es que en Nichols ya tenían nómina pues para el perico, eso era ya como institucional.

O: Dentro de los costos de producción en la publicidad estaba el suministro de perico, pero en realidad cuando estaba Andrés la verdad es que se metía muchísimo, tenía la nariz arrecha, pero igual metía...

G: Cerveza, marihuana...

O: *Seconales.*

G: Hmmm.

O: ¿No tanto?

G: No porque es que...

O: *Roles* y *seconales* llegaron ya después masivamente.

G: Sí.

O: El se mata con *seconal,* pero eso lo consiguió…

G: Pero eso lo consiguió para matarse porque había oído que los barbitúricos eran venenosos en altas cantidades. Además, que él ya había tenido los dos intentos anteriores, que habían sido con *valium.* Todo esto es porque con la relación de W comienza la tormenta y los celos. También comienza lo mío, pero lo mío es como un bálsamo, dentro de todo yo le aguantaba muchas vainas y viajé con él a Bogotá, estuve con él como dos meses en Bogotá. Nos tocó conocer a otro personaje que es muy oscuro pero quien le ayudaba mucho, mucho a Andrés, era la morena, una mujer morena, ¿te acuerdas? ¿L.A.? Estaba de secretaria en la universidad. L.A.[6] fue un amor muy platónico de Andrés y además que L.A. era una mujer muy inteligente, que sabía lo que quería; entonces le gustaba a Andrés por intelectual.

JD: ¿La mencionaba?

G: Sí. Sí había sexo entre ellos, pero no amor, era como aventura intelectual y sexual.

O: Y con Ofelia Medina, ¿no? También tuvo una relación más o menos en esa época, con la actriz esa de cine mexicana.

G: Creo que sí.

JD: Ah, Ofelia Medina. ¿La conoció?

O: Sí, la que trabajó en la película de Frida Kahlo.

G: Esa no me la contó.

O: Esa no te la contó.

G: No… Pero esta L.A. le ayudaba mucho, era un personaje…

JD: ¿Es una chica que aparece en una foto cruzando una calle y en el fondo está el parque panamericano? ¿Como más bajita que él, morenita?

G: Esa es la Nena.

O: Es la Nena. Era de por aquí.

G: La Nena es un personaje. Sí, ella era de los grupos de teatro, pero…

O: La Nena era de Santa Cruz, amiga de Efraín, era muy amigo de Andrés.

JD: Pero no era nada de él.

O: No, yo pienso que era más como un grupo de amigos.

G: Ella era amiga de Andrés. Más bien ella tuvo una amistad especial conmigo...

O: En esa época todo el mundo pensaba que Andrés era el novio de Clarisol, no de él [se refiere a Guillermo]. Nadie se imaginaba lo tuyo hasta que apareció en la prensa.

G: Claro.

JD: ¿Apareció en la prensa?

G y O: Sí.

G: Lo nuestro era como muy clandestino, ¿no? No, a él le daba terror, además porque el Sur era como muy machista.

O: Claro. Las galladas eran de machos. Muchachos que salían del ejército. Era mucha gente recluta, de esos pelados. Yo me acuerdo que llegamos aquí y había unos muchachos que eran toda una familia que siempre le impresionaba tanto. Íbamos a la calle 15 con ellos. Y yo recuerdo que una vez hablé con uno de ellos. Se habían suicidado dos hermanos y después se suicidó él también, con el que hablé, un pelado de por acá, ¿cómo se llamaba?

G: No me acuerdo bien.

O: Es que por aquí todos eran amigos, era una gallada, pero después vino la delincuencia...

G: Terrible.

O: Yo me acuerdo de un muchacho de la gallada, por ejemplo, negro, que era muy amigo de ellos. A Andrés le gustaba ir a hacer excursiones al campo con esa gente.

G: Campamentos.

O: Entonces se iba a un sitio que se llamaba el Valle del Renegado a comer hongos alucinógenos.

JD: Sí, sale en la novela.

O: Esto sale en la novela... fue varias veces, como unas tres o cuatro veces allí.

JD: ¿Tú conociste a Andrés directamente? [A Óscar Campo.]

O: Sí, claro, pero yo era más como de la gente que él visitaba en el Sur, yo iba al cineclub. Yo era uno de los asiduos del cine, uno de los alumnos de él. Él tenía cursos de cine. Pero realmente las personas con quienes más cercano era con ellos [se refiere a las galladas]. Y en ese momento había galladas por acá, pero eran muy machistas todos, digamos. Casi todas las bromas eran en torno al sexo con maricas, ¿no? Por ejemplo, le pedía a alguien un cigarrillo y era "vení chupámela" o "ponete las rodilleras". Pues había mucho homosexualismo velado también.

G: Otro dicho: "No voy porque estoy trabajando"; y entonces: "Te agachas y me la vas mamando". Todo eso era en verso.

O: Sí, eran versos, pero con vainas homosexuales. Pues había mucho homosexualismo en las galladas. Una vez, por ejemplo, fui a hacer un documental sobre un tipo de la gallada del Triángulo, que era la gallada más vieja. Era el hombre más cuajado de Cali, el más duro, ¿no? Y era un documental con él y cuando llega el momento en el que ya voy a grabar, el tipo me llama a un lado y me dice: –¿Sabes que?, no, no voy a hablar, porque voy a hablar de una cantidad de gente que yo en esa época, como era mayorcico, a todos me los cogía.

G: Claro, pero es que se acostaban con todo el mundo, pues era una cosa que nadie lo admitía pero se hacía.

O: Sí. Eso por ejemplo no aparece en *El Atravesado.*

G: No, es verdad, es terrible. Además que yo sí enfocaba el asunto pero Andrés, como era más tímido... [ruidos en la grabación] ...un problema que nosotros lo pagamos muy caro fue el de no tener inhibición, yo lo pagué muy caro.

O: Sí, porque imagínese, él viniendo acá y entonces aparece esa carta en la prensa y en un medio tan machista, de puros pelados.

JD: Y esto te afectó.

G: ¡Uf! Además, que la persona más saboteadora... [inaudible, ruidos de ambiente].

O: Es que la familia de Guillermo fue también muy... según lo veo, muy golpeada con todo esto de Andrés. Por ejemplo Paloma, hermana de Guillermo y Clarisol... Paloma, digamos, que no tenía una relación muy directa con Andrés, ella se afectó mucho. Paloma se volvió el personaje que protagoniza *¡Que viva la música!*

JD: ¿Era mayor que ustedes?

G: No, era menor, era menor que yo. Yo soy el mayor.

O: Y ella se vio muy influida por *¡Que viva la música!* Ella quería encarnar a Siempreviva, la protagonista. Se volvió rumberísima. Sí, quería encarnarla. Incluso otros personajes que eran amigos nuestros, por ejemplo Tofiño, se imaginaba ser *El Atravesado.*

G: Dizque él era el personaje de *El Atravesado.* Mira, ¿tú sabes quién era el personaje de *El Atravesado*? Yo. El final de la trama es Guillermo Lemos. Andrés me dijo: –Te voy a poner Guillermo Lemos al final. Y le dije: –no. Él me dijo: –te voy a poner un personaje. Y yo le dije: –No, más bien usa el "Guillermito". Entonces puso "Guillermito Tejada". Es que las obras de

Andrés estaban llenas de un código como muy secreto para un grupo muy selecto en el que no se aceptan chicas. ¿No es cierto?

O: Sí, sí.

G: Y después él decía que formábamos un grupo que se llamaba "Nada".

O: Ah, sí como en la película de Chabrol.

G: Y entonces en ese grupo seríamos Carlos Tofiño, él y yo.

O: No, de hecho era muy divertido salir con ellos porque eran jóvenes delincuentes, por lo menos Guillermo lo era. De modo que a veces, muchas veces, porque no había plata para tomar una cerveza, justo llegaba Guillermo, cogía una farola de un carro, con una facilidad se robaba una farola, y listo…

G: No era por delincuencial sino por el hecho de hacer la cagada…

O: Les dicen delincuentes…

JD: ¿Y Andrés los acompañaba en esas movidas?

O: No, pero es que era muy chistoso porque dizque ya él también había aprendido cómo robar farolas, y cosas así, era muy divertido. Pero la relación que él establecía con ellos era muy distinta de la relación que establecía con la gente de Ramiro Arbeláez. Fue actor. Era gente con quien él tenía una relación seria, intelectual.

G: Y Alfonso Echeverri también es importante.

O: Alfonso Echeverri también. Pero el caso de Ramiro es que se vuelve trotskista, entonces, cuando llegaba uno al cineclub, ahí estaban los trotskistas.

G: Los mamertos. Así les decíamos a los militantes de izquierda más serios.

O: Entonces, dizque había mucha tensión en el cineclub porque acá estaban los militantes y allá los pelados drogos…

JD: A quienes los militantes consideraban decadentes...

O: Bueno, Andrés tampoco los quería mucho a los mamertos. A Arellano, a toda esa gente que andaba con Ramiro en esa época él los detestaba y aparecen en *¡Que viva la música!* como los tipos que salían por ahí a leer *El capital*…

G: Además hay un detalle aquí, y es que Andrés no creía en el trabajo colectivo. Él trabaja dentro de un grupo, cierto. Pero todo lo hace él, todo lo decide él. Él no pensaba que otros decidieran ni hicieran, sólo que ayudaran o que estuvieran ahí, siguiéndolo, viendo...

O: Eso era Andrés.

G: La fuerza, el carisma.

O: Bueno ese grupo se acaba en apenas unos años. Fíjese que X, Andrés y Ospina fue como dos años que anduvieron juntos nomás. Una vez que entra W se desbarata. Está mistificado…

G: Sí, es porque en aquel documental, cuando el primer momento, que no han prendido la cámara preguntan: –¿Y por qué se acabó el grupo Cali? Digo: –Porque Andrés Caicedo se acostó con la mujer de X. Lo dije de una forma más grosera porque… Se escucha entonces la voz de X: –Vuelva y dígalo. Y yo: –No lo voy a volver a decir así de textual, a ver si ellos dicen que no es verdad. ¡Y sí lo dijeron textual! Y le hicieron la pregunta ante la cámara, entonces por eso esa respuesta al principio del documental, de pronto diciendo… no se sabe porque ellos hablan eso: –No, es que yo compartía todo en una época, hasta las mujeres.

O: Luis Ospina después habló.

G: Ah, pero es que Ospina es más enredado. Era terrible, porque una noche él estaba acá en una pieza con una mujer realmente prohibida en su circunstancia, y rechinando la cama, se oía y entonces en la otra pieza estábamos Andrés y yo, también. Ya al otro día todo el mundo amanecía con la mamera de no haber dormido y todos sabían qué había pasado, las piezas eran pegadas con una puertica que se oía todo, eran dos piezas en el segundo piso. Pero nadie decía nada. Dos relaciones prohibidas apenas separadas...

JD: ¿Dónde es eso?

G: En la casa de Luis Ospina, que se acabó porque esa casa era la del lote.

O: Ahora queda solamente un parqueadero; esa era una casa muy bonita, muy chévere, de la familia, que se fue de Cali a comienzo de los noventa y se va él también de Cali.

JD: Se fue a Bogotá.

O: Él se fue a vivir a Bogotá. Él lo mistifica mucho eso diciendo que Cali se acabó, pero realmente acabó para él, se acabó para la burguesía, porque toda la parte de ellos, que era la parte de Versalles, toda esa gente se va, se va de la ciudad, se va para Miami, se va para muchos lados y esa parte de la ciudad queda abandonada, quedan esos caserones vacíos. Él tiene una película muy bonita que se llama *Adiós a Cali*, donde él muestra cuando tumban la casa, escena que es muy bonita.

JD: Buena película de Luis Ospina.

O: Muy bella la película porque presenta, digamos, la destrucción del monte. Cuando llega la mafia, se apodera de esos espacios y se hacen edificios, se hace otro tipo de cosa.

G: El boom de la construcción.

O: El boom de la construcción, que destruyeron todos esos barrios.

JD: Arrasaron con todo.

O: Arrasaron con todo. Entonces para él la destrucción de Cali, básicamente era eso: la destrucción de su hábitat y la destrucción de la burguesía;

casi toda se va para el sur, la que queda, para la Ciudad Jardín. Pero luego, en un segundo momento histórico cuando el asalto de la iglesia de la María...

JD: De la iglesia.

O: De la iglesia de la María, que los elenos [se refiere a la guerrilla del ELN] secuestran a toda esa gente, entonces la burguesía se da cuenta de que sí es muy vulnerable en el sur, y vuelve otra vez y se parquea en Santa Rita. Ya habían perdido Versalles, solamente conservaban Santa Rita y se parquean ahí pero ya eran edificios altos. Entonces también se restablecen en la Granada, que es un barrio lleno de restaurantes ahora, es la zona de servicios de ellos.

JD: Es decir, que abandonaron el nuevo sur también.

O: No, es que se continúan desplazando más al sur, abandonan parte del sur. En aquel momento eso también lo abandonan. En este momento uno ya no puede distinguir entre la burguesía de los años 20 y la burguesía del siglo XIX, que ahí se ve a Caicedo. A comienzos del siglo XIX hay otra burguesía, que es la engrosada por extranjeros, vienen polacos, vienen, no sé, por ejemplo todos los Sabás. Vienen ingleses, en los 20, cuando Panamá se abre y este es el puerto más importante, se genera otra burguesía de los años 20 que se ubica en Versalles y en Granada, que es digamos de donde viene Luis Ospina. Y hay otra burguesía más que aparece con el narcotráfico en los años setenta/ochenta, que ya se va adueñando de la ciudad y que tiene mucho más dinero que las antiguas.

JD: Y esa burguesía del narcotráfico también como que se recicla, ¿no? Se reciclan, lavan los capitales, se asientan y como que se limpian.

O: Empiezan a limpiarse, sí. Lo que pasa es que hay un factor racial que se ve muy complicado. Porque la burguesía en ese sector se llama burguesía mafiosa e incluye muchas personas de origen negro y de origen indio, entonces la burguesía vieja no los admite.

JD: ¿Todavía?

O: Todavía.

G: Claro, las clásicas.

O: Todos blancos y viejos de la ciudad porque intentan recuperar ese Cali digamos que se perdió con los desplazamientos históricos. Pero de vez en cuando se les cuela un negrito ahí. Parece que le hubieran dicho a los fotógrafos como que saquen de encuadre al negro o al indio ese.

JD: O sea que el narcotráfico fue, objetivamente, un intento de recomponer y ampliar la clase dominante, de abrirla, como que "ahí vamos a entrar por las buenas o por las malas". Es interesante, cuando se habla de la lucha de clases no se menciona que también hay una lucha, no por derrocar la clase dominante, para nada, sino una lucha por entrar en ella, por pertenecer y recomponerla.

O: Se recompone la clase. Pero parcialmente. Pero hay otro problema con el narcotráfico. Es que el narcotráfico al meterse, digamos, en el campo, al querer volverse terrateniente, entró en contacto con la guerrilla. En primera instancia en colaboración, pero después fue la guerra. Entonces esta gente, digamos que arma los grandes ejércitos paramilitares y se vuelven fascistas, que Uribe, por ejemplo, el presidente de la República es de una familia que no es una familia de las antiguas, es una familia digamos de clase media, que entra a trabajar con Pablo Escobar, con los Ochoa y ellos empiezan a tener también sus predios. Pero al padre de Uribe lo asesinan las FARC, entonces ahí hay mucho de una mezcla de burgués y narco, una alianza y entran a ser víctimas de las FARC. Las FARC también se busca… un proyecto, digamos, de guerra brutal. Durante los años 90 se pierde la confianza en la apertura. Ahí las FARC comienzan a reclutar también, pero también comienzan a sembrar cocaína y además comienzan a armar un ejército gigantesco, que en el año 92 la gente ya sentía que se estaba armando una cosa permanente. Pero a ese ejército la burguesía le contrapone otro ejército, en alianza con narcos y paramilitares. Entonces son así, son aliados de clase en la lucha por sostener el poder.

JD: Los narcos y la burguesía vieja.

O: La burguesía caleña y la burguesía paisa.

JD: Están aliados.

O: Están aliados y por eso los candidatos son los mismos. Y están muy aliados en el gobierno central. De hecho, la burguesía más guerrera ha sido la de Medellín, por eso ha tenido confrontaciones, por eso el conflicto de ellos es el conflicto mayor, una forma de conflicto mayor en la sociedad colombiana. Y tienen un presidente, porque han sido los más guerreros. Pero la burguesía vallecaucana también ha sido muy criminal. Derrotó al M-19 en el año 90, derrotó al M-19 en las calles, ¿no? Uno veía los tanques yendo por las calles.

JD: El M-19 había establecido una comuna urbana en Siloé, algo nunca visto en la historia de las guerrillas latinoamericanas, una "zona liberada" plenamente urbana, ¿no?

O: Y en el distrito. Y afuera de eso tenían muchas guerrillas. Ellos pensaban apoderarse de esta zona del país. Iba a empezar otro país, pues el Valle puede ser otro país, tiene mar, tiene todo. Entonces ese era el proyecto de ellos, volverlo como un país aparte.

JD: Crear una Colombia del Pacífico Norte. Igual que se creó Corea del Norte.

G: El Estado de Versalles [risa].

O: En 1991 más o menos empiezan a aparecer los grupos paramilitares muy fuertes en el Valle. Primero de una manera muy rara porque eran Los Vengadores, ¿no? O sea que te mata uno y te mata por atrás y en esos años 90, 91, 92, Guillermo era un indigente.

G: Sí, vivía en la calle. Mi familia estaba aburrida con mi drogadicción, me había portado mal en la casa, me habían echado y yo vivía en la calle. Viví varios años en la calle. Pasaba un mes en la casa y siete meses en la calle durmiendo. Ya me tocó comenzar a ver la limpieza social como, como actuando… Porque nunca se decía así, directamente, era algo implícito. Se actuaba sin hablar, matando. Ese tipo de asesinatos nunca se publicaba. Se podría pensar que la limpieza social era algo irreal, porque no constaba en los medios, no se hablaba, pero ocurrió.

O: Bueno, sí apareció en el periódico *El Caleño*, ¿no? Apareció un personaje que se llamaba El Vengador Anónimo.

G: La verdad es que el primero fue Can Kill, que es la época de los 80, también lo de la mano negra.

O: Que de alguna manera predijo Andrés. Porque era la burguesía de la ciudad que se arma contra los jóvenes ingobernables y los elimina.

G: Sí.

O: Que son realmente elementos de la policía y comienzan a volverse personajes con nombres de cómic, Can Kill y el Vengador Justiciero. Son personajes muy raros. Había uno rarísimo...

G: Milton, pues.

O: Milton, qué… ¿cuál era el apodo de él?

G: Rambo. El tío este se llamaba el Rambo.

O: Había mucho indigente, se fumaba mucho...

G: Arriba había un tipo que se encargaba de matar a todas las personas que él supiera que eran viciosos, que eran ladrones. La costumbre de él era avisarle a uno y decirle, –la próxima vez que yo lo vea lo voy a matar. Mucha gente lo tomaba en gracia, pero no era juego. Entonces él se ha cobrado a mucha gente.

O: Pero en una de esas él se te apareció a vos también.

G: Sí, y me lleva de ahí para adelante…

O: Te mostró una bala. Le mostró una bala y le dijo...

G: "Esta es la tuya".

O: "Esta es la bala con la que lo voy a matar".

JD: Y ahí es que usted desapareció.

G: No, pues no, me tocó hablarle. Decirle: –No, vea pues, yo llevo años aquí, vea pa' qué va a gastar ese tiro, hombre. Me entregó la bala y me dijo: –caliéntela. Y así: –déle –yo calentando el tiro, frotando la bala entre las manos así. Y el otro: –No, es que a vos te toca, es pa' ti. Y tal.

O: Eso era en los años ochenta, a finales. Acababan de sacar el M-19, ahí viene toda la campaña de limpieza.

JD: ¿Cuánto duró la comuna del M-19, más o menos?

O: El trabajo del M-19 por ahí tres años.

JD: Y era casi un territorio de ellos.

O: Era un territorio de ellos. Cuando entra la confrontación con el ejército, ellos tenían fusiles FAL, tenían *rockets*, tenían de todo.

G: Tenían de todo.

O: Luego de la confrontación, era muy chistoso porque era la tronamenta de plomo allá arriba en Siloé y la gente estaba abajo en el estadio que queda cerca, viendo un partido. Pero a veces los disparos de fusil llegaban al estadio y mataban gente.

G: Sí.

O: Era una cosa impresionante. Pero la guerra como que no afectaba a gran parte de la ciudad, hasta parecía muy chistosa.

G: Y encubierta. Como si no estuviera pasando nada.

O: Como si no estuviera pasando nada, entonces la gente está matándose allá en un barrio, Siloé, sin que nadie...

JD: ¿No había televisión ni nada?

G: ¿Usted leyó *El sentido de la vida*, de Antoine de Saint Exupery?

JD: No.

G: Ahí habla de la Guerra Civil Española y habla de un aspecto muy parecido, que él va buscando la guerra y la guerra no existe, la guerra no aparece. Eso mismo pasa aquí, no se ve, pero hay estragos. Lo peor de todo no es que ocurra, sino que no se veía y no se vio su resultado; entonces eso que tú hablas es real, de que todos sabían lo que estaba pasando en Siloé, pero no se hablaba del tema, pero se estaba oyendo la tronamenta toda, si vieran las explosiones…

JD: ¿Cuánto duró esa batalla?

O: Como tres días, ¿no?

G: Sí.

O: Como tres o cuatro días. En diciembre, llegó la feria y todo el mundo a bailar. Dicen que también los guerrilleros decidieron como parar para irse a la fiesta.

G: Ah, sí siempre lo han hecho…

O: Pero eso no es cierto. Ellos fueron derrotados militarmente.

JD: Fueron derrotados.

G: Claro.

O: La gente pensaba.Yo me acuerdo en esa época.

JD: Se dice que fue la primera base... Que es un fenómeno único en la historia de la guerrilla, pues fue la única guerrilla que mantuvo una base urbana liberada de larga duración ¿no?

O: No, es que además yo me acuerdo en esa época. Yo no estaba en la universidad, pero uno iba a la universidad y eso se llenó de cruces. Enfrente de la administración, en el parquecito ponían cruces blancas cada vez que mataban a un estudiante y eso se fue llenando de cruces, era todo un cementerio. Es que mataron a muchos estudiantes ahí, y hubo muchos sectores de la zona, intelectuales que también actuaban como apoyo. Cali, digamos, fue destruida en los años noventa por dos cosas; por un lado por las batidas del M-19, que provocaron que casi toda la gente de la cultura y la educación se tuviera que ir.

JD: Porque fueron señalados…

O: Fueron señalados. O también la misma situación era muy agobiante. Entonces, cuando se llega a la ciudad es una sensación de calma chicha terrible, como de que no pasa nada y que todo va pasar. Y en esos días, por ejemplo, había un mito de que iba a llegar el M-19 con un ejército con dos mil motos, porque comienzan a robarse carros y motos, que dizque iban a llegar todos armados en motos. La gente, yo recuerdo, en mi casa, compraba cemento para poner enfrente de las ventanas, esperando, digamos, que llegara la confrontación. Era una calma chicha pero violentísima. La gente, desesperada, comenzó a irse de la ciudad. Los ricos empezaron también a irse de la ciudad. Eso por un lado. Y la otra cosa fue el narcotráfico. Casi toda la generación, por ejemplo, la de nosotros, estaba en esas pandillas, que se fueron pasando al narcotráfico y todo eso. Esa gente terminó siendo los soldados del narco.

G: Es que apreciaban la vida fácil. Muy pocos fueron los que no se plegaron a eso, que no creyeron en esa plata fácil y en la vida fácil entre comillas.

O: Y muchos… por ejemplo, yo iba más a la gallada de Canta-Rana, de ahí salió mucho sicario, y de aquí también salieron sicarios, ¿eh?

G: Pero en los setenta también salieron los duros de aquí, fue el momento en que todo el mundo buscó. Buscaban gente que ayudara a traer mercancía desde el Perú. "Hágale, ayúdeme", y terminaron siendo duros.

JD: Se los llevaban los duros.

G: Los sangrones, que ahí se armó mucha gente, porque esa gente cogió una fuerza con una velocidad… como si fueran amigos, cada uno comenzó a crear un imperio, ya conocían las rutas de los carteles, ya manejaba su cartel. Cada cual comenzó ayudándole a un duro y terminó en seis, siete meses siendo un duro. En tres, cuatro viajes que cogían de allá para Perú. Porque todo se lo sacaban…

O: Y en este momento Cali es la ciudad más atropellada por la guerra.

JD: ¿Ahora mismo?

O: Sí, pero no porque esté pasando directamente acá sino porque está en el Pacífico. Por ejemplo, en este momento ha habido bombas, ha habido una de muertes espantosas. La zona está peligrosísima. En unos barrios… yo tengo unos amigos franceses que estuvieron haciendo un documental hace quince días y hay unos barrios donde no entra el ejército. Y ahí les tocó ver varios muertos cerca del puerto de Buenaventura: los amarran a unos palos enterrados en el agua y la marea va subiendo y se ahogan.

G: Uy, horrible.

JD: ¿Quién hace eso?

O: Son los… bueno, lo hace la guerrilla y lo hacen los paras.

JD: ¿Los dos?

O: Sí, han matado a mucha gente ahí. Toda esa zona se ha vuelto de narcos, de sembrados, lo que provoca una migración muy fuerte de la gente del Pacífico. Son negros, afrodescendientes que estaban en las haciendas del Valle en el siglo XIX, que cuando les dan la libertad se van para la selva y costa pacífica. Detrás de esas lomas hasta el mar es pura selva, por el manglar, y eso va desde la frontera con Ecuador hasta Panamá. Todo eso es pura selva y en ese lugar solamente vivían hasta hace poco grupos de negros y grupos de indios. Que ahora por la violencia emigran hacia acá, hacia Cali. Inclusive hay una ruta a través de los manglares que usted la puede seguir sin salir a mar abierto, ir en lancha, desde Ecuador hasta Panamá. Y claro, va la cocaína por ahí, toda la droga.

G: Esa la manejan los negros.

O: Lleno de lanchas y de cosas.

G: Lanchas rápidas.

O: Lanchas rápidas. Es decir, que la guerra se la montó el ejército a las FARC en el Amazonas, entonces ellos trasladaron muchas cocinas y muchas bases para acá. Por tanto, la guerra en este momento está en la costa del Pacífico, en Buenaventura, y en el Chocó.

G: Claro. Y los negros que se manejan los esteros en balsas, a llevar la mercancía en las lanchas rápidas. Son dos mafias. La una, de los que la mueven de acá de tierra hasta los barcos, y la otra los que la sacan más allá al extranjero. Esa gente se ha vuelto poderosísima.

O: Algunos son de Cali, la mayoría. Viven en Cali, la mayoría en el norte del Valle, que es una zona, digamos, peligrosísima. Muchas de las víctimas de la guerra se vienen para Cali. Porque la zona se va calentando. Entonces, en todo el distrito de Aguablanca, aquí en Cali, se dice que entran 230 personas diarias, que vienen de lejos. Cali se volvió una ciudad negra. Cuando nosotros vivíamos en los setenta era de blancos. En este momento es una ciudad de afrodescendientes. Aparte de eso, no por los afrodescendientes, sino por la presión demográfica, es una ciudad llena de delincuencia familiar, usted no puede sacar dinero de un cajero automático porque una banda de fleteros viene, te caen y te matan.

G: Muy organizados todos.

O: Y existen los paseos millonarios,[7] por eso no vas a coger taxi en la calle, si no que lo llamas por teléfono. A no ser de día, de pronto se puede. Pero es muy complicado... [llamada de teléfono que interrumpe la entrevista].

G: Es interesante, pero vamos a no salirnos del momento en que estábamos. Entonces Andrés estaba viajando a Bogotá, contaba yo, ¿verdad? Se veía con W, y seguía esa duda. Y en esa escena sentimental de que iba a acabar la relación con el otro, su marido, pero como que todavía lo quería... Entonces, como siempre, Andrés recurre al apoyo materno, que le es, como siempre, concedido. Así, consiguen irse a vivir juntos, aquí en Cali, no en Bogotá sino aquí, porque es que en Bogotá todavía existía el problema con X.

JD: ¿Dónde?

G: En la Sexta.

O: Él vivía ahí con W.

G: Ese apartamento lo está pagando la mamá hasta que la cosa se estabilice. Pero W es un ser inestable emocionalmente, no sabe lo que quiere. Quiere a Andrés, cierto, y cuando ya lo tiene, comienza una relación con muchas peleas y pasión. Entonces él me decía siempre: con W no hago sino pelear. Entonces W viaja a veces. Pero W no le da estabilidad, la estabilidad que él busca, que es una paz que sólo le produce la mamá, del ser imperturbable, del ser inamovible. No. Pero a W tiene que ganársela, Y es como el viento para él, de pronto. Está muy cerca pero muy lejos. Está con él pero hay muchos problemas entre ellos. Hay celos a cada momento. De ella.

JD: ¿Ella tiene celos de él?

G: No. Él de ella. Te acuerdas que él está solo, pero ella sí viene de la relación con X, por lo que en realidad Andrés siempre duda y ella siempre le ponía como ese misterio que les gusta crear a las mujeres… siempre les gusta… que uno no sepa… que siempre hay que ganarlas, pero siempre hay como una duda. Y eso lo volvía loco. La duda de que existiera otra persona en la vida de W. Además ella también lo celaba con personas. Le hacía celitos. Él comienza a sufrir mucho. Está verdaderamente enamorado de W. Puede haber tenido conmigo una aventura, pero ese sentimiento después se apagó. Sí le valía mucho la amistad, y de todas formas sigue habiendo esa relación entre nosotros. Pero ya no existe ninguna pretensión conmigo y lo nuestro no es una pasión y por eso mismo es algo que a él lo libera, porque lo de nosotros se convierte en una forma para que él pueda zafarse un poquito del yugo de W… [voces vecinas muy fuertes] que armaba la de celos y hasta tabla le dio una vez.

JD: ¿Una tabla?

G: Con una tabla le dio W al pobre Andrés. Le dio con una tabla. Andrés no sería el tipo de hombre capaz de pegarle a una mujer. Realmente él... por su misma formación… sus hermanas eran mayores que él... esto es muy curioso. Andrés es el menor de una familia de cuatro hermanas. Ha habido un hermanito que sufrió de macroencefalia, ya había nacido Andrés, pero lo dejan a un ladito porque nace el hermanito que está enfermo y eso ocupa como casi dos años a la madre. No hay otra, Andrés es dejado de lado y se lo encomiendan a la hermana mayor, a Pilar. Pero Andrés parece que eso nunca lo pudo perdonar. Y ahí había como un trauma en él. Primero ver a las hermanas actuar como mamás sin serlo, luego sentir que su madre lo pospone. Pero Andrés era como muy feminista. ¿Te acuerdas de la escena de *¡Qué viva la música!*, donde ocurre cierta desfloración de la protagonista, Siempreviva? Leopoldo llora haciendo el amor porque es que... le duele, se pela... actúa como si lo penetraran a él. ¡Resulta que él es el desflorado! Andrés decía que las mujeres siempre tenían la razón, siempre fue muy feminista. Una de las cosas muy curiosas de Andrés siempre fue su respeto hacia el feminismo, hacia la madre, esa búsqueda de la madre como una institución y la idea de que es la mujer la que siempre lleva las riendas, pero que ella es tan inteligente que deja que parezca que los hombres las lleváramos sin en realidad llevarlas. Es conocida esa idea. A él le gustaba, la repetía. Es una opinión de él muy curiosa, ¿no?

...[interrupción de la grabación, después sigue Guillermo en otro pasaje]...

G: Están viviendo juntos, están va, viene, va. Ella sube, baja. Es como zozobrar. Hay mucha inestabilidad. Es el momento en que él decide suicidarse. Porque ha logrado lo que quiere. Perdóneme [saca un pañuelo, se sopla la nariz]: ha logrado lo que deseó, lo que pensó. Tener un hogar, tener una mujer. Perdóneme [aspira]: era su sueño. Pero lo que él soñó es una ilusión muy pasajera porque en realidad no se sostiene, se le escapa, va, viene, va. Le está produciendo más inestabilidad también. Él quiere detener ese va y viene. Entonces decide suicidarse.

JD: ¿Lo comentó, te lo dijo?

G: No. No tenía que hacerlo, sino que se consiguió 300 *valium*.

JD: ¿Cuántos?

G. Trescientos *valium*. Antes de llegar a Cali y suicidarse, había estado en una clínica. Lo mandaron, la familia, a una clínica de reposo. Allí es cuando él experimenta una escena terrible, se despierta y descubre que no tiene gafas. Y no sabe si está en Cali, si está en Bogotá, si está muerto, si está en el Limbo. Una escena terrible, lo único que dice es: "mis gafas, mis gafas, mis gafas, para saber dónde estoy". Ahora, comienza a escribir allá, el médico no le quería prestar lápiz porque supuestamente se podía a hacer daño, ni quería dejarlo escribir, que todo era una gran pendejada, que le parecía estúpido pero lo terrible es que si la familia no daba el sí lo podían dejar metido en la clínica dos, tres, cuatro meses, todo el tiempo… muy parecido a *La montaña mágica*, entrar al sanatorio era fácil, lo muy difícil era salir. Eso le parecía atroz. Eso se ve en el último libro publicado, *El cuento de mi vida*.

JD: Entonces, cuando sale de allí, ¿regresa a Cali con un horror de volver a eso, a ese internamiento donde lo más terrible es que no le permiten escribir y que teme quedar internado para siempre a merced de lo que decida la familia?

G: Él regresó varias veces porque tuvo más de un intento de suicidio y más de un internamiento. Pero entonces la última vez que regresa él ya me dice: –Guillermo, la próxima vez tiene que ser la definitiva y yo me voy a comprar *cenobarbital* y me voy a matar.

JD: ¿Cuándo le dijo eso?

G: Ya en esa época. Que él iba a matarse estaba dicho… que la tercera vez iba a ser la definitiva, que se había hecho daño y él no quería seguir viviendo así. Es que desde que yo lo conocí tuve esa sensación de que él se iba a matar, de que un día después de los veinticinco se iba a matar, de que él no iba a llegar a los veintiséis. Era un drama anunciado, algo que se sabía que iba a pasar. Cuando él ya se mete las pastillas... es terrible, cumple veinticinco. Resulta que cuando él se suicida la pobre W queda como la culpable para todo el mundo, todo el mundo se le retira. Y yo terminé esos tres, cuatro días, que me fui a Bogotá, acompañándola, durmiendo al lado de ella, que estaba muy traumada. Para ella fue duro. Tan duro como para Andrés. Ella sabía que Andrés era de una inestabilidad terrible, de una angustia existencial intensa, insoportable, que cada día que se pasaba junto a él era un día que se le estaba quitando a su prontuario, entonces quien estaba junto a él vivía con velocidad, como que cada día era el último, ella había quedado muy traumada... [mujeres peleando en el fondo impiden oír casi toda esta parte]... Pero que él era muy noble, era un hombre de una inteligencia deslumbrante, supersensible, nada macho. Con él, con su muerte, ella perdió la zozobra, el ir y venir angustiada, pero también perdió la pasión... [ruido de la calle, ruido electrónico de la grabación, se corta].

Cali, septiembre de 2007

Notas

1 Óscar Campo, quien también conoció a Caicedo en la época del cineclub de San Fernando, dirigió *Un ángel del pantano* (1998), documental sobre la vida de Guillermo Lemos. Otras películas suyas: *Yo soy otro* (2008), *Noticias de la guerra en Colombia* (2002) y *Proyecto del diablo* (2001). En torno a su documental sobre Guillermo, Campo ha dicho: "Antes de hacer *El proyecto del diablo* hice un trabajo sobre un compañero de nosotros, Guillermo Lemos, que con Andrés [Caicedo] éramos como los chiquitos. Y con él descubrí cómo la gente de nuestra generación, los más inteligentes, estaban en la calle, estaban destrozados, estaban en las cárceles. Realmente yo pienso que fue [la] generación que [suplió] los soldados del narcotráfico. [...] En el caso de Guillermo es que era muy cercano a Andrés y había terminado de desechable en la calle... quedó completamente destrozado, y cuando lo encontré estaba cuidando carros frente a un hospital". Véase *Pulp Movies Web Magazine* (www.pulpmovies.org).

2 Andrés Caicedo, "Remontando el río", en *El cuento de mi vida* (Bogotá: Norma, 2007), 29.

3 Las opiniones y aseveraciones vertidas en esta entrevista pertenecen exclusivamente a sus respectivos interlocutores.

[4] La entrevista, como he mencionado, transcurre en Cali, por lo que nos desorienta un poco, a Óscar y a mí, que Guillermo nos invite a acudir a un evento que ocurrirá en Bogotá esa misma tarde.

[5] Las letras W y X sustituyen a los nombres propios de estas personas.

[6] Las siglas L.A. sustituyen a un nombre propio.

[7] Paseo millonario –se le llama así al método de conducir a la víctima poseedora de tarjetas de débito o crédito en un itinerario de gastos y extracciones de cuyo fruto se apoderan los secuestradores.

Primera Dosis

Métafora del adolescente desclasado[1]

Sergio Ramírez Lamus

The thief of adolescence,
Early imaginary half remembered
Oceanic lover alone

Dylan Thomas

que la revolución humanística,
icárica, sublimante,
sobriamente fascista
y sacrificante
no necesita
guerreros sino empleados

Bruno Mazzoldi

Las tradiciones académicas de la *intelligentzia* nacional han demostrado incapacidad para explicar qué sucede cuando un país deja de ser Macondo y se convierte en el escenario de valores urbanos de violencia social cotidiana o consumismo maniático. Porque la urbanización del país afecta diferentemente a una y otra clase social o a uno y otro grupo de edades de nuestra sociedad, y es poco lo que los científicos sociales han hecho por expresar las percepciones de miembros concretos de una sociedad que agrupa generaciones y clases sociales expuestas de diferente forma a una nueva cultura del consumo.

Los medios masivos han operado cambios en la manera como los individuos *reconocen* el mapa social cambiante de su nación, de suerte que son necesarios estilos heterodoxos y mecanismos expresivos novedosos para poder observar reflexivamente el presente de los almacenes multinacionales, en un país en el cual mueren las últimas Amarantas y los últimos Aurelianos.

Los grupos de edades cuya infancia transcurrió en la convulsionada era de los sesenta, y aquellos otros que van a sus primeros bailes con la imagen engominada de Travolta y la música de pequeña burguesía arribista británica de los BeeGees, constituyen un conjunto particularmente receptivo al nuevo ambiente sensorial-cultural, conformando diversas etapas del sector "adolescente" del país.

Poco o nada han hecho antropólogos, sociólogos y psicólogos para abordar la experiencia de estos grupos en los cuales el *reconocimiento* subjetivo de las nuevas condiciones se da de manera particularmente intensa y –para los más sensibles– dolorosa. Abundan, en cambio, los libros de historia, las disquisiciones teóricas sobre ese *reconocimiento* imaginario como lo entiende Althusser que retoma a Lacan, y, por supuesto, los importantes trabajos de economía política que informan con lujo de detalles acerca de las estrategias del neocolonialismo.

En vista de lo anterior, hemos resuelto buscar la ciencia social de mayor actualidad donde pocos lo esperan. Trataremos de revelar a través de un cuento de Andrés Caicedo (*El atravesado*) cómo miembros poco ortodoxos y más bien trágicos de nuestra *intelligentzia* demuestran haber logrado una fina habilidad analítica para abordar el delicado tema de la adolescencia. Para ello se acude a formas de expresión donde aparecen símbolos y modos de significación emparentados con una nueva percepción algo cinematográfica y "mass-mediática" del asunto.

Caicedo, concretamente, se vale de una metáfora, la del adolescente precoz, antisocial y solitario para hacer tangible lo que abusivamente llamaré una teoría de la relación existente entre clases sociales y adolescencia. El personaje –la metáfora– oscila ente el conformismo y la rebeldía, entre el éxito en sus estudios y las conducas *antisociales*, entre el comportamiento competitivo frente al grupo de referencia de su misma edad y la agresión abierta frente a los compañeros de edad de clase social antagónica o ante las figuras de autoridad de cualquier clase, entre la relación dependiente hacia la madre o sus maestros-cómplices de pelea y el vigor derivado de esta relación para seguir compitiendo, conformándose a ese valor básico del capitalismo, la lucha interindividual.

El personaje es leal y tierno con su madre y un profesor de karate, pero al final de la obra estos personajes mueren. Se confirma así que la metáfora del adolescente solitario es utilizada para hacer visible el conflicto de quien por desadaptación social es en cierta medida un "desclasado" en relación a las instituciones sociales más inmediatas: familia, escuela, clases sociales y grupos de edades.

Las relaciones parásitas del capitalismo. Prefacio: "ahí viene Benito cargado diolores"

La obra comienza con un villancico que se burla de un profesor pecueco de colegio sobre quien se vuelcan con insidia pandilleros-estudiantes. Ese "olor rancio y día de mucho sol, dulce", es el primero de una serie de olores que nos conducen a un mundo preverbal que vuelve sensorial y tangible el conjunto de atributos de cada personaje. Ese olor rancio y dulce puede ser el del pequeño burgués esclavizado, profesor de colegio, pero expresa ante todo el carácter parásito de la relación maestro-alumno. La crueldad para con el profesor maloliente con que se abre la obra nos indica ya el contexto del héroe del cuento como uno de violencia cotidiana en la escuela y la calle.

La madre. "Ella, la carne asada, el día nítido"

Aunque el Atravesado es mal jugador de fútbol, es magnífico para competir, es el capitán del equipo. Este guerrero indómito llora a pesar de sí mismo cuando se meten con su mamá, en los inicios del cuento, siendo apenas *pelado* precoz para la lucha: "y me tiraba al pasto y decían, pobre, debe tener a la mamá viejita o enferma".

Efectivamente, la madre sufre una parálisis progresiva. Pero siempre lo arrulla, limpia su ojo amoratado, ahuyenta sus pesadillas, lo transporta en la mirada, y en los momentos de terror crítico, si está cerca, le da la mano toda la noche. Durante la tristeza, le cuenta historias.

Tropa brava, guardia civil, el imaginario: "los periódicos hablaban ya de delincuentes juveniles, que no jodieran, pensaba yo, que se metieran al cine y que buscaran allá los delincuentes juveniles, estas cosas no existen en Colombia".

El narrador delata su fantasía. Su relato de delincuencia es tomado del cine norteamericano, si existe en la realidad es por imitación al cine: "era cuando las cosas se empezaban a poner calientes con todo el cine que uno veía, bueno y malo, pero tanto cine, cuando se redactaban estatutos y todo eso".

Esto es particularmente aplicable a las clases altas, las pandillas del Norte. La gente del norte es mentirosa. En el norte está Sears, templo de la mercancía. En el norte la guardia civil persigue a sus propias pandillas "solo para hacerlos sentir tiesos". En el Pilar, su colegio, hay una "promoción que llegó a mitad del año de San Juan Berchmans". Estos burguesitos "con niñitas miedosas y cansadas". El norte equivale a las quimeras y falsedades de la mercancía.

En San Fernando, el sur, conoce el héroe a la primera tenaz pandilla mítica, "la tropa brava". Es entonces apenas un "culicagado alzado" pero la pandilla lo adopta. Son hombres de fibra y de verdad que tratan de tomarse el parqueadero de Sears como cuartel general. Al hacerlo se meten con el papá de un pandillero del norte (gerente de Sears) y sobreviene la desgracia, la guardia civil extermina hasta el último de los *braveros*, como si fueran los hijos del coronel Aureliano Buendía. Sobrevive el líder, Edgar, quien termina de pequeño burgués con maletín, saco, corbata, y expectativas de carro. Deja de ser guerrero para convertirse en un análogo del maestro pacueco. Al final de la obra aparecerá otro maestro de pelea como Edgar. Si éste se suicida socialmente con su escritorio y maletín, el nuevo maestro lo hará físicamente.

Más adelante ahondaremos sobre las significaciones de este hecho y estos dos personajes.

Los del norte. "Esa manera de decir ellos las cosas que todo les sale bien, digan lo que digan la gente se les rie y se ven lindos"

Personajes del norte son el gerente de Sears o sus empleados atropellados por la tropa brava encima de estantes de cosméticos, incluido el vigilante con audífono "que se la pasa viendo a ver quién es que coge robando todavía". La tía rica que le abre –maquillada de pies a cabeza– las puertas letales de la casa de su prima amada. Las negras vestidas de blanco que en esa misma casa sirven *Martinis on the Rocks.* Los negros vestidos de blanco y los policías que protegen también esa casa cuando el héroe tira piedras contra sus vidrios, al sentirse traicionado por sus tíos ricos, culpables de su falta de fortuna y por su prima amada, la "mujer ingrata". Y otra vez en casa de su tía rica, la gallada de "mancitos" ... "todos de pelos lisitos y dientes parejitos, todos bronceados por el sol, todos gente linda". Allí mismo, gringos, "todos altos y bellos, todos mejorados".

Un momento melancólico

La salida a vacaciones coincide con una estación lluviosa. Al salir con la libreta de calificaciones se siente triste el Atravesado. Todos se despiden tan amigos... En la Plaza de Caicedo los rayos de sol atraviesan su libreta. Atraviesan el logro y su coraza, el emblema del triunfo que su madre premiará con carne asada y papas fritas. Pasar el año impecable. La estación lluviosa no debía ser la de vacaciones, el héroe se dedica al encierro y la tristeza; los recuerdos pululan como los pensamientos.

El Atravesado rehúsa participar en los habituales castigos al maestro maloliente. Las vacaciones serán solitarias, con su madre. Porque algo lo ha separado de todos. Mientras los demás hablan de peladas, él "cumple gorros". Y de esta manera descubre "el túnel de la araña infernal". Libra una batalla y la gana, pero nadie cree en su araña muerta.

En esas vacaciones conocerá el amor y ni su madre cuyos besos saben a manzana, elíxir del sueño y la pelea, logrará calmarlo. Es una estación melancólica. En la Plaza de Caicedo, nostalgia de la Tropa Brava, y como la tristeza da por apretar o golpear –melancolía de manzana– como se aprieta en son de amenaza la boca y la mirada, se aprieta fútilmente la libreta de calificaciones hasta que hay que arrancarse los recuerdos "como alacranes" y salir a la primera fiesta.

Un brillo ingrato

En la primera fiesta el héroe perseguirá el brillo de los ojos de su prima amada. Esa persecución es semejante a la que hace en el túnel de la araña infernal. Saliendo del asfalto por primera vez, aparece este túnel húmedo y musgoso de miedo. Un hueco negro sin fondo, hasta el centro de la tierra, un abismo que obliga a buscar una respuesta del cielo, pero este está igual de negro y no responde.[1] El Atravesado que no encontraba un objeto de deseo sexual como sus compañeros[2] encontrará un brillo, de una araña, en ese túnel oscuro como su yo melancólico.

"Primero la luz y luego el sonido", cuando el protagonista ultima a la araña aullante el túnel florece. Más tarde construirán en ese monte una torre de apartamentos, porque la sociedad profana todo lugar sagrado de la experiencia del individuo. En los apartamentos los niños jugarán tranquilos y seguros, privados de la realidad del horror.

Volvamos al brillo de los ojos de María del Mar, la prima, sin olvidar que la obra hará equivalencias entre el mar y la noche, y la oscuridad del túnel se parece a la de los ojos del héroe: "La noche sin fortuna que tercamente albergo en estos ojos". La fortuna se la han llevado los tíos burgueses, los gringos, el modernismo que erguirá sus torres sobre el túnel.

El túnel sin fortuna o los ojos del héroe, son náufragos entre las parejas de gentecita bella. Pero "nadie me ha mirado como usted", dice el relato a María del Mar, el brillo la delatará; cuando baila con su novio, el brillo abre paso al náufrago entre un "mar de parejas". No puede escaparse, como la araña.

Pero si es como la araña, María del Mar es horrorosa. Empegotada de pelo, maquillada, mentirosa del norte. Hay que matarla para que el túnel florezca. El protagonista logra entonces, después del tropel con el novio, los gringos y los *mancitos* de pelito y dientes parejitos, seducir a la prima amada con una serenata, la canción es la de Drácula, "Rayito de luna". Drácula irá por su víctima, esperando ese momento del mordisco que lleva a la víctima a "aceptar con lucidez su destino fatal". Sólo que ese momento se expresa metafóricamente: "Ella se portó como una dama, se aguantó toda la canción quietica, la luna le estaba empegotando el pelo ..."

El Atravesado que fue vampirizado en la fiesta de su prima, como objeto de segregación y burla ("es un primo pobre que yo tengo"), asume ahora las veces del vampiro enfermo, bello y solitario, enamorado e idealista. Su víctima, su amor ideal, es una prima que juega golf, modelo de la clase dominante para las pequeñoburguesas niñas panamericanas que copiarán su atuendo deportivo.

La prima, el modelo burgués, brillará para el Atravesado, pero la burguesita le responde con ingratitud. Es la hija de sus tíos, ladrones de la fortuna del padre muerto, ejemplares de esa especie desleal consigo misma, la clase dominante.

Esta élite ya no respeta los vínculos antaño sagrados del parentesco y representa en los tíos la moral traicionera o competitiva de los valores utilitarios del capital y la mercancía.

Esos mismos valores orientan el comportamiento delictivo o conformista del Atravesado, según ya hemos visto. Quizás radique allí el embrujo ejercido por María del Mar. Y sea ése el brillo ingrato de la plasticidad burguesa: "Un brillo grato y peligroso, olores y sonidos gratos". Los ojos de la madre son una invitación a viajar o extraviarse; como los de María del Mar que lo llevarían al continente de la melancolía, los de la madre: "no era sino mirarlos y me iba en barco, viento a favor [...] cierra los ojos *para que yo no me vaya tanto*, mete la nariz en mi oreja derecha, mi oreja izquierda [...]" (énfasis mío).

Los ojos de la madre pueden llevar demasiado lejos. En el *ver* hay ese peligro. Los olores, en cambio, parecen caracterizar de manera menos riesgosa a las personas: Benito, el despreciable maestro de colegio de "olor rancio y días de mucho sol, dulce ...". Olor de la fermentación mediocre de la pequeña burguesía como dijimos ya al comienzo de este ensayo. Los besos de la madre son –por el contrario– de olor a manzana, tónicos para dormir o pelear. La boca de Akira, el profesor de karate con quien se inicia una complicidad al final del relato, huele a su forma de pelear: "lo legal era hacérsele cerca de la boca y *ver* a lo que olía ..." (énfasis mío).

Si la mirada materna está afectada por el riesgo del extravío, es necesario hermanar el olfato de la madre y el oído del hijo ("la nariz en mi oreja derecha, mi oreja izquierda..."). Mientras que la mirada de la amada hipnotiza y lleva a perder el control, provocando su búsqueda, es tangible y concreto el sentimiento de enamoramiento cuando éste se registra en el olfato; la mariposa que entra por su garganta hasta el intestino grueso o los riñones cuando *toca*, a María del Mar, lo arrulla con una canción de cuna "tan antigua como la primera cuna" y así la siente "regalarme con su olor, dar perfume a mi nariz, emborrachar mi aliento".

Los olores son siempre tónicos y sedativos, arrulladores y embriagantes. No importa qué sentimiento se asocie con ellos. Los ojos y los brillos son lo contrario. Aquí encontramos la clave para uno de los comportamientos más contradictorios del protagonista: odia la mercancía y los pelos empegotados pero lo consume una pasión por el cine norteamericano, mercancía visual de delincuencia juvenil, de vaqueros y vampiros.

El *ver* predomina a pesar de todo, pues quizás en él se encuentre el placer más intenso. Los sonidos cumplen un papel secundario, como extensiones del ver. *Rayito de luna* se convierte en la canción de Drácula porque la escucha al salir de su primera película sobre el vampiro. Igual sucede con "el ritmo enloquecedor", bailado mientras se ve *Al compás del reloj* (Bill Haley y sus cometas), escuchado por primera vez en las preliminares del tropel de pandilleros que hacen cola para ver cine.

Padres anales. "Ese saber que existía y que estaba aquí a mi lado".

Hay dos amigos mayores que el protagonista con respecto a los cuales éste establece una relación de pupilaje-complicidad. Estos podrían considerarse como las únicas referencias cercanas a la figura del padre, excepción hecha de los tíos abominados y espectrales mencionados durante todo el relato. Estos dos amigos son el líder de la Tropa Brava, Edgar, y el profesor japonés de artes marciales en la academia Ketsugo, Akira. El primero se desvanece después de la masacre de su pandilla, asumiendo los símbolos más estereotipados de la pequeña burguesía, a medida que su juventud se escamotea o se hunde en el pasado. El segundo se suicida, con su sabiduría sobre "la noche … hermana del mar", cuando víctima de la nostalgia, inicia una búsqueda quimérica de la amada, llegándose hasta el mar de Buenaventura donde el "olor de noche negra y arena" lo confunde e impulsa al harakiri.

El final trágico de estas dos figuras es el mismo. En un caso se trata del suicidio social, la rendición del inconforme a los símbolos de estatus más mediocres que ofrece la estructura de clases del país: el remedo mediano de un ejecutivo, el funcionario esclavo de la corbata, el maletín y las aspiraciones ordinarias. El segundo se suicida físicamente, sin traicionar nunca la imagen del auténtico guerrero.

Sin embargo, el final es igual de humillante. Akira manda una fotografía de su muerte: "Akira doblado, la cara no se le veía, apretando duro el sable, un borrón en los hombros, un manchón blanco, mal tomada la foto. Una que otra arruga en el estómago que se dobla, uno que otro chorrito de sangre saliendo ya…" Esta muerte aparece en toda su cruda realidad fisiológica, tanto como Edgar detrás de un escritorio, flaco y de ojos hundidos, es un fósil viviente al cual conviene evadir en sus intentos de recordar un pasado que su presente asesina. Los dos personajes se convierten en objeto de lástima, en la execrable y maloliente realidad de la muerte física o de la muerte social (olor pecueco de pequeño burgués).

Este hecho aclara hasta sus últimas consecuencias el destino del padre-cómplice, el maestro-cómplice. En las palabras de Finzi "… este hecho singular, según el cual 'el padre castrador' es, 'al mismo tiempo, el individuo amenazado de castración' y en tanto tal suscita la piedad del hijo" se deriva del matrimonio entre figura de autoridad o respeto y figura peleadora o criminal, pues "el padre no es solamente quien introduce en la cultura, es, ante todo, quien inicia en la obscenidad" (Finzi 213). Aparte de las poéticas caminatas buscando el nacimiento del viento en el barrio San Antonio, y al margen de los temas de una amistad singular, Akira y el protagonista deambulan también por los centros de vida nocturna.

El jefe de la Tropa Brava y el profesor de karate, degradados, son un desdoblamiento del posible final de un guerrero. Son la materialización o la metáfora acerca de dos formas de terminar del guerrero.

Atributos del guerrero[3]

El coraje, la nostalgia, el horror, el dolor, el miedo y demás virtudes o vicios de la adolescencia se encarnan en las metáforas-personajes de la obra. Los guerreros, los "pintas tiesos", los "mancitos tesos". Estos expresan una gama de atributos que logran subyugar o sobreponer el horror, el miedo y cualquier falta de coraje.

No obstante, ni Akira ni Edgar logran triunfar sobre la nostalgia o melancolía (Akira) ni sobre la cobarde entrega fácil (Edgar). Los dos son castrados socialmente o a merced del sable suicida. El propio protagonista estuvo a punto de caer bajo el impacto seductor de su prima, la clase alta.

La alternativa, aquello que nos muestra al héroe más fuerte que nunca al final del relato, consiste en la soledad. Se declara "solo como un cuervo", después de que el suicidio de Akira es el último de una serie de actos de abandono, de amigos que lo dejan. Estos, otros guerreros, se reconocen entre sí, por un conjunto definido de atributos:

> Yo cuando me enfrento a un pinta tieso ya lo voy sabiendo, se les ve en la cara, en la forma de coger, de tocar las cosas. ¿Sería que no veían los ojos de Akira, aquél reposo ante sus insultos, la forma de agarrar el vaso, la suavidad, la certeza de sus maneras?

La soledad de quien tira piedra y le responden con metralla debe ser –a pesar de todo– parásita de las instituciones dominantes. La madre, cuyos besos tonifican, muere y el héroe termina con sus tíos ("... jodiéndome y dándome *mala comida*"), encerrado estudiando y "por la onda de la popularidad", triunfando socialmente y provocando a la tropa, apoyado por el pueblo ("si la tropa me persigue todas las puertas se me abren").

El guerrero es sensible, brutal y competitivo. Reúne en sí mismo las contradicciones del sistema y las lleva al plano del peligro y de los estados críticos de melancolía, arrobamiento estático y pelea.

Dominadores y dominados

Como Akira y Edgar caen en uno y otro estilo de suicidio, como vence y es vencida la Guardia Civil y como es fácil imponerse a un "gringo tonto", es evidente que dominadores y dominados cambian de lugar permanentemente.

El héroe llora por su mamá, necesita sus caricias a pesar de ser "teso". En su infancia era impresionable ante cualquier película de miedo. En su adolescencia final "se expresa con el fuego" pero aspira a ganar el concurso al mejor bachiller. Se alterna fácilmente entre la dependencia y la competencia, entre la batalla ganada y la derrota humillante.

A lo largo de la descripción de los personajes dominantes y dominados encontramos dos extremos: por un lado los gringos, por otro los negros. Los gringos son la metáfora suprema del *statu quo* de agentes de autoridad: son gringos dos *guachimanes*, el administrador de un cine que se expresa en castellano castizo (vosotros...), algunos especímenes de la bobalicona juventud del norte y risibles profesores de karate, a tiempo que nos quedamos con la incógnita acerca del gerente de Sears, ¿era medio gringo?

Los negros son los servidores por excelencia. Esto lo vimos ya en el aparte que titulamos "los del norte". Debe subrayarse que el parasitismo del héroe con relación a las instituciones dominantes aparece también en este contexto de servidumbre. Para poder tomar clases de karate hace el razonamiento siguiente: "cortando pasto y lavando platos podía pagar la mensualidad". Comportándose como un negro fiel y servicial puede perfeccionar su delincuencia, aquella que al final de la obra se vuelca con predilección en contra de "gringos tontos" que puede encontrar volteando la esquina de su lugar de habitación, la casa de sus tíos en un *barrio de ricos*.

Las relaciones parásitas del capitalismo: postfacio

Abríamos el presente ensayo con referencias a la insidia de los pandilleros sobre un maestro. En otro cuento de Caicedo, "El tiempo de la ciénaga", reaparece este tema en otra versión. El estudiante que llega tarde a las puertas del colegio y debe someterse a las fijaciones anales del cancerbero que vigila la entrada:

> ... le supliqué que me abriera y seguía diciendo que no, que no podía, luego que no le daba la gana porque yo le caía gordo y que no me abría, entonces le dije que si me dejaba *pirovear*, y él me abrió pero todavía mirándome con odio ... (énfasis mío)

La lucha de clases es vista por el autor en términos de realidad internalizada, subjetivamente real; para expresarla se vale de metáforas como la del portero pervertido, el maestro pecueco, los mancitos del norte, la "Tropa Brava", la caricatura del ejecutivo, los tíos adinerados y espectrales, la prima bella rica, maquillada y empegotada, los gringos tontos o los gringos altos y bellos, los gerentes de cine o almacenes Sears, bajitos y gorditos y tal vez gringos, la madre tierna que contiene el horror y transporta en su mirada, la araña letal que brilla y aúlla como la amada ingrata y burguesa, el padre-cómplice altivo y suicida, el padre-cómplice vencido y regalado, el héroe competitivo, popular y subyugante pero solitario, desclasado, ayer de madre tierna y barrio pobre, hoy de tíos crueles y barrio rico, pero siempre solitario, contra una guardia civil armada de tecnología que ante sus piedras responde con metralla.

Recapitulación

En el presente ensayo hemos realizado un ejercicio en el sentido de revelar el poder expresivo de la metáfora. Hemos explorado como algunos símbolos claves de un cuento de Andrés Caicedo como el de la araña, madre, amante o castradora amenaza, podrían ser el símbolo de la Cali violada por el Sears de los gringos, la urbanización y los niñitos bien.

Sin embargo, hemos evitado al máximo esquematizaciones como la del párrafo anterior o como la del acápite anterior, para guiar al lector sencillamente por el sendero de las significaciones más sociológicas de este relato, sin desligarlas del rico contexto simbólico o de imágenes a través de las cuales se nos comunica una teoría sobre la adolescencia y las clases sociales.

La única maldición que pesa sobre el héroe es la del serenatero que le sirve de medio para ejercitar sus dotes de vampiro, porque el protagonista es un guerrero solitario e invicto, pero oscuro como el túnel o la noche, puro y solo como Drácula, acechado por el brillo, por la luz que amenaza de muerte a su "noche sin fortuna". Esa maldición pesa también sobre nosotros, vampiros reductores de su relato.

La reducción del relato a una serie de ejes como los que corresponden a nuestros subtítulos se hizo siguiendo estas consideraciones:

1. *El atravesado* es una metáfora para hacer tangibles los atributos del adolescente socialmente desadaptado y desclasado. Mediante predicaciones sucesivas se van *incoando*[4] las características de la situación adolescente en el héroe del relato, siempre en el contexto de los personajes inmediatos de la escuela, la familia y demás estructuras de autoridad/poder con sus personajes-roles. A estos otros personajes también se los caracteriza como sujetos con atributos tangibles que el desarrollo de la narrativa va perfilando. De esta manera se logra un mapa de la situación del adolescente desclasado en el cual ocupan un lugar básico elementos de una *lógica sensorial* (Beck 84) "de base motora, egocéntrica y de tipo afectivo".
2. En este cuento de Caicedo estarían muy bien ilustrados los mecanismos para construir el sentido a partir de "una piscina prelingüística de experiencias motoras y emotivas", tal y como se atestigua en el uso de la *lógica sensorial* a la que hacemos referencia. En esta sobresalen las minuciosas

descripciones que hace el autor sobre colores, sonidos, brillos o visiones, así como aquellas otras que hacen referencia a los aspectos motores: movimientos de pelea, formas de entrenamiento para mantener la destreza física, "gorros", formas de emboscar, intercambios noverbales, como apretar la boca y la mirada en señal de desafío. Creemos haber demostrado que estas experiencias senso-motoras se vinculan a estados afectivos del adolescente como los períodos críticos de encierro melancólico y el enamoramiento, la rivalidad exhibida corporal e intelectualmente y la dependencia edípica.

3. Los elementos simbólicos polisémicos (araña, vampiro, japonés suicida, gringos, etc.) que constituyen una estética del relato apuntan hacia el inconsciente adolescente, nos sugieren bastante acerca de la naturaleza de éste. Era importante obrar en consecuencia, resumiendo algunas de las posibles connotaciones de personajes simbólicos en la obra, siempre vinculándolos con el tipo de mecanismos de la lógica sensorial mencionada en los puntos 1 y 2.
4. Los atributos básicos de este héroe de la adolescencia podrían considerarse como la soledad y los estados de cólera rebelde y melancolía. La soledad se recalca con predilección en los momentos donde hubieran podido aparecer los compañeros de generación, mientras que el estigma, la discriminación y el rechazo sociales aparecen preferentemente en las relaciones del personaje con sus compañeros de generación de clase dominante.

AN-TROPO-LOGÍA Y CRÍTICA LITERARIA

Fernández, el antropólogo que presenta el estudio de la metáfora como una alternativa a las teorías estructurales que excluyen los componentes emotivo, sensorial y estético, en su análisis de relatos, mitos y demás realidades discursivas, sugiere descomponer el vocablo antropología en an-tropo-logía. Parte esencial de la labor del antropólogo que aborda el problema de lo simbólico es el de arrojar luz sobre los medios, materias significantes o ámbitos de la experiencia senso-motora que utiliza el hombre para comunicar ideas que expresen su condición mental, sensorial y afectiva.

En nuestro estudio sobre las metáforas de Caicedo constatamos que el cine y algunos de sus símbolos (pandillero, vampiro, túnel de terror) configuran parte esencial de la materia significante empleada. Pero estas dimensiones del imaginario colectivo no son las únicas y posiblemente tampoco las más relevantes dentro de los vehículos expresivos utilizados por el autor. Este se presenta también como sujeto en deconstrucción, plasmando en su relato temas básicos de su fantasía y personalidad individual.

Cuando caemos en la maraña de su texto y abusamos de ella para ejercer nuestras dotes hermenéuticas (interpretativas), entendemos nuestra labor como una cercana a la del crítico, lo cual, visto en una perspectiva contemporánea puede resumirse así:

> Cómo conocer al otro es una función del conocerse a sí mismo, se refleja la transacción interna entre el sujeto y las estructuras inconscientes a través de las cuales éste se ve constituido. Las estratagemas de transferencia y contratransferencia, la serie progresiva de identificaciones imaginarias, convierten a la crítica literaria en una actividad de finalidad abierta, de suerte que el texto no puede nunca saturarse por la dimensión semántica del lenguaje. El texto se convierte en mediador de una intersubjetividad múltiple que es norecíproca (sobredeterminada). (Alexander 62)

Lo anterior expresa en jerga lacaniana el modesto propósito del presente ensayo en lo que pudiera considerarse su componente crítico. Por lo demás, es an-tropo-lógico y pretende ejercitar una modalidad de análisis sociológico basada en la literatura.

Notas

1 Anteriormente publicado en *Revista Universidad del Valle* 9 (1983).

2 Esta sección del relato trataría los temas del caballero de la fe. Comparemos con el siguiente pasaje de *Temor y temblor* de Kierkegaard: "Sabe cuán bello es haber nacido como individuo cuya patria es lo general, su vivienda amiga siempre dispuesta a recibirlo cuando quera habitarla. Pero sabe al mismo tiempo que por encima de ese dominio serpentea un camino solitario, estrecho y escarpado: sabe cuán terrible es haber nacido solitario fuera de lo general y caminar sin hallar un solo compañero de ruta. Sabe perfectamente dónde se encuentra y cómo se comporta con respecto a los hombres. Para ellos, él está loco, y no puede hacerse comprender por nadie …" (85).

3 "En mi clase todo el mundo comenzó a hablar de peladas de un momento a otro. Y yo me mantenía solo en los recreos porque no sabía nada de eso".

4 "Guerrero" es un concepto que entendemos un poco en el sentido que da Castañeda al término. Véase su libro *Relatos de poder.*

5 En esta parte de nuestro ensayo hacemos explícitos algunos puntos teóricos en torno de la metáfora como vehículo de comunicación. El planteamiento básico esbozado por Fernández y utilizado a lo largo del artículo es el siguiente: existen una serie de mecanismos de predicación que desplazan al sujeto sucesivamente dentro de un espacio de atributos que poco a poco, en una *progresión metafórica* dibujan un perfil claro de su identidad, concretando en atributos sensorialmente tangibles las virtudes o los vicios del sujeto. Por tratarse de un proceso secuencial, Fernández utiliza el término *incoar* que nosotros definiríamos como el carácter diacrónico o dinámico en el proceso de dibujar un perfil de identidad a partir de atributos y predicaciones imputados al sujeto. Véase Fernández.

Bibliografía

Alexander, George. "Auto-bio-graphy: Between Literature and Psychoanalysis". *Working Papers in the Discourses of Sex, Subjectivity and Power* 3. Sydney: Tea Pot Press, 1977. 59-64.

Beck, Brenda. "The Metaphor as a Mediator Between Semantic and Analogic Modes of Thought". *Current Anthropology* XIX/1 (1978): 83-91.

Caicedo, Andrés. *El atravesado*. SC: Ediciones Pirata de Calidad, s.f.

Castañeda, Carlos. *Tales of Power*. Nueva York: Simon and Schuster, 1974.

Fernández, James. "The Mission of Metaphor in Expressive Culture". *Current Anthropology* XV/2 (1974): 119-145.

Finzi, Sergio. "El padre anal". *Locura y sociedad segregativa*. Barcelona: Anagrama, 1976. 205-31.

Andrés Caicedo: suicidio y consagración[1]

Felipe Van der Huck
Universidad ICESI-Cali

Introducción

La consagración literaria es una forma específica de reconocimiento basada en la idea de que los "creadores" son irreductibles a cualquier referencia que no sea su propia singularidad. Portadores de una esencia única que se realiza en el tiempo (y en sus obras), adquieren de este modo el privilegio –y el derecho– de un destino personal y de una biografía, no sólo vida que merece ser contada, sino "historia de vida" que se organiza según un sentido trascendente.

La consagración literaria funciona además como una teleología. Así, en el "caso" de Andrés Caicedo, su suicidio se ha convertido en el gesto que condensa el sentido de su vida y de su producción literaria, es decir, en el gesto que organiza su pasado. De hecho, no es casualidad que sea así. El valor y el significado atribuidos a su suicidio no se pueden comprender por fuera de esa estructura de relaciones en la que participan diferentes agentes e instituciones *comprometidos* en la producción literaria: críticos, revistas, editoriales, escritores, lectores, etc.; agentes e instituciones que, por lo demás, mantienen entre sí relaciones de oposición y de afinidad. Por fuera de este espacio, el suicidio de Andrés Caicedo no habría podido aspirar al reconocimiento ni a la existencia social como gesto dotado de valor y de prestigio.

Las operaciones de consagración se fundamentan asimismo en la creencia de que el pasado de un artista que ha muerto es un encadenamiento de hechos con un final previsible. Por supuesto, las profecías se crean, y se confirman, después de su muerte. De este modo, el suicidio de Andrés Caicedo ha llegado a ser también un acto absoluto de libertad y de necesidad: no había otro final posible, todo estaba escrito en la conciencia de un escritor que, al matarse, fue absolutamente fiel a sí mismo.

El presente artículo es el resultado de un estudio que intenta describir cómo esa forma específica de reconocimiento denominada consagración literaria se ha producido, en el caso de Andrés Caicedo, en relación con un hecho al que se le ha asignado un valor emblemático: el suicidio. No se trata por lo tanto de un trabajo que tenga como propósito hacer una interpretación sociológica del suicidio, aunque sus resultados puedan sugerir, de manera muy inicial, posibles vías para tal interpretación. No se trata, tampoco, de un trabajo sobre la consagración literaria en todas sus manifestaciones: sellos editoriales, premios, condecoraciones, aniversarios, reediciones, etc. Se ha limitado el análisis a un conjunto parcial y disperso de testimonios, algunos con pretensiones críticas, si bien no puede establecerse con claridad la frontera que los separa de aquellos más personales, que derivan su autoridad del conocimiento personal o de la "cercanía" con el escritor. En la "literatura" dedicada a Andrés Caicedo y su obra, lo más común es el comentario hagiográfico, ya sea en forma de artículo de prensa e incluso de artículo académico.

Con respecto al enfoque de este trabajo, es necesario aclarar que se ha omitido deliberadamente el uso de ciertas nociones a las que sin duda debe mucho. Es el caso de nociones como *campo, illusio, desinterés*, entre otras, todas ellas presentes en la sociología de los campos de producción cultural de Pierre Bourdieu. Esta decisión tiene como propósito hacer un uso controlado de tales nociones para evitar que sirvan más a la inflación del lenguaje que al desarrollo del análisis. Asimismo, pretende evitar esa operación tan comúnmente aceptada que consiste en utilizar conceptos elaborados en contextos y a propósito de objetos de investigación muy distintos, sin una reflexión previa sobre sus exigencias y alcances.[2]

Ante todo, el presente artículo quisiera cuestionar la idea de que sólo es posible amar y apreciar el arte a través de la "pureza de la mirada". Cuando la sociología profana ese mundo sagrado, los resultados no empobrecen necesariamente la mirada y su objeto. Como se verá a propósito de Andrés Caicedo, es la celebración la que con mayor frecuencia contribuye a la banalización de la "creación artística" y de las tensiones que encierra. La sociología del arte puede devolverle al arte y a los artistas la libertad y la eficacia que han perdido al convertirse, tras una larga y al final cansada devoción, en objetos milagrosos, en cierto modo "olvidados".

La primera parte de este trabajo pretende mostrar cómo la consagración literaria ha convertido la vida de Andrés Caicedo en la espera consciente y calculada de una cita con la muerte. La segunda parte se aproxima a la manera en que esa vida organizada como destino adquiere un sentido que se revela en cada uno de sus "pormenores". Por último, la tercera parte intenta cuestionar las ideas más comunes sobre el suicidio de Andrés Caicedo, mostrando que esa "decisión" está muy lejos de ser el gesto inequívoco y casi tranquilo en que se lo ha convertido.

Un pacto con la muerte: el suicidio como destino

El 4 de marzo de 1977, día en que se suicidó, Andrés Caicedo no era un desconocido, aunque –a diferencia de hoy– tenía más renombre como crítico de cine que como narrador. Las páginas de los principales periódicos de Cali que registraron su muerte así lo indican. *El País*, por ejemplo, se refería a él como "joven crítico de cine" e informaba que "había colaborado en distintos diarios de la capital del Valle y era ampliamente conocido en el medio cultural, por la calidad de sus críticas" ("Falleció" 15). A su vez, la nota aparecida en *El Pueblo* sostenía que "era quizá la voz más autorizada en esa materia [crítica de cine] con la que contaba el país" ("Falleció" 2), y, en la edición dominical del 6 de marzo, el mismo diario incluía en las páginas editoriales una nota en la que destacaba de nuevo su actividad como crítico: "Tal vez pocos críticos de cine en el país, tomaron este trabajo como Andrés con tal intensidad y sobre todo, pocos conocían la fauna del celuloide con tan agudo sentido sicológico" ("Andrés" 4). Por último, el periódico *Occidente* registró el hecho con una nota titulada "Murió crítico de cine", en la que se refería también a la "aprestigiada revista" de la que Caicedo era editor (3).[3]

Andrés Caicedo no era, pues, un desconocido el día en que se suicidó, pero sin duda no tenía la misma celebridad que, poco más de un cuarto de siglo después de su muerte, lo ha convertido en una especie de "santo". En efecto, a su consagración como escritor le era indispensable un principio de organización del pasado que reuniera la fatalidad de lo natural y la libertad de la conciencia, y que, al mismo tiempo, funcionara como la razón de ser (el sentido) de su actividad literaria: el suicidio. A partir de ese momento, la vida de Caicedo se convertiría en destino y su muerte en el único desenlace posible de una historia personal en la que cada gesto anunciaba la desgracia. Se ve muy bien que la unidad así alcanzada por su biografía no puede considerarse el origen evidente y "objetivo" de su consagración, como si esa unidad fuera la comprobación de un hecho, sino un resultado creado al mismo tiempo que la ilusión de que en su caso "todo estaba escrito" (11).[4]

Así, por ejemplo, la editorial Oveja Negra publicó en 1984 *Destinitos fatales*, libro póstumo de Andrés Caicedo editado por Luis Ospina y Sandro Romero Rey. Habría razones para pensar que el título, elegido por los editores, es el motivo principal de una labor de consagración que se empeña en construir una vida y una obra ejemplares, aun si esta ejemplaridad, tal como ocurre con Caicedo, no es la de las "buenas costumbres".[5] En cualquier caso, la vida del escritor caleño ha llegado a ser una especie de oráculo de la desgracia, preparación lúcida para el momento de la muerte. Es lo que aparece con toda claridad en el prólogo del libro cuando Ospina y Romero Rey escriben: "Aquí [en Cali] nació Andrés, un desesperado que no quiso perder un minuto de su tiempo porque sabía, desde muy joven, que tenía una cita pendiente con la muerte a los veinticinco años" ("Invitación" 10).[6]

Lo más asombroso es, con todo, que el sentido de su "historia", la misma que le ha construido la celebridad, nunca le fue esquivo ni opaco. De ahí la imagen de un hombre que nunca dudó de su "vocación" fatal y literaria, inseparable una de otra.

No es casualidad por lo tanto que su figura recuerde a veces la de un condenado que espera feliz la hora de su muerte, como si no hiciera más que cumplir un destino que, paradójicamente, él ha elegido. Aunque hablen de María del Carmen Huerta, protagonista de la novela, las palabras que aparecen en la contraportada de una de las ediciones más recientes de *¡Que viva la música!* coinciden con la idea más común sobre el suicidio (y, en general, sobre la vida) de Caicedo:

> [Ésta] es una novela de iniciación. Es la invitación a una fiesta sin sosiego, donde su protagonista dejará que el mundo baje hasta el pozo sin fondo de sus propios excesos. Pero con felicidad. Con absoluta dicha. Hay un pacto secreto con la muerte en esta danza de María del Carmen Huerta, la rubia protagonista de estas páginas. Pero es la muerte dulce de las celebraciones (...)[7]

En efecto, un amigo de la infancia de Caicedo habla de su suicidio como si, en realidad, se tratara de un "pacto secreto" o de una "cita pendiente con la muerte": "(...) Para Andrés la muerte era un proceso completamente lógico. Su actuación ya la tenía definida, sabía que ese proceso era ineludible, necesario; es decir, era un acto irreversible" (Elyeye 61).[8] A su vez, Ramiro Arbeláez, cofundador del Cine Club de Cali, comenta: "[Su suicidio] me parece un acto muy coherente con el sentimiento de él, de lo que él pensaba de la vida, me parece coherentísimo (...). Era un proceso irreversible, no queremos decir que fuera un proceso decadente, al contrario era un proceso ascendente hacia el suicidio (...)".[9]

Convertido en "proceso completamente lógico e irreversible", "acto coherentísimo", el suicidio le ha dado a Andrés Caicedo la figura de un héroe trágico ligado a un destino en el que la necesidad no dependía –al menos, no exclusivamente– del orden de las cosas sino de la libertad de la conciencia. Edipo sufrió la desgracia creyendo huir de ella. El sentido de su historia, así como el horror de su condición, se le reveló de manera imprevista. Por el contrario, Andrés Caicedo no sólo era consciente de la fatalidad de su destino, sino que él mismo (y esto lo distingue de los seres corrientes, anónimos, sin "historia") había elegido, al aceptarla, esa condición. Si, para él, sólo era posible el suicidio, se debía a que afirmaba la pureza de su espíritu contra la miseria de su tiempo. Por lo demás, su naturaleza increada le otorgaba el prestigioso título de "elegido", que lo hacía superior entre los hombres, y el suicidio, al representar un rechazo absoluto de las obligaciones sociales, le garantizaba el honor de haber sido "absolutamente fiel a sí mismo". De este modo, los beneficios eran dobles: de un lado, aquellos derivados de su disposición natural hacia el arte, manifestada en su actividad literaria, y, de otro lado, aquellos relacionados con el hecho de morir sin concesiones, puro.

Para dar otros ejemplos de cómo la consagración literaria ha convertido el suicidio de Andrés Caicedo en destino, podemos citar las solapas del libro *Ojo al cine*, publicado en octubre de 1999 por Norma, donde se dice que, "desde muy niño, como si tuviese un tácito pacto con la muerte, Caicedo comenzó a escribir, a montar obras de teatro y a devorar películas". Asimismo, en el prólogo a *Destinitos fatales*, la actividad literaria de Caicedo aparece una vez más en función de su suicidio, como si este fuera su propósito y su razón de ser:

> Desde las primeras horas de la mañana hasta las últimas de la noche, Andrés parecía no pensar en otra cosa que en forjar su propia obra, inventar su propio universo, darle vuelta a sus propios caprichos y tratar de acumular la mayor cantidad de escritos, películas vistas y obsesiones, para llegar bien armado a la hora de la muerte. ("Invitación" 11)

Ahora bien, la misma idea del "pacto con la muerte", con un ligero cambio, aparece en una de las notas introductorias que Ospina y Romero Rey escribieron para el primero de estos dos libros:

> Durante sus veinticinco años, Andrés no pasó un solo minuto de su vida sin dejar de pensar en el cine. Niño precoz, al superar los diez primeros años de su existencia, ya consumía todo tipo de libros y comenzaba a fascinarse con las imágenes del cine americano en los teatros de su ciudad natal. A los catorce años escribió y dirigió sus propias piezas de teatro, tratando de exorcizar un fantasma que desde muy temprana edad comenzó a devorárselo sin tregua. Desde esa época se dio cuenta que la muerte lo iba a visitar pronto y decidió colocarle una cita antes de que ella le sorprendiera. ("Cine" 15)

Decir que Andrés Caicedo pasó toda su vida sin dejar de pensar un minuto en el cine puede parecer una exageración complaciente, pero funciona además como una de las operaciones más comunes de la consagración, que incluye el recurso a fórmulas como "desde muy niño", "desde esa época", "desde muy temprana edad", y que le confieren un sentido necesario a la existencia, de la misma manera en que se habla –cada vez menos– del "sentido de la Historia". En realidad, poco importa si Andrés Caicedo leía ya a los diez años todo tipo de libros, o si comenzaba a interesarse entonces en las imágenes del cine americano. Lo revelador de estas fórmulas es que funcionan como una teleología. Bourdieu se ha referido a ello al criticar la noción de "historia de vida" a la que a veces recurren las ciencias sociales:

> Esta vida organizada como una historia (en el sentido de relato) se desarrolla, según un orden cronológico que es asimismo un orden lógico, desde un comienzo, un origen, en el doble sentido de punto de partida, de inicio, pero asimismo de principio, de razón de ser, de causa primera, hasta su término que es también un fin, una realización (*telos*). (*Razones prácticas* 75)

Así pues, Caicedo estaba predestinado a ser escritor y a morir como lo hizo, porque era lo que ordenaba su naturaleza.

En este caso como en otros, quizá esto explica que, al lado de la disposición natural hacia el arte, se insista también en la precocidad del genio, lo que vale como prueba indiscutible de que esa inclinación era un destino al que no se podía –ni quería– renunciar. Así por ejemplo, en un artículo dedicado a conmemorar el que sería el cumpleaños número cuarenta de Caicedo, José Félix Escobar escribe:

> Fue Andrés uno de mis compañeros predilectos de la infancia. Un poco menor que yo, demostró sin embargo desde su más tierna edad unas ganas de saber, de conocer y de aprender que rápidamente lo nivelaron con gentes de más años. (...) Cuando ha llegado la hora de conmemorar los 40 años de su arribo a este mundo, pienso que Andrés nació marcado por el destino apresurado y apretujado de los precoces. Pienso que Andrés Caicedo nació para realizar el mejor de los cortometrajes: su propia vida. (4)[10]

Garantía de genialidad, la precocidad literaria no necesita ser explicada. Es, al mismo tiempo, condición gratuita y facultad personal. Como no se decide, ni se adquiere, sus depositarios parecen investidos de una extraña y escasa virtud que, en el mundo literario, funciona a largo plazo como letra de prestigio. De modo que, si la vida de Caicedo se ha convertido en "el mejor de los cortometrajes", es precisamente gracias a la consagración, y no, como lo sugiere Escobar, porque esa haya sido toda su verdad. A este respecto, parece no equivocarse Jaime Mejía Duque cuando escribe:

> Tras de poder decir de alguien que "fue", que su ciclo vital se ha completado, buscando de paso una coherencia en su vida, vendrá fácilmente la consideración providencialista de que todo "estaba escrito". El tiempo vivido en su indisoluble unidad hace con la biografía de cada uno de nosotros algo análogo a lo que los técnicos de montaje logran con las películas: al final no aparecen las mil deliberaciones, situaciones y rupturas que, momento a momento, forjaron el proceso. (11)

Así pues, no es la muerte, como a menudo se dice, la que *da vida* a los mitos, como si se tratara de un proceso natural. Hace falta una labor de consagración que convierta la vida en "historia de vida", es decir, que organice sus piezas sueltas en un relato lineal, con un sentido lógica y cronológicamente uniforme. El suicidio de Andrés Caicedo, desenlace inevitable de un destino personal, al mismo tiempo fatalidad y elección consciente, ocupa un lugar preponderante en esta economía. Es como si, muy pronto, se hubiera manifestado en el escritor caleño la esencia que lo había de conducir, en un mismo movimiento, a la literatura y al suicidio. Este es más o menos el alcance de una nota aparecida el 5 de marzo de 2002 en *El Tiempo*, un cuarto de siglo después de su muerte: "La historia dice que fueron 60 [pastillas de seconal] las que lo mataron. A pesar de eso, Andrés Caicedo había empezado a morir a los 13 años cuando escribió su relato "El silencio", el mismo que había querido desde siempre y que reflejaba el inconformismo que sentía por el mundo (...)" ("Caicedo" 2-9).

De igual manera, hay allí unas afirmaciones de Carlos Mayolo según las cuales las "attitudes" de Caicedo "fueron básicamente concomitantes y su suicidio fue precisamente no querer ser maduro, es decir, morir con las ideas vigentes" (2-9), y en las que aparece de nuevo una de las operaciones características de la consagración, que consiste en proclamar la fidelidad del artista a sí mismo y la coherencia que cada uno de sus actos guarda con su naturaleza. En el caso de Andrés Caicedo, a quien se ha llamado "joven eterno", la identidad homogénea que de este modo se le atribuye, es una de las condiciones del éxito obtenido por su figura como símbolo de la rebeldía.

A este respecto, las palabras de Francesco Varanini, crítico literario italiano, ilustran muy bien el carácter "contracultural" que suele asignarse al suicidio de Caicedo: "Al desaparecer a tiempo, Caicedo evitó ensuciar su biografía con conversiones y renuncias; y, al mismo tiempo, evitó contaminar su propia bibliografía con textos cansados y hueros. Eligió salir de escena antes de ceder a compromisos y ataduras ambiguas con el mercado" (358). Esta renuncia a las "ataduras ambiguas con el mercado" es, sin embargo, uno de los elementos que ha asegurado a los libros de Caicedo un reconocido éxito editorial. Sin duda, el mercado se beneficia incluso de quienes se le oponen y renuncian a él.[11] Por lo demás, se repite en estas afirmaciones la idea de que el suicidio de Caicedo fue un acto transparente, como si, con pleno conocimiento de lo que implicaba seguir viviendo, lo hubiera premeditado.

Es lo que, con toda claridad, aparece en las siguientes palabras de Nicolás Suescún, escritas casi dos meses después de la muerte de Caicedo: "(...) Los periódicos de Cali decían simplemente que había muerto, por respeto a su familia. Comparto este respeto, pero no quiero y no creo que Andrés hubiera querido, que se diluya el significado de un gesto consciente y largamente meditado" (12). Del mismo modo, Juan Gustavo Cobo Borda, responsable de la primera edición de *¡Que viva la música!*, escribe: "Andrés Caicedo se mató en Cali el 4 de marzo de 1977 con sesenta pastillas de seconal. No había cumplido aún los 25 años (sic) pero ya había advertido que vivir luego de esa fecha era algo evidentemente deshonesto" (10). Entre muchos otros ejemplos, podemos citar también unas líneas del boletín electrónico de la Casa de las Américas, correspondientes al número 8 de abril de 2002: "[Andrés Caicedo] se suicidó en 1977 con una sobredosis de droga, por temor a envejecer con el pensamiento seco y cansado, por temor a enclaustrarse en los mismos conceptos estables, perdurables de la vejez, a los mismos que llegan conservadores y rebeldes sin causa, guerrilleros y niños de bien" (Pérez).

No resulta difícil observar que esta especie de "elección de la fatalidad" que, en apariencia, está en el origen del suicidio de Caicedo, se apoya, como en general todas las operaciones de consagración, en la oposición individuo-sociedad: de un lado, una naturaleza pura, la del escritor; de otro lado, una realidad autónoma encarnada en la sociedad. Decir que Andrés Caicedo es un "suicidado de la sociedad" no es lo mismo que referirse al carácter social de su muerte. La diferencia entre estos dos puntos de vista es que, en el primero, "lo social" se concibe como una realidad externa que opera sobre el individuo, y el individuo –pero esto es ya un privilegio que crea privilegios– como una conciencia que se enfrenta a la sociedad, mientras que, en el segundo, "lo social" es siempre una relación y no se constituye por fuera de la experiencia particular, objetiva y subjetiva a la vez, de los individuos. Para dar un ejemplo más del primer enfoque, el del "suicidado de la sociedad", podemos citar finalmente una entrevista realizada a Luis Ospina y Carlos Mayolo pocos días después de la muerte de Caicedo. Según Mayolo,

> Andrés, desde muy chiquito, estaba escribiendo. Yo creo que él tiene cuentos como desde los 10 años o algo así. Además, él hizo unas adaptaciones babilónicas como la de *Moby Dick* al teatro, cosas que sólo Orson Welles había hecho. Desde un principio se supo que Andrés tenía un gran talento para la literatura y después para la crítica de cine. Se sabía que era un iluminado y que tenía muchas cosas que decir sobre los momentos que él estaba viviendo, que le estaba tocando vivir y que fueron los momentos que quizás lo mataron. (Barreiro 9)[12]

Como forma específica de reconocimiento, la consagración no sólo es producto de la creencia compartida en la importancia y el valor del arte, sino que tiene el efecto de intensificarla. De modo que, si la vida de Andrés Caicedo se ha convertido en una espera (sería más exacto decir: en una búsqueda) calculada de la muerte, es inseparablemente como resultado de, por un lado, la consagración literaria y sus operaciones, y, por otro lado, la creencia en la pureza del arte y sus creadores.[13]

La importancia de las "cosas sin importancia"

En una breve reseña –en realidad un artículo– titulada "Esquema para una historia de la lectura en Colombia", J. E. Jaramillo-Zuluaga ha indagado sobre las relaciones entre el suicidio de José Asunción Silva y la recepción de su obra. Allí, refiriéndose a la muerte del poeta bogotano, escribe:

> Versos, gestos, frases, circunstancias casuales: todo se transforma con el suicidio en la crónica de una muerte anunciada. Los primeros lectores de Silva pusieron su empeño en escribir esa crónica y en tasar su participación en ella. Amigos y simples conocidos del poeta se convirtieron de pronto en testigos, en seres privilegiados e inocentes que articulaban pormenores sin importancia en un discurso de cuya trascendencia se ufanaban. (96)[14]

Aunque sobre el suicidio de Andrés Caicedo no se ha especulado tanto como en el caso de Silva, su crónica abunda también en "pormenores sin importancia" que son sin embargo muy "importantes" para quienes mantienen con su muerte una relación "cálida": amigos, familiares, escritores, lectores, etc. Esto explica que, lo que a un observador externo podría parecer simplemente la vanidad de un discurso sin trascendencia sea para los sujetos *interesados* en él la expresión más pura de sus sentimientos.

El suicidio de Andrés Caicedo también transformó su vida en la crónica de una muerte anunciada, de la que "amigos y simples conocidos" –como en el caso de Silva– se convirtieron en testigos privilegiados. A este respecto, quizá el más dramático –y conocido– de los "pormenores sin importancia" que "rodean su muerte" (la expresión tiene ya un tono profético) tiene que ver con la aparición de su novela *¡Que viva la música!*, que desde principios de 1976 había sido entregada al Instituto Colombiano de Cultura para su publicación. En la correspondencia que conocemos de Caicedo, y que es sólo una pequeña parte de la que existe, el escritor se refiere en varias ocasiones a la próxima aparición de la obra. Así, por ejemplo, en una carta de abril de 1976 para Miguel Marías, crítico de cine español y colaborador habitual de la revista *Ojo al cine*, Caicedo escribe:

> No quiero hablarte de proyectos: los tengo miles, entre ellos un inmenso libro sobre los Stones que entroncaré con el fracaso de mi generación: tú no te explicarás cómo, aquí tampoco se lo creerán, pero bueno, teniendo en cuenta que este año sale por Colcultura y por Crisis de Argentina mi novela *¡Que viva la música!* y que actualmente un grupo de Bogotá monta mi adaptación de *La ciudad y los perros*, puedo ir pensando perfectamente en mi obra última, la menos intelectual, la más auto-destructiva. ("Nueve" 51)[15]

Dos semanas después, Caicedo le escribe a Jaime Manrique Ardila, también colaborador de su revista: "Mi novela sale en tres meses, pero yo lo dudo. Los argentinos me prometieron que en marzo, y todavía nada" (53), y, a finales de junio del mismo año, a Hernando Guerrero, quien entonces vivía en París: "Te cuento que Colcultura compró (por 10.000 pesos) mi novela *¡Que viva la música!*, y lo mismo Crisis, una editorial argentina, pero hasta ahora ninguna de las dos la pública. ¿Será que yo tengo una maldición con las editoriales?" (Solari 148).[16] En carta posterior, esta vez para Juan Gustavo Cobo Borda, Caicedo dirá: "Me vas a contestar esta cartica, sí o no, al menos para que informes cuándo sale mi novela" (Carta 6-X-1976: 120)[17] y, finalmente, en un artículo publicado ocho años después de la muerte de su hermano, Rosario Caicedo recordaba que:

> la mañana anterior [a su suicidio] el correo me había traído lo que vendría a ser la última carta de Andrés para mí. (...) En esas, sus últimas páginas, cada palabra denotaba optimismo y esperanza. Me mencionaba su novela que muy pronto iría a salir: "Es cuestión de días, Rosarito. Increíble, ¿no te parece? El final de una larga lucha que finalmente he ganado". (10)

La expectativa que produjo en Andrés Caicedo la publicación de *¡Que viva la música!*, su primera novela, permite comprender hasta qué punto pudo resultar *trágico* el hecho de que se suicidara *precisamente* el día en que tuvo el primer ejemplar en sus manos. A este respecto, su papá recuerda: "Horas antes [de su suicidio] lo encontré con el primer ejemplar de *¡Que viva la música!* y le dije 've, hombre prestámela', pero me contestó – no, la acabo de recibir. Horas después supe de su deceso" ("Caicedo" 6). A su vez, en una entrevista concedida en diciembre de 1977, nueve meses después de la muerte de Caicedo, Fernando Cruz Kronfly dirá:

> El día que murió me lo encontré como a las doce del día, lo noté exaltado como siempre, me mostró su novela *¡Que viva la música!* que le acababa de llegar de Colcultura y me preguntó por Patricia; la andaba buscando y me preguntó si la había visto. Le dije que no, entonces él me dijo que si la veía le dijera que él la andaba buscando como alma en pena, todavía me acuerdo de eso. Eso fue a las doce del día y a las tres de la tarde se suicidó (Solari 121).[18]

Lejos de ser un simple dato entre otros, el hecho de que Andrés Caicedo hubiera conocido *el mismo* día de su muerte un ejemplar de *¡Que viva la música!* ("el *primer* ejemplar"), tiene el efecto de intensificar la creencia en la *necesidad* de su suicidio (no había otra forma de morir), convirtiéndose en una especie de indicio "supersticioso" que la confirma. En cualquier caso, es la consagración la que les otorga un sentido profético a esos "datos" que, a nuestra mirada, aparecen como evidentes. Así pues, que Andrés Caicedo se matara el día en que tuvo en las manos el primer ejemplar de su novela, hace que su muerte parezca más increíble y absurda, al mismo tiempo inevitable y arbitraria: una muerte con atributos, tan singular como quien la causa a sí mismo.

Los "pormenores" a los que, no sólo en el caso de Andrés Caicedo, la consagración literaria asigna tanta importancia, no hacen más que confirmar, por lo tanto, la grandeza y la singularidad del artista. Esto es precisamente lo que plantea Roland Barthes cuando, en un breve artículo dedicado al "mito" del escritor "en vacaciones", observa:

> (...) El mito de las "vacaciones literarias" se extiende muy lejos, mucho más allá del verano; las técnicas del periodismo contemporáneo se dedican cada vez más a ofrecer un espectáculo prosaico del escritor: pero sería un grave error tomar este hecho como un esfuerzo de desmistificación. Es todo lo contrario. Sin duda, a mí, simple lector, puede parecerme conmovedor y hasta sentirme halagado por participar, gracias a la confidencia, de la vida cotidiana de una raza seleccionada por el genio; sin duda sentiría deliciosamente fraternal a una humanidad en la que sé, por los diarios, que un gran escritor usa pijamas azules y que un joven novelista gusta de "las chicas bonitas, el queso *reblochon* y la miel de lavanda". Pero esto no impide que el saldo de la operación sea que el escritor se vuelva un poco más estrella, que abandone un poco más esta tierra por una morada celeste donde sus pijamas y sus quesos no le impiden, de ninguna manera, retomar el uso de su noble palabra demiúrgica. (33)[19]

Desde este punto de vista, la consagración literaria puede considerarse también una forma de fetichismo: no sólo convierte en propiedades innatas –vocación, precocidad, talento, genio, predestinación al suicidio– lo que es el resultado de un conjunto de relaciones sociales, sino que asigna a ciertos objetos e imágenes (*se mató el día en que tuvo el primer ejemplar en las manos*) una vida independiente, otorgándoles al mismo tiempo un carácter "sagrado" que pareciera revelar su naturaleza (Zuleta 49).[20]

Para dar otro ejemplo de cómo la consagración literaria hace importantes los "pormenores sin importancia", podemos citar el caso de los objetos presentados durante una exposición dedicada a conmemorar el aniversario número veinticinco de la muerte de Andrés Caicedo,[21] en donde se exhibieron, entre otras cosas, su máquina de escribir, los originales de *¡Que viva la música!*, las primeras ediciones de sus libros, sus discos de rock y salsa y algunas fotografías que se han convertido en emblemas, donde aparece con bluyín ajustado, camiseta blanca de manga larga ceñida al cuerpo, zapatos de goma cafés, pelo largo por debajo de los hombros y gafas gruesas de marco cuadrado.

Desde luego, no tendría ningún interés exhibir estos objetos e imágenes si no consiguieran, como dice E. H. Gombrich con respecto a los símbolos de la Revolución Francesa, "the loyalties and the love of the crowd", si fueran simples representaciones de conceptos abstractos (163-165), objetos convencionales que sólo interesaran a quien ha decidido sacarlos del anonimato. Por lo demás, estos objetos (e imágenes) permiten, como propone Barthes en el artículo antes citado, que el público participe de ese prosaísmo que, en el caso de los "hombres de letras", no hace más que confirmar, haciéndola más sorprendente, su singularidad:

> Proveer públicamente al escritor de un cuerpo bien carnal, revelar que le gusta el blanco seco y el biftec jugoso, es volver para mí más milagrosos, de esencia más divina, los productos de su arte. Los detalles de su vida cotidiana, en vez de hacer más próxima y más clara la naturaleza de su inspiración, confirman la singularidad mítica de su condición: sólo puedo atribuir a una superhumanidad la existencia de seres tan vastos como para usar pijamas azules en el mismo momento en que se manifiestan como conciencia universal o, más aún, declarar el gusto por los *reblochon* con la misma voz con la que anuncian su próxima Fenomenología del Ego. (33-34)

Así pues, no se niega la singularidad de Andrés Caicedo si en las exposiciones aparecen las fotografías de su primera comunión o de sus vacaciones en San Andrés, o si en otras se dirige al lente de la cámara con una botella de cerveza *Póker* en la mano. Lo que Barthes llama "la alianza espectacular de tanta nobleza y de tanta futilidad" (34), los "pormenores sin importancia" a los que se refiere Jaramillo-Zuluaga, ese prosaísmo del cual la consagración no puede prescindir, es el elemento profano sin el cual lo sagrado no puede existir; la prueba de que, incluso los "santos", tienen sus horas de debilidad. Cuando la vida de un escritor se ha transformado en destino, las "cosas sin importancia" cumplen la función de confirmar, *a posteriori*, todas las profecías. En el caso de Andrés Caicedo, su consagración es inseparable de un "esfuerzo" por mostrar que su suicidio no es más que la consecuencia lógica de lo que alguna vez dijo: que vivir después de los veinticinco años era una insensatez.

Las pastillas de seconal

Entre abril y mayo de 1976, durante su residencia en Bogotá, Andrés Caicedo intentó suicidarse dos veces. En ambas ocasiones ingirió una gran cantidad de *Valium*, añadiendo en la primera "profundas cortadas en las muñecas con el cuchillo de cocina más oxidado que pude encontrar", según cuenta en una carta dirigida a finales de abril de ese mismo año a Jaime Manrique Ardila ("Nueve" 53). Después del segundo intento, ocurrido el 26 de mayo, Caicedo fue internado por su familia en una clínica de reposo, en donde permaneció poco más de un mes. Desde allí, escribió al menos dos cartas en las que se refiere a los motivos de sus intentos de suicidio.

Una de esas cartas está dirigida a Isaac León Frías, director de la revista peruana *Hablemos de cine*. En ella, el escritor caleño dirá: "Motivo: cumpleaños No. 25 en septiembre de este año y terribles celos por Patricia, infundados todos, pero es que es la primera vez que me enamoro y la experiencia ha resultado tenaz" (55). En la otra, fechada el mismo día y dirigida a Hernando Guerrero, escribe: "Regresa hombre, antes de que yo cumpla 26 años (en septiembre cumplo 25): esa también fue una de las causas de mi suicidio: el atroz horror de la vida adulta" (55).

Es célebre la afirmación de Caicedo según la cual vivir después de los veinticinco años es una insensatez. Convertida en máxima, esta fórmula ha logrado darle un carácter de profecía realizada a su suicidio. De ahí se deriva, por ejemplo, la conclusión de que su muerte no hizo más que confirmar un destino al que el escritor caleño habría sido fiel de manera inequívoca. Es como si Caicedo hubiera dicho, casi con felicidad, "no le temo a la muerte". Sin embargo, aun cuando pudiera comprobarse la autenticidad de estas palabras, no habría en principio ningún motivo para suponer que coinciden con la verdad de su suicidio, tal como se hace con la afirmación de que vivir después de los veinticinco años es una insensatez.

Por el contrario, hay razones para suponer que Andrés Caicedo no quería morir y que su suicidio está muy lejos de ser algo así como el principio de organización (el sentido) de su vida, si es que tal principio (o sentido) puede existir. Si uno lee las cartas que el escritor caleño dirigió a sus amigos y conocidos entre enero de 1972 y enero de 1977, tal vez lo primero quese advierte es que en todas ellas hay un énfasis en lo que, sin mucha sutileza, podrían considerarse sus "problemas". No es sólo que Caicedo utilice un tono "exhibicionista" cuando habla de sí mismo, al referirse por ejemplo a sus proyectos de trabajo o a su relación con las mujeres, a la muerte o a su tarea como crítico de cine, sino que lo hace con una conciencia que, con alguna imprecisión, podríamos llamar "desgraciada": la conciencia de alguien a quien le atormenta que sus esperanzas y expectativas superen con mucho las posibilidades y los "medios" de realizarlas, sin importar qué tan justificada o no juzguemos esa preocupación.

Cuando menos, es posible ver en las siguientes palabras de Andrés Caicedo un indicio de la incertidumbre que sentía con respecto a su capacidad como escritor, aun si se refiere solamente a su labor como crítico de cine:

> He de confesarte que acabo de superar una crisis de decepción en cuanto a mi actividad como crítico. Mi viaje a Silvia coincidió con la crisis. Muchísimos problemas emocionales, que tal vez podré relatarte mejor si algún día llegamos

> a encararnos. La compañía con una niña de 12 años super-veloz, super-violenta y super-disipada me obligó a rebajarme al estado propio de su edad, a renegar de mi cultura y de mi pobreza, y a dedicarme a la vida campestre, despreocupada, andar sin gafas por la calle y olvidarme de compromisos intelectuales y todo eso. Además, ya tengo 23 años, y hay amaneceres en que las tristezas están a punto de matarme (...). (46)[22]

Desde luego, no es cuando escribe "acabo de superar una crisis de decepción en cuanto a mi actividad como crítico" cuando se revela con más claridad la incertidumbre de Caicedo, sino cuando insiste en su edad ("*además*, ya tengo 23 años"), que para él parecía aumentar en relación inversa a sus posibilidades de "ser escritor". ¿De dónde le venía, pues, a Caicedo, "el atroz horror de la vida adulta"? Para intentar una respuesta a esta pregunta, habría que poner entre paréntesis las afirmaciones más comunes: en primer lugar aquella, bastante romántica, de que Andrés Caicedo se suicidó para no rendirse a los "compromisos mundanos" del mercado, la familia y demás instituciones "burguesas", es decir, para morir con las "ideas vigentes". Igualmente, habría que dejar de lado aquellas explicaciones que conciben su suicidio como el efecto mecánico de causas independientes y externas a su trayectoria personal, como si se tratara de la acción de fuerzas sociales invariables sobre una naturaleza individual igualmente invariable.

Se ve muy bien, por otra parte, que ambas interpretaciones son solidarias: desde el momento en que se afirma que Caicedo murió como una forma de no traicionar sus principios no queda más que decir que fue un "suicidado de la sociedad". Es lo que aparece con toda claridad en un artículo escrito por Harold Alvarado Tenorio poco tiempo después de su muerte: "Andrés Caicedo Estela no sólo es uno de nuestros grandes escritores, sino que como José Asunción Silva, tuvo el valor de partir pronto de una tierra mísera que no quería comprender su genio. Ese es el gran destino de los que sí saben para qué es la vida" (7).

A la inversa, si uno acepta que la sociedad actúa como una especie de realidad ajena a los individuos, no tarda mucho en llegar a la conclusión de que Caicedo pertenecía a esa rara estirpe de espíritus nobles e iluminados que no soportan su influjo. En todo caso, se mantiene la oposición entre lo individual y lo colectivo sobre la que se apoyan indistintamente las operaciones de la consagración literaria.

Por el contrario, si Andrés Caicedo sentía horror de la vida adulta, si el paso del tiempo era para él una evidencia tan angustiosa, hay que tratar de buscar el origen de ese horror –de ese temor al fracaso– en la relación entre ambos polos, el individual y el colectivo. De esta manera, es posible preguntarse si su rechazo de los "compromisos mundanos" no constituía algo más que una complaciente manifestación de buena conciencia. El 8 de abril de 1976, refiriéndose a la aparición del que sería el último número de su revista, le escribe a Miguel Marías:

> Si alguna vez sale *Ojo al cine* No. 5 será una edición mucho más barata porque lo que llevamos hasta ahora me tiene prácticamente arruinado; es duro levantarse y tener que ofrecer la revista por las calles antes de conseguir para el desayuno. Además no quiero levantarme más, Miguel, no quiero sentir ese terror de nuevo. Ya estarás pensando que me expreso desde el snobismo existencialista de hace mil años, pero es que ya no puedo más con la vejez de mi adolescencia, ya no puedo más con las exigencias que me hacen los malditos intelectuales ni las que me hace mi alma educada según el cumplimiento del deber y del arrepentimiento. ("Nueve" 51)

Más que una especie de conciencia social o de rechazo político de los "compromisos mundanos", lo que parecen revelar estas palabras es el desencanto de quien, de pronto, ha intuido que sus deseos eran incompatibles con las posibilidades objetivas de realizarlos. Para Andrés Caicedo, el sentimiento de la "vejez de la adolescencia", esa conciencia de una juventud demasiado larga, cerraba el campo de sus opciones, hacía más difícil la aceptación de una vida que, tal vez, juzgaba inaceptable: el envejecimiento social representaba una evidencia demasiado amarga para quien había soñado "ser escritor", vivir en cierto modo por fuera del mundo.

Las cartas de Caicedo muestran, por otra parte, el anhelo borroso que tenía de que se convirtieran más tarde en el testimonio de su experiencia literaria. Así es como, a Patricia Restrepo, después de contarle algunas cosas sobre la preparación de su libro *El atravesado*, Caicedo le dice:

> Estuve el viernes y el sábado tirando fuerte salsa, con la pandilla salvaje de Clarisol, sudando muchísimo porque, como quien dice, ya que el trabajador de la cultura no hace esfuerzo físico, entonces pues que baile, que se dedique a la sanísima actividad del sudor bailando la música caliente. Ay Patricia. Somos infelices, hermanita, pero nuestro alimento principal es el sufrimiento. Como quien dice, si el poeta deja de sufrir, deja de escribir, y punto final. (43)

El mismo Caicedo da pruebas de la relación que mantenía con su correspondencia en una carta a Miguel Marías, fechada en agosto de 1975: "... Recién ahora, y estimulado por tu ejemplo, es que renuevo el género epistolar, en donde se puede encontrar, después de mi muerte, algo de lo mejor que he escrito" (49). En cualquier caso, así como de este fragmento no puede deducirse que Andrés Caicedo tuviera un conocimiento seguro de su suicidio a los veinticinco años, tampoco puede sacarse la conclusión de que escribiera sus cartas con el propósito explícito de su publicación. Más que *saber* de su suicidio y de la publicación de sus cartas, Andrés Caicedo parecía fantasear con ambas cosas, lo cual era, en cierto modo, una forma de insistir, como quien trata de convencerse de algo, en la posibilidad de una esperanza. Hay algo de esto en una carta que escribe a Hernando Guerrero en junio de 1974, en la que alude a una correspondencia anterior que no conocemos:

> Hubo dos frases de tu carta que no me gustaron ni cinco. La primera porque no la entendí en semejantes términos tan contundentes, la segunda porque no supe a qué venía, cuál era el caso: "... tu carta, como siempre muy cerca de la muerte a pesar del infinito esfuerzo por demostrar vitalidad". Estoy cerca de la muerte, de acuerdo, moriré joven y pobre sin conocer mujer, pero no hago esfuerzos infinitos para demostrar que no, antes estoy bandereando con eso (…) (Solari 143)[23]

No es por lo tanto un conocimiento pleno de lo que le espera lo que revelan las palabras de Caicedo cuando escribe: "(…) En donde se puede encontrar, después de mi muerte, algo de lo mejor que he escrito", sino más bien una fantasía, la inquietud de alguien que mantiene una relación ambigua con su muerte. Es como si detrás de ese énfasis en sí mismo, de esa reiteración de su angustia, de esa obsesión con la muerte, Caicedo estuviera enviando un mensaje de auxilio; como si, al insistir en ello (a veces con humor, siempre con un poco de patetismo), estuviera a la vez tratando de alentar una esperanza, de convencerse a sí mismo de la posibilidad de un cambio, de un giro inesperado. Como cuando escribe, en carta a Miguel Marías de septiembre de 1975, sobre la próxima aparición de su libro *El atravesado*. Después de un largo inventario del trabajo acumulado (críticas para los diarios, diagramación del número 3 de *Ojo al cine*, consecución de fondos para la publicación de la revista), Caicedo dirá:

> [He estado] atareado en otra imprenta (famosa por su incumplimiento) para que me cumplan con la edición de mí libro, que al final saldrá, muy reducido, conteniendo apenas dos cuentos (uno de 50 páginas y otro de una y media) para el 28 de septiembre, un día antes de mi cumpleaños No. 24, día en el que, si amanezco muy obsesionado con Billy The Kid y decido que no vale la pena empezar los 25, me pegaré un tiro. Pero no te preocupes, que te haré llegar mi libro (…). ("Nueve" 47)

El sufrimiento que, sin mucho esfuerzo, puede comprobarse en las cartas de Caicedo, ese acento en la muerte que es al mismo tiempo una manera (poco importa qué tan eficaz) de no desesperar, se ha transformado curiosamente en la apacible decisión de un escritor que "muy temprano" se dio cuenta de que vivir después de los veinticinco años era una insensatez. Philippe Ariès, en un breve artículo que presentó en París en julio de 1981 ante una asociación para la prevención de la muerte voluntaria, se refirió a la diferencia entre suicidio radical e intento de suicidio (243-56). Sobre este último dice: "El intento es (...) un llamado, un signo de alguien que aún espera respuesta, hasta un umbral que, una vez superado, se convierte en suicidio efectivo" (251). "Dar la impresión de matarse sin hacerlo realmente", "darse una oportunidad", "llamar la atención o ejercer presión" son algunas de las expresiones que Ariès utiliza para referirse al significado del intento de suicidio.

Al menos como hipótesis, podemos pensar que este era el caso de Caicedo: el caso de alguien que esperaba una oportunidad (la muerte era lo irreparable) y que dando la impresión de matarse sin hacerlo realmente se resistía a admitir que no había respuesta. En una carta de abril de 1976, le escribe a Jaime Manrique Ardila: "Lo único que importa es la pasión que lleva a la muerte. El que busque el amor como una forma de pasar el rato es un inmoral, y yo con mi muerte a plazos tengo y no quiero saber nada de nadie más" ("Nueve" 54). La "muerte a plazos" de Caicedo se asemeja a la que imaginaba para sí Harry Haller, el personaje de *El lobo estepario*. En las primeras páginas del libro, Hermann Hesse escribe:

> Como toda fuerza puede también convertirse en una flaqueza (es más, en determinadas circunstancias se convierte necesariamente), así puede a la inversa el suicida típico hacer a menudo de su aparente debilidad una fuerza y un apoyo; lo hace en efecto con extraordinaria frecuencia. Entre estos casos cuenta también el de Harry, el lobo estepario. Como millares de su especie, de la idea de que en todo momento le estaba abierto el camino de la muerte no sólo se hacía una trama fantástica melancólico-infantil, sino que de la misma idea se forjaba un consuelo y un sostén. (X)

Harry Haller le fija un plazo a su muerte:

> Finalmente llegó, a la edad de unos cuarenta y siete años, a una ocurrencia feliz y no exenta de humorismo, que le producía a veces gran alegría. Fijó la fecha en que cumpliera cincuenta años como el día en el cual había de poder permitirse el suicidio. En dicho día, así lo convino consigo mismo, habría de estar en libertad de utilizar la salida para caso de apuro, o no utilizarla, según el cariz del tiempo. Aunque le pasase lo que quisiera, aunque se pusiera enfermo, perdiese su dinero, experimentara sufrimientos y amarguras, ¡todo estaba emplazado, todo podía a lo sumo durar estos pocos años, meses, días, cuyo número iba disminuyendo constantemente! Y, en efecto, soportaba ahora con mucha más facilidad muchas incomodidades que antes lo martirizaban más y más tiempo, y acaso lo conmovían hasta los tuétanos. Cuando por cualquier motivo le iba particularmente mal, cuando a la desolación, al aislamiento y a la depravación de su vida se le agregaban dolores o perdidas especiales, entonces podía decirles a los dolores: «¡Esperad dos años no más y seré vuestro dueño!» Y luego se abismaba con cariño en la idea de que el día en que cumpliera los cincuenta años llegarían por la mañana las cartas y

> las felicitaciones, mientras que él, seguro de su navaja de afeitar, se despedía de todos los dolores y cerraba la puerta tras sí. (XI)

Por supuesto, en este caso la novela de Hesse sólo es útil como lente: de su lectura podemos obtener nuevas claves de interpretación del suicidio de Andrés Caicedo, pero no la interpretación misma. Sin embargo, es posible la sospecha de que, al referirse a la muerte con esa mezcla de desencanto cínico y ostentación, Caicedo lo hacía con el deseo de conjurar una realidad que no lo dejaba tranquilo: quería que sus amigos y conocidos supieran cuánto sufría, "banderear" con su suicidio para salvarse, en cierto modo, de esa posibilidad. En una entrevista que concedió en diciembre de 1977, Umberto Valverde recuerda: "Por periodos estuvimos bien, en el último periodo [de su vida] estábamos conversando mucho; después de haber hecho un intento de suicidio con pastas, cuando salió de la clínica me contó lo que había pasado, a él le encantaba contar" (Solari 137). Con respecto a su muerte, parece claro que Andrés Caicedo no quería tomarse en serio e intentaba persuadirse de que había una esperanza. Contar era una forma de hacerlo.

A los 16 años, interrogado sobre la manera en que pensaba asegurar su subsistencia, Caicedo respondió: "Mi deseo es vivir de lo que escriba. Claro que en un medio tan difícil como el nuestro, para lograr tal objetivo, es necesario asegurarse otra fuente. Pienso acabar estudios mayores de letras, publicidad y teatro, pero siempre estaré a la pelea de subsistir por medio de la literatura" ("Yo" 6).[24] Con anterioridad, a la pregunta: "¿cree que nació para escribir?", Caicedo había contestado: "Actualmente está tan arraigada la escritura en mí y mi mensaje es tan necesario, que creo que nací para escribir y vivo para poder hacerlo" (5).

No parecen las palabras de un hombre que *sabía* que iba a suicidarse. Pero tampoco las de un hombre que no *lo sabía*. Afirmar una cosa o la otra es indiferente a partir del momento en que se rechaza una concepción uniforme de la vida. No hay ninguna oposición en términos de verdad y mentira entre el escritor que creía que vivir después de los veinticinco años era insensato y aquel que, nueve meses antes de su muerte, afirmaba estar alejando de sí la idea del suicidio. Es así como, el 22 de junio de 1976, Caicedo le escribe a Isaac León Frías:

> A eso del 26 de mayo cometí un segundo intento de suicidio: me tomé 125 pastillas de *Valium* 10 y si no es por mi hermana, que viajó oportunamente de Cali a Bogotá, me toteo. Como 15 días antes me había tomado 25 de las mismas y cortado las venas con toda la seriedad del caso, mi familia decidió internarme. Motivo: cumpleaños No. 25 en septiembre de este año y terribles celos por Patricia, infundados todos, pero es que es la primera vez que me enamoro y la experiencia ha resultado tenaz. Pero bueno, ella me ha

> visitado dos veces y me llama todos los días y me ama muchísimo y yo ya estoy alejando de mí la idea del suicidio. Llegar a viejitos tocará, hermano. ("Nueve" 54-5)[25]

Andrés Caicedo se suicidó a los veinticinco años, pero no lo hizo en cumplimiento de ningún destino. El escritor para quien, supuestamente, el suicidio era el único final posible, es también el mismo que, refiriéndose a los efectos causados por el suministro de una droga después de su segundo intento, escribe en su diario el 28 de julio de 1976:

> ¿Quién soy yo? Las cosas que antes me movían hoy me dejan por fuera, como si fuera un extraño a ellas. Y si estoy sintiendo esto con sólo dos inyecciones, ¿cómo hubiera sido con más? ¿Será que ya no hay remedio? ¿Será que ya me cambió el metabolismo? ¿Será que esta droga terrible se queda en el organismo y lo deja a uno sin oportunidad de nada en la vida? ¿Por qué fue que me inyectaron esto? Naturalmente, escribo estas líneas con una gran angustia. Que me den un contrarrestante más fuerte o que me extraigan la droga de mi cuerpo. Ya no puedo más. No es justo haber estado un mes y seis días en una clínica de reposo para después sentirse tan mal. Me han colocado en una posición desesperada. Yo quiero sentirme bien. Quiero sentirme como antes. Éste que ahora dice llamarse Andrés Caicedo no lo es más. 'Por favor', ayuda. ("Nueve" 56)

Conclusiones

A través del estudio del ejemplo de Andrés Caicedo, hemos tratado de acercamos al funcionamiento de un fenómeno que no es exclusivo del mundo literario: la consagración. Definida como forma específica de reconocimiento, la consagración literaria (y, en términos generales, artística), es también una creencia compartida en la singularidad de la obra de arte y del "creador", singularidad que consiste en la ausencia de cualquier determinante distinto a su naturaleza increada. A este respecto, puede citarse a Bourdieu cuando escribe:

> El amor por el arte, como el amor a secas, incluso y sobre todo el más arrebatado, se siente fundamentado en su objeto. Para convencerse de tener razón (o razones) para amar recurre muy a menudo al comentario, esa especie de discurso apologético que el creyente se dirige a sí mismo y que, si por lo pronto tiene el efecto de intensificar su creencia, también puede despertar la creencia en los demás e inducirlos a ella. (*Las reglas del arte* 14)

El presente artículo ha querido mostrar que ese amor por el arte que se siente fundamentado en su objeto y que recurre a la celebración, es también (como algunas sociologías) una forma de empobrecimiento de la producción cultural y de sus productos. Por lo demás, si, como se supone, la obra de arte es una especie de milagro que no admite ninguna explicación, sólo es posible acceder a ella (a su comprensión y a su goce) por una especie de don igualmente milagroso, que funciona al mismo tiempo como un mecanismo de exclusión.

En el caso de Andrés Caicedo (pero podría comprobarse también en otros), la consagración ha puesto en orden lo azaroso, huidizo e involuntario que hay en su vida, convirtiéndolo en un "elegido" y otorgándole el dudoso privilegio de un destino personal. El efecto de esta operación ha sido una existencia en la que cada detalle era coherente con ese destino, el suicidio, que funciona como "Fin de la Historia" y causa final de todo su pasado.

Por último, quisiéramos referimos a algunas preguntas que surgieron durante el desarrollo de este trabajo, y que pueden ser posibles vías de investigación para continuarlo. Así, por ejemplo, es posible preguntarse por la relación entre la consagración de Andrés Caicedo y la devaluación de sus obras. En efecto, Caicedo es, al menos en ciertos espacios sociales (definirlos también haría parte del trabajo), un escritor "superado": admirarlo no representa ya un signo de prestigio. ¿Cómo se relaciona este fenómeno con la divulgación de sus libros? ¿En qué medida la aparición de nuevos grupos de lectores ha contribuido a su devaluación? ¿Cuáles son las características de esos nuevos grupos de lectores y espacios de circulación? ¿Cuáles son las definiciones que se enfrentan a propósito de su figura? ¿Quiénes defienden su imagen de "escritor maldito" y quienes lo consideran un escritor "superado"?

A partir de estas preguntas, es posible aproximarse asimismo al estudio de la consagración como forma de autoconsagración. En efecto, los herederos de una tradición, los discípulos de un maestro y en general todas aquellas instituciones y agentes que administran su legado, reclaman y obtienen para sí la autoridad y el prestigio que de ahí se deriva. Andrés Caicedo ocupa en el mundo literario la posición del artista puro (posición que se define en relación con otras, y por lo tanto está sujeta a desplazamientos), que no admite para su labor justificaciones políticas o comerciales. Estos rasgos, por supuesto, no son una "invención" de sus herederos, de los críticos o de las editoriales. Sin embargo, al exaltarlos (o rechazarlos) es claro que también los crean, y, de este modo, se presentan y se crean a sí mismos. La rebeldía y el desencanto que rodean a la figura de Caicedo son atributos que se oponen a otras formas de creación literaria, por ejemplo "comprometidas" o "comerciales", a las que, de manera práctica o pensada, ellos también se oponen.

Este conjunto de problemas, apenas esbozados, permitiría avanzar en un análisis que tome en cuenta la noción de campo literario como espacio de relaciones objetivas entre productores culturales, noción que en todo caso funcionaría no como un dato preexistente sino como una posibilidad de interpretación. Esto permitiría, además, superar la oposición entre lectura externa y lectura interna, que tienen en común la concepción de la obra de arte como *reflejo*: del "contexto" en que ha sido producida, convertida por lo tanto en testimonio o documento de una clase social, o de la experiencia aislada e irreductible del artista. En el caso de Andrés Caicedo, la forma que ha tomado la consagración está más próxima a esta última, como si su literatura sólo pudiera enviar a su "biografía" y viceversa. De esta manera, se cierra el círculo virtuoso del creador "absolutamente fiel a sí mismo", "imagen del escritor" que, en lugar de ser aceptada como explicación, debe ser explicada.

Finalmente, queda también abierta la posibilidad de estudiar el suicidio de Andrés Caicedo a partir de una perspectiva sociológica que no oponga lo individual y lo colectivo. Desde luego, en este terreno son más comunes las *declaraciones* que las *demostraciones*, y sólo en la práctica del oficio podría avanzarse en un análisis de este tipo. Lo que se ha intentado aquí ha sido mostrar que, tanto en sus versiones más apologéticas como "académicas", la consagración literaria no ha dicho la última palabra sobre los escritores y sus obras.

Notas

1 Este artículo fue presentado como trabajo de grado para optar por el título de sociólogo de la Facultad de Ciencias Sociales y Económicas de la Universidad del Valle. El autor agradece la asesoría permanente de Renán Silva, profesor titular del Departamento de Ciencias Sociales de la Universidad del Valle y director del trabajo de grado. Fue publicado anteriormente en *Revista Sociedad y Economía*, núm. 6 (2004) 109-132.

2 Las orientaciones teóricas generales se encuentran en Bourdieu, *Las reglas del arte. Génesis y estructura del campo literario* [1992]; y *Razones prácticas. Sobre teoría de la acción* [1994].

3 La nota se refiere a la revista *Ojo al cine*, de la que alcanzaron a publicarse cinco números.

4 La expresión ha sido tomada de Mejía Duque. Desde luego, ilusión no es sinónimo aquí de error subjetivo o falsa conciencia.

5 Es necesario aclarar que la consagración no se entiende en este trabajo como el resultado de una acción calculada con arreglo a fines. Sobre el interés específico en el desinterés constitutivo de los campos de producción cultural, véase Bourdieu, "Para una ciencia de las obras" [1986] y "La economía de los bienes simbólicos" [1994] en *Razones prácticas* (53-73 y 159-158).

6 Ospina y Romero Rey.

7 Véase Caicedo, *¡Que viva la música!* [1977]. La nota de contraportada es de Romero Rey.

8 Alfonso Echeverry Llano, entrevista con Sonia Elyeye Echeverry, 27 de enero de 1978, en Sonia Elyeye Echeverri, *Andrés Caicedo Stella*. Sin datos.

9 Arbeláez, entrevista con Sonia Elyeye Echeverry. En el libro no aparece la fecha de esta entrevista, pero podemos suponer que se realizó, como las demás, durante el primer semestre de 1978.

10 Véase Escobar. En el mismo artículo, el autor dice que Caicedo "perteneció a esa rara y preciosa estirpe de los precoces", comparándolo con Evaristo Galois, "matemático que en sólo 21 años marcó la historia de las ciencias con su teoría de los conjuntos algebraicos", y con Miguel Hernández, "quien en 32 años construyó el universo poético más vigoroso de la lengua española en el presente siglo".

11 La definición de Caicedo como escritor "contracultural" o "puro" se inscribe en un sistema de relaciones objetivas que lo oponen a otras categorías de autores, por ejemplo "comprometidos" o "comerciales". Bourdieu ha mostrado cómo operaron estas oposiciones en el proceso de formación del campo literario en Francia. Véase por ejemplo "Tres estados del campo", en *Las reglas del arte* (77-261).

12 Esta entrevista fue realizada originalmente en marzo de 1977 para el programa radial "Especiales de Colcultura".

13 Para una discusión de la *illusio* como creencia en el juego (artístico, literario, científico, etc.), véase por ejemplo Bourdieu, "Fundamentos de una ciencia de las obras" (especialmente página 337 y ss).

14 El libro reseñado es *Leyendo a Silva.* Juan Gustavo Cobo Borda (ed.), Bogotá, Instituto Caro y Cuervo, 1994.

15 La novela nunca se publicó por la editorial *Crisis.*

16 Esta carta, más otras dos escritas al mismo destinatario, en Solari, páginas 143-149.

17 La carta incluye una pequeña nota autobiográfica.

18 Cruz Kronfly se refiere a Patricia Restrepo, directora de cine, con quien Caicedo vivió en Bogotá y también en Cali antes de su muerte.

19 Véase Barthes. Aunque el artículo de Barthes no se refiere explícitamente a la consagración literaria, todas sus reflexiones no hacen más que aludir a este fenómeno y a los rasgos generales de su funcionamiento.

20 Para la relación entre imagen e idealización, véase Zuleta, "Idealización en la vida personal y colectiva" [1982], en *Elogio de la dificultad y otros ensayos* [1994] (45-69). "(...) La idealización es un proceso que opera por medio de imágenes, que toma determinados momentos del pasado, aislándolos del conjunto, de la totalidad articulada y de la continuidad y confiriéndoles un valor de emblemas, como si en ellas se condensara todo el sentido o se contuviera la esencia de una relación, de una persona o de una época de la vida" (49).

21 Esta exposición, que se inauguró en el Centro Cultural Comfandi el 7 de marzo de 2002, tenía por título "Andrés Caicedo, un destino fatal". La misma exposición, con algunos cambios, se realizó en la Biblioteca Central de la Universidad del Valle durante la "IX Feria del Libro Pacífico Colombiano", entre el 12 y el 17 de marzo de 2003.

22 En la carta, Caicedo hace referencia a un viaje que realizó al municipio caucano de Silvia hacia finales de 1974.

23 Se ve muy bien que a Caicedo no le gustó "ni cinco" la segunda frase de esta carta porque era una especie de verdad incómoda que se negaba a admitir. Por otro lado, "banderear" con la muerte era quizá una forma de convencerse a sí mismo –convenciendo a los demás– de que era un asunto bajo control. Así, la respuesta de Caicedo a la frase de su amigo es más bien complementaria.

24 La entrevista apareció originalmente el 27 de junio de 1968 en el periódico *El Siglo.*

25 Según esta carta, el primer intento de suicidio de Caicedo habría ocurrido también en mayo. Sin embargo, dos cartas indican que ocurrió en realidad en abril de 1976. Véase carta del 8-IV-1976 para Miguel Marías desde Bogotá y carta del 25-IV-1976 para Jaime Manrique Ardila desde Bogotá (50-54).

Bibliografía

Alvarado Tenorio, Harold. "¡Que viva la música!". *Dominical El País* (Cali, 1 de mayo de 1977): 7.

"Andrés Caicedo". *El Pueblo* (Cali, 6 de marzo de 1977): 4.

Ariès, Philippe. "El suicidio". *Ensayos de la memoria: 1943-1983.* Bogotá: Norma, 1995. 243-56.

Barreiro Ortiz, Carlos. "Dos palabras acerca de Andrés Caicedo", entrevista con C. Mayolo y L. Ospina. Contrastes *El Pueblo* (Cali, 4 de marzo de 1984): 9.

Barthes, Roland. "El escritor en vacaciones". *Mitologías*. Madrid: Siglo Veintiuno, 2000. 31-34.

Bourdieu, Pierre. *Las reglas del arte. Génesis y estructura del campo literario*. Barcelona: Anagrama, 1997.

_____ *Razones prácticas. Sobre la teoría de la acción*. Barcelona: Anagrama, 1999.

_____ "Fundamentos de una ciencia de las obras". *Las reglas del arte. Génesis y estructura del campo literario*. Barcelona: Anagrama, 1997. 265-479.

Caicedo, Andrés. *Ojo al cine*. Bogotá: Norma, 1999.

_____ *¡Que viva la música!* Bogotá: Norma, 2001.

Caicedo, Rosario. "A mi hermano le gustaba ir al cine". Contrastes *El Pueblo* (Cali, 6 de octubre de 1985): 10-12.

"Caicedo, un cuarto de siglo después". *El Tiempo* (Bogotá, 5 de marzo del 2002): 2-9.

Cobo Borda, Juan Gustavo. "Andrés Caicedo. Narrador y crítico". Magazín Dominical *El Espectador* (Bogotá, 22 de mayo de 1977): 10.

Elyeye Echeverry, Sonia. *Andrés Caicedo Stella*. Cali: Edición del autor, 1980.

Escobar, J. F. "La vida en cortometraje". Gaceta dominical *El País* (Cali, 29 de septiembre de 1991): 4.

"Falleció Andrés Caicedo". *El País* (Cali, 5 de marzo de 1977): 15.

"Falleció Andrés Caicedo". *El Pueblo* (Cali, 5 de marzo de 1977): 2.

Gombrich, E.H. "The Dream of Reason. Symbols of the French Revolution". *The Uses of Images. Studies in the Social Function of Art and Visual Communication*. London: Phaidon Press, 2000. 162-183.

Hesse, Hermann. *El lobo estepario*. Madrid: Alianza Editorial, 2002.

Jaramillo-Zuluaga, Jaime Eduardo. "Esquema para una historia de la lectura en Colombia". *Boletín cultural y bibliográfico* 31/35 (1995): 96-100.

Mejía Duque, Jaime. "Fernando González". *Literatura y realidad*. Medellín: Oveja Negra, 1976.

"Murió crítico de cine". *Occidente* (5 de marzo de 1977): 3.

"Nueve cartas inéditas de Andrés Caicedo". *El Malpensante* 1 (noviembre-diciembre 1996): 36-57.

Ospina, Luis y Sandro Romero Rey. "Invitación a la noche". *Destinitos fatales*. Andrés Caicedo. Bogotá: Oveja Negra, 1988. 9-25.

_____ "Andrés Caicedo y el cine". *Ojo al cine*. Andrés Caicedo. Bogotá: Norma, 15-19.

Pérez, Dinorah. "Ángeles que succionan: Matacandelas en mayo teatral". *La Ventana*, boletín electrónico de la Casa de las Américas 8 (12 de abril de 2002). <www.paginadigital.com.ar/articulos/2002rest/2002terc/literatura/amer14-4.html>

Solari, Margarita. *Tres escritores caleños contemporáneos*. Tolouse: Institut d'Etudes Hispaniques et Hispano-Americaines-Université de Tolouse, 1978.

Suescún, Nicolás. "Andrés Caicedo. El caso más impresionante de precocidad literaria". Lecturas Dominicales *El Tiempo* (Bogotá, 24 de abril de 1977): 12.

Varanini, Francesco. "La salsa y el suicidio. Andrés Caicedo: cultura juvenil y cultura de la violencia en Colombia". *Viaje literario por América Latina*. Barcelona: El Acantilado, 2000. 345-73.

"Yo, Andrés". *Gaceta Dominical El País* (Cali, 2 de marzo de 1997): 6.

Zuleta, Estanislao. "Idealización en la vida personal y colectiva". *Elogio de la dificultad y otros ensayos*. Cali: Fundación Estanislao Zuleta, 1994. 45-69.

Cartas

10-IX-1974 para Patricia Restrepo desde Cali. "Nueve" 43.

2-I-1975 para I. León Frías desde Cali. "Nueve" 46.

18-IX-1975 para Miguel Marías desde Cali. "Nueve" 47.

8-IV-1976 para Miguel Marías desde Bogotá. "Nueve" 51.

25-IV-1976 para Jaime Manrique Ardila desde Bogotá. "Nueve" 53.

22-VI-1976 para I. León Frías desde Bogotá. "Nueve" 46.

31-VI-1974 para Hernando Guerrero desde Cali, en Solari, 143.

22-VI-1976 para Hernando Guerrero desde Bogotá, en Solari, 167.

6-X-1976 para Juan Gustavo Cobo Borda desde Bogotá. *Eco. Revista de la cultura de Occidente* XXXV/2-212 (junio 1979): 120.

Incursiones

El sujeto cultural o la representación indefinida de la sociedad colombiana de los años sesenta en las obras de Andrés Caicedo

EDWIN CARVAJAL CÓRDOBA
Universidad de Antioquia

Los protagonistas de las novelas, los cuentos y las piezas teatrales de Andrés Caicedo caracterizan a un sector importante de la juventud caleña de la década de los años sesenta del siglo XX, e incluso a una parte de la colectividad de jóvenes colombianos y latinoamericanos en general de dicha época. Esta caracterización se observa, entre varios aspectos, en la rebeldía que manifiestan en sus actos y pensamientos, que se asemejan a las acciones de la mayoría de jóvenes, tanto de clase alta como de estratos populares, que durante dichos años se hicieron sentir mediante la expresión desorganizada, explosiva y excesiva de sus ideales y pensamientos, motivados seguramente por la crisis de varias instituciones sociales, entre ellas la escuela y la familia, y por experiencias similares que experimentaba gran parte de la juventud en diversos países del mundo, especialmente en los países europeos a partir de "Mayo del 68"[1] o la insurrección juvenil mundial, que para uno de los protagonistas de la obra de Caicedo constituye "el momento más significativo de la historia de la humanidad".[2]

María del Carmen Huerta o "la mona", protagonista de *¡Que viva la música!*, la obra más importante de Andrés Caicedo, asume en cierta forma la "vocería oficial" de aquella generación de jóvenes que se rebelan contra todas las instituciones tradicionales en busca de un cambio, de un momento significativo que les permita ser libres y expresar lo que sienten, lo que quieren, lo que viven.[3] La rebelión que manifiesta este personaje lo lleva a expresar todo tipo de ideas y consignas encontradas, a hacer uso de una microsemiótica jergal y dialectal que adapta según la ocasión como signos de diferenciación con su pasado y de entendimiento o aceptación con su presente, y a moverse por diferentes espacios geográficos de la ciudad para terminar en uno que contradice su posición de sublevada, debido a su imposibilidad de sustraerse del centro.[4] Ella, desde muy temprano en la novela, dice comprender su cultura, entendida como los datos sobre el país que en escasos años de vida ha logrado leer en textos escolares y que la llevan a afirmar: "... lo comprendí todo, íntegro, la cultura de mi tierra. Pero yo no quiero acostumbrarme a pensar en eso..." (7), pero enseguida, tres páginas más adelante, afirma rotundamente que no tiene cultura: "Y ya dije que yo no tenía cultura..." (10). Esta postura contradictoria, ambivalente y pendular de este personaje y de otros de la creación caicediana, "no es una cosa ni la otra", es la que va a servir para hacer un seguimiento que dé cuenta de la construcción de su propia identidad cultural, que a simple vista parece ir en contra de las costumbres e ideas preconcebidas de la cultura colombiana, pero que en el fondo pareciera no diferir mucho de aquella.

La anterior situación permite formular la hipótesis de trabajo que se pretende desarrollar a lo largo de este texto, que sería mostrar cómo la postura o actitud de los personajes caicedianos, mediante sus acciones, pensamientos y tránsito por la ciudad de Cali, revela un estado de identidad indefinida que refleja la condición histórica de un sector de la sociedad colombiana de los años sesenta. Este es uno de los aspectos más relevantes de la obra de Andrés Caicedo, porque plantea una reflexión crítica sobre la compleja sociedad colombiana de aquella época y su incidencia en la vida social y cultural del país. Para iniciar dicha tarea es importante repasar un poco algunos postulados psicológicos y sociológicos sobre el concepto de identidad, que servirán de pauta a la hora de caracterizar las conductas de los jóvenes personajes, y algunos conceptos de la sociocrítica de Pierre Zima, claves para el análisis del sujeto desde la perspectiva de la indiferencia y de la ambivalencia. Igualmente se pretende mostrar, tentativamente, cómo el sujeto cultural, "instancia que integra a todos los individuos de la misma colectividad" (Cros 12), aparece en la obra de Caicedo como una entidad que articula y emparenta ideológicamente a los personajes, a pesar de las aparentes diferencias que los separan, debido al doble movimiento de su *yo* que interactúa con los otros para representarlos. El *yo*, como dice Cros, es la máscara de *todos* los otros (21).

1. Referentes de identidad sociocultural

A partir de la sociología moderna de Talcott Parsons generalmente se acepta que todos los miembros e instituciones de una sociedad componen un sistema social regido por valores y normas que en última instancia remiten a la constitución de una cultura en espacios bien diferenciados donde sus miembros se sienten identificados y comparten iguales pensamientos que garantizan su homogeneidad social. La conformación de dicha cultura se da por medio de un "conjunto de subsistemas donde cada uno reproduce la estructura de la totalidad englobante" (Zima, "Nociones sociológicas" 75); por ejemplo, se tiene los subgrupos de la familia, la escuela, la iglesia, el ejército, entre otros integrantes principales de toda cultura, que interactúan entre sí para conservar el orden y las tradiciones que fielmente se transmiten de una generación a otra.

En la variante sociocrítica de Edmond Cros se asume lo estético como valor social en cuanto el estudio de los textos culturales implica su abordaje desde las prácticas sociales e ideológicas inherentes en sus discursos. Desde esta perspectiva, la cultura para Cros "es un espacio ideológico cuya función objetiva consiste en enraizar una colectividad en la conciencia de su propia identidad" (11), es decir, que funciona como memoria colectiva y, como espacio ideológico, abarca los valores, tradiciones y principios, que se traducen en prácticas sociales comunes, necesarias para que sus miembros logren identificarse entre sí, distinguirse de los otros y conservar un orden establecido, sin que ello implique, como lo planteaba Parsons, la identificación absoluta de sus miembros. Lo anterior supone entonces que la identidad se aprehende en los marcos de la cultura, de la memoria colectiva que le sirve de referencia a los individuos que la conforman, y no fuera de ella. También habría que añadir, siguiendo a Parsons, que una de las principales funciones internas de la identidad es el mantenimiento de un determinado modelo, sin el cual no podría constituirse ni funcionar ningún tipo de sociedad.[5]

Es claro entonces que la identidad es producto de la interacción de los individuos de una sociedad, quienes articulan e internalizan en sus discursos aspectos socioculturales que han sido permanentes en una tradición, y que de esta forma aseguran su unidad y cohesión. Según Carlos Yáñez en la afirmación de una identidad individual o colectiva se ponen en juego dos impulsos alternos que se complementan: hacia el interior, aquello que los hace idénticos, con propósitos de uniformización, y hacia el exterior, la diversificación, es decir: aquello que los hace diferentes (29). Con esto se quiere mostrar la posible pluralidad del concepto de identidad debido al continuo movimiento de la historia, de la cultura y del poder; con lo cual se crean identidades "en permanente construcción y reconstrucción, cuya reflexividad les permite no ser pasivas a las condiciones externas de acción, sino que se reflejan en ellas y las reconstruyen a la luz de sus circunstancias particulares" (32).

Es importante anotar que la idea de identidad múltiple o plural contradice rotundamente la concepción tradicional que la entronizaba como entidad única que garantiza procesos de continuidad ideológica en determinada sociedad. Por tanto, dicha idea surge en momentos de crisis y de grandes transformaciones mentales como las que se vivieron en el siglo XX, cuando los sujetos se sienten confundidos a la hora de adoptar sistemas de identidades tradicionales, pues son inciertos o dudosos los patrones de identificación. Respecto a este fenómeno, Lévi-Strauss considera que "cuando ciertos hábitos seculares se desmoronan, cuando ciertos tipos de vida desaparecen, cuando ciertas viejas solidaridades se deshacen, entonces ciertamente suele producirse una crisis de identidad" (Giménez 11); de ahí la posibilidad de hablar o entender las identidades múltiples como resultado de las situaciones de crisis que experimenta el sujeto en sus continuas interacciones sociales.

Lo señalado sirve para relacionar las conductas de los jóvenes personajes de las obras de Andrés Caicedo con situaciones propias del género humano en comunidades concretas y en un período histórico determinado. Estos personajes constituyen un grupo dentro del sistema social que no desea continuar con las prácticas sociales comunes en su medio, en Cali de los años sesenta, las cuales se caracterizan por la supuesta racionalidad de sus acciones, y el mantenimiento de sus costumbres sociales y morales. De esta forma se convierten en sujetos que manifiestan su rebeldía mediante diversos actos que contradicen los patrones de identificación con su cultura: dicen "no" a la continuidad, es decir a la conformación de una familia, al futuro bien planeado y a otras prácticas sociales que ven con desprecio, y se afirman en otra verdad, a la vida sin normas ni prejuicios, que consideran más auténtica e importante. Para reafirmar dicha voluntad deciden constituir grupos juveniles, "barras" o "galladas" que se visten con trajes extraños como símbolo de ruptura, que inventan jergas para su comunicación secreta, que comparten iguales gustos musicales o cinematográficos, y piensan su grupo como una vía de expresión que les permita alejarse de la despreciable normatividad adulta e intensificar sus vivencias personales.[6] Pere-Oriol Costa llama *Tribus urbanas* a los jóvenes que por diversas motivaciones se alistan en grupos para manifestar su rebeldía frente a la excesiva racionalidad, frialdad y aislamiento individualista de la sociedad actual (Costa 11). Tribus urbanas que, al igual que los grupos de jóvenes de la obra de Andrés Caicedo, surgen de una crisis generacional que aboga por un cambio,[7] un cambio que les permita des-identificarse de su pasado y presente. Por eso, y siguiendo con Costa, estos jóvenes que constituyen grupos alternos tienen, en general,

> actitudes de contestación a la sociedad adulta o sus instituciones. De alguna manera, se sienten minusvalorados o desplazados por el sistema... y quieren conducirse de un modo que expresa que se resisten a ese desplazamiento. De esta manera, cuando se visten, se adornan o se comportan siguiendo ritos, ritmos y costumbres que no pertenecen a la normalidad adulta, están manifestando su rebeldía y buscando, a través de ella, la construcción de una nueva identidad y de una nueva reputación. (13)

Es la posibilidad de poder identificarse con lo que quieran, lo que va a permitir que su identidad entre en los dominios de la alteridad.

Los conceptos de indiferencia y ambivalencia propuestos por Pierre Zima para el estudio sociocrítico de alguna forma se relacionan con la concepción anterior, puesto que ambos se basan en la desintegración de la identidad y en la negación tanto de valores sociales presentes como futuros. Para Zima, la indiferencia se entiende como la deshumanización del sujeto que niega valores, historia y futuro consagrados y anhelados por la sociedad tradicional ("*El extranjero...*" 8-10); y por ambivalencia se refiere a la crisis del sujeto individual, a su desintegración dentro de un sistema (43). Ambos conceptos son claves para entender algunas de las posturas que presentan los personajes caicedianos, tanto en su evolución física y mental como frente a su propia cultura.

Por otro lado, para la sociocrítica de Edmond Cros, que centra su interés en el estudio de la cultura, y de manera especial en la práctica discursiva literaria, existe una clara conexión entre lo que el texto expone (formas, estructuras, enunciados, silencios y representaciones) y la sociedad en sus formas discursivas inherentes, dadas las variadas prácticas socioculturales que confluyen en el texto. En este sentido, la sociocrítica se considera como el estudio de las mediaciones discursivas propias en los textos de la cultura. La precisión de estos postulados sociocríticos se hace necesaria en este momento porque, como se verá más adelante, en las obras literarias de Andrés Caicedo se evidencian redes discursivas en las que confluyen un sinnúmero de prácticas socioculturales de la época, las cuales muchas veces se contradicen entre sí, y contribuyen a pensar los textos literarios, en palabras de Antonio Chicharro, como "complejas prácticas de cultura que cuando hablan dicen además la realidad de una cultura y por tanto materializan a su modo una realidad histórica: lo que resulta de entre lo dado y lo creado, espacio privilegiado de conocimiento y reflexión (143).

2. El desplazamiento como factor de identidad

En la mayoría de las obras de Andrés Caicedo es fácil distinguir tres grupos sociales que forman parte esencial de la cultura colombiana de los años sesenta: el grupo de los adultos oyentes de boleros y valses, el de los jóvenes burgueses amantes del rock and roll y finalmente el de los muchachos desamparados que pertenecen a "bandas" o "galladas" juveniles, y que gozan al son de la salsa y de las proyecciones en el cinematógrafo. Varios aspectos los identifican, por ejemplo, que hacen parte esencial del colectivo de la sociedad colombiana, específicamente de la sociedad caleña; también se asemejan en la pasión por la música o en el consumo de drogas alucinógenas. Al mismo tiempo se diferencian en otros aspectos, por ejemplo, en los espacios geográficos que habitan o transitan, y en los sueños, ideales y pensamientos que proyectan en su vida diaria. Las prácticas sociales de dichos grupos difieren entre sí, y mientras unos tratan de seguir patrones que los identifiquen como subsistema de la cultura colombiana, otros en cambio, la minoría, intentan desmitificar valores y normas tradicionales de dicha cultura para crear una forma de vida de la no-identificación con su pasado, formando una especie de contracultura. El grupo de los adultos pertenece a lo primero, el grupo roquero a lo segundo, y el grupo de los adictos a la salsa se instaura en ambos dominios. Más adelante se ampliará esta idea.

Es interesante observar que en los tres grupos mencionados, personajes como María del Carmen Huerta de *¡Que viva la música!*, Angelita y Miguel Ángel de *Angelitos empantanados o historias para jovencitos*, el narrador sin nombre del cuento "El atravesado", o incluso Solano Patiño, el protagonista narrador de la novela *Noche sin fortuna*, participan activamente defendiendo los ideales del grupo al cual pertenecen en un momento determinado de la historia –excepto el grupo de los adultos con el que aparentemente nunca se reconocen–, y haciendo notable su participación como miembros enérgicos con poder sobre los otros. Dichos personajes son parte representativa del sujeto cultural activo de cada grupo, porque están emparentados ideológicamente y sin importar que al final algunos de ellos no terminen explícitamente en ninguno de los tres, bien sea porque se desprenden violentamente de cada grupo o porque se encierran a vivir de forma solitaria, sin las energías primeras y con un desencanto de todo lo vivido. Por tal motivo, ese *yo* del discurso encuadra en las dimensiones del sujeto cultural: porque representa y media decididamente entre la voz del enunciado que se aloja en varios grupos, con los otros que permanecen y siguen una misma dirección. Ahora bien, ¿cómo comprobar lo anterior?, ¿cómo se identifica cada grupo con la cultura de su país?, ¿existe tal identificación?, ¿cuál es la representación real del sujeto cultural en los diversos grupos de la novela?

De entrada se debe descartar el grupo de los adultos porque representa otro orden cultural de menor importancia en la ficción de Andrés Caicedo. Además, los personajes de sus obras son en su mayoría adolescentes que no se sienten identificados con dicho grupo, y quizás lo único que los une a este sea el hecho de haber nacido en su clase social, ya sea humilde, como en el caso de muchos personajes de los cuentos y piezas teatrales, u opulenta, que es el caso de Solano Patiño, Angelita, Miguel Ángel y María del Carmen Huerta, con ideales y un futuro garantizado, tal como se infiere en las palabras de este último personaje: "... me dio por no conocer a las personas, por negar saludos, y había que ver las caras de la gente cuando la niña más prometedora de Cali no les respondía..." (Caicedo, *¡Que viva la música!* 52). Y no responde porque no se ajusta a los patrones de una vida planeada, cuya meta descansa en el éxito económico representado, por ejemplo, en el ejercicio de una profesión o en el mantenimiento de un estatus social; de ahí que sus antiguas amigas digan "Esa es vulgar. Nosotras somos niñas bien" (12), o que de la fiesta en casa de su prima Amanda Pinzón la expulsen por violar las normas de etiqueta: "Llego yo muy bien vestida para que nadie se fuera a poner a decirme nada... claro que con bluyines, y no se veían sino puras faldas... Salí de allí, me fui, echada y con una tristeza genial (seguro que ya habría llegado la noticia a mis padres) y ¡unas ganas de rumba!" (103-105). Resulta importante resaltar en este momento que dicho personaje, desde el inicio de la novela, se niega a continuar en dicha clase social y emprende otro rumbo con jóvenes de su generación, no sin antes despotricar contra los adultos, contra los periodistas respetables que ven en dichos jóvenes la decadencia de la sociedad: "Me enerva que venga algún sabio de esos ya gordo, ya calvo, a decir que toda esta actividad, este desgaste, ha sido en vano, que nuestra organizacioncita social no se ha definido, que nombren toda esta tragedia nada más que como 'Decadencia importada'" (57).

En consecuencia con lo anterior, se observa que el grupo de los adultos representa a la sociedad tradicional que aparentemente insiste en conservar sus valores y costumbres ante la nueva forma de vida juvenil.[8] Se dice aparentemente porque en las pocas veces que aparecen los adultos en la obra de Caicedo se intuye de algún modo una desazón ante su propia forma de vida; pareciera que ellos no saben siquiera lo que desean; por ejemplo, los padres de Juan Carlos Mariátegui, personaje de *Noche sin fortuna,* se hastían de la sociedad del momento y viajan al exterior, no sin antes dejar en el abandono completo a su hijo en Cali, sin protección y a merced de los nuevos tiempos. Los padres de María del Carmen son silenciosos, no extrañan ni intentan rescatar a su hija de esa ola "psicodélica" que se apodera de todo; la madre de Mariángela, otro personaje de *¡Que viva la música!*, consume drogas y termina en el suicidio; la madre de Ricardito, en la misma novela, le ofrece drogas, nunca está en casa y pareciera vivir ajena a la realidad social del momento; los adultos de la obra de teatro *Recibiendo al nuevo alumno*, representados por profesores y religiosos, ignoran, al tiempo que son cómplices, las travesuras y perversidades que comete un grupo de estudiantes en contra del nuevo alumno, pobre y con ambiciones. Por último, muchos padres y madres de la inmensa mayoría de los personajes caicedianos no aparecen en escena.

Entonces, ¿cuáles son los principios que dicho grupo quiere preservar? A simple vista ninguno, eso demuestra el grado de incertidumbre que caracteriza a dicho sector de la sociedad colombiana de la época,[9] que sólo se escandaliza ante los actos de una generación de jóvenes "atravesados", pero que no tiene clara una respuesta sustentada en un pasado tradicional que conserve, como subgrupo del sistema social colombiano, sus principios y bases culturales para legarlos a las futuras generaciones. Ellos sólo son un grupo que simula conductas de vida, buenos ciudadanos que no tienen derecho al habla, como dice María del Carmen: "los que pensaban parejo y de la vida no sabían nada, para no hablar del intelectual que se permitía noches de alcohol y cocaína hasta la papa en la boca" (36). Su simulación los ha llevado a un disfuncionamiento como institución garante de continuidad, lo cual se traduce en que no haya un verdadero funcionamiento, retomando a Cros, de sus prácticas sociales dentro de un espacio ideológico como es la cultura; o mejor, se evidencia un gran vacío en las prácticas socioculturales que caracterizan el funcionamiento de dicho grupo en el momento histórico que se recrea en la obra literaria de Caicedo. Por último, las voces de este grupo están silenciadas por la voluntad del narrador que les niega la palabra porque, además, carecen de importancia para el explosivo y comunicativo mundo juvenil que explora Andrés Caicedo en su ficción.

Lo anterior parece demostrar que el sujeto cultural del grupo de los adultos no logra integrar, a primera vista, a los jóvenes en su misma colectividad, en su mismo contexto ideológico, que por cierto no está bien definido: no porque la mayoría de los jóvenes se alejen, rechacen o denigren de ellos, sino porque es el sentir de toda una generación, de un grupo de jóvenes que quieren, por encima de todo, vivir su vida bajo los parámetros que ellos mismos imponen, con una independencia absoluta. Es una decisión colectiva que rompe con las conductas y esquemas de comportamiento que le son impuestos por un grupo social, que no da muestras, por su inactividad como institución, de posturas válidas ante la nueva situación social y cultural, ante las terminantes decisiones de sus hijos e hijas. ¿Será que el sujeto cultural de esta nueva generación de jóvenes sí se diferencia del sujeto de las generaciones anteriores?

Para dar respuesta a la interrogante anterior y explorar las relaciones ideológicas entre los grupos mencionados, se pretende hacer un estudio de los desplazamientos físicos y mentales que realizan los personajes de Andrés Caicedo en sus novelas, cuentos u obras de teatro; desplazamientos que les permiten atravesar, a la manera del héroe mítico que realiza viajes para recobrar su identidad o crearse una, diferentes lugares y concepciones culturales para hallar su propio destino. Ulises, Jasón y Hércules van en busca de hazañas y atraviesan los mares y los desiertos para llegar a ser. Asimismo, los jóvenes personajes caicedianos se desplazan, se mueven, cambian de parecer y de ambiente, viajan confusos en busca de sus ideales, de sus raíces, de su personalidad.

2.1. Primer tramo. En busca de nuevas conquistas culturales y sociales

Esta primera etapa del desplazamiento corresponde a la inserción de los jóvenes personajes en otros contextos y grupos sociales distintos a los habituales de su cotidianidad, con lo cual encuentran una salida a su anterior forma de vida con sus padres, para, por supuesto, mejorar su existencia actual.

Al rastrear los personajes y ambientes caicedianos, se encuentra que las fiestas y reuniones de amigos constituyen una base importante de este primer tramo, donde el grupo de jóvenes burgueses aparece en la escena para manifestar sus ideales y posturas ante la vida. En este sentido, se tiene entonces, por ejemplo, el cuento "Maternidad", en el cual una fiesta escolar se convierte en el pretexto para que los jóvenes Patricia Simón y el narrador de la historia se conozcan y surja el amor, pues a partir de este momento, en medio de un contexto social en crisis, –tal como lo afirma el propio narrador: "Nos habían escogido como primeras víctimas de la decadencia de todo, pero yo no iba a llevar del bulto" (100)–, se les presenta la oportunidad de salir de la casa paterna para conocer amigos, asistir a fiestas, consumir drogas y finalmente contraer matrimonio. Sin embargo, desde este momento la situación cambia radicalmente para ellos, pues con la maternidad de Patricia Simón se desvanecen todas sus ilusiones, mientras que para él comienza una nueva etapa llena de oportunidades: ella termina drogadicta y recorriendo el país con "gringos" y al margen de la suerte de su hijo; él en cambio se propone educar a su hijo y ser un profesional para superar los malos tiempos que azotan la ciudad, tal como lo expresa en la última línea del cuento: "Yo he terminado sexto con todos los honores, leo comics y espero con mi hijo una mejor época" (107).

En una dirección similar se presenta este tramo en *Noche sin fortuna,* pues en esta novela la fiesta de quince años de Angelita se convierte en detonante para que varios personajes pierdan sus primeras ilusiones, tal como le sucede al personaje protagónico Solano Patiño, y hallen en otras realidades motivos para romper con su pasado. Este es el caso de Solano, quien durante gran parte de la obra reflexiona sobre su vida, sus padres y amigos, pero una vez que arriba a la fiesta y conoce nuevas amistades, en especial a Antígona, su vida ya no es la misma, porque a partir de este momento decide vivir sólo el momento actual, desconocer a sus padres, renegar de su pasado, y nunca anhelar el porvenir: "la noche ésta primogénita que ha traído mi estado último, mi independencia de las normas" (307). Es precisamente esa "liberación" de las normas que impone su clase social lo que a la postre le permite conocer a Antígona y vivir con ella estados de libertad en una sola noche, encarnados en los juegos sexuales y en el acto más sublime para él: la antropofagia, dado el carácter de antropófaga de Antígona.[10] No obstante, pese a su gran deseo de esa noche (ser devorado por su amante), ella no le concede tal anhelo y a cambio decide comerse a un primo suyo, acto con el cual las ilusiones de Solano Patiño quedan frustradas, esperando el amargo amanecer que le depara su destino, en el cual ya no será el mismo, dada la trascendencia de sus actos en la noche anterior.

Es en *¡Que viva la música!* donde este primer tramo adquiere mayor trascendencia, quizás por ser esta novela el vértice que erige y abandera el proyecto cultural y literario del escritor objeto de este estudio. En estas circunstancias, se tiene entonces que María del Carmen define su grupo social burgués como uno de "muchachos psicodélicos" (35),[11] imposibles de ignorar por su vestimenta, sus preferencias musicales, sus drogas especiales, sus jergas y por su convivencia en grupos que viven disfrutando de las fiestas que de casa en casa realizan cada fin de semana. La fiesta del flaco Flores es la rumba inaugural, la que inicia la vida nocturna del personaje, la que marca su salida definitiva del grupo de los adultos: "Cada día depende del rumbo que se escogió en un momento dado, privilegiado. Quebré mi horario aquel sábado de agosto... Fue, como ven, un rumbo sencillo, pero de consecuencias extraordinarias. Una de ellas es que ahora esté yo aquí, segura, en esta perdedera nocturna desde donde narro, desclasada, despojada de las malas costumbres con las que crecí" (39). Habría que añadir que es la fiesta de la muerte de la familia, del grupo de los adultos, porque el anfitrión envenena ese mismo día a sus padres y a su niñera. En este episodio, "las malas costumbres" se niegan por medio de la eliminación del grupo de los adultos, ya sea simbólicamente como hace la narradora al ignorarlos por medio del silencio obligatorio que les impone en la narración, o físicamente, como lo presenta el flaco Flores, quien celebra con una gran fiesta el asesinato de sus padres, los cuales inertes y aún tibios reposan en la parte alta de la casa mientras que los jóvenes disfrutan alegre y desenfrenadamente en la planta baja. Para Ochoa Marín, las fiestas son de vital significado porque no es un lugar tradicional de reunión, sino una "forma de vida nocturna y lugar de sacrificio de su propia existencia, alimentado a veces con el crimen, ofrecido como ritual" (103).

En estas circunstancias se tiene entonces que Solano Patiño, Patricia Simón, María del Carmen y otros personajes del universo caicediano buscan situaciones nuevas para conformar un subgrupo alterno (dentro de la sociedad en que viven), que no sea reconocido por las esferas oficiales de la sociedad colombiana.[12] Por tal razón este grupo busca valores de cambio que producen, así no sea su pretensión, una especie de anomia que se traduce en cambios rápidos de valores y normas por parte de un grupo, y que se vuelven indefinibles (Zima, "Nociones, sociológicas" 80-81). La anomia aparece en períodos de cambios o transformaciones de mentalidades y se manifiesta mediante formas de desorden que reflejan la crisis de valores.[13] Por tal motivo este grupo minoritario, ubicado en el norte de la ciudad y movido por un aire de rebeldía, decide refugiarse en prácticas extranjeras, hacer suyos algunos valores de la cultura norteamericana como son el idioma, la música, los músicos, la comida, algunas costumbres de liderazgo, dominio y poder, y el anhelo de vivir en tierras norteñas con el tierno abrazo del sol de los veranos. Se produce una gran dependencia de los referentes culturales extranjeros,[14] quizás debido a la falta de una fuerte tradición cultural colombiana que ocasiona el desmembramiento de una parte de su colectividad, el cambio de pensamientos y la adopción de otros que van a determinar el comportamiento de los miembros del grupo por caminos de libertad y poderío. La dependencia por lo extranjero se cristaliza en forma más clara en la figura del guitarrista norteamericano Leopoldo Brook, personaje de *¡Que viva la música!*, amante de la protagonista. El será el encargado de entrenarla en la música, en las drogas y en las fiestas prolongadas: con él se desplazará de fiesta en fiesta al ritmo desaforado del rock, de los estimulantes y del alcohol; además, con él decide tener su primera relación sexual.

En relación a lo señalado, las pesadumbres que aquejan a María del Carmen en los espacios de clausura[15] la llevan a sentirse desamparada e ignorante, pero no por el desconocimiento de su propia cultura sino por la incomprensión de la norteamericana: "oh, cómo me sentí de desamparada sin mi inglés!!" (50), "Oh Ricardito Miserable, toda esta gente sabe inglés. Míralos no más en qué comunión están. ¿Tú sabes la canción?" (46). Sus lagunas culturales son el desconocimiento del inglés, los músicos y las canciones de rock. Esta situación resulta paradójica puesto que ella se adhiere a una cultura extranjera y a una música que desconoce, pero que por moda acepta y trata de identificarse como sujeto de ella.[16] Se dice moda porque ella nunca logra comprender el real significado de las costumbres de su grupo, de sus amigos extranjeros; se adhiere a él por ser lo único a su alcance que le permite salir del grupo de los adultos. En este sentido, su función o rol como sujeto social resulta *ambivalente* en términos de Zima, puesto que no existe verdadera unidad entre su pensamiento y sus actuaciones para lograr configurar una identidad individual dentro del sistema social.

Como se puede observar, los personajes comienzan este tramo inaugural con un desplazamiento bastante agitado, en donde la vida se convierte en un perpetuo presente, donde ni el pasado ni el futuro importan porque no inspiran confianza ni significan una razón de ser. Por tanto, y continuando con los postulados sociocríticos de Zima, su *indiferencia* hacia su propia cultura los lleva a negarla, a ponerla en juicio y desear otra que, sin importar su estado de fragilidad debido a su desconocimiento, satisfaga sus necesidades presentes.

El final de este tramo, y con ello la decadencia de este grupo de jóvenes, comienza a percibirse cuando las fiestas se agotan o no constituyen motivo importante de celebración, y cuando aquellos referentes extranjeros invierten sus valores según los gustos de los personajes. Al respecto, la narradora de *¡Que viva la música!* expresa: "Es que eso del Rock and Roll le mete a uno muchas cosas raras en la cabeza. Mucho chirrido... y luego ese silencio, y el encierro..." (88). Lo que antes era un elemento que fomentaba y ayudaba a adquirir cultura, ahora se convierte en un ente negativo; incluso su amante norteamericano, que antes le proporcionaba la música, queda relegado al olvido y afirma que "no había quedado sirviendo ni para tocar guitarra" (77). Esta *ambivalencia* de los personajes demuestra que no han logrado, finalmente, identificación alguna con la cultura norteamericana por varias razones: primero, porque su *indiferencia* hacia su cultura los lleva a un estado de crisis de identidad que se proyecta en sus ambivalentes decisiones que no tienen una base sólida, de ahí que se desmoronen a la siguiente página; y segundo, porque no es posible encontrar sólo en el rock elementos configuradores de una cultura que posee otros rasgos más definitorios de las costumbres y tradiciones propias del pueblo norteamericano. La posición final que asume la mayoría de los personajes frente al rock y la cultura extranjera es de rechazo total por ser una forma extensiva de su cultura, es decir, repetitiva, esquemática y sin posibilidad de modificaciones, y no un componente que posibilite una enseñanza o cambio verdadero frente a su asfixiante mundo.

Ello deja entrever cómo la actuación del sujeto cultural se percibe como un elemento con unidad que ayuda a la configuración real de un pensamiento por parte de la colectividad, es decir: el sujeto cultural del grupo de María del Carmen articula, relaciona y engloba el pensamiento totalizador de los miembros del grupo. Y en este sentido ella pareciera diferenciarse de ellos por su negativa a los gustos y preferencias de ese grupo. Luego se verá como dicha negativa opera sólo a nivel de las acciones, porque a nivel de la conciencia se presenta una identificación total, de ahí que el sujeto cultural de dicho grupo se comporta como un elemento de unificación a lo largo de las obras de Andrés Caicedo.

Esta primera etapa del desplazamiento termina cuando llega la decadencia de este grupo de jóvenes, el cual no desaparece totalmente, aunque sí varios de sus miembros, lo que implica un desgaste, una fisura importante que los va a debilitar con excepción de María del Carmen, quien según ella posee el "sexto sentido" y decide alejarse para hacer parte de otro grupo. Las fisuras de esta colectividad comienzan con el hastío de Solano Patiño por las fiestas, sus padres y sus amigos una vez pasada la fiesta de quince años de Angelita, luego con el estado de tristeza y locura de otros personajes de *Noche sin fortuna* como Danielito Bang, quien no logra conquistar a su amada, y Antígona, que se debate en la amargura de su doble condición natural; posteriormente con la muerte de personajes como Angelita y Miguel Ángel de la obra *Angelitos empantanados o historias para jovencitos*, continúa con la muerte de seis personajes como consecuencia del consumo de alucinógenos en el cuento "Maternidad", y termina con el olvido y posterior locura de Ricardito Miserable, la muerte de Margarita Bilbao, el envenenamiento que le produce Pedro Miguel Fernández a sus hermanas y el flaco Flores a sus padres, y el suicidio de Mariángela, todos ellos personajes de *¡Que viva la música!* Con estas ausencias María del Carmen se desencanta de los suyos, de los débiles, y lamenta que no puedan seguirla con las energías que ella requiere, porque ahora se siente más viva que antes y quiere celebrarlo, por eso pide la atención del lector en la narración de la novela porque vienen *cambios* sustanciales. Por último, reconoce que en este primer tramo su grupo naufragó: "Todos pertenecemos a lo mismo, todos hemos tenido las mismas oportunidades, qué le vamos a hacer si nos tocó la época en la que somos eternos seducidos y luego abandonados... No me gusta que demos imagen de gente que pierde, que no sabe en qué clase de juego se metió" (89), y que ahora sólo tiene que partir, darle un giro a su vida, seguir a otro espacio (el Sur, donde un nuevo trayecto la aguarda) y no seguir lamentando su paso por el grupo derrotado: "¡¡Oh, yo esperaba tanto de esa generación!!" (58).

La locura, la soledad, el hastío, la nostalgia, la embriaguez, la antropofagia y el suicidio de varios personajes de este grupo representan de algún modo una forma de evasión de la realidad; ellos no quieren aceptar ni menos compartir las costumbres y tradiciones de su medio social; parece ser que la postura *indiferente* que asumen frente a los adultos no es la solución y por ello deciden desaparecer ya sea física o mentalmente de ese mundo que no toleran. María del Carmen inicialmente comparte esta posición y lo confirma cuando dice: "Pensando y pensando fue que se me ocurrió que no fue de derrota el acto de Mariángela, que cuando se tiró supo que llevaba todas las de ganar" (89). Sin embargo, más adelante, su persistente *ambivalencia* la lleva a ver las acciones de su grupo como algo negativo, como un desencanto, una forma de cobardía y por ello decide alejarse y seguir experimentando otras formas de vida. Ella no quiere terminar como ellos y por eso posee las ganas de seguir viviendo en medio de su grupo derrotado: "... era yo la crema de vitalidad entre un mundo de gente rendida" (91). Es decir: ella no era la esencia, ella era la superficie o la capa superflua de vigor, o mejor, el simulacro de vitalidad inexistente en medio de un grupo perdido.

2.2. Segundo tramo. La mirada hacia las propias raíces

En este segundo momento del desplazamiento entra en escena el tercer grupo de jóvenes al que se hacía alusión al inicio de este texto, es decir, el grupo de los jóvenes salsómanos del sur popular de la ciudad, los cuales asumen como alternativa a su actual existencia la participación en fiestas, la conformación de grupos o "galladas" juveniles, el consumo de drogas y la delincuencia juvenil (este aspecto no hacía parte de los comportamientos del grupo anterior). En este punto se debe recordar que María del Carmen Huerta es quizá el único personaje caicediano que incursiona en ambos grupos, dada su condición de personaje peregrino y rebelde en busca de aventuras y ruptura con su pasado; por tal motivo ella será el hilo conductor del desplazamiento de este grupo de jóvenes.

En este orden de ideas, la incursión de los personajes en este tramo se realiza en medio de una fiesta, común denominador de todo el segundo trayecto; ellos se desplazan, viajan para cruzar el puente de Miraflores[17] que divide los espacios entre el Norte y el Sur, y encuentran lo que desean: la música. Al respecto, expresa María del Carmen en su momento: "Sonaba en casa, no de ricos, al otro lado de la calle que yo pretendía cruzar, allí donde termina Miraflores. No sé como se llama el barrio del otro lado... son casas desparramadas en la montaña, jóvenes que no estudian en el San Juan Berchmans, que no se encierran..." (93); es decir, está describiendo el Sur de Cali, sus niveles de pobreza y lo principal, la música salsa.

Si el otro grupo se deleitaba cantando y bailando rock, este nuevo grupo intensifica su pasión por la salsa, que en este caso sirve, a su vez, como signo diferenciador del anterior grupo y como elemento de identificación con sus pensamientos en la nueva etapa que comienza.[18] Los jóvenes encuentran de inmediato en dicha música la salvación o el motor que les permite sentirse vivos y el estímulo para continuar en su excursión de libertad; al mismo tiempo, la música es el elemento mediador entre todos los grupos de la novela debido quizás a su sonido repetitivo y estereotipado, y al carácter de protesta de muchas de sus letras, que incluso alteran un orden musical establecido.[19] Es de tal importancia la música que en *¡Que viva la música!* los intertextos musicales se intensifican con la alusión permanente a las letras de canciones de salsa, las cuales se intercalan en el discurso como un código que sólo puede ser identificado por un lector privilegiado o "aguzado" que sepa la clave de la nota y descifre el mensaje, a la vez que funcionan como una especie de código secreto que posibilita una unidad grupal. Para demostrar esta idea, es muy importante la descripción que la protagonista hace de su entrada a la primera fiesta del sur (95), donde cada frase trae consigo un verso musical que no tiene marca que la identifique como tal. Igualmente, dicha internalización de intertextos musicales en la narración evidencia un estado de fragmentación no sólo del discurso sino también de la conciencia del personaje, de ahí que su identidad se manifieste como una entidad cambiante, aleatoria y múltiple de acuerdo a la situación que enfrenta, y con esto se reafirma el postulado inicial de Yáñez, para quien todo proceso de identidad trae consigo la recurrencia a dos impulsos alternos: lo idéntico y lo diferente, con lo cual se instaura la posibilidad de una identidad múltiple, situación que se contemplará al momento final de este desplazamiento.

Luego de la primera fiesta salsómana, María del Carmen comprende su nuevo arraigo cultural: "Me inflé de vida, se me inflaron los ojos de recordar cuánto había comprendido las letras en español, la cultura de mi tierra" (99). Para ella la música es de tal significado que tan sólo escuchándola adquiere una enorme cultura, ya sea el rock, como en la primera parte, o la salsa como en este caso; ambos son el alimento cultural y espiritual de la protagonista. Con esta situación se asiste nuevamente a una falsa idea, a una errónea concesión en la identificación cultural del personaje porque no es posible encontrar en letras de canciones los elementos necesarios para el aprendizaje e internalización de una cultura, para ello es necesario el desarrollo de varias prácticas sociales que permitan alcanzar dicho objetivo. El personaje, tal vez por su ingenuidad o su estado de alienación cree encontrar en ella, en la música, la salvación para su formación: "No necesité formulármelo para saber que mi destino era el enredo de la música... La música es la labor de un espíritu generoso... La música es la solución a lo que yo no enfrento, mientras pierdo el tiempo mirando la cosa: un libro..." (64). Pero todo resulta una falsa ilusión y por eso nunca va a ser parte totalizante de las colectividades a las que cree pertenecer, de ahí que nunca halle en los grupos elementos sólidos que le brinden plena estabilidad, ya sea porque en esencia no la busca, o bien porque no la desea.

En este tramo el desplazamiento de los personajes se realiza en el espacio Sur de la ciudad, que como ya se anunció, pertenece a los estratos sociales más bajos de la sociedad. Es allí donde también entran en escena tres personajes de la obra *Angelitos empantanados o historias para jovencitos*, los cuales por medio de sus acciones delictivas condenan la actitud y el estilo de vida de los jóvenes del anterior grupo. Dichos personajes son el Indio, el Mico y Marucaco, apodos con que los nombra el narrador, y quienes además de compartir el gusto por la salsa, también son espectadores de cine, del cine al estilo de *Rebelde sin causa* y otras películas del mismo corte.

Sin embargo, el desplazamiento de estos personajes en este tramo se presenta a la inversa del transcurrir de María del Carmen, puesto que ella va del Norte al Sur, y ellos del Sur al Norte en busca de Angelita y Miguel Ángel, a quienes asesinan debido a la discrepancia que sostienen con los referentes culturales de dicha pareja, a su actuación desde la posición social privilegiada que llevaban en el Norte de Cali. Luego de la muerte de Angelita y Miguel Ángel, los tres personajes del Sur celebran con una fiesta el exterminio de una parte de la "burguesía caleña" y se disponen a emprender nuevas aventuras. Termina la obra con las referencias del narrador a sus acciones criminales: "cada vez que aquí en Cali hay tropeles ellos meten es de una, en cuántos tropeles habrían estado juntos, en los últimos meses se han aficionado al cine y no se pierden ninguna de Charles Bronson" (*Angelitos* 137).

A diferencia de la situación anterior, María del Carmen logra total identificación con todos los referentes culturales propios de los habitantes del sur, produciéndose en este caso una especie de identidad múltiple en términos de Yáñez, porque con sólo cruzar una esquina cambia todos sus referentes culturales y sociales.[20] De ahí que su vida en este grupo se caracterice por la realización de acciones que van en contra de las expresiones de su anterior grupo: ella lanza consignas contra ellos "¡¡Abajo la penetración cultural yanky!!" (100), reniega contra su música y contra los extranjeros, a los cuales asalta o lesiona ("bajar gringos"), en compañía de su amante de turno, porque son "gringos" invasores que se deben acabar (148). También se maravilla escuchando y bailando salsa en la calle o cualquier otro sitio abierto con sus amigos, entre los cuales incluye a universitarios, colegiales y gente sin oficio determinado. Se debe recordar que en este nuevo tramo no hay encierro ni paradas, los personajes disfrutan incansablemente con su grupo del sonido salsero en espacios abiertos, llámense kiosco, caseta, conciertos o cualquier calle del sur: el viaje llega a su máximo esplendor y los personajes gozan enloquecidos en medio de fiestas grandiosas y sonidos sin fin.

Por otro lado, si las acciones de su nuevo grupo van en contra de las conductas que el anterior grupo favorecía y que podrían sintetizarse en la exaltación de los valores de la cultura norteamericana, se pensará entonces que la permanencia de María del Carmen en el grupo del sur le permitirá favorecer su propia cultura. Pero no es así, porque tanto ella como su grupo arremeten contra la sociedad colombiana, contra la cultura que aparenta comprender, creándose en su grupo una *indiferencia* parcial hacia su cultura: afirma la protagonista que aquella es una sociedad alcohólica (114), resignada desde hace muchos años (75 y 175), ridiculiza la bandera colombiana haciendo una descripción burlesca de sus colores para compararlos con el vómito de su amante: "Haciendo bizco pudo concentrarse en la naturaleza de su vómito: amarillo como los frutos y las riquezas de nuestra patria, azul como el color de las montañas lejanas y rojo como la sangre por los héroes derramada" (133). Asimismo, reniega de cierta música tradicional del interior, cuando lanza juicios que caricaturizan el sonido paisa, las agrupaciones musicales de Gustavo Quintero, Alirio y sus Muchachos y a otros más que por aquella época difundían la música que alegraban las fiestas de los hogares colombianos.[21] Finalmente reniega del hombre de piel negra y de su música: "Con movimientos precisos abordamos el bus de Transur, y al ver que todos los pasajeros eran negros yo sentí una inquietud rara, una especie de ensoñación racista... Caminamos despacio por el pasillo de ese bus, absteniéndonos de tocar algún metal..." (152, 154). En cierta medida reniega del elemento étnico de su cultura porque el negro es parte importante de la cultura colombiana, y más en el Pacífico del país donde hubo mayor concentración de esclavos para el trabajo en los ingenios azucareros. Sin embargo, a pesar de discriminar al negro, pide ayuda a varias divinidades negras: "Changó Taveni. Diosa femenina de la artimaña y de la venganza, diosa enredadora, no me desampares en los peligros, concédeme tu espada, con la que quiero vencer" (156), y además escucha la salsa, música con fuerte influencia negra.

Se asiste entonces a una *ambivalencia* cultural que se vuelve repetitiva en el transcurso de la novela y de la cual es consciente el personaje protagónico, tanto que en alguna parte afirma: "Yo soy la fragmentación. La música es cada uno de esos pedacitos que antes tuve en mí y los fui desprendiendo al azar. *Yo estoy ante una cosa y pienso en miles*" (64), y al final "Haz de la irreflexión y de la contradicción tu norma de conducta". A lo cual habría que añadir que hace o afirma algo y lo deshace o lo niega al momento, produciéndose de esta forma un estado de anomia total en el que no hay expectativas frente a la vida ni propuestas alternativas decisivas. Igualmente, se podría pensar que su agitada vida por causa de las búsquedas que realiza a nivel cultural, no le permite tomar distancia entre las decisiones que toma y las acciones que realiza; ella permanece en un estado de limbo que la hace actuar, en ocasiones, diferente a su forma de pensar, de ahí su constante estado de escisión y de desdoblamiento de su conciencia, como en el caso del rechazo a los negros de su ciudad y la posterior aceptación de su música y divinidades poderosas y beligerantes. En este sentido se podría decir que la protagonista no se aparta mucho de la concepción que ha imperado en nuestro país acerca del papel de los negros en el proceso de mestizaje. Para muchos su participación fue importante, mientras que para otros es nula por su inexistencia o invisibilidad en nuestra cultura. Lo que equivale a decir que la presencia del negro en Colombia se ha ajustado a los vaivenes de la aceptación y el rechazo por generaciones enteras, movidos de acuerdo a intereses personales.

En este desplazamiento delirante y placentero María del Carmen comparte su vida con varios amantes, especialmente Rubén Paces y Bárbaro, hombres a los que seduce y con los cuales vive aventuras alegres, cuyo fondo visible siempre será la música. Entre ellos, continúa siendo poderosa: "Que nadie exista si yo no doy el pase, el consentimiento... el personaje no existe si yo no le sirvo mis favores. Si se los retengo, no tiene razón de ser" (144).[22] Ellos la llaman la reina y ella se siente reconocida, dueña del sur, de sus poderosas drogas y de su música vibrante.

Rubén Paces y Bárbaro son los amantes de aventuras y desventuras de María del Carmen en su vida marginal. El primero, débil, alcohólico y sin recuerdos, no es el prototipo de hombre que ella desea al final, porque no encarna esos ideales que ella representa con tanta avidez, como la fuerza o poder frente al otro, la dinámica y la acción del diario vivir y la salsa como acción de vida; salsa que para él es maldición. Lo único que los identifica es el gusto por las drogas, el alcohol y la rumba, elementos que la mantienen unida a él por un tiempo corto. Bárbaro es diferente a Rubén: es una especie de ángel exterminador de lo exterior, aspecto que inmediatamente lo une a ella; él es el clímax de todo, en él convergen y se explicitan sentimientos de violencia y exterminación que en ella sólo son pensamientos. Las diferencias de caracteres de ambos personajes también se connota en sus nombres: el uno es pacífico (Paces) y entregado sólo a los sonidos de los que vive; el otro es la fuerza bruta que existe mientras se mantenga la irracionalidad y la violencia. Es la ambivalencia entre la vida laboriosa y alienada, y la vida fácil y desordenada; sin embargo, al final ambos personajes perecen por causa de su desasosiego, de su insostenible pensamiento que los corrompe o deprime hasta causarles la muerte.

La condición cultural de María del Carmen llega a ser tan fragmentada que se siente identificada con las costumbres indígenas y españolas, las cuales representan la tradición en una sociedad híbrida como la colombiana,[23] costumbres que le sirven para acentuar su arraigo, de ahí que al inicio se haya dicho que este grupo oscila entre la aceptación y la negación de los valores culturales y sociales que lo circundan, como producto de su constante *ambivalencia* o crisis del sujeto cultural juvenil: "Entonces me llenaron de collares, bolsos, blusas de los indígenas, y así ataviada me volví con olor y sabor a tierra y tripliqué mi ardor" (146); "Yo me amarré una pañoleta española al pelo y quedé lindísima" (151). Antes era la vestimenta gringa, ahora usa la ropa propia, la de rasgos significativos de su cultura que le facilitan una mejor identificación con los suyos, con las personas artesanas del sur de Cali.

Pero su ambigüedad cultural la conduce a sentirse desidentificada con algunas tradiciones de su propia cultura, por ejemplo: la música, la raza (recordemos que ella es rubia, *Rubísima*, como dice en la primera línea de la novela), ciertas costumbres como la unión familiar, y algunos símbolos patrios. Además de que es una cultura sumisa y perdedora por naturaleza, de ahí que su grupo sucumba y sea derrotado en medio de tanto caos: las fiestas se terminan, los espacios se agotan, sus amantes alucinados se suicidan y las futuras generaciones no prometen esperanzas porque son niños perdidos: "pensando que ellos (los niños) no habían tenido infancia (antes de los 10 les vino la música y la droga y la confusión y la dejazón y la desconfianza y la falta de amor)" (144). Su amado Sur es ahora el paraíso perdido al que no desea volver, y sus hombres la gran vergüenza de su grupo que no supieron controlar sus instintos. Ella, como siempre, se siente victoriosa, inmune a la decadencia de su grupo y decide centrarse en una esquina del centro de la ciudad a liberar toda su energía con los hombres que la necesiten: "Ni al Norte ni al Sur podía ir... Así que me tocó mirar con vigor al Este" (177), o el punto donde todo nace.

Ahora bien, si el sujeto cultural implica un proceso de identificación que se fundamenta en un modo específico de relaciones entre el sujeto y los otros (Cros 21), entonces es fácil prever que el sujeto cultural del grupo de la protagonista cumple con dicho fundamento, aunque no hay uniformidad en las acciones o fenómenos que realiza la colectividad en el momento de la decadencia o desgaste final, ya que los demás evaden la realidad por medio de la negación de su existencia, llámese locura, tristeza, olvido, embriaguez o muerte, y ella continúa experimentando con esa realidad que parece aceptar en espacios, situaciones y con protagonistas diferentes.[24] Existe una *identificación* constante entre María del Carmen y su grupo, pero la realidad de fondo deja ver que tal identificación adquiere al final dimensiones diferentes que muestran su desvinculación con la colectividad a la que dice pertenecer.

En este punto es importante anotar que los dos grupos contestatarios, a los que pertenecen María del Carmen, Angelita, Miguel Ángel, Solano Patiño, Danielito Bang, Antígona, el Indio, el Mico y Marucaco, entre otros personajes de la ficción caicediana, terminan derrotados, tienen referentes culturales diferentes pero mentalidades iguales: los jóvenes de las clases opulentas aman el norte, sus costumbres y música rock; los jóvenes desamparados tienen como referente a su propio sur, su música salsa y algunas conductas de vida. Pero lo que ambos grupos tienen en común es su negación a continuar reproduciendo la cordura y el orden represivo de sus padres o régimen tradicional.[25] Su estado de anomia o formas de vida anómicas llega a ser tan definido que subvierten tabúes y crean formas explosivas de evasión que luego de su detonación y alboroto muestran un panorama despejado donde pareciera no haber ocurrido nada: por ello al final de sus actos todo sigue como estaba antes y sus miembros deciden entonces terminar con sí mismos para producir un cambio personal rápido y verdadero. Ella, María del Carmen Huerta o la "Mona", decide en cambio continuar pagando las consecuencias de su generación, cambiando el rumbo de su viaje para ayudar a redimir el nuevo fracaso juvenil, fracaso que la acerca cada vez más al mundo de los adultos: ¿un solo y singular sujeto cultural?

2.3. Tramo final. Vuelta hacia su verdadera historia.

En el final de este desplazamiento agitado y ruidoso en busca de sí mismo, del componente que dé estabilidad y bienestar a los personajes caicedianos, se encuentra María del Carmen Huerta, único personaje que logra acceder a otra realidad distinta a la de los grupos de jóvenes a los que perteneció en los dos tramos iniciales de este desplazamiento. Es por ello que María del Carmen decide alejarse de los grupos y constituirse en un ser solitario, como realmente se había sentido desde el comienzo de su trayectoria. De esta forma, su viaje termina en el centro de la ciudad, "alumbrado y revoltoso" (177), específicamente en "la crucifixión de esquinas" de la Cuarta con Quince, lugar desde donde narra, trabaja y duerme. Es "la tierra que quiero yo" (182), afirma.

En esta parte, que es muy breve, ella se convierte en iniciadora sexual de adolescentes, en la amante de los hombres necesitados, en la panfletaria que informa sobre la clase de vida que se debe llevar si se quiere ser importante y respetada, donde sobresale la lucha por la indefinición y la soledad, tal como lo expresa en un momento de la narración: "Tú, no te detengas ante ningún reto. Y no pases a formar parte de ningún gremio. Que nunca te puedan definir ni encasillar" (185). Con esta afirmación confirma su carácter fragmentado y niega su pasada vida en grupos; además, ratifica su voluntad de permanecer solitaria por siempre, como la siempreviva, tal como se autodefine al final de la obra, que aunque no tan vital desafía a la muerte, escuchando sólo música en las noches, incluso ahora que no es tan poderosa como antes cuando estaba rodeada de sus amigos: "si no fuera porque ahora me faltan fuerzas, lograría unión para salir y gritar consignas y quebrar ventanas, pero para qué ilusiones si quedan lejos esos barrios: ya no son nunca más mi rumbo" (187). Un tono de derrota se advierte en esta frase y en general en toda la parte final de la novela; derrota que va acompañada de la nostalgia ante el recuerdo de aquellos días de vigor y júbilo infatigables. Además, el ritmo de esta última parte decae; ya la narradora se siente perdida, cansada, sin esperanza de luz al final del viaje y despojada de sus ilusiones y proyectos. La intensidad de las primeras páginas: música, fiestas, alegrías e incursiones sin límite disminuye para dar paso a una narración lenta, sin muchos atractivos, y donde sobresale una especie de manifiesto testimonial que la protagonista registra para dejar el legado de lo que ella nunca pudo ser.

La lucha de los personajes por el desarraigo social y cultural fracasa. Si bien este objetivo no se cumple, sí se crea un profundo estado de angustia, confusión y arrepentimiento que los lleva a anhelar otra vida, incluso su pasada vida en el caso de María del Carmen: "sentí tristeza, ay, de alguien que me atendiera y me dispensara cariño y respetico antes de dormir: a las niñas que han pasado un duro día se las arrulla" (177), a depender económicamente de sus padres: "El cheque de mis papás lo cobro ahora cada viernes. Ellos han ampliado su benevolencia" (184), y a terminar su constante búsqueda: "le he cogido miedito a eso de estar buscando nuevos rumbos" (181). Durante este trayecto existen momentos donde pareciera que alcanza el objetivo, pero inmediatamente se descubre que no es así porque todavía sigue inserta o sometida a un pasado y a una cultura que la atan y de la cual nunca pudo salir completamente. Una frase al inicio de la novela ya adelantaba la sentencia: "el verano de los países más al Norte, que no veré nunca porque ya pertenezco con cadenas a esta tierra" (53).

La única forma posible de romper las cadenas es con la muerte, como lo hacen algunos personajes de las obras de Andrés Caicedo. En este sentido, el final de la protagonista de *¡Que viva la música!* causa un poco de asombro porque aunque se sugiere su muerte, termina viva y bastante angustiada, como en un estado eterno de agonía.[26]

Si María del Carmen se instaura en el centro de la ciudad, es decir, *centralizada* en la esquina que antes había llamado "perdedera nocturna" (39),[27] prostituida y saqueada, con ideas derrumbadas, vacía, con la idea que de nada sirvió su desplazamiento por los diversos grupos, y que además le faltan fuerzas para hacer lo que quisiera, se podría decir que el personaje está derrotado, resignado y sin futuro, al igual, aunque doloroso y difícil de aceptar por ella, que la cultura colombiana. Ella es el mejor ejemplo para mostrar el estado de fracaso de su propia cultura: sin un horizonte claro, con acciones que contradicen su propia naturaleza y con una especie de sinsabor y amargura de todas las situaciones vividas. De esta forma termina su aventurero viaje, aquel que emprendió llena de ilusiones y con el anhelo de encontrar tierra firme en donde iniciar una utopía contraria a su actual existencia, desplazamiento fallido o de desencanto que ahora la ancla con cadenas a una realidad confusa como símbolo imperecedero de una generación que naufragó. Su desplazamiento se termina, se frena de repente para arribar inevitablemente a su infeliz realidad: la imposición de su condición histórica, articulada por medio de un sujeto cultural que es idéntico en los tres grupos que se describieron antes, pese a que por momentos daba la impresión de constituirse en otro distinto, más auténtico y alejado de cualquier referente convencional. De ello se infiere que el sujeto cultural funciona como agente alienador de los individuos de aquella sociedad, representado en un discurso que contradice la actitud contestataria del personaje frente a su pasado y presente inmediatos.

El personaje no tiene la capacidad para diferenciarse de la cultura que siempre ha querido rechazar, de la que no pudo salir durante su largo desplazamiento y sus aventuras, porque nunca encontró otros modelos verdaderos y duraderos de identificación para poder diferenciarse decididamente de su cultura. Por tanto, su indefinición aceptada y su proyecto de vida fracasado lo convierten en otro elemento más de la cultura colombiana, en un yo que muestra las actuaciones reales de los otros, en un sujeto cultural que en toda la novela desvela las actuaciones de los personajes y al final los hace cómplices y modelos alienados de continuidad de una forma de vida, de una forma de pensamiento en una sociedad tradicional. La actuación del sujeto cultural, expresión de un colectivo unificado, se articula al interior de cada grupo, pero cada grupo no es más que la parte del todo, de la cultura general del país; y es en este punto donde esa articulación del sujeto cultural se reviste de significado para convertirse en un ente único y coherente que revela la situación ideológica de todos los personajes caicedianos, sin excepción, que no es otra distinta a la confirmación de una mentalidad anclada en un pasado tradicional.

Por último, si bien los grupos de jóvenes de las obras de Andrés Caicedo se sienten insatisfechos con las costumbres de la generación de sus padres (valores, tradiciones e ideologías), y por tal motivo realizan acciones que van en contra de dichas costumbres y emprenden búsquedas de identidades que se traducen en actitudes contestatarias, lo cierto es que tales acciones y búsquedas son fallidas porque no alcanzan a romper la hegemonía cultural e ideológica (así esta no sea muy clara) del mundo de los adultos, del sistema establecido. La alteración del orden es sólo momentáneo, coyuntural porque de nuevo se impone el pasado tradicional: "Viviste al mismo tiempo el avance y la reversa" (183), como dice uno de los personajes de *¡Que viva la música!*, frase que define perfectamente la actitud de los personajes caicedianos. Muestra de ello es la actuación del sujeto cultural que en dicha novela, por medio de la narradora protagonista, revela la verdadera actitud de los jóvenes: momentos de indiferencia, pensamientos contradictorios, actitudes ambivalentes, estados de anomia, propensión hacia la derrota y finales de resignación que repiten las mismas posturas de los adultos y que producen un discurso estereotipado que representa el grado de decadencia de los valores nacionales; todo sumido bajo la misma bandera de la realidad del momento: la indefinida cultura colombiana de los años sesenta.

3. Epílogo. El arte como nota sonora de libertad

Es necesario anotar que la música y el cine nunca se agotan en las obras de Andrés Caicedo, y que son el único medio que les permite a sus personajes combatir las ideas de la sociedad.[28] Para María del Carmen se podrán acabar y destruir muchos proyectos e ideas, pero la música siempre permanecerá a su lado, porque ella lo vale todo: "Yo pensé, cuando ya la música sonaba y yo la aprobaba íntegra: 'Esto es vida'... que todo en esta vida son letras" (41, 92). La música es su vida, es parte fundamental de su existencia; sus letras, melodías y cantantes se convierten en sus ídolos (Mick Jagger, Keith Richards, Brian Jones, Richie Ray, Ray Barreto y Larry Harlow), lo demás no importa. Igualmente, María del Carmen, Angelita y Miguel Ángel y los tres personajes delincuentes de *Angelitos empantanados o historias para jovencitos*, entre otros personajes caicedianos, aprecian el cine y la literatura: muchas veces estos personajes van al cine, discuten sus historias y hablan sobre directores y actores reconocidos del séptimo arte con los cuales se identifican plenamente y cuya temática le sirve de ejemplo para su vida cotidiana. Del mismo modo, muchos de estos personajes hacen alusión permanente a escritores y obras literarias de su agrado, ya sea por su temática o por las personalidades y las sensibilidades en el campo de las letras. Con esto se quiere mostrar que a pesar de que los personajes caicedianos no encuentran en su entorno o en las experiencias con los grupos que conforman situaciones que los hagan sentir bien y que les posibilita diferenciarse de todo su pasado, descubren en el arte un elemento que les posibiliten liberarse de las cadenas que los atan a una sociedad tradicional que no logra salir de su eterna inercia mental.

Si el arte es liberador, la música es la nota melodiosa que acompaña al personaje por caminos internos de autonomía y de verdadero placer. En este sentido, María del Carmen se define loca, pero justifica que loca por la música (182); condena todo al olvido y la destrucción pero menos a su amada música (185), y se afirma como la vocera oficial de la música: "Música que me conoces, música que me alientas, que me abanicas o me cobijas, el pacto está sellado. Yo soy tu difusión, la que abre las puertas e instala el paso, la que transmite por los valles la noticia de tu unión y tu anormal alegría" (140). Su pacto de unión con la música se establece desde el inicio de la obra cuando la exalta en el título *¡Que viva la música!*, que viva sólo la música, nada más; se confirma con el epígrafe versal "Qué rico pero qué bajo" de una canción de música salsa, y aumenta en cada página por medio de alusiones constantes que posibilitan su alegre transitar por las calles de Cali, el vínculo y comunicación secreta con nuevos amigos y la claridad suficiente para sentirse libre. Pero, a pesar de que a nivel de la conciencia posee una mentalidad clara y libre que la hace reinar sobre sí misma (como el Cóndor de la novela que domina las montañas de su tierra), su actuación a nivel exterior la convierte en un ser, como se veía antes, sometido, centralizado en la sociedad tradicional. Es decir que el cambio, o mejor, el logro de libertad opera sólo a nivel espiritual o emocional y no en la verdadera representación de María del Carmen Huerta. Que viva sólo la música, las notas armoniosas de liberación, ya que ella nunca lo será físicamente.

Si la música le permite al personaje ser libre, la escritura cumple un papel especial en sus propósitos de perdurabilidad y libertad. En varios momentos de la novela se aprecia un interés intencional del personaje por plasmar en la escritura aquellos momentos vividos y actuales para recordarlos luego y evitar así su desvanecimiento con el tiempo: "A continuación daré a conocer las que tengo más a mano, pues muy pronto me tragará esta noche que ha visto nacer mi relato, y no quiero que a todo esto lo apañe el olvido" (171). Ella no quiere olvidar y por eso en sus interpolaciones constantes al narratario le expresa el interés por contar por escrito todas sus experiencias.

Tal parece que la escritura es el mejor pretexto para mantenerse con vida, así lo demuestra la organización del texto: el epígrafe refleja un acto de escritura mediante la transcripción textual de un pasaje de la novela *Por el Canal de Panamá* del novelista inglés Malcolm Lowry: "con una mano me sostengo y con la otra escribo" (6). Es decir: planteando un equilibrio entre la supervivencia y la escritura en medio de un acto de constante agonía; pareciera que la protagonista vive sólo por la energía que emana el acto de escribir y de escuchar música. Luego, los actos de escritura se intensifican en la obra con la anotaciones directas que hace la protagonista, con los manuscritos de la cabaña de Don Julián que lee y transcribe, y con el cierre definitivo de la obra que también se traduce en un acto de escritura: "Ahora me voy, dejando un reguero de tinta sobre este manuscrito. Hay fuego en el 23" (188). Acto que además es definitivo porque da la sensación de un suicidio por parte del personaje: hay una despedida, un reguero que podría ser de sangre y fuego, elementos con connotaciones de muerte.

Lo señalado sirve para mostrar que la escritura en la novela se convierte en un elemento configurador de otro orden de valores, pues si bien el personaje como tal está desmembrado, derrotado y con serios indicios de suicidio, la escritura sobrevive. De ahí que con el punto final en la novela el personaje se autoelimine, dejando un manuscrito que pervive por ella, que es perenne y que se impone y rebela en otro orden de realidades a los que María del Carmen no logra acceder ni vencer. Si bien el cuerpo del personaje muere, la escritura queda en su reemplazo, como una especie de signo, como la Siempreviva que se impone y alcanza la durabilidad y el cambio anhelado por el personaje. Por último, habría que añadir que el personaje fragmentado y alienado que muere es reemplazado por otro yo que permite el equilibrio, la rebeldía verdadera, el desdoblamiento, el diálogo directo y la autonomía. Sobra decir que ese otro yo lo constituye la escritura, ese yo que logra imponerse sobre el sujeto cultural escindido para crear otro, menos alienador e imperecedero, de mayor importancia por su carácter liberador: el arte como expresión de inmortalidad.

Notas

1 Para Jesús Antonio Munar, "Mayo del 68 personificó la contracultura revolucionaria de la juventud mundial", refiriéndose a la furia de los jóvenes franceses, especialmente parisinos, ante la crisis de la educación superior, en una sociedad patriarcal que los oprime y domina. Mayo del 68 es el síntoma del desencanto juvenil, de una generación insatisfecha frente a los valores tradicionales; síntoma que en años posteriores vivirán los jóvenes colombianos, con ideales parecidos y con una actitud contestataria ante el Estado y la sociedad. Actitud que de una u otra manera dejó huella en jóvenes estudiantes y en artistas que construyen su obra con rasgos de fondo que dejan vislumbrar aquellos ideales y propuestas de cambio manifestados por los jóvenes del momento. Agrega Munar que "los años finales de la década de los 60 se

les considera como los de la emancipación de la juventud en el mundo, pues de una sociedad patriarcal se pasó a una gran emancipación de los jóvenes, a una mentalidad más abierta y libre, a la liberación femenina y la creación de otras utopías de las nuevas generaciones" (Munar 2).

2 Caicedo, Andrés. *¡Que viva la música!* Bogotá: Colcultura, 1977. p.185. En adelante todas las citas de esta novela se harán en base a esta edición y sólo se registrará el número de la página entre paréntesis. Es necesario aclarar que en este texto se hará constante alusión a dicha novela porque además de ser la obra cumbre del escritor colombiano, en ella se resumen muchos de los ideales y la propuesta estética que el autor intentó construir en el transcurso de su escritura literaria.

3 No sobra decir que Andrés Caicedo estuvo de alguna forma inmerso directa o indirectamente en las nuevas expresiones juveniles: él conoció, experimentó y vivió dichas posturas rebeldes contra la sociedad. Al respecto dice Samuel Jaramillo: "A nombre de una encendida y aparentemente ciega rebeldía ante la cultura y la sociedad de su tiempo, Andrés Caicedo se convirtió en un ardoroso propagandista (y practicante) de una crítica radical que no sólo abarcaba las declaratorias de principios y las requisitorias explícitas, sino que se centraba en una tormentosa vida cotidiana que intentaba quebrantar con la experiencia... Se convirtió entonces en la encarnación misma de una manera de enfrentar la realidad que de alguna manera tocaba la sensibilidad de centenares de miles de jóvenes colombianos..." (17).

4 Los espacios del Norte, el Sur y el Centro funcionan en todas las obras de Caicedo como articuladores semióticos revestidos de nuevos significados de acuerdo a los intereses de los personajes. Son espacios citadinos significativos, tanto de identificación como de diferenciación, para el continuo transitar mental y físico de los personajes caicedianos por una ciudad urbanizada que se detalla, se transforma y en donde es fácil identificar un norte burgués y un sur popular con fondos musicales diferentes que atraen seriamente al personaje. Sin embargo, María del Carmen termina prostituida, en el Centro de la ciudad que sin duda representa los estereotipos sociales y culturales de una sociedad tradicional y alienada, de la que ella tanto quiso alejarse.

5 Para Parsons la identidad se concibe como el sistema central de significado de una personalidad individual que orienta normativamente y confiere sentido a su acción. Pero estos significados no son construcciones arbitrarias ni son definidos por los mismos individuos en el estrecho marco de sus interacciones cotidianas, sino que resulta de la interiorización de valores, normas y códigos culturales altamente generalizados y compartidos, mediados por el sistema social (Giménez 18).

6 Sea este el momento para mencionar que en México, durante el mismo tiempo que Caicedo escribe su obra, surge un grupo de cuentistas y novelistas jóvenes denominados "Onda", que escriben sobre el mundo juvenil mexicano de la década de los sesenta, con situaciones y características similares a la de los jóvenes de la obra del escritor colombiano: drogas, sexo, rebeldía, pandillas, negación de la normas y alta presencia de la música rock y de las jergas populares; lo que demuestra que el 68 fue un fenómeno juvenil que se propagó por todas las sociedades del mundo. Gustavo Sainz resume así las obras que se enmarcan bajo el rótulo de "Onda": "la preocupación por el anecdotario juvenil se desborda ante la avasalladora presencia del lenguaje, una inmersión en los desperdicios del habla cotidiana, los juegos de palabras y el vocabulario secreto de diferentes colectividades. Son estas novelas especialmente dialogadas" (Glantz 371). Algunas de estas novelas son *Los albañiles* de Vicente Leñero, *Bramadero* de Tomás Mojarro, *El viento distante* de José Emilio Pacheco, *Farabeuf* de Salvador Elizondo y *Gazapo* de Gustavo Sainz.

7 Según Manuel Cruz, son las situaciones críticas las que ponen en evidencia la presencia de una identidad: "La persona en crisis seguramente tiene muchas creencias sobre las cuales tiene dudas, que duda también acerca de actuar conforme a las normas prevalecientes en el grupo social con el cual interactúa principalmente, incluso puede tener dudas acerca de si su comportamiento es correcto en determinadas circunstancias" (Yáñez 32). Es evidente entonces que la crisis

generacional de la década de los sesenta provocó un dilema de identidad en la colectividad de jóvenes que a la postre trajo un cambio de mentalidad. Los personajes caicedianos muestran en planos diferentes algunos de estos cambios.

8 La investigadora Carmiña Navia afirma que la obra de Andrés Caicedo es revolucionaria porque pone el dedo en la llaga sobre la crisis de valores que agota a la sociedad adulta, sin salidas. Agrega además que *¡Que viva la música!* rechaza el mundo adulto, y en la medida que rechaza el mundo adulto, rechaza la normatividad, la ley, la política que ellos han hecho, que ellos han construido y más bien considera o propone que para ese mundo lo juvenil es la salvación..." (Carvajal).

9 Recuérdese que para dicha época Colombia vive una serie de cambios políticos y sociales que se desprenden de la cruda violencia que sacude al país de 1946 a 1958 y que produjo un golpe de Estado liderado por el general Gustavo Rojas Pinilla (1953-1957), un acuerdo político como el Frente Nacional (1958-1974) mediante el cual los dos partidos políticos tradicionales gobernaron al país, y finalmente el surgimiento, en la década de los sesenta, de movimientos guerrilleros como el ELN y las FARC. (Williams 34-35). También debe anotarse que se presenta la crisis universitaria como síntesis de la crisis generalizada que vive el país en varias de sus instituciones; crisis que además produce choques callejeros y el descontento de miles de jóvenes colombianos (Morales Benítez 248-49). Además, en Cali la policía reprime una manifestación estudiantil en vísperas de los VI Juegos Panamericanos. Igualmente, en el plano mundial está en boga la influencia de la Revolución Cubana, la matanza estudiantil de Tlatelolco antes de los Juegos Olímpicos en México y los conflictos internacionales de los pueblos de Vietnam, Laos y Camboya que produjeron una serie de protestas y manifestaciones juveniles en todo el mundo en contra de la guerra y de los gobiernos absolutistas y tradicionales.

10 En la obra de Andrés Caicedo el tema de la antropofagia es muy recurrente y constituye un elemento importante que les permite a sus personajes evadir la realidad y subvertir las normas sociales establecidas, contra las cuales intentan luchar siempre en sus aventuras. Las obras en las cuales se incluye dicha temática son los cuentos "Los dientes de Caperucita", "Calibanismo" "Antígona" y "Destinitos fatales", y la novela *Noche sin fortuna*.

11 En el contexto social, una parte importante de este grupo corresponde al movimiento hippie, grupo de contracultura que surge en los años sesenta, conformado por jóvenes que crean una forma de vida donde no hay leyes ni mandatos, que niegan el pasado y el mundo de los mayores, y que luchan por una sociedad más justa y que valore el amor, la felicidad, la paz y la libertad; valores que la protagonista enuncia en varias oportunidades: "Sé, no me queda la menor duda, que yo voy a servir de ejemplo. Felicidad y paz en mi tierra" (39). Dicho movimiento dejó como herencia principal su mensaje de paz, el ocio y las drogas; "el hippie no acepta las normas que determinan su integración en una sociedad, organizada para servirse de él a costa de su individualidad; por ello, de una forma plenamente pacífica, sólo declara que defiende su derecho a vivir sobre la tierra, para realizarse humanamente en la naturaleza y lejos del mundo tecnificado" (Armas Serra De 8-9).

12 Margo Glantz habla incluso, para el caso mexicano, de una nueva clase social hasta cierto punto porque "el joven se ha agrupado en movimientos estudiantiles masivos, ha rechazado las definiciones y las formas de vida de la sociedad anterior, ha adquirido conciencia política, ha cambiado su vestimenta, ha elegido nuevos lenguajes de comunicación, ha intentado crear una nueva moral sexual y hasta evadirse del mundo *viajando* con la droga e instalándose en el sonido" (365).

13 Igualmente, la anomia se concibe aquí en términos de E. Durkheim, como estado de pérdida de horizonte al cual llega el individuo o grupo en el conjunto de una sociedad que les ofrece más expectativas de las que en realidad son capaces de realizar.

14 Este fenómeno afectó considerablemente a la juventud caleña de la época porque según Sonia Elyeye, los jóvenes del norte de Cali vivían en función de las últimas innovaciones de la juventud norteamericana. Por tanto, no causa extrañeza que los personajes literarios asuman

la misma actitud cultural. Elyeye cuenta que "Los festivales de rock que se sucedieron fueron una fiel copia hasta donde más pudieron de la influencia gringa, que los llevaba a una imitación que rayaba todos los umbrales, la indumentaria de esta juventud se volvió característica: jeans desmechados, adornados con parches, con correas chumbes elaboradas en nuestras aldeas indígenas y largas melenas; se podían ver algunos jóvenes con su guitarra al hombro o algunos más sofisticados acompañados de grabadoras, en un continuo deambular sexta arriba sexta abajo... El resto de su tiempo lo ocupaban en matutinos paseos a Pance en los que incluían ya sus tradicionales viajes de Hongos, tardes de Marihuana..." (12).

15 Se nombran espacios de clausura a aquellas viviendas en donde los jóvenes burgueses se reúnen para bailar y escuchar rock and roll. Es muy particular que la mayoría de los espacios que este grupo prefiere para sus encuentros sean cerrados: viviendas y teatros. Al inicio de la novela transitan calles y habitan parques y fuentes de soda, pero muy pronto se inclinan por las reuniones prolongadas y privadas en cualquier casa de amigos al son de la música, el alcohol y las drogas que les proporcionan felicidad y paz: "Yo quería música, y la música solamente estaba adentro, entre las hermosas paredes de aquel apartaco con aire acondicionado" (74). Esto no será por mucho tiempo, porque al final la narradora se hastía de dicho encierro y se inclina por otro viaje callejero que le brinde la libertad en otros espacios. Además, afirma que el encierro fue el causante del suicidio de su amiga Mariángela.

16 Es importante señalar que desde la creación del rock, a partir de la segunda mitad del siglo XX, este estuvo estrechamente vinculado con la formación de un nuevo sujeto social. Para De Garay, el rock marcó el inicio de la cultura musical de la juventud, al inaugurar parámetros de diferenciación drásticos con la cultura y la moralidad adulta (11). No es gratuito entonces que en la primera parte de la novela el ambiente roquero sea el que predomine, y que la protagonista se prenda "perdidamente" de este nuevo género hasta agotar su validez. También se observa que el rock hace posibiles colectividades juveniles que se agrupan y forman identidades propias que los diferencian de los demás. Los estilos que crean dichas colectividades pueden distinguirse en varios elementos constitutivos de identidades juveniles como son: la jerga, la estética, las producciones culturales, los no-lugares y el espacio (De Garay 13).

17 Miraflores es el umbral, la puerta de entrada al Sur de la ciudad, "es el paso a una nueva visión de María del Carmen. Allí se encuentra con la música del Caribe, de la cultura negra. Miraflores es el punto intermedio que divide la ciudad en su viaje infernal" (Motatto 21).

18 Con respecto a este cambio de música, afirma Ochoa Marín que "frente a la entropía a que conduce el rock, la salsa exalta la alegría de estar vivo: la segunda parte de la novela explora ese ritmo que hermana los pasos del pueblo, fiel al calor de la tierra, a la desmesura de colores, al deseo de amar, reír y luchar, en actitud contraria al cansancio de los jóvenes debilitados por los vicios de una cultura importada..." (89).

19 Según Ulloa, la música popular se constituyó en un factor de identidad popular urbano, de aquellos sectores sociales más deprimidos de la ciudad (199). Además, recuérdese que la temática de la salsa incluye en sus letras todo tipo de referencias sociales y personales de las minorías que permiten tal identificación (Quintero, "Salsa y expresión social" 85). Referencias que la minoría de este nuevo grupo de jóvenes interioriza para su vida y que luego manifiestan mediante acciones que subvierten la normalidad social.

20 En *¡Que viva la música!* los espacios del Sur de la ciudad no se detallan con tanta precisión como los del Norte, pero no por ello dejan de ser importantes. Son espacios visuales que se describen y delimitan con nombres exactos al compás de la música y al ritmo del viaje que hace la protagonista; pero lo más importante radica en que son espacios que develan el estado evolutivo del personaje, es decir, su desarrollo físico y mental por medio de calles polvorientas y casas resquebrajadas donde abunda la miseria y el desconsuelo, donde se da la consolidación en el sexo y las drogas, y en donde ella se siente a gusto. Son espacios que, en últimas, se estructuran en forma muy visual, a la manera de una película, en donde los personajes cruzan

los límites como en una escena que se va enfocando poco a poco para dar paso a las imágenes y características propias de cada lugar.

21 En la novela, la salsa y rock se adoptan en oposición a la música del interior, a la tradicional que presenta rasgos más propios del pueblo colombiano, representada por la música andina, pasillos, tropical, bambucos y gaitas. En varios pasajes la narradora se refiere peyorativamente a los músicos que la cultivan: los llama "gordos", "cerdos" y "censores", y ridiculiza sus estribillos más populares como "Co–lo–m–bia: ésta es tu música" (127), por el hecho de reproducir una música autóctona, repetitiva y de poco significado para sus intereses.

22 En este punto es importante mencionar que de alguna forma el personaje protagónico es una prolongación ficcionada del autor, es un ente imaginario, producto de la interacción del autor con el mundo y que se convierte en el portador directo de su pensamiento. Sin embargo, no se puede confundir el autor real, el artista que se da a la tarea de su obra en el acontecer de la vida, con el personaje creado, perteneciente al plano de la fantasía, de la historia fabulada. En el pasaje anterior se nota o bien la supremacía del personaje que tiene poder sobre los demás, o bien la autoridad del autor que se inscribe en el discurso para demostrar su poderío, incluso sobre la protagonista. Dentro de los muchos tipos de personaje que presenta Bajtín, existe uno que podría ser el personaje protagónico de la novela de análisis: el personaje *héroe autobiográfico* (13). La definición de por sí es problemática, pero viable de observar en momentos de una obra determinada como la de este estudio. Dichos momentos pueden ser, según Bajtín, de carácter confesional o puramente informativos. En el pasaje anterior se comprueba que su carácter es confesional porque es la voz del autor que prima sobre la de su personaje; sin embargo, es necesario insistir que no es Andrés Caicedo en escena, es un recurso ficcional que le permite mostrar algunas de sus ideas y pensamientos por medio de la voz de su personaje narrador.

23 Al respecto, véase el estudio sobre identidad latinoamericana de Gianfranco Pecchinenda, donde manifiesta que en la sociedad latinoamericana la identidad es "prácticamente desde siempre una identidad híbrida, resultado de una secular mezcla de diferentes identidades, luego institucionalizadas en el no bien definido concepto de criollismo" (171).

24 Para Rodrigo Valencia, la evasión de los personajes por medio de la embriaguez tiene una fuerte influencia en dos poemas anteriores como "Barco ebrio" de Rimbaud y "Embriagados" de Baudelaire, porque en ambos poemas, al igual que en *¡Que viva la música!*, la evasión es utilizada para escapar de lo real, y además, corresponde a una búsqueda propagada por el deseo del artista de transformar esa realidad mezquina y romper el molde oficial en el cual se ha formado (38).

25 Recuérdese que tanto el rock como la salsa fueron expresiones musicales juveniles que se propagaron por todo el mundo, "postulando un rompimiento generacional, un rechazo al futuro que les ofrecía el *establishment* adulto y cuestionando uno de los pilares sobre los cuales se había ido asentando desde el siglo XVII la modernidad occidental: el progreso" (Quintero Rivera 92).

26 Se podría conjeturar que en el plano biográfico el propio autor sí se permite la muerte, el suicidio para culminar su angustia en un mundo que nunca aceptó ni quiso comprender. Muerte que niega a su heroína para que de alguna forma redima con su angustia y sufrimiento constantes, a manera de chivo expiatorio, a aquellos que lo han intentado y que nunca lograron salir de los vicios y tradiciones de la cultura de su tierra. Además, por medio del testimonio de su heroína que se plasma en la escritura de su historia, heroína que por cierto la hace desdichada desde la antidedicatoria inicial de la novela, mantiene vivo al personaje, Siempreviva, con voz permanente para que salve a los jóvenes de su generación.

27 Se difiere de la interpretación que Ochoa Marín hace del lugar de asentamiento final de la protagonista, pues para él es un lugar de nadie, ajeno a los clasismos; desconociendo el papel de dominio y poder que ejercen desde el centro las diversas instituciones del Estado. Por ello se afirma que el personaje termina en un lugar equivocado según sus acciones, o mejor, según

sus aspiraciones que al final resultan fallidas, porque está en punto de tradición, que imparte poder y somete a todos los que estén en su esfera de acción.

[28] "Las crisis sociales siempre han tenido una música de fondo para traducir su manera de sentir frente a una situación social. Para los jóvenes de la década del 60 el rock era una forma de expresar su rebeldía y colocar a un nivel superior su estatus de vida" (Echeverry 14). Posteriormente la salsa viene a cumplir ese mismo rol social de anhelos y esperanzas, y se instaura en las conciencias de los jóvenes como instrumento de protesta.

Bibliografía

Armas Serra De, Beatriz. "Valores y contravalores de una contracultura: el mundo Hippie". *Revista del Instituto de la Juventud* 58 (1975): 7-22.

Bajtín, Mijail. *Estética de la creación verbal.* México: Siglo XXI, 1982.

Caicedo, Andrés. *¡Que viva la música!* Bogotá: Instituto Colombiano de Cultura, 1977.

_____ "Maternidad". *Berenice.* Bogotá: Plaza y Janés, 1978.

_____ *Noche sin fortuna* en *Destinitos fatales.* Bogotá: La Oveja Negra, 1988.

_____ *Angelitos empantanados o historias para jovencitos.* Medellín: Editorial La Carreta Literaria, 1977.

_____ *El atravesado.* Bogotá: Norma, 1997.

Carvajal Córdoba, Edwin. *Entrevista a amigos y familiares de Andrés Caicedo.* (Inédita) Cali, 2006.

Chicharro Chamorro, Antonio. "Sociocrítica y cultura". *Teoría/Crítica. Homenaje a la Profesora Carmen Bobes Naves.* Miguel Ángel Garrido Gallardo y Emilio Frechilla Díaz, eds. Madrid: Consejo Superior de Investigaciones Científicas, 2007. 131-45.

Costa, Pere-Oriol, et. al. *Tribus urbanas. El ansia de identidad juvenil: entre el culto a la imagen y la autoafirmación a través de la violencia.* Barcelona: Paidós, 1996.

Cros, Edmond. *El sujeto cultura. Sociocrítica y psicoanálisis.* Medellín: Fondo Editorial Universidad EAFIT, 2003.

De Garay, Adrián. "El rock como conformador de identidades juveniles". *Nómadas* 4 (marzo 1996): 10-15.

Echeverry, Ana Cecilia. *Andrés Caicedo: Literatura de música y droga.* Tesis de grado. Cali, Universidad del Valle, Facultad de Humanidades, Departamento de Letras, 1978.

Elyeye Echeverry, Sonia. *Andrés Caicedo Stella.* Cali: Edición del autor, 1980.

Giménez, Gilberto. "La identidad social o el retorno del sujeto en sociología". *Identidad: Análisis y teoría, simbolismos, sociedades complejas, nacionalismos y etnicidad.* Leticia Méndez Mercado. México: UNAM, 1996.

Glantz, Margo. "Onda y escritura en México: Jóvenes de 20 a 33". *Lectura crítica de la literatura americana. Actualidades fundacionales* IV. Saúl Sosnowski, comp. Caracas: Biblioteca Ayacucho, 1997. 359-78.

Jaramillo, Samuel. "La lucidez del sonámbulo". *Gaceta/Colcultura* III/27 (1980): 17-24.

Morales Benítez, Otto. *Momentos de la literatura colombiana*. Bogotá: Instituto Caro y Cuervo, 1991.

Mottato, Hernando. "*¡Que viva la música!*: Cali-doscopio de una conciencia". *La Casa Grande* 2/8 (1997): 19-22.

Munar Orjuela, Jesús Antonio. "30 años de las barricadas en París. La furia de los jóvenes". *El Tiempo/Lecturas Dominicales* 10 (Bogotá, mayo 1998): 2-3.

Ochoa Marín, Jorge Mario. *La narrativa de Andrés Caicedo*. Manizales: Universidad de Caldas, 1993.

Parsons, Talcott. *El sistema social*. Madrid: Alianza Editorial, 1999.

Pecchinenda, Gianfranco. "La nación latinoamericana: Inmigración, memoria e identidad". *Lectura crítica de la literatura americana. Actualidades fundacionales* IV. Saúl Sosnowski, comp. Caracas: Biblioteca Ayacucho, 1997. 171-99.

Quintero, Bertha. "Salsa y expresión social". *Análisis Político* 20 (Bogotá, sep.-dic. 1993): 80-90.

Quintero Rivera, Ángel. "Salsa, entre la globalización y la utopía". *Cuadernos de Literatura* IV/7-8 (Bogotá, ene.-dic. 1998): 91-106.

Ulloa, Alejandro. *La salsa en Cali*. Cali: Universidad del Valle, 1992.

Valencia Valencia, Rodrigo. *Cine, música y droga en la narrativa de Andrés Caicedo*. Tesis de grado. Cali, Universidad del Valle, Facultad de Humanidades, Departamento de Letras, 1985.

Williams, Raymond. *Novela y poder en Colombia: 1844-1987*. Bogotá: Tercer Mundo, 1991.

Yáñez Canal, Carlos. "Identidad. Aproximaciones al concepto". *Revista Colombiana de Sociología* 3/2 (Bogotá, mayo 1997): 27-34.

Zima, Pierre. "Nociones sociológicas fundamentales de la sociocrítica de Pierre Zima". Augusto Escobar Mesa, trad. *Contextos. Revista de semiótica literaria* 13 (1994): 69-94.

_____ "*El extranjero* o la Reificación". Ángela Echavarría y otros, trads. (Inédito). Medellín: Universidad de Antioquia, 2005.

Caminando la ciudad: retórica del espacio urbano en *Angelitos empantanados* de Andrés Caicedo

CAMILO HERNÁNDEZ CASTELLANOS
Princeton University

Los narradores de la ficción de Andrés Caicedo comparten una característica sobresaliente en la forma en que experimentan la ciudad: son caminantes. Las redes imaginarias producidas por sus movimientos elaboran un texto urbano de fragmentos, trayectorias y fronteras simbólicas que forman el material de la narración. Estos recorridos representan espacialmente el proceso psíquico de abandono de la infancia mediante un correspondiente abandono físico del hogar paterno y un encuentro con el espacio público. El recorrido urbano se corresponde, por tanto, con una transformación al interior de los narradores, pero de manera tal que se reelaboran los lugares comunes de la retórica moderna de construcción del imaginario urbano y de constitución de la psiquis y sus determinantes epistemológicas.

Distanciándose de los dos modelos modernos más sobresalientes de subjetividad urbana, el flâneur y el detective, el narrador de Caicedo no es ni un meticuloso observador de la vida urbana, ni busca racionalizar evidencias ocultas en la ciudad. Lo que se narra es una espiral en la cual se desciende en una progresiva retórica del exceso que destruye simultáneamente la subjetividad que narra y el paisaje urbano que se recorre. El lector no se encuentra frente a la narrativa de un espacio urbano coherente y racional en la que los protagonistas intentan comprender la ciudad o integrarse a ella, sino frente a la constatación de una fragmentación irremediable que se corresponde con aquella del sujeto adolescente.

No sorprende, por tanto, que el recorrido urbano del narrador de Caicedo termine trágicamente y que el intento por abandonar el hogar paterno falle: o se retorna para encerrarse definitivamente en un mutismo que niega toda exterioridad, o se es consumido por un espacio urbano al que se le niega, o del que se ignora, su propia naturaleza y frente al cual no se sabe interactuar. Tres preguntas básicas surgen alrededor de estas características iniciales del recorrido urbano del narrador de Caicedo: ¿Cómo se entiende el espacio urbano en esta narrativa? ¿Cuál es la relación entre espacio e interioridad? ¿Cuál es la relación entre estructura narrativa y estructura espacial?

Un análisis detenido de los tres relatos editados bajo el título de *Angelitos empantanados o historias para jovencitos* permite argumentar que la narrativa de Caicedo se constituye alrededor de tres ejes estructurales básicos, correspondientes a cada una de estas preguntas: primero, en estos relatos la ciudad se piensa como una producción determinada y modificada por el uso que de ella hacen los narradores y, por tanto, mediante el recorrido urbano se reelaboran las determinantes específicas del diseño urbano. Segundo, los desplazamientos en la ciudad se vuelven significantes directos de procesos en la constitución psíquica de los personajes. En la narrativa de Caicedo a cada estadio del recorrido urbano le corresponde una significación particular respecto a la interioridad de quien realiza el recorrido y la descripción de la ciudad termina siendo un correlato del mundo mental del narrador. Tercero, el recorrido urbano del narrador también determina la estructura narrativa, de forma que el desarrollo argumental está organizado a través de restricciones y ordenamientos en diversos patrones espaciales. Estos tres principios son interdependientes y se desarrollan conjuntamente. Es necesario, por tanto, indagar la forma como se relacionan y complementan.

Espacio y narración

En un punto determinante de *¡Que viva la música!*, novela escrita entre 1974 y 1977 y publicada días antes del suicidio de su autor, el narrador afirma que "cada vida depende del *rumbo* que se escogió en un momento dado, privilegiado" (47; énfasis mío). Toda la narrativa de Caicedo busca ubicarse en ese momento determinante. Sus narradores están siempre en vísperas de una decisión única que determinará sus vidas, en la esquina de la calle por la que descenderán sin retorno, saliendo, tal y como el título de su novela inconclusa, a la *Noche sin fortuna* de la que no volverán.

Este momento privilegiado es entendido en Caicedo en términos espaciales y está representado por el trayecto de un recorrido urbano. En su narrativa resulta evidente que tal y como afirmara de Certeau, todo relato es un relato de viaje, una práctica espacial (115).

De Certeau establece una relación estrecha entre narración y constitución espacial y basa esta relación en la distinción de dos entidades conceptuales: el lugar (*lieu*) y el espacio (*espace*). Un lugar es una ordenación lógica de correspondencias espaciales, una configuración particular de posiciones. En este sentido, el lugar es un orden de acuerdo al cual los elementos son distribuidos en relaciones de coexistencia, situándose uno al lado de otro en el sitio que les corresponde, en una posición que les es propia. Lo que se tiene, así, es una adecuación a un orden o sistema. El lugar de esta forma implica una afirmación de estabilidad (117).

El espacio, por el contrario, está compuesto de intersecciones de elementos móviles y existe sólo cuando se consideran vectores de dirección y velocidad junto con variables temporales. El espacio es actuado por el conjunto de movimientos que se desarrollan en él. En oposición al lugar, el espacio no tiene la estabilidad de lo "propio". El espacio es, en síntesis, un lugar puesto en práctica (117).

Según la distinción anterior, la definición geométrica de la calle según el diseñador urbano (lugar), es transformada en espacio por los usuarios de esa definición, es decir, es transformada en espacio por los transeúntes. El acto de caminar determina, así, las variables móviles que conforman el espacio urbano. En este sentido, los narradores en Caicedo constituyen la definición espacial de la urbe que se narra mediante sus desplazamientos. Adicionalmente, dado que en última instancia el texto es un *lugar* constituido por un sistema de signos (117), el narrador puede crear los *espacios* de significación del relato mediante la ordenación (disposición) y usos de este lugar.

De allí precisamente la importancia de que los narradores de Caicedo sean todos caminantes. El acto de caminar determina la manera como los personajes forman el espacio urbano y se distribuye espacialmente la narración, tanto la forma en que estos espacios se ordenan como signos (la semiótica) del relato mismo y de la interioridad de los narradores. Mediante una serie de ordenamientos y restricciones en su estructura espacial, la narrativa de Caicedo determina ese "momento privilegiado" como un transcurso físico de abandono de ciertos lugares y de encuentro con otros. El momento privilegiado está marcado por la constitución de nuevos espacios, de forma que el recorrido fuera de los referentes urbanos habituales de la infancia y el encuentro con la calle marcan espacial y simbólicamente no sólo el inicio de la narración, sino también de la determinación vital a la que refiere la cita. El "rumbo" a que se hace referencia es, así, literal; es un desplazamiento, un cambio en la praxis espacial del narrador, un viaje.

Adicionalmente, de Certeau señala que una narrativa espacial se puede realizar de dos maneras: o como lo que él llama un *ver*, una descripción fija de los elementos que ocupan el espacio, o como lo que él llama un *ir*, una apropiación del espacio a través de la indicación de cómo se usa (119). En la narrativa de Caicedo no se tiene nunca una descripción fija o panorámica de la ciudad, no existe nunca un *ver*. Por el contrario, lo que su narrativa presenta es la descripción de la forma en que los narradores se apropian de los espacios urbanos mediante el uso que hacen de ellos, un *ir*. Las descripciones espaciales están hechas en Caicedo por un narrador que, al ser un caminante, tiene sólo una perspectiva horizontal, interrumpida y subjetiva de la totalidad de la ciudad, o mejor, del uso que él hace de sus espacios. Con esto se implica que las descripciones de la ciudad son parciales y no pueden ser reconocidas y organizadas en un patrón coherente de la totalidad del espacio urbano. La ciudad como totalidad no puede leerse, al menos en el sentido clásico de lectura urbana establecido por Kevin Lynch, quien en *The Image of the City* afirmó que "tal y como esta hoja impresa … puede ser visualmente percibida como un patrón de símbolos reconocibles … una ciudad legible será una en que sus barrios, hitos y caminos sean fácilmente identificables y agrupables en un patrón total" (2-3).[1] Es este patrón de la totalidad del espacio urbano el que hace falta en Caicedo, que lo único que expone es la construcción gradual e incompleta de un recorrido centrado alrededor de la figura de un narrador y no de la ciudad misma.

Por ello, en la narrativa de Caicedo no emerge un mapa de la totalidad de la ciudad. Sin embargo, sí surge un mapa del recorrido personal y es posible encontrar un esquema del uso del espacio. Los transeúntes van de los mismos lugares a los mismos destinos y los trayectos se repiten recurrentemente apenas con pequeñas modificaciones. Las líneas argumentales están conformadas alrededor de un patrón espacial. Adicionalmente, los personajes de un relato se encuentran de manera incidental o determinante en otros relatos, y por tanto, los puntos de vista geográficos y de otra índole, aunque cambian levemente, dejan ver una estructura de fondo. En síntesis, un mapa del recorrido y un patrón argumental (interdependientes) emergen al leer el conjunto de los relatos de Caicedo.

El patrón espacial

Cada narración constituye en Caicedo un eslabón adicional en un universo narrativo cerrado. Este universo está conformado por unos pocos patrones formales y argumentales agrupados alrededor de una constante en el recorrido urbano del narrador. Los tres relatos que conforman *Angelitos empantanados o historias para jovencitos* (1971-1972) muestran claramente esta constante del recorrido espacial: un narrador adolescente sale del aislamiento de la casa paterna (que simultáneamente lo ha protegido y separado del entorno urbano) e inicialmente camina por lugares de la ciudad que le son habituales, identificando hitos urbanos tales como heladerías, colegios, y clubes sociales, que no sólo establecen señas particulares de un espacio familiar, sino que constituyen una red de significaciones y sobreentendidos simbólicos.

En algún momento (aquel "momento privilegiado" al que se ha hecho referencia) el narrador cruza un límite urbano imaginario. Este cruce está motivado por la fascinación y el temor controlado que le produce una ciudad de promesas latentes que se encuentra más allá de los espacios familiares. Este cruce está representado a través del abandono de unas cuantas calles, en el desplazarse más allá de una intersección, en la prolongación de un tramo particular de una avenida. El narrador entra, así, en contacto con nuevos lugares y se interna en un espacio urbano que desconoce dejando atrás sus hitos geográficos habituales. Es este entrar en territorios nuevos el que origina el desenlace del relato: el narrador navega sin referencias geográficas o de comportamiento en una ciudad desconocida, y probablemente nunca del todo comprensible, que no reconoce como propia. Esta ignorancia urbana se castiga y el espacio nuevo consume progresivamente al narrador que retorna buscando protección a la casa de su infancia de la que inicialmente ha partido. Un desenlace trágico sigue a este retorno: o un encierro voluntario que niega el espacio externo que recién ha conocido, o un asesinato.

Esta constante argumental y espacial aparentemente sencilla, presenta cuatro características sobresalientes: un carácter profundamente cinematográfico, una estructura que es asimilable a las características básicas del *thrill*, una reelaboración de la estructura de la narrativa de formación, y una problemática social expresada mediante el diseño urbano.

En primer lugar, es importante advertir cómo la constante argumental y espacial de Caicedo viene acompañada por principios cinematográficos de movimiento, contraste visual y velocidad: es significativo que las narrativas empiecen luminosamente al inicio del día en la rutina simbólica y real del despertar, y terminen en la oscuridad, o de espacios asociados a la vida nocturna, o del encierro de la casa de la infancia a la que se ha vuelto, o de la tumba. Al motivo espacial lo acompaña sincrónicamente una transformación en la luz. En cuanto a la velocidad, el recorrido espacial se corresponde con un *tempo* específico. El paso fuera de los lugares de la infancia está marcado por una aceleración significativa en la exposición de los acontecimientos que se convierte en un vértigo progresivo. Se pasa del reposo de la geografía conocida a la aceleración de la experiencia del espacio nuevo. Un motivo triple se establece como eje de la narrativa: interior/exterior, luz/oscuridad y reposo/vértigo.[2]

Respecto a la relación del motivo argumental y espacial con el *thrill*, es significativo que los narradores de Caicedo no estén interesados ni en dejar la casa paterna ni en llegar a ningún otro lugar, sino simplemente en el placer y entusiasmo producidos por el trayecto mismo. Este placer está motivado por la satisfacción de saberse capaces de realizar un trayecto. Trayecto que se asume como una actividad en la que se persigue un repentino sentimiento de poder desencadenado por el control (aparente) del peligro externo que representa el recorrido mismo. En *Thrills and Regressions*, Michael Balint caracterizó el *thrill* estructurándolo alrededor de tres principios básicos:

(a) Alguna cantidad de miedo consciente, o al menos conciencia de un verdadero peligro *externo*; (b) un deseo de exponerse *voluntaria* e *intencionalmente* a ese peligro y al miedo causado por él; (c) [la certeza de que] mientras se tengan esperanzas más o menos confiables de que ese miedo puede ser tolerado e incluso superado, el peligro pasará y uno podrá regresar sin daño a un *lugar* seguro (23; énfasis mío).

Efectivamente, estas tres características se presentan en el narrador de Caicedo, quien se enfrenta al *exterior*, representado por la ciudad, como a un espacio amenazante al tiempo que seductor, quien deja la casa por el deseo de exponerse voluntariamente al peligro que representa ese nuevo espacio y a la emoción que el dominio de tal peligro pueda significarle, y quien abraza el miedo conscientemente, dejándose llevar por la fascinación de lo otro y por la curiosidad de lo desconocido, engañado por su confianza en la posibilidad de volver al "lugar seguro" (a la casa paterna).[3]

En tercer lugar, aunque resulta claro que el esquema estructural de *Angelitos empantanados* comparte características importantes con la estructura de la novela de formación, debe precisarse que existen diferencias igualmente importantes que hacen que esta asimilación resulte problemática. Así, aunque es posible pensar el recorrido urbano del narrador como metáfora exterior del proceso interno de maduración y adecuación a los aparatos sociales, y aunque el recorrido físico se corresponde con el momento de abandono simbólico de la infancia, no es posible pensar el encuentro con la ciudad como un proceso de *formación* individual en el que se dé un intento por definir la identidad. Lo que la narrativa de Caicedo describe es el terror y la fascinación producidos por la desintegración del sujeto, el vértigo que causa la disolución de la identidad y la pérdida de los referentes familiares y sociales. A diferencia de lo que sucede en la novela de formación, el narrador de Caicedo ni retorna al seno social y familiar estabilizado y maduro, ni se establece con independencia como una subjetividad nueva. El narrador de Caicedo no puede, o no quiere, adecuarse y es destruido por el nuevo espacio social en el que no sabe actuar. De esta manera, el trayecto urbano transforma a los narradores de maneras tan radicales que termina aniquilándolos. Lo que se narra, por tanto, no es un proceso de creación del individuo sino todo lo contrario, la constatación de su destrucción consentida.

Finalmente, la estructura general de *Angelitos empantanados* muestra una problemática social representada en el diseño urbano. La ciudad que se describe está fuertemente segmentada, separada por lugares de ocupación del espacio público implícitamente definidos.[4] El narrador de Caicedo representa el momento de choque entre los diferentes espacios sociales de la ciudad. Este narrador de clase media entra en contacto con el mundo bajo de la urbe, con la pobreza, la vida sin reglas y la noche. Se encuentra por primera vez frente al mundo fuera de la casa, el club social o el colegio, y en ese encuentro pierde la inocencia de la infancia y choca con una realidad social y urbana que le eran desconocidas y frente a las cuales no sabe actuar.

Aquí es importante destacar que una larga tradición crítica del siglo XX iniciada por Georg Simmel y Siegfried Kracauer ha pensado la ciudad como la ordenación espacial asumida por los procesos de racionalización de las relaciones sociales. En este sentido, y asumiendo esta tradición, es que el urbanista y filosofo Massimo Cacciari ha afirmado que la ciudad es "la fase, o el problema, de la racionalización de todas las relaciones sociales, que sigue a aquella racionalización de las relaciones de producción" (4). La ciudad muestra espacialmente, mediante su diseño, las relaciones verticales de producción y de apropiación del capital físico y simbólico, es una ordenación geográfica en la que es posible ver reflejada la ordenación social. Esto se manifiesta con claridad en la estructura del recorrido espacial de Caicedo y se constituye en una de sus referencias implícitas. Sin embargo, en *Angelitos empantanados* la crítica social no es uno de los motivos centrales. Estos relatos están más interesados en la figura del adolescente y en los procesos de transformación de la individualidad. No se interpreta explícitamente la fractura espacial urbana como muestra de una fractura social, simplemente se constata la alienación inevitable creada por este espacio.

En *The Image of the City*, Kevin Lynch definió la ciudad alienada como un espacio en el que los sujetos no puede hacer un mapa mental ya sea de la totalidad del espacio urbano o de su propia posición en él. De acuerdo a esta perspectiva ya clásica, abandonar la alienación implica una reconquista práctica del sentido del espacio y la reconstrucción de un conjunto articulado de lugares de los cuales el sujeto puede hacer un mapa mental durante sus trayectorias. Los narradores de Caicedo ciertamente buscan esta reconstrucción. Sin embargo, el recorrido urbano no propicia ni una conciencia de la ordenación social y su problemática, ni implica una integración del sujeto dentro de la totalidad de la estructura social. Los narradores de *Angelitos empantanados* no llegan nunca a interpretar el espacio urbano como reflejo o síntoma del más vasto espacio social que lo informa. No se logra una conjunción entre la conciencia puramente geográfica de una parte, y la conciencia de las relaciones *imaginarias* del sujeto con sus condiciones *reales* de existencia de otra. De acuerdo con Fredric Jameson, sólo esta conjunción permite la "representación situacional de parte del sujeto individual, de la más vasta y propiamente irrepresentable totalidad, que es el conjunto de las estructuras de la sociedad como un todo" (51).[5] Es esta representación situacional de su lugar social la que no consigue el narrador de Caicedo, y la que produce un choque inevitable entre individualidad burguesa (representada por los protagonistas) y realidad social (representada en la ordenación urbana). Este choque no sólo constituye el eje argumental de *Angelitos empantanados*, sino que se convierte, además, en la explicación lógica del final trágico de la subjetividad adolescente durante la serie.

Los tres relatos

La esencia formal de los tres relatos de *Angelitos empantanados* es espacial. Los diversos recorridos urbanos que cada relato presenta, expresan espacialmente versiones alternas del amor imposible de Angelita y Miguel Ángel. Estos dos jovencitos representan de manera estereotípica la belleza física, el bienestar material y la inocencia, y son los sujetos directos del recorrido urbano y del consecuente choque con el espacio público. Son así, las víctimas de este choque entre individualidad burguesa y realidad social.

"El pretendiente", primera narración de la colección, empieza en el espacio privilegiado de la interioridad, el cuarto. El narrador (del cual nunca se sabe el nombre) se encuentra tendido en su cama. La ciudad es un exterior amenazante y desconocido que se asocia a la enfermedad. "Heme tendido en esta cama" empieza el relato, "hace cuánto no lo sé, pues he perdido el apetito y nunca duermo, y afuera hacen unos días oscuros y calientes, como si la ciudad estuviera próxima a la peste" (135). El narrador ha vuelto (no se sabe inicialmente de dónde ni después de cuánto tiempo) a reencontrarse con una ciudad completamente cambiada que contradice el recuerdo que trae de ella y que por tanto no reconoce, o ya casi no reconoce, "porque las cuatro manzanas que aún confluyen en la esquina de Mónaco, y las imperturbables montañas siguen siendo... referencias" (135). Estas referencias imperturbables constituyen claramente hitos de una ciudad construida alrededor de unos pocos lugares familiares y de desplazamientos rutinarios. Se tienen por una parte los accidentes geográficos permanentes (las montañas), y por otra un referente simbólico de apropiación del espacio público (la intersección en la esquina de Mónaco). En *Angelitos empantanados* estos referentes simbólicos se convierten en significantes geográficos de apropiación del espacio y es mediante la transposición de estos referentes familiares que la narración marcará espacialmente las transformaciones al interior de los narradores.

El conflicto narrativo se plantea inicialmente en términos de constitución del espacio urbano: entre memorias y apropiaciones personales del espacio y la realidad física. La urgencia del narrador es la de ordenar sus recuerdos y reconstituir mediante la narración la ciudad que ya sólo existe como memoria personal. La materia narrativa del relato es precisamente esta reconstrucción: "Para comenzar esta historia pudiera escoger una *mañana luminosa*. Un viento sin polvo (la plasticidad de los contrastes), un atadito de libros. Mejor veamos: a las 9 de la mañana baja por la avenida Sexta, hacia el sur, un bus *Blanco y Negro* ("Blanco y Nunca", le decíamos de muchachos)..." (136; itálicas mías). Los motivos espaciales, temporales, y de contraste de luz, son establecidos desde el comienzo del recuento de la memoria personal. Se está en una "mañana luminosa" y en medio del espacio conocido de la ciudad, la avenida

Sexta, la cual se muestra como uno de los hitos geográficos establecidos en la ficción de Caicedo. Igualmente, es clara la fuerte conciencia del texto de ser precisamente un texto: el comentario irónico sobre la propia retórica narrativa ("la plasticidad de los contrastes"). El hecho más significativo, sin embargo, es la predestinación simbólica de cuál será el recorrido del narrador. Este "bajará" hacia el sur tal y como el bus que ve, de la luz a la oscuridad, de blanco a negro, en un desplazamiento que va del día de su infancia a la noche de su encierro, y de la privilegiada zona norte a la pobreza del sur. El primer párrafo de esta memoria personal presenta implícitamente la estructura de la composición narrativa de "El pretendiente" al funcionar como un microcosmos en el que están contenidos sintéticamente sus motivos espaciales y visuales. Las tres narraciones de *Angelitos empantanados* comparten esta característica y desde los primeros párrafos establecen las estructuras que los constituyen.

Esta "mañana luminosa" y el bus descendiendo hacia el sur, esta conjunción visual y espacial, llevan al narrador al recuerdo de otro bus que pasa frente al colegio de la infancia, y en el cual ve por primera vez a Angelita Rodante "enmarcada por la ventanilla" (141). Angelita, la protagonista de las tres historias de la colección, es descrita en términos esencialmente arquetípicos como una adolescente inocente de gran belleza, y su nombre representa perfectamente la forma en que los narradores la perciben. Es un ángel en tránsito (Rodante), alternativamente inocente o culpable, que puede traer tanto la felicidad como el horror. Angelita puede transformar al narrador y determinar su destino: "Le llamé la atención desde un punto de vista pictórico [afirma el narrador asombrado de que Angelita le devuelva la mirada]. Iba tan rápido el bus que tuvo que voltearse para mirarme la cara. Con aquella mirada se inventó mi destino, que fue cruel" (142).

Esta versión particular de Angelita (la versión de "El pretendiente") se asocia ante todo con la naturaleza. Su descripción es la de una joven fresca y pura que huele a hierba, que anda cerca de los ríos y de los árboles y que se encuentra cómoda tendida en el campo a la luz del día. Se la describe, por tanto, "con restos de comida en los labios o amarillo de mango en las mejillas y con la ropa sucia de pasto" (149). Las escenas donde se produce la interacción entre ella y el narrador ocurren siempre en lugares naturales, ya sea en los límites rurales de la ciudad, o junto a un río o en medio de un bosque. Inicialmente, el recorrido urbano es casi inexistente y los espacios de la infancia están asociados a las casas de campo y a la naturaleza que rodea la ciudad. En este sentido, Angelita está construida simbólicamente como la pureza natural amenazada por la ciudad.

La tensión narrativa es generada por el hecho de que el narrador se enamora casi instantáneamente de Angelita y no es correspondido, convirtiéndose en un pretendiente rechazado. La narrativa de Caicedo busca instalarse en este momento de negativa amorosa, que se convierte en el acontecimiento central de la vida del narrador. Desde el inicio de la narración, el dolor producido por el rechazo de Angelita se asume con una seriedad asombrosa y se describe con los elementos del romanticismo adolescente. Así, el narrador asume que la rabia del rechazo "siempre estaría allí... para entorpecer cualquier acción," sería, "un examen final para el que no estudiaría jamás, una lección oral no dada", y consecuentemente decide "volver aquella rabia en pura tristeza" y aceptar estoicamente un destino "que pocos hombres lo tienen ya; el de romántico desgraciado" (154). La utilización del lugar común del romanticismo se asume como una respuesta natural. El narrador determina sufrir lealmente como un héroe romántico y seguir amando a pesar del desamor. Bajo la perspectiva del narrador adolescente, la negativa de Angelita es una tragedia esencial y decide vivirla como tal. Es por esto que el narrador empieza a abandonar todo: deja de ir al colegio, traspasa los límites rurales de la ciudad y se interna de lleno en ella. Paulatinamente su situación empeora, empieza a dormir en la calle, en los parques, a caminar en el centro de la ciudad por las noches y se interna plenamente en el "abismo" urbano.

Angelita, mientras tanto, ha conocido y se ha enamorado de otro jovencito, Miguel Ángel; historia de amor que también se convierte en relato trágico. En este caso Miguel Ángel repite el patrón espacial típico de Caicedo: sale de la casa paterna un viernes por la noche, se interna en la ciudad y en espacios desconocidos asociados a la vida nocturna y en ellos conoce a Berenice, una prostituta de la que se enamora perdidamente. Berenice, la antítesis de Angelita, es la mujer de la noche, de la ciudad, completamente formada y sexual. Esta historia, modificada, es también la materia argumental de "Angelita y Miguel Ángel", segundo relato de la serie. Por ahora, en "El pretendiente", Angelita de un modo no relatado, logra rescatar a Miguel Ángel de Berenice y de lo que ella representa. El final del relato presenta a la pareja de "ángeles" viviendo juntos hasta su vejez, encerrados en la casa materna de Miguel Ángel: casa que es una isla patricia "rodeada de mangos, rodeada de edificios de 30 pisos" (160), en la que los ángeles se hallarán atrapados en el tiempo, encerrados en este jardín utópico que es el hogar de la infancia, mientras el espacio exterior cambia completamente.

Mientras todo esto sucede, el narrador ha abandonado la ciudad y se ha recluido, también él, en la casa de campo de su familia. Cumpliendo su promesa de adolescente lleva una vida de espera romántica, conservando fielmente el recuerdo amoroso de Angelita. Al final del relato se esclarece que el motivo del regreso del narrador a la ciudad es que los dos ángeles se han suicidado luego de llevar años encerrados en su hogar. El narrador vuelve fielmente a darle su adiós a Angelita y a reconstruir su historia.

Como se ve, en "El pretendiente" los tres adolescentes terminan encerrados de nuevo en la casa paterna. Este encierro implica una negativa tanto al proceso de maduración como a la integración en el espacio social. En cierto sentido, los protagonistas deciden ser adolescentes por el resto de sus vidas, aislados del espacio urbano que se asume como causante de la pérdida de la inocencia infantil. El relato comparte esta decisión y la perspectiva de la narrativa siempre es adolescente, no hay comentario adulto, ni ironía frente al mutismo extremo del narrador. El rechazo de Angelita es asumido como determinantemente trágico.

El segundo relato, "Angelita y Miguel Ángel", se centra, como ya se ha dicho, en la historia de amor trágica de los dos adolescentes. Miguel Ángel se halla en medio de dos fuerzas femeninas entre quienes se establece una dicotomía de simbologías explícitas. De un lado Angelita, la adolescente pura, a quien se asocia con el espacio familiar, la clase social, la inocencia y el día, y del otro lado Berenice, la prostituta, a quien se asocia con la calle, la transposición social, la sexualidad, y la noche. Esta tensión entre uno y otro polo se convierte en motor del relato. Adicionalmente, un tercer personaje femenino, Irma la dulce, madre de Miguel Ángel, se establece como presencia de fondo. Se tienen así, los tres estereotipos femeninos: la madre, la novia y la prostituta. Miguel Ángel (quien es un hijo único, consentido y privilegiado, que ha vivido solo con su madre enferma, encerrado en una casa gigantesca y aislado de la ciudad), se desplazará de la dulzura infantil de la casa de su madre, a la relación inocente con Angelita, y de ésta, a su vez, a la "calle" y al amor sexual de Berenice.

El relato empieza de nuevo en la mañana y alrededor de la rutina del despertar, esta vez narrada por Angelita: "antes aquí en la casa donde yo vivo, era un problema mi despertada, como yo siempre he sido tan dormilona nunca me despertaba temprano para ir al colegio" (162). Si en "El pretendiente" lo que se destacaba de Angelita era su afinidad con la naturaleza, en esta narración por el contrario se hace énfasis en su carácter familiar. Angelita es un ángel del hogar, una adolescente consentida, rodeada de comodidades, cuidada por policías y sirvientas. Su conflicto inicial parece trivial: no puede levantarse temprano. Para evitarlo utiliza rabietas de niña malcriada que la describen perfectamente: grita y llora "diá poquitos, así como lloro yo cuando no tengo ganas [dice irónicamente Angelita], con movimientitos que me hacen tan inofensiva, tan niña, pobrecita ... Mi papá me acariciaba el pelo y me daba palmaditas en la espalda y las sirvientas y los policías me miraban enternecidos" (163). El despertar de Angelita se convierte en un motivo recurrente del relato y se utiliza como metáfora del "despertar" a la vida y relaciones adultas. Es por esto que Miguel Ángel, reemplazando al padre, se encargará de llamar a

Angelita para despertarla desde el momento inicial de su noviazgo, hasta la mañana siguiente a la noche en que conoce a Berenice.

Es interesante anotar que Berenice en "Angelita y Miguel Ángel" es una referencia explícita al motivo del amor adolescente vivido de forma idílica y trágicamente interrumpido que Poe utilizó de manera magistral en varios de sus relatos. Luego de que ha conocido a Berenice, Miguel Ángel escribe en la pizarra de su colegio, sin indicar que es un fragmento de Poe, el segundo párrafo de "Eleonora":

> Concedo por los menos que hay dos estados distintos en mi existencia mental: el estado de la razón lúcida que no puede discutirse y que pertenece a la memoria de los sucesos de la primera época de mi vida, y un estado de sombra y dudas que pertenece al presente y a los recuerdos que forman la segunda era de mi existencia. Lo que pasa es que soy muy feliz en la duda y en la sombra. (185)

Este fragmento explica implícitamente la ruptura que Miguel Ángel ha sufrido luego de haber conocido a Berenice (quien obviamente origina la "segunda era" de su existencia), y adicionalmente hace explícita la referencia intertextual más importante del relato. En "Eleonora" de Poe, el narrador vive una historia de amor infantil e inocente en un jardín idílico aislado del mundo. Este amor es interrumpido por la muerte de Eleonora, la joven amada. Atado por una promesa de amor eterno hecha antes de morir, el narrador continúa viviendo por años encerrado en este jardín cada día menos idílico hasta que finalmente cede a la tentación del exterior y la ciudad. En esta conoce a una mujer, Ermerganda, de la cual se enamora con un ardor que jamás había experimentado. Al final del relato el narrador es absuelto por susurros de ultratumba de la culpa implícita por abandonar el jardín del amor de la infancia.

La similitud estructural de los dos primeros relatos de *Angelitos empantanados* con "Eleonora" es innegable. Los estereotipos femeninos representados en Angelita y Berenice, pueden leerse como reelaboraciones de Eleonora y Emerganda respectivamente. De igual forma, el motivo espacial también es similar y las dos historias tienen una estructura común: se deja el jardín del amor de la infancia por la ciudad en la que se encuentra el amor maduro y sexual. Este abandono es culposo (se deja a Angelita abandonada en su infancia esperando la llamada que la despertará) y origina los diversos finales alternos de los dos primeros relatos de *Angelitos empantanados*. Lo más importante, sin embargo, es que en Caicedo, al igual que en Poe, el espacio es construido como una ordenación significante en la cual es posible leer de manera explícita los procesos de la interioridad de los personajes. No es que el espacio refleje directamente esta interioridad, sino simplemente que se ordena de forma tal que a cada lugar le corresponde una significación específica.

"El tiempo de la ciénaga" es no sólo el último relato de la serie, sino además aquel en el que el choque con la ciudad resulta más trágico. Las relaciones sociales mostradas en la ordenación urbana son mucho más explícitas aquí, donde los espacios están demarcados de una forma más fuerte. Es, adicionalmente, el único relato donde la pareja de ángeles tiene relación directa con jóvenes fuera de su círculo social y familiar. Esta conjunción de elementos origina también que sea el relato en el que la estructura del *thrill* se hace más evidente.

La narración empieza esta vez con Miguel Ángel, pero de nuevo en la mañana y en la rutina simbólica del despertar: "A las 6 me despertó la sirvienta, y yo estaba soñando uno de esos sueños que hacen que primero me levante sobre un codo y me ubique, no es que pregunte dónde estoy, quién soy, ni ninguna de esas tonterías, lo que pasa es que tengo que acomodarme a la tristeza, o aceptar que la desesperación es la única vía de acceso a todo en este nuevo día" (196). Es significativo el hecho que sea la sirvienta quien "despierte" a Miguel Ángel. La relación trágica entre los adolescentes burgueses y las demás clases sociales se constituye así en el motivo central de la narración.

Los hechos son sencillos. Miguel Ángel y Angelita se conocen y se enamoran. Empiezan a aventurarse por la calle desplazándose cada vez más lejos en sus recorridos urbanos. Un viernes deciden ir a un cine-teatro en el sur, lejos de su casa y de sus ambientes privilegiados, traspasando la frontera simbólica de su espacio urbano. La narración de Miguel Ángel muestra el asombro (¿inocente?) de la nueva realidad urbana y social: "tuvimos que atravesar a pie una calle despavimentada en medio de la lluvia, es decir caminar con el barro hasta los talones. Recuerdo un caño de aguas negras y en las puertas de las casas hombres sin camisa que miraban la lluvia y nos miraban con curiosidad pero sin malicia, ¿o entonces fue que entendí mal aquellas miradas?" (200). Sí, los Angelitos han entendido mal, no saben cómo leer la calle y recorren la pobreza sin el conocimiento que les permita entenderla. Ya en el teatro se encuentran con tres adolescentes desconocidos de los cuales se hacen rápidamente amigos. Estos tres adolescentes son opuestos a la belleza y buen vivir que representan Angelita y Miguel Ángel: son jóvenes del sur, habitantes de un espacio sin privilegios. El nuevo grupo, que se encuentra obnubilado por la belleza y limpieza de Angelita, decide acompañar a los ángeles de vuelta a su hogar. Esta belleza inalcanzable de Angelita no hace más que proyectar de forma visible toda la distancia entre los dos mundos adolescentes (el burgués y el proletario). La tragedia es inevitable. En un intercambio rápido, los nuevos "amigos" apuñalan a Angelita, quien finalmente no ha podido disimular el asco hacia los tres jóvenes del sur. Miguel Ángel huye cobardemente a su casa y, a su vez, en una secuencia delirante, mata a aquella sirvienta que lo había despertado. Asustado, se encierra solo con su madre y clausura puertas y ventanas. El ritmo acelera y la narrativa se vuelve caótica. Pasan los días hasta que el grupo de jóvenes del sur decide entrar a la casa clausurada y matar a Miguel Ángel. Es entonces que el lector se da cuenta de que el relato ha sido contado por Miguel Ángel ya asesinado.

En "El tiempo de la ciénaga" el intercambio entre clases sociales se presenta como un choque trágico. Todos los estereotipos románticos de los dos primeros relatos son destruidos en éste. El jardín utópico desaparece o es contaminado por la entrada del asesinato a la casa de la infancia. La imagen pura que presentaban los ángeles en las dos historias iniciales se transforma en la caricatura dolorosa de una pareja burguesa que no sabe interactuar con la ciudad. El conflicto entre subjetividad adolescente y espacio urbano, apenas insinuado al inicio de la serie, explota violentamente en este último relato.

El jardín utópico de los padres

Tal y como afirma Gyan Prakash, el espacio urbano debe pensarse en términos de ocupación y uso (9). La ciudad se experimenta esencialmente como vivencia y es una producción determinada y modificada por las acciones humanas y no una realidad física predeterminada por fuerzas externas. En la ciudad, particularmente, se aplica el principio metodológico de Lefebvre quien, en *Production de l'espace*, entendió el espacio no como una geografía dada y estable, sino como una práctica de ocupación. El habitante urbano reelabora constantemente la ciudad mediante sus prácticas de uso espacial: a través de los trayectos construidos por la rutina y los ritmos que imponen sus desplazamientos. Su interacción con los lugares origina un mapa cognitivo que recrea las determinantes del diseño urbano.

La narrativa de Caicedo parte precisamente de pensar la ciudad en términos de uso y como una construcción de significaciones espaciales. Los desplazamientos en la ciudad se vuelven significantes directos de procesos en la constitución psíquica de los personajes y en la ordenación misma del relato. Su narrativa está construida alrededor de una semiótica espacial que privilegia la constitución de espacios específicos de significación. Sin embargo, estos usos del espacio, representados a través del recorrido urbano, son expuestos en términos conflictivos. Se establece una resistencia a la conformación de un espacio social que resulta de difícil interpretación. En primera instancia puede pensarse que esta resistencia responde a un movimiento explícitamente contracultural. Una negativa por integrarse a las formas sociales dominantes representadas en el espacio urbano. En este sentido, la incapacidad o negativa de los protagonistas de *Angelitos empantanados* a crecer e integrarse a la ciudad implicaría un gesto libertario, un llamado a la resistencia a la inclusión en las formas sociales y económicas representadas en la ciudad. Sin embargo, una lectura cuidadosa hace evidente que, paradójicamente, los personajes de Caicedo tampoco integran formas alternativas de ocupación del espacio; simplemente vuelven de nuevo al hogar de los antepasados a aislarse, negando la ciudad y el espacio social que ella representa. Esto desde luego es un gesto reaccionario que implica una negativa frente a la posibilidad de construcción de una comunidad urbana. En un pasaje central de "Angelita y Miguel Ángel" este último lo expresa claramente:

> Yo vivo en una casa vieja e inmensamente grande. Hace tres siglos el adelantado don Pedro Valderrama, después de recorrer esta tierra parejita, verde, buena... resolvió edificar su casa aquí, en donde yo reboto sobre los poderosos resortes de mi cama, en donde se junta definitivamente el río Cali y se mete después partiendo en dos la ciudad... Han cambiado las cosas a lo largo de tres siglos en esta tierra sobre la que yo reboto... Sí, han construido toda una ciudad a sólo 120 metros de nosotros, pero yo y mi madre seguimos teniendo el río... Hasta ayer pensaba venirme a vivir acá con Angelita y encerrarnos los dos juntos cuando nos casáramos. (174)

Es evidente el deseo por "encerrarse" en el jardín utópico sembrado por los antepasados, reemplazar a la madre por Angelita, y continuar la saga familiar en un hogar que ignora la ciudad que crece alrededor. Es en este sentido que los angelitos pueden leerse como estereotipos crudos de la burguesía y de la élite criolla que fundó la ciudad, idealizados como sanos, vírgenes, portadores del amor y la belleza, pero también ásperamente descritos como incapaces de integrarse al espacio urbano, o de formar alternativas de interacción social. Sin embargo, los textos mismos (el tono del relato) no cuestionan esta actitud de retorno. El recorrido en Caicedo no se presenta primariamente ni como una crítica social, ni como un proceso que dé cuenta de ningún tipo de formación colectiva. Lo que parece importar en la narración es la fascinación por la pérdida de la subjetividad y por la destrucción del adolescente. La ciudad es simplemente el espacio sobre el que la individualidad adolescente proyecta su seducción por la ruina y la desintegración. En este sentido, debe precisarse que el narrador no regresa a la casa de los antepasados sino, realmente, a la *ruina* de esa casa y que retorna no para vivir en ella sino para encerrarse, suicidarse o ser asesinado en la decadencia de las formas burguesas que la constituyeron. El narrador es en este sentido, el epígono de una casta en extinción y el final trágico de estos adolescentes implicaría tanto una negativa por integrarse a las formas sociales, como el reconocimiento de la imposibilidad en la continuidad no sólo de esta vida adolescente, sino también del espacio burgués que la casa paterna ha representado.

Notas

[1] Todas las traducciones son mías a menos que se indique lo contrario.

[2] Sobre la importancia del cine en la narrativa de Caicedo ver la recopilación de su obra crítica *Ojo al cine*, particularmente la introducción y las notas a cada apartado de Sandro Romero Rey y Luis Ospina. Ver también las memorias *El cuento de mi vida*, en especial el capítulo "Remontando el río". Sobre *Angelitos empantanados* en particular, debe destacarse el intento infructuoso de Caicedo por filmar un guión basado en el segundo relato de la serie, "Angelita y Miguel Ángel". Este intento, codirigido por Carlos Mayolo, nunca se finalizó quedando sólo material fílmico suelto que fue recuperado por Luis Ospina para su documental *Andrés Caicedo: unos pocos buenos amigos* (1986). Al respecto ver la introducción de *Ojo al cine.*

[3] Usualmente se resalta, correctamente, la influencia del género del horror en la narrativa de Caicedo. Por el contrario, la influencia del *thrill* es una constante que ha pasado desapercibida. En el caso particular de *Angelitos empantanados*, aunque se mantienen motivos pertenecientes al género del horror, y es Poe muy importante como se verá, es la estructura del *thrill* la que informa y hasta cierto punto determina la narración.

[4] En Caicedo la ciudad explícitamente es Cali. Sin embargo, la ordenación simbólica del recorrido se da de manera tal que la problemática del espacio que surge puede interpretarse en un contexto urbano general. Por esta razón Cali se lee aquí como síntesis del espacio urbano y no como un caso particular y no generalizable.

[5] Esta conjunción corresponde a la redefinición althusseriana del concepto de ideología que es rescatada por Jameson (51). Es a Jameson a quien se debe la idea de expandir el concepto geográfico de Lynch mediante la incorporación de la redefinición althusseriana de ideología.

Bibliografía

Balint, Michael. *Thrills and Regressions.* New York: International Universities Press, 1959.

Cacciari, Massimo. *Metropolis. Saggi sulla grande cittáa di Sombart, Endell, Scheffler e Simmel.* Roma: Officina, 1973.

Caicedo Estela, Andrés. "Angelitos empantanados o historias para jovencitos". *Destinitos Fatales.* Sandro Romero Rey y Luis Ospina, eds. Bogotá: Oveja Negra, 1988. 133-208.

_____ *El cuento de mi vida: memorias inéditas.* María Elvira Bonilla, ed. Bogotá: Norma, 2007.

_____ *Ojo al cine.* Luis Ospina y Sandro Romero Rey, eds. Bogotá: Norma, 1999.

_____ *¡Que viva la música!* Bogotá: Plaza & Janés, 1999.

Certeau, Michel de. *The Practice of Everyday Life.* Steven Rendall, trad. Berkeley: U of California P, 1984.

Jameson, Fredric. *Postmodernism, or the Cultural Logic of Late Capitalism.* Durham: Duke UP, 1991.

Lynch, Kevin. *The Image of the City.* Cambridge: MIT P, 1960.

Prakash, Gyan. "Introduction". *The Spaces of Modern City: Imaginaries, Politics, and Everyday Life.* Gyan Prakash y Kevin M. Kruse, eds. Princeton: Princeton UP, 2008. 1-18.

Imaginarios urbanos en *Calicalabozo* de Andrés Caicedo

Adolfo Caicedo
Universidad de los Andes

Que el deseo sea el reverso de la ley
Jacques Lacan

Caicedo en el abanico de narradores de la contracultura

Andrés Caicedo (1951-1977) pertenece a aquellos autores que Ángel Rama ha considerado dentro de la narrativa de la transculturación y que comparten el esfuerzo por ficcionalizar hablas e imaginarios de regiones relativamente aisladas de América Latina. Su narrativa resignifica los modos de representación artística del universo cultural urbano y toma distancia de la narrativa mimética empeñada en presentar con urgencia y énfasis las coordenadas espacio-temporales del momento histórico contemporáneo del autor. Frente a orientaciones narrativas de mediados de la década del sesenta atraídas por el testimonio, Caicedo muestra mayor afinidad con el movimiento literario mexicano de "La Onda", ofrece una nueva versión de los imaginarios mediante una producción de sentidos en que el lenguaje poético urbano se torna eje estructurante; por ello sus artefactos estéticos contravienen las convenciones de los géneros literarios, los sistemas metafóricos y simbólicos prefijados son rebasados por una escritura móvil que expresa los síntomas de la incertidumbre, el goce y la desazón del universo citadino. Si desde el punto de vista estético su escritura poética se muestra poco convencional, desde el ángulo de sus condiciones de producción literaria reconoce que su tiempo está marcado por signos de violencia institucional y autorrepresentación opaca de los sujetos. Los múltiples efectos de la guerra de Vietnam, la actitud de transgresión a la autoridad, las expresiones de neo-utopismos, la consideración del amor como "contraeslogan" de la violencia, entre otros factores, inciden en el movimiento de Contracultura que históricamente determina a dichos escritores. En sus textos, un nuevo tipo de lenguaje apela más a los sentidos que a la razón y alude sin inhibiciones al erotismo, al mundo festivo, a las formas idiomáticas marginales, a la crítica de configuraciones del sujeto sin detrimento del cuestionamiento del poder. En otras palabras, la imaginación poética subordinaba la consigna sociocrítica de estirpe evidente.

En relación con el mundo literario colombiano de su momento, Andrés Caicedo se distingue claramente del movimiento nadaísta que se vivía en Colombia. A diferencia de los integrantes del grupo de Cali (Jaime Jaramillo Escobar- es decir, X504, Alfredo Sánchez, Jota Mario, Dukardo Hinestroza, entre otros), Caicedo no intenta demoler la estatua de *María* (de Jorge Isaacs) para trocarla por la de Brigitte Bardot, ni escandalizar las buenas conciencias, sino que canaliza su irreverencia a través la esfera estética mediante la relectura de imaginarios urbanos que incluyen los modos de recepción del cine, la música y el ejercicio del lenguaje en su función de sabotaje; esquiva el registro de la narrativa testimonial sobre la violencia política colombiana y frecuenta en Latinoamérica la obra de Borges, Vargas Llosa y Cortázar, y dialoga con mayor asiduidad y fidelidad con sus maestros Henry James, Joyce y sobre todo, con autores como Edgar Allan Poe, H. P. Lovecraft, Malcolm Lowry, Cyril Connolly quienes le proporcionan ambientes propicios para hacer coexistir los fragmentos de densidad en que se entreveran realidad y pesadilla de los sujetos aferrados un mundo citadino paradójico. Asimismo, junto con sus interlocutores y amigos del Grupo de Cali (Carlos Mayolo, Luis Ospina, Sandro Romero, entre otros), Caicedo forma parte del colectivo interdisciplinario que explora las relaciones entre el cine y la literatura y sientan las bases de una poética gótica audiovisual y narrativa en Colombia en la segunda mitad del siglo XX.

Cali, sublimación y caída de un universo simbólico e histórico

Cali representa un universo simbólico central en los cuentos de *Calicalabozo*, escritos entre 1969 y 1975 por Andrés Caicedo. En cuanto ciudad históricamente referida y estéticamente imaginada, Cali se configura en su mundo narrativo que alude a la urbe impregnada de símbolos de poder y goce, cuyos jóvenes viven el paradójico proceso de consumo de bienes culturales: el cine, el rock, la literatura y un lenguaje cotidiano. La narrativa de representación urbana que se expresa en *Calicalabozo* ausculta los diversos modos de la violenta socialización que experimenta el yo juvenil en su proceso de inscripción en la norma y en la designación de sus deseos. Los fragmentos biográficos de los personajes participan al mismo tiempo de un adentro y un afuera de la ley, es decir, muestran la tensión entre el deseo y la Ley, entre la fantasía y "los nombres-del-padre", de modo que todo aquel o aquello que cumple la función paterna instaura pérdidas, separaciones que van a dar lugar a su inscripción en la cultura. La tensa relación entre Ley y "fantasme" (fantasía) los hacen ingresar y subsistir en medio de imaginarios urbanos con los cuales se identifican o se fragmentan. Se trata, parafraseando a Judith Butler, de múltiples "vidas precarias" narradas que viven, por un lado, el poder de herir que tiene el lenguaje (16), pero, por otro, de personajes jóvenes que se integran en el orden de aquello que produce su angustia y lo transforman mediante su dimensión imaginaria; acuden a la imaginación radical y llegan a producir un discurso en el cual se cifran críticamente lo subjetivo y lo social de manera indisociable.

El gesto de violencia –en sus diversas variantes y no sólo en su significado sociopolítico– ligado a la fractura, el descentramiento, la herida, el duelo y el trauma, hacen ingresar y permanecer a los personajes de Caicedo en un universo simbólico urbano marcado por una "mancha", en sentido lacaniano, una atmósfera gótica, en el que la visión de la ciudad solar, moderna, alegre y apacible se eclipsa y da paso a una serie de marcas donde lo extraño, lo incómodo, lo terrorífico, lo contaminado, lo insano, sobresalen y van desarrollando nuevos semblantes que no calzan con el universo simbólico de base. De este modo, Caicedo en sus relatos socava el imaginario predominante que sobre la ciudad se impone en el discurso extraliterario, modificando de esta manera los preconceptos que existen en las expectativas del lector sobre la ciudad colombiana salsera. Al leer sus cuentos, no podemos separar, de una parte, a Cali como referente topográfico cargado de historia y cultura enclavada en el trópico, de Cali en cuanto ente narrativo, espacio móvil de voces ambiguas, pero estéticamente efectivas. Esta doble existencia, imaginaria y real-imaginada, resulta relevante en la medida en que dicha dualidad se proyecta en la condición misma de los personajes: Cali, al igual que los personajes narradores y los acontecimientos cotidianos narrados, participa del hecho de que lo virtual es parte lo real y viceversa. De este modo Caicedo le da una vuelta de tuerca al exotismo narrativo; no lo proclama, lo resquebraja.

Felipe Gómez, en su texto "Caníbales por Cali van: Andrés Caicedo y el gótico tropical", afirma con acierto interpretativo –si bien es cierto en referencia a obras diferentes de las que nos ocupan, aunque extensible a éstas–, que los textos del autor caleño "tropicalizan la gramática canónica del gótico –la lengua del colonizador– ajustándola a los parámetros de su realidad local y contemporánea" (124). En efecto, uno de los sentidos de esta perspectiva estriba precisamente en que la gramática del gótico es el cañamazo que sostiene las profundas heridas de la ciudad solar, la ciudad límite donde el lenguaje apela al cuerpo expuesto, creando un contrapunto de vivencias simultáneas de lo dionisiaco y lo tanático, principalmente en medio del deambular por la ciudad. En otras palabras, su lectura de la ciudad implica no sólo ver los modos de los jóvenes ante el sexo, la droga y la música como se reitera; se trata de un cuestionamiento del poder de la ciudad letrada, iluminada, luminosa y cálida que está atravesada por recurrentes ambientes góticos que desestabilizan imaginarios o que los tejen de nuevo en relaciones inusitadas. En los relatos de Caicedo lo gótico no se circunscribe al mundo nocturno donde prima lo ominoso, como en *Noche sin fortuna*, sino que lo gótico funciona, al mismo tiempo, como un elemento que rige y reconfigura el mundo diurno, arrojo que lo hace doblemente interesante, pues el hecho de dejar caer sombras y oscuridad en medio de la luz pareciera ser uno de sus logros narrativos.

La Cali contemporánea a Andrés Caicedo está signada por diversas y muy profundas heridas; sobresalen dos que le son contemporáneas y que actúan como matrices que bordan y nutren transversalmente su universo literario: en primer lugar, el 7 agosto de 1956, fecha en que ocurre la mayor tragedia de los caleños: la explosión de seis camiones del ejército cargados de dinamita, que se hallan en tránsito hacia la capital y vuelan ocho cuadras a la redonda, arrojando cerca de cuatro mil muertos y veinte mil heridos; las causas siguen siendo hoy en día un enigma, un vacío, una fabulación en la construcción de memoria de la ciudad. Tal destrucción y los cientos de damnificados los quiso recuperar Andrés Caicedo en un abortado guión cinematográfico, "No me desampares ni de noche ni de día". La trágica desaparición de la ciudad es proporcional al silencio fabular que sobre ella se guarda, durante la dictadura militar de mitad de siglo. La destrucción de parte de la ciudad se ha convertido en discurso de formas variopintas: leyenda urbana, relato literario que da tenues señales o alusiones tangenciales, como en el caso de la narrativa de Caicedo que la encapsula mediante la elipsis. Entretanto, la historia oral una y otra vez referida como crónica se vampiriza, se alimenta de sí misma, con nuevas versiones, y ha logrado perder el carácter de profundo trauma que la originó. En el imaginario urbano subsiste como un enigma, no como memoria, tal como lo han dictaminado las instituciones del poder. Los fragmentos de la sombra arrojados por los duelos que causó, sólo se dispersan y se asientan en la escritura de virtuales relatos góticos urbanos que leen y releen la herida histórica de los sujetos implicados.

La otra herida histórica de la urbe se relaciona con el movimiento estudiantil. El 26 de febrero de 1971, pocos meses antes de la inauguración de los VI Juegos Panamericanos en Cali, la policía reprime una manifestación estudiantil. Entre el número nunca establecido de muertos, cae Edgar Mejía Vargas (Jalisco), quien se convierte en símbolo de la lucha estudiantil beligerante de las principales ciudades del país (Patiño 9). En la memoria que forja la comunidad imaginada de la ciudad, quedan paralelamente el doloroso lema de "Cali, ciudad deportiva de América", las medidas del estado de sitio, el cumplimiento del toque de queda y la satisfactoria realización oficial de los juegos que modernizaron urbanísticamente la ciudad en ritmo temporal que recuerda el tópico del "beatus ille". Andrés Caicedo, contestatario del poder, expresa al respecto en su relato de título incómodo *El atravesado*:

> El 26 de febrero prendimos la ciudad de la 15 para arriba, la tropa en todas partes, vi matar muchachos a bala, niñas a bolillo, a Guillermito Tejada lo mataron a culata, eso no se olvida. Que di piedra y me contestaron con metralla. Que cuando hubo que correr corrí como nadie en Cali. Que no hay caso, mi conciencia es la tranquilidad en pasta, por eso soy yo el que siempre tira la primera piedra. (59)

Las dos fechas de duelo y trauma mencionadas cambian abrupta y velozmente el paisaje urbanístico de Cali y lo confrontan con una de sus sombras: la destrucción y la violencia que se vive en medio de sus calles (Patiño 10). La modernización de la ciudad a raíz de los Juegos Panamericanos crea nuevos hitos y mojones que identifican la ciudad: surgimiento intempestivo de escenarios deportivos, comerciales, nuevas calles y avenidas reemplazan a las anteriores; nuevos usos y gustos alimentan a los transeúntes; nuevos barrios aglutinan a damnificados; esta ciudad va a estar presente con todas sus cargas sociales y dudas morales. "Hay una suerte de verdad derivada de la observación atenta, pero, a diferencia de otros artistas, el discurso de Caicedo no ejerció la denuncia abierta ni asumió la militancia política de izquierda (…). Antes que eso realza la estructura de la narración. Caicedo cuestiona las convenciones y normas establecidas con el discreto encanto del saboteador que, al saberse descubierto, ofrece disculpas" (Patiño 12-13). Caicedo, como hábil saboteador, deja entrever que sabotear implica quebrantar la costumbre, la marcha de lo dado por un momento, y que luego es posible volver sobre ese entorpecimiento para indagar los modos cómo se ofusca una cultura mediante la ficción que pone en escena vampiros, enigmas y pasiones en un tiempo narrativo que no requiere vigilancia o polarizaciones ideológicas.

Efectos de modernización en la subjetividad

Uno de los modos de representación literaria de esta conflictiva modernización de Cali es la socialización del yo a través de los personajes, "angelitos empantanados", que deambulan por los quince relatos de *Calicalabozo*, donde el autor saca partido de una temática que sólo de manera incidental habían explorado los mayores, aunque en ellos no alcanzó plenitud: "la vida social del grupo afín, tanto del cenáculo como del barrio, el patio de la preparatoria o el café de la esquina, el suburbio acechante o el gueto de la minoría étnica, las zonas marginales de todo poder cuya visión del mundo, lengua y formas de comportamiento ha manejado con soltura, sin necesidad de explicarlas o defenderlas, volviéndolas protagónicas de la literatura" (Rama 469).

Ángel Rama percibe en Caicedo, y en general en los novísimos escritores latinoamericanos que publican entre 1964 y 1968, un proceso de recuperación o reinvención realista. Además de Caicedo, en Colombia figuran Alberto Duque, Darío Ruiz, Umberto Valverde, Oscar Collazos, Nicolás Suescún, Policarpo Varón, R-H Moreno Durán y Luis Fayad, Fanny Buitrago (Rama 86). Los autores mencionados logran un equilibrio entre las culturas internas, regionales, con sistemas expresivos modernizados. El proceso de urbanización que en todos ellos se narra tiene un interés adjetivo si sólo se lo considera desde un punto de vista temático, pero es en cambio "sustantivo si se lo vincula al proceso de modernización de las formas literarias que él registra activamente" (Rama 86-7). De acuerdo con esta óptica, Caicedo no sólo sería un autor "realista" de lo urbano por el hecho de nombrar a Cali como su mundo narrativo; su lenguaje neorrealista de los imaginarios urbanos muestra que, si bien es cierto que su ciudad narrada cuenta con un referente inmediato, con una correspondencia parcial entre los textos y la realidad extralingüística, los cuentos resemantizan la imagen de ciudad mediante vías no necesariamente realistas, que los hilos del poder y del deseo son intrincados en la urbe contemporánea.

Los cuentos de *Calicalabozo* expresan los diferentes y violentos efectos de la modernización en los sujetos que se focalizan en los relatos. Algunos de estos efectos se manifiestan en marcas textuales que de manera oblicua representan una crítica de los imaginarios urbanos dominantes; sus historias engloban los fenómenos de transculturación y lumpenización, el resquebrajamiento de la ley (la normativa inconsciente y la presencia de lo que los estructura), los modos de sobrevivencia de los más diversos grupos sociales jóvenes que no logran enajenarse de la movilidad social, los efectos de la violencia generalizada (que va desde la delincuencia común a la violencia política) y la puesta en marcha de sociolectos juveniles que operan como signos lingüístico-ideológicos de resistencia y de ingreso en saberes culturales foráneos para otorgarles semblante propio. Los diversos efectos del proceso de modernización revelan que la ciudad nueva se halla desde sus inicios en franco deterioro precoz, que es modernamente anacrónica; de ahí que la connotación totalmente negativa que adquiere la torna "un espacio en el que se vive una crisis personal y un lugar histórico en el que se enfrentan diversos lenguajes y percepciones de mundo" (López 38).

Hemos afirmado que Caicedo socava la ciudad imaginada en cuanto espacio cohesionado social, cultural y simbólicamente. Sobre el palimpsesto del Cali histórico se ha dado la circulación de imágenes y adjetivos de ser una *ciudad sirena*, cercana a los sentidos, una urbe seductora, cargada de una docena de hipérboles o de epítetos que comparten con otra docena de ciudades del país o fuera del país: "Cali es un sueño atravesado por un río", según declamó el poeta Eduardo Carranza desde el hoy inexistente –producto de la aludida modernización– hotel Alférez Real frente al puente Ortiz y el río Cali; la ciudad deportiva de América, la capital de la salsa, la ciudad que nació de una sonrisa de Dios sobre la tierra, la sucursal del cielo, etc. Los diversos epítetos caracterizan un discurso sobre una ciudad adolescente que se teje simultánea y literariamente en los discursos sobre ella como un cuerpo rebelde y fantaseador, una cárcel y un edén, una ciudad abandonadora o propiciadora de férreos lazos afectivos, una ciudad objeto de discursos incluyentes y excluyentes del mundo de droga, sexo y rock, convenciones y fantasmas.

Las heridas, las grietas y traumas que pueblan de miedo, angustia, temor, incertidumbre y dolor los relatos de Caicedo, ponen en entredicho el discurso extraliterario que circula sobre esa comunidad en el imaginario social. Más que escribir sobre una ciudad cohesionada, unitaria, autónoma y monofónica, Caicedo subvierte los más cómodos estereotipos que sostienen ese imaginario social de los años sesenta y setenta. ¿Cómo lo hace? Digamos, provisionalmente, que a través de relatos góticos a plena luz del día, en que los sujetos jóvenes se representan y expresan los más diversos y dolorosos modos de ingresar y sobrevivir en el mundo simbólico urbano, ya sea adoptando o negando la ley, aquella que los ha integrado en el orden de la cultura; ya sea deseando o parodiando al Otro, y principalmente haciendo hablar a la ciudad, mediante el acto ineludible de caminar su ciudad que va a resultar una imprescindible fascinación letal.

Su paso no lleva prisa, su sombra nunca lo alcanza

En *Calicalabozo* se entrecruzan diversos sociolectos citadinos que sirven de expresión al deseo o interpelan al poder o le crean fisuras al discurso narrativo mediante la aparición del Otro o lo Otro que en múltiples ocasiones aparece en los textos bajo la denominación de "Eso", lo indeterminado, lo que está por ser nombrado y bautizado por la conciencia. Los personajes usualmente ironizan, aceptan, añoran, reinventan, temen y gozan, a través de un lenguaje continuamente diseminado en monosílabos, en léxico de caló, frases entrecortadas, balbuceos, insultos, tonos melancólicos o broncos, que adquieren por lo general la forma de monólogos relativos al habla y al cuerpo, pues "el acto de habla es un acto corporal" (Butler 30). La construcción de la subjetividad de los jóvenes narradores, formada básicamente por un grupo social pequeñoburgués –reunido en torno a la gallada, la tropa– se da a través de una oralidad cotidiana áspera que al mismo tiempo narra y que actúa lo narrado. Mediante un lenguaje marginal –que está en franco contraste con el lenguaje prestigioso, oficial o norma lingüística culta– se matizan las diferencias sociales y se rescata la dimensión histórica, pues con él cristalizan sus rituales de baile, cine y crítica oblicua de los signos hegemónicos.

La ciudad de *Calicalabozo* convoca brevemente los postulados de Michel de Certeau, quien considera la ciudad como una "una simbología en suspenso"

(280). Los "angelitos empantanados", previstos como sujetos inocentes y antítesis o mejor aún negación de algún señor muy viejo con unas alas muy enormes, están regidos por una función estructurante: "caminar", acción constante, obligada o deseada por los narradores-personajes de la mayor parte de los relatos. ¿Caminar por dónde, para qué, cómo, qué implica? El andar de los narradores-personajes constituye un despliegue de su cuerpo y su palabra, una actividad que opera como única energía protectora contra el panóptico urbano. Su interioridad no choca con las calles, ironizándolas (López 34); más bien, como recuerda Francisco Ortega a propósito de Michel de Certeau, son sujetos que siguen el libreto que escriben los transeúntes al caminar; es decir, actualizan su geografía con sus propios desplazamientos; ello les permite "entrar en contacto con la heterogeneidad propia del rincón que la mirada panóptica no penetra, acariciar sus *grafiti*, en fin, encontrar retóricas caminantes que hagan evidentes órdenes diferentes" (33).

En "Andares de la ciudad: Mirones o caminantes", de Certeau considera que usualmente la voluntad de ver la ciudad ha precedido los medios para satisfacerla y que, básicamente, la acción de caminar resulta ser un proceso análogo al acto de escribir o de leer la ciudad. En este orden de ideas, si tomamos en cuenta las encrucijadas peatonales, "el acto de caminar es al sistema urbano lo que la enunciación –el *Speech Act*– es a la lengua o a los enunciados realizados" (269). Caminar, entonces, es hablar la ciudad y narrar la ciudad es caminarla. Considerada esta analogía entre ciudad y habla, podemos decir con de Certeau, que en su periplo los personajes presentarían algunas características que los distinguen del sistema espacial: lo presente, lo discontinuo, lo fáctico (270). Puesto que el sistema espacial no queda paralizado como un museo, el caminante de los cuentos, entonces, transforma en otra cosa cada significante espacial al que se enfrenta o, como consideraba Roland Barthes, esos usuarios de ciudad toman fragmentos del enunciado para actualizarlo en secreto (Certeau 271).

En "De arriba abajo de izquierda a derecha", una fuente de agua aparece como un significante con significación ambivalente. La fuente del relato, hito público de la ciudad, es susceptible de cumplir la función de ser un símbolo liberador para el personaje femenino; sin embargo, adquiere el semblante de ser un motivo de transgresión o un signo susceptible de operar como detonante de una imagen de violencia soterrada e inminente. Cuando a Miriam "le dio por empelotarse para bañarse en la Fuente de los Bomberos" (37), surgen en el relato una serie de indicios relacionados con el ambiente político y de represión oficial en la ciudad. La amenaza inminente es expresada con temor por su acompañante: "mirá que a esta hora todavía pasa gente por Cali qué crees, Miriam no vas a quitarte ese vestido, mirá, mirá nomás cómo nos mira la gente, si no demora en venir la policía hermana y a lo mejor van a creer que somos sabotiadores políticos, con tanta cosa rara que ha pasado por aquí" (38). La alusión textual a la fuente, que en un plano evidente se muestra como una referencia a un objeto prestigioso que contiene la potencia de producir reto e irreverencia ante lo instituido, o bien la escena de la fuente engendra la idea de que pueden coexistir la convivencia citadina con un rapto de éxtasis, una erótica fugaz del personaje femenino: no obstante, el texto mantiene una fuerte implicación de una manera de apropiarse de un significante (la fuente) que habla de la ciudad y que al ser verbalizado está herido de terror (el inminente castigo del poder incorporado que carga el significante). Miriam, al bañarse en la fuente, ante la mirada atónita de su amigo y la censura de los demás transeúntes, pareciera no haber transformado todavía ese significante urbano, pues la fuente sigue siendo una fuente. Sólo cuando su amigo le recuerda que es necesario partir, pues son días de peligro ante la cacería indiscriminada de subversivos, surge como ráfagas el fantasma de la policía, se intensifica la presencia en el ambiente de las cosas "raras", la vigilancia estricta del sabotaje político, es decir: se actualizan signos que pueden ser leídos (censurados en este caso) no como irreverentes, irrespetuosos de la moralidad, sino como autores de una desviación legal mayúscula; mientras tanto la memoria no se encapucha, por el contrario, desata los nudos de la desesperación.

De modo que la mirada narrativa cambia en el cuento: pasamos entonces de la alusión inicial de la fuente en cuanto surtidora de placer, venero o cuerpo que deja fluir el agua viva, a la posibilidad de arquitectura intocable que encierra un potencial significado de la férrea Ley. Al expresarlo de manera fugaz pero contundente, el personaje pone en escena los signos de una violencia urbana y nos muestra la movilidad semántico-ideológica que adquieren esos significantes. La fuente, en cuanto significante urbano que sirve de ornato y aparente mobiliario urbano decorativo, adquiere sentidos de elemento que actualiza de intimidación política en el personaje masculino.

Los significantes urbanos a los que aluden los personajes en los cuentos de Caicedo usualmente están subordinados a un continuo desplazamiento de su sentido, es decir, carecen de significado por sí mismos, y existe por lo tanto, una discontinuidad de significados según el tipo de relación que se da entre sus transeúntes y las marcas de límite, parálisis, entre los lectores y el texto. Los relatos, sin un ánimo de crítica política evidente, contienen el sello de un espacio-tiempo asediado por el terror y la consecuente represión, por una fuerza impositiva que pone en vilo el goce de los personajes. En general, los lugares citadinos de los relatos de Caicedo, en la medida en que representan símbolos en suspenso (sustitutos que hablan en nombre-del-padre), están prestos a ser leídos por los narradores de modo que revelan su inercia transitoria, su desvanecimiento como foco de atención o se convierten en "sesgos" espaciales "raros", "accidentales" o "ilegítimos". En suma, esos significantes de la lengua espacial hacen parte de una retórica del andar que cumple las más variadas funciones: "afirma, sospecha, arriesga, trasgrede, respeta, etc. las trayectorias que 'habla'" (Certeau 271).

El periplo de los narradores adolescentes, estudiantes del Colegio Jesuita San Juan Berchmans, tiene un corredor, que es ubicable topográfica y culturalmente en Cali: la Avenida Sexta del norte y sus calles contiguas con los lugares que representan los enclaves de modernidad de la ciudad. En los cuentos de *Calicalabozo* –como ocurre en *Avenida Nevski* del San Petersburgo de Gogol–, salirse de ese eje o trazo previsto de la ciudad "caminable" –la avenida–, significa entrar en otra dimensión vial y vital: significa entrar en las circunstancias de la vida cotidiana con todos sus riesgos y peligros, mientras que la Avenida Sexta ofrece el espejismo nacido del espectáculo del progreso, la promesa de amor y de los sueños. Lo que une a los narradores con la Avenida Sexta es, básicamente, el sueño, su pertenencia a ella; la Sexta reúne en un vórtice a la multitud de desconocidos, es el punto de encuentro de las soledades, del desencuentro de la fragmentada socialización.

Marshal Berman, al abordar los modos que adquiere el complejo fenómeno de la modernización, expresa en su análisis del relato *Avenida Nevski* algunos elementos que conservan una estrecha relación con la obra de Andrés Caicedo examinada. Berman pone de relieve como signo de modernización paradójico, el hecho de que los personajes que acuden a la Nevski lo hacen, ante todo, con un doble propósito: ver y ser vistos, ser sujetos y objetos del tejido social urbanístico que despliega sus más variados símbolos de poder, de marginalidad, de posibilidad, de temor, de censura y de deseo. En esta empresa, los sujetos buscan comunicarse sus visiones unos a otros, no con un propósito posterior, sea por codicia o con ánimo competitivo, sino como un fin en sí mismo. En medio de este andar uno de los mojones principales de la ciudad, la avenida –su comunicación y el mensaje de la calle en su conjunto–, representa una extraña mezcla de realidad y fantasía: "por una parte actúa como marco para las fantasías de las personas sobre lo que quisieran ser; por otra parte ofrece un conocimiento preciso –para las personas que puedan descifrarlo– sobre lo que realmente son" (200).

En el cuento "Por eso yo regreso a mi ciudad", como en Avenida Nevski, el protagonista se encuentra reducido dentro de su casa, aunque la acción no ocurre allí; el eje narrativo del cuento es el constante diálogo que él establece con la calle, su juego de mirar y de no ser visto, pues ella es el núcleo al que se dirige. Incluso, es ante todo la imaginación de ser visto por la calle, por la ciudad la que adquiere relevancia. El sujeto enclaustrado en un lugar contiguo a la avenida, más que intuir o ver con perspectiva panóptica a Cali desde un lugar privilegiado, es mirado, acechado constantemente por ella, lo que empieza a crear una atmósfera tensa. Dentro de la casa, rige un mundo estático: la descripción minuciosa, los detalles pequeños y las reflexiones de lo que alguna vez fue suplantando al sujeto. Afuera, se halla la ciudad, la acción incesante, los cambios inusitados y la vida misma con todo su ritmo vertiginoso. Sin embargo, ese es el relato evidente, que parece conllevar a la idea de una nostalgia por la ciudad entrañable, imposible de recorrer; no obstante, el cuento nos ofrece otra línea narrativa que subyace: el de la ciudad como enunciado, en que un sujeto paralizado expresa la inactividad de la sintaxis de la ciudad, dándole vuelta una y otra vez a las mismas imágenes. Existe una parálisis de la retórica del andar tanto en el sujeto como en la ciudad; la única figura o tropo que le queda al protagonista parece ser el hecho de darle vueltas a imágenes fragmentadas, posibles, limitantes en su poblamiento:

> La ciudad en la que vivo crece más allá de mi ángulo de visión (…) Las noticias dejaron de llegar a mí, ahora sólo queda la gente que pasa más allá de mi ventana, esas cabezas rosadas que aparecen entre los árboles de mango, eso que daña el paisaje y hace que mi ventana se ponga triste, que sea una iglesia lloriqueante. Lo malo es que este lugar es demasiado transitado. Qué le vamos a hacer. Es lo más transitado que tiene esta ciudad. (22)

Acto seguido el narrador, quien se halla anclado en el presente de la narración, expresa imágenes de un tiempo pasado sobre su relación con la ciudad, a la que podría ver, intuir, pero no transitar, esto es, a la que no podrá leer y escribir:

> La gente pululaba por las calles. Eran las seis y media de la tarde (21-22) los tejados sucios se amontonan más allá, al otro lado de la calle, y el cielo claro de esta ciudad, que también se deja ver de mí porque sabe que yo soy un habitante de aquí, que aquí es la única parte en la que yo puedo subsistir. (22-23)

El dispositivo que organiza los *topoi* del discurso de la ciudad y sobre la ciudad por parte del narrador que se halla encerrado en una casa adyacente a la gran avenida (se conjetura una parálisis en él) es el recuerdo (los otros dos, la leyenda y el sueño, no están tematizados). El recuerdo es el refugio que le queda para escapar o asimilar el tejido urbanístico referido con sus claroscuros. Este modo de apropiarse del lugar es el punto crítico por excelencia de los cuentos, pues es de los pocos en que el andar es suprimido por el fraseo de su memoria silenciosa análogo al fraseo de su discurso evocador. Al lector le queda un rango de sospechas sobre la imposibilidad que tiene el personaje de habitar "normalmente" el mundo simbólico urbano que tiene al frente; su enfermedad está implícita, pero no interesa qué tipo de enfermedad padezca ni la causa que la produjo, la atención narrativa se focaliza en su incesante labor de nombrar la ciudad como punto de alejamiento y de posible encuentro de "eso que daña el paisaje, que carcome la ciudad". El narrador-personaje se torna una especie de fantasma al que sólo le queda el hecho de ser motivo de una narración que le otorga sobrevivencia, mientras rememora una ciudad posible, pues al no poder transitarla, se ve obligado a imaginarla, mientras la atmósfera de pesadilla, densa busca salida en su discurso.

Podemos afirmar que la situación de estar privado de recorrer (de leer) la ciudad no encuentra incluso compensación con el acto de prever imaginariamente que crecerá una enredadera, la cual dará nuevas imágenes de vida, como se percibe hacia el final del relato. De acuerdo con la actitud que adopta el protagonista, existe una correspondencia entre la imagen que se forja de la ciudad y la representación de sí mismo. El personaje percibe que el espejo roto se reconstruye con su palabra, que la herida no sanada encuentra su alteridad especular en la imagen de ciudad, pues en palabras de Nasio "nosotros no somos la imagen del espejo, esto es absolutamente cierto, pero desde el punto de vista del yo, la imagen es el yo" (28). Se trata en consecuencia de que en la dimensión imaginaria del sujeto sí hay una continuidad entre el yo y la imagen de ciudad. Y esta imagen está dada ante todo porque la ciudad lo golpea, al privarlo de ella, pero ejerce una fascinación que constituye en el personaje una experiencia límite. Más que una queja, el personaje del relato experimenta una fascinación (un encuentro de rostros, de *faces*) por la imagen de ciudad, no por la ciudad real; esta fascinación correspondería, siguiendo a Nasio, a "la experiencia de estar confrontados a una imagen que evoca de una manera tan pura el goce que despierta en nosotros el goce" (54). En esa fascinación del acto de mirar "el espectador está adentro del cuadro, diría que el espectador no sólo está envuelto por detrás por el cuadro, sino que también diría que el espectador, como la banda de Moebius, está pegado y colgado del cuadro" (54). Si sustituimos cuadro por ciudad, digamos que la ciudad que priva su recorrido encuentra su correlato en la imagen que la reinventa, pues el protagonista al poner en marcha su dimensión imaginaria extiende una red entre su yo y el mundo de imágenes urbanas (27). Ese hecho explica el revés o complemento de la pesadilla: el personaje experimenta un goce, vive la mirada como goce; su deseo de ciudad, por demás narcisista, no persigue algo inalcanzable, una ciudad de utopía, sino una urbe constantemente imaginada, pero ante todo con su discurso convierte a la ciudad, a su vez, en un fantasma de mirada inquisidora sobre sí mismo: la ciudad lo orilla a verse como un fantasma de ella y de sí mismo.

No obstante, al volver sobre la matriz espacio-temporal, la Avenida Sexta que domina los cuentos de Calicalabozo, es pertinente señalar que ella alberga lugares representativos de identidad cultural de la ciudad: Sears, Deiry Frost, Oasis, los teatros Calima, Bolívar, almacenes exclusivos, esto es, que la Avenida exhibe los signos prestigiosos de progreso y refugio urbano por excelencia, revés de la marginalidad y la periferia que constituyen los barrios del sur y los límites de su trazo. Por su parte, las calles aledañas a la avenida acogen lugares y personajes que son signos de temor, autoridad, liberación efímera, riesgo: el Club Colombia, la Fuente de los Bomberos, el Conservatorio, la orilla del río Cali. La sensación inicial que se le ofrece al lector de que la experiencia de la Avenida Sexta se vive como una promesa de vida, abarrotada de acciones y del cruce continuo de sus signos sociales, económicos y culturales es ambivalente. ¿La razón? Los cuentos están centrados básicamente en "ver" descrita una ciudad de contrastes, urbanística y socialmente hablando. El énfasis está dado por esa relación abigarrada entre los símbolos urbanos y los sujetos producidos por ella. Un rasgo consiste justamente en que, del mismo modo en que la ciudad priva a sus caminantes del desplazamiento total, libre, abarcador, placentero, también los personajes adolescentes experimentan sistemas de vida que transcurren como resta. En parte, este hecho da cuenta del ángulo de visión recortado que se ofrece: es decir, importa menos la topografía minuciosa, realista y, en cambio, la atmósfera gótica urbana se erige narrativamente como uno de los extremos de los dilemas-*ritornelos* que los personajes verbalizan y gesticulan. Dentro de una especie de renovado neorrealismo gótico, los cuentos de *Calicalabozo* tienden ante todo a desecar las descripciones detalladas de espacio y de anécdotas unitarias. Las temáticas, los personajes y su escritura se estilizan drásticamente y privilegian fragmentos de la subjetividad de los "angelitos empantanados" en busca de su expresión. La ambivalencia con que estos se expresan erosiona la posible versión utópica de la ciudad; el primer objeto de su ironía es el espacio urbano que los contiene. Desde "Infección", (escrito por Caicedo a los quince años), Cali aparece, inicialmente, personificada como un ente cargado de sentido lúbrico: "Cali a estas horas es una ciudad extraña. Por eso es que digo esto. Por ser Cali y por ser a pesar de todo una ciudad ramera" (11).

Posteriormente, el monólogo del narrador-personaje expresa con énfasis la fuerza de su odio, rechazo ambivalente, ya que su suprema desazón se hace extensible tanto hacia la urbe como hacia sí mismo:

> Odiar es querer sin amar. Querer es luchar por aquello que se desea y odiar es no poder alcanzar por lo que se lucha. Amar es desear todo, luchar por todo, y aún así, seguir con el heroísmo de seguir amando. Odio mi calle, porque nunca se rebela a la vacuidad de los seres que pasan en ella... Odio mis pasos, con su acostumbrada misión de ir siempre con rumbo fijo, pero maldiciendo tal obligación. Odio a Cali, una ciudad que espera, pero que no le abre las puertas a los desesperados. (12)

De una parte, en el plano evidente uno de los rechazos de la ciudad lo constituye la pasividad de sus habitantes, incapaces de ejercer la libertad que les otorga la rebeldía; el otro plano, con mayor significación, lo forma la paradójica expresión pasional de odio-amor de la relación ineludible del personaje con la ciudad: ni ella ni él están exentos de una sintaxis que los gobierna, pero sobre todo no están exentos de la puesta en marcha de esa sintaxis que es orden y que por lo mismo, agobia. Caminar es un proceso que implica necesariamente a la ciudad y al protagonista; la ciudad es verdaderamente una red de la que no es posible desprenderse; no es algo elegible: es la fusión más íntima y más social de espacio y tiempo, de palabra y cuerpo. El calabozo de esa cárcel le hace exclamar: "Sí, odio a Cali, con unos habitantes que caminan y caminan..." (13). Por ser parte de su yo, la puede acusar y responsabilizar de su angustia, de su mal, de su empantanamiento inacabado de oír frases vacías, deseos mal forjados, de los mirones.

En medio de la expresión de agonía y antipatía, el personaje evoca no obstante la fiesta en la que mira al Otro, a su amigo Upegui, quien "mira a todos los lados para mirar miradas", es decir, no para ver, sino que busca, a ojos del lector, "hacerse mirada", pues el ver "va de nosotros a la cosa [...] Contrariamente, el mirar se despierta fuera de nosotros, es el resplandor de una luz intermitente [...], de un foco luminoso intermitente que no sólo nos atrae sino que nos confunde, que nos ciega y disuelve el yo imaginario que somos" (Nasio 47-8). Esa mirada que va configurando al personaje que increpa todo, y en escasa medida apostrofa el mirar, está regida a su vez, por una mirada que opera cuando una luz exterior centellea, titila, y le impide ver y crea en él una máxima tensión interior. Podemos afirmar, con palabras de Janet recogidas por Nasio, que "cuando estamos ciegos en la conciencia miramos en el inconsciente" (49). En esa hondonada enclava el personaje como sucedáneo para permanecer en los imaginarios que acaba de cuestionar. Esa antipatía de todo lo que abarca la ciudad es análoga a la antipatía de sí, que disuelve su yo imaginario. Recordemos con Nasio que ese foco de luz reflejante proveniente de la pantalla reflejante del Otro, trátese de un espejo, una persona, es una imagen global de ciudad (48). La ciudad bien puede ser un sustituto de la ley que determina al personaje.

Cuando el Otro es la Ley

Los personajes que deambulan con su soliloquio por la ciudad se oponen, en su conjunto, a las imágenes del antiadulto, el adolescente que se halla en el contrapunto de los representantes de la ley (Padre, la autoridad del policía, los adultos vecinos, normativas que lleva en su inconsciente, sustitutos del padre) y todo aquel adulto que encarne la norma; todos ellos constituyen trazos diseminados no tanto del superyo freudiano (instancia moral o ideal del yo), sino de todo aquello que habla en-nombre-del-padre, de aquello que lo ha separado de lo primario para hacerlo ingresar en la cultura. Ya desde "Infección", en su airada antiplegaria, el protagonista increpa: "Odio a mis vecinos quienes creen encontrar en un cansado saludo mío el futuro de la patria" (13). Frente al destino prefabricado por los adultos, el narrador busca darle rienda a su palabra anárquica, devastadora y huraña que se aviene con aquella fase del espíritu humano como León, de tipo nietzscheano, que alude al ser que ante el "tú debes" busca imponer su "yo quiero".

En el cuento "Vacío", se percibe el efecto de poder que producen algunos edificios comerciales representativos de la modernización citadina, por obra de almacenes transnacionales, y sus guardianes; ambos -edificio vacío y vigilante ausente- representan para el personaje torturantes presencias espectrales que ha internalizado y que crean en él el suficiente temor y la intimidación necesaria para desviarse de las rutas usuales de la ciudad, esto es, para anular su caminar: "Vacío Sears. Cuando pasé por allí, no estaban los vigilantes que cargan escopeta y que le tiran de una al primero que venga a robarle algo a lo que los gringos tienen en Sears" (25-26).

Igualmente es objeto de imprecación el portero de una sala de cine, imagen sustituta del policía: "intenté ver tantas veces *Rebelde sin causa* que ya al final me dijo (el portero del teatro Calima), que me jodía de por vida, porque de ahora en adelante no me dejaba entrar ni pa 14. Así qué va a poder vivir uno, apuesto que esto nunca le pasó a mi papá" ("Patricialinda" 106). La perspectiva del Otro, no en tanto que aquel que contribuye a configurar la subjetividad del personaje, sino en cuanto figura que produce profundas fisuras en su frágil identidad, representa una contradicción en cuanto transita la ciudad. No se trata de una situación de mera hostilidad unilateral del adulto o del adolescente; se trata de la expresión de un conflicto ante la norma, la convención, y ante la reciprocidad en la medida en que es imposible que el yo adquiera algún sentido por fuera de la relación con el Otro. La relación con el Otro, que se sustenta en el lenguaje (Mansfield 47), está signada por la violencia y por el énfasis en los signos de poder, en la ley social y en la clausura de la palabra ante el mandato de los mayores, de la autoridad y, en suma, de todo aquello que represente o sea sustituto de la ley.

Asimismo, el mundo de los mayores (del Padre) deja a sus herederos los capítulos de la historia de la violencia política o partidista colombiana, a raíz de los hechos del 9 de abril de 1948: En "Patricialind"a, un escolar de escasa edad recuerda que "Papá Patricio, riquísimo azucarero vallecaucano fue uno de los seis que gestionó y organizó la muerte de Gaitán" (95). En nombre del padre biológico e histórico, el personaje presenta un trazo de una de las heridas históricas de la ciudad: la de la violencia política colombiana proyectada en el Valle del Cauca. La topografía contiene la mancha de la familia patriarcal del heredero de la historia regional y nacional. El personaje parte del cambio en las formas de vigilar y castigar que experimenta la ciudad. Así, los nuevos tiempos que vive son signos modernizadores urbanos que, en su doble proceso de creación y destrucción, están acompañados por una atrofia que va ganando terreno: no poder "caminar" por las calles acostumbradas de la ciudad, lo que en el caso del narrador lo obliga a suspender los impulsos de su despertar sexual:

> Todas las hembras chéveres que he conocido viven por Sears, hasta hace poquitico no era sino pasar por allí y tráquete, se me paraba. Ahora no. Ahora ya no se puede andar por allí fresco, ahora que han puesto tanto policía. Qué vaina, mano, no es que uno haga nada malo, sólo que no puedo con tanto policía, me jodieron rodeando a Sears de policía, yo hasta hace poquito salía del colegio por las tardes y me iba por Sears a recorrer calles, a recordar, a que se me parara. Ahora no se puede. (100)

En su elucubración afanosa, con un enfático "ahora", el protagonista evoca el principio del placer que se basa en imágenes femeninas en su pasado reciente. A este temprano voyerista, la presencia de la policía le ha alterado totalmente su rutina de caminar la ciudad cercana a Sears, su presente y, sobre todo, sus recuerdos y sus fantasías, es decir, la realización imaginaria de sus deseos. El choque entre su principio de placer y el superyo le da cabida a un principio de realidad que sólo encuentra trayectoria en su narración testimoniable para sí mismo. Pero al mismo tiempo, a esta experiencia del adolescente en sus batallas inútiles subyace la atmósfera de una ciudad y un sujeto situados y sitiados. El temor lo inmoviliza, lo mira, lo interpela, pero no lo autocensura, pues interiormente encuentra una salida de orden social e ideológico:

> Y qué tal que se metieran con uno, como con la gente del sur que son pobres y no es sino verlos y saber que son del sur y entonces pararlos y pedirles papeles y encanarlos porai derecho. ¿Pero por Sears? ¿Será por lo grande que es? ¿Será por lo fácil que debe ser robar en Sears? (...) Yo ya no puedo pasar por Sears (...) ¿Será por tanto gringo que hay en Sears? Yo no entiendo de esas cosas, mi papá sí, mi papá dice que la culpa de todo la tuvo Gaitán, de que ahora pongan tantas bombas y haya tanta policía, que Gaitán fue el que se cagó en este país. Seguro por eso fue que papá Patricio tuvo que matarlo. (100)

El relato interroga el tipo de relación que puede haber entre la presencia modernizadora de Sears y la presencia policiaca. De esta manera, el narrador –sujeto escindido entre el acoso de su eros íntimo y su temor frente a un presente histórico violento– experimenta la modernización de la ciudad que protege la inversión extranjera, se representa discursivamente la existencia de clases sociales desde postulados burgueses, se ampara en una ética maniquea (frente a los desclasados del sur) y es víctima de una situación violenta que se presta a silenciar las voces rebeldes. En medio de estas representaciones, el personaje justifica, a su modo, la violencia heredada, pues los hechos violentos cometidos en nombre del Padre representan para él hechos sagrados; en suma, en el imaginario urbano subsiste la idea de la barbarie como un moderno *locus horribilis* necesario; el personaje narra el mito familiar y la historia política violenta desde un discurso que en su doble semántica exime el horror de la violencia y acusa –indirectamente- la culpa originaria e histórica heredada.

La fructífera empresa del hacedor de inútiles formatos de escritura

Dejar de ser adolescente constituye la mayor desgracia para los personajes de Caicedo. De ahí que ser adulto, burgués y letrado como en el relato "En las garras del crimen" conlleva consecuencias nefastas, penosas, autodenigrantes. El relato ofrece varios planos de lectura de interés, desde sus referencias y homenajes a algunos artistas –que van de Ross MacDonald a Howard Lovecraft, de Fritz Lang a Henry James, de Edgar Poe a Dashiell Hammet. Paralelamente, el cuento sienta las bases para abordar problemas concernientes a la categoría de autor literario. Inicialmente, el cuento ofrece una caricatura del licenciado Capurro:

> Marco Capurro. Licenciado en Filosofía y Letras. Universidad del Valle. Escritor. Se redactan memorando definitivos, textos publicitarios, artículos variados para magazine, alegatos jurídicos, argumentos filosóficos en orden primero de complejidad, poemas de amor y de gesta, cuentos y novelas. (81)

El cuento se caracteriza por una estructura cercana al *thriller* y una semblanza de novela negra. Más que encerrar en su anécdota una broma, tematiza y complejiza problemas del quehacer literario y, en particular, el tema del doble y la suplantación de personalidades. En él, una mujer inválida, que tiene una hermana gemela, le pide a un licenciado en literatura, representante de la cultura letrada, que le escriba un texto donde ésta aparezca con tintes acentuadamente duros como una forma de vengarse de ella. A partir de esta anécdota inicial, el escritor busca una línea paralela a su proyecto narrativo acudiendo a la historia de uno de los clásicos del cine de suspenso, *What Ever Happened to Baby Jane?* (*¿Qué pasó con Baby Jane?* 1962) dirigida por Robert Aldrich y protagonizada por Bette Davis y Joan Crawford. La trama de la película se basa en el tema de la suplantación de personalidad; mientras que un accidente deja paralítica a una de las dos mujeres, la otra maltrata a su hermana haciéndose pasar por actriz de Hollywood, papel inicial de su hermana. El diálogo entre el texto fílmico y el texto narrativo, no sólo revela una especie de parodia del creador y sus totems, sino que encierra varios aspectos que ameritan considerarse.

Por una parte, el cuento acude a la puesta en abismo de la categoría de autor. Junto a Andrés Caicedo, autor empírico caleño, encontramos a un escritor a quien se le he ha encargado escribir un relato. Este creador se debate inicialmente en aspectos técnicos sobre cómo escribir la historia (tipo de narrador, estructuras de espacio y tiempo, género, estilo, etc.). Se ve abocado, por consiguiente, a elegir un formato coherente con la narración atravesada por un ser humillado y ofendido y el otro que ejerce sadismo y venganza. La originalidad autorial, en su sentido frecuente, se halla descartada, pues se suma otra condición: él recibe instrucciones sobre el argumento y el tono del texto de parte de la cliente que lo contrata, quien, luego lo reconocemos, se duplica pues no es una hermana sino que se trata de dos implicadas en un juego literario. Dicho con premura, las gemelas, a través de su incesante juego perverso de suplantación, surten alternadamente el argumento de la obra encargada a Capurro. Por lo tanto, no hay un autor primario, único, autónomo. Pero la impostura no opera como mera estrategia de falsificación de identidad de las co-autoras; funciona igualmente para ellas en cuanto "personajes", ya que resulta infructuoso dilucidar quién es quién en el relato virtual; ambas gemelas coadyuvan a desvanecer también el estatuto de personaje que ambas representan (a la vez que son autoras). En el caso de Capurro le queda la crisis de su estatuto de escritor (originalidad, unidad), situación límite que lo lleva al delirio; se infiere igualmente en el relato la idea de la escritura en su calidad de mercancía, de signo intercambiable, cultural y comercialmente hablando. Cuando las gemelas se encuentran con él en la calle, caminando ambas muy ágiles, lo obligan a prescindir del manuscrito. En consecuencia, en el relato se abre una "mancha" que lo ha interpelado, apostillado y debilitado.

Además de la broma siniestra, las gemelas permanecen como personajes virtuales que deambulan con gesto vampiresco por la ciudad mientras Capurro cae en una suerte de abismo sin fondo, producto de los signos letrados de los que ha sido víctima. Preso de una crisis de identidad, este hombre equivocado revela una subjetividad que, una vez que está a la intemperie en la ciudad, sufre la angustia no sólo de haber sido burlado, sino de ser resultado del Otro y emprende la infructuosa tarea de ejercer venganza. Dar vueltas sobre la ciudad, es abrir aún más su vacío; se ha dado algo similar a aquello que Žižek denomina "el corte hitchcockniano" en el sentido de que el elemento fundamental que dinamiza el universo de Caicedo, como en el caso de Hitchcock, es la "mancha en torno a la cual gira la realidad, que se introduce en lo real, el detalle misterioso que 'sobresale' , que no 'calza' en la red simbólica de la realidad y que, como tal, indica que 'algo está fuera de lugar'" (42).

No poder salirse de la película ni de la vida

Así como el "caminar" es la acción estructurante de los cuentos de *Calicalabozo*, otro dispositivo narrativo evidente respalda un modo de sostener la angustiosa biografía de los personajes: la sala de cine, espacio que propicia la fantasía y se constituye en una suerte de metáfora liberadora provisional, un lugar de excepción frente a la rutina, un lugar donde lo virtual se torna real por obra y gracia de las acciones de los mismos personajes. Tanto en un nivel manifiesto como de manera subterránea los relatos se sustentan en el hecho de que el cine aparece como el hipertexto que va a legitimar los deseos, los impulsos violentos, las pasiones francas, los gestos espontáneos de los angelitos empantanados, por cuanto la vida ocurre como en el cine. La sustitución cumple su papel de eje organizador de los deseos y la Ley. El narrador del cuento "Calibanismo", manifiesta esta premisa que implica tanto al individuo como a la colectividad urbana: en una sala de cine "uno entra en ese sueño, en ese viaje colectivo de búsqueda de recuerdos que es el cine" (113). Esta premisa se actualiza en diversos relatos que señalan la fuerza narrativa de las acciones presentes y evocadas como recíprocas, o sea, como repetición en el presente de lo ya dado en el cine:

> Comienzo a tirar pata y gargajos y tomá marica "pa que aprendás que conmigo no hay que meterse, ya ves ploog, ag, así como hace el tipo de las películas cuando se da madera con una banda de malhechores en una cantina". ("De arriba abajo" 47)

En "Lulita" el imaginario del cine le imprime un sello de identidad al personaje, al punto que los personajes y episodios de películas configuran su relación más consistente con el mundo simbólico inmediato. Los actos virtuales del mundo cinematográfico se convierten en imaginarios del mundo ficticio del personaje: "Está sola. ¡Oh, qué bien! ¿Haría una cosa que nunca he hecho? ¿Arrancarle la blusa como el bandido de *Los depravados*?" (80). Sus objetos de deseo están determinados desde fuera de sí, en su caso están determinados por fragmentos de diversas actrices; el desarrollo de su subjetividad está gobernado por una imagen, por un imaginario social y estético que procede del cine: "que me hable de las peladas que más quiero. Que me hable de Kim Novak y de Elizabeth Taylor. Que por algo yo escogía a la pelada que tiene su poquito de cada una de ellas, por algo fue" ("Lulita" 86). En términos lacanianos, el sujeto es el discurso del Otro, está radicalmente descentrado, puesto que su "yo" es apenas una parte del sistema simbólico que le preexiste y lo configura. Esta idea de que lo virtual (cine) es lo real (la historia de los narradores), se ajusta a las palabras que Caicedo expone a propósito del personaje que se enamora de la actriz: "Ya no necesita enamorarse de mujeres reales: para qué si en la pantalla las tiene mejores y más inteligentes; [...] llega a extremos tales como autoconvencerse de que sólo respira bien en la sociedad del cine y que afuera lo persiguen" (*Ojo al cine* 33). La preeminencia del mundo virtual fílmico forma parte de esa "mancha" que hace girar lo extraño, lo que está fuera de lugar, que hemos indicado previamente.

Quizá sea precisamente en el relato "El espectador", donde se hace más evidente el hecho de que "el poder de fascinación ejercido por una imagen sublime siempre anuncia una dimensión letal" (Žižek 141). El personaje Ricardo Gónzalez ha visto reiteradamente la película *Ya no eres un hombre*, la cual lo ha "hechizado". Este espectador intelectual, especie de *outsider*, es sacado por el público de la sala de cine al considerar la película excelente mientras les pregunta por qué no les gusta. Tras vagar por la ciudad, vuelve a la sala a una nueva función, disfruta la película hasta el éxtasis, al tiempo que el público protesta airadamente por encontrar el final malogrado. Uno de los asistentes, el gordo, intercede a favor de aprobarla. Ricardo admira la defensa del gordo y ve en él un posible interlocutor sobre el mundo del cine. Terminada la función, lo sigue por las calles y lo pierde de vista. Repentinamente el gordo y una banda de jóvenes que lo acompaña aparecen y le propinan una golpiza a Ricardo, a quien consideran como acosador homosexual.

El relato ofrece dos niveles de interpretación; uno, de orden sociológico: el público busca una identificación de su imaginario ideológico, censura el final de la película, pues se ve alterada su concepción dominante de ver representado el restablecimiento de la justicia: los bandidos han de ser apresados por la policía, pagar la culpa, con ello no se rompe la lógica del formato previsto en las expectativas del espectador. El otro nivel de interpretación concierne a la esfera de la incomunicación; en este caso un cinéfilo busca en vano hablar con alguien sobre cine, línea narrativa que conserva en su interior el papel de la fascinación dentro de la configuración de su subjetividad. Ricardo ve cine, ve al gordo pero ante todo es mirado por ese mundo virtual con consecuencias fatales, es agredido. Al respecto, conviene recordar el planteamiento de Žižek según el cual la mirada desempeña un papel crucial en las películas de Hitchcock como ocurre en las obras de Racine y, digamos, en los textos de Caicedo. Existe cierta similitud con *Fedra* que gira en torno a la interpretación errónea de una mirada, así mismo le ocurre al personaje de "El espectador": es leído *deformadamente* por el gordo.

A propósito de esta lectura errónea de la mirada, vale la pena acercarse a este motivo en Caicedo desde la perspectiva de Žižek, quien considera que el verso 910 de *Fedra* que enuncia esta mala lectura –"En su mirada insolente está escrita mi ruina"- podría ser el epíteto adecuado para la obra de Hitchcock (157) y también, por extensión, del universo gótico del narrador caleño: en ese universo,

> [...] la mirada del Otro [...] compendia la amenaza letal, es decir, en el que el suspenso no es nunca el producto de una simple confrontación física del sujeto con el atacante, sino que siempre envuelve la mediación de lo que el sujeto *lee en la mirada del otro*. En otras palabras, la mirada de Hipólito ejemplifica perfectamente la tesis lacaniana de que la mirada que yo encuentro "es, ni una mirada vista, sino una mirada imaginada por mí en el campo del Otro". (157 destacado en el original)

Si la mirada del cine es una mancha que se interpone entre Ricardo y el gordo, esa mirada le concierne igualmente a Ricardo en lo que respecta a su deseo de hablar de cine o simplemente de hablar, de contar con el Otro. El resultado letal es la paliza de que es objeto, y más evidente aún resulta el hecho de que si bien el personaje le otorga a su narración un matiz dramático desde el punto de vista formal, expresa al mismo tiempo un estoicismo asombroso como si promulgara que la caída es la puesta en marcha de su mundo tanto virtual como real. Queda, no obstante, flotando en el relato una actitud impasible del personaje que parece insinuar que el Otro, el gordo, es una imagen violenta que se ha interpuesto y ha puesto en crisis su subjetividad masculina; su inserción en el imaginario social sufre porque algo siempre está fuera de lugar, pudiendo ser ese algo el propio personaje.

La mirada y el caminar asedian al transeúnte y resquebrajan la posibilidad de un orden en la ciudad. Por tal motivo, sería impreciso identificar al personaje que camina la ciudad en la obra de Caicedo con el tipo de *flâneur*, sujeto moderno que deambula sin un propósito por la ciudad, presentado por Baudelaire; no es tampoco quien transita las calles de la urbe con destreza y facilidad y no encuentra acogida en ellas: "el bulevar es la vivienda del *flâneur*, que está como en su casa entre fachadas" (Benjamin 51). Por el contario, el personaje de Caicedo se enfrenta a la calle sitiada por una atmósfera de gravidez o ingravidez que experimentan sus personajes en el límite de la pesadilla, producto de las fuerzas procedentes de la Ley incorporada, de la norma social, del orden ético. El personaje está en condición límite de abandono, enajenación, porque, como ha afirmado Benjamin a propósito de este tipo de ser ambulante, "comparte la situación de las mercancías. Y de esa singularidad no es consciente [...] Le penetra [...] como un estupefaciente que le compensa de muchas humillaciones. [Su] ebriedad es la de la mercancía arrebatada por la rugiente corriente de los compradores. Si la mercancía tuviese un alma [...] sería la más delicada que encontrarse pueda en el reino de las almas" (71).

Como una mercancía más de, por ejemplo, el almacén Sears que atraviesa con temor, así su cuerpo está desposeído, deshabitado, arrebatado por la rugiente morada sin piso fijo, excepto la de la imagen del padre o sus sustitutos que le dan forma a su discurso.

A falta de un orden por donde se pueda transitar, es decir, ante la carencia de una sintaxis de ciudad que crea identificaciones de los sujetos, Caicedo se ve urgido a acudir a un sistema de suplantaciones, en este caso a una elemento imaginario: el no-espacio de Cali, esto es, Cali en cuanto una metáfora que desaparece. Por ello, surge finalmente y desde el cine una concepción de ciudad en que se funde Cali doblemente ficcionalizada para acentuar su estatus real con el ideal. En "Los mensajeros" leemos: "aquí donde estoy acostada [...] se alzaba hermosa y radiante, un día, la fuente de los Bomberos, donde Carola O´Connor se bañó desnuda un 27 de julio a las 12 de la mañana y de ahí en adelante todas las mujeres de Cali siguieron haciendo lo mismo, y después hasta los hombres ¿no? Hasta que hubo necesidad de construir 27 Fuentes de bomberos, porque la otra ya no daba abasto" (139). Esta imagen hiperbólica, previa al Apocalipsis que ha sufrido la ciudad se erige en una ficción dentro de la ficción. En este punto la idealización sirve de contraste al ocaso del ilusorio progreso artístico de la ciudad:

> Studios del Río, el centro más gigantesco en el mundo de la producción cinematográfica, que comenzaba allí mismo y abarcaba toda la ciudad de Cali hasta orillas del río Pance (140). Y aquel hermoso campo que ves allá [. . .], eso es la Avenida Sexta, una de las maravillas del mundo. (141)

La idealización de la ciudad responde a una aspiración, a un imaginario y a un referente artificial, es decir, se construye ocultando o enmascarando la propia identidad; responde a la búsqueda de un origen fundacional del cual enorgullecerse, de un mundo alterno, posible, con el cual identificarse de manera profunda, es el revés de la pesadilla. Frente al tamaño de su desesperanza, Caicedo convierte a Cali en un majestuoso estudio de cine, especie de ciudad posible. La invención artística de Cali en cuanto un gran estudio cinematográfico (un set del tamaño del mapa) elabora una variante o una imagen sustituta del clásico tópico del mundo como un teatro, en este caso de Cali en su calidad de metonimia narrativa del gran teatro del mundo moderno, con su melancolía y su fiesta. La paradójica arqueología literaria del futuro de la ciudad de Cali narrada con fragmentos de soterrada o plena violencia a plena luz del día gótico, forma parte de la herencia del proceso de transculturación en que el cine y la literatura misma son los cimientos para crear una perspectiva crítica subyacente por medio de lo raro, lo incierto, lo que no calza, lo que está fuera de lugar y produce angustia continua, aunque el narrador persiste en buscar los intersticios de lo enigmático que suplanta el goce o viceversa.

Caicedo sienta las bases para replantear una aproximación al nuevo gótico literario en América Latina. Los múltiples fragmentos del paisaje urbano que el autor ficcionaliza en *Calicalabozo* muestran el imaginario urbano en sus relaciones críticas con el fantasma surgido de la imantación de la pantalla y, al mismo tiempo, permiten reconstruir las atracciones fatales que se dan entre los personajes y su ciudad, el juego de las ficticias superposiciones de identidad, el relato de un caminar angustioso narrado desde "la estrategia de un nuevo bovarismo" (Rama 96). En ese universo la mirada revela ser, al mismo tiempo, fascinación y ruina para los sujetos; las estructuras de poder omnipresentes encuentran tratamiento narrativo apropiado mediante la creación de ámbitos góticos. En la ciudad de Cali imaginada, y por extensión la nueva ciudad latinoamericana, los angelitos empantanados interpelan las penumbras del poder que acechan hasta tornarse pesadilla, y lo hacen con las posibilidades que ofrecen los lenguajes del cine, la música, la palabra desacralizadora, el andar tanático y los gestos salvadores de cuerpos festivos.

Bibliografía

Benjamin, Walter. *Poesía y capitalismo. Iluminaciones II.* Prólogo y traducción de Jesús Aguirre. Madrid: Taurus, 1999.

Berman, Marshall. *Todo lo sólido se desvanece en el aire*. México: Siglo XXI, 2002.

Butler, Judith. *Lenguaje, poder e identidad.* Traducción y prólogo de Javier Sáez y Beatriz Preciado. Madrid: Editorial Síntesis (Estudios lacanianos), 2004.

Caicedo, Andrés. *Calicalabozo*. Bogotá: Norma, 1998.

_____ *El atravesado*. Bogotá: Norma, 2003.

_____ *Ojo al cine*. Selección y prólogo de Sandro Romero y Luis Ospina. Bogotá: Norma, 1999.

Certeau, Michel de. *La irrupción de lo impensado*. Editor académico e Introducción de Francisco Ortega. Cuadernos Pensar en público. Bogotá: Pontificia Universidad Javeriana, 2004.

Gómez, Felipe. "Caníbales por Cali van: Andrés Caicedo y el gótico tropical". *Ikala, Revista de lenguaje y cultura* XII/18 (enero-diciembre 2007): 121-142. En: Luis Ospina, Centro de documentación digital <www.luisospina.com/content/view/16/37> (Consultado el 15 de septiembre de 2008).

López, William. "La ciudad en la narrativa de Andrés Caicedo". *Calicalabozo, Andrés Caicedo vida y obra.* Bogotá: Norma, 2003. 31-42.

Mansfield, Nick. *Subjectivity. Theories from Freud to Haraway*. New York: New York: UP, 2000.

Nasio, Juan David. *La mirada en psicoanálisis*. Revisión y establecimiento del texto original por Ana María Gómez. Barcelona: Gedisa, 2001.

Ochoa Marín, Jorge. *La narrativa de Andrés Caicedo*. Manizales: Fondo Editorial Serie Artes, 1993.

Patiño, Carlos. "Una hermosa modelo que se convirtió en modelo". *Caicedo, Andrés. Angelitos empantanados*. Bogotá: Norma, 2002. 9-16.

Rama, Ángel. "Los contestatarios del poder". *Crítica literaria y utopía en América Latina*. Selección y prólogo de Carlos Sánchez Lozano. Medellín: Universidad de Antioquia, 2005.

Žižek, Slavoj (comp. y otros). *Todo lo que usted siempre quiso saber sobre Lacan y nunca se atrevió a preguntarle a Hitchcock*. Buenos Aires: Manantial, 2003.

Andrés Caicedo en clave urbana

Nelson Antonio Gómez Serrudo
Pontificia Universidad Javeriana

Entender la cultura en la ciudad de Cali a través de la obra de Andrés Caicedo es un ejercicio de sociología de la literatura fecundo a la hora de comprender una sociedad. La obra de este autor, elaborada a finales de los 60 y comienzo de los 70, tiene a la ciudad como foco principal de su ficción narrativa.

En ese tiempo, la ciudad empezó a adquirir una específica fisonomía al expandirse, más allá de sus límites prefijados, con demandas habitacionales y de servicios que no se suplían de manera adecuada. Con esta masificación urbana surgieron los barrios de invasión o "barrios piratas", la gran mayoría de ellos constituidos por campesinos provenientes de diferentes regiones del país, que ven en las ciudades una forma de mejorar sus condiciones de vida.

Como resultado de estas migraciones se propiciaron formas de vida híbridas: por un lado, los grupos que accedían a la ciudad traían las costumbres de sus lugares de origen, tal es el caso de las comunidades del Pacífico asentadas en los barrios populares; por el otro, se presentaba la dinámica que propicia la ciudad en su ideal de ascenso social y la consecución de vivienda se convirtió en la principal preocupación de los grupos inmigrantes. La expansión urbana en el período que estamos estudiando se orientó, sobre todo, hacia el nororiente y el sur. En el primer caso, hablamos de un amplio sector caracterizado por su composición popular a partir de la calle 25 entre el río y la carrera séptima (Negret 8). Siendo el drama de quien llega a la ciudad resolver el problema de la vivienda, quienes lo consiguieron resaltan el esfuerzo que ello implica para todos los miembros de la familia y de sus vecinos. Ese esfuerzo significa formas de organización, creación de juntas de barrio, redes de apoyo. A través de estas organizaciones se canalizan los intereses y se logran resolver los problemas de alcantarillado, energía y pavimentación, convirtiéndose, además, en lugares de socialización para la comunidad.

Las clases media y alta caleña se ubicaban hacia el norte, el Versalles, Santa Rita, los alrededores de la Avenida Sexta, fueron los primeros sectores en tener un acercamiento al Rock, mucho estudiante del colegio San Juan

Berchmans con un conocimiento del inglés y con familiares en la "yunai" que les traían los temas de moda. En los primeros años de la década de los sesentas se construye el barrio Ciudad Jardín, un sector de clase alta ligado a la ampliación de la carretera a Jamundí y la construcción del puente sobre el río Lilí. Algunos de los hijos de esta clase social comenzarían a dejarse crecer el pelo, a tener experiencias con la droga y a escuchar Rock. Temas como "It's Only Rock and Roll" de los Rolling Stones, "A Hard Day's Night" de los Beatles, "La casa del sol naciente" en versión de Los Speakers, o algún tema del grupo local Los Demonios causaba sensación.

Cali se preparaba a finales de los sesentas para la realización de los Juegos Panamericanos; la inversión realizada y los esfuerzos para dar acogida a los participantes eran enormes (Giraldo 1, 3, 15): se diseñaron, construyeron y adecuaron los escenarios deportivos, se amplió y se mejoró la Carrera Quinta, se creó un sistema de señalización de las calles. Este hecho es de gran relevancia, ya que modificó la fisonomía de la ciudad; a partir de ese momento Cali comenzaría a contar con grandes escenarios para realizar espectáculos masivos.

El ambiente cultural y político de los sesentas y setentas en la ciudad de Cali es interesante: el movimiento estudiantil de la Universidad del Valle es uno de los más importantes a nivel nacional, sus demandas de reforma universitaria, del plan mínimo y de la función de la universidad en los procesos de transformación de la sociedad eran sus banderas políticas. También es importante el surgimiento de grupos de mujeres quienes crearon el Museo La Tertulia y organizaron la primera muestra de arte popular. El Teatro Experimental de Cali (TEC) venía haciendo un tipo de teatro que rescataba momentos claves de la historia del país con una dramaturgia que privilegiaba la creación colectiva; entre sus trabajos más importantes se destaca *Soldados*, obra basada en el episodio de Las Bananeras, inspirada en la novela de Alvaro Cepeda Samudio. El TEC constituyó también un factor aglutinador de la actividad cultural y política de la ciudad, revitalizó el movimiento teatral colombiano y fomentó importantes debates y acercamientos a las propuestas de los dramaturgos y grupos contemporáneos como Grotowsky, Brecht, Peter Brook, el Living Theatre, El Bread and Puppet, y Luis Valdés.[1] El Cine Club de Cali, con su revista *Ojo al Cine*, incursionaba en la crítica cinematográfica y en la urgencia de hacer cine. De este grupo saldría un buen número de realizadores.

Una ciudad imaginada

Cali es la obsesión de Caicedo, su imagen opresora, el universo complejo por donde discurren sus personajes en busca de la felicidad, el amor o la muerte. La ciudad es elevada a metáfora, sus calles, los lugares de reunión y de rumba; en la mayoría de las oportunidades la ciudad aparece como protagonista privilegiada de la trama discursiva.

El nombre de una colección de cuentos, *Calicalabozo*, y el título de uno de ellos, "Calibanismo", son una profesión de fe de su arraigo y desarraigo por esta ciudad. La serie de cuentos *Calicalabozo*, incluida en *Destinitos fatales*, pretende esbozar un calidoscopio de la ciudad, vista desde diferentes ángulos por sus jóvenes protagonistas. En "Infección" el odio es visceral, el inconformismo es acentuado, se rechaza desde la pertenencia a una clase social, hasta las convenciones hipócritas de los amigos. En "Vacío" la ausencia del amor es una ausencia que se interioriza desvaneciendo la ciudad, desocupándola de sus habitantes. En "Besacalles" se trata el conflicto de un homosexual, la superposición de su vida familiar y las de sus amigos, su condición de paria frente a los peligros y deseos de la noche. "De arriba abajo de izquierda a derecha" es la vida nocturna de un adolescente, que no puede poseer a su amiga, en una interminable noche que llega a su fin luego de tres meses para comprobar en la mañana que ha perdido su examen de química. "Felices amistades" es una historia de vampiros tropicales con una protagonista a quien le gusta comerse a sus víctimas vivas.

Los personajes caicedianos presentan diferentes perspectivas en la percepción de su entorno. En "Infección" se dice: "odio mis pasos, con su acostumbrada misión de ir siempre con rumbo fijo, pero maldiciendo tal obligación". En el cuento "Por eso yo regreso a mi ciudad", el aislamiento convierte al protagonista en un *voyeur* que va describiendo su encerramiento, su soledad y esa compulsividad enfermiza lo lleva a observar sin ser visto. Describe en su monólogo interior las calles, las costumbres de la gente en los días sábados después de las salidas de cine y la distancia insondable con los otros. De ese motivo opresor de encerramiento en este relato se pasa a la comprobación del cambio operado en el espacio urbano:

> Y cuando vienen los días en los que me siento solo, me voy para la montaña de mi aventura a ver los obreros que construyen edificios para los VI Juegos Panamericanos. Exactamente encima del túnel mío han construido una torre de propiedad horizontal, y ya no queda nada de montaña: han puesto parques de recreo para los niños de los edificios. Seguro el túnel les sirvió mejor para levantar cimientos. (*Berenice* 55)

El autor deja constancia permanente del crecimiento de la ciudad: "se reúnen aquí con este sol para gozar del único espacio abierto que queda en el norte de Cali, espacio si se me permite informar que ya no existe. Colombina, la fábrica de confites que se exportaban, ha levantado allí una torre de 30 pisos" (*¡Que viva la música!* 30). Esa transformación se expresa también como imagen opresiva "vemos cómo crece el río. Es increíble, es como si viniera a cobrar venganza por el pasado esplendoroso que le quitaron las modernas urbanizaciones" (*Maternidad* 98). El pasado esplendoroso tiene que ver con un Cali que vivía a un ritmo de cambio lento, el de las grandes casas de los hacendados de la oligarquía caleña, espacio que se modificó de manera acelerada cuando la función arquitectónica y habitacional de la hacienda se transformó por la necesidad y funcionalidad del bloque de apartamentos. Esa sensación de esta nueva vida urbana generó un distanciamiento: "Cali... es una ciudad extraña. Por ser Cali y por ser extraña, y por ser a pesar de todo una ciudad ramera" (*Destinitos fatales* 30).

El extrañamiento que logra causar la ciudad en el individuo, la sensación de no reconocerse en ella, el sentimiento de exclusión que no le permite desarrollar sus expectativas lo lleva a decir: "odio a Cali, una ciudad que espera pero que no le abre la puerta a los desesperados" (30). Cali es además una ciudad "con unos habitantes que caminan y caminan [...] y piensan en todo y no saben si son felices, no pueden asegurarlo" (30). Algunos personajes adolescentes muestran un rechazo a la vida urbana. Solano Patiño y Danielito Bang (de *Angelitos empantanados*) elaboran un paraíso artificial que se puede entender como una "vuelta al vientre" o una huida al campo. Son varios los relatos donde se manifiesta ese malestar, esa huida se acompaña con el consumo de droga o de hongos que abundaban en la época por los pastizales cercanos al río Pance. Por último, queda la invitación a "no sucumbir ante la miopía del que vive en la ciudad; ármate de los sueños para no perder la vista" (*¡Que viva la música!* 188).

En la Revista *Ojo al Cine*, editada por Andrés Caicedo, el escritor señala que esta es "la única revista especializada en cine en nuestro país que se sigue publicando en Cali, en la ardiente provincia como dirían algunos, y que hoy atraviesa el más terrible período de despersonalización según los quehaceres constructivistas (y de pésimo gusto) del nuevo rico" (3). Ese terrible período se refiere a la creación de nuevas urbanizaciones, a la emergencia de los sectores medios, populares y altos, a la incorporación cada vez más acentuada del circuito internacional que se expresa en el afianzamiento de empresas transnacionales. Según Simmel podemos entender este proceso "como la individuación y despersonalización" que produce en el individuo la gran ciudad.

Los "quehaceres constructivistas del nuevo rico" son una forma de legitimación y transformación que se opera en la ciudad en sectores de altos recursos, que no tienen en cuenta el buen gusto sino que hacen ostensible su poderío económico, expresado en cierto tipo de construcción que rompe con los marcos anteriores de la ciudad y modifica su función. Este fenómeno expansivo trae consigo la asimilación y confluencia de formas culturales de cualquier rincón del planeta, la hibridación y la asunción de expresiones como el Rock y la Salsa, la circulación de películas, discos y programas de televisión. Influidos por esa modernización, aparecen unos registros que se adoptan en la literatura, estos son, a saber: la imagen e historia del cine, sus personajes, sus divas, sus géneros, los fragmentos de canciones incorporadas al texto, los giros del lenguaje, elementos que están muy presentes en la narrativa del joven escritor caleño.

Es por esas calles, ese entramado urbano, ese calicalabozo, donde se fue gestando el universo narrativo de Andrés Caicedo; con esos materiales construyó una ciudad imaginada, ese espacio con lugares veraces y otros que no lo eran.

El norte tiene como referente el Colegio San Juan Berchmans, allí estudian los hijos de la clase alta caleña. La mirada del autor se centra en los jóvenes problemáticos o en el conflicto generacional entre padres e hijos que significó un cuestionamiento de algunos elementos que conforman el ideal de vida acuñado por sus padres. En el fondo puede verse un interés por hacer lo que se quiere, pero también una desorientación que lleva a beberse la vida de un solo sorbo. Por sus páginas desfila una dilatada galería de personajes, donde encontramos desde el audaz tropelero hasta Ricardito el miserable, a quien, según la Siempreviva, le tocó afrontar todos los males de su generación. Uno de estos personajes nos introduce a un trayecto de la ciudad y nos describe su escenario:

> A la Avenida Sexta llegamos entre aroma y porciones de sombra de carbonero.
> Vivía, pues, yo, en el sector más representativo y bullanguero del Nortecito, aquel que comprende el triángulo de Squibb-Parque Versalles-Dari Frost, el primer Norte, el de los suicidas. Lo demás, Vipepas, La Flora, etc., es suburbio vulgar y poluto. Mi Norte era trágico, cruel, disipado. Vivía con ventana al Parque Versalles. (*¡Que viva la música!* 31)

El sur emerge con el colegio Santa Librada, lugar de estudio de los sectores populares. En el período era uno de los colegios más combativos de Cali, existía en su interior mucho militante de partidos de izquierda y en los alrededores se protagonizaban tenaces jornadas de protesta, sus estudiantes eran unos "manes tesos". En Caicedo son muy escasas las alusiones a los sectores populares, en contraste con la obra de Umberto Valverde, donde encontramos un interés persistente por el barrio obrero y la vida de sus alrededores.

Tanto el sur como el norte aparecen con claras referencias de clases y del gusto por la música. En la obra *¡Que viva la música!*, la primera parte identifica la experiencia del norte con el Rock, el romance de La Mona[2] con un guitarrista norteamericano cultor de este género de música. Luego la protagonista hace un recuento sobre el guitarrista de los Rolling Stones, y luego de vivir placer y aburrimiento por el Rock, descubre que al atravesar un límite hay otro mundo:

> quién me viera, al descubrir que hacia el Sur era de donde venía la música, la música mismísima y caminé, caminé creo que largo y pisé rodillas y canillas y me asenté en cabezas sin clemencia, cabezas que no se mosquearon: ¿no oirían ellos, mientras me acercaba yo a mi fuente de interés, que al Sur alguien oía música a un volumen bestial? [. . .]
> Sonaba en casa, no de ricos, al otro lado de la calle que yo no pretendía cruzar, allí donde termina Miraflores [...] pero no, no es; son casas desparramadas en la montaña, jóvenes que no estudian en el San Juan Berchmans. (*¡Que viva la música!* 93-95)

Con este recurso metafórico descubre el sur como un espacio sociocultural, donde se vive y se escucha música Salsa, muy arraigada en los sectores populares caleños, quienes al ritmo de la música reconocen momentos de su cotidianidad.

De ese sur, o mejor, de esos sectores populares, Alejandro Ulloa muestra la constitución inmigratoria de sus pobladores, los bares, sus vivencias, que contribuyen a la recepción de la Salsa en Cali. Entre esos elementos señala la urbanización acelerada con su correlato de barrios marginales la presencia de las culturas afrodescendientes del Pacífico, sobre todo, sus grandes asentamientos en la zona metropolitana, como Juanchito, y el rol de los medios de comunicación en la difusión de la música del Caribe.[3]

En el cuento "Angelita y Miguel Ángel", los personajes se sienten atraídos por la otra realidad de la ciudad y creen que adentrarse en ese mundo les va a significar ser más "progresistas", como ellos mismos afirman. La visión que se muestra en este relato es de calles sin pavimentar, casas en construcción. Su "progresismo" los incita a introducirse en un teatro donde hacen amistad con unos personajes que por la descripción del narrador resultan grotescos. En un primer momento se entabla amistad y de ese contacto resulta cierta simpatía recíproca, luego se torna agresiva cuando uno de ellos intenta tocar a Angelita y termina con una escena violenta donde muere la protagonista y Miguel Ángel huye desesperadamente. La violencia que se vive en la ciudad se hace tangible, las galladas operan por todo el ámbito de la misma, pero esa violencia también tiene su mirada y esta es la que se produce por los sectores acomodados y opera de una manera despectiva, tal como lo relata un adolescente "ahora no se puede y que tal que la gente del sur que son pobres y no es sino verlos y saber que son pobres entonces pararlos y pedirles papeles" (*Destinitos fatales* 92). En *El atravesado* nos cuenta de las labores de exterminio de la Guardia Civil a la barra la Tropa Brava, en medio de gritos y tiros en el transcurso de una noche.

Esos contactos entre el sur y el norte se realizan en varios planos, uno de ellos es la mirada del adolescente de clase media y alta para sentirse "progresista"; otro, con desdén y preocupación por esos sectores vistos como generadores de violencia; por último, se destaca esa complejidad, ese sonido bestial, ese descubrimiento de la música de nuestra tierra, según el decir de la Siempreviva. El norte se ve en su aspecto más problemático en relación con el joven, el hippismo, la droga y el Rock, pero también desfilan las señoras distinguidas y bellas, como las madres ejemplares de muchos personajes adolescentes, con sus fiestas elegantes y sus maridos promisorios, empresarios como el padre de Angelita, el famoso "rey del ají".

La rebeldía, un asunto de jóvenes

> Nos tocó la época en la que somos eternos seducidos y luego abandonados.
>
> Andrés Caicedo
> *¡Que viva la música!*

> Y hará retumbar vuestras paredes porque los tiempos están cambiando.
>
> Bob Dylan
> "Los tiempos están cambiando"

> Agúzate que te están velando.
>
> Richie Ray & Bobby Cruz
> "Agúzate"

> Sobre toda juventud se cierne una esperanza.
>
> Alfonso Reyes
> *Última Tulé*

En la época de la que nos ocupamos, el crecimiento y la oferta que se ponen en juego en el espacio urbano promueven unos mayores niveles de consumo. Estas necesidades no sólo están dadas por las demandas intrínsecas de los diferentes sectores sociales que la conforman, muchas de ellas se incitan por los medios de comunicación. Una sociedad que está percibiendo estos cambios tiende a modificar sus estilos de vida. Este fenómeno se evidencia en la promoción e instalación, en la sociedad, del hábito de la posesión compulsiva de objetos de consumo, alentando la necesidad de ascenso social, es decir, se opera una "revolución de las expectativas" que, por supuesto, no satisface a todos los sectores sociales; en este proceso quienes se ven favorecidos con las posibilidades de una mayor adquisición de bienes son los sectores de clase media y alta.

En algunos jóvenes se produce un significativo cuestionamiento a ciertas actividades y actitudes de los mayores: el consumo desbocado, el ascenso social, el logro de una posición respetable, la consolidación de una familia ejemplar. Se generaliza la moda unisex, que intenta barrer la distinción entre los sexos; los temas sexuales, lo reprimido y lo inconsciente comienzan a ser asuntos ampliamente debatidos; aparece el orientalismo con el uso de blusas hindúes y su propuesta de respeto a la naturaleza y a la paz interior. Estas actitudes se asumen con todas sus consecuencias. De ese panorama de la juventud se destaca un creciente inconformismo social, entendido como una actitud que cuestiona ciertos valores sociales, pero que no ofrece una alternativa clara para superarlos.

Para entender el papel protagónico que adquiere la juventud, son pertinentes las observaciones de Rodrigo Parra Sandoval sobre el período que nos compete. "Las población joven ha experimentado procesos muy grandes de reubicación espacial, se ha urbanizado. En 1964 el 54,4% de esta población vive en áreas urbanas y en 1981 esta proporción llega al 70,1%" (Parra 27). Para vislumbrar la actuación de la juventud en este lapso, queremos acercarnos a través de ciertos panoramas, reconstruyendo y mirando en qué consistió su dinámica. La participación de la juventud en el movimiento estudiantil es un fenómeno de relevancia en el país.

El movimiento estudiantil de la Universidad del Valle, del 70, tuvo gran repercusión a nivel nacional. Fueron muchas las propuestas que se movieron alrededor del movimiento, pero entre los estudiantes estaba claro el rechazo al Plan Atcon, a los Cuerpos de Paz y a la Fundación Rockefeller. En las propuestas se apoyó el "programa mínimo" de los estudiantes colombianos, que establecía como principios reivindicativos el papel que la universidad debería tener con los sectores más desprotegidos, un cuestionamiento al manejo interno y la urgencia de una mayor participación estudiantil en las políticas universitarias.

Muchos de los principios y actuaciones del movimiento estudiantil estuvieron mezclados: por un lado se observan reivindicaciones propiamente estudiantiles y por otro, una consideración del entorno social y una militancia que, en lo más radical del movimiento se tradujo en un compromiso con los sectores obreros, populares y campesinos. En el país es un hecho sintomático que durante el período muchos estudiantes universitarios engrosaron las filas de las guerrillas y muchos de sus dirigentes procedían de las aulas universitarias.

Independientemente de sus opciones y cuestionamientos, algo quedó claro de la participación estudiantil y es que la universidad debe estar al servicio del cambio social. La movilidad que caracterizó al movimiento estudiantil, impulsada por los sectores medios y populares, colocaba en el transfondo de esas expresiones la demanda de una mayor democratización de la universidad. Mientras el ámbito estudiantil se politizaba, se percibía en sus alrededores un ambiente de inconformidad social que fue alimentado y abanderado por distintos sectores juveniles. En el mundo caicediano aparecen aquellos jóvenes que se identifican con el Rock y la Salsa como elementos suscitadores para asumir la realidad agitada que se vivía. Algunos se ven identificados por la música, la droga y el descreímiento; y es así como se buscan significados diferentes al sentido de la vida y la realidad.

> Fue allí cuando los columnistas más respetables empezaron a diagnosticar un *malestar* en nuestra generación, la que empezó a partir del cuarto *long play* de Los Beatles, no la de los nadaístas ni la de los muchachos burgueses atrofiados en el ripio del nadaísmo. Hablo de la que se definió en las rumbas en el mar, en cada orgía de Semana Santa en La Bocana. No fuimos innovadores: ninguno se acredita la gracia de haber llevado la primera camisa de flores o el primero de los pelos largos. Todo estaba innovado cuando aparecimos. No fue difícil, entonces, averiguar que nuestra misión era no retroceder por el camino hollado, jamás evitar un reto, que nuestra actividad, como la de las hormigas, llegara a minar cada uno de los cimientos de esta sociedad, hasta los cimientos que recién excavan los que hablan de construir una sociedad nueva sobre las ruinas que nosotros dejemos. (*¡Que viva la música!* 58-59)

En el mundo caicediano el joven de la ciudad cobra carta de ciudadanía al ver trasladado su lenguaje desenfadado proveniente del cine, la radio, la televisión y la calle a las novelas y cuentos, imprimiéndole una cadencia singular a sus historias. En la obra opera de diferentes formas el lenguaje, y se deja traslucir en esa prosa, ese aire de oralidad que crea una identificación inmediata con el joven. La alusión propiamente dicha en referencia al cine se evidencia cuando asiente:

> pero qué tal si digo que hubo como una interrupción en el proceso de la amanecida o un retroceso, mi papá gustaba de explicarme el procedimiento de sonorizar un película muda filmada a 16 cuadros: repitiendo fotogramas, de lo cual resulta como un *barrido*, esa es la palabra técnica, eso fue exactamente lo que produjo el aullido de Ricardito en ese día, a la distancia. (*¡Que viva la música!* 63)

La comparación hace uso del movimiento y la entrada técnica del sonido en relación con la situación de los personajes. Es decir, muchas de las comparaciones y construcciones narran desde la perspectiva de quien tiene en cuenta una memoria visual alimentada del conocimiento de los procedimientos del cine o de quien está sentado en la cuarta fila de un teatro. En los cuentos y novelas son muchos los casos en que procede con esos recursos para la descripción de acciones o situaciones. Dice el mismo Caicedo, con "el cine [...] se ha puesto a funcionar el mundo según su ritmo [...] las culturas y subculturas cada vez son más escasas provenientes de la literatura que del cine" ("Especificidad del cine" 4).

El fenómeno del cine se halla precedido de un espacio urbano y la huella de ese espacio es la sala de cine. En "El espectador" se rinde un homenaje al ocupante de ese espacio, al cinéfilo. El personaje de este cuento no tiene reparos en observar una película cuantas veces sea necesario y con ese placer va narrando su soledad y su necesidad de buscar un interlocutor para dialogar y desplegar su pasión por el cine. En "Pronto" se narra la aventura de un obsesivo y enfermizo personaje ante el celuloide, toda su realidad tiene una relación semejante a cualquier fragmento de películas que ha visto; su objetivo en el viaje que realiza a los Estados Unidos es venderle unos guiones a (Roger) Corman, el famoso director de películas de terror. Edgar, el protagonista de *El atravesado*, en una acción de su gallada en Almacenes Sears, cuenta cómo en una discusión con el gerente se vio en la necesidad de quitarle el teléfono y "eso de arrancar el cable del teléfono no es cualquier güevonada, me contó Edgar, como uno ve que hacen los tipos en las películas, pero con un poco de fuerza, eso sí, el cable sale de una" (*Berenice* 41). En el cine no sólo se va a ver sino también a aprender. Las colas que se hacían en los teatros para ver *Al compás del reloj*, *Submarino amarillo*, *Rebelde sin causa* o *Nuestra cosa latina*, tuvieron gran resonancia, se veían los pasos, las modas, los gestos y las actitudes que luego serían imitadas por muchos jóvenes.

El lenguaje de la música que se transmite por la radio o que se adquiere con la compra de los discos, permanentemente es usado como recurso para mostrar actitudes o situaciones. En la novela *¡Que viva la música!* se encuentran abundantes testimonios de este proceder:

> Para repetir boleros babosos, de allí en adelante fue piedra rodando sobre sí misma, madero de nave que naufragó, alma doliente vagando a solas. No pudo dedicarse con tranquilidad a otra actividad que la pesquisa, la averiguación, hasta que llegó a hacerse a un panorama bastante fiel (dirían) de lo que había ocurrido dentro de su propia noche. (135-136)

Las letras de las canciones se incorporan directamente al lenguaje como referente de acciones, desligándolas del contenido que puedan tener originalmente en la canción: "el niche que facha rumba, háganle caso que está callao y viene de frente tocando el tumbao", "... te conozco bacalao aunque vengas disfrazado" (*¡Que viva la música!* 96).

Al ser usados por los protagonistas, los fragmentos de las letras se resignifican en sus sentidos y se transforman en invitación a la rumba, estados de felicidad o en una incitación a mostrar los más osados pasos de baile. En la participación lingüística de los adolescentes de la obra de Caicedo se introduce lo popular que está, más que en los temas, en la lengua con que el autor lo comunica. A partir de la década de los sesentas se produce un desarrollo de los medios masivos de comunicación: la televisión, la radio, el cine y la prensa serán asimilados de forma diversa por vastos sectores sociales imprimiéndole a su vez contenidos propios.

A la recepción masiva de los medios se agrega una actitud rebelde. El "vive como puedas, pero ante todo como quieras", "las barreras impuestas al placer, excitan el placer de vivir sin reservas", la consigna de mayo del 68 resuena como una consigna reivindicativa de las nuevas juventudes y en la obra de Caicedo se traduce en que es preciso gozar la vida ahora que somos jóvenes y tenemos tiempo, porque después vamos a morir; es la ley de la existencia y nadie la cambiará. La actitud inconformista por parte de jóvenes de diferentes sectores sociales, fue asumida, en unos, en la militancia política, otros se volvieron *hippies*, otros crearon galladas, los de más allá le dieron rienda suelta a su pasión artística.

Esta circunstancia es propicia para el Rock y la Salsa, ya que con esta música se convalida mucho de lo que se ve y se vive; el nuevo ritmo de la ciudad es el ritmo acelerado de un Rock o el paso frenético de un baile de Salsa. En *¡Que viva la música!* se ilustra ese tránsito de la protagonista del Rock a la Salsa, estableciendo un compromiso con esta última, identificándola como la música de su pueblo y convirtiéndola en un estandarte frente a "la penetración cultural *yankee*", expresada por el Rock.

No queremos destacar de este tratamiento una reivindicación de un género por el otro, simplemente ver cómo se asume este tipo de música por parte de los jóvenes y como a través de esto la viven y la gozan. Esto implica una definición de la música, que va más allá de las letras y el pentagrama y se asume como una actitud de la existencia, es ante todo

> música que se alimenta de la carne viva, música que no dejas sino llagas, música recién estrenada, me tiro sobre ti, a ti sola me dedico, acaba con mis fuerzas, si sos capaz, confunde mis valores, húndeme de frente, abandóname en la criminalidad, porque yo no sé nada y de nada puedo estar segura, ya no distingo un instrumento sino una eflusión [sic] de pesares y requiebros y llantos al grito herido, transformación de la materia en notas remolonas, cansancio mío, amanecer tardío, noche que cae para alborotar los juicios desvariados. (*¡Que viva la música!* 141)

Esas noches o esa infinita noche, se encuentran bajo el influjo persistente de la Salsa. Este ritmo ha terminado identificando a la ciudad de Cali y ha constituido aquello que Alejandro Ulloa llama memoria musical, que consiste en

> una amalgama de tradiciones [...] de la que estamos hechos. Estamos tejidos por las letras y la melodía de muchas canciones; somos también fragmentos de música, fraseos de algún ritmo aprendido en nuestra infancia, recuerdos sonoros evocados sin pensarlo, o acercados por la presencia rutinaria del disco. De ellos también estamos hechos. (37)

La apabullante hegemonía de la Salsa no ha impedido que se cuele por los intersticios que deja la presencia de los jóvenes amantes del Rock, los cuales también han forjado una memoria, cuyos escenarios fueron el Gimnasio Evangelista Mora, el Pedregal, lugares famosos por la realización de conciertos de Rock. "Es que eso del *Rock and Roll* le mete a uno muchas cosas raras en la cabeza, mucho chirrido, mucho coro bien cantado, mucha perfección técnica y luego ese silencio y el encierro..." (*¡Que viva la música!* 88). De esta manera, el Rock se fue constituyendo en un fenómeno social que se arraiga en los sectores más jóvenes y es allí donde produce una recepción masiva. El Rock alude con frecuencia a temas como el sexo, la droga, la soledad del individuo, la guerra, y formula constantes críticas a la sociedad moderna. Canciones como "El amor es una pistola caliente" de The Beatles comenzaban a difundirse dentro del ámbito caleño, a la par que surgían lugares para escucharlas: El Latino, La Gruta, entre otros.

No todos los discos de Rock que circulaban eran distribuidos por las tiendas de discos, muchos eran encargados y traídos por familiares que vivían en la "yunai". En una época en que el álbum hexagonal de los Rolling Stones era uno de los más codiciados, la adquisición de estos discos permitía la rápida divulgación de este género musical. Con este auge del Rock fueron surgiendo grupos locales y comienzan a ser conocidos Los Gats, Los Demonios, Los Mods, Conspiración del Zodíaco, Los Monstruos, Alma Hidra, Áncora y Arcoiris. En el volante promocional de un concierto de Hidra, Expreso del Oeste y Arcoiris se lee en letra menuda: "Una pequeña ayuda de nuestra gente... Raúl y Helena... Soyecitos raritos y exclusivitos para la gran hermandad... Blanca, Negra, Verde para todos los hermanos. Calle 5a. No. 24C-18 San Ferchito... en el Sur. Sur".[4] Además, eran frecuentes las presentaciones de películas de Rock en el Cine Club Canabbis que funcionaba en el Teatro Colón, en muchas de las funciones la sala adquiría una atmósfera pesada y un incienso estimulante de yerba, para la comunión de hermanos, y solían preguntar "¿cree usted que un peludo llegue a ser Presidente de la nación?"

Pero los "peludos", como se ha señalado, no eran simplemente amantes del Rock, la Salsa prácticamente se convirtió en lugar común en la ciudad. Los dos géneros musicales son fenómenos que se estructuran en el espacio urbano y muchos de los personajes de las canciones tanto de uno como del otro se encontraban por ahí. La Siempreviva descubre el "sur" y con ello la música Salsa que tiene un fuerte arraigo en los sectores populares, según lo descrito por Alejandro Ulloa, de lo cual resulta un lugar común hablar de la Salsa como hablar de Cali. Los jóvenes se convierten en sus aliados "vaya uno a saber cómo y quién le va a uno signando el recorrido por este mundo, por este Cali bello en el que yo soy la Reina del Guaguancó" (*¡Que viva la música!* 93). La protagonista afirma: "me inflé de vida, se me inflaron los ojos al recordar cuánto había comprendido las letras en español, la cultura de mi tierra (100-101). Poner discos de 33 revoluciones a 45 revoluciones por minuto se convierte en una forma muy peculiar en Cali para escuchar la música y bailarla, algunas canciones como "Micaela" de Pete Rodríguez o "Agúzate" de Richie Ray & Bobby Cruz son ejecutadas de esta forma. Todo género que se respete crea sus propios mitos, Richie Ray & Bobby Cruz se convierten en los músicos más representativos y bailados de Cali, ya que su música produce la

> maravilla de tener los sentidos todos aguzados, dispuestos a florecer ante el embate de trompetas. Maravilla de reconocerse en un estado de adormecimiento, de agobiante fofa espera, anterior a esta entrada, a este empalme de luces y de voces que te dicen "agúzate que te están velando". (124)

Los conciertos que se realizaron llenaban los estadios y el furor que producían tornaba un ambiente electrizante en la ciudad con la Salsa,

> se estaba produciendo un fenómeno de popularización cultural de la ciudad, por ocupación de la misma y sus espacios principales por una cultura popular muy fuerte, expresada tanto en la informalidad del habla como en la música. El son y la Salsa en su versión de hoy, terminan por tomarse la ciudad y se convierten en una especie de ideología emblemática de la urbe hacia el resto del país. (Cruz Kronfly 29-30)

Además de los típicos elementos de difusión como el disco, las emisoras y los conciertos; los lugares de reunión tenían gran acogida. Al compás de las nuevas tendencias musicales, la balada, el Rock, la Salsa y de la nueva canción latinoamericana, se crearon espacios para gozar estos géneros musicales: El Bar Nápoles en el Barrio Obrero, el Bar Metropol de la Alameda, el Chorrito Musical, Cabo E, Séptimo Cielo.

Junto a de estos gustos musicales se generaliza el consumo de las drogas alucinógenas. La experiencia con la droga coadyuvó a reforzar actitudes, salidas, búsqueda de paraísos psicodélicos, huidas de la dura realidad, y contribuyó a uno que otro suicida. Ricardito el miserable es uno de estos tipos, un personaje incomprendido, solitario, melancólico y descuidado.

Pero no sólo de este tipo de sentimientos están plagados los drogos que deambulan por el mundo caicediano y las calles de calicalabozo. Una de esas rumberas "Metía pepas para ganar flexibilidad en caso de que (cosa rara) le diera por bailar, y como eficaz medio para volver sobre recuerdos ya encontrados" (*¡Que viva la música!* 137-138), y añade: "nunca me gustaron las pepas, aunque, ay, para el baile y para el amor son colador total de prejuicios, gacelas desbocadas en mitad de un campo de cañabrava, bomba de las navidades". De efectos tan satisfactorios, de esa flor de un día, de esa bomba de las navidades, se pasa a un estado que se le convierte a uno de estos protagonistas en un

> hueco en mi memoria. Supongo que ahora lo tengo en la mitad del coco. Hay veces en que siento bolas de golf que se enclochan allí, haciendo ese ruido como de glu, glu, y no resisto la cara del jugador experto y despierto, Jesús, aterrorizada, y pido pilas de Valium 10, que me dispense mejores sueños. Sé que cada día inventan más cosas para que uno pruebe, pero de lo que yo probé, el ácido es lo peor de todo. Hay que ver lo queda en los ojos, hay que ver lo que uno se imagina que le hace a la gente, no será muy malsano llegar a la convicción de que gente que es un hecho, lo ama a uno, ¿actúa todo el tiempo para perderlo? Da también odio hacia los padres, deseos asesinos hacia las sirvientas, terror a la primera luz del día, sentirse de física plastilina, si uno tiene granos, el ácido se lo quita: lo que le deja es huecos, le seca el pelo, le afloja los dientes, ya no corre ni se come fácil, pues duelen las coyunturas, los cartílagos, las encías, y eso de tratar de leer un libro y quedarse bailando en la primera línea, tratar de dormir y no pensar más que en horribles hechos del pasado, motivos de vergüenza, y yo gritaba: ¡Pero si no tengo pasado! ¡Mi pasado es lo que haré este día! (53-54)

El tiempo pasado se desvaloriza, una actitud de esta juventud es reforzar el presente, se convalida una actitud hedonista, un individualismo extremo; el "yo" se toma las calles, las aceras, penetra las tabernas. El problema no es crear mundos artificiales, de lo que se trata ahora es de vivirlo al calor de la experiencia callejera, del contacto sexual, de la droga. En este sentido, los jóvenes buscaron un cambio; para algunos la solución era vivir en paraísos que les deparaban el consumo de droga, para otros la violencia y para los de más allá la militancia con el socialismo o la paz y la exaltación de la naturaleza. ¡Rousseaus contemporáneos en medio del asfalto pidiendo a gritos el mundo! De esta multiplicidad de experiencias, pensar en un futuro normal es algo que no ofrece muchos atractivos, se percibe un malestar de la situación actual, mas no se entiende o no se formulan interpretaciones ajustadas a lo que pasa. La juventud como sujeto social comienza a ser pensada en otros términos, la gran mayoría de los casos, en términos absolutos, con ello queremos decir que no se piensa en el futuro, sino que la vivencia del estado presente en todas sus consecuencias y posibilidades es lo que vale. Se entroniza el presente que no indaga por el futuro y lo absolutiza, ello significa que el papel heroico lo asume el joven, que no tolera llegar a viejo, en tal sentido no se puede admitir a un *hippie* que ose superar los 40 años. En las obras *¡Que viva la música!* y *Destinitos fatales*, se nos relata la historia de muchos de estos jovencitos y en la parte final de *¡Que viva la música!* la Siempreviva hace una requisitoria en donde supone que lo único importante de vivir es la juventud. En cierta medida, esto también explica el sentido del suicidio de Andrés Caicedo.

De los gustos compartidos se fueron constituyendo grupos juveniles más conocidos como galladas. Algunos autores señalan como motivos de su génesis la disolución de la familia por las condiciones económicas, el nuevo rol de la mujer, las deficiencias en la oferta educativa, las oportunidades de trabajo. Estas agrupaciones juveniles funcionan con códigos y reglamentaciones propias,[5] pisan fuerte, pretenden llamar la atención con su indumentaria, algunas le tenían culto a la patada voladora, usaban nombres sugestivos: Marquetalia, el Triángulo, las Anclas y la famosa Tropa Brava del cuento "El atravesado". Este relato reviste gran utilidad para comprender a las galladas; en él se conoce que su aglutinación obedecía a motivos de solidaridad y diversión. El narrador nos describe sus objetivos: "La Tropa Brava [...] somos una gallada con fines sociales y aventureros, y nadie nos pone la pata en Cali" (*El atravesado* 38). Se debía contar con ciertas virtudes para entrar en ella, como ser un "man peliador", pues el prestigio de la gallada aumentaba con los triunfos en los "tropeles". Se establecían y delimitaban zonas para su actuación, algunas de las cuales podían ser el Parqueadero de Sears o el Parque de la 26, también lucían uniformes distintivos, uno de los cuales consistía en "... camiseta negra y el escudo de la barra: un puño bien tieso y abajito en letras grandes TROPA BRAVA" (29), que se colocaba para sus reuniones o en acciones temerarias.

La ciudad, como experiencia sociocultural, ha respondido de manera pertinaz a la crisis de cambio con visiones y acciones de violencia, tal situación se refleja en el cuento "El Atravesado", donde los jóvenes se apropian de la ciudad a través del ejercicio de la ley del más fuerte; la calle se convierte así en un lugar de conquista y para ello se forman las galladas, donde se rinde culto al arrojo y al valor. Los personajes del relato se convierten en aventureros cabalgando por la ciudad y cada esquina, cada parque, cada cine, puede ser lugar para fascinantes aventuras o monstruosos encuentros con la muerte.

El recorrido por la obra de Andrés Caicedo, tanto en su producción narrativa como en la de sus comentarios de cine, permite observar las condiciones socioculturales en que se enmarca su obra en la ciudad de Cali. Esta situación tiene que ver con el proceso de crecimiento urbano, su distribución, la constitución de los sectores populares, clases medias y altas, y los aspectos culturales de los jóvenes protagonistas reflejados en sus intereses musicales.

Notas

1 Esta información ha sido tomada de la hoja de vida del TEC, publicada por el mismo grupo en agosto 19 de 1976.
2 La Mona también significa marihuana.
3 Seguimos en este aparte la tesis de Alejandro Ulloa. Para el periodo del 60 y el 70, el autor muestra cómo esta música estuvo ligada al proceso de construcción y lucha de muchos barrios.
4 El facsímil de la publicidad puede verse en la monografía de Luis Fernando Manchola.
5 En torno al fenómeno de las galladas, véase Parra Sandoval y el artículo de Claudio Arturo Laguado.

Bibliografía

Caicedo, Andrés. *Angelitos empantanados e historias para jovencitos*. Medellín: Editorial La Carreta, 1975.

_____ *Berenice. El atravesado. Maternidad. El tiempo de la ciénaga*. Bogotá: Plaza & Janés, 1978.

_____ *Destinitos fatales*. Bogotá: Oveja Negra, 1988.

_____ "Especificidad del cine". *Gaceta de Colcultura* 9 (Abril 1977).

_____ *¡Que viva la música!* 5ª edición. Bogotá: Plaza & Janés, 1994.

Cruz Kronfly, Fernando. "Cali, ciudad caribe lejos del Caribe". *Gaceta de Colcultura* 4 (1989).

Giraldo, Hernando. "La ciudad de los Panamericanos: Cali y Cía. Ltda.". *Magazín Dominical de El Espectador* (28 de septiembre de 1969).

Laguado, Claudio Arturo. "Droga y Cultura Juvenil en Bogotá". *Revista Colombiana de Sociología* I/2 (Julio-Diciembre 1988).

Manchola, Luis Fernando. "El invento, una miradita al Rockali". Cali: Universidad del Valle, Facultad de Humanidades, Comunicación Social, 1980.

Negret, María Fernanda. "Dos clases sociales en conflicto. Espacio-objetos consumo en Cali". Cali: Universidad del Valle, Tesis de grado de Sociología, 1987.

Parra Sandoval, Rodrigo. *Ausencia de futuro*. Bogotá: Plaza & Janés, 1985.

Revista Ojo al Cine 3-4 (1976) Cali.

Simmel, Georg. "La metrópoli y la vida mental". *Sobre la individualidad y las formas sociales.* Buenos Aires: Universidad Nacional de Quilmes Ediciones, 2002.

Ulloa, Alejandro. *La salsa en Cali.* Cali: Centro Editorial Universidad del Valle, 1992.

Valverde, Umberto. *Reina Rumba. Celia Cruz.* Bogotá: Editorial La Oveja Negra, 1982.

La rumba, base para la construcción de una estética caribeña auténtica en *¡Que viva la música!* de Andrés Caicedo

CARLOS DANIEL ORTIZ CARABALLO
Universidad de los Andes

> Los pueblos del mar, mejor dicho, los Pueblos del Mar, se repiten incesantemente diferenciándose entre sí, viajando juntos hacia el infinito. Ciertas dinámicas de su cultura también se repiten y navegan por los mares del tiempo sin llegar a parte alguna. Si hubiera que enumerarlas en dos palabras, éstas serían: actuación y ritmo.
> Antonio Benítez Rojo, *La isla que se repite*

LA CONSTRUCCIÓN DE UNA ESTÉTICA CARIBEÑA AUTÉNTICA

Antonio Benítez Rojo afirma que la música y la danza son las expresiones culturales más importantes del Caribe (372). En ellas el espacio para una actuación litúrgica (exhibirse y canalizar excesos de violencia) es dado de forma natural. En *¡Que viva la música!* (1977) de Andrés Caicedo (Cali, 1951-1977), estas expresiones culturales aparecen reunidas bajo la denominación de rumba, la cual es la base del proceso de transculturación, teorizado por Ángel Rama.

Este trabajo se propone analizar la rumba como el *locus amoenus* (espacio feliz) y *locus furtivo* de María del Carmen Huerta, "La Mona"; esto se propone en términos del "meta-archipiélago" del Caribe, como apunta Benítez Rojo. El eje central de este análisis es la transformación del espacio político-social de este personaje hacia un espacio cultural de goce relacionado con la visión de mundo de "los Pueblos del Mar" o *performance* caribeña. La *performance* caribeña está caracterizada por la repetición de ciertas dinámicas de la cultura de "los Pueblos del Mar", tales como: la actuación, el ritmo y la noción que Benítez Rojo ha llamado "de cierta manera" (32), que bien se puede definir como: "el sentir caribeño". Estos términos servirán de directriz para entender las características específicas que asume la mencionada *performance* en la novela de Caicedo.

A lo largo de su manuscrito, María del Carmen Huerta construye el término rumba con dos significaciones básicas: primero, como una experimentación y aprehensión ligera de toda la contracultura adolescente, que parece tener por consigna el *carpe diem*. Y segundo, como el espacio soñado para escuchar música con alto volumen y bailar hasta que termine la noche, la fiesta, o incluso, el efecto alucinógeno de la droga que se esté consumiendo en un momento dado. Así expuesto, el término en general alude a un espacio de goce, en el que se yuxtaponen elementos diversos: ritmos musicales, rutas urbanas, alucinógenos, sexo y crimen, todo bajo una forma poética o idealizada.

La idealización de estos elementos caracteriza a la rumba como un *locus amoenus*; exactamente, como un lugar donde el personaje empieza a realizarse como una persona libre, ya que le permite divertirse, exhibirse, venerarse y experimentar un afecto no sentido hasta el momento: "A cambio pienso en ese territorio de nadie que es el pedacito de noche atrapado por la rumba, en donde no ven nunca a nadie que goce más, nadie más amada (…) y pretendida" (16). Es en la rumba que María del Carmen Huerta lleva a cabo todo un ritual de idolatría y estima, desde donde deja atrás a la niña "bien" y empieza a construir su alter ego, la adolescente, la mujer rebelde, *femme fatale*, la puta. Ella se entrega por completo a este espacio feliz, con la convicción de encontrar en él su plenitud como ser humano.

Sin embargo, el *locus amoenus* de María del Carmen Huerta se caracteriza por ser un lugar móvil, de límites inestables, que se recrea y reinventa constantemente, y lo lleva a perfilarse como un *locus furtivo*; es decir, un lugar de partida y de llegada, desde donde "La Mona" toma fuerzas para continuar con la búsqueda-exploración de todo tipo de experiencias musicales. En ese sentido, la rumba se apoya en los deseos de libertad de la protagonista, más que en el goce desinhibido de los ritmos musicales del rock and roll y la salsa. La protagonista desea únicamente vivir según las convicciones adolescentes de la época, comportarse como una más de ellos. Por esta razón, es fácil entender cuando escribe al inicio de sus memorias:

> Todos, menos yo, sabían de música. Porque yo andaba preocupadita en miles de otras cosas. Era una niña bien. No, qué niña bien, si siempre fue rebuzno y saboteo y salirle con pelotera a mi mamá. Pero leía mis libros, y recuerdo nítidamente las tres reuniones que hicimos para leer El Capital. Armando el Grillo (le decían Grillo por los ojos de sapo que paseaba, perplejo, sobre mis rodillas), Antonio Manríquez y yo. Tres mañanas fueron, las de las reuniones, y yo le juro que lo comprendí todo, íntegro, la cultura de mi tierra. (11-12)

La entrada de María del Carmen al mundo de la "música y del bailoteo" se debió al interés por establecer distancia con la rutina que llevaba. Hay en sus palabras una seria preocupación por no saber de música, como la gran mayoría de los jóvenes de su generación. Preocupación que refleja tanto la necesidad de entablar un vínculo con aquella contracultura adolescente, como también la intención de explorar aquella vida que desconocía, que justamente está relacionada con un mundo alejado de los nexos académicos. Cabe decir que antes de entregarse a la rumba, la evidente dedicación y disciplina de María del Carmen Huerta con sus estudios le ofrecían un futuro en el marco de un deber ser social: fue una alumna sobresaliente en sus estudios de bachillerato, y la segunda en el examen de admisión de la Universidad del Valle en la facultad de arquitectura. Para Lipovestsky, este deber ser es una característica propia de la modernidad. El abandono de este da paso a la aparición del posdeber, el cual responde al fin del deber ser con el colectivo. Asimismo, las palabras de "La Mona" sirven de evidencia para exponer cómo empieza a deteriorarse la identidad nacional de las futuras generaciones.

Esta última cita sistematiza parte del pensamiento político de la época. Las tres últimas líneas, por ejemplo, retratan el compromiso intelectual que vincula al personaje con un cambio revolucionario, al reconocer a la cultura nacional y a sus integrantes dentro de las directrices de la sociedad mercantilista o de consumo que describe Marx en *El Capital*. Es, ante todo, una acusación a la patria, especialmente, a la clase social a la que pertenece. Para corroborar el planteamiento de que el personaje central sólo quiere vivir según las convicciones adolescentes de su época, recordemos que antes de las palabras citadas, ella consigna en su manuscrito: "Nadie sabe lo que son los huecos de la cultura" (11). Con esa afirmación, la joven expone el primer motivo del abandono de sus estudios y el entorno familiar, pues, el mejor motivo es educarse en los movimientos de contracultura juvenil y, así, satisfacer los vacíos que supuestamente padece, como queda fijado en el siguiente fragmento:

> Tenía yo un radio viejo en mi cuarto y pensé en sintonizarlo, pero recordé que me habían prestado discos, me los prestó un amigo, Silvio, que me dijo: "se los presto para que aprenda a oír la música". Porque le tenía confianza, pues lo conozco desde chiquito, me le quedé callada, que hubiera sido otro, cualquier alimaña de la noche, le digo: "hágame preguntas a ver si es que me raja". Pero Silvio era sincero y se interesaba por mí, por mi cultura, y además era verdad que yo no sabía nada de música. La que más sabía era Mariángela: decía nombres de músicos y de canciones en inglés. (20)

Siguiendo con la primera acepción del término rumba se puede decir que ésta, como espacio tangible, se localiza en cualquier sitio mediado por el goce de los ritmos musicales foráneos (el rock and roll y la salsa), pues es mediante esas melodías que los jóvenes experimentan la sublimidad poética que los conduce a su plenitud. Es el caso de María del Carmen Huerta, que después de probar la marihuana considera que todas aquellas sensaciones que experimentó mediante este alucinógeno, son pocas comparadas con las sensaciones imperecederas que siente cuando escucha la música:

> Pero, oh, ¿qué cuenta eso al lado de la extendida tierra eternamente nueva, de arena dura y negra que uno descubre y jamás explora del todo cuando la música suena? Y ya que dije que yo no tenía cultura, pero podía sentir cada sonido, cada ramillete de maravillas… (21)

El mundo feliz del personaje central lo constituye la rumba y todas las significaciones viciadas y degradadas que logra obtener de esa celebración. Además, este *locus amoenus* está relacionado con la idea de un lugar paradisíaco y recóndito, un "Pueblo del Mar". Estas ideas se asocian con la identidad del Caribe que trasciende la geografía colombiana, llegando a la Cali de "La Mona", de Caicedo.

La rumba: del rock and roll a la salsa

La rumba en la novela de Caicedo constituye el primer factor de transculturación entre los jóvenes. La construcción de ésta a partir del rock and roll y la salsa expone el antagonismo político que caracterizó a las décadas de los sesenta y setenta. Por ende, mediante la música, la rumba se destaca como un elemento transmisor de ideologías que sienta las bases de una nueva socialización urbana, afín a la actitud rebelde y auténtica que la juventud buscaba alcanzar. Por ejemplo, en el siguiente aparte, se expone la preferencia de los jóvenes de los estratos altos de la ciudad por el rock and roll:

> El radio, en su inconstancia, cambió de Rock pesado a Llegó borracho el borracho, que yo mutilé en el acto (Tico también), para que se diera una sinfonía de rasguidos y chillidos buscando la mejor estación, el acuerdo. "No hay música", pensé, desesperada. Tico me miraba pidiendo ayuda y yo que no encontraba nada, entonces le pasé el radio a Ricardito el Miserable que en tal caso era el entendido. "Localicé", dijo Tico, y yo no le quitaba los ojos al Miserable para ver si se ponía de acuerdo. Expresó su malestar, su profunda pena, sus celos, sintonizando y subiéndole a "Por la lejana montaña/va cabalgando un jinete,/anda solito en el mundo/y va deseando…" ya se sabe. Era para oírlo. Oír la bella (pero vieja) Casa del Sol Naciente con "Va cabalgando un jinete", y tener en cuenta que ya caminábamos entre ceibas y samanes y que era, cielos, la hora de más ajetreo de las chicharras. Tico

> le subió volumen a su poderosísimo receptor, disgustado. Yo miré feo a Ricardito y le dije: "Please, ¿no? Sintonízalo donde es. Somos un grupo". Ya había uno que le quería pegar: "o ponés algo en inglés o te sacudo". Cortó por el camino más directo: apagó el radio. (37)

El rock and roll conforma la primera etapa de exploración de María del Carmen Huerta. Ella anhela ese ritmo que le resulta muy atractivo y distante, debido a que no comprende el inglés, como la mayoría de los jóvenes de su misma clase social: "Me voy a morir de la vergüenza si esta noche él me ve emocionada ante letras que no entiendo" (42). Por esta razón, cuando se encuentra en la fiesta del "flaco Flórez", ella expresa: "Oh Ricardito Miserable –dije, emocionada–, toda esta gente sabe inglés. Míralos no más en qué comunión están. ¿Tú sabes la canción?" (56). Es evidente que su mayor inquietud es encajar en el grupo, estrechar seriamente su afinidad; no obstante, la falta de dominio de la lengua extranjera se lo impide. Ahora bien, ¿de qué comunión habla María del Carmen Huerta? De la de un grupo de jóvenes que no comparten los valores socio-culturales de sus antecesores y se abren a una nueva época de la cultura de Occidente; jóvenes cuyos nuevos patrones están dados por un permanente vínculo psicodélico, es decir, por la puesta en escena de una cultura del ocio, las drogas, el sexo, la moda (camisa de flores y el pelo largo) y la música de procedencia foránea (estadounidense y europea). Sí, a esa comunión se refiere ella. Por eso afirma: "un vínculo de muerte nos une en ésta y cada una de las rumbas. ¿De qué serán capaces los otros?" (68).

Valga aclarar que en la obra, la música extranjera sirve de avanzada al triunfo de una cultura global, la que sobre "el caballo de Troya" de las industrias culturales se ha ido haciendo de mercados cada vez más amplios en el mundo, y de manera notable, en Latinoamérica, en medios juveniles excluidos por el traumático proceso de modernización sin modernidad, que tuvo su clímax en Cali, en las décadas de los sesenta y los setenta.

La rumba rocanrolera, además de ese vínculo psicodélico, demanda la idolatría e imitación de los cantantes de las bandas estadounidenses e inglesas, tanto en su vida artística como en su cotidianeidad; de ahí, justamente, que María del Carmen Huerta recuerde pasajes de la vida de la banda de Rolling Stones, concretamente, con lo relacionado a la salida y muerte de su primer guitarrista, Brian Jones. Ella hace un alto en su narración para incluir la anécdota sobre el guitarrista y sus desavenencias con los otros integrantes del grupo Keith Richards y Mick Jagger:

> Que no me vengan a decir a mí que Brian Jones murió de irresponsabilidad o flojera; ni siquiera de amor en vano. Las cosas no se dan así como así.

> Murió de desencanto. Él fue el que los unió a todos, el que primero leyó música, el que les enseñó, el más fotogénico, el que se le medía a todos los instrumentos raros: cítara, arpa, marimbas, toda clase de cuerdas y de cobres, mellotrón, violoncello, mientras que la lacra de Keith Richards no se concentraba sino en el "chacachaca". Quería cantar él, monito bello. El que no lo dejó fue Jagger, que siempre fue exhibicionista. (82-83)

Justamente, por todos estos elementos culturales novedosos que esta contracultura ofrece o vende, "La Mona" quiere ser parte de esa comunión, quiere sentirse plenamente identificada con su forma de celebrar, de la que todos los jóvenes del norte de Cali son fieles seguidores. La generación de jóvenes del norte amantes de la música, imitan a los cultores del rock and roll. Ellos, según María del Carmen Huerta, se caracterizan porque:

> ... ninguno se acredita la gracia de haber llevado la primera camisa de flores o el primero de los pelos largos. Todo estaba innovado cuando aparecimos. No fue difícil, entonces, averiguar que nuestra misión era no retroceder por el camino hollado, jamás evitar un reto, que nuestra actividad, como la de las hormigas, llegara a minar cada uno de los cimientos de esta sociedad, hasta los cimientos que recién excavan los que hablan de construir una sociedad nueva sobre las ruinas que nosotros dejemos.[...] Nadie se preocupaba de comparar inteligencias o profundidad de pensamiento. (67)

La rebeldía de la contracultura rocanrolera representa todo aquello que los jóvenes desean ser, y que, solamente, emulando y adoptándolo después, lo hacen posible, al punto de defenderlo a capa y espada. Esta rebeldía tiene, asimismo, una incidencia sobre la crisis de la identidad de la protagonista, quien cree, como todos los demás jóvenes del norte, que el verdadero movimiento de contracultura juvenil se hace en los Estados Unidos, es decir, subvalora a su cultura y su gente, al tiempo que es consciente de la falta de directrices ideológicas del movimiento juvenil del que forma parte. Un ejemplo más tangible de ello es cuando María del Carmen Huerta, luego de observar el espectáculo psicodélico de la fiesta en casa del "flaco Flores", particularmente al escuchar la canción, "White room" de The Cream, que toca Leopoldo Brook, dice:

> No bailé más. Caminé hasta donde el pelirrojo. [...] y lo contemplé en su trabajo generoso de venir con todo ese conocimiento acumulado en USA para unirse a nuestra frágil celebración nocturna, a enseñarnos disciplina. (51)

Otra muestra de esa postura de idolatría e imitación de la cultura estadounidense es la reflexión que María del Carmen Huerta hace cuando decide irse a vivir con su primer novio: "Yo pensé: 'voy a ser la primera niña bien en Cali que se va de la casa a vivir con el novio. La gente comprenderá que esto es lo común en Estados Unidos'" (77). Ella únicamente sigue los paradigmas que presenta la contracultura extranjera, sin detenerse a reflexionar sobre ellos; asume cabalmente los modos del ser contemporáneo.

El rock and roll deja al descubierto la crisis de la identidad política del héroe de la novela que asume una postura de fachada y simulacro para redefinirse culturalmente. Es por eso que ella, como muchos jóvenes, empieza a repetir canciones y bailes, al igual que una actitud, con la cual su esencia no estaba comprometida. Como quien dice, la revolución que vivía no era suya. Los individuos con el rock and roll no son más que voceros de un discurso de revolución juvenil norteamericana o esnobismo hippie, ante el que tardíamente sólo unos pocos suelen reaccionar, rechazando esta manipulación. Es por eso que muchos de los individuos de esta generación son considerados víctimas, "gente que pierde, que no sabe en qué clase de juego se metió" (103).

Así, su revolución es un producto de mercado tanto o más que música que solamente sirve para satisfacer una necesidad de consumo, en este caso: el bienestar de ser y sentirse parte de una cultura que no es justamente la suya. El bienestar de consumo una vez obtenido agudiza más el vacío interior. El individuo queda supeditado no a la lógica de construcción (el ideal de sujeto histórico), sino a una lógica de consumo, que parte casi en su totalidad de la banalidad. Este es el punto crítico para todos aquellos jóvenes que creyeron firmemente en aquel movimiento de contracultura como una posibilidad de cambio social. Los grupos de contracultura (hippies) se subliman ante los paternalismos que supone la modernización sin modernidad en Colombia; pero terminan envueltos en la lógica hegemónica del mercado, perdiendo su esencia revolucionaria, o sea, su autenticidad. Por tal razón, cuando María del Carmen se hace consciente de todo esto, expresa:

> Es que eso del Rock and Roll le mete a uno muchas cosas raras en la cabeza. Mucho chirrido, mucho coro bien cantado, mucha perfección técnica, y luego ese silencio, y el encierro... [...] Los muchachos ya se estaban acostumbrando a que la gente se perdiera [...] cosas así hacen que uno, por más joven que sea, se vaya volviendo creyente de todo y devoto de nada. (102)

De hecho, en la última rumba rocanrolera que se desarrolla en el apartamento de unos amigos de Leopoldo Brook, María del Carmen Huerta está en medio de un campo devastado, los participantes allí se hallan en un proceso de drogadicción profunda que los mantiene aislados, tumbados en el suelo. En esta fiesta, a diferencia de las anteriores, ella no ha podido satisfacer sus deseos de bailar a rienda suelta, debido a que el volumen está muy bajo: "la música se hace duro, ¿no?" (105), esa fue la primera verdad que Leopoldo Brook le enseñó acerca de la rumba. No obstante, los jóvenes participantes de esta celebración se enfrentan a sus propias tristezas y recuerdos, a una nostalgia tal, que los mantiene alejados de cualquier jolgorio. Justo en ese momento, ella experimenta, por primera vez, el lado sombrío de la rumba rocanrolera, y no le parece nada placentero. En ese mismo instante, empieza a reflexionar sobre el final de sus noches de fiesta, e inmediatamente percibe un ritmo de cobres altos, cuerdas, cueros y piano que suena a lo lejos, un ritmo que la atrapa y le va marcando el camino hacia la zona sur de Cali. Así lo consigna ella:

> Pero con tales pensamientos oí acordes nuevos, durísimos pero lejanos. No, no sucedían en esa casa, y yo tambalié toda al ubicarme, pobrecita, quién me viera, al descubrir que hacia el Sur era de donde venía la música, mismísima y caminé creo que largo y pisé rodillas y canillas y me asenté en cabezas sin clemencia, cabezas que no se mosquearon: ¿no oirían ellos mientras me acercaba yo a mi fuente de interés, que al Sur alguien oía música a volumen bestial? Eran cobres altos, cuerdas, cueros, era ese piano el que marcaba mi búsqueda, el que iba descubriendo cada diente de mi sonrisa. Llegué a la puerta, la abrí, oí la letra. (107)
> […] Sonaba en casa, no de ricos, al otro lado de la calle que yo ya pretendía cruzar, allí donde termina Miraflores […] son casas desparramadas en la montaña, jóvenes que no estudian en el San Juan Berchmans, que no se encierran, en eso pensaba: "no, cómo van a encerrarse después de lo que estoy viendo": veía dos ventanas y una puerta abierta y rasgos de vestidos que iban del amarillo profundo para arriba, de allí al zapote y del zapote al rojo, al morado, al lila. (108-109)

La salsa es el ritmo con que se topa al cruzar el río; éste separa a la clase pudiente de la clase obrera caleña. María del Carmen percibe en este espacio una actitud de eterna festividad, de goce perpetuo; de hecho, elimina la posibilidad de tristeza en ese entorno, debido al volumen en que está sonando la música, también, al espacio abierto para la socialización del festejo y sobre todo, por el vestir de tonos vivos de los invitados. Con este cruce o cambio de entorno, se pone fin, a la vez, a esa primera fase del proceso de transculturación y se da inicio a una redefinición de su nueva nacionalidad y la asimilación de la visión de mundo de "los Pueblos del Mar".

La rumba de "los Pueblos del Mar"

La actuación es la característica que mejor describe a los Pueblos del Mar (Benítez 27-28). El término define la identidad cultural del Caribe mediante elementos de la idiosincrasia como el proceder "de cierta manera" de los habitantes de la región. La identidad que se perfila mediante la actuación debe entenderse como un estado de goce o viaje poético, que requiere esencialmente de rituales y de representaciones de carácter colectivo, ahistórico e improvisatorio para ser realizados; es decir, de una actitud que siempre necesita ser exhibida ante todos. Es mediante este término como se percibe mejor lo caribeño de la novela.

La rumba de la zona sur de Cali, más que una reivindicación con la cultura de la clase popular y su música, le permite a María del Carmen Huerta el desarrollo de rituales de exhibición. Así, su reacción ante el descubrimiento de esta zona y los ritmos afrocubanos se muestra como un momento de absoluta grandeza, de absoluta libertad pues representa otra oportunidad de desatarse y evadirse, de inclinarse hacia ese estado de goce. Pese a que este espacio y su música no son reconocidos por la cultura tradicional, ni por los jóvenes de la contracultura rocanrolera, ella decide salir a la búsqueda de esa rumba "criolla" y vincularla a su propia rumba, su vida: "Me enredé en el pasto, tropecé, me volví mierda, me levanté, la peregrina, no me arreglé el pelo para nada llegando ya a la rumba, la rumba que traigo es para mí no más" (109 -110).

Después de reconocer que el principio capital de la rumba ha sido quebrantado por su novio y su grupo de amigos norteamericanos, ella sabe que en la zona geográfica opuesta, los jóvenes respetan este principio, es decir, escuchan la rumba a volumen bestial. Igualmente, se percibe la avidez que siente ella por la música y la naturalidad con que la acepta. Ella lo único que quiere es liberar los deseos de bailar y escuchar música con alto volumen, sin ningún tipo de limitaciones; deseo que le fue negado en el apartamento de Leopoldo Brook. Sin embargo, se da cuenta de que esto sólo es posible en los barrios marginales de la ciudad, donde la actitud de pena y tristeza se lleva con alegría.

En el fragmento citado, el personaje central hace una elección por los cultos del mundo premoderno y su visión de mundo caótica. El Caribe empieza a palpitar en las venas de María del Carmen Huerta. Así, la mudanza del entorno socionatural de la protagonista simboliza la reivindicación de un mundo premoderno, lo autóctono, más que una nueva etapa en su vida o un cambio de ritmo (el cruce de calles y el río). El contacto con los ritmos afrocubanos se produce en la casa de Manuela alias "Sambumbia". Allí, María del Carmen Huerta empieza a participar inmediatamente del agasajo; observa, copia y sigue las formas rituales en que es puesto en escena el ritmo:

> No tengo ni idea de cuántos hombres me miraron. Perpleja, atendí a la bullaranga de aquéllos a quienes estremecía el bembé: un, dos, tres, y brinca, butín, butero, tabique y afuero. Mis ojos serían como de pez mirando aquello, nadie se quedaba sentado, esa música se baila en la punta del pie Teresa, en la punta del pie, si no, no, si no, no se le da brinco y el brinquito es clave, si no se resulta haciendo cuadro o bailando Vals como los paisas. (110)

Primero, se siente participando de un agasajo que para ella no tiene precedente; la experiencia que percibe la tiene extasiada, tanto, que en su reflexión se ve a sí misma como un pez. La imagen se puede interpretar como la comodidad y el bienestar que comparte en el entorno que ha descubierto. Segundo, empieza a establecer una diferencia entre la ejecución dancística de la salsa y los ritmos regionales. Seguidamente, María del Carmen Huerta empieza a disfrutar del placer que le producen los ritmos caribeños. Si en la rumba rocanrolera ella se exhibía abiertamente ante sus compañeros, sólo por imitar las actitudes de su amiga Mariángela y encajar en el grupo; en los espacios marginados de la salsa empieza a liberarse completamente. Así, no sólo se para a bailar, sino que pone a prueba su espontaneidad para desenvolverse ante la presencia de los muchachos que estaban en esa fiesta:

> Ninguna de las peladas envidió mi hermosura, ven a mi casa a jugar bembé, y yo adelanté dos pasos, y una pareja, que por descuido, me empujó y yo quedé aturdida en donde estaba antes de avanzar, vete de aquí Piraña, mujer que todo lo daña, y la pelada a la que iba dedicada la canción se puso roja y voltió la cara, tenía bonito pelo, butín Guaguancó, todo el mundo chifló y yo chiflé fue la melodía, no la burla, se llamaba Teresa, ella, la Piraña, poco le duró la vergüenza porque oye sonar las trompetas, oye los cueros sonar y se lanzó al baile diciendo que estaba con su gente y por eso cambiaba de pareja, saludando a los grandes bailadores de la juventud, tenía bluyines y camisetica roja y un ombligo bonito, el niche que facha rumba, háganle caso que está callao y viene de frente tocando el tumbao, se me acercaron dos muchachos que decían a los gritos haberme visto por una de tantas calles, yo no les creí, te conozco bacalao aunque vengas disfrazao, así les contesté, pero nada más que para ligarme a ese ambiente que ya veía como de pugna de los sexos, a la Piraña la molestan: yo molesto a los hombres que como siempre, se rieron, me pidieron baile en lugar de pedirme identificación... (111)

El pasaje presenta la carnavalización de un hecho, en el que la minoría de edad de la protagonista no tiene la trascendencia que se le otorga a la participación inmediata en el baile. El intercambio de signos para conjurar o alejar los asuntos trascendentales de la vida es una característica de la actuación caribeña. Esta participación en el agasajo de partir de un acuerdo mutuo y sobreentendido entre los participantes muestra cómo ellos se concentran en gozar el momento para deshacer sus conflictos. Desde la invitación hasta las agresiones a la joven quedaron menoscabadas por la actitud de los participantes y por supuesto, por la música. Tanto María del Carmen Huerta como los demás, se centran en seguir los dictámenes de la música, más que las posibles diferencias que puedan existir entre ellos.

Según Benítez Rojo, la cultura de los Pueblos del Mar expresa el deseo de conjurar la violencia social remitiéndose a un espacio que sólo puede ser intuido a través de lo poético, puesto que siempre presenta una zona de caos. En este espacio paradójico, en el cual se tiene la ilusión de experimentar una totalidad, no parece haber represiones ni contradicciones; no hay otro deseo que el de mantenerse dentro de su zona límite el mayor tiempo posible, en "free orbit", es decir, más allá de la prisión y la libertad (Benítez 32).

Esa misma noche, cuando le presentan a Manuela alias "Sambumbia", la protagonista se concientiza de lo negativo que han sido sus rumbas rocanroleras; también conoce a José Hidalgo, Marcos Pérez, Manuelito Rodríguez, voleibolistas universitarios, con quienes emprende una experiencia dancística:

> No me atendió mucho, le di la mano, ardientes ambas, me dijo mucho gusto y se fue, tócame Richie, tócame ya como bestia, y yo viéndole la espalda atenta y oyendo el júbilo de la nueva canción comprendí, con esa velocidad mía que había estado cuánto tiempo del lado de la sombra, que llevaba en mi cara la marca de su experiencia, que por eso me buscaban, me asediaban, ahora uno más, tres: José Hidalgo, Marcos Pérez, Manuelito Rodríguez, todos querían bailar conmigo, no te rajes que el Tito está de moda y a todo se le acomoda, con los tres bailé, con cada uno misterio más gozoso, y era mi experiencia previa, la de muerte, la que ahora me hacía reflexionar las rodillas así, darles el quite, concentrarme en sus y mis zapatos, a la rumba grande se viene a bailar y hay que buscar la forma de ser siempre diferente, quién era que decía que ya no servía, quién que ya no podía, nunca me salieron tantas cosas con semejante intensidad, tocando el tumbao, gozando el tumbao [...] y yo me le pegué más, mi bomba rica, ai namás, alma doliente vagando a solas en playa sola, así soy yo, "a mar es a lo que huelo", le susurré en cada oreja como si fuesen conchas, y él se quedó tan callado, aspirándome, le hubiera provocado tenderse boca arriba en las olas de mis aguas [...] en cambio aquí ya pedían más volumen y alguito más pesado [...] y mi pelo fue, me lo dijeron, "la ola que cubría el misterio del Guarataro..." (111-112)

En este aparte, además de improvisar en el baile y en su oralidad, ella proyecta otra imagen acuática, tanto de sí como de su pareja, con la que vuelve a establecer un vínculo con el mar, un vínculo de placer y felicidad. Lo que significa que el personaje central estructura su *locus amoenus* a partir de una proximidad mental con el mar, imagen que siempre tiene un aspecto positivo. Ella actúa o ejecuta un ritual de total emancipación, "free orbit". En tanto que con la improvisación encuentra y se apropia de ese ritmo afrocaribeño y de su coreografía, al tiempo que lo enriquece cuando piensa en ser diferente. La mejor forma de acceder a la actuación caribeña es mediante la improvisación (Benítez 35).

La fiesta en casa de "Sambumbia" es trascendental porque le permite tomar una decisión sobre la rumba que debe seguir de aquí en adelante. Ella, por supuesto, hace una elección por la salsa en detrimento del rock and roll, esto sucede justo cuando María del Carmen Huerta regresa al apartamento, donde dejó tirado a Leopoldo y a sus amigos gringos. La siguiente *performance* fue su acto de rebelión:

> Me inflé de vida, se me inflaron los ojos de recordar cuánto había comprendido las letras en español, la cultura de mi tierra, donde adentro hace un sol, grité descomunalmente: "¡abajo la penetración cultural yanky!", y salí de allí corriendo, obligando a mis amigos a que, sin un segundo de pérdida, me siguieran. (115-116)

¿De qué cultura y de qué tierra está hablando María del Carmen Huerta, si la música salsa no es parte del folclore tradicional colombiano? Es aquí, justamente, donde se empieza a generar un vínculo con la *performance* caribeña, pues, ella está haciendo referencia a los ritmos, al sincretismo de razas en América que se cobijan bajo la lengua de Castilla, en especial, Colombia, sincretismo del cual hace parte. La salsa, más que a una agrupación y goce, conduce a María del Carmen Huerta a una aceptación y reconocimiento de los elementos más comunes de la cultura latinoamericana, como de su arraigo a su identidad cultural. Se constituye así una nueva ideología política, que más que buscar una reivindicación de la identidad nacional, quiere reivindicar los nacionalismos latinoamericanos a través de propuestas musicales como la salsa, que reúne el sentir de un pueblo, especialmente el Caribe de las zonas marginales de las grandes ciudades.

Después de este acto revolucionario, ella se va para el apartamento de los tres voleibolistas y comparte una semana ininterrumpida de rumba. Ellos celebran tomando pepas para no dormirse. De esa celebración, ella concluye que: "Lo comprendí todo. Su discoteca, comprada en cooperativa, cubría toda la etapa prerevolucionaria cubana, la pachanga y la charanga, la revuelta, y el gran movimiento de esta Salsa que ahora me llama y me llama, y yo que me digo: 'espérate'" (117). Y también, que de esa experiencia con los ritmos afrocubanos adquirió "una conciencia de lo que era música en inglés y música en español", en sus propios términos: "*conciencia política estructurada*" (119); ya que es mediante estos ritmos que María del Carmen Huerta quiere hacer una revolución ideológica en profundidad.

Una semana después de su grito revolucionario de independencia, ella llama a su amigo marxista Armando "el grillo" para celebrar su descubrimiento y le dice: "Acabo de descubrir la salsa a la astilla. Hay que sabotear el *Rock* para seguir vivos" (119). Si bien esta es una consigna partidista a favor o en contra, no es apocalíptica, no incita a la guerra, por el contrario, sí al goce de la vida. Esta es una de las vinculaciones más cercanas con la cultura del Caribe que tiene el agua, la vida, como principio de todas las cosas (Benítez 26).

La salsa como protesta se edifica en los inicios de dicho ritmo en su expansión e hibridación con los sones cubanos, con la época de los grandes cambios políticos donde se generó, porque este ritmo no se puede encasillar como mera descarga de orquesta, como mero goce físico. María del Carmen Huerta se aferra a la salsa como lo hizo con el rock and roll, muy probablemente, porque este ritmo se caracteriza por

> su indefinición a partir de esquemas tradicionales; la salsa no es un ritmo particular y acabado, por el contrario, es una manifestación artística en constante construcción sonora y musical que se alimenta y constituye a partir de los ritmos caribeños que confluyen en el barrio. (Burbano 68-69)

Es decir, que más allá de volumen alto, el frenesí del bailoteo y el ritmo, la salsa refleja lo que "La Mona" es en esencia. Ella asume el vínculo de la danza, el alcohol y todo aquello de la rumba, eso sí con mucho más conciencia de goce que cuando asume el rock and roll.

Un personaje clave para María del Carmen Huerta en su aprendizaje por los ritmos afrocubanos es Rubén Paces, un administrador y programador de discotecas de fiestas: Ritmo Trasatlántico. Con él, la joven tiene la oportunidad de ser completamente espontánea. La manera en que ellos se conocen expone la forma más sublime de la actuación de "cierta manera": la improvisación:

> Brincamos duro en una exacta convivencia de la memoria de la canción en la cabeza: perfectamente sabido que íbamos por los últimos remolinos, 7 líneas rectas y nada de descarga, 3 de la tarde eterna en las últimas trompetas y piedras desbocadas en el piano, donde la gente goza más. Sabroso de verdad, pero precisa de reservas. No nos separamos, penitas de roce de hombros y caderas. ¿Roce no más? Vente ya, termina. Al lado, gente que

> manotiaba o aplaudía o insultaba, no lo sé; los observadores más vivos harían esfuerzo por adivinar el nombre del ritmo que teníamos adentro, y con Richie namá, apreté un poco más aquel hombro, le miré fijo la cara... (128)

Ellos se conocen en la calle. Mientras ella ardía de total frenesí y desesperación por la rumba, él le improvisa y la saca a bailar ante la ausencia de música. Rubén Paces es quien termina por afianzarle los conocimientos acerca de estos ritmos afrocubanos y sus formas tecnológicas: "Aprendí mucho con su miseria. Me enseñó el brillante misterio de las 45 revoluciones por minuto para un disco grabado en 33" (160):

> El 33 vuelto 45 es como si lo flagelaran a uno mientras baila, con esa necesidad de decirlo todo, para que haya tiempo de volver a decirlo 16 veces más, y a ver quién nos aguanta, quién nos baila. Es destapar el espíritu, no la voz, sino eso turbio que se agita más adentro, las causas primordiales para levantarse y buscar la claridad, el canto. Es volver necesaria y dolorosa cualquier banalidad, porque hay Salsa, mamá. Es apretujar esquelas de música, enrevesar pianos que habían arrancado en líneas directas, embutir a los bailadores en una tercera realidad, en donde cantantes machos o han cambiado de sexo o son entes neutros, y bailar la irrealidad, azotar los caballos enloquecidos, llenar de fiebre las trompetas mareadoras, deshilachar como carne trozos de música salada y caliente, volver consigna un suspiro involuntario del cantante, hacer acopio de fuerzas, Tulia Fonseca, Tulia Fonseca, que el bailador piense: "Está durísimo y sólo llevo 2 minutos. ¿Cómo quedaré después de media hora de canciones?" (160-161)

Aquí se establece parte del "sentir caribeño", cuyo ritmo incita a un cambio de revolución, no sólo de la velocidad del disco sino también de su vida. Simbólicamente esto es un decantar contra la inercia de la música rock, entregarse al goce de la descarga del supersincretismo de los ritmos caribeños. Ella asume la rumba salsera como el entorno vital que contrasta con los espacios tenues y fríos del rock and roll, al que recuerda como el "lado de la sombra" y al final, muy orgullosa dice: "De no haber conocido nunca este son montuno, habría sido escuálida alma perdida, sin cabuyas por la selva" (217). La salsa se define por oposición a la rumba rocanrolera en cuanto espontaneidad y autenticidad. Así la protagonista suele actuar, consecuentemente con el ritmo, confirmando que su relación con este género se basa en la libertad que este le permite y no en el simulacro.

La salsa, al tiempo que incita a un retorno a la identidad cultural, produce otra pugna rítmica, esta vez entre regiones, con los ritmos del folclore regional. La música de Ricardo Ray choca con la música antioqueña en la Feria de Cali.

En consecuencia, norte y sur, antioqueños y vallunos se ven enfrentados por las descargas salseras del cantante, al punto de ser vetados para las futuras ferias de la ciudad. "El rock y la salsa aparecen identificados, en Colombia, como formas musicales urbanas, contrapuestas a melodías tradicionales que predominan en ciudades andinas donde todavía es fuerte la presencia rural" (Carvajal 40). Estos géneros musicales alegres, explosivos, de movimientos acelerados le cantan a la ciudad, con un ruido que caracteriza a la nueva urbe. No obstante, cuando María del Carmen Huerta es invitada a la fiesta de su prima, Amanda Pinzón, y la orquesta de "Alirio y sus Muchachos del Ritmo" está tocando el reaccionario sonido paisa, ella interviene en la presentación y les marca con las palmas las pausas de la música afrocubana. Es decir, ella está tratando de conciliar estos dos ritmos en un proceso sincrético, pero los anfitriones no lo permiten y es expulsada de la fiesta.

Rubén Paces también le dice a María del Carmen Huerta que el mito de Cali empezó a partir del 26 de diciembre de 1969 en el concierto de Ricardo Ray y Boby Cruz. En este concierto, la salsa toma a la ciudad de Cali con el permiso de la mayoría de los asistentes, la clase popular. Este acto provoca que la clase pudiente de Cali se ofenda y abandone el recinto. Por este hecho, la gran orquesta de Ricardo Ray fue vetada para las futuras ferias de Cali. Rubén Paces, autodenominándose vocero del pueblo, se manifestaba cada año contra el bloqueo impuesto a la orquesta, haciendo imprimir afiches con el siguiente mensaje:

> El pueblo de Cali Rechaza A Los graduados, Los Hispanos y demás cultores del "Sonido Paisa" hecho a la medida de la burguesía. De su vulgaridad. Porque no se trata de "sufrir me tocó a mí en esta vida". Sino de "Agúzate que te están velando". ¡Viva el sentimiento afro-cubano! ¡Viva Puerto Rico libre! RICARDO RAY NOS HACE FALTA. (156)

Más que regionalismo cultural, la protesta evidencia una identidad cultural local próxima al Caribe. Este es un sentimiento de indignación acorde a las necesidades culturales de un determinado grupo, la clase trabajadora o marginada. El cartel es muy expresivo pues se presenta también como la afirmación de un acto de insubordinación y estimación racial. Ellos conjuran la violencia social, es decir, el olvido en que el Estado los mantiene; por esta razón se sumergen en el ritmo para evadir su realidad como lo hace Rubén Paces. En el ritmo está la clave de la supervivencia de estos pueblos marginados, es en este donde se encuentra la energía que les permite evadir sus tristezas y el dolor que deviene del abuso extranjero que marcó la historia de Hispanoamérica. Esa misma sensación, esa silenciosa sensación de rebelión, la volvió a sentir "La Mona" cuando se subió a un bus. Es justo en ese momento, en que empieza a ser consciente de la estructura social que conforma su cultura, la diversidad que constituye el ser criollo, ser negro latinoamericano:

> Y los negros sudando ébano y platino, collar de perlas, las camisas blancas como fango debajo de los brazos y en las espaldas, frente y narices brillantes, gozando, serenos, de que se avanzara, pues, así no habría, sopor, no se sucumbiría el abrazo del calor, y en ese clima estaba la justificación de su raza, y en los pastos aún verdes a pesar del sol inclemente y traicionero. Todos sonreían ante la canción, como si les comunicara un mensaje secreto de rebelión y tragedia. (178)

El silencio impuesto es parte de la opresión a que han sido sometidos estos pueblos, es también aquella fuerza que los mantiene vivos con la esperanza de una sublevación. En este aparte además de represión y rebelión, se expone la principal forma social de la sociedad caribeña, la plantación, el impacto de esta empresa económica en las sociedades latinoamericanas.

La rumba de María del Carmen

María del Carmen Huerta no niega la conciencia política y social que se halla en el canto y el baile, como modo de entender la socialización entre los hombres y su mundo, que insistentemente señala de forma festiva. Esa capacidad de identificar la pluralidad política y no comprometerse con ésta se evidencia como uno de los rasgos supersincréticos, para recordar a Benítez Rojo, de la novela. Indiscutiblemente, María del Carmen se concentra en el goce que obtiene a través del baile; este es el modo en que acepta su realidad o condición latina: "Entonces me llenaron de collares; bolsos, blusas de los indígenas, y así ataviada me volví con olor y sabor a tierra y tripliqué mi ardor" (170). Ella no encuentra ningún veto, ni inhibiciones prejuiciadas en su rumba salsera. De hecho, cuando ella nombra a la rumba como "la tierra que quiero yo" asume que su vida se ha desarrollado fuera de los límites marcados por la cartografía de la ciudad de Cali y está enmarcada por un propósito personal al que mira como un mundo perfecto para sí.

> Fue naturalmente de tardecita, mirando las 6 capas de montañas, cuando resolví que no había caso, irme de estas esquinas sería angustiarse en intensidad insoportable ante su lejanía, y eso suponiendo que uno ha ido y está regresando: sería interminable el camino de vuelta al sitio donde uno pertenece. No tenía yo por qué vivir en otra parte sino aquí en donde está mi esfuerzo, mi rumba, la tierra que quiero yo. Ellos me ven y no me comprenden mucho, mi porte tan distinguido, mi forma de mirar de frente,

> pero jamás hacen preguntas: saben que por aquí me descolgué una noche y que una tardecita me les iré y se quedarán contando historias de la mona con aires de princesa que estaba loca por la música. (212)

La salsa es el mejor medio para unificar la fragmentaria visión de mundo de la obra: es alianza, diáspora, similitud y oposición; un género que en la novela ampara el culto propio al Yo y al grupo; ese estado narcótico donde el personaje principal cae cada vez que está en una fiesta, es una autosatisfacción que posee su cuerpo, su razón única de ser. Es así como se muestra en gran parte la crisis de la modernidad, pues se hace de lado la racionalidad para concentrarse en el placer corpóreo:

> Sé que soy pionera, exploradora única y algún día, a mi pesar, sacaré la teoría de que el libro miente, el cine agota, quémenlos ambos, no dejen sino música. Si voy pallá es que pallá vamos. Vivimos el momento de más significado en la historia de la humanidad, y es primera vez que se ha exigido tanto de los culimbos. Mi opinión modesta, viéndoles las caras, las bocas de las ojeras, es que ellos, mis amigos, han cumplido. Somos la nota melosa que gimió el violín. Se reían del bugalú y mira ahora qué. (214-215)

La salsa empieza como música de las clases marginadas y logra posesionarse como parte de la cultura latina, a diferencia del rock and roll, al que se veía con ciertos privilegios culturales por ser construcción artística ajena a las raíces latinas. Así, mientras que el uno era subversivo pero ajeno, la salsa es la mayor señal de clase baja, cultural, nacional y más próxima (la cultura del pueblo). La razón llega a la decadencia porque ya no suple las necesidades de este individuo, y aunque lo corporal no ofrezca una solución al problema del sentido, por lo menos exorciza los demonios sociales de éste: se ríe de los convencionalismos y subvierte las divisiones de la sociedad en su exploración continua.

Conclusión

El personaje de la novela de Caicedo va del grupo a la individualidad, que a través de sus múltiples hazañas por la rumba caleña dibuja lo que ella misma ha llamado una "conciencia política estructurada" (119). Concepto que precisa una elección por los ritmos afrocubanos, desde los cuales hace una construcción de identidad personal. Esto que podría ser considerado pura apariencia o una conciencia política superflua, conforma, no obstante, una propuesta política contestaria erigida en los conceptos de actuación y ritmo de acuerdo a las ideas de Benítez Rojo. La rumba manifiesta ese estado de exploración eterna, de fluctuación, de lo momentáneo, lo efímero, lo indiferente. Tanto el rock and roll como la salsa son géneros híbridos, productos de fusiones culturales que demuestran la deconstrucción y construcción de la sociedad, que se constituyen en elementos de identidad, precisamente, porque defienden las diferencias. Ellos son, asimismo, homogenización, individualidad y diáspora a la vez.

Bibliografía

Benítez Rojo, Antonio. *La isla que se repite.* Barcelona: Casiopea, 1998.

Burbano Abadía, Laila. "La salsa una representación social". *Revista Huellas* 45 (1995): 67-73.

Caicedo, Andrés. *¡Que viva la música!* Santafé de Bogotá: Norma, 1998.

Carvajal Córdoba, Edwin. "Música y ciudad en *Que viva la música* de Andrés Caicedo". *Revista de Estudios de Literatura Colombiana* 3 (Medellín, 1998). 40-49.

Cruz, Kronfly. *La tierra que atardece.* Bogotá: Planeta, 1998.

Lipovetsky, Gilles. *El crepúsculo del deber. La ética indolora en los tiempos democráticos.* Barcelona: Anagrama, 1994.

Ochoa, Ana María. "El desplazamiento de los espacios de la autenticidad. Una mirada desde la música". Jesús Martín-Barbero y otros. *Cultura y globalización.* Bogotá: Universidad Nacional de Colombia, 1999.

Quintero Rivera, Ángel. "Comunidad y sociedad en la expresión musical del Caribe Hispano. El desafío salsero a la cultura global". *IV Seminario Internacional de Estudios del Caribe.* Memorias. Bogotá: Fondo de publicaciones Universidad del Atlántico, 1999.

Rama, Ángel. *Transculturación narrativa en América Latina.* Bogotá: Siglo Veintiuno Editores, 1985.

Delirios de modernidad (y violencia): premonitorios destellos de Hollywood en la obra de Andrés Caicedo

HÉCTOR FERNÁNDEZ L'HOESTE
Georgia State University

Things are always mixed.
Sam Peckinpah, *Doing It Right*

There was no such thing as simple truth.
Sam Peckinpah, *A Portrait in Montage*

En 2007 se estrenaron diez largometrajes colombianos en salas comerciales. En 2008, si todo marcha bien, cerca de veinte películas saldrán al mercado, confirmando un buen momento para el cine nacional y afianzando su ubicación en el marco de la cinematografía latinoamericana. En los años sesenta y setenta, en cambio, época de la adolescencia y joven madurez de Andrés Caicedo, el cine colombiano era apenas un espejismo, con cifras irrisorias y una calidad de producción deleznable. Es a partir de dicha coyuntura –una vez contempladas las deficiencias de la industria cultural nacional–, que Caicedo opta por ampararse en una producción más a mano, la de la cinematografía hollywoodense, con el fin de postular un imaginario alterno para su vivencia colombiana. Para esbozar su identidad, Caicedo se acoge, sobre todo en su cuentística, a síntomas de licantropía, canibalismo y vampirismo, a la usanza del cine norteamericano de terror. De esta manera, la violencia colombiana, que luego resurgirá con virulencia a partir de los años ochenta, aparece en su obra como materia latente, acechante, independiente de la ilusión de paz fraguada por la burguesía. En otras palabras, al madurar en una época en la que la violencia, constante colombiana, no es evidente a primera vista –gracias a las estratagemas de los partidos políticos convencionales–, Caicedo toma de la construcción de la violencia de otra cultura –la norteamericana– para problematizar la incipiente modernidad nacional. Valiéndose de la pauta de sus directores favoritos –los norteamericanos Roger Corman y Sam Peckinpah, en particular–, con quienes se ha familiarizado a raíz de su labor crítica en *Ojo al cine*, revista con la cual cubrió el medio fílmico colombiano por varios años, Caicedo concibe una nación disfuncional: por un lado empecinada en la pujanza y el desarrollismo, con delirios de modernidad (una magna ilusión colectiva), y por el otro ajena a los aprietos de buena parte de su población. Es por ello que Caicedo no arremete contra la problemática colombiana a punta de dogma o escapismos, sino que, haciendo alarde de agudeza e ironía, aprovecha los guiños cinematográficos (en especial, con respecto a la violencia, emanantes de Peckinpah), los ecos humorosos del *camp* (por la mayor parte, partiendo de la influencia de Corman) y el goce de una intimidación siniestra (nuevamente Corman), para aludir a una temática cercana. Por consiguiente, haciendo acopio de penetración, es factible reconocer cómo la obra de Caicedo, sustentada de manera firme en su crítica fílmica, sirve de adelanto precoz al descalabro que habrá de sobrellevar la nación colombiana a fines del siglo XX, colmada de violencia extrema y careos discordantes. Con el paso del tiempo, cuando ya sea demasiado tarde para ignorar el consabido desenlace, parte del imaginario caicediano, pleno de ingenios y escabrosidades, se materializará en la obra de sus cinéfilos colegas vallecaucanos, el recientemente fallecido Carlos Mayolo y el aún batallador Luis Ospina, en cintas como *Carne de tu carne* (1983) y *Pura sangre* (1982).

Al echarle un vistazo al índice de *Ojo al cine*, la homónima compilación preparada por Ospina y Sandro Romero Rey, compinches de andanzas cinematográficas de Caicedo, es inevitable forjarse una idea acerca de los directores que más influenciaron en el desarrollo de una estética caicediana. Aparecen de manera frecuente directores como Robert Aldrich (las críticas en su contra son acérrimas), Ingmar Bergman (de una seriedad impenetrable), Luis Buñuel (una concesión al surrealismo), Claude Chabrol (precursor de una avanzada gala, quien, según Caicedo, no madura bien), Corman, John Ford (el *western* es una gran pasión caicediana), Jean-Luc Godard (divo y niño malo de la *Nouvelle Vague*), Alfred Hitchcock (postulado como ejemplo de maestría técnica), Peckinpah (maestro de la violencia fílmica), Arthur Penn (su arte desfallece luego de *Bonnie and Clyde* (1967), en la cual, según Caicedo, "la violencia se convierte en delirio expresivo", *Ojo al cine* 87-88), François Truffaut (líder de la Nueva Ola francesa) y otros. Sin embargo, al leerse los textos de Caicedo, resulta evidente que, en oposición a la labor de cineastas europeos u orientales, la contemplación de la cinematografía estadounidense es fundamental para el entendimiento de su quehacer cultural. La estética de Caicedo, fundamentada en nociones de novela negra, en pasiones tórridas y tramas truculentas, está cimentada de forma sólida en la cultura popular norteamericana de la posguerra, gracias a la bonanza de la ficción de bolsillo y el fuerte impacto de exiliados europeos (Fritz Lang, Robert Siodmak, Michael Curtiz) sobre Hollywood. (Cabe también anotar que, al igual que varios de los filmes de estos directores, el objeto de la novela negra es denunciar las fisuras en la fibra burguesa de la clase media, tan aparentemente impoluta; semejante disposición reverbera en la obra de Caicedo). Por tanto, los europeos puede que aparezcan como referencias obligatorias, pero incluso su contexto se remite al quehacer fílmico de la industria cinematográfica estadounidense. Hitchcock, por ejemplo, se consagra gracias a su trabajo en Hollywood y ejerce gran influencia sobre Truffaut, quien a su vez define buena parte del esquema de la *Nouvelle Vague*. Ford y Nicholas Ray, a quienes Caicedo dedica buenas páginas, también impactan fuertemente a la crítica francesa. Acogiéndose al esquema de su generación, la quimera caicediana no apunta hacia París; sólo tiene a Hollywood y Nueva York como metas. Luego, queda claro que son los norteamericanos quienes más definen el espíritu de la estética caicediana. Dentro de este grupo destacan, en especial, nombres del talante de Corman, Peckinpah y Penn. Los dos primeros, en particular, sientan la pauta del desarrollo de la obra y el gusto fílmico del autor colombiano, pues en el caso de Penn, luego del parteaguas con *Bonnie and Clyde*, su obra da un viraje hacia una orientación menos consonante a los intereses del caleño.

Haciendo honor a la revista auspiciada por Caicedo, *Ojo al cine* contiene un gran número de textos y críticas cinematográficos del escritor caleño, desde sus columnas sobre cine para diversos medios colombianos hasta una pequeña selección de sus textos de ficción. Pese a que Caicedo sólo dedica una reseña en particular al trabajo de Corman (*Invasión secreta* [*The Secret Invasion*], 1964), la recurrente mención del director norteamericano en los textos y la patente obsesión caicediana por viajar a los Estados Unidos para entrevistarle denotan la importancia de su labor a ojos del caleño. Además, a medida que pasa el tiempo, pese a su carácter apresurado, el trabajo de Corman adquiere mayor estatura. Un buen número de los más importantes directores de Hollywood (Francis Ford Coppola, Martin Scorsese, Jonathan Demme, James Cameron, John Sayles y Ron Howard, entre otros) trabajaron con Corman durante los inicios de sus carreras y han reconocido el impacto mediante *cameos* en algunas de sus más famosas películas (*El padrino II* [*The Godfather II*, 1974], *El silencio de los inocentes* [*Silence of the Lambs*, 1991], *Apolo 13* [*Apollo 13*, 1995]), de manera que su impronta es profunda e irrebatible. Y hacia fines de 2008, con 82 años, Corman continúa produciendo cine, con casi 400 títulos en su haber, muestra de su infatigable compromiso con el séptimo arte. De hecho, Corman es bien conocido por su habilidad y destreza para filmar películas de bajo presupuesto, pues llegó a terminar hasta siete películas en espacio de un año. En lo que a Caicedo se refiere, sin embargo, las películas de Corman de mayor influencia son sus adaptaciones de los textos de Edgar Allan Poe (*La caída de la Casa Usher* [*House of Usher*, 1960], *La fosa y el péndulo* [*The Pit and the Pendulum*, 1961], *El entierro prematuro* [*The Premature Burial*, 1962], *Destino fatal* [*Tales of Terror*, 1962], *El cuervo* [*The Raven*, 1963] y *La máscara de la muerte roja* [*The Mask of the Red Death*, 1964]), protagonizadas en su mayoría por Vincent

Price, estrella del género de terror en la serie "B". Poe fue un autor preferido de Caicedo, pero las adaptaciones de Corman, bien conocidas por su factura barata y hasta improvisada, son particularmente importantes para la narrativa caicediana, en la cual a veces se les menciona de manera jocosa. En síntesis, Corman será el responsable directo de los ecos de horror y fantasmagoría en la cuentística de Caicedo. Al fin y al cabo, cuentos como "Los dientes de Caperucita", el relato con el que Caicedo gana un concurso literario en Caracas (en el que, haciendo eco de zoantropía, la protagonista se transforma y ataca a dentelladas al narrador, privándole de su sexo), y sus "Destinitos fatales", en los que abundan los vampiros y las flagelaciones dentales, tienen mucho de Corman, con un aire siniestro, teñido de cinefilia, y visos de truculencia. En "Calibanismo", otro de sus cuentos magistrales, conjugador de antropofagia y cinefilia, Caicedo incluso cita a Corman (evoca *Destino fatal*, cinta en la que se origina el título de sus cuentos) y narra cómo Vincent Price se convierte en vómito, un exabrupto que, según el caleño, nada tiene que ver con la narrativa de Poe.

Por otra parte, el *camp* –una estética fundamentada en el empleo irónico de lo mediocre, por lo general proveniente de sectores sociales carentes de refinamiento– le llega a Caicedo gracias a su afición por la temática y el estilo de la obra de este director estadounidense. En el caso de Corman, el *camp* es una consecuencia directa de su ritmo acelerado de trabajo, ajeno a los deslices del medio social; en el caso caicediano, este rasgo irrefutable de modernidad emerge de su afán por problematizar los triunfalistas planteamientos del desarrollismo económico. El *camp*, concretamente, denota modernidad, pues su reconocimiento formal se remonta al ascenso acelerado de la clase media: para los norteamericanos, un fenómeno orgánico durante la posguerra; para los colombianos, una imposición desarrollista, un tanto ajena al legítimo estado de las cosas para la mayor parte de la población. Si bien a Colombia, y a Cali en particular, comienzan a llegar productos y empresas característicos del *American Way of Life* (Colgate-Palmolive abre una planta en la ciudad, al igual que Goodyear, Cadbury-Adams, Pfizer y otras), en el caso de su entorno de origen resultan de un proceso sistémico, como respuestas a cambios súbitos en la forma de vida, con el advenimiento de la gran clase media yanqui durante la era de Eisenhower. En Colombia, en cambio, estos productos tienen mucho de necesidad creada, pues hacia inicios de los años sesenta el mercado de clases media y alta es todavía pequeño y el consumo viene marcado con el aire indeleble del arribismo social, con una disposición relativamente ingenua hacia las imposiciones de una modernidad ajena. Es así como Caicedo toma elementos de Corman (un cierto regocijo por tramas truculentas, plenas de hombres lobo y vampiros, y de un ingenio ligeramente estrafalario; la simulación de una carencia de trama; y una hábil mezcla del terror y el humor, fomentando el asombro en sus lectores) y los inserta en su producción, en parte para beneficiarse del aire progresista de lo norteamericano, en parte para enjuiciar indicios de modernidad que no corresponden a un momento social y cultural autóctono.

Empero, por encima de Corman, quizás el director norteamericano que más impactó a Caicedo fue Sam Peckinpah, el maestro de *La pandilla salvaje* (*The Wild Bunch*, 1969) y *Perros de paja* (*Straw Dogs*, 1971), dos filmes que inauguran una tradición estética fundamentada en el aprovechamiento formal y conceptual de la violencia cinematográfica. La influencia de Peckinpah es especialmente coyuntural, pues su rasgo más significativo, la explotación de la violencia como elemento estilístico y argumental de una obra artística, adquiere relevancia distintiva en el contexto colombiano, tan afectado por este fenómeno. En materia de violencia, con Peckinpah, el cine se parte en dos: antes y después de su obra. *Bloody Sam* (Sam el Sangriento), como acostumbraban a llamarle sus detractores, es el gran precursor del cine norteamericano de violencia, luego del cambio del sistema de censura en Hollywood y la encrucijada política de los sesenta. Por un lado, en septiembre de 1966 se modificó el código de producción de películas, también conocido como el código Hays; dos años más tarde, se creó la Code and Rating Administration (CARA), con la consecuente redefinición de muchas de las directrices de la industria (Prince 12-14). Dicha reescritura de pautas de censura, apoyada por la Motion Picture Association of America (MPAA), se prestó para que el cine norteamericano lograra ponerse al día con una cultura cambiante y dejara de ampararse en musicales inocuos, al estilo de *La novicia rebelde* (*The Sound of Music*, 1965), para atraer a una juventud que experimentaba con sexo, drogas y rocanrol. Por otro lado, la lucha por los derechos civiles y la guerra de Vietnam también atizaron el fuego. El cine de Peckinpah maduró a golpes en medio de semejante tensión social y cultural; en cuestión de siete años, pasó de filmar *Pistoleros al atardecer* (*Ride the High Country*, 1962) una película que, a la manera de *Johnny Guitar* (1954), de Nicholas Ray, y según atestigua Caicedo, había conmovido a los franceses amantes del *western* (pero que, en comparación con muchas otras cintas de este tipo, apenas contiene tiroteos), a dirigir *La pandilla salvaje*, con la cual revoluciona el lenguaje de la violencia cinematográfica (a partir del consabido desenlace en Agua Verde, lugar en el cual perecen los protagonistas al enfrentarse a las tropas de Mapache, el general oficialista interpretado por Emilio "El Indio" Fernández). En otras palabras, es a partir de *La pandilla* que Peckinpah da rienda libre a su imaginación y explicita su postura antigubernamental. En un pasaje archiconocido de la cinta, al preguntársele a Pike Bishop (el pistolero protagonista interpretado por William Holden) acerca de sus afinidades con el gobierno, responde de manera certera que guarda poco en común con el mismo. Las palabras del forajido vienen, de manera casi literal, de boca del director, un enemigo a ultranza del régimen estadounidense de la época.

En el volumen editado por Ospina y Romero Rey, aparte de las incontables menciones, Caicedo le dedica un artículo biográfico y dos reseñas (*La fuga* [*The Getaway*], de 1972, y *Pat Garrett y Billy The Kid*, de 1973) a Peckinpah, es decir, casi más que a cualquier otro creador de Hollywood. A diferencia de Corman, quien ha envejecido de manera casi agraciada, pues la urdimbre de su obra ha logrado mayor apreciación con el paso del tiempo, Peckinpah estuvo siempre acompañado de un aire maldito (supuestamente, se trataba de un tipo con una personalidad difícil), razgo que ha de haber atraído aún más a Caicedo, dada su fascinación con la marginalidad. Con apenas catorce películas, varias de ellas de manufactura bastante accidentada, Peckinpah logró hacerse de un nombre en el universo hollywoodense. Sus problemas con el alcohol y la droga fueron del dominio público e impactaron su trabajo de manera negativa, al igual que su carácter temperamental y voluble. Sin embargo, de forma análoga a Corman, los aportes fílmicos de Peckinpah han adquirido gran importancia con el paso de los años; su influencia es evidente en la estética de directores contemporáneos como Quentin Tarantino (*Perros de la calle* [*Reservoir Dogs*, 1992], Walter Hill (*48 horas*, 1982) y John Woo (*Face/Off* [*Cara a cara*, 1997]), con escenas de acción surtidas de gran variedad de planos editados de manera vertiginosa y uso selecto de cámara lenta. En el contexto de la obra de Caicedo, no obstante, esta violencia adquiere un distinto matiz.

Para vislumbrar la influencia de la violencia de Peckinpah, hace falta contemplar el contexto político y social del quehacer literario de Andrés Caicedo. Su producción cultural nace y madura en los años sesenta y setenta, influida por los convenios del *establishment* político colombiano. En otras palabras, Andrés Caicedo comienza y fortalece su labor narrativa, de crítico de cine y autor de ficción, en tiempos del Frente Nacional: la acomodaticia iniciativa de la burguesía nacional pactada en 1956, mediante la cual liberales y conservadores alternaron en el poder (de 1958 a 1974, un total de dieciséis años), fomentando la simulación de una paz nacional para el entorno colombiano. Hacia 1964, apenas durante el segundo período del arreglo, bajo el mandato de Guillermo León Valencia (1962-1966), se produjo el bombardeo de Marquetalia, con el consiguiente nacimiento de las Fuerzas Armadas Revolucionarias de Colombia (FARC) en 1966. En 1964 también aparece el otro contingente subversivo de longeva duración: el Ejército de Liberación Nacional (ELN). Hacia 1970, luego del presunto fraude electoral mediante el cual el conservador Misael Pastrana Borrero logró la presidencia, comenzó a gestarse el M-19, un movimiento guerrillero de extracción clasemediera y naturaleza urbana, caracterizado por su hábil manejo de los medios y maniobras militares de elevado riesgo, como las tomas de la embajada dominicana y del Palacio de Justicia. De igual manera, es a partir de estos años cuando comienzan a aparecer representantes de los Cuerpos de Paz en el Valle del Cauca, expresando un interés por la droga colombiana. De forma irónica, dicho fenómeno, articulador del tráfico de droga en diversos puntos de la geografía nacional, queda documentado en *El Rey* (2004), filme de José Antonio Dorado que narra el inicio del narcotráfico vallecaucano. En síntesis, si bien el Frente Nacional maquilla la realidad colombiana y convence a no pocas personas del gozo fortuito de un interludio de paz, para mentes críticas y recelosas como las de Caicedo y sus compañeros, la paz nacional de los años sesenta y setenta sonaba fuertemente a embeleco oficialista. A nadie convencía el hecho de que, mientras el gobierno central festejaba los Juegos Panamericanos y la creciente inversión extranjera en la ciudad de Santiago de Cali, también aumentaran de manera vertiginosa vecindarios infelices como Siloé o Aguablanca. En 1971, por ejemplo, Ospina y Mayolo filman *Oiga, vea*, el documental caleño en el que contrastan la triunfalista visión oficialista de los Juegos con la falta de acceso y desatención de las paupérrimas masas durante el evento. De hecho, en *Ojo al cine*, la compilación de Ospina y Romero Rey, aparece la reseña de Caicedo para el primer número de la revista del mismo nombre en 1974. La cita de uno de los párrafos finales evidencia el acuerdo entre Caicedo y sus compañeros de andanzas. Dice un espectador entrevistado en la película:

> Lo que nosotros creemos es que el gobierno organiza un evento de esta clase para dejar en el exterior una imagen de bienestar, de lujo, de bonanza, cuando lo cierto es que los Juegos se han hecho en estado de sitio, con todos los problemas estudiantiles, paros, represión oficial. De manera que eso es una pura farsa. (280)

A la luz de todas estas circunstancias, quedaban sembradas las semillas del posterior descalabro, el de fines de siglo, con el eventual desmoronamiento del espíritu cívico en la capital vallecaucana, la metástasis del narcotráfico a nivel nacional, los destemplados alardes ideológicos (de derecha e izquierda) y los sempiternos desmanes estatales. Consumir la obra de Caicedo sin prestar cuidadosa atención a este contexto resulta inconcebible.

Según explica Stephen Prince en *Savage Cinema: Sam Peckinpah and The Rise of Ultraviolent Movies*, la obra de este director estadounidense es propia de su tiempo, producto de la fuerte sensación de rechazo gubernamental suscitada a raíz de la guerra de Vietnam. Para Prince, la violencia de Peckinpah funge de agente examinador de la moralidad absoluta y tendenciosa del norteamericano promedio en los años sesenta. Dentro de este contexto, la violencia contiene un germen crítico, puesto que dinamita y cuestiona lecturas planas y reductivas de aproximaciones culturales. Para Peckinpah, "To negate violence it must be shown for what it is, a horrifying, brutalizing, destructive, ingrained part of humanity" (Para negar la violencia, esta ha de ser mostrada tal y como es, una parte horripilante, embrutecedora, destructiva, arraigada de la humanidad).[1] La manera óptima de combatir la violencia, según el cineasta, es mediante una explicitación de su naturaleza mortífera: hay que mostrarla de manera inmisericorde; de ser posible, sin estetizarla ni recrudecerla, mas evidenciando sus implicaciones y el posterior sufrimiento. A mi juicio, y a juzgar por la crítica que Caicedo hace de la obra de este director norteamericano, esta lección resulta enormemente atractiva, siempre y cuando sea factible adaptarla a las circunstancias particulares del devenir colombiano.

No obstante, los delineamientos de Caicedo con respecto a la violencia comienzan a evidenciarse de manera muy clara en su crítica, no de una película de Peckinpah, sino en la de una cinta que, hacia fines de los sesenta, se esfuerza por señalarle a Hollywood el camino a seguir: *Busco mi destino* (*Easy Rider*, 1969), dirigida por Dennis Hopper. La cinta puede que sea ajena a Peckinpah, sin embargo, los comentarios de Caicedo trazan un nexo indudable entre la experimentación de Hopper y los postulados del maestro de la violencia. A este respecto, dice Caicedo, refiriéndose al asesinato de los protagonistas, Wyatt (Peter Fonda) y Billy (Dennis Hopper), al final de la película:

> Esè sistemático asesinato de los dos motociclistas a manos de dos insignificantes tripulantes de un camión –uno de ellos porta una inmensa escopeta de dos cañones– cobra valores de danza, de inquietante coreografía, y origina un obligante llamado a la violencia después que se han mostrado los funcionamientos de la violencia represiva, alienante. Ante esa violencia hay que responder con otro tipo de violencia, nueva y liberadora, que sea punto de partida para una definitiva cuestión sobre el hombre en un medio donde siempre se ha comerciado con el hombre. (*Ojo al cine* 54)

Queda clara entonces la toma de conciencia de Caicedo con respecto al enorme potencial y responsabilidad de respuesta de la violencia en su narrativa. A partir de este ejemplo, la violencia se desprende de su esquema de *western*, se relaciona con un ejemplar maestro de la contracultura estadounidense de la época y queda dispuesta a germinar en la ficción caicediana. Si Hopper y Fonda logran hacer lo suyo para echarle en cara a los Estados Unidos la disfuncionalidad de su entorno, Andrés Caicedo, por su parte, intenta hacer otro tanto a punta de una narrativa desprejuiciada. La admiración hacia Peckinpah, tan tangible en sus textos de crítica cinematográfica, ciertamente contribuye a la incorporación del factor violencia como elemento indispensable de su obra.

Existen otros indicios de este derrotero en la obra de Caicedo. De manera posterior, al reseñar *La cacería humana* (*The Hunting Party*, 1971), de Don Medford, Caicedo se queja del desperdicio de violencia en los filmes de Sergio Leone, reitera su admiración por Peckinpah y cierra con carácter sentencioso:

"Porque ya sabemos que lo que buscan [los últimos productos de Hollywood] es que el hombre se acostumbre a la violencia, vea en ella incidente y expresión cotidiana, pero no por ello aprenda a combatirla, sino que aprenda a padecerla" (67). Poco después, al reseñar el violento final de *Bonnie and Clyde*, de Penn, y con no poco humor, Caicedo aprovecha el momento para recordarle a sus lectores que en el cine de Peckinpah el crimen sí paga (en otras palabras, el protagonista logra salirse con la suya y vencer el sistema), pues el letrero que aparecía al final de la copia colombiana de *La fuga* (1972), con Steve McQueen y Ali MacGraw, el cual aseguraba la posterior captura de los bandidos, resultaba de una imposición de la censura nacional (75-76). Para Caicedo, el carácter progresista de un filme emana de la posición antisocial y antigobiernista de sus protagonistas; en el contexto de esta lectura, los delincuentes y matones a sueldo de Peckinpah son héroes contestatarios. Para él, hay pocas películas en las que quienes infrinjan la ley se hermanen con el *establishment* político y económico, como en el caso de la segunda parte de *El Padrino* (1974), de Coppola, en la que el gángster encarna el capitalismo.

Ahora bien, para efectos de la narrativa de Caicedo, hay otro aspecto determinante. Tal vez la faceta más atrayente del *western* según Peckinpah sea su representación de un momento de transición en la cultura del lejano oeste. En su reseña de *La pandilla*, Caicedo señala: "El argumento de Peckinpah es el cambio; sus personajes, casi siempre pistoleros a sueldo, viejos y enormemente cansados, enfrentan un cambio radical en el momento histórico. De la actitud tomada por ellos ante el fenómeno, nacen las historias de Peckinpah" (55). Al igual que buena parte de los protagonistas en las películas de Peckinpah, los personajes de *La pandilla* (William Holden [Pike Bishop], Ernest Borgnine [Dutch Engstrom], Warren Oates [Lyle Gorch], entre otros) son seres que buscan reivindicación ante un medio cambiante. A comienzos del siglo XX, el vaquero sospecha el ocaso de su forma de vida y teme el avance del ferrocarril, agente de modernidad. En sus métodos, los dueños del ferrocarril serán incluso más despiadados que las fuerzas del Estado, pues su motivación económica desconocerá límites. Luego, el vaquero se refugia al sur de la frontera (a la usanza de algunos directores de cine, exasperados por las exigencias de los estudios cinematográficos) y se da de bruces contra la revolución, con el consiguiente exacerbamiento de su postura antigubernamental.

Dicha postura, si bien nace de la coyuntura del vaquero, también aparece en otras películas de Peckinpah, ubicadas en tiempos contemporáneos. En *Perros de paja*, otro de los grandes aportes del cineasta estadounidense, el académico David Sumner (Dustin Hoffman) busca la paz en la campiña británica, con el fin de poder avanzar en sus investigaciones matemáticas; el ambiente de las universidades estadounidenses, convertidas en nidos de activismo político a raíz de Vietnam y los derechos civiles, no le atrae. Desafortunadamente para

Sumner, el paisaje bucólico del campo esconde tensiones insospechadas. A la larga, se desencadenará una violencia irrevocable y el joven catedrático tendrá que enfrentarla (y rebasarla) para preservar su orden, mucho más salvaje de lo que se intuye en un principio. Gracias a estas resoluciones drásticas de Peckinpah, a estos procesos entrópicos, en los que las cosas buscan, a su manera un nuevo punto de equilibrio, en medio de narrativas que llegan a puntos álgidos (la masacre de Agua Verde, en el caso de *La pandilla*; el enfrentamiento en la cabaña, en *Perros*), Caicedo reconoce una verdad colombiana: hay más de violencia en el supuesto orden de paz sustentado por los políticos, con la correspondiente supresión de un ajuste de cuentas entre las clases pudientes y los sectores desfavorecidos, que en los momentos de supuesto terror tangibles en la cultura popular, pues la postergación de semejante desavenencia, por último, detonará un cataclismo social de dilatada resolución. Al fin y al cabo, la violencia explícita, aquella condenada por los supuestamente pacíficos planteamientos del *establishment* político, es resultante directa de la miseria. Según esta lectura, la inopia simboliza la violencia de los ricos sobre los pobres. Es así como, al posponer una resolución efectiva de tensiones sociales que datan de más de un siglo, el arreglo del Frente Nacional sólo condena al país a una prolongada agonía de opresión y sufrimientos.

Por consiguiente, lo de Caicedo es, teniendo en cuenta las proporciones, una situación análoga. Su tiempo es el de una transición y, pese a que Caicedo desconoce lo que se avecina, en su obra se distingue una sospecha de que las cosas están por cambiar, para bien o para mal. El viejo orden, el de liberales y conservadores de vieja cepa, está por desaparecer. De hecho, es a partir del Frente Nacional que el modelo bipartidista entra en crisis, pues la falta de genuinas diferencias en sus plataformas comienza a evidenciarse. Lo que vendrá, una Colombia llena de sicarios impúberos y narcotraficantes perversos, guerrillas anacrónicas, paramilitares descuartizantes y fuerzas estatales empecinadas en contrarrestar el avance endémico de contingentes alternos (que no vayan a disputarle su rol hegemónico como agentes de violencia), aún está por imaginarse, pero en la obra de Caicedo es factible reconocer un enjuiciamiento de este momento intermedio, en el que todavía se reciben con escepticismo los mensajes oportunistas de políticos interesados en sepultar y desconocer las diferencias de la población colombiana. Para efectos prácticos, el Frente Nacional equivale a reprimir la memoria colectiva del país, a dejar de procesar el trauma de la violencia y pretender que todo está en perfectas condiciones, razón por la cual la nación habrá de desangrarse lentamente durante las próximas décadas.

Es por ello que Caicedo reitera su fascinación por lo audaz, lo irreverente, en contra de la norma establecida. Como bien dice en la encuesta que abre el volumen de Ospina y Romero Rey, "dedicarle la atención necesaria a la importancia de Jerry Lewis es un acto de terrorismo", pues para él, lo prioritario es "desmitificar los falsos valores, las grandes celebridades, los mensajes de 'gran' importancia" (*Ojo al cine* 25). Al plantear narrativas llenas de seres marginales, con caníbales, vampiros y licántropos, lo verdaderamente maravilloso de Caicedo es su develamiento de la monstruosidad de lo rutinario, lo supuestamente inofensivo. El repertorio de monstruos de Hollywood puede que sugiera algo de terror, pero lo verdaderamente terrorífico es el aire de normalidad respirado y compartido en un orden sustentado por un pacto de conveniencias políticas, muy a costa del interés social de buena parte de la población. Por algo, a la hora de reseñar *El bebé de Rosemary* (*Rosemary's Baby*, 1968), el hito sesentero de Roman Polanski, a partir del cual el público norteamericano comenzó a sondear los confines de una normalidad espeluznante, Caicedo señala lo siguiente:

> Se cree que con la aparición de la pareja de brujos (Ruth Gordon y Sydney Blackmer), lo sobrenatural, lo decididamente terrorífico saldrá a flote, se dejará ver a todo gusto. Nada de eso. Lo que paradójicamente sale a flote ahora, con toda su extensión, es lo *rutinario*, lo humorístico. Todo lo que pudiera fácilmente producir terror es desvirtuado por el arma más efectiva y sutil de todas: el humor. (48)

De ahí el afán de Caicedo de combinar el humor con escenas de antropofagia o licantropía ("Los dientes", "Calibanismo"), maquinaciones criminales ("Felices amistades", "En las garras del crimen"), obsesiones enajenantes ("Por eso yo regreso a mi ciudad"), confidencias eugenésicas ("Maternidad") o la marginalidad cinéfila ("El espectador"). Si bien Caicedo va a incorporar en su obra los restos de violencia emanantes de la cultura popular estadounidense, su estrategia sugiere una defensa de la escabrosidad mediante el develamiento imprevisto del humor. Si a Caicedo le interesa narrar una Cali moderna (pero no la hipotética modernidad del gobierno, sino la modernidad de su invención a punta de retazos de *americana*), que no le haga el juego a los desmanes gobiernistas, su mejor arma –aparte del gran amparo que obtiene del menú hollywoodense, con las cursilerías de Corman y el grafismo de Peckinpah– ha de ser, sin lugar a duda, una dosis recurrente de humor, según la cual sus personajes, antes de devorar a un semejante, se ocupen de trivialidades, de ligerezas, haciendo pasar las ocurrencias más grotescas por nimiedades circunstanciales, a la manera de quienes realmente experimentan una vida desprovista de preocupaciones de gran trascendencia. ¿Qué mejor manera de mofarse de los anhelos de superficialidad del orden político colombiano? Partiendo de esta configuración de un mundo rutinario, en el que los personajes se pierden en disquisiciones cinéfilas, en meditaciones caleñas sobre el privilegio de poder gozar de su ciudad, Caicedo sugiere un nexo entre su versión de una modernidad colombiana y la sensibilidad de la cultura popular norteamericana. De esta forma queda claro que su motivación no es la de hacerle el juego al triunfalismo del desarrollismo, sino la de proporcionarle una alternativa a una juventud que no se reconoce representada en los mensajes de la vieja generación. De ahí que Caicedo sea moderno cuando Colombia aún no ha aprendido a ser moderna.

Por ello, aparte del humor, la traza alterna de modernidad en la obra de Caicedo es su predisposición hacia la violencia; no una violencia desalmada, resultante de tensiones sociales y ajustes de cuentas políticas, sino una violencia de motivación funcional, despreocupada, propia del manejo intuitivo y atrevido de los guionistas norteamericanos. Con Caicedo, la violencia colombiana deja de ser la de los relatos trasnochados de la violencia cincuentera, de pájaros sanguinarios y mutilaciones a punta de cortes de corbata, con las espumas de Téllez y los faulknerianos ecos de hojarascas y matanzas bananeras de un futuro premio Nóbel, y hasta dramatizaciones pseudobiográficas a manos de paisanos de tierra chica, tipo Gardeazábal. Con Caicedo, la violencia ajena, la norteamericana, se vuelve más propia que nunca, pues justo cuando otros se esfuerzan por hacernos olvidar, por hacernos desconocer las implicaciones de nuestro medio –con tanta inequidad a diestra y siniestra–, o hasta de cosificarlo a punta de relatos de corte agreste, sus personajes y tramas, producto de sus frecuentes idas al cine, se empecinan en recordarnos que algo huele muy mal en la visión desarrollista del Estado.

En Caicedo, el vampirismo, tan a lo Roman Polanski (para este efecto, ver sus comentarios sobre *La danza de los vampiros* [*The Fearless Vampire Killers*, 1967]), y los asesinatos, tan a lo Sharon Tate, tienen mucho de dejo de modernidad, de trauma de momento de transición, de pérdida de inocencia, de resonancia de una colectividad que a punta de zancadas intenta doblegar la incipiente moral de sus ciudadanos y convencernos de que hay ciertas cosas que tendremos que aceptar si queremos jactarnos de ser modernos. Esquemas de este tipo fueron muy propicios para sociedades como la norteamericana (con los crímenes del clan Manson, y su empleo maligno de las letras de los Beatles), que pudieron darse el lujo de pretender ser inocentes alguna vez (pese a los desmanes en el sudeste asiático), con políticos juveniles y apuestas primeras damas rememoradores de mitologías medievales. Fueron, en pocas palabras, marcas tenebrosas de una gran inconciencia colectiva, a puertas de una excelsa modernidad. En el caso colombiano, la virtud de la simulación gubernamental fue la de pretender compartir semejante ingenuidad. Al fin y al cabo, Kennedy y su esposa visitaron el país y congratularon a Alberto Lleras Camargo (1958-1962), paladín del Frente Nacional, por su envergadura de estadista (que previamente hubo de llevarlo, cual César Gaviria varias décadas más tarde, al recinto de la OEA, de 1948 a 1954). En el caso de Caicedo, la virtud de su obra reside en recordarnos el alucinado carácter de pesadilla de nuestras vivencias, explicitando sus facetas más verídicas mediante los esquemas de la imaginación hollywoodense. Es por ello que, en "Angelitos empantanados", a la hora de concluir su relato con Angelita, su bienamada, ocurren situaciones como esta:

> ...creo que me persiguieron, yo huía hecho una furia, crucé el alambre de púas, abrí la puerta de mi casa, atravesé corredores y en la cocina me detuve y miré, olfatié con astucia, la sirvienta sintió a alguien, salió y ha tenido que adivinar mis intenciones viendo mi cara, primero quiso huir pero la huida era inútil yo había cerrado la puerta del fondo, entonces se armó de una olla en una mano y un cuchillo en la otra y arremetió contra mí y yo arremetí contra ella, pero yo fui quien quedó de pie, le patié muchas veces la barriga, ella trataba de alcanzarme con el cuchillo, en una de esas me hizo una cortada en el brazo izquierdo y gritaba, yo le rompí la cara, la estrellé contra el azulejo, cuando tuvo que soltar el cuchillo la acuchillé una y mil veces porque yo también tengo mi furia (no tener ninguna bella dama, enferma antes de tiempo para yo adelantarme a la muerte y matarla como Edgar Allan, tener que matar a una vil sirvienta para darle cumplimiento a mi destino fatal)... (*Destinitos fatales* 205-206)

En manos de Caicedo, la muerte se convierte en herramienta estilística de gran talla. Si, a lo largo de los sesenta y comienzos de los setenta –antes que se materialice la primera bonanza marimbera–, el *establishment* colombiano se empecina en desdeñar el peso de la muerte y la violencia, ¿qué mejor respuesta que revivirlo según el formato de un predilecto arquetipo de modernidad, con el fin de que no pueda ser descartado de manera tan displicente, como buena parte de la restante producción cultural colombiana que intentó problematizar los orígenes del trauma nacional? Caicedo se ocupa de hacer violencia con humor en una época en la que, según el gobierno, ni hay lo uno ni lo otro. La violencia de Caicedo es una de índole doméstica, pues irrumpe en la cocina de la casa, en una de esas cocinas de azulejos que sólo aparecían en los filmes de Hollywood y en las moradas de las clases acomodadas colombianas, y se cuela entre corredores y alambres de púa (¿por qué hará falta tener cercas con alambres de púa?) para recordarnos que hay algo de redentor en el hecho de problematizar la violencia. A su vez, toca conformarse con una sirvienta, dándole un íntimo sabor de clase al asunto, a falta de doncellas desahuciadas que inviten a propensiones eutanásicas. La belleza lánguida de las muertes de Poe no se presta para la rusticidad del medio colombiano. Toca maquillarla con la ordinariez ("una olla en una mano y un cuchillo en la otra") de Corman y el efectismo ("la acuchillé una y mil veces") de Peckinpah. De esta manera, la violencia y el sarcasmo de Caicedo toman prestado del código fílmico estadounidense y sortean una potencial interpretación de su criminalidad según una cadena de fruslerías, como hubo de sucederle a otros que intentaron, de manera fallida, emular las artimañas de Hollywood. Peckinpah y Corman habrían compartido sus planteamientos con orgullo.

Para sintetizar cómo se conjugan todos estos aspectos en la obra de Caicedo no hace falta sino remitirse a los ejemplos más sucintos de su producción. Su segundo "Destinito fatal", el cual narra la triste suerte de un personaje mundano –un empleado público, para mayores señas producto del afianzamiento económico del Frente Nacional– sirve a manera de muestra. El pobre hombre del relato se monta de manera despreocupada en su bus de todos los días, sin percatarse que el vehículo ha dejado de detenerse en las paradas acostumbradas, y que sus pasajeros, todos hombres, flacos y hambrientos, a excepción de una mujer vestida de negro en la última banca, le tienen deparada una suerte insospechada. A la primera señal del chofer, todos se abalanzan sobre él y lo arremeten a mordiscos, mientras el infeliz piensa en lo que dirán sus compañeros de oficina cuando salga mañana el periódico. Pero, según aclara el texto, "mañana no va a salir nada en el periódico" (132). Y es que este es el tipo de cosas que acontecen en el mundo de Caicedo, cuando las vivencias que aparentan tener mucho de normal adquieren de forma repentina visos de tinieblas. Y el resto de la gente –eso queda bien claro– continuará como si nada hubiera acontecido, porque así suceden las cosas en Colombia a lo largo de los sesenta y setenta. Para hacerlo notar no hizo falta sino acentuar un poco el brote de violencia, otorgándole un matiz más cinematográfico a la trama, una cierta cualidad visual, y reiterar la inmutabilidad del diario quehacer en una sociedad demasiado atareada para ocuparse de muertes chocantes.

En última instancia, si Caicedo se toma el trabajo de explicarnos de manera macabra cuántas formas hay de comerse a una persona ("Calibanismo"), para rematar confesándonos, con no poco desparpajo, que todo es pura mentira, que él sólo ha visto consumirse a una persona (y para convencernos, hasta nos suministra fecha del deceso e identidad del occiso), no es por crearle arandelas al asunto. Morir a manos de adolescentes frenéticos, llenos de vida, infractores de normas burguesas y personificadores de un nuevo espíritu generacional –como el mismo Caicedo–, es mucho más apetecible que sacrificarse a punta de desabridas consignas políticas o lemas de compromiso ideológico. Para Caicedo, lo válido es el gótico tropical, la asimilación e interiorización efectiva de una estética foránea que luego habrá de asomarse en el cine de Mayolo y Ospina. En Colombia, puede que no haya vaqueros, vampiros, hombres lobo ni caníbales, pero qué más da, cuando lo que se tiene a mano, como remedo de subdesarrollo, supera con creces la imaginación de una modernidad incompleta y disonante. En el caso de Caicedo, no es sino cuestión de retratarla a conciencia, con ojos de Hollywood, mucha violencia y algo de humor, para que de esa forma lo monstruoso se convierta en vistoso y lo ordinario evidencie su auténtica condición de monstruosidad.

NOTA

[1] Según declaraciones de Peckinpah en el fólder No. 92 de la Sam Peckinpah Collection (SPC).

BIBLIOGRAFÍA

Caicedo, Andrés. *Destinitos fatales.* Luis Ospina y Sandro Romero Rey, eds. Bogotá: Editorial Oveja Negra, 1984.

_____ *Ojo al cine.* Luis Ospina y Sandro Romero Rey, eds. Bogotá: Editorial Norma, 2007.

Prince, Stephen. *Savage Cinema. Sam Peckinpah and the Rise of Ultraviolent Movies.* Austin: U of Texas P, 1998.

Excursiones

Andrés Caicedo, el viaje y el concepto de *Bildungsroman* en América Latina

Norman Valencia
Yale University

En un ensayo titulado "La novela de educación y su importancia en la historia del realismo" Mikhail Bajtin traza una genealogía de la novela moderna a partir de algunos elementos que, a lo largo de la historia, han servido para estructurar el relato novelesco. A continuación nos centraremos en unos cuantos aspectos de la teoría bajtiniana para confrontarlos con una novela particular, *¡Que viva la música!* de Andrés Caicedo, un *Bildungsroman* latinoamericano que por sus características coincide y simultáneamente diverge de la teoría moderna del género. En cierto sentido, intentaremos leer críticamente algunos de los principios fundamentales de la teoría de Bajtin desde Caicedo, un autor que por su condición de adolescente latinoamericano de los años sesenta y setenta, se distancia notablemente del proyecto epistemológico y cultural del teórico ruso.

Comencemos vislumbrando algunos de los puntos centrales del texto bajtiniano. El ensayo empieza proponiendo la idea de que para el estudio de la novela, la figura fundamental será el personaje principal. Según Bajtin, no existe ningún elemento puramente formal que pueda determinar el desarrollo del género novelesco, y es la figura del héroe o protagonista la que podría determinar su carácter específico:

> Ni una sola variedad histórica concreta puede sostener el principio puro, sino que se caracteriza por la predominancia de uno u otro principio de representación del protagonista. Puesto que todos los elementos se determinan mutuamente, el principio de representación del héroe se relaciona con cierto tipo de argumento, con una concepción del mundo, con una determinada composición de la novela. (Bajtin 200)

Algunos de estos principios que consolidan la figura del héroe en la novela son: su relación con el mundo que lo rodea, la forma en que la trama escenifica esta relación, y los aspectos temporales y espaciales que estructuran el texto. Por último, Bajtin se pregunta si estos elementos son presentados de una forma dinámica o estática, si el personaje estructurado a partir de estas movimiento sobre lo estático. Sin embargo, esta movilidad tiene diferentes tipos de determinación. Por ejemplo, la novela de viajes tiene una movilidad "falsa" o "aparente" porque, según Bajtin, un movimiento real implica transformaciones efectivas del hombre, del mundo y de la historia. Esta es la verdadera dinámica, el verdadero *viaje* de su interés. En el movimiento novelístico que le interesa a Bajtin, el ser humano, su espacio (el mundo) y su tiempo (la historia) no sólo deben moverse, sino también transformarse. Esto nos permite entrever un hecho clave: la primacía de la movilidad y de la transformación del mundo en algo nuevo es un elemento que coincide de forma notable con el concepto de modernidad, particularmente como se define en el campo de la estética a partir de Charles Baudelaire y de su ensayo "*Le Peintre de la Vie Moderne*". Así presenta Baudelaire al artista moderno, como un ser en permanente viaje y fuga:

> Ainsi il va, il court, il cherche. Que cherche-t-il? A coup sur, cet homme, tel que je le dépeint, ce solitaire doué d'une imagination active, toujours voyageant à travers *le grand dessert d'hommes,* a un but plus élevé que celui d'un pur flâneur, un but plus général autre que le plaisir fugitif de la circonstance. Il cherche ce quelque chose qu'on nous permettra d'appeler la *modernité.* Il s'agit, pour lui, de dégager de la mode ce qu'elle peut contenir de poétique dans l'histoire, de tirer l'eternel du transitoire. (Baudelaire 65)

Desde sus primeras pinceladas, Baudelaire describe al "pintor de la vida moderna" como un ser en movimiento puro, buscando ágilmente algo eterno en lo transitorio, en lo que cambia constantemente. Todo en la modernidad artística está en viaje, y lo realmente central consistirá en encontrar maneras adecuadas de representar ese movimiento cambiante que, según el poeta francés, tiene también una semilla de eternidad. La primacía de la movilidad y de la transformación son elementos decididamente modernos en el arte. Por esto mismo, es posible entrever que la teoría bajtiniana es en realidad una búsqueda por un género literario capaz de encarnar el proyecto mismo de la modernidad. Mientras que para Baudelaire la modernidad hallaba su representación en la pintura y en la poesía, para Bajtin el género moderno por excelencia será la novela, y en particular la historia de un adolescente en transformación permanente, en busca de la consolidación de su personalidad y de su mundo: el *Bildungsroman.*

En su extenso trabajo en torno al *Bildungsroman* titulado *Il Romanzo di Formazione*, Franco Moretti se pregunta por qué la figura del adolescente se convierte, en cierto momento histórico, en el centro de la producción novelesca. En la antigüedad, los héroes eran personajes maduros, hombres y mujeres que ya han dejado atrás su años juveniles. Muchos de ellos se aproximaban al "medio del camino" dantesco, los 35 años. Incluso Hamlet era un hombre en sus treinta, contrario a la imagen que tenemos de él como joven indeciso.

¿Por qué el adolescente pasa a ser un personaje central en las obras de Goethe, Balzac, Jane Austen, Dickens y Flaubert? ¿Por qué en algún momento la novela de formación se convirtió en un género central de la tradición occidental?

La respuesta de Moretti tiene vínculos directos con el análisis genealógico de Bajtin y con su estrecha relación con la modernidad. En primer lugar, este subgénero novelesco surge sólo a finales del siglo XVIII. En este período histórico, el mundo gana una movilidad y un dinamismo sin precedentes en términos científicos, económicos y políticos. La representación de esa movilidad requiere de modelos capaces de estructurar nuevas maneras (mucho más móviles y transitorias) de habitar en el mundo. Es entonces que el adolescente se convierte en el protagonista por excelencia del género novelesco:

> La socializzazione incolore e quasi inavertita cui metteva capo la "vecchia" gioventù diviene sempre più improbabile: si transforma in un problema, e rende problemática la gioventù stessa. Già con *Wilhelm Meister* l' "apprendisato" non è più il lento e prevedibile cammino verso il lavoro del padre, ma incerta esplorazione dello spazio sociale: e sarà poi viaggio e aventura, bohême, vagabondaggio, smarrimento, *parvenir*. Esplorazione necesaria: perché i nuovi squilibri e le nuove leggi del mondo capitalistico rendono aleatoria la continuità tra le generazioni, e impongono una *mobilitá* prima sconosciuta. Esplorazione desiderata: perché quello stesso processo genera speranze inaspettate, e alimenta così un' interioritá non solo più ampia che in passato, ma sopratutto–come ben vide Hegel, che peraltro deprecò tale sviluppo–perennemente insoddisfatta e irrequieta. (Moretti 11)

La juventud se convierte en la figura que simboliza a la modernidad, en una representación en carne viva de la movilidad y la incertidumbre de la sociedad capitalista moderna donde las generaciones ya no repiten el trabajo de sus padres. En esta nueva situación histórica, la estabilidad de la vida se ve transformada por las explosiones del mercado, el desempleo, las nuevas profesiones, el desarrollo vertiginoso de la ciencia y la necesidad de explorar conceptual y espacialmente el mundo. El adolescente se convierte en una figura alegórica perfecta para este universo que se entiende a sí mismo como proceso y cambio. La novela de formación es efectivamente una forma de realismo que permite representar un nuevo tipo de sociedad histórica, "Una certa immagine della modernità: quella definita appunto dagli attributi "giovanili" di mobilità e irrequietezza interiore" (13).

Estas ideas nos permiten plantear una primera hipótesis en torno a *¡Que viva la música!* de Andrés Caicedo y su relación con la teoría bajtiniana. Si el *Bildungsroman* es efectivamente un género que representa la permanente movilidad del mundo moderno, entonces la obra del autor caleño, que es la historia de la "formación" de una mujer joven, puede ser leída como una reflexión no sólo sobre la adolescencia y la rebelión en el espacio de una ciudad latinoamericana, sino sobre la modernidad misma de Colombia y de América Latina, y sobre las condiciones específicas de cambio y transformación modernas en este espacio periférico. Para realizar este tipo de lectura, y compararla con el pensamiento moderno de Bajtin debemos, sin embargo, ampliar otros elementos de la teoría del autor ruso sobre la novela de formación.

Luego del análisis de diversos tipos de novela que amplían progresivamente el dinamismo del texto y del protagonista, pero que aún carecen de un verdadero sentido histórico del cambio, Bajtin plantea una hipótesis fuerte que consolida su imagen de pensador abiertamente moderno. Esta hipótesis parte de la definición de uno de sus conceptos más conocidos: el cronotopo. La culminación del género novelístico depende de la aparición de un realismo capaz de representar dinámicamente al hombre en el mundo y en la historia. El género que consolida esta posibilidad es el *Bildungsroman*, donde el protagonista está definido de entrada por su movilidad y transformación. Este sería el género en el que la historia por fin ingresa en la narración, y en el cual tiempo y espacio servirán como elementos dinámicos que se mueven a la par con las transformaciones del héroe y determinan esa condición fluctuante. Por ello, es aquí que Bajtin define los objetivos centrales de su ensayo: "El tema principal de nuestro trabajo es el tiempo-espacio y la imagen del hombre en la novela. Nuestro criterio es la asimilación del tiempo histórico real y del hombre histórico por la novela" (210). El *Bildungsroman* sería el género que por fin consolida la posibilidad de representar al hombre en un espacio y un tiempo dinámicos, determinados por el cambio y la historia.

Sin embargo, el carácter dinámico del tiempo y del espacio en la teoría de Bajtin no depende únicamente de las fluctuaciones de estos elementos por separado. Según el pensador ruso, la movilidad novelística alcanza su punto más alto en las obras de Goethe, donde las dinámicas estructurales se hacen todavía más complejas porque los procesos de cambio del héroe surgen a partir del entrecruzamiento y la contaminación de espacio y tiempo. Estos dos elementos, que antes permanecían en relativa independencia, inician una cierta movilidad el uno en busca del otro, de tal forma que el espacio se representa de una forma decididamente histórica mientras que el tiempo se concreta de forma espacial. Para hablar de este nuevo cambio dinámico, Bajtin introduce el concepto de *cronotopo*, una figura que reúne tiempo y espacio, locación e historia. A través de la aparición de cronotopos en la novela moderna, cada autor puede representar de forma concreta los procesos de cambio, no sólo del personaje central, sino también del mundo mismo. Uno de los elementos que Bajtin privilegia en este caso es la *visibilidad*, la presentación visual y concreta del tiempo:

> Saber *ver el tiempo*, saber *leer el tiempo* en la totalidad espacial del mundo y, por otra parte, percibir de qué manera el espacio se llena no como un fondo inmóvil sino como una totalidad en el proceso de generación, como un acontecimiento: se trata de saber leer los indicios del transcurso del tiempo en todo, comenzando por la naturaleza y terminando por las costumbres e ideas de los hombres (hasta llegar a los conceptos abstractos). (…) Pero por más que estos procesos cognoscitivos fuesen profundos y llenos de generalizaciones más amplias, no pueden separarse de una manera definitiva del trabajo del ojo, de las señales sensibles y concretas y de la palabra viva e imaginativa. (216-17)

A partir de la figura del cronotopo es posible ver y leer el pasar del tiempo. El carácter dinámico de la novela puede ser percibido a través de la vista, pues se encuentra inscrito en la espacialidad de un mundo en transformación. El resultado final consiste en que todo se presenta en constante flujo. Para Bajtin, el *Bildungsroman*, género culminante de la evolución de la novela, se caracteriza por una movilidad visible, no sólo del héroe, sino también de su mundo. Hablando del héroe de estas novelas, Bajtin señala: "El hombre se transforma *junto con el mundo*, refleja en sí el desarrollo histórico del mundo. El hombre no se ubica dentro de una época sino sobre el límite de dos épocas, en el punto de transición entre ambas. La transición se da dentro del hombre y a través del hombre" (214-15).

Como segunda estrategia de trabajo, planeo seguir el pensamiento cronotópico de Bajtin, y confrontarlo con *¡Que viva la música!* de Caicedo. Uno de los elementos recurrentes en el *Bildungsroman* es el desplazamiento espacial del personaje central. Este elemento crucial, como una marca hereditaria de sus orígenes en la novela de viajes y la picaresca, permanece intacto en múltiples novelas de formación modernas. Sin embargo, existe de una manera distinta. En la novela moderna, el viaje es la figura cronotópica por excelencia, no sólo porque reúne espacio y tiempo, sino porque hace visibles varios procesos de cambio (personales e históricos) de una forma concreta y espacial. En este tipo de novela, viajar y evolucionar individual e históricamente son procesos concomitantes. Cruzar fronteras significa también transgredir límites abstractos de tipo moral o político. Crecer y errar, cambiar y migrar tratan de ser intercambiables, y esa movilidad visible determina el carácter dinámico del *Bildungsroman* moderno. En el viaje del héroe se perfilaría la imagen de un hombre y un mundo nuevos.

Este es un tropo muy antiguo. Bajtin lo encuentra perfeccionado en Goethe, en sus novelas de formación y en sus narraciones de viaje, pero también lo ve en Rabelais. El inicio de la *Divina Comedia*, donde vida y camino ya son intercambiables, sería otro ejemplo temprano de la efectividad y la persistencia de esta figura. A continuación seguiremos los periplos de este tropo en *¡Que viva la música!*, un texto decididamente latinoamericano. América Latina siempre se ha sentido "entre dos épocas", inmersa en un proceso de inminente transformación y de atraso inevitable. Por ello es un universo cultural que simultáneamente cree en la idea moderna de progreso, y la mira desde fuera, con ojo crítico, como un ideal que siempre se le presenta como inalcanzable. Sin embargo, mientras en las novelas europeas el viaje ha servido para representar lo que Bajtin llama la "plenitud del tiempo",[1] la forma en que movimiento, desarrollo individual e historia colectiva coinciden de forma plena en el futuro, en América Latina el tiempo y la historia nunca han alcanzado una plenitud similar. El arte de errar latinoamericano se ha caracterizado porque sus destinos nunca han sido verdaderas culminaciones individuales o colectivas. El viajero latinoamericano viaja desesperanzado, con ironía, sabiendo que el final de la odisea rara vez corresponde con sus expectativas de crecimiento personal o de cambio histórico. Por ello, es necesario seguir la figura cronotópica del viaje en *¡Que viva la música!* de Andrés Caicedo, novela que niega decididamente la "plenitud del tiempo" bajtiniana al plantearse como una novela de formación sin futuro. Se trata de un texto que representa una gran cantidad de niveles de movilidad en medio de un momento histórico decisivo en la historia latinoamericana (los años sesenta y setenta, marcados por la irrupción de múltiples revoluciones políticas y culturales) y su relación con el personaje central de todo *Bildungsroman*: el adolescente. Seguiremos la forma en que el viaje representa, no sólo la formación del personaje central, sino la irrupción de un mundo y de un lenguaje nuevos. También veremos cómo la novela de Caicedo construye la figura cronotópica del viaje con cierta ironía. Viajar le da "visibilidad" a los cambios del personaje y de su mundo, pero los destinos alcanzados, que nunca son los esperados y que en muchos casos quedan enigmáticamente abiertos a la interpretación, no generan una "plenitud del tiempo". El desplazamiento de la protagonista constituye, más bien, la imagen de una historia individual y colectiva que, aunque cambia, no se presenta nunca como "progreso" o "futuro pleno" y por lo tanto se distancia del proyecto mismo de la modernidad. El proceso de formación implícito en el viaje de Siempreviva, apodo de María del Carmen Huerta, personaje central de la novela, nunca se concreta de forma cabal, y su representación en el cronotopo del viaje siempre ocurre de forma asimétrica o incierta, algo que se hace evidente con la lectura de algunos de los pasajes más representativos del texto.

¡Que viva la música! es una novela donde todos los desplazamientos ocurren dentro de la ciudad y sus alrededores. La protagonista principal nunca se aleja demasiado de la ciudad colombiana de Cali y es allí donde se desarrolla toda

su historia. La ciudad se convierte en un mundo en sí mismo, donde es posible encontrar lo autóctono y lo extranjero, la tradición y el futuro y, en general, toda la pluralidad de lo humano.

El hecho más característico de los desplazamientos del texto, es el movimiento desde el norte hacia el sur, coordenadas geográficas cargadas de sentidos cronotópicos. En Cali, el norte es el espacio de la riqueza, de las familias que lo tienen todo. Allí, las casas son escenificaciones elocuentes de ciertos cambios históricos y políticos. Los jóvenes están rodeados de equipos de sonido y transistores importados, y viven en lugares amplios donde es posible hacer grandes fiestas. Hay un despliegue general de opulencia, que se manifiesta a través de objetos que son traídos de los Estados Unidos. De hecho, el primer amor de María del Carmen, es un norteamericano llamado Leopoldo Brook. Uno de los elementos que consolidan este amor es la casa de Leopoldo y la calidad de la música de su equipo de sonido:

> Lo que produjo, puede que yo me lo explique, pero no alcanzo a medirlo. Salía de las cuatro direcciones de ese salón amplio, y lo supe, de cada rincón de la casa, una belleza diluida en dosis tan exactas, una guitarra tocada despacio, tan alta tan alta. Era el disco mejor grabado que había oído en mi vida (...) Me paré en mitad del cuarto, inútil testigo de esa fantasía. No necesité formulármelo para saber que mi destino era el enredo de la música. (Caicedo 65)

Más adelante, ella pierde la virginidad "en la primera cama de agua (*Made in USA*) que veía" (68). Estos espacios del norte hacen visible la influencia del mundo norteamericano en esa zona particular de la ciudad. El estatus social de una persona está determinado por sus posesiones y en particular por las mercancías norteamericanas. Además, este mundo también tiene su expresión cultural específica: la música que está vinculada al inglés. La verdadera medida de la cultura de una persona joven en los círculos adolescentes del norte depende del conocimiento del rock y de sus canciones en lengua inglesa. La relación de María del Carmen con este género musical es problemática porque no sabe inglés y por lo tanto depende de otras personas que le traducen las letras. El lenguaje de los jóvenes del norte está puntuado por palabras como *please* o *baby*, que ya se han incorporado a su jerga adolescente. Sus sitios de encuentro son el Sears o el Deiri (sic) Frost, forma ortográficamente incorrecta que conjuga el deseo por ser como los norteamericanos y la imposibilidad real de tal aspiración. En su desplazamiento por las calles del norte de Cali, María del Carmen va consolidando un lenguaje propio, rico en palabras extranjeras, traducciones de letras de rock, y elementos musicales que van desde la técnica de la reproducción hasta los términos de los músicos para hablar de composiciones, cambios armónicos, ritmos, mitos rockeros y drogas vinculados a esta cultura musical.

En el norte, Siempreviva decide que su universo cultural y su lenguaje están determinados por las posibilidades de la música: "*La música es la solución* a lo que yo no enfrento, mientras pierdo el tiempo mirando la cosa: un libro (en los que ya no puedo avanzar dos páginas), el sesgo de una falda, de una reja. La música es también recobrado el tiempo que yo pierdo. Me lo señalan ellos, los músicos: cuánto tiempo y cómo y dónde" (66). La canción ha reemplazado al libro como expresión cultural decisiva de este mundo adolescente. En el norte, además, la música es también una mercancía relacionada con los acetatos importados, los transistores y los equipos de reproducción. Es en última instancia un símbolo de estatus social y de la profunda influencia de los Estados Unidos en el continente. La identidad del personaje, su tiempo y su manera de hablar están determinados, en esta primera parte del texto, por la movilidad de la música y su relación con el poder político, económico y cultural del norte de la ciudad y del continente.

Esta construcción de la identidad se va modificando en la medida en que el personaje se mueve más ampliamente por la ciudad para entrar en contacto con varios tipos de personas, de clases sociales, de lenguajes y de ritmos musicales. El periplo de María del Carmen se define por su sentido: desde el norte hacia el sur, un recorrido que, como vimos, es decididamente cronotópico y conjuga espacio, tiempo e historia. El sur, en franco contraste con el norte, se define como el lugar de la pobreza, el delito y la marginalidad. En *¡Que viva la música!*, como suele ocurrir en las novelas de formación, hay varios momentos en que la heroína parece resumir y afirmar su propio proyecto vital. Éste sería un ejemplo:

> Cada vida depende del rumbo que se escogió en un momento dado, privilegiado. Quebré mi horario aquel sábado de agosto, entré en la fiesta del Flaco Flores, por la noche. Fue, como ven, un rumbo sencillo pero de consecuencias extraordinarias. Una de ellas es que ahora esté yo aquí, segura, en esta perdedera nocturna desde donde narro, desclasada, despojada de las malas costumbres con las que crecí. (39)

El proyecto de Siempreviva es desclasarse, separarse de una serie de costumbres que pertenecen a su clase social. Este es un proyecto que requiere un desplazamiento, que sólo se puede consolidar a partir de un viaje. El norte es un mundo de clases sociales rígidas, es el espacio donde el vestido, el equipo de sonido o el hecho de conocer la lengua inglesa determinan un estatus social inamovible. Perder el tiempo y salir de este sistema de clases requiere de un movimiento hacia un espacio distinto. Ese espacio es el sur, lugar de pocos recursos, espacio propicio para la crítica de los rígidos sistemas sociales y culturales de su antípoda. Lo que motiva este movimiento es, como se intuye por la cita anterior, la música. En una reunión, María del Carmen se aburre, pero alcanza a oír el sonido de la música que viene de otra fiesta, esta vez en el sur. Este sonido motiva su migración:

> (...) quién me viera, al descubrir que hacia el sur era de donde venía la música, la música mismísima, y caminé, caminé largo (...). ¿No oirían ellos, mientras me acercaba yo a mi fuente de interés, que al sur alguien oía música a un volumen bestial? Eran cobres altos, cuerdas, cueros, era ese piano el que marcaba mi búsqueda, el que iba descubriendo cada diente de mi sonrisa. Llegué a la puerta, la abrí, oí la letra,
> Vaya uno a saber cómo y quién le va signando el recorrido por este mundo, por este Cali bello en el que yo soy la Reina del Guaguancó. (93)

La música desencadena el viaje, y al mismo tiempo implica varios cambios en la identidad de la protagonista. Uno de los cambios más radicales es de tipo lingüístico. Siempreviva descubre con la salsa, que es posible oír música en español. Este parece un descubrimiento sencillo pero tiene un sentido de honda liberación para la protagonista:

> Me inflé de vida, se me inflaron los ojos de recordar cuánto había comprendido las letras en español, la cultura de mi tierra, donde adentro nace un sol, grité descomunalmente: ¡Abajo la penetración cultural yanqui!, y salí de allí corriendo, obligando a mis amigos a que, sin un segundo que perder, me siguieran. (100)

Entender las letras de las canciones implica una nueva relación con el mundo de la música y de la cultura en general. Este descubrimiento le permite rebelarse contra el norte en ambos sentidos, el de la ciudad y el del continente. El viaje de Siempreviva hace visible una reflexión respecto a la identidad en términos lingüísticos, culturales y políticos. Una parte importante de la ambigua historia de dependencia de Colombia y de Latinoamérica en momentos de influencia política y cultural norteamericana estaría cifrada en la imagen del desplazamiento profundamente político de una niña rica desde el norte hacia un sur donde la salsa es el paradigma cultural por excelencia.

Uno de los resultados de esta migración es la irrupción de un nuevo lenguaje, dominado por las cadencias y los dichos propios de los soneros, los cantantes de salsa. Se trata de una lengua que sigue incluyendo algunos elementos del norte y de la lengua inglesa, entre otras cosas porque muchos de los salseros son figuras híbridas, latinoamericanos que nacen o viven permanentemente en los Estados Unidos. Así, ella se sigue refiriendo a los hombres como "mancitos" (de *man*) por ejemplo. Sin embargo, su nuevo lenguaje, al igual que el de los soneros, está determinado mucho más radicalmente por las posibilidades del español. He aquí un ejemplo del habla adolescente que Siempreviva usa en la segunda parte del texto: "Pensamientos así eran los que me hacían ir al Cine Club del San Fercho. Pero si alguien todo rococó me decía 'Mankiewicz', yo respondía: 'che che colé, quién lo tumbé'. Era difícil entenderse conmigo, no lo niego. Muerta e' la risa" (110). Las palabras del diálogo son comprensibles, pero su sentido sólo es accesible para el viajero, para aquel que participa de dos mundos. Joseph L. Mankiewicz es un famoso director de cine. Una de sus obras más conocidas es *Cleopatra*, con Liz Taylor y Richard Burton. Ante la alusión fílmica, María del Carmen, quien se va distanciando paulatinamente de la influencia de sus dos nortes, responde con una frase que viene de una canción de salsa. La respuesta que da, y la acotación final ("Muerta e' la risa"), hacen parte de "Che Che Colé", canción de Willie Colón y Héctor Lavoe. Ante la mención de una figura del cine, de un film reputado dentro de la cultura norteamericana, Siempreviva responde con las palabras de un clásico de la música popular que algunos interlocutores no podrán identificar. Lo interesante, sin embargo, es que el texto final, *¡Que viva la música!*, es la curiosa mezcla de todos estos elementos, de Poe, Cleopatra, Liz Taylor, los Rolling Stones y Héctor Lavoe. El lenguaje del texto (que es, como hemos visto, un lenguaje propio del viajero) es el producto de la acumulación de cada uno de estos momentos culturales que la protagonista va encontrando en su desplazamiento desde el norte hacia el sur de una ciudad latinoamericana. Queda claro, sin embargo, que si bien no se borran los elementos de la influencia del rock, el cine, y la lengua del norte, hay una reivindicación del arte popular en español frente a las expresiones culturales que representan, al menos en parte, la influencia de los Estados Unidos en el continente.

La movilidad de Siempreviva también se hace evidente en sus amantes y en sus nombres. La novela habla de tres diferentes hombres con los que Siempreviva tiene relaciones relativamente estables: Leopoldo Brook, el norteamericano con quien la protagonista pierde su virginidad; Rubén Paces, un caleño del sur que vive de poner música en fiestas; y finalmente un hombre conocido simplemente como Bárbaro, ser violento que se complace en atacar a los extranjeros que visitan las afueras de la ciudad en busca de drogas. En estos nombres también está cifrada alegóricamente una reflexión histórica y política. María del Carmen se mueve en sus relaciones amorosas desde un extranjero que representa la civilización y la opulencia anheladas por las clases altas del norte caleño, hasta un hombre que se deleita en el uso de la violencia contra los "civilizados" extranjeros. Civilización y barbarie también son términos para la época (y para toda la historia del continente), y hablan de lo extranjero y lo nacional, la alta cultura y lo popular. Para Caicedo, sin embargo, la verdadera consolidación de la identidad de su personaje estaba en escapar de lo "civilizado", del norte, y viajar hacia el sur, con su salsa, su mundo delictivo y violento y su "barbarie", término que surge, por supuesto, desde una mirada comprometida de antemano con la civilización, como la de Domingo Faustino Sarmiento en su *Facundo*, texto que definió esta dualidad en el continente y su literatura.

Podríamos pensar entonces que ese desplazamiento revolucionario hacia el sur, lejos de los Estados Unidos y su influencia en el sistema de clases del norte, podría implicar algún tipo de plenitud del tiempo bajtiniana, de momento en que el espacio mismo expresa cómo pasado, presente y futuro se funden armónicamente. Algunos lectores ven en la fuerza de la música, y en particular de la salsa, un elemento que consolida esta búsqueda de identidad y la hace plena:

> El rock es la fuerza que agrupa las energías del joven norteño y las convierte en furia moral, sed de entregarlo todo hasta el agotamiento, hasta quedar sin fuerzas ni ganas de vivir. Frente a la entropía a que conduce el rock, la salsa exalta la alegría de estar vivo: la segunda parte de la novela explora ese ritmo que hermana los pasos de un pueblo, fiel al calor de la tierra, a la desmesura de colores, al deseo de amar, reír, luchar, en actitud contraria al cansancio de los jóvenes debilitados por los vicios de una cultura importada, que dan sus últimos pasos envueltos en el frío de la nieve. (Ochoa 89)

A partir de la salsa sería posible generar una subjetividad aparentemente más armónica, auténtica y productiva. El desplazamiento del norte hacia el sur, de la civilización hacia la barbarie, representaría entonces la forma acabada de un sujeto verdaderamente latinoamericano. Esta parece ser la plenitud del tiempo a la que se refiere Bajtin. Sin embargo, si recordamos bien su definición, la plenitud del tiempo sólo se consolida cuando el pasado crea al presente y determina necesariamente al futuro. Bajtin indica que la verdadera plenitud temporal del *Bildungsroman* europeo (ejemplificado en Goethe) contiene un:

> (...) elemento del *nexo esencial* entre el pasado y el presente, elemento de la *necesariedad* y de la necesidad de su ubicación en la línea del desarrollo continuo, elemento de la *actualidad creadora* del pasado y, en fin, elemento de la relación de pasado y presente con un *futuro necesario.* (228)

En *¡Que viva la música!*, sin embargo, el lector intuye que no hay un futuro posible. Uno de los aspectos más claros del texto está representado en el carácter radicalmente adolescente de la subjetividad de la heroína. Al final de la novela y del viaje, Siempreviva comparte con el lector una serie de principios que han determinado su "formación". Estos son algunos de ellos:

> Tú, haz aún más intensos los años de niñez recargándolos con la experiencia del adulto. Liga la corrupción a tu frescura de niño. Atraviesa verticalmente todas las posibilidades de la precocidad. Ya pagarás el precio: a los 19 años no tendrás sino cansancio en la mirada agotada de capacidad de emoción y disminuida la fuerza de trabajo. Entonces bienvenida sea la dulce muerte fijada de antemano. Adelántate a la muerte, precísale una cita. Nadie quiere a los niños envejecidos. (Caicedo 186)

> Que no accedas a los tejemanejes de la celebridad. Si dejas obra, muere tranquilo, confiando en unos pocos buenos amigos. Nunca permitas que te vuelvan persona mayor, hombre respetable. Nunca dejes de ser niño, aunque tengas los ojos en la nuca y se te empiecen a caer los dientes. Tus padres te tuvieron. Que tus padres te alimenten siempre, y págales con mala moneda. A mí qué. Jamás ahorres. Nunca te vuelvas persona seria. Haz de la irreflexión y de la contradicción tu norma de conducta. Elimina las treguas, recoge tu amor en el daño, el exceso y la tembladera. (188)

La única forma de consolidación real de esta subjetividad es a partir de la movilidad propia de la adolescencia. El proyecto en sí mismo depende de una distancia radical con el mundo adulto. El problema general de este proyecto es precisamente el futuro, que no se concibe como plenitud o como progreso, sino como pura negación, como aquello que destruye la identidad ya constituida. Lejos de ser un espacio pleno, el futuro es un momento de desgarramiento. Por ello es necesario fijar una cita con la muerte: para negar la existencia de ese futuro y mantener la frágil construcción de una identidad que se define como puramente adolescente.

En esta novela el viaje es un elemento que estructura la trama, que construye un lenguaje particular, y que permite que las relaciones entre espacio, tiempo, mundo e historia se presenten de manera concreta y visible. Sin embargo, y al contrario de las expectativas de Bajtin, la llegada a un destino y la consolidación de un cierto tipo de subjetividad no implican un momento de plenitud del tiempo, donde pasado, presente y futuro se entienden como la expresión de un progreso necesario. No es así, el fin del viaje es literalmente el final porque para esta subjetividad, basada radicalmente en la adolescencia, no puede existir un futuro visto como plenitud. El pasado explica hasta cierto punto al presente, la historia está parcialmente inscrita en esta migración individual, pero no hay nada que garantice que el viaje represente realmente un proceso de plenitud humana o histórica. El final ofrece suficiente espacio interpretativo para asumir que la verdadera consumación del texto, del viaje, y del mundo adolescente de la protagonista, es una muerte literal o metafórica, la disolución de la propia identidad. En este desplazamiento adolescente, lleno de rebeldía juvenil y de construcción de nuevos mundos, el final parece hablar de un futuro enigmático y oscuro que rompe con las ideas de formación, plenitud y construcción cabal de una identidad. ¿Qué nos dice este final abierto sobre el personaje y su vida nómada? ¿Qué nos dice sobre el papel estructural que ocupa el viaje en la novela de formación latinoamericana? Y más aún, ¿qué nos dice sobre este género novelístico específico, el *Bildungsroman*, y su desarrollo en América Latina?

El pensamiento de Bajtin pertenece claramente al occidente moderno. Como vimos, su texto se consolida a través de ciertas parejas binarias y la predilección por uno de sus términos. Bajtin prefiere lo visible a lo oculto, lo dinámico a lo estático, lo complejo a lo simple, y lo necesario a lo arbitrario. Es también un pensamiento que cree en el progreso, tanto del género novelístico como de la realidad histórica. Su idea de la plenitud del tiempo, según la cual el pasado genera creativamente al presente, que a su vez define de forma necesaria al futuro, está ligada a la modernidad como un mundo en permanente avance. Para este pensamiento teórico, el viaje es la representación cronotópica de un momento histórico que busca entenderse a sí mismo como proceso necesario y legible, como genealogía en permanente progreso. La novela de formación sería la representación de una modernidad que cree en la necesidad y en la plenitud de sus transformaciones. Según Moretti, esta fe se consolida en un tropo hermano de la adolescencia, el de la revolución: "La modernità come, son parole di Marx, rivoluzione permanente: cui l'esperienza depositata nella tradizione appare come zavorra di cui disfarsi, e non può dunque più riconoscersi nella maturità, e men che meno nella vecchiaia" (13). Para la modernidad, el deseo de deshacerse del lastre de la tradición encuentra su representación en la figura del adolescente que deja su hogar, que emprende un viaje. En el proceso, el mundo mismo se redefine, la historia cambia; el viaje es también la representación concreta de una revolución que produce un nuevo mundo necesario, legible, pleno.

Al seguir la figura del viaje adolescente en *¡Que viva la música!* es posible ver cómo estas ideas, ligadas con la modernidad europea, se modifican al ser trasladadas a un mundo diferente. El viaje sigue siendo una figura que estructura a la novela de formación latinoamericana, y que sirve para darle concreción y visibilidad a un proceso interior de maduración. En la novela de Caicedo hay ciertamente una predilección por la movilidad, por el cambio, e incluso por la idea de revolución (histórica, cultural, lingüística y política). Sin embargo, hay también momentos que deshacen la plenitud de esta figura estructural. Hay páginas en las que el hecho de haber cumplido con un viaje no implica ninguna forma necesaria de futuro. Hay instantes en los que la figura del adolescente parece no tener, ni desear, un mañana. Son varios los puntos narrativos donde el lenguaje del viajero de Siempreviva la sume en la incomprensión precisamente por su riqueza impar de matices. María del Carmen busca revolucionar su mundo, pero tenemos la intuición de que ésta no puede ser más que una labor inconclusa y que su viaje permanecerá incompleto. Incluso nos queda la idea de que no es posible habitar permanentemente ni la adolescencia ni la modernidad. Si la adolescencia es uno de los tropos alegóricos de la modernidad, es también una figura que puede ir en contra de algunos de sus aspectos claves, como la idea de constante novedad y de permanecer siempre en un presente de cambio absoluto. Para permanecer legítimamente en la adolescencia es necesario fijar, como dice Siempreviva, una cita con la muerte. Este es un problema tanto ético como lógico. La modernidad se enfrentaría a un problema similar: no se puede ser moderno todo el tiempo, no se puede atrapar el instante fugitivo a cada momento y pensar que éste llevará siempre a un futuro pleno. La plenitud bajtiniana del tiempo, su fe en el progreso y en la legibilidad del futuro, se echan de menos en esta novela.

Tendríamos que leer este texto de una forma distinta. María del Carmen es la representación de un momento histórico latinoamericano y de su (des)encuentro con la modernidad. Es una figura en proceso, pugnando por la revolución, en permanente viaje. Construye su identidad a partir del lenguaje móvil de la música, de las relaciones de poder entre clases, de la experimentación con las drogas y la sexualidad. Pero esta movilidad nunca se convierte en una garantía de verdadera formación, de incorporación a (o transformación revolucionaria de) la sociedad. El viaje adolescente se asemeja al esfuerzo de modernización en nuestros países: es asimétrico, abierto, inconcluso. Latinoamérica, continente adolescente, encontraría en el joven en formación una figura emblemática, una encarnación de sus propios procesos de modernización. Paradójicamente, la unión de estos dos elementos, del continente encarnado en sus jóvenes, no se construye a partir del tropo de la plenitud, sino de imágenes enigmáticas de incomunicación, soledad y ausencia de futuro. Esta transformación progresiva del adolescente y de su mundo es reemplazada por un arte de errar diferente, lleno de inconformidad, de una belleza decadente que produce un aprendizaje solitario. En lugar de "formación", sus consignas son desclasamiento y lejanía. Se echa de menos la plenitud bajtiniana en estos textos, en esta historia. O quizás se muestra que ha sido imposible desde siempre.

Nota

1 "Un pasado creativamente actual, que determine el presente, diseña, junto con el presente, el futuro, define en cierta medida el futuro. Así se logra una *plenitud del tiempo*, una plenitud evidente y visible" (Bajtin 226). Más adelante haré referencia a la importancia que tiene el futuro como culminación necesaria y plena en Bajtin.

Entre una poética y una política del deseo: canibalismo en la obra de Andrés Caicedo

María del Pilar Melgarejo Acosta
University of Wisconsin-Milwaukee

> Sentía una fila de deseos contrarios, una fila india hecha con fichas de dominó, de esas que cuando chiquito yo empujaba y se derruían de la forma más uniforme del mundo.
>
> Andrés Caicedo, *El cuento de mi vida*

En el país de Alemania, el 9 de marzo de 2001, Armin Meiwes y Bernd-Jürgen Brandes firmaron un contrato en el que Brandes aceptaba ser comido por Meiwes. Meiwes grabó toda la escena que comenzó con una elegante cena acompañada de un vino sudafricano y cuyo primer plato era el pene de Brandes. Meiwes contó cómo antes de que Brandes muriera lo besó, lo encerró en el baño y leyó *Star Trek* por tres horas mientras Brandes se desangraba. Posteriormente Meiwes lo descuartizó y cortó en pequeños pedazos que guardó en la nevera y con los cuales se alimentó durante meses. El 10 de mayo de 2006 Meiwes fue acusado de asesinato por una corte de Frankfurt y condenado a prisión de por vida. El caso puso en jaque al sistema legal alemán, no sólo porque no existen leyes que regulen las prácticas caníbales sino porque abrió una polémica acerca de si un caso como este constituye en realidad un homicidio cuando se lleva a cabo con previo consentimiento de la víctima. Los fiscales argüían que se trataba de un asesinato con el propósito de satisfacer los deseos sexuales del acusado. La argumentación que llevó a la sentencia final se basaba en las declaraciones del propio Meiwes quien explicó que de niño, al sentirse ignorado por su padre, deseaba tener un hermano físicamente atractivo al cual sólo podría estar atado para siempre si llegaba a consumirlo.

Comienzo con esta referencia porque los detalles de la noticia, que por supuesto recibieron amplia atención en periódicos de todo el mundo, componen un cuadro en el cual se combinan una serie de elementos que tienen enorme resonancia con la obra caicediana y que me interesa resaltar en este escrito: canibalismo, sexo, afecto, poder, muerte y deseo. Tal como el mismo Caicedo lo revela en el epígrafe con que comienza este ensayo, su vida –y esto se puede aplicar a su literatura– se encuentra atravesada por una "fila de deseos contrarios". Es precisamente la idea del canibalismo como manifestación de un deseo sobre la cual quiero insistir. Es decir, el canibalismo no es sólo la temática de algunos de sus cuentos, ni tampoco es únicamente el "estilo" literario de incorporación de distintas textualidades que caracteriza gran parte de su literatura, sino también la forma que toma el deseo en los personajes construidos por Caicedo.

Meiwes desarrolló una personalidad en la que el canibalismo despertó en él y cobró sentido como forma de vida. A través de él podía satisfacer un deseo, consumir al otro para volverse uno con él. Se activa así un juego definido por el fracaso, porque el canibalismo nunca logra satisfacer del todo dicho deseo. El fracaso del gesto caníbal, más específicamente su insaciabilidad, es aquello que define y mantiene su poder. Uno de los rasgos característicos de la obra caicediana es esta relación entre canibalismo y deseo, una relación que, propongo, está ligada a un tema que lo obsesionará a lo largo de toda su corta vida: la identidad. Pero no una identidad estática, entendida como la búsqueda de una verdad absoluta o de una pregunta cerrada que exige una única respuesta, sino como una pregunta abierta cuya respuesta no es fija ni aprehensible sino todo lo contrario, resbaladiza y contingente. *¿Quiénes somos?* es la pregunta que el autor no deja de hacerse durante casi toda su producción literaria y que encarna precisamente un deseo que no logra saciarse, este es el deseo insaciable que caracteriza el canibalismo. "Somos" es esa generación a la cual Caicedo se siente perteneciente y que se define por una búsqueda que no concluye. Se trata de una pregunta que tiene dos vertientes: existencial, individual, íntima por un lado, y colectiva, social, generacional, por el otro. A la primera la identifico como una *poética del deseo* y a la segunda como una *política del deseo.*

La *poética del deseo* implica la confrontación del sujeto con el mundo. Una lucha material e inmaterial en que la soledad es necesaria e insoportable: "Ojalá que no me entre horror de excesiva soledad a la salida del teatro, a la que siempre temo" (Caicedo, *El cuento de mi vida* 75). En la poética del deseo el acto creativo es producido y movilizado por fuerzas internas aparentemente oscuras. Este acto creativo es en Caicedo la escritura, pero no sólo como instrumento de expresión de ideas, emociones y pensamientos sino como un acto tan potente e intenso que lo agota mental y físicamente, se le va la vida en ello. La escritura como acto poético es un doble acto de vida y de muerte, de creación y de disolución. Tal como lo señala en su diario (*El cuento de mi vida*), Caicedo asume una relación estrecha entre la escritura y su estado emocional y físico, los sobresaltos y pasiones del último afectan y modelan la primera. Para Caicedo el gesto de escribir tiene el propósito de "evitar la vergüenza, la angustia mañanera" (*El cuento de mi vida* 78), escribir funciona como una droga para exorcizar los demonios que a la mañana siguiente seguirán vivos.

La *poética del deseo* supone por un lado una reflexión de carácter existencial e intimista sobre la propia identidad al mismo tiempo que una reflexión sobre la escritura como acto creativo. Por otro lado, la *política del deseo* tiene que ver con la necesidad de definirse dentro del campo social, los cuestionamientos acerca de lo que le corresponde o no a esta generación, las relaciones con la ciudad y la clase social a la cual se pertenece. La política del deseo se refiere por tanto a la formación de un modo de identidad colectiva. La política y la poética del deseo se articulan en la metáfora del canibalismo, la cual se vuelve útil como representación del sentir de una época y permite leer la obra caicediana como un deseo permanente por satisfacer un vacío al mismo tiempo íntimo y colectivo. Este trasfondo deseante del canibalismo atravesará la obra caicediana.

Al abordar el tema del canibalismo quiero tener en cuenta seis posibilidades de significado dentro de un campo semántico que reconozco amplio y difícil de restringir.[1] En primera instancia, el canibalismo resuelve una necesidad primaria, el hambre. En segunda instancia busca saciar el deseo de poder y así se convierte en un mecanismo de empoderamiento, se gana la fuerza, la energía, el poder del otro al ingerir su cuerpo, su carne y a través de estos su alma. Al consumirlo se asume que "el otro vivirá en mí", tal como lo creía Meiwes cuando soñaba ingerir al hermano que nunca tuvo. Tercero, el canibalismo es útil como metáfora que está asociada con la idea de consumir objetos culturales como la música, la ropa, la droga y otros objetos vueltos mercancía dentro de los parámetros que impone el sistema de producción capitalista. Cuarto, el acto caníbal tiene una connotación sexual que aparece recurrentemente en la literatura caicediana, donde la mujer es la la victimaria en su rol de mujer devoradora ("Los dientes de caperucita", *Noche sin fortuna*) y otras veces es víctima del canibalismo masculino ("Maternidad"). Se desea al otro, por lo tanto se lo consume y así se lo posee en un sentido que incluye lo sexual pero que también sobrepasa esta instancia en la medida en que comiéndoselo logra alcanzar una dimensión trascendente. Es decir, y en quinto lugar, el gesto caníbal no solo supone apropiarse de la vida del otro sino que también se encuentra asociado a un gesto de muerte, un modo de acceder a una dimensión oscura, seductora y poseedora de una verdad que habita un espacio más allá del terrenal. Por último, se puede hablar de canibalismo para describir una voz escritural que incorpora distintos estilos y distintas textualidades al que se refiere Raymond Williams. Todas estas variantes aparecerán de algún modo en la obra de Caicedo siempre asociadas a una poética y una política del deseo. A continuación me concentraré principalmente en dos cuentos de la obra de Caicedo: "Maternidad" y "Calibanismo".

La "Maternidad" y su acto de afirmación de vida

"Maternidad" fue publicado en 1974 en la edición del libro *El atravesado* que él mismo supervisó. Era el cuento que Andrés consideraba "modestamente, como mi obra maestra" (Romero Rey 50) por la precisión y unidad de ritmo en la narración. Para Ochoa Marín este cuento "es (por su planteamiento, por los hechos relatados y los elementos introducidos) reducción y anticipo del trabajo creativo realizado al final de su vida en *¡Que viva la música!*" (47). Se trata de un cuento trágico cuyo ritmo va acelerándose hasta llegar a un final inesperado y abrupto, aunque el narrador confiesa que él espera dicho final. La historia comienza con uno de los escenarios típicos del universo caicediano: el colegio de bachillerato. Ya desde ahí se le anuncia al lector que los protagonistas de la historia son los jóvenes, los sujetos de la literatura de Caicedo por excelencia. Se trata de un escenario donde se supone que la vida comienza, el colegio, el lugar de la juventud. De pronto la narración es interrumpida por un discurso de autoridad, el cual le descubre al lector cómo de dicho escenario participa la muerte: "A las vacaciones de quinto de bachillerato salimos con un saldo de muertos" (*Berenice* 97). Es la primera frase del cuento dicha por el rector del colegio. En total, seis jóvenes muertos. Pepito Torres tomando hongos termina muriendo en una radiopatrulla; Manolín Camacho y Alfredo Campos mueren "entrelazados", víctimas de la crecida del río; Diego A. Castro (Castrico) fue con su hermano mayor Julián a nadar al Océano Pacífico, eran expertos nadadores aunque "no fueron a ninguna competencia internacional por el uso de las pepas" (98). Después de nadar Julián regresa a la playa porque se siente mal y muere. Tiempo después Castrico se vuelve loco y muere por ingerir pastillas. Manolín Camacho (el autor utiliza dos veces el mismo nombre), su compañero de pupitre, "el que más me duele" (99), muere intentando "vomitar lo que seguro se había tragado inocentemente y ahora le cercenaba el coxis, la próstata, el cerebelo" (100). De acuerdo con el padre rector "es una lástima, una serie así de muertes sin ningún, sin ningún sentido" (100), pero para el narrador tenía todo el sentido del mundo. Es aquí donde el protagonista toma una decisión radical con respecto a lo que es necesario hacer y queda consignado el eje central del cuento.

> Y yo, agarrado a mi asiento, con una rabia inmensa, sabía qué sentido había. Nos habían escogido como primeras víctimas de la decadencia de todo, pero yo no iba a llevar del bulto. "Haré mi afirmación de vida", pensaba, y no sonreí ni una sola de las seis veces que me llamaron para recibir diplomas de matemáticas, historia, religión, inglés, geografía y excelencia. Miraba a ese público compuesto por curas, alumnos y padres de familia, y recibía los aplausos con apretón de dientes. "Haré mi afirmación de vida". (100)

Enfrentado a la muerte hay un gesto de reacción, una necesidad imperiosa de abrir posibilidades donde el destino parece cerrarse a una sola ruta definitiva y trágica. He allí un gesto donde el narrador, al enfrentarse a la muerte, cuestiona su propia vida y expresa su deseo de afirmarla. Para Jiménez Camargo este gesto es irónico, la narración es "cínicamente objetiva" y de esta manera el cuento lleva a cabo un "artificio engaño". La propuesta de trascender teniendo un hijo, termina participando de la forma de vida burguesa que se está criticando. La afirmación de vida proclamada por el narrador es interpretada por Jiménez Camargo como una burla a la creencia de que existe salida dentro de este mundo decadente. Irónico o no, este acto de afirmación de la vida corresponde a un gesto individual y personal que encaja dentro de una poética del deseo como acto íntimo y creativo, en cuanto se trata de resistir a la destrucción y la autodestrucción expresando e imponiendo una voluntad de vida. Por otro lado se inserta también dentro de una política del deseo en la medida en que rompe con el destino de una generación para comenzar una nueva.

El padre rector representa una sociedad que no se puede explicar aquello que está sucediendo, busca razones pero no encuentra una explicación coherente a esta ola de muertes. Para el autor no es esta una actitud inocente o descuidada, más bien se trata de una sociedad que se niega a reconocer en ella misma un problema, un fracaso en su estructura o en su proyecto como sociedad del futuro. Caicedo dejará ver en este cuento y una y otra vez en otros textos esta misma preocupación: los jóvenes que componen su generación han sido elegidos como "primeras víctimas de la decadencia" (100). Esta preocupación del autor por el rol de su generación será una preocupación que aparecerá de modo recurrente en otros de sus textos. Específicamente en *¡Que viva la música!*:

> Fue allí cuando los columnistas más respetables empezaron a diagnosticar un malestar en nuestra generación, la que empezó a partir del cuarto long-play de los Beatles, no la de los dadaístas, ni la de los muchachos burgueses atrofiados en el ripio del dadaísmo. Hablo de la que se definió en las rumbas y en el mar, en cada orgía de Semana Santa en La Bocana. No fuimos innovadores: ninguno se acredita la gracia de haber llevado la primera camisa de flores o el primero de los pelos largos. Todo estaba innovado cuando aparecimos. No fue difícil, entonces, averiguar que nuestra misión era no retroceder por el camino hollado, jamás evitar un reto, que nuestra actividad, como la de las hormigas, llegara a minar cada uno de los cimientos de esta sociedad, hasta los cimientos que recién excavan los que hablan de construir una sociedad nueva sobre las ruinas que nosotros dejemos (57)

En "Maternidad" el narrador deja ver su preocupación por una generación que necesita ser salvada de un destino del cual es difícil escapar. El "sentido" de tanta muerte era precisamente cumplir con dicho destino. La "afirmación de vida", claro gesto nietzscheano, es el modo de combatir y resistir a dicha decadencia. El éxito de su vida como estudiante resulta totalmente superfluo frente a un propósito tan sublime como este.

La muerte es un elemento esencial y correspondiente con el proyecto del narrador. Tanto las muertes del comienzo como la "muerte en vida" de la madre encajan dentro de sus propósitos. La muerte en la obra caicediana se inscribe dentro de una estética de lo macabro y además es descrita como poseedora de un carácter trágico y cómico a la vez. Este modo de percibir la muerte se ajusta al tono que caracteriza la obra de Caicedo. La cercanía de los personajes con la muerte es una constante, pero no sólo la muerte física sino de tipo existencial: "entiendo la muerte como la consecuencia del advenimiento de la felicidad" (*Berenice*, "El tiempo de la ciénaga" 136). Con la muerte también hay una relación juguetona aunque peligrosa y por eso seductora, se la desea y se la rechaza. En *¡Que viva la música!* la protagonista se fascina con la muerte, danza con ella en un coqueteo permanente en que vida y muerte parece que quedan indiferenciadas.

Ochoa Marín resalta una asociación entre mujer y muerte en la obra caicediana y sostiene que muchas de las historias se resuelven de modo cruel e inesperado, teniendo como protagonista a la mujer, quien "dueña del poder de atracción de la belleza única, tuerce, para aquellos que intentan alcanzarla, su seducción en maldición" (21). Uno de los cuentos que no se puede dejar de mencionar en relación con el tema del canibalismo es "Los dientes de caperucita" (1969). Este cuento se puede leer como un experimento escritural; aquí la ausencia de signos de puntuación y la conversión de la oralidad en lenguaje escrito acelera el ritmo de la narración e intensifica las emociones de los personajes. La tensión va en aumento y lleva al lector rápida e intensamente por los diferentes sucesos que componen la historia. La mujer se convierte en mujer caníbal que amenaza el órgano sexual masculino y así su identidad misma. El juego de la seducción y el deseo se transforman en miedo al dolor y a la muerte. El gesto caníbal tiene aquí una connotación sexual y trascendente:

> Jimena pasa su lengua por los primeros vellos y sin vacilar le lambe el sexo entonces es cuando él lo siente entonces fue cuando sentí aquel ronquido que no se de qué parte del cuerpo le salía un ronquido como de perra como de hiena te digo y aquel brillo en los ojos y el mordisco el mordisco y Eduardo que es consciente de la magnitud de su berrido tuvo que oírme el mayordomo y de sus patadas ella tiene ahora un pedazo de carne en la boca Eduardo la ve mascar y relamerse de pronto una sonrisa carne y sangre y pelos pidiendo más comida se lleva las manos al sexo y se pone a llorar diciendo mamá. (*Calicalabozo* 164)

En "Maternidad" la belleza de la mujer entra en un proceso acelerado de degeneración y la muerte no es ni el clímax ni el cierre del cuento, es más bien el suceso motor que desencadena al principio de la narración la decisión del narrador y los sucesos del cuento. A nivel retórico el narrador propone que en lugar de negar la vida se trata de afirmarla, lo que significa engendrar nueva vida. Pero esta afirmación vital, esta resistencia a la destrucción se apoya en la extinción, o mejor, en "comerse" metafóricamente a la fuente dadora de vida: la madre.

Su día comienza con un sueño premonitorio de lo que después ocurriría. Un viaje en tren que es el anuncio de un cambio, una transformación que tendrá lugar y que desviará el rumbo de los acontecimientos, de tanta muerte. Sin embargo en la realidad tal cambio no será producto del azar sino de la voluntad, una decisión consciente y un plan cuidadosamente trazado. En el sueño el protagonista conoce a una mujer, presagio de la que conocería despierto, con la cual "nos volvíamos uno solo en la alborozada contemplación de esa feliz naturaleza" (*Berenice* 101). La naturaleza aparece, como es frecuente dentro del universo caicediano, como un ambiente asociado a la posibilidad de salvación y redención. Volver al ambiente natural es volver a lo más básico, a lo más instintivo, de cierta manera a lo más verdadero. La naturaleza no es el lugar de la muerte, es el lugar de la vida. Para el narrador ésta es la única alternativa. El sueño es el mundo puro del deseo, aquí no hay limitaciones ni constricciones, aquí se resuelven de manera fluida los problemas del mundo real.

El protagonista conoce entonces a Patricia Simón, por supuesto inmediatamente identificable con la muchacha rubia del sueño. También como los demás ella admira en él su inteligencia: además "era la mejor alumna de quinto del Sagrado Corazón" (101). Esta alusión a la inteligencia como punto de contacto entre los dos y como causa de alabanza social es objeto de burla por parte del narrador no sólo aquí sino al comienzo del cuento, cuando recibe seis diplomas por su rendimiento académico, información que se relaciona con las seis muertes del inicio. El narrador continúa analizando su contextura física –su blancura, sus grandes ojos– y concluye: "Buena raza", "Le haré un hijo a esta mujer" (103). Este dictamen eugenésico, racional y calculador prepara al lector para identificar desde ya a la mujer como un instrumento del plan maestro del narrador. Esta nueva raza es una escapatoria, la posibilidad de huir de la generación de la decadencia, la cual está marcada por el signo de la muerte.

En la noche de su primer encuentro con Patricia ella le confiesa un sueño –nuevamente aparece aquí este elemento como revelador de sus deseos más primitivos:

> Soñó que alguien muy amado le regalaba un pastel de fresas –su bocado predilecto– y al irlo a morder no había fresas sino gilletes, alfileres, etc., que

> se le incrustaron en las encías y le reemplazaron los dientes, de tal manera que quedó con alfileres en lugar de dientes. (102)

Este sueño es un presagio de lo que sucederá poco a poco con la subjetividad de la mujer. El narrador, cargado de argumentos intelectuales, la convencerá de que "la única manera de salvarnos sería trascendiendo en algo" (103). Llegará a convertirla en una fiera, en un ser monstruoso y degradante. Recurrirá a Nietzsche y Rousseau para explicar lo que es necesario hacer con el fin de escapar de un destino generacional. Al final, el acontecimiento que termina convenciendo a Patricia es otra muerte, la de Ignacio Moreira, quien vivía frente a ella y a quien conocía desde niña y quien se suicida. La muerte es la razón del narrador para llevar a cabo su plan y es también la razón por la cual Patricia se decide. El evento inevitable de la muerte le otorga sentido a la vida, la justifica y obliga a vivir de otro modo.

Se instalaron en una finca de la carretera al mar, lugar para que se diera la concepción. En busca del lugar perfecto emprenden una travesía hacia la cumbre de la montaña. Frente a la "enloquecedora visión del mar" hicieron el amor. Nuevamente viajar, la cercanía del mar y la naturaleza es el modo más apropiado para que la concepción tenga lugar. Lo más puro, lo más vital, lo más natural, ahí está la esperanza, ahí está la posibilidad de la vida. Tal parece que el escenario citadino no es una opción para dicho proyecto, a la ciudad está vinculada la decadencia, el vicio, la muerte. A la naturaleza está asociado un nuevo comienzo, un renacer.

El acto sexual es percibido a partir de su función estrictamente reproductiva. Tal como es descrito por el narrador se trata de una tarea calculada en su totalidad y con un único y fijo propósito: salvar a esta generación de la decadencia. "Descubrí sus senos con valentía, chupé su pelo, rasgué con su sangre el pasto yaraguá, pude sentir cómo sus complicadas entrañas se abrían para darle paso, cabida y fermento a mi espermatozoide sano y cabezón que daría, con los años, testigo de mi existencia. No creo que ella gozó" (105). La pasión, el erotismo y la violencia del acto sexual concluyen en la función instrumental de la mujer como receptora del "espermatozoide sano y cabezón". Esta unión debe estrecharse y legitimarse a través de la institución del matrimonio, por medio de la cual la pareja vuelve a insertarse en la sociedad burguesa. El narrador concluye con un dictamen: eran el matrimonio más joven de toda la sociedad caleña.

Con el embarazo comienza la metamorfosis de la mujer. En primer lugar, fracasa socialmente en su rol como estudiante. Él se graduó y ella no. Su cuerpo, antes reconocido como bello y esbelto, comienza un proceso degenerativo a través del embarazo que no tiene retroceso: "Ella no quiso hacer gimnasia y le quedó una barriga arrugada muy fea, y los senos se le hincharon como brevas y después se le cayeron" (105). El nuevo hombre, la nueva esperanza, Augusto, nace finalmente en un día lluvioso. El padre asume todas las responsabilidades, encargándose completamente del hijo. Al escuchar su llanto él se sentía en la "física gloria" mientras que ella permanecía "con la mirada perdida en el cielo raso" (105). La maternidad no sólo se llevó su belleza: "No cuidó bien a nuestro hijo. No quiso tampoco volver al colegio. Le perdió interés a todo" (106). Esta maternidad fallida es reemplazada por una paternidad sólida e incuestionable. De pronto el protagonista nos sorprende diciendo: "Yo había previsto eso" (106). De esta manera la fuente de vida es también fuente de decadencia. El autor despoja a la mujer de su rol de madre y le otorga una función instrumental y obviamente crucial.

Al final ella recupera el ánimo, pero para vivir hacia fuera, para regresar agotada de tanta rumba, de tantos amigos, de tanta droga. La madre pertenece a esta misma generación que el narrador pretende combatir. Al final se produce una escena desconcertante y que complica el rompecabezas narrativo y la lógica del cuento. El protagonista decide inyectarle un gramo de la mejor cocaína. No queda claro el propósito, acaso causarle la muerte por una sobredosis para clausurar de una vez por todas el destino de esta generación perdida. Pero ella no muere, se va de paseo "con una manada de gringos". La historia se cierra con una esperanza: "Espero que no vuelva, que se muera o que reciba allá su merecido. Yo he terminado sexto con todos los honores, leo comics y espero con mi hijo una mejor época" (107). La mujer ha fallado como madre, y su rol como figura sagrada queda deslegitimado, rol que encaja apropiadamente dentro de la estructura de la familia patriarcal, modelo que Caicedo pondrá en jaque a través de la ironía del cuento. La maternidad se convierte en objeto de decadencia y degeneración. Al final el protagonista vuelve a burlarse de la inteligencia como valor social: al mismo tiempo que se graduó con honores, lee comics.

La acción del narrador sobre la mujer puede leerse como un gesto caníbal en el que el primero lleva a cabo la tarea de succionar la vida de la mujer para ponerla al servicio de un propósito más elevado que la superficialidad de una relación amorosa adolescente: trascender. Dar nueva vida para escapar a un destino fatídico que ha marcado a esta generación es la única y definitiva opción que el cuento ofrece. El autor anuncia desde el principio del cuento la transfiguración de la mujer, una mujer barbarizada, cuyos dientes como alfileres en el sueño presagian aquello en lo cual se convertiría. De esta manera pone en entredicho el aura que de figura sagrada posee el rol de la mujer madre. Ella, que al principio era la madre dadora de vida, desciende en un proceso intenso y degenerativo para convertirse en una madre que abandona. El protagonista busca tener un hijo con el propósito de trascender la violencia a través de la vida, pero quien se encargará de preservar la vida, de cuidar del hijo es el padre. La fuente de vida, la madre, traiciona la vida; el padre es el salvador en este círculo de abandono y violencia que de acuerdo con el autor necesita ser interrumpido. Consumir la vida del otro, en este caso de la mujer, es necesario como parte de una política del deseo preocupada por resolver los problemas de un colectivo, de una generación que se está autoaniquilando y que es víctima de su contexto pero también victimaria de su propio exterminio. La función estrictamente reproductiva de la relación sexual permite succionar la vida de la mujer convirtiendo el gesto en un acto caníbal cuya función principal es la trascendencia.

Este cuento está cargado de la crudeza que caracteriza toda la escritura de Caicedo. El ritmo del cuento es apresurado y la voz narrativa ansiosa. El nacimiento de Augusto es un evento esperado por el lector. El estilo de la escritura de Caicedo, lo que llamé poética del deseo, entendiéndola como acto creativo, se caracteriza por el carácter urgente de la narración, un acelerado ascenso del protagonista al llevar a cabo su proyecto y un acelerado descenso de la mujer a través de una narración ágil, directa y contundente. Política y poética del deseo se encuentran en el doble propósito del protagonista por llevar a cabo un proyecto individual como reacción al destino de toda una generación.

"Calibanismo": un cuento de tres cabezas

El cuento de Andrés Caicedo "Calibanismo", incluido en *Calicalabozo*, y la reconocida obra de Roberto Fernández Retamar *Calibán* son publicadas en el mismo año de 1971. Aunque es difícil establecer si existió algún tipo de influencia entre ambos textos, podemos leer la coincidencia cronológica como afortunada. Mientras que la figura del Calibán de Retamar, tomada de *La Tempestad* de Shakespeare, representa una nueva América que necesita declarar su autonomía política y cultural frente a los Estados Unidos, el canibalismo en la literatura caicediana no es encarnado por un personaje sino que se trata más bien de un tema y un estilo predominante dentro de su literatura. Más aún, el canibalismo corresponde a un gesto político y estético a partir del cual el autor lleva a cabo una interpretación de la sociedad en la que vive. El canibalismo también puede ser entendido como el filtro a partir del cual se lee la realidad, en la medida en que dicha realidad se define a partir de la carencia, un vacío que necesita ser llenado pero es imposible de saciar. El canibalismo corresponde así a un modo particular de percibir la existencia que él reconoce como el modo de sentir de una generación.[2]

"Calibanismo" está dividido en tres secciones. Una primera sección en la que el narrador-protagonista elabora una reflexión sobre las prácticas caníbales en las cuales ha participado. Esta sección se caracteriza por la descripción detallada del acto de comer a otra persona. El narrador se representa a sí mismo como alguien que conoce cuál es el mejor modo de llevar a cabo esta tarea: "Se puede partir en seis pedazos a la persona: cabeza, tronco, brazos, pelvis, muslos, piernas, incluyendo, claro está, manos y pies" (129). Conoce además distintos procedimientos: "La otra forma que conozco es comerse a la persona entera, así no más, a mordiscos lentos, comer un día hasta hartarse y meter el cuerpo al refrigerador y sacarlo al otro día para el desayuno" (129). También sabe cuáles son las partes más sabrosas del cuerpo humano: "los ojos dizque son lo más exquisito" (130). Dictamina además que comerse a alguien vivo es mejor pero es más complicado. Es mejor porque "el alma aunque haya mucha gente que no lo crea siempre le da muchísimo más sabor al cuerpo" (131). El tono irónico y el humor son dos rasgos característicos de la literatura caicediana. Al autor le encanta burlarse de aquello que es considerado sagrado en términos religiosos, sociales o morales. A través de la idea del canibalismo pone en entredicho los roles sociales y los comportamientos aceptables y reprobables.

Al principio del cuento el narrador aparece ante el lector casi como un experto sobre el asunto caníbal. Explica que lleva unos dos años viendo comer gente cada sábado. Se debate entre el horror y el humor, convirtiendo el canibalismo en un pasatiempo, algo para hacer cada sábado, una especie de ritual que hace parte de la vida diaria. No se puede luchar contra la condición inevitable de ser testigos del acto caníbal: "Dios sólo sabe cómo, pero ahora ni modo, nos tocó, mano, resultó que nosotros salimos escogidos" (132). Nuevamente el narrador-protagonista hace uso de la tercera forma del plural, se inscribe dentro de un nosotros, una "generación elegida". Hay aquí un autorreconocimiento como identidad colectiva, pero ¿escogidos para qué? Para participar del ritual caníbal, ¿y cuál es el significado de dicha participación? No es fácil establecer con precisión el propósito del autor con dicha referencia. Sin embargo lo que sabemos es que asocia esta generación con un destino y un propósito. Pero ¿qué es lo que caracteriza a esta generación? Ella es muchas cosas a la vez. Es la generación de la decadencia ("Maternidad"), es la generación bisagra, testigo de los cambios culturales, sociales e históricos de gran trascendencia (*¡Que viva la música!*) y en este cuento es la generación testigo del canibalismo y también aquella que participa activamente de tal ritual, entendiendo al canibalismo como metáfora de los rituales de esta cultura juvenil. La referencia al canibalismo también puede leerse en términos de la violencia que el gesto implica, una violencia que rodea y marca a esta generación. Uno de los textos en los que la violencia es protagonista, en el contexto de la dinámica que caracteriza a las pandillas, es *El Atravesado* (1997). El protagonista representa a una clase empobrecida que está intentando definirse en medio de una emergente sociedad de consumo. Evitar ser consumido o "canibalizado" por ella con el fin de sobrevivir es un posible modo de leer la actitud del personaje central.

La segunda sección del cuento es una reflexión sobre el cine. El narrador hace referencia a distintas películas y nombra a algunos de los directores que más admira en la historia del cine (se refiere a una de sus grandes fuentes de inspiración, Edgar Allan Poe y las películas de Roger Corman basadas en obras de este autor). El acto mismo de ver cine se convierte en objeto de reflexión. Se trata de un acto personal, creativo e introspectivo. Una posibilidad para imaginar nuevos mundos posibles y saciar un deseo y una soledad existencial. Es difícil no reconocer el carácter autobiográfico de esta sección. En un tono entre narración y confesión Caicedo relata lo mucho que le gusta el cine. Se fascina pensando "cómo hubiera escrito Poe si hubiera conocido el cine, eso es lo que me pregunto yo, qué cosas hubiera escrito, digo, después de que ha entrado a una sala a la que después de una señal se le apagan las luces y entonces uno entra en ese sueño, en ese viaje colectivo de búsqueda de recuerdos que es el cine, qué es eso de que ya nadie habla [...]" (134). Caicedo llama la atención sobre cómo el cine es una experiencia no sólo íntima sino colectiva. No es azaroso este paso de un tema a otro: del consumo de cuerpos al consumo de imágenes. Ambas acciones realizadas como una actividad colectiva.

La tercera sección tiene como protagonista a María, una muchacha de trece años que vive en la calle y que el narrador conoce a la entrada del teatro. A cambio del pago de su boleto ella ofrece favores sexuales. María lo acompañará en su etapa de cinéfilo y juntos verán cine de todo tipo. Ambos sacan provecho de esta relación. Consumirán y serán consumidos. El narrador decide inventarse un final feliz para este inocente y sombrío personaje. Aunque él no vuelve se imagina que ella ya tendrá quince años, encontrará quien la lleve al cine y estará feliz.

El cuento se cierra con un paseo de amigos al río –el cual ya está casi seco–, referencias a las clases y a la vida de colegio. El protagonista acepta la mentira sobre el canibalismo: "yo no he visto comer gente todas las semanas, solo a uno, a mordiscos, el 6 de febrero de 1970, Alberto Ruiz" (141). Al final, el conocimiento sobre el canibalismo, del cual se ufana el protagonista al principio del cuento queda desvirtuado. Esta confesión opera como una técnica narrativa que acerca al autor y al lector, los vuelve cómplices. El deseo que implica el acto caníbal no termina de saciarse.

El canibalismo como tema aparece de muy diversos modos en la obra caicediana. Consumir, poseer, devorar, son todas estas acciones llevadas a cabo por un sujeto que se asume como carente y necesita satisfacer un deseo. Así, la figura del caníbal define de algún modo la identidad de la generación de la cual da testimonio la literatura caicediana. Introducir el tema del canibalismo para hablar de dicha generación supone asumir que aquello que la marca es lo incompleto, el reconocimiento de que hay algo que no se tiene y que necesita ser satisfecho. El éxito y el reconocimiento social no llegan a resolver este deseo y más bien son motivos de rechazo radical para el autor. Los personajes de Caicedo son movilizados precisamente por este deseo. Desear es un modo de afirmar la vida y abrir posibilidades. Cuando se sacia el deseo sobreviene la muerte. La herida abierta de este deseo insatisfecho hace parte constitutiva de la identidad del sujeto como individuo y como partícipe de un colectivo. La literatura caicediana se caracteriza por lo que podemos llamar el trasfondo deseante del canibalismo. El deseo de los personajes de Caicedo no es unívoco, se manifiesta como una fuerza poderosa, una posibilidad de ser y de hacer. El canibalismo, ya sea como tema, como aspecto central de un cuento o como metafórico de su tipo de literatura, resulta útil para ubicar a Caicedo como representación del sentir de una época.

Notas

[1] Uno de los estudios más completos sobre el tema es el de Felipe Gómez "Caníbales por Cali van: Andrés Caicedo y el gótico tropical" de 2007.

[2] Aunque Caicedo no incorporará al personaje shakespeariano de Calibán de *La Tempestad* como lo harían Rodó (1900) y Retamar (1971), sí haría del gesto caníbal uno de los elementos centrales de su literatura para interpretar la generación a la cual pertenece.

Bibliografía

Alzate, Gastón A. "El descentramiento de la palabra: Andrés Caicedo Estela". *Literatura y cultura: narrativa colombiana del siglo XX*. Vol. II. María Mercedes Jaramillo, Betty Osorio y Ángela Inés Reboledo, eds. Bogotá: Ministerio de Cultura, 2000. 137-60.

_____ "Resistencia y sicotrópicos. Comentarios a la novela *¡Que viva la música!* de Andrés Caicedo". *Latin American Literary Review* 48 (Jul-Dic 1996): 39-55.

Caicedo, Andrés. *Berenice; El atravesado; Maternidad; El tiempo de la ciénaga*. Bogotá: Plaza y Janés, 1978.

_____ *Calicalabozo*. Bogotá: Norma, 1998.

_____ *El Atravesado*. Bogotá: Norma, 1997.

_____ *El cuento de mi vida*. Bogotá: Norma, 2007.

_____ *¡Que viva la música!* Bogotá: Instituto Colombiano de Cultura, 1977.

Fernández Retamar, Roberto. *Calibán: apuntes sobre la cultura de nuestra América.* Buenos Aires: La Pléyade, 1973 y 1984.

Gómez, Felipe. "Caníbales por Cali van: Andrés Caicedo y el gótico tropical". *Íkala, revista de lenguaje y cultura* 12/18 (2007): 121-42.

Jáuregui, Carlos A. *Canibalia. Canibalismo, calibanismo, antropofagia cultural y consumo en América Latina.* Madrid: Iberoamericana, 2008.

Jiménez Camargo, Camilo Enrique. *Literatura, juventud y cultura posmoderna. La narrativa antiadulta de Andrés Caicedo.* Bogotá: Universidad Pedagógica Nacional, 2006.

López, William A. "La ciudad en la narrativa de Andrés Caicedo". Luz Mary Giraldo. *Fin de siglo: Narrativa colombiana.* Bogotá: Centro Editorial Javeriano-Universidad del Valle, 2005. 139-48

Ochoa Marín, Jorge Mario. *La narrativa de Andrés Caicedo.* Serie Artes Literatura. Manizales, Colombia: Universidad de Caldas, 1993.

Rodó, José Enrique. *Ariel.* México: Porrúa, 2005.

Romero Rey, Sandro. *Andrés Caicedo o la muerte sin sosiego.* Bogotá: Norma, 2007.

Williams, Raymond L. "Andrés Caicedo's *¡Que viva la música!*: Interpretation and the Fictionalized Reader". *Revista de Estudios Hispánicos* 17/1(1983): 43-54.

La muerte en el texto: el autor como personaje absurdo en *Noche sin fortuna*, de Andrés Caicedo

Gustavo Arango
State University of New York-Oneonta

En su estudio sobre el absurdo, *El mito de Sísifo* (1942), Albert Camus afirma que el escritor es el más absurdo de todos los personajes. La afirmación es vaga y compleja. La palabra personaje sugiere la idea de representación, a pesar de que Camus se refería a escritores "reales". Pero esa misma ambigüedad –y la invitación de Borges, en *Magias parciales del Quijote*, a ver en las personas reales su condición ficcional– nos permiten movernos libremente entre la realidad "real" y la realidad "de los textos", en busca del más absurdo de todos los personajes –el escritor– y, por extensión, del más absurdo de todos los objetos, el texto. Una lectura atenta a las palabras de Camus nos revela también que no todos los escritores pueden recibir el calificativo. Lo que hace al escritor el más absurdo de todos los personajes es el gesto creador cuando es completamente consciente de que su creación carece de propósito. Crear, escribir, pero especialmente narrar, son gestos que alientan, a veces por inercia, las ideas de sentido, de orden, de destino. Explicar es una necesidad constitutiva del género narrativo. Para Camus, si podemos encontrar a un escritor que logre vencer esa tendencia de su medio, alguien que consiga seguir siendo absurdo, es decir lúcido y consciente de la falta de propósito y significado de todo (incluida, por supuesto, su escritura), estaremos en presencia del más absurdo de todos los personajes.

Entre los múltiples acercamientos que permite la obra de Andrés Caicedo, la presencia de lo absurdo ofrece innumerables posibilidades interpretativas. Su novela póstuma, *Noche sin fortuna*, es un texto donde las fronteras entre realidad y ficción se desdibujan. Lo que empieza como una historia más de jovencitos desorientados, termina siendo un revelador testimonio sobre un escritor que padece un enorme desencanto frente a su tarea. Algunos pasajes de esa novela ilustran, de manera muy precisa, la sensación de absurdo descrita por Albert Camus, en *El mito de Sísifo*, como "una interminable caída en la imagen de lo que somos". Este artículo se propone revisar las características del absurdo que estudios más detallados pueden señalar en la obra de Caicedo. Me propongo también interpretar los pasajes más personales de *Noche sin fortuna*, desde la perspectiva de la filosofía del absurdo, para concluir que el texto es la representación textual de la muerte real del autor. Tomando como punto de partida las afirmaciones de Camus: "el único problema filosófico verdaderamente importante es el del suicidio" y "el escritor es el más absurdo de todos los personajes", me propongo reflexionar sobre la manera en que una realidad que se experimenta como absurda invade el tejido de una historia cuyo autor se siente sin ánimos para concluir. La pérdida del sentido en la vida se refleja como una pérdida del sentido de la historia. Considero también los problemas que supone la edición de una novela donde conviven la ficción y el testimonio personal.

Un escritor absurdo

El viernes 4 de marzo de 1977, el día en que recibió una de las mayores alegrías de su vida, el escritor colombiano Andrés Caicedo se suicidó con sesenta pastillas de seconal. Esa mañana había recibido por correo el primer ejemplar impreso de su primera novela, *¡Que viva la música!*, editado por el Instituto Colombiano de Cultura en su "Colección Popular", cuyo lanzamiento estaba previsto para el mes de abril. Caicedo tenía veinticinco años de edad y un prestigio que empezaba a trascender las fronteras de su país. Muchos lo habían escuchado decir que vivir más allá de los veinticinco años era una vergüenza. Su suicidio parecía el gesto apropiado para alguien decidido a estar a la altura de sus palabras. A primera vista el suicidio podía ser interpretado como un gesto sublime en el que literatura y vida alcanzaban su síntesis más elevada. Lo que los textos mismos parecen revelar es que el suicidio fue sólo un accidente en la vida de un artista que llegó a vislumbrar y proponer la obra "verdaderamente absurda", según Camus: aquella que renuncia a la necesidad de un sentido para existir.

La producción literaria de Andrés Caicedo fue precoz e intensa. A los doce años empezó a escribir "cuentos nihilistas y desamparados" (Romero 7). De esa época es su primer cuento conocido, "La estatua del soldadito de plomo", que narra la historia de un joven dispuesto a asistir a una fiesta de adolescentes, pero a quien su excesiva actividad mental, su reflexión constante sobre todo lo que ocurría a su alrededor, lo entorpecía y paralizaba. Caicedo publicó cuentos y piezas teatrales, realizó numerosas adaptaciones teatrales de obras como *Las sillas* y *La cantante calva* de Ionesco, escribió guiones cinematográficos, adelantó una importante labor de crítica cinematográfica y alcanzó a publicar una novela, *¡Que viva la música!*, que ha superado las veinte ediciones y ha sido traducida al inglés, el francés y el italiano. De manera póstuma han sido editadas una colección de cuentos, *Angelitos empantanados o Historias para jovencitos*, la novela inconclusa *Noche sin fortuna*, una selección de textos sobre cine y unas "memorias inéditas" tituladas por sus editores *El cuento de mi vida*.

En el contexto de la literatura colombiana, Caicedo es uno de los primeros escritores que asumen de manera plena la temática de lo urbano. Si bien ha sido casi un lugar común afirmar que la literatura colombiana ha vivido bajo la sombra de García Márquez, que los nuevos escritores no han podido sustraerse a la influencia del autor de *Cien años de soledad*, una mirada más atenta a lo escrito en los últimos treinta años en Colombia puede revelarnos que la influencia de Caicedo es tanto o más poderosa. Resulta pertinente, sin embargo, afirmar que en la mayoría de los casos esa influencia es de tipo formal, centrada en el coloquialismo de los narradores y en una representación de la violencia que podríamos denominar costumbrismo urbano. Además de la fascinación y la leyenda generadas por las circunstancias de su muerte, Caicedo encontró la voz apropiada para reflejar la nueva sociedad colombiana a partir de los años setenta: cuando la violencia se trasladó a las ciudades, cuando fenómenos como el narcotráfico provocaron una aguda crisis de valores, y cuando la intolerancia se tradujo en escuadrones de muerte, eufemísticamente llamados de "limpieza social".

Los personajes de Caicedo son siempre jóvenes que no consiguen encontrar su verdadera identidad, en medio de un ambiente hostil donde sólo los más agresivos sobreviven. En *¡Que viva la música!*, la "rubia" protagonista no consigue encontrarse a sí misma entre dos mundos, entre dos formas de alienación –el rock y la salsa– que la obligan a rehacerse y a reinventarse. En "Maternidad", la mujer es representada como una simple herramienta de reproducción al servicio de un hombre cuya obsesión por el orden alcanza dimensiones criminales. En algunos textos, como "El atravesado" o "Calibanismo", la violencia es un elemento primordial en la vida cotidiana de los personajes. Puede decirse que violencia y lenguaje coloquial son algunos de los rasgos más notorios de la obra de Caicedo. Es notoria, también, la presencia del discurso oral en casi toda su obra. Muchos de sus textos aparecen presentados desde la voz de personajes, como monólogos, casi siempre desencantados, irónicos, violentos con la palabra, pero a la vez poseedores de una inocencia que los redime. Sus discursos son una constante labor de destrucción que no parece tener causas ni motivos precisos y que prefigura ese texto subyacente que al mismo tiempo es poética y filosofía de vida: "Vivir más de veinticinco años es una vergüenza". Un estudio sobre la reciente literatura colombiana, con sus jóvenes sin futuro, con la fascinación por la figura del sicario y por la violencia en todas sus formas, también con su culto al discurso callejero en contraposición a un buen decir que recuerda y representa a las oligarquías que condujeron al país a su situación actual, debe considerar la obra de Caicedo como un punto de partida, como el momento en que esa realidad encontró la voz que la representaba.

Como he dicho, Caicedo realizó adaptaciones de obras teatrales de Ionesco, uno de los principales representantes del teatro del absurdo. Es conocido también su interés por la obra de Harold Pinter, representante del teatro del absurdo norteamericano, y por las novelas de Herman Melville, quien era para Camus el autor de una de las primeras obras auténticamente absurdas: *Moby Dick*.

No sorprende, entonces, que *Moby Dick* sea uno de los textos que subyacen en la obra de Andrés Caicedo. Su obra teatral *El mar*, fue concebida como un comentario crítico a "dos novelas magníficas: *Moby Dick* de Melville y *Arthur Gordon Pym* de Poe" (*El cuento de mi vida* 31). La novela de Melville es también una referencia constante en *Noche sin fortuna*. El primer párrafo de la novela de Caicedo es un homenaje a *Moby Dick*, e incluye una parodia de la famosa primera frase de la novela de Melville: "Call me Ishmael":

> Los protagonistas de este relato, según los veo, son, ante todo, Danielito Bang, mi amigo de colegio, quien queda de verse conmigo en la fiesta de Angelita. Angelita, la muchacha linda que siempre aparece vestida de blanco, yo quería acercarme a ella si no hubiera tanta gente y hablarle cosas que aprendí en Moby Dick, un libro que leí hace mucho, sobre el color blanco, pero más bien me contentaba con buscar un buen rincón y verla bailar en su vestido blanco (...). También está, claro, Miguel Angel, su novio. Y María del Pilar, mi compañera de baile. Mi padre y mi madre, que aparecen al principio y no se vuelven a ver más. Y sobre todo, por encima de lo que yo pueda decir de ella, Antígona, la mujer de Danielito Bang, la mujer que a mí me mata. Más personajes sí tienen que ver, pero ahora no me acuerdo. A mí llamadme Solano. Solano Patiño. (17)

La referencia a *Moby Dick* es, sin embargo, sólo una de las manifestaciones más visibles de la presencia de lo absurdo en la obra de Caicedo. Lo cierto es que toda la obra del escritor caleño podría servir para ilustrar ese sentimiento inherente a los seres humanos.

Sobre lo que es absurdo

Absurdo no es una palabra fácil. Pero siempre estamos prestos a emplearla. Frente a los gestos humanos, frente a los hechos de la historia, frente a ciertas formas del arte, nuestra capacidad de valorar parece regirse por lo alfabético y muchas cosas nos parecen absurdas. En términos generales, podemos distinguir dos usos del concepto. El primero es el juicio que una persona hace de algo, sin comprometer sus propios valores. Desde esa perspectiva, absurdo es todo lo que no corresponde a cierta lógica de pensamiento, aquello que parece estar en desacuerdo con una manera de ver el mundo, la cual –por supuesto– se considera lógica y razonable. En esta modalidad de lo absurdo puede inscribirse la tradición satírica, a la manera de Jonathan Swift, que cuenta en Hispanoamérica con ejemplos recientes como la obra de Virgilio Piñera. El segundo tipo de absurdo tiene unas características más amplias y más comprometedoras para quien lo experimenta, sus proporciones son cósmicas. Desde esta perspectiva, experimentar el absurdo es descubrir que el mundo carece de sentido y que es inútil cualquier esfuerzo que se haga para explicarlo, para encontrarle un orden y un propósito.

Absurdo está lejos de ser un neologismo. Todo indica que en su origen fue un término de la lógica. La *Reductio ad absurdum*, también llamada "Prueba indirecta", fue un método empleado por los griegos para establecer la validez de una proposición mediante la demostración de que su opuesto conduce a contradicciones. Esta estrategia argumentativa fue desarrollada por Aristóteles en el siglo IV a. de C., pero es posible encontrar ejemplos de la *Reductio* en los presocráticos. Las paradojas de Zenón de Elea (siglo V a. de C.) son los ejemplos más tempranos que se conocen de la aplicación de la *Reductio ad absurdum* al pensamiento filosófico. Es importante señalar la relación estrecha que el concepto tuvo en su origen con las figuras discursivas, como en el uso que Aristóteles hace del término. La conexión entre absurdo y literatura puede verse como el desarrollo ulterior de una reflexión iniciada hace casi dos mil quinientos años. Para Martin Esslin, absurdo originalmente significa "out of harmony", y así explica una de las definiciones del término en inglés: "fuera (falto) de armonía con la razón y la propiedad; incongruente, falto de razón, ilógico" (Esslin, 5). El absurdo fue también un concepto importante en el pensamiento teológico. La expresión de Tertuliano, *Credo quia absurdum*: "Creo, porque es absurdo", ha sido objeto de incontables interpretaciones por casi veinte siglos. A causa de su rechazo de la iglesia ortodoxa, Tertuliano fue ignorado o criticado durante siglos por los escritores del cristianismo, y sólo se le reconocía su calidad literaria y su agudeza intelectual. Pero en los siglos XIX y XX volvió a ser objeto de interés, fue ampliamente leído y restituido a su condición de moldeador del pensamiento cristiano y occidental. Quizá no sea coincidencia que el interés en el estudio de la obra de Tertuliano se dé en un momento en que la figura de Dios pierde presencia y los proyectos sociales y políticos que estaban llamados a conducir a la humanidad a la felicidad y a la plenitud demostraron su propia inoperancia. Fue también en ese momento cuando la idea de absurdo reapareció con las connotaciones que han sido habituales hasta nuestro tiempo.

Si quisiéramos encontrar una definición básica, Arnold Hinchliffe puede ayudarnos cuando define el teatro del absurdo como "una de las formas de enfrentarse a un universo que ha perdido su sentido y su propósito" (11). La idea de que el sentido y el propósito se han perdido, podría alentarnos a creer que hubo un momento en que existían. Pero conviene insistir en que siempre que aludimos al absurdo nos referimos a un fenómeno de percepción o de interpretación. Nada puede ser absurdo por sí mismo, la condición absurda se encuentra en quien percibe algo como tal, en quien aplica un modelo de pensamiento y descubre que entra en conflicto con el objeto. Por esa razón, lo que se pierde cuando experimentamos el absurdo no es el sentido o el propósito del mundo, sino la convicción de que tales cosas existen. El absurdo, en su dimensión más profunda, es la conciencia de que el mundo nunca ha tenido, que no puede tener sentido y propósito cuando se observa desde una perspectiva humana.

Sentirse extranjero, perdido, separado del mundo, es el rasgo más común de quien experimenta la sensación de absurdo. Si quisiéramos establecer las condiciones más propicias para experimentar la sensación de absurdo, la soledad es quizá la más común de ellas. Aquí resulta oportuno recordar que Solano Patiño es el nombre de uno de los personajes recurrentes en la obra de Caicedo y que es, de manera evidente, el alter ego de un autor para quien la soledad se constituyó siempre en un problema central. Cuando lo colectivo se desintegra, cuando los individuos parecen condenados a seguir por su cuenta, sin el consuelo de una familia, una creencia o una ideología, aparece el absurdo. Aquí resulta oportuno recordar la paradoja propia del acto de escribir: su carácter solitario, el hecho de que se trate de un aislamiento que anhela comunicar. Los pasajes que interpreto al final de este estudio reflejan de manera patética esa condición paradójica de la escritura en Andrés Caicedo. Desde una perspectiva psicoanalítica, Paul Verhaeghe encuentra que la decadencia de la autoridad es uno de los factores determinantes para el surgimiento de las crisis de sentido en el siglo XX. Sostiene que la estructura típica de la familia, con su jerarquía masculina y con la figura del padre como ego ideal, puede hallarse en colectividades más amplias como la iglesia o el ejército. A escala familiar, esta identificación, según Verhaeghe, se rompía en momentos críticos del desarrollo, como la pubertad y la adolescencia, cuando las reglas del padre eran descartadas y el sujeto desarrollaba sus propias normas. Esta es la evolución de lo que puede llamarse una histeria normal del desarrollo: "the creation of, and belief in, an omnipotent father in childhood, the challenge and destruction of this figure during puberty, and a more nuanced and integrated position during adulthood" (123). En el caso de la obra de Caicedo, esta crisis parece no haberse resuelto nunca. Casi todos sus textos denuncian el conflicto con la figura paterna y, de manera mucho más evidente, son una forma de llamado, de reproche, de llanto por el distanciamiento de la madre. Pero ni la soledad ni la crisis de autoridad son condiciones necesarias para el absurdo. El acto mismo de pensar, el ejercicio de la conciencia, toda pregunta sobre lo que somos, supone ya el absurdo. Como señala Karl Jaspers: "The very need to ask about myself shows me that I have departed from the origin" (*Philosophy* 26).

Llegados a este punto resulta necesario admitir que el absurdo es un concepto más amplio de lo que puede suponerse en un principio, que puede incluso considerarse un rasgo distintivo no sólo de la escritura sino también del ser humano. La única forma de seguir adelante con nuestra reflexión es elegir una perspectiva específica del término. Si andamos tras las huellas del más absurdo de todos los personajes, lo más indicado es tratar de entender qué quiere decir Camus cuando emplea la palabra absurdo.

El mito de Sísifo

El mito de Sísifo forma parte de un amplio proyecto filosófico y creativo en torno a la idea del individuo frente al absurdo del mundo. El proyecto comprende tres trabajos en géneros distintos: un ensayo, *El mito de Sísifo*; una obra teatral, *Calígula*, y una novela, *El extranjero*. Cada uno de los personajes de estas obras representa, a su vez, dimensiones diferentes de lo individual: el personaje de la mitología (Sísifo), el personaje histórico (Calígula) y el personaje contemporáneo (Mersault). Estos tres trabajos han sido llamados "Tríptico del absurdo" o "Fase del extranjero", no sólo por el título de la novela, sino porque la imagen del extranjero es usada frecuentemente por Camus para referirse a la experiencia del absurdo. La obra aparece en Europa en el contexto de la Segunda Guerra Mundial y es un aporte básico para entender la literatura europea de su tiempo. El ensayo de Camus puede emplearse, también, como una especie de carta de navegación para adentrarse en la obra de Andrés Caicedo. A pesar de que Camus no se limita a lo literario, su reflexión apunta a un replanteamiento de la creación literaria desde la perspectiva del absurdo. La pregunta que subyace en el texto de Camus puede plantearse de este modo: ¿Es posible seguir escribiendo en un mundo caracterizado por la irracionalidad? Su respuesta es afirmativa, siempre que se asuma la condición absurda del mundo hasta sus últimas consecuencias.

La frase inicial de *El mito de Sísifo* es una de las más citadas y recitadas de la filosofía contemporánea. Mal haríamos en escapar de esa tradición: "Il n'y a qu'un probleme philosophique vraiment sérieux: c'est le suicide" ("No hay sino un problema filosófico verdaderamente serio: es el suicidio"). Un párrafo más tarde, Camus plantea, en términos menos tremendistas, el punto de partida para su ensayo: "El sentido de la vida es la más apremiante de las cuestiones" (14). Conviene tener presente esta idea cuando nos dedicamos al estudio de la literatura. También en esa actividad estamos tratando de dar respuesta a esa pregunta. Como lo señala Charles Taylor, toda indagación sobre el sentido de un texto es, por extensión, una pregunta sobre el sentido de la vida.

Mientras el individuo está hundido en la inconsciencia, mientras no se ve obligado a hacer uso de la lucidez, su vida puede transcurrir sin sobresaltos. Pero, en el momento en que aparecen las preguntas sobre el sentido de la vida, se produce un daño irreparable: "Ese incalculable sentimiento que priva al espíritu del sueño necesario para su vida" (16). Para Camus, nadie que haya experimentado el absurdo puede volver de nuevo a la inconsciencia. En *El mito de Sísifo* se establece un pequeño inventario de situaciones que pueden asaltar a cualquier individuo, "a la vuelta de la esquina" (22) y se hace una "enumeración de sentimientos que pueden entrañar lo absurdo" (23). La primera de esas situaciones se aprecia en el momento en que alguien puede responder sinceramente: "En nada", cuando se le pregunta en qué piensa. El segundo sentimiento que entraña lo absurdo es preguntarse "por qué" sin encontrar respuestas válidas. Descubrirnos alejados del presente, viviendo del pasado o para el futuro, es la tercera situación que nos conduce a la sensación de absurdo. Experimentar extrañeza frente al mundo, una sensación de distancia insalvable, implica también el absurdo. Igual ocurre cuando percibimos a los otros y a nosotros como objetos extraños, inhumanos. La última situación que entraña lo absurdo es la conciencia de la muerte y de lo vano que resulta cualquier gesto ante su carácter inevitable.

Los personajes de Andrés Caicedo nos sirven para ilustrar ese mosaico de sentimientos que para Camus entrañan lo absurdo. Todas las mañanas al despertarse, Angelita Rodante se pregunta por qué hace lo que hace. Caicedo y sus alter egos (Solano Patiño, Ricardito el Miserable, Danielito Bang) experimentan extrañeza frente al mundo y frente a su propio cuerpo, frente al estómago y el cerebro deteriorados: "Como si me escurriera, como si me derritiera: sentir esa horrible sensación de que se le descascara a uno la parte de atrás del cerebro, como un pedazo de madera al que ya se le desprenden las astillas" (*El cuento de mi vida* 73). La conciencia de la muerte, por su parte, es la manifestación más evidente de lo absurdo en la vida y la obra de Caicedo. Además del gesto final, que condiciona todas las lecturas que hacemos de su obra, que les confiere incluso un sentido que de otro modo no habrían tenido, abundan las reflexiones sobre la muerte. Curiosamente el subtexto en la vida de Caicedo, el imperativo "ético" de morir joven, aparece muy pocas veces en la obra. Es casi imposible encontrar una representación escrita de la voluntad de morir. La muerte, en sus textos, es casi siempre una paradójica, absurda fantasía que le permite a Caicedo imaginarse al fin rodeado de atención y cariño: "Si me les muero antes de tiempo en los próximos dos años, ellos pensarán que mi muerte fue un producto de la incomprensión" (89).

Para Camus, es preciso decidir si se puede vivir del absurdo o si la lógica ordena que se muera de él. Es aquí donde muchos eligen el suicidio real o filosófico. "La honradez está en saber mantenerse en esa arista vertiginosa, y lo demás es subterfugio" (72). El hombre absurdo no puede sino agotarlo todo y agotarse. Lo absurdo es su tensión más extrema, la que él mantiene constantemente con un esfuerzo solitario, pues sabe que, con esta conciencia y esta rebelión, día a día testimonia su única verdad, que es el desafío (74).

En la parte final de *El mito de Sísifo* Camus se dedica a analizar algunas modalidades de héroes absurdos: el don Juan, el actor, el viajero, el conquistador y, "el más absurdo de los personajes", el creador. "La conquista o el escenario, el amor innumerable, la revuelta absurda, son homenajes que el hombre rinde a su dignidad en una campaña en la que está vencido de antemano" (123). Hacia el final de su reflexión, Camus analiza la figura de Kirilov, un personaje de Dostoievski que se caracteriza por su aceptación plena de la existencia, sin quejas o reproches. Kirilov, el personaje de *Los endemoniados*, es un raro ejemplo del suicida absurdo:

> Kirilov es, pues, un personaje absurdo –aunque con la reserva existencial de que se mata–. Pero él mismo explica esa contradicción y de tal suerte que revela al tiempo el secreto absurdo en toda su pureza. Añade, en efecto, a su lógica mortal una ambición extraordinaria que da al personaje toda su perspectiva: quiere matarse para convertirse en dios. (138)

Si llevamos estas ideas a nuestra reflexión sobre la vida y la obra de Andrés Caicedo, nos encontramos también aquí con un personaje absurdo, "con la reserva existencial de que se mata". Como lo revelan nuevos textos personales de Caicedo que empiezan a aparecer,[1] el suicidio del escritor podría entenderse más como un accidente en el que intervienen problemas psicológicos y afectivos, y hasta el creciente deterioro de su salud y sus facultades mentales. Su gesto final no parece de verdad la culminación de una determinación lúcida, sino un accidente de quien pudo haber seguido escribiendo obras absurdas por muchos años más. Pero el texto subyacente, la idea de que vivir más allá de los veinticinco es una vergüenza, esa afirmación que Caicedo tal vez tenía olvidada en el momento de ingerir las últimas pastillas, es lo que nos ha permitido a sus lectores, por más de tres décadas, hacer una épica de su tragedia, prestarle el servicio de convertirlo en dios, ante su incapacidad de ser humano.

Escritura sin fortuna

Un estudio más extenso de la obra de Caicedo podría señalar en forma detallada la manera como su obra ilustra las características de lo absurdo descritas por Albert Camus: la conciencia de la realidad de la muerte, el preguntarse por qué al sentirse perdido en medio de un mundo al que se le borran sus perfiles humanos. Quiero, sin embargo, llamar la atención sobre un pasaje poco considerado dentro de la obra de Caicedo, un par de fragmentos publicados como apéndices de la novela inconclusa *Noche sin fortuna*.

Un año antes de su muerte, Caicedo escribió, en un perfil autobiográfico, que estaba trabajando en un texto "muy violento", titulado *Despezcueznarizorejamiento*. Para Sandro Romero Rey, editor de las obras póstumas de Caicedo, ese texto es el que finalmente se ha conocido como *Noche sin fortuna*:

> *Noche sin fortuna* es una novela furiosamente juvenil, ingenua, descarnada, trágica, terrible y divertida. Una vez más, los jovencitos burgueses salen de sus casas a una banal fiesta de quince años y, poco a poco, el mundo se va convirtiendo en una "burbuja de horror". (11)

La novela "inconclusa" de Caicedo fue publicada por primera vez en 1986, según sus editores: "tal como lo encontramos, anexándole dos extensas notas donde el autor reflexiona sobre sus personajes y sobre el tratamiento general del texto" (Romero 11). En la reedición de la novela, fechada en 2002, los mismos editores consideran "dignas" de incluir esas dos notas. La primera aparecía en el manuscrito intercalada en un párrafo cerca del final, la segunda figura como una reflexión paralela. Este hecho no pasaría de ser una simple curiosidad editorial, de un manuscrito que no llegó a tener una versión final, si esos pasajes no fueran tan significativos y si aquello que los editores consideran notas no fuera parte integral del texto. Pocas páginas antes de que el manuscrito se interrumpa definitivamente, justo en medio de uno de los párrafos cruciales de la historia, cuando Antígona, la mujer devoradora, se dispone a "comerse" al protagonista Solano Patiño,[2] se produce una separación entre el autor y su texto, una escisión que nos muestra al autor en el momento de verse y sentirse a sí mismo como el más absurdo de todos los personajes. Pero lo que el lector encuentra, al momento de leer la novela, es una versión depurada de ese momento de lucidez. Sólo un pequeño asterisco en la edición de 2002 indica el momento en que el aliento ficcional se rompe y Caicedo experimenta el absurdo de su tarea:

> Dejábamos una especie de estela café y zapote al alejarnos, y el amor aullaba, el mar cambiaba de lugar de una noche a otra, de un día a su noche, la noche

> esta primogénita que ha traído mi estado último, mi independencia de las normas. Las montañas, alejadas por el mar, se quejaban en esa lejanía. Y el río no decía ni mú, atontado como estaba con tanta repentina disposición geográfica*. Para interrumpir en algo una calma así, alargué mi brazo y le toqué el pelo. (Caicedo, *Noche sin fortuna* 203)

Lo que ese asterisco indica, lo que ha sido eliminado como consecuencia del criterio editorial, puede ser justamente uno de los principales valores del texto de Caicedo. En *Noche sin fortuna*, Caicedo trató de volver sobre los temas y personajes de todas sus obras previas. Sus propios editores consideran que es "el testamento literario de su autor" (Romero 13). Señalan incluso que todo el texto está colmado de descripciones autobiográficas y de "continuas trampas, las cuales serán, a la postre, de preferencia del autor para reflexionar sobre sí mismo" (11). En esas aparentes digresiones, Caicedo reflexiona sobre sí mismo, sobre su vida cotidiana y lo que lo rodea mientras escribe, sobre su historia, sobre sus personajes, y proyecta episodios que nunca escribirá. Los editores se preguntan si estas digresiones no son acaso "otra manera de 'colarse' en lo narrado" (221), pero fallan en identificar las digresiones como parte del texto. Al leer lo que dice el asterisco, las ocho páginas que aparecen como un apéndice, queda la sensación de que es justamente allí donde la obra de Caicedo alcanza su mayor profundidad. Como reincidencia en viejos temas y personajes, la obra parece repetitiva y errática. Pero como testimonio del fracaso de un autor en sostener la ficción, la obra adquiere una perspectiva distinta, el desmoronamiento de la ficción representa el desmoronamiento del autor mismo. Una edición del texto que respete esos cambios de planos lo acercaría a obras como *El zorro de arriba y el zorro de abajo*, de Arguedas, donde se restituye trágicamente la conexión entre el autor y su obra. Los editores parecen haber caído en una de las trampas que proclaman al eliminar el momento en que autor y texto se enfrentan al absurdo, esa "incalculable caída en la imagen de lo que somos" (Camus 27), ese momento en el que Caicedo abandona su historia (o viceversa) y se queda viendo lo que es: un solitario que trata de unir letras para formar palabras.

> Las montañas, alejadas por el mar, se quejaban en esa lejanía. Y el río no decía ni mú, atontado como estaba con tanta repentina disposición geográfica. *Oh, interrumpo esta página para pensar que escribo sintiendo un vacío en el estómago y un dolor en la espalda, escribo porque la máquina es suave y porque hay gente pendiente del teclear de cada letra, de mi intento de unir las letras para formar palabras, palabras que tejan un sentido, una verdad y que sean, además, bellas, ardientes en la aridez de mi pensamiento, hoy, sacando la cabeza por uno de tantos buses pensaba: "No seré capaz de escribir más"* [...] *En el apartado aéreo no había nada, y la sexta fue árida y ardiente. Se me ha ocurrido, una vez más, retomar el "PRONTO: Diario de una cinesífilis", en forma*

> *de novela. Sería muy fácil, la pura verdad, muy de corrido* Para interrumpir en algo una calma así, alargué mi brazo y le toqué el pelo. (Caicedo, 203; el comienzo y final de la parte del texto convertida en apéndice aparece en itálicas)

Pocos pasajes nos ofrecen una perspectiva más clara de lo que es un escritor consciente de su propio absurdo. La idea de que no será capaz de escribir más la acepta con calma: "no me horroricé en demasía, no como en las madrugadas, hasta recibí buen aire por la ventanilla del bus y sonreí" (222). Sabe también que seguir escribiendo es la única defensa contra la nada: "Si interrumpo este teclear se va a crear un vacío, una falta de algo en esta oficina" (222). En esta frase resulta también interesante la condición sonora de la escritura. No son frecuentes los textos donde el acto mismo de la escritura aparece representado directamente. Es posible incluso que el principal personaje sea un escritor, sin que la materialidad de la escritura y su condición de actividad física aparezcan representadas. Aquí la escritura es sonido, es música, y resulta ineludible señalar la importancia de la música en la obra de Caicedo. El título de su novela *¡Que viva la música!*, ya nos da una idea de esa importancia. Casi siempre los personajes de Caicedo están escuchando música o hablando sobre ella. El título de su novela, en este punto de la reflexión, podría considerarse un equivalente de la frase: "Que viva el teclear sin propósito, la escritura (absurda)". Un pedido bastante revelador en una obra donde casi siempre se ordena o se pide la muerte de las cosas. El mismo discurso de los personajes parece participar de una musicalidad que el autor real no poseía. Caicedo tenía severos problemas de habla y la locuacidad de sus personajes parecía ser una compensación a esos problemas. A través de la escritura, Caicedo no sólo crea personajes y situaciones, sino que se crea a sí mismo como la persona que no consigue ser en el trato cotidiano con los demás. La escritura es lo que convierte en superioridad las desventajas de su vida personal y Caicedo es consciente de la vanidad de lo que hace, se sabe observado, percibe la reverencia que su oficio inspira: "Seguro que todos pensarán: 'Cómo escribe el muchacho' " (222).

En el fragmento observamos también uno de los rasgos distintivos de la escritura: la separación, la alienación (para emplear un término del absurdo) entre el autor y su texto. Caicedo habla de la distancia que empieza a sentir frente a su novela: "En lugar de estar escribiendo esto, interrumpiendo páginas de una novela a la que ya no tomo con las ganas de hace seis meses, debería continuar el diario de reflexiones sufrientes en torno al cine que comencé en Los Angeles" (222). Lo importante es acumular palabras: "Escribo Los Ángeles y no L.A. para alinear más palabras" (222-3). El autor se siente representando un espectáculo, se sabe personaje: "varias muchachas pasan y una me mira, miro la cámara y me mira ahora, ja, que chiste" (223), y asiste al momento en que toma conciencia de que aquello que escribe es él mismo en el acto de ser, para decirlo en sus palabras, él mismo es su texto, es su propia "textura", pero es una textura que parece ya muerta en el momento de surgir:

> Qué gracia, he puesto ´106´ arriba de esta página, cuando esta página (otra repetición para ganar espacio) no pertenece a nada, supongo que no la botaré, pero arrumada quedará a una pila de papeles que irán cobrando esa horrible textura que no es de mugre ni de polvo común, que es la textura mía. (223)

En estas ocho páginas que son uno de los testimonios más vivos que tenemos de un escritor experimentando el desencanto frente a su oficio, Caicedo cuestiona su "persona" pública, su imagen de intelectual que ya empezaba a hacer de él un mito: "En realidad no conozco a fondo nada, ni el inglés, ni Poe, ni Hitchcock, ni las artes de la escritura" (224). Pone también en entredicho su capacidad para crear personajes separados de sí mismo, recordándonos de paso que el autor es también un personaje del texto que leemos, que no interesa ya por lo que quiso decir, sino para ayudarnos a tener siempre presente, en el momento de leer, que la vida real y vivida es el referente de todo texto literario, que detrás y delante de cada frase ha habido y habrá emociones, sentimientos, conciencia de estar vivos y muriendo.

También hay expectativas monetarias: "He recortado las bases del segundo concurso de novela de Novaro México, dan 125 mil pesos mexicanos, que serían como qué, ¿cómo cuántos dólares? ¿Podría tener yo una novela para octubre de este año?" (226). Caicedo expresa incluso la necesidad de una nueva poética, tal vez sin ser consciente de que aquello que plantea es justamente lo que hace:

> Escribir cosas como las de ahora me gusta, podría hacer una especie de gran cuadro a través de una sola conciencia pensante, pensando y muy sufriente, que vaya cogiendo manifestaciones de la juventud, locuras, paisajes, culturas, muchos títulos de muchas cosas, y así, en espacio corrido y mi papá no tendría oportunidad de decirme que lo que escribo son cosas sujetas a la moda y pendejadas. Escribiría una novela como la de Juan Benet, renunciaría a mi picaresca, a mi narración de los hechos en forma muy lineal, a mi sentido o intuición de lo clásico. Sería más fácil escribir una novela así. Pero escribir algo, carajo. (226)

Esa "sola conciencia pensante" bien puede ser el escritor mismo. De hecho, como lectores de diversas obras de un mismo autor solemos tener siempre presente en nuestras lecturas esa conciencia unificadora. En el momento en que aceptamos y somos conscientes de que obras distintas y de diversos matices corresponden a un mismo autor, no sólo tratamos de encontrar continuidades y recurrencias, también estamos aceptando que el autor es una presencia que gravita sobre el significado del texto. Lo que le confiere una intensidad especial al texto de Caicedo es que el desapego se produce en el momento mismo de la escritura y este fracaso insiste en invitarnos como lectores a establecer una relación entre el suicidio del autor y el tono compasivo con que piensa en la necesidad de un desenlace para los personajes, en el casi alivio que supone la muerte.

> Que fuera acumulando sufrimientos insoportables, Solanito, y que se los organizara y se los pudiera narrar, que llegara cuanto antes a la casa de Antígona y allí se lo comieran todo, que muriera, que muriera rápido, que pudiera empezar una mañana de primavera. (227)

El segundo fragmento publicado como apéndice tiene un tono desesperado. Al principio parece sólo un perfil de uno de los personajes de la historia, Danielito Bang, quien le ayuda a Antígona a conseguir los muchachos que ella devora. Aquí también la escritura protege del vacío: "Mientras esta máquina esté sonando, me siento protegido como por una cortina de humo, y eso está bien. Mientras mis dedos estén produciendo ruidos…" (236). Lo que se escribe interesa poco o nada a quien lo escribe, en lugar de evocar palabras con sonidos específicos y con intención de significado, aquí sólo interesa seguir haciendo ruido. Aquí la escritura no es el signo escrito de vocablos, de expresiones sonoras, aquí sólo es un artefacto que protege del silencio y del vacío.

En este segundo fragmento la sensación de extrañeza, de distancia, que Caicedo siente frente a su texto y frente a sí mismo es mucho mayor: "Ya no sé ni lo que hago, ya no sé ni lo que digo" (237). La distancia frente a los personajes es también más grande:

> Tengo a Solano Patiño con su destino suspendido en mitad de la noche sin fortuna, y su noche no me da pa más. Tengo a Antígona sin poderlo terminar de devorar. Tengo a Danielito Bang tirado del carro dando vueltas como un loco por la ciudad, y sin encontrar consuelo. Tengo ganas de salir ya, o irme volando en ayuda de Danielito, anda a descargarte, no sea que te cojan y te encanen, feliz que vas con tu cargamento de destrucción en el bolsillo, si vas por mitad de la calle que te encuentren mis palabras. (239)

Y las palabras lo encuentran. En la parte final de este fragmento, Caicedo parece meterse dentro del personaje de Danielito Bang. Pero antes de fundirse con su propio personaje, divaga, piensa en concursos literarios, en artículos de cine, y habla, a través de su escritura, con su hermana Rosario:[3]

> Todo es mío y todo me anima, como diría mi siempreviva. Serás el sol y el libro y volverás a cantar en ti, esto va dedicado a mi hermana, que me escuche, Rosario, escúchame a la distancia, en tu verano lejano y ardiente, escúchame, ¿qué haces, qué estudias? ¿Contacto hecho, verdad? Entonces hablo. Tengo una carta, un sobre cerrado para ti, una carta que jamás enviaré, 3 páginas terribles que escribí pensando en ti, porque sólo tú me podías escuchar, porque por haberte fallado a ti, sufría, porque mi vergüenza era imaginar que me vieras, que me avergonzaras con tu lástima y tu decepción y así somos todos Julius, sufrimos y sufrimos y todos quieren que sigamos. (240-1)

Caicedo piensa en el sufrimiento que le espera a su personaje a medida que se interne en el mundo de la droga. Es evidente la relación entre ese sufrimiento y el "cargamento de destrucción" que Danielito lleva en el bolsillo. Pero confía aún en que ese sufrimiento puede redimir a su personaje de algún modo y espera situarlo, en el capítulo que nunca llegó a escribir, al lado de su madre, "en días de eterno veraneo" (239). Quizá entonces se justificarían la soledad, el vacío y el miedo que antes iría a ser necesario experimentar:

> Sería bueno que una vez te diera la tembladera y la pálida, ¿me oyes?, y la pérdida del equilibrio, y que no tuvieras en quién apoyarte, que cayeras al suelo y berriaras allá, hermano, para que veas lo que es estar desamparado y sin utilidad, sin sentir el alma en cada hueso, en cada hueso mío, ayudando a comprenderte, niño rico. (239)

El fragmento termina con Caicedo encarnando a Danielito Bang, deseando someter su voluntad a la de Antígona, esa personificación devoradora de la muerte, ofreciéndole sus servicios de alcahueta y pidiéndole que lo rescate de su extravío por las calles. "Ven, ven por mí" (242), son quizá las últimas palabras de un texto donde Caicedo hizo de sí mismo el personaje principal. Resulta imposible eludir el hecho de que la muerte física del autor gravita sobre estas líneas. En el momento mismo de la escritura, Caicedo se hace consciente de que la muerte lo devora. Tiene problemas de depresión y de drogas. Sufre penosas molestias estomacales. Siente el deterioro de sus facultades mentales. Ya ha intentado una vez suicidarse y, para sus amigos y familiares, era de esperarse un nuevo intento de suicidio. La figura de Antígona, el personajes de Sófocles, al lado de un diálogo directo y a distancia con su hermana Rosario, nos sugiere la idea de que ya se siente muerto, que sólo aspira a ser sepultado.

Pocos casos como el de Andrés Caicedo revelan en forma tan clara el hecho de que un autor es también un personaje, que su vida (o mejor la versión que él y otros hacen de ella) puede ser leída e interpretada como un texto literario. También pone en evidencia que muchas veces –quizá más de las que admitimos– leemos un texto en relación con la vida de su autor. Los textos que aluden directamente a la escritura traspasan un límite que la ficción más convencional se niega a cruzar. Quizá no es muy aventurado concluir que todo texto donde el lenguaje deja de ser medio y se convierte en objeto es un texto que busca despertar conciencia. En principio se trata de despertar conciencia sobre el proceso mismo de escritura. En un nivel más amplio, conciencia de los procesos a través de los cuáles producimos significado.

El suicidio de Caicedo también es un texto y puede ser objeto de múltiples interpretaciones. Podemos verlo prefigurado en sus escritos. Podemos pensar en una concepción argumental de la propia vida (como un guión de película que termina por gobernar la voluntad de su autor). Podemos retomar las ideas de Camus sobre el suicidio como el principal problema filosófico. Pero en el momento en que pensamos que el suicidio es real, en el momento en que sabemos que hubo una carta final donde el móvil parece ser amoroso –Caicedo mismo decía que si un día encontraba el amor, éste lo destruiría–, en el momento en que pensamos que hay más cartas y páginas de cuadernos que permanecen inéditos, nos encontramos frente a un hecho que muchas veces se nos escapa en los estudios literarios: que todo texto de ficción nace en la realidad, que son ellos en sí mismos realidades y que, por esa misma razón, nunca es posible alcanzar un entendimiento completo de ellos.

Algunas disciplinas han pretendido ignorar que el texto literario es "textura" de seres reales. Todo texto donde se representa el proceso de crear significado –aun la incapacidad para hacerlo–, es un texto que le habla al lector de los procesos a través de los cuáles se le da significado a la vida. Si consideramos que todo escritor interpreta su propia vida en el proceso mismo de escribir, podemos concluir que todo texto es, en principio, el testimonio de alguien que indaga por el sentido de su vida y quiere dejar registro de esa búsqueda. Para Caicedo, el sentido de su vida estaba en la escritura misma, sin importar lo que escribía. Hacer historias del modo como las venía haciendo, con retratos irónicos de su sociedad y personajes llenos de agudeza, empezaba a parecerle demasiado fácil. "Sería muy fácil, la pura verdad, muy de corrido" (229). Pero la misma facilidad con que empezaba a crear sus ficciones hacía que perdiera interés en ellas. Hay, en el héroe absurdo, una cierta veneración de la dificultad. Si la piedra de Sísifo tuviera que ser empujada en un terreno plano, quizá su heroísmo y su alegría derivarían hacia la desesperación. La dificultad es un rasgo del héroe absurdo que Camus no destacó suficientemente, pero que está en el centro de su reflexión al elegir la narrativa, y no la poesía, como el espacio donde debía librarse el combate del absurdo. En el caso de Caicedo, la gran dificultad consistía en verse a sí mismo, en escribirse a sí mismo en el momento de ser, y descubrir que su historia había sido concebida y ordenada con un sentido trágico –fatalista– del que ya se sentía sin fuerzas para escapar.

Notas

[1] En 2007, apareció publicada una selección de textos tomados de los cuadernos de Andrés Caicedo, que su familia mantuvo inéditos por más de un cuarto de siglo. Podría afirmarse que los textos finales revelan el carácter "accidental" de su suicidio.

[2] En Cali, la ciudad natal de Caicedo y el escenario de casi todas sus obras, el nombre Solano Patiño suele asignarse a las personas solitarias o con dificultad para relacionarse con los demás.

[3] Rosario Caicedo reside en Estados Unidos desde hace más de treinta años. De todas sus hermanas, fue quien tuvo una relación más estrecha con el escritor. Andrés Caicedo pasó varias temporadas en su casa en New Haven. Juntos trabajaron en la versión en inglés de los guiones cinematográficos que Andrés Caicedo trató de vender a Roger Corman.

Bibliografía

Blocker, H. Gene. *The Metaphysics of Absurdity.* Washington: UP of America, 1979.

Brink, André. *The Novel: Language and Narrative from Cervantes to Calvino.* Nueva York: New York UP, 1998.

Caicedo, Andrés. *El cuento de mi vida.* Bogotá: Norma, 2007.

_____ *Noche sin fortuna.* Bogotá: Norma, 2002.

Camus, Albert. *El mito de Sísifo.* Esther Benítez, trad. Madrid: Alianza, 1981.

_____ *Le Mythe de Sisyphe.* Essais. Paris: Gallimard, 1965.

Cox, Dermont. *The Triumph of Impotence: Job and the Tradition of the Absurd.* Roma: Università Gregoriana, 1978.

Esslin, Martin. *The Theatre of the Absurd.* 2a. ed. Nueva York: Doubleday Anchor Books, 1969.

Fotiade, Ramona. *Conceptions of the Absurd: From Surrealism to the Existential Thought of Chestov and Fondane.* Oxford: Legenda, European Humanities Research Centre, U of Oxford, 2001.

Harper, Ralph. *The Seventh Solitude: Man's Isolation in Kierkegaard, Dostoievsky, and Nietzsche.* Baltimore: Johns Hopkins UP, 1965.

Hinchliffe, Arnold. *The Absurd.* Londres: Methuen, 1969.

Jaspers, Karl. *Filosofía de la existencia.* Luis Rodríguez Aranda, trad. Barcelona: Planeta-Agostini. 1985.

_____ *Philosophy* (volume 2). E. B. Ashton, trad. Chicago/Londres: U of Chicago P, 1970.

Lebowitz, Naomi. *Humanism and the Absurd in the Modern Novel.* Evanston: Northwestern UP, 1971.

Ricoeur, Paul. *Interpretation Theory: Discourse and the Surplus of Meaning.* Fort Worth: Texas Christian UP, 1976.

Romero, Sandro. "Luz al sendero de *Noche sin fortuna*". Prólogo de *Noche sin fortuna.* Bogotá: Norma, 2002.

Taylor, Charles. *Sources of the Self: The Making of Modern Identity.* Cambridge, Mass: Harvard UP, 1989.

Trundle, Robert C., Ramakrishna Puligandla. *Beyond Absurdity: The Philosophy of Albert Camus.* Washington, DC: UP of America, 1986.

Todorov, Tzvetan. *The Poetics of Prose.* Oxford: Blackwell, 1977.

Verhaeghe, Paul. *Love in a Time of Loneliness: Three Essays on Drives and Desires.* Plym Peters, trad. Nueva York: Other P, 1999.

Trabajo, espacio y modernidad: el existencialismo en "El mar" de Andrés Caicedo

ROSANA DÍAZ-ZAMBRANA
Rollins College

> ¡Arriba el ánimo, ojo con la brisa, recia la lucha, fuera las sombras, el agua es nuestra!
>
> Álvaro Mutis, *La nieve del almirante*

Aproximarse a la obra del cineasta y escritor colombiano Andrés Caicedo (Cali, 1951-1977) es acceder a una lectura colmada de resonancias y evocaciones que nos remiten al prematuro cumplimiento de un destino inexorable que clausuraría "para la modernidad colombiana el mito del escritor suicida que se había abierto con José Asunción Silva" (Alzate 137). A partir de ese posicionamiento augural de Caicedo como genio obsecado con un proyecto estético totalizador es que sugerimos el abordaje de la pieza "El mar" (1971), inspirada en la obra teatral *The Caretaker* (1959) del inglés Harold Pinter (Londres, 1930). Aun cuando "El mar" se concibe dentro de la tradición del teatro del absurdo cuya arbitrariedad espacial, discursiva y lingüística se vuelve emblemática en obras como *Esperando a Godot* (1953) de Samuel Beckett o *La cantante calva* (1950) de Eugène Ionesco, la reelaboración de Caicedo posibilita una superación del sinsentido a través del arte, la imaginación y la literatura que no postula la versión de Pinter.

En este ensayo examino "El mar" como la recreación de un universo asaltado por elementos apabullantes y desvariados que problematizan las relaciones humanas y la interacción con el espacio real y figurado.[1] En esta pieza, el constante flujo de objetos inoperantes y las exigencias económicas propias de las sociedades modernas, asedian y condicionan a los personajes hasta llevarlos a una categórica polarización y a una maniobra final determinante. Sin embargo, a pesar de la atmósfera conmocionada que reproduce Caicedo, la alegoría del mar y la expresión artística se proponen como geografías imaginarias de descompresión frente al desconcierto del absurdo cotidiano y los estertores del espacio urbano en el contexto de una modernidad incompleta.

El *corpus* literario de Caicedo se singulariza por escrutar las peripecias juveniles y ahondar en la complejidad psicológica que se adjudica a esas edades liminales, validando la presencia ambivalente y autoritaria de las figuras adultas y fomentando el abandono al llamado de "la calle" y sus estridencias. En la interpretación de Jorge Ochoa, la precocidad de ese "grito rebelde" de la juventud caicediana trae consigo el peligro de adelantarse al propio destino permitiendo una representación del mundo que estará infectada de muerte (14). Suele suceder que este escenario adolescente dominado por una invasión desestabilizadora origina un estado social dicotómico como ciertamente se ejemplifica en la novela que Caicedo escribía al momento de su muerte, *Noche sin fortuna*. Vale aclarar que aunque en "El mar" se explayan ciertos rasgos perturbadores de este mundo joven tales como los devaneos existenciales en torno a la ambigüedad y fragilidad de los afectos y el proyecto de futuro, el nudo dramático radica más bien en la tendenciosa oposición de esferas: la exterior (calle-trabajo), que retroalimenta valores de naturaleza utilitaria e interesada y la interior (apartamento-arte), que focaliza cuestiones de índole metafísica y literaria.

Durante los años sesenta la literatura colombiana se orienta a tejer y recapitular estrategias para tramitar la pluralidad de experiencias y fenómenos que se gestan gracias a la proliferación de los grandes bolsillos urbanos. Así, el boceto de ciudad en la literatura del *postboom* conjuga el ensamblaje y la convergencia de expresiones culturales, los cuales Luz Mary Giraldo resume en términos de la inconformidad y la deformación que se suscitan por el choque entre lo íntimo, lo privado y lo colectivo:

> En algunos autores la experiencia vital propuesta se acerca más a circunstancias propias de la decadencia del hombre moderno, que entre los cincuenta y sesenta impuso una manera de cuestionar, pensar y sentir la vida y los valores socioculturales, dándole paso al absurdo y al vacío existencial característico del personaje abúlico. (136)

De hecho, en la opinión de Gastón Alzate, la obra caicediana se distingue por un tono apocalíptico que traza una grieta y una pérdida de confianza en un orden, ya sea religioso, histórico o social, en cuyo lugar se coloca "la vida" opacada por una ciudad moderna que aplasta la dignidad humana (157-158). En otras palabras, el mapa citadino comprenderá un conglomerado emergente y transicional de identidades desde donde la literatura objeta y hurga en los postulados históricos, estéticos y existenciales de los que Caicedo es parte fundamental: su proyecto literario y fílmico se apresura a especular sobre las incongruencias y desatinos de esas corrientes oficiales en proceso de formación.

Puesta en escena en 1972, "El mar" podría leerse como una exploración sinóptica de este sujeto en crisis quien se erige como el portavoz de una contracultura que se desplaza y asila en los márgenes de la sociedad. En esta pieza dos hermanos y un vagabundo entablan una relación marcada por conductas obsesivas y absurdas que redefinen los nexos con las coordenadas espacio-existencia. El hermano mayor, Jesús, es un hombre de negocios que ha heredado de su madre un apartamento del que quiere desahuciar a su hermano menor, Jacinto, quien sufre desde niño de una condición mental que le impide concluir la ambiciosa escritura de una pieza sobre el mar, la cual fusiona motivos estructurales y simbólicos de *Moby Dick* de Herman Melville y *Arthur Gordon Pym* de Edgar Allan Poe. Sin el conocimiento de Jesús, Jacinto invita al apartamento a un joven mendigo llamado José con la promesa de darle unos zapatos y más adelante, le ofrece quedarse como celador del lugar. Desde ese momento se desarrolla una dinámica entre el cuidador y los hermanos que enquista dos tensiones principales: por un lado, Jesús convence a José para ayudarlo a impartir orden al descalabro del apartamento y así maximizar su precio en el mercado, y por el otro, Jacinto busca, más que nada, una compañía en José y juntos inician, a través de la lectura y el diálogo, una especulación literaria que actuará como vía de conocimiento y escape. La obra concluye con el atrincheramiento de Jacinto y José en el apartamento para impedir la entrada de Jesús, oficializando así un acto de negación y connivencia cuyo significado analizaremos más a fondo.

No debemos obviar que "El mar" toma como base la obra de Pinter, por lo que hereda modalidades prototípicas del teatro del absurdo tales como la repetición parsimoniosa de rituales infructuosos, la extrañeza como trasfondo y actitud narrativa, la fractura en la comunicación cualitativa y el colapso de códigos sociales estandarizados. Ahora bien, la relectura que hace Caicedo de Pinter, certifica sus propias inquietudes acerca de la lucidez poética, el problema del tiempo, la pronta desintegración de modelos tradicionales y en última instancia, el deseo de trascender la miseria existencial a través de la belleza estética.

Es importante recalcar la distinción que Martin Esslin explicita entre el teatro existencial y el teatro del absurdo. Aun cuando ambos coinciden en una temática que se ancla en la devaluación de ideales, la angustia metafísica y el sinsentido, difieren en la exposición y tratamiento de tales coyunturas. Por un lado, el teatro existencial (Salacrou, Anouilh, Camus y Sartre) busca entender "la irracionalidad de la condición humana con un razonamiento altamente lúcido y construido con toda lógica"; por el otro, el teatro del absurdo (Beckett, Adamov, Ionesco y Genet) maneja el mismo dilema utilizando imágenes escénicas concretas y el instinto porque ya "ha renunciado a argüir sobre lo absurdo de la condición humana" (Esslin 16). A pesar de esta aclaración acerca de las formas escénicas, "El mar" fluctúa intermitentemente entre ambas vertientes:

la cerebral y la intuitiva, la explicativa y la sugestiva. Por esta razón, las acciones estrafalarias e irrisorias tienden a travestir reflexiones más profundas del dolor de la existencia o la neurosis generada por la cambiante urbe moderna. Como veremos, este acercamiento absurdo y en muchas instancias delirante con respecto a la realidad interior y exterior, se expresa en "El mar" mediante la relación del individuo con el espacio, los objetos y el trabajo.

La disfunción de los objetos

En "El mar" la amalgama y la disposición de los objetos articulan una representación alegórica que merece ser examinada. La acción del drama transcurre en un apartamento donde reina el desorden y la función de los objetos repetidamente se desplaza e invierte: la nevera sirve de estantería y armario, las sábanas se usan para limpiar zapatos, el supuesto celador hace las veces de amigo o decorador de interiores (según el rol que le asignen) y los enseres son cachivaches que han perdido toda su finalidad práctica.

En muchos aspectos, estos artefactos invaden y limitan el espacio habitable y, con ello, lo saturan de un valor aparente haciéndolo cada vez más sofocante y enrarecido. Este quiebre de funcionalidad será análogo a la polivalente disfunción (mental, física, social y existencial) que se condensa en el drama. Esta correspondencia sintomática entre la condición de los objetos y los personajes es notoria en la descripción que hace Jesús de su hermano: "tampoco es que sea mala persona, lo que pasa es que tiene un poco revueltos los cables, los tiene desorganizados, usted me entiende" (62). A pesar de su propio "enredo" mental, Jacinto trata de rearmar los enseres estropeados y al hacerlo, los "deconstruye" y reacomoda en una llamada "extraña armonía" (27). Esa inusitada "armonía" abre los resquicios de un ámbito más artístico donde los objetos (¿bienes?) se despojan de su uso, desafiando el concepto de eficacia propuesto por la lógica capitalista.

Siguiendo la línea inaugurada por la voluntad de acumular ganancia e invertir "provechosamente" el tiempo, el trabajo se sitúa como uno de los ejes estructurantes de "El mar". Así como en el capitalismo el trabajo es un elemento de producción que absorbe y anula al individuo, en la obra de Caicedo, se degenera en un quehacer mecánico, siempre incompleto y en última instancia, también deshumanizante. Aun cuando el trabajo alivia el vacío existencial y temporal de los personajes, también los enajena apartándolos de la reflexión y el autoconocimiento. De acuerdo a Marx, la alienación del trabajador surge del hecho de que éste no se afirma en lo que hace, el trabajo será sólo un medio para satisfacer otras necesidades fundamentales. Cabe diferenciar que en "El mar" el trabajo se ratifica no sólo como una actividad que forja la experiencia y construcción identitaria de los personajes; sino también como una mera gestión para "ocupar" el tiempo y sobre todo, aplacar la conciencia de ese tiempo. Justo cuando José descubre que *nada* realmente funciona en el "bonito" apartamento es que cobra noción del peso/paso del tiempo: "En qué voy a distraerme, cree que mis horas no pasan largas o qué" (31).

Los personajes de Caicedo atestiguan un estado burgués problemático y en caída; son jóvenes desclasados, decadentes, al margen de la fe o de un proyecto sociohistórico viable (Alzate 149). Esta rotura social se exterioriza en las preocupaciones y ansiedades de los seres en "El mar". Mientras Jesús se afana por cimentar su bienestar financiero y junto con Jacinto goza de una cierta holgura económica, José se ubica en el otro extremo, pues padece con más severidad las incertidumbres de su marginalidad social. Por ende, José representa el epítome del fracaso de la sociedad de consumo y la nueva economía del mercado: es un desempleado sin documentos ni bienes. Su imposibilidad de tener acceso al confort propiciado por la modernidad se inserta en el sostenido patrón de aspiraciones y deseos frustrados que estampa el circuito dramático de "El mar". De modo que la inicial fascinación de José al ver los equipos tecnológicos será inmediatamente sustituida por la perplejidad y la impotencia, sentimientos recurrentes en el teatro del absurdo: "Soñaba con vivir en un apartamento amplio, en un barrio decente, con televisor, nevera, teléfono, todas las comodidades. Y ahora he venido a parar al sitio que tiene todo lo que específicamente he soñado. ¡Pero no funciona!" (44).

En "El mar" el trabajo sólo adquiere valor en la medida que genera capital y es un ejercicio lucrativo. Eso explicaría el por qué pese a que Jacinto vuelca toda su energía y tiempo "trabajando", su labor es catalogada por Jesús como una fútil pantomima. La falta de renta y productividad de los esfuerzos o simulaciones de Jacinto lo degrada en materia dispensable:

> Jesús: –[...] poco decente, poco formal y poco digno el comunicárselo, pero mire: a Jacinto no le gusta el trabajo.
>
> José: –¿No? ¡Pero si le la pasa trabajando todo el día, inclusive ni puedo dormir porque anda de un lado a otro!
>
> Jesús: –Simula, simula trabajar. Lo vengo sospechando desde hace mucho, pero no quería decir nada hasta no estar seguro. [...] Todos en la familia hemos sido muy trabajadores. Qué vergüenza. Mire usted cómo está esto. [...]
>
> José: –Entonces, ¿piensa usted desalojarlo de aquí?
>
> Jesús: –Efectivamente. Me duele que esto suceda con un miembro de la familia, pero si nos ponemos con sentimentalismos nos lleva el Vicuñas. Yo soy un hombre de negocios que tiene que atenerse a lo concreto de las cosas [...]. (60-61)

Este fragmento compendia el carácter inconsecuente del trabajo en el drama. Mientras en una escena Jacinto asierra y pinta trocitos de madera sin una aparente razón más allá del deleite de la ejecución misma, Jesús repetirá "yo soy un hombre de negocios", pero será incapaz de hacer cumplir su pregonada ética de trabajo en una casa cada vez más atestada de chatarra y mugre.

Es evidente que los indicadores de clase, como la acumulación de electrodomésticos, lejos de consolidar el estatus social de los hermanos se presentan como símbolos del fracaso tanto del sistema social como del núcleo familiar. Ambos órdenes están contagiados por lo que Alzate denomina el elemento macabro de la ficción de Caicedo, artificio que destapa la desarticulación de la estructura familiar y su cuestionable funcionamiento dentro del organigrama social (145). Esta anomalía se plasma en la insensibilidad del hermano mayor y la ausencia (o presencia elusiva) de la figura materna y paterna. Hasta en la versión de Pinter, Ariel Dorfman percibe la soledad en el personaje del vagabundo como una fractura del mundo fraternal y la imposibilidad de retornar al hogar sin aliados en la lucha o en la biología de la familia (102-3). Otra confirmación de esa fisura relacional en "El mar" se advierte en el hecho de que la comunicación entre los hermanos se reduce a los encargos de Jesús para Jacinto, presentando así una relación mediatizada y en muchos aspectos, socavada por el trabajo y la necesidad de uso de los bienes.

Después de todo, la aparente locura de Jacinto y la neurosis de Jesús no se distancian tanto, más bien son dos caras de un mismo trastorno que se radicaliza y explica a partir de la relación *vis-à-vis* con el trabajo. No en balde, las aspiraciones poéticas de Jacinto se ven comprometidas por la desafección e indiferencia del medio y, por tanto, enfrenta la disyuntiva por excelencia del artista: cómo expresarse e insertarse en un engranaje que privilegia el rendimiento y la eficiencia por encima de la creatividad artística. En una ironía dramática, el personaje más insuficiente económicamente, José, será quien poco a poco ceda ante el orden alternativo propuesto por Jacinto. A medida que avanza la trama, José consentirá la lectura y la discusión filosófica sobre los presupuestos literarios llevándolo a forjar una visión "distinta" de la realidad. Esta apertura hacia lo artístico se corrobora en la reacción que muestra ante los disparatados y estrambóticos "arreglos" de Jacinto que, de algún modo, también prefiguran la apertura total (o mejor dicho, la reclusión total) con que se sella la obra: "Me he puesto a ver y a la larga me gustan estos arreglos, (se refiere a las tripas de los objetos que Jacinto colgó por allí) le dan un ambiente diferente al apartamento" (43). De repente, para la pedestre mirada de José, los cables forman un entramado armónico y "diferente". En otras palabras, los principios organizadores y la percepción de los mismos, se empiezan a regir por pautas que juegan con la experimentación y lo inaudito, y al final, generan una composición espacial (y mental) subversiva frente a la normatividad y convenciones sociales. A diferencia de *The Caretaker* de Pinter, en "El mar" el personaje del mendigo, antes un viejo en la versión original, es ahora un coetáneo del hermano *menor*. Esta cercanía generacional retomaría el interés incisivo de Caicedo de auscultar los condicionamientos de la edad joven dentro de una modernidad que se hace cada vez más conflictiva y parcializada.

El trabajo y los sueños: las formas del absurdo

En gran medida, el humor trágico de esta obra reside en la inutilidad de la labor rutinaria y la ceremoniosa ética del fracaso. No debemos obviar que el trabajo en "El mar" se vincula directamente a la sensación y vivencia del absurdo que caracteriza a la condición humana. Albert Camus describe esta visión aplastante del cotidiano de la siguiente manera: "Despertar, tranvía, cuatro horas de oficina o de fábrica, comida, tranvía, cuatro horas de trabajo, cena, sueño y lunes, martes, miércoles, jueves, viernes, sábado al mismo tiempo, es una ruta fácil de seguir la mayoría del tiempo" (25). En efecto, Camus adoptará la figura de Sísifo, a quien los dioses condenaron a empujar una piedra al tope de la montaña para verla caer sin remedio, como paradigma del destino trágico del ser humano ya que "no hay castigo más terrible que el trabajo inútil y sin esperanza" (155). Pese a que dicha tarea presupone también sufrimiento en el instante que Sísifo transforma su oficio en un acto humano y propio, la existencia cobra un sentido liberador. En el otro extremo del Sísifo capaz de vislumbrarse feliz en la reafirmación de su trabajo por improductivo que sea, está el suicida para quien "[m]orir voluntariamente supone que se ha reconocido, aunque sea instintivamente, el carácter irrisorio de esa costumbre, la ausencia de toda razón profunda para vivir, el carácter insensato de esa agitación cotidiana y la inutilidad del sufrimiento" (18).

Transfiriendo esa filosofía existencialista a "El mar", se constata que así como la aglutinación de aparatos inservibles en el apartamento se traduce en una metáfora del trabajo sin frutos e inacabado, Jacinto da un significado a su tiempo en el momento que busca hacerlos funcionar, "[e]n caso de que tenga[n] alguna utilidad" (45). Él aprehende plenamente la lucha cotidiana en su repetitivo despropósito, haciéndose responsable de su destino y por ende, de su pesadumbre. Es más, su afán de arreglar cosas podría verse como una extensión del anhelo de descifrar la existencia y sus propias capacidades, retomando estoicamente el trabajo condenado al fracaso con el fehaciente ánimo de "intentarlo de nuevo".

En una obra que precede a "El mar" titulada "Los imbéciles están de testigo" (1967), Caicedo también teoriza sobre la contradicción de lo absurdo y su sentido trágico. En esta pieza, dos personajes, Pedro y Pablo, se debaten entre la inacción frente a la conciencia de inutilidad y la resignación a "matar" el tiempo con distracciones intranscendentes o ritos domésticos para lidiar con el absurdo. Mientras Pablo sostiene que el autoengaño no consuela el desasosiego existencial, Pedro se rinde y decide escapar de la conciencia trágica para refugiarse en la compañía superflua del sexo opuesto. Ante el miedo al abandono y a la soledad que le esperan a Pablo en su ensimismamiento, éste opta finalmente por seguir a Pedro en su escapada nocturna. Después de toda su argumentación filosófica, las últimas palabras que Pablo dirige al público (los testigos a quienes ha tildado reiteradamente de "imbéciles" existenciales) intentan justificar por qué acompaña a su amigo:

> Pablo: –¿Qué hago? ¿Ustedes qué harían? ¡No puedo hacer nada solo! Solo no solo solo no hago nada solo solo no solo estoy solo ¿qué hago solo? Solo no puedo hacer nada solo, y además: ¡La causa está perdida! (Corre hasta el lateral izquierdo). ¡Pablo espérame! ¡Espérame! (Carvajal 792)

El intempestivo cambio de actitud en Pablo comprueba un salto de la soledad y el aislamiento a favor de la solidaridad y la salida a la "calle" como paliativos para soportar la inconsecuencia vital. En "El mar" es posible atisbar una táctica similar a la unión de Pablo y Pedro en, por ejemplo, la coalición que urden José y Jacinto ante el engorroso "trabajo" por hacer y la resolución de enclaustrarse juntos en el apartamento al final de la obra. En una ocasión José dirá: "Lo que no puede una mano lo pueden dos" (41) y más adelante Jacinto lo confirmará: "hagamos el trabajo juntos, yo no puedo hacerlo todo solo" (45). Si los esfuerzos estrictamente personales se quiebran tanto en lo creativo (escritura del drama) como en lo material (la reparación de cosas), será preciso procurar el pacto solidario, la suspensión consabida del tedio y el absurdo a través de la ocupación "en compañía" de asuntos que no poseen una función extrínseca: "Al menos así podríamos distraernos" (43).

A la par con la inutilidad del trabajo, la atmósfera onírica es otro elemento distintivo del teatro del absurdo. Justamente, en "El mar" el sueño constituye un soporte crucial con el que se abre y cierra la obra: al inicio, Jesús está despertando de una pesadilla, al final Jacinto y José se disponen a dormir y la última frase es "felices sueños". La reincidencia de escenas donde estos sueños son constantemente interrumpidos orquesta una poética del desmantelamiento de las ilusiones que poco a poco la literatura (en cuanto trabajo) va restituyendo. Mientras Jacinto le ofrece a José recuperar "el sueño" perdido, Jesús lo despierta "con el derecho de la propiedad" (55):

José: –[...] Pero desde muy niño mi madre me echó a la calle, al rebusque. Yo no hubiera salido nunca de haber tenido un techo. La calle es la causante de mis desgracias innumerables. (Se acuesta).
Jacinto: –¿Innunqué?
José: –(Perplejo). Innumerables. Qué le pasa don, se burla de mí o qué.
Jacinto: –No. (Silencio). ¿Le gusta esa cama?
José: –¿Cómo don?
Jacinto: –Que si le gusta esa cama.
José: –Ah sí, mucho, mucho.
Jacinto: –Porque mire, yo he pensado, podría quedarse aquí un tiempo, digo, tendría tiempo para echarse sueñecitos, todo el montón de sueño atrasado que debe tener.
José: –¿Cómo, cómo? ¿Me está ofreciendo usted un empleo?
Jacinto: –¡Oh, no, no! Un empleo no...no tendría con qué remunerarle su labor. (28)

Como demuestra el pasaje anterior, al contrario de Jesús, Jacinto no posee los medios materiales para compensar a José, pero le ofrece una cama con la que mitigar la fatiga de la calle y al mismo tiempo, abandonarse al sueño, actividad que franquea el paso hacia una dimensión imaginativa y subconsciente, que revalida Jacinto al admitir: "Duermo porque me gusta soñar" (47). En suma, el dormir se vuelve el desahogo plácido e imperativo para cesar, por un lado, la contienda diaria del "buscarse la vida", y por otro, contrarrestar la autoridad implacable, la agresividad (representada en el revólver que carga) y el trabajo impuestos por Jesús.

Espacios-estados limitantes y absolutos

En la obra de Caicedo, la experiencia del espacio es inherente a la cosmovisión y a la progresión conceptual e ideológica de sus historias. De hecho, Ochoa plantea que el contraste del adentro (encierro) y el afuera (calle) es uno de los conflictos del primer ciclo narrativo de Caicedo (15). Los niveles espaciales en "El mar" podrían compendiarse en el movimiento oscilante entre el espacio opresivo-real como la clínica, la calle y el apartamento y el espacio expansivo-metafórico del mar o de lo que bien podría aludir a cualquiera de los territorios de ensueño o abstracción que esa imagen del mar sugiere.

En un principio, Jacinto admite las constricciones negativas del encierro: "estando aquí encerrado, es para volver loco a cualquiera" (29). Además, aunque para José la calle no supone la aventura de una región "en abierto" sino un espacio de hostilidad y contingencia –"La calle es muy mala, don" (18), también inhibe el tiempo de ocio constructivo– al final de la obra reconoce que "después de leer todo lo que hay aquí me va a dar nostalgia de la calle" (80). Es decir, el recuerdo de la calle constata la elasticidad de los intercambios y tracciones entre *adentro* y *afuera*. Sólo se añora la calle cuando se tiene conciencia de su existencia y se han agotado ya las propuestas del apartamento, en cuyo caso, es necesario invertir el recorrido espacial del interior hacia el exterior aún cuando sólo sea a través del viaje de la nostalgia.

En este punto es pertinente señalar que para Pinter la habitación es el recinto idóneo para concertar un teatro elemental donde *todo puede pasar*. Así percibe Pinter la carga dramática que dinamiza la imagen de la habitación: "Estoy ocupado gran parte del tiempo con la imagen de dos personas en una habitación. El telón sube y veo la escena como una gran interrogación. ¿Qué va a ocurrirles? ¿Alguien va a abrir la puerta y entrar?" (citado por Esslin 214). Precisamente, lo interesante del espacio contenido en "El mar" estriba en la potencialidad de la frontera porosa entre el *adentro* y el *afuera*, en el asalto inadvertido de lo que Pinter llama el espanto de lo que hay "fuera" de la habitación, ese mundo que domina y aterroriza (citado por Esslin 215). Los personajes exhiben este temor de lo *otro* en cuanto algo "oculto-desconocido" atenta contra la supuesta seguridad de lo "familiar-conocido".

Tal y como se desprende de su título, *The Caretaker* prioriza al cuidador como aquél que cataliza la relación de los hermanos y da densidad al drama. Aun cuando en "El mar", ese mismo personaje del cuidador rompe la dualidad que arman los hermanos y redirige la acción, Caicedo transfiere la potencia dramática al mar en su calidad de imagen arquetípica cuya multiplicidad de significados J. E. Cirlot explica:

> Conforme al simbolismo general de las aguas, dulces o saladas, el océano simboliza el conjunto de todas las posibilidades contenidas en un plano existencial. Del aspecto se puede deducir el carácter positivo (germinal) o negativo (destructor) de tales posibilidades. Por ello, el océano expresa una situación ambivalente; como creador de monstruos es la perfecta morada abisal, la fuente caótica de donde aún emerge lo inferior, lo no capacitado para la vida en sus formas aéreas y superiores. (344)

Es decir, el mar, en la pieza que nos compete, deviene el horizonte alegórico de totalidad que como espacio abismal también contiene la amenaza del fracaso, aludido en el *topos* del naufragio tan preponderante en el motivo marino de las obras de Defoe, Melville, Poe, Stevenson, Conrad y Mutis, por nombrar algunos. Esta urdimbre de viajes marítimos combina los anhelos de absoluto con la lucha contra la desolación y el cataclismo existencial. Por ello, el mar es un pretexto que metaforiza el quehacer humano, en toda su tragedia y grandeza que haría eco de la frase de Jacinto: "Sólo los grandes hombres pueden permitirse grandes angustias" (71). Las palabras de Ismael en *Moby*

Dick recogen justamente el rol restaurador del mar frente a la decadencia y la desesperación: "El mar es mi sustituto para la pistola y la bala" (53).

No obstante en el drama la acepción positiva del mar ensancha los bordes limitantes de los personajes, también insinúa la amenaza del hundimiento físico (enfermedad, amnesia, discapacidad, etc.), económico (pobreza, ignorancia, etc.), espacial (progresivo caos y desorientación), afectivo (abandono) y existencial (muerte). A modo de prefiguración de la separación del mundo exterior que tiene lugar al final de la obra, José advierte: "Entonces nada funciona pues. Si no contamos con teléfono *podemos quedarnos incomunicados en este barco*" (el énfasis es mío 30). Jesús, en su contradictorio pragmatismo, aparenta "sacar a flote" y librar a su hermano del naufragio total, quien en contraste con la mentalidad progresista, se sume en la profundidad de las voces que le hablan. Por su parte, José se sumerge con Jacinto en la entropía del apartamento para bogar en las divagaciones y vaivenes del mar literario y la reflexión artística. De hecho, una vez José se zambulle en el marasmo filosófico que encaran los personajes de sus lecturas, Akab y Gordon Pym, la calle como espacio exterior se va disipando, igual que su deseo de trabajar en el proyecto de renovación del apartamento a cargo de Jesús.

La posibilidad del naufragio, entonces, se oculta tras cada una de las tentativas de acción de los personajes, sobre todo en la concreción de las "navegaciones" mentales de Jacinto: "Pero escribir no puedo" (75)/ "Perdí la capacidad intelectual" (72). Cuando José alega "estoy medio *naufragando* en un problemita con respecto a mi nombre" (el énfasis es mío 35), hace referencia a una incertidumbre identitaria que lo reduce a la raíz de su humanidad y de sus facultades. Es él quien, de alguna manera, se introduce como el punto medio entre los valores modelados por Jacinto y por José, al estar motivado por la necesidad económica por una parte, pero por otra, dispuesto a "embarcarse" en esa "nave de los locos" que trajina Jacinto y con quien expande su proclive interés por la lectura y el cine.

Sin embargo, aunque el Jacinto artista no consiga escribir su obra, encuentra un placer consolador y un método de autorrealización en la contemplación del espectáculo natural del mar o de las montañas. Sin duda, el espacio de la naturaleza también condensa una armonía sublime y embriagante para el poeta: "Sentí que yo existía sólo en función de la belleza que contemplaba, que el que yo participe o no como espectador la deja indiferente. Esa belleza existe, ahora está existiendo sin que yo la mire. En cambio para yo ser más consciente de mí tengo que entrar allá, mirándola" (64). Del mismo modo que Gordon Pym y Akab se obsesionan con la persecución del ideal representado en las imágenes blancas de la ballena y el polo norte, Jacinto halla en el mar la posibilidad de otro mundo, bien sea literario o imaginativo que también exige concretarse y hacerse un lugar en el devenir cotidiano.

Navegaciones finales

A primera vista, en "El mar" resalta la imagen de una realidad que se revela absurda, pero, más adelante, es suplantada por la intertextualidad que hilvanan los textos de Melville y Poe, exponiendo al lector al procedimiento conceptual del drama que Jacinto sueña con escribir. En su proyecto dramático Jacinto quería contraponer el interés privado representado por Gordon Pym y el interés colectivo de velar por la tripulación y el bienestar de su barco encarnado en el capitán Akab, pero no es capaz de conciliar ambos principios filosóficos y existenciales y deja de invertir su esfuerzo intelectual en ello hasta la llegada de José. Esta operación metaliteraria dentro de "El mar" vigoriza la interpretación-significación de la construcción misma de la obra. Esta reinvención de la pieza original de Pinter aporta al análisis del orden y composición textual desde la perspectiva del escritor (Jacinto), al mismo tiempo que un lector (José) reacciona y critica su trabajo. A través de la conjunción de estrategias literarias sobre la subjetividad artística, la acción comunicativa y la constitución de la obra, es posible trazar una analogía con los procesos creativos del mismo Caicedo para quien estas cuestiones eran parte vertebral de su ideología desde la posición de escritor joven en el vórtice de la modernidad caleña.

La poética caicediana en donde priman el genio, la espontaneidad y la iconoclasia, se evidencia magistralmente en la conclusión de "El mar". En el instante en que Jacinto hace funcionar el proyector de películas y el parlante que ha enviado su madre, ocurre la gran *peripateia* de la obra, éste comienza la narración de Arthur Gordon Pym mientras José le sirve de secretario en un espacio "diferente" donde al fundir lo fílmico y lo literario, se encuentran libres para "soñar" sin la interferencia despótica y opresiva de Jesús. Cuando este último toca la puerta, es José quien fragua el plan de amontonar los objetos contra la puerta para no dejarlo entrar bajo la premisa de que "aquí tenemos de todo" (78) y "si entra no nos deja trabajar" (79). Esta clausura podría conceptuarse como una suerte de muerte social; no obstante, el "apartamiento" real y figurativo de los personajes se convierte más bien en un rechazo a dejarse dilapidar por la maquinaria social y laboral que impone la calle, optando por una inmersión en el universo dislocado, artístico, autónomo, contrahegemónico y alucinante que representa el mar. La reclusión se convertiría en una salida triunfal de la inadecuación por parte de sujetos clasificados como deficientes y anómalos que no "producen" en un sistema basado en el trabajo como vía preferente de realización personal y sobre todo, como medio para hacer dinero.

En la sociedad que retrata "El mar", el capital absorbe al individuo y lo acordona hasta extremar su experiencia social a la marginación, en este caso, al auto-aislamiento. Asimismo, el discurso del trabajo, la adquisición de bienes y la acumulación de capital se yuxtaponen al discurso fílmico, literario y filosófico a tal punto que consiguen atenuar los desquiciamientos de la modernidad dando rienda suelta al que Jacinto llama "mi otro, aquél que más necesidad tiene de partir, de alcanzar la libertad" (72). Por lo tanto, la reacción a los valores excluyentes y explotadores de la ciudad y su vida laboriosa, se negocia desde la conducta refractaria y de resistencia de los jóvenes quienes abogan, sin saberlo, por un espacio radical de marginación y desnudez, aún cuando eso implique el peligro latente del naufragio en "la isla" que han creado:

> Jacinto: –[…] ¿Sabe en qué consiste todo? En saber que se van perdiendo los intereses, los afectos, es como llegar a ser la condición de estar al margen, usted sabe, al margen de todo acontecimiento […]. (46)

En la última escena de "El mar", se escuchan las carcajadas de José dentro del apartamento y los aullidos asmáticos de Jesús afuera. Este cuadro tragicómico anuncia el traspaso de un umbral y el cierre de otro donde tiene lugar una deliberada segregación que niega los valores esquemáticos y asfixiantes del hermano mayor y reestructura el mundo desjerarquizado que se configura en los lindes del apartamento. Si como arguye Camus, ocurre que un día después de tanto trabajar mecánicamente, el individuo se cuestiona esa vida maquinal y concierta entonces un nuevo "movimiento de la conciencia" (25), los personajes de Caicedo arriban a ese momento lúcido en el *apartamiento* final en donde se rebaten los antagonismos insuperables de la obra: la calle o el mar; individuo o colectividad; mercaderías o belleza artística.

Para concluir, el mar es la frontera última donde se polemizan los nuevos deslices y bajorrelieves de socialización dentro de los parámetros de una vertiginosa modernización. En la rebeldía que respalda la alianza del par, es decir, en el binomio Jacinto-José, se legitima el poder del arte para ayudar a trascender la estrechez del adentro y la *absurdidez* del afuera. Por ello Jacinto y José se sobreponen al absurdo mediante la inmersión en "un mar" de trabajo y de objetos que, en última instancia, suspende la conciencia inmediata del tiempo existencial y viabiliza una realidad *otra* donde el trabajo artístico es la respuesta contestataria a los rigores del trabajo mecánico que trae consigo el progreso y el desarrollo urbano. La "ocupación" del apartamento se presentaría entonces como la confección de una región novedosa, paradójicamente límite y al mismo tiempo, reverberante de significados cuando se considera el mar en su capacidad de *locus* sugerente de delirio, libertad e incluso de naufragio, sólo que esa muerte sería sublimada por la búsqueda misma tras el sueño de belleza y de absoluto por el que vale la pena, en el caso de los personajes de Caicedo, vivir y hasta morir.

Nota

[1] Todas las citas de la obra "El mar" se refieren a la versión incluida en el volumen de *Teatro* que se encuentra en la bibliografía.

Bibliografía

Alzate, Gastón A. "El descentramiento de la palabra: Andrés Caicedo Estela". *Literatura y cultura: narrativa colombiana del siglo XX*. María Mercedes Jaramillo, Betty Osorio y Angela Inés Robledo, eds. Santa Fe de Bogotá: Ministerio de Cultura, 2000. 137-161.

Caicedo, Andrés. *Noche sin fortuna*. Bogotá: Norma, 2002.

_____ *Teatro*. Cali: Universidad del Valle, 1997.

Camus, Albert. *El mito de Sísifo*. Esther Benítez, trad. Madrid: Alianza Editorial, 1999.

Carvajal, Edwin Alberto. "Estudio previo y edición crítica de la obra narrativa y dramática del escritor colombiano Andrés Caicedo". Tesis doctoral. Universidad de Granada, 2007.

Cirlot, Juan Eduardo. *Diccionario de símbolos*. Madrid: Ediciones Siruela, 2005.

Dorfman, Ariel. *El absurdo entre cuatro paredes: el teatro de Harold Pinter*. Santiago: Editorial Universitaria, 1968.

Esslin, Martin. *El teatro del absurdo*. Manuel Herrero, trad. Barcelona: Seix Barral, 1966.

Giraldo B., Luz Mary. *Narrativa colombiana: búsqueda de un nuevo canon 1975-1995*. Bogotá: Pontificia Universidad Javeriana, 2000.

Mutis, Álvaro. *Empresas y tribulaciones de Maqroll el Gaviero*. Bogotá: Alfaguara, 2000.

Ochoa Marín, Jorge Mario. *La narrativa de Andrés Caicedo*. Manizales: Fondo Editorial, 1993.

Pinter, Harold. *The Caretaker and The Dumb Waiter*. Nueva York: Grove Press, 1960.

Las palabras de Sileno: Andrés Caicedo y la persecución trágica de la felicidad

KARINA MILLER
California State University, San Marcos

¿De qué nos sirve, por fin, una larga vida, si es tan miserable, tan pobre en alegrías y rica en sufrimientos, que sólo podemos saludar a la muerte como feliz liberación?
Sigmund Freud, *El malestar en la cultura*

Una vieja leyenda cuenta que durante mucho tiempo el rey Midas había intentado cazar en el bosque al sabio Sileno, acompañante de Dionisio, sin poder atraparlo. Cuando por fin cayó en sus manos, el rey pregunta qué es lo mejor y más preferible para el hombre. Rígido e inmóvil calla el demón; hasta que, forzado por el rey, acaba prorrumpiendo en estas palabras, en medio de una risa estridente: "Estirpe miserable de un día, hijos del azar y de la fatiga, ¿por qué me fuerzas a decirte lo que para ti sería muy ventajoso no oír? Lo mejor de todo es totalmente inalcanzable para ti: no haber nacido, no *ser*, ser *nada*. Y lo mejor en segundo lugar es para ti –morir pronto". (Nietzsche 52)

En este pasaje se encuentran varios elementos relacionados a la idea de tragedia: el mito que congela la leyenda en el tiempo; la búsqueda de un sentido de la vida trascendente –en la pregunta del rey–; la fatalidad del destino que funciona *más allá* de las acciones de los hombres: el destino fatal. Lo que Sileno pronuncia como primero mejor es inalcanzable para el ser humano: no ser, ser nada. La segunda opción, morir pronto, encierra la doble sentencia de que, por un lado, nada en esta vida valdrá la pena de ser vivido; borra, en una risotada, toda posibilidad de felicidad verdadera, y, al mismo tiempo, sentencia el destino inevitable de la muerte.

Las palabras de Sileno resuenan en la escritura del escritor colombiano Andrés Caicedo (1951-1977). Caicedo escribió, antes de suicidarse a los veinticinco años, una obra que incluye casi todos los géneros: cuento, poesía, novela, obras de teatro, crítica y guiones de cine. El final trágico de su vida, la idea de que no valía la pena vivir más allá de los veinticinco años y el cumplimiento de esta fatalidad alimentan forzosamente su escritura así como la lectura crítica de su obra. La ficción de Caicedo es una ficción de muerte; no sólo de la muerte literal de sus personajes, sino también de su muerte simbólica como sujetos; de los valores y reglas de la sociedad; de la Ley como marco trascendente al individuo, y, sobre todo, de la imposibilidad de la felicidad. Aquí se propone una lectura que tenga en cuenta lo que consideramos dos aspectos fundamentales de la escritura caicediana: por una lado la lectura de sus relatos como *tragedias* y las implicancias éticas de esa lectura; por el otro, la relación entre la imposibilidad de la comunidad y la búsqueda de la felicidad como paraíso perdido de la infancia y sus implicancias políticas.

La mirada trágica plantea la pregunta por el determinismo y por la posibilidad de cambio: ¿cuáles serían las consecuencias éticas de un destino trágico? En una época de cambio permanente como fueron los años setenta en Latinoamérica y en el mundo, en donde la posibilidad y la esperanza de cambio eran, todavía, motor de acción política, ¿cómo leer la escritura de Caicedo, sus personajes eterna y fatalmente jóvenes que deambulan por una ciudad en ruinas, en la desesperanza y el hastío de la existencia? ¿Cómo coexiste una escritura de la caída –la muerte, el desencanto, la locura, la alienación– con la autonomía del sujeto, con su búsqueda personal y su aspiración de cambio político y social?

En *Seductions of Fate* Gabriela Basterra explora de qué manera el "yo" moderno se constituye en la "subjetividad trágica", o sea, sujeto a fuerzas coercitivas que funcionan como un destino trágico. Basterra argumenta que el sujeto trágico cree –es decir, tiene fe– en un destino trágico con el fin de volverse inteligible. El sujeto asume una culpa en el marco del destino y con esto se ubica en el orden social. En los tiempos modernos el destino trágico ya no funciona como fuerza coercitiva, el sujeto, entonces, pone su "fe" en otra trascendencia: el sistema, la Ley o el orden de las cosas. Además, afirma Basterra, existe una tensión entre dos fuerzas que estructuran la tragedia. Por un lado el carácter esencial de las fuerzas del destino, y, por otro, su carácter ficcional, dado por el hecho de que la tragedia es, en sí misma, una ficción. De esta tensión deriva la apariencia de inevitabilidad del destino trágico o "necesidad objetiva". Lo que nos interesa aquí es esta idea de que la fatalidad del destino es una ficción (y por lo tanto el sujeto coopera en la creación de estas fuerzas coercitivas). El héroe trágico asume una culpa que se atribuye a la fatalidad del destino y a su inevitabilidad, y con esto preserva el orden simbólico y se constituye como víctima: "There is a direct correlation between becoming a subject, assuming guilt and depicting oneself as a victim" (8).[1] Según Basterra, ponernos en lugar de víctima nos permite a los sujetos modernos invocar la inexorabilidad del destino trágico y con esto desentendernos de la responsabilidad de nuestros actos. Sin embargo, la doble naturaleza de la tragedia (como fatalidad del destino y como ficción), corre al sujeto del lugar de víctima; el héroe trágico debe volverse ciego a los orígenes de su destino fatal: la envidia de los dioses hacia los hombres. Este es el punto en el cual la paradoja de la tragedia se hace presente: en el doble movimiento del héroe trágico de ser, al mismo tiempo, sujeto del destino y de elegir su propia caída.[2] La autonomía emerge *vis-a-vis* con la imposibilidad de su existencia. Las tragedias caicedianas ponen de relieve esta paradoja. Los *destinitos fatales* de Caicedo insisten en este carácter doble de la tragedia, y es en esta insistencia en dónde es preciso indagar para encontrar el trasfondo ético de su obra.

Los personajes caicedianos –Angelita y Miguel Ángel, Solano Patiño, Danielito Bang, María del Carmen Huerta, Antígona– deambulan por la ciudad de Cali en diferentes historias que se entrecruzan a veces, se interceptan, pero que siempre parecen terminar en el mismo lugar: en la caída del protagonista o del personaje-narrador, que, como en los cuentos de Roberto Arlt, se hunde en la traición de un amigo (Solano Patiño en *Noche sin fortuna* consigue amigos para saciar el hambre voraz de Antígona), o, como María en *¡Que viva la música!*, abandona el destino fácil y prefijado de su clase social de niña bien para alienarse en las noches siempre iguales de la prostitución. Hay una fuerza que trasciende las acciones de los personajes caicedianos, que los arrastra, pero que sin embargo parece ser también producto de una decisión personal. En estas historias existe una tensión permanente entre la fatalidad del destino y la autonomía de los personajes típica de la tragedia: por un lado la desigualdad social y económica y la violencia política del entorno vuelven imposible a los personajes no tener una experiencia del vacío de la existencia y de lo absurdo del futuro, y, por el otro, los personajes poseen autonomía al elegir su derrumbe personal. Reiteradamente trágica es la alienación del destino fatal; no existe la posibilidad del *final feliz*: la encrucijada se abre entre caer en la inercia de la vida arrastrados por la mediocridad y forzados por la violencia cotidiana sin futuro, o la de elegir la propia caída. Hay una oscilación entre la figura de la víctima y de la abyección consciente de sí misma, entre el dolor y el placer, o en la satisfacción de saberse fuera de las reglas.

Esta *cara doble* de la caída se puede ver, por ejemplo, en el cuento "Maternidad" (1974):

> A las vacaciones de quinto del bachillerato salimos con un saldo de muertos. "Es una verdadera tragedia terminar un año marcado por el triunfo –la construcción de un nuevo pabellón deportivo, por ejemplo– con la desaparición de seis jóvenes que apenas despuntaban la que sería una brillante carrera", se lamentó el padre rector en el discurso de clausura. (97)

El narrador, un muchacho de dieciséis años que está en la escuela secundaria, enumera cómo mueren seis de sus amigos: Pepito Torres en el carro de la policía después de una ingesta monumental de hongos alucinógenos, "como un perro, dándose contra las rejas, exhalando por la boca y narices un polvito negro" (97); Manolín Camacho y Alfredo Campos ahogados en el río Pance, no sin antes dejar un mensaje en una botella: "Vemos cómo crece el río. Es increíble. [...] La idea se nos ha ocurrido a ambos. No seremos víctimas en vano. Mejorarán los tiempos. Cogidos de la mano caminamos hacia el río" (98). Los hermanos Diego y Julián Castro se tomaron unas pepas y se fueron a nadar al Océano Pacífico. Julián salió antes del agua y Diego lo encontró muerto en la arena. Se volvió loco y cayó muerto tiempo después en medio de la calle. Manolín Camacho, que nunca había tomado drogas y a quien alguien le dio una mezcla de analgésico para caballos y líquido de frenos para aviones: "murió solo, en un baño cualquiera, esforzándose por vomitar lo que seguro se había tragado inocentemente y que ahora le cercenaba el coxis, la próstata, el cerebelo" (100).[3]

El "padre rector" declara que estas muertes trágicas no tienen ningún sentido, sin embargo el narrador piensa: "Nos habían escogido como víctimas de la decadencia de todo" (100). Por lo cual decide: "Haré mi afirmación de la vida". Esta afirmación es, finalmente, cobrar una víctima más; en su obsesión por tener un hijo para trascenderse, se casa a los dieciséis, embaraza a su novia que deja la escuela y cae en la depresión que termina en la adicción. Una noche, después de que el narrador describe cómo le inyecta cocaína, la chica desaparece para siempre. "Espero que no vuelva, que se muera o que reciba allá su merecido. Yo he terminado sexto con todos los honores, leo cómics y espero con mi hijo una mejor época" (107).

En "Maternidad" se concentran algunos de los temas que se repiten una y otra vez en la escritura de Caicedo: la muerte (trágica) de una generación –y el paraíso perdido de la infancia–, la caída fatal que vuelve a los personajes víctimas o victimarios, la *inevitabilidad* y la *elección* de esa caída. Esta contradicción aparente entre un destino fatal y la participación activa y consciente en ese destino que el protagonista reafirma con sus acciones debe ser leída como una toma de responsabilidad; la afirmación de la autonomía y formación de una subjetividad que se aparta de modelos comunes (en el sentido de lo común, de lo comunitario). Cabe entonces preguntarse si es esta una escritura de la derrota; o, en todo caso, sobre qué derrota se escribe:

> ¡Ahhhh a mí no me digan ná! Yo me quedo callada y no hablo más. Todos pertenecemos a lo mismo, todos hemos tenido las mismas oportunidades, qué le vamos a hacer si nos tocó la época en que somos eternos seducidos y luego abandonados [...]. No me gusta pensar que demos imagen de gente que pierde, que no sabe en qué clase de juego se metió. Pensando y pensando fue que se me ocurrió que no fue derrota el acto de Mariángela, que cuando se

> tiró supo que llevaba todas las de ganar. [...] Tal vez quiso hacer un ejemplo, una especie de comentario. (*¡Que viva la música!* 97)

Mariángela se tiró desde una terraza porque su mamá se había suicidado con pastillas y se quedó sola. El suicidio de la madre es un acto de desesperación, sin embargo, en el suicidio de Mariángela hay *algo más* que la desesperación y es una convicción, una cierta lucidez en el acto de abandonar la vida que María del Carmen lee como "un comentario", o sea, como una ficción. Es quizás una pista para leer el suicidio del mismo Caicedo como comentario, como ficción. Porque en las tragedias caicedianas la muerte es siempre simbólica, es decir, es un comentario que refiere a *otra cosa*. Es en este sentido que se debe interpretar la idea de Raymond Williams de que la tragedia no es lo que le pasa al héroe, sino lo que pasa *a través* del héroe,[4] esto es: la muerte trágica es una ficción que refiere a algo más.

Es a través del anti-héroe trágico caicediano que la falla de la comunidad se hace presente. En este *a través* se perfila la falla de la comunidad toda, la falla del sistema, de la Ley. La caída de los personajes trágicos caicedianos no es, entonces, una caída individual, sino que arrastra al sistema en su totalidad; son relatos del *vacío*, de la *nada de la comunidad*, de, como lo afirma Roberto Esposito, el *delinquere* que la define.

Las posiciones que proclaman a la comunidad como un "pleno", como un origen o destino, afirma Esposito, tienen en común el presupuesto de que la comunidad es una "propiedad de los sujetos que une: un atributo, una determinación [...]" (*Comunitas* 22). El vínculo común es un vacío que se propone como "lleno": "Una vez que se la identifica –con un pueblo, una tierra, una esencia–, la comunidad queda amurallada dentro de sí misma y separada de su exterior, y la inversión mítica queda perfectamente cumplida" (45). No hay nada mítico ni pleno en la narrativa de la comunidad de Caicedo. Por el contrario, no sólo la sociedad de los adultos –dividida por las diferencias de clase en zonas exactas como Norte y Sur– sino incluso la generación de jóvenes está perdida, o reunida sólo por la decadencia y la muerte:

> Yo bajaba las escaleras, solo iba por allí a todas estas alturas, después de ser testigo de un parricidio, matricidio y nanicidio de Flores. Para qué, algo impresionada sí estaría, pues pensé: "Un vínculo de muerte nos une en ésta y cada una de las rumbas. De qué serán capaces los otros? ¡Oh, yo esperaba tanto de esa generación! (*¡Que viva la música!* 64)

El vínculo de muerte es un contrasentido que remite a la noción de Alphonso Lingis de la comunidad de los que no tienen nada en común salvo su propia muerte, aquellos que son excluidos de la comunidad racional y tecnológica del universo del simulacro.[5] Para ellos, entonces, queda la alegría de no pertenecer, de habitar el umbral indefinido de la adolescencia, desde donde observar las ruinas de la ciudad, la grieta que amenaza con desmoronarlo todo.[6]

Dice el narrador de "Infección" (1966), el primer relato de la colección *Calicalabozo*: "Odio a mis vecinos quienes creen encontrar en un cansado saludo mío el futuro de la patria" (30). Queda claro que ni futuro ni patria, porque la generación de Caicedo no *genera*: sus personajes adolescentes están congelados en un limbo entre infancia y adultez y, precisamente, adolecen de esa condición de imposibilidad de movimiento, imposibilidad de presente y de futuro, el congelamiento del dolor puro de no ser, de haber perdido el paraíso de la infancia:

> Ahora no soy más un niño. Soy una cosa grande con la misma necesidad y peor debilidad. Pero ya no tendré más el cuidado de mi madre, ya una parte de mí, mi razón, mi cordura, se oponen a ella. Por eso es que me ataca esta nostalgia de un estado imposible: desear no haber crecido nunca y haberla seguido viendo sólo como la persona que me cuidaba y me daba la única compañía que me servía. He crecido tan duro y tan malo y con tantas cucarachas en la cabeza. Y no se pudo poner a una distancia correcta con mi crecimiento. (*El cuento* 50)

Estas palabras, que podrían perfectamente ser las del narrador de "El tiempo de la ciénaga", o de Solano Patiño en *Noche sin fortuna*, son, sin embargo, las de *El cuento de mi vida*, memorias inéditas de Caicedo que recopiló su hermana, María Victoria Caicedo Estela y que salió a la luz en enero del 2007. Esta nostalgia de un estado imposible de la que habla Caicedo, es también el deseo de detener el paso del tiempo y la incapacidad de un estado de felicidad; como la experiencia de Solano Patiño en *Noche sin fortuna*, cuando recuerda el juego con su compañero de primaria de tirarse una y otra vez desde el árbol de mango hasta un montón de pasto:

> [...] alzó la cara como esperando a que yo me tirara de nuevo, pero no sé si fue tanta dicha que le vi en la cara, o ese intuir de un ritmo, una monotonía sin fin en todo eso que estábamos haciendo, una progresión o un progreso que no dependía tampoco de nuestras acciones, y fue porque por allí derecho tuve como un ramalazo de lo que quería decir el tiempo, y después la eternidad [...] así fue como me puse todo deprimido y hasta pensé en tirarme, dar mi aprobación a que continuara todo eso, permitir que se diera en mí, sin impedimentos, el transcurrir del tiempo. Gracias al cielo no me tiré más. (33)

En este momento de lucidez de Solano Patiño se concentra la tragedia que deriva del paso del tiempo; la certeza de que la "progresión" o el "progreso" es, en definitiva, inevitable ("no dependía de nuestras acciones") y la ironía de que Patiño se entere al otro día de que su compañero se había tirado una vez más y se había roto la clavícula. El gesto de abandonar la escena sin explicaciones, entonces, cobra el doble sentido de no "permitir que se diera en mí", es decir, de no aprobar, conscientemente, las consecuencias del paso del tiempo ni la felicidad de Rivera ("tanta dicha que le vi en la cara"), pero también evitar la fatalidad de su caída *desde* la felicidad. Y es que no existe en las historias de Caicedo eso llamado felicidad, a no ser como algo que *se ha perdido*, o, en todo caso, algo que se busca incesantemente, infructuosamente. La historia de Solano Patiño en *Noche sin fortuna*, signado desde su nombre mismo a la soledad perpetua, se cruza con la de Antígona, signada desde su nombre a la tragedia de convivir con la muerte, de hacer de la muerte su destino. Antígona necesita de Daniel Bang primero, y de Solanito después, para conseguir su comida que son los muchachitos que ellos le traen todos los sábados. Lo que parece un destello de felicidad –en la satisfacción de Antígona después de la comida y en la desesperada manera de estar con ella de sus amantes– es un síntoma más del vacío de la existencia y de la dificultad de construir vínculos con el prójimo. Aquí también los roles de víctima y victimario se confunden. Solano y Daniel Bang son víctimas de la atracción irresistible que ejerce Antígona y al mismo tiempo victimarios de los muchachos-carnada que llevan hacia la muerte. Lo que Daniel Bang le dice a Solanito en el taxi, antes de presentarle a Antígona, es una muestra de que el destino inevitable es una barrera que vuelve imposible la relación con el otro:

> Cualquier cosa que yo haga, me decía Daniel, no creas que lo hago contra ti. Yo ya tengo fijado un rumbo, un itinerario: vos sos una estación, un sitio a donde es necesario llegar porque es necesario continuar. ¿Me entendés? Si algo de lo que yo te haga me duele no, no te digo que me perdonés, no, sino que tratés de entender, que de vez en cuando pueden estar actuando sobre uno fuerzas superiores. (62)

El "destino superior" del que habla Danielito Bang contrasta con el abandono y la abyección de la vida que sólo produce soledad y vacío; la fugacidad del placer que provoca saciar una necesidad interminable, como la de Antígona.

Mariátegui, por ejemplo, el primo de Solano que vive solo, abandonado por sus padres en una casa inmensa, es casi un despojo humano, una muestra de la decadencia, la soledad y la miseria que produce el abandono:

> Tenía dieciséis años pero estaba medio calvo, con ojeras como picos de botella y sin un solo diente en las negras encías, pues abría la boca, le gustaba verme. No abría todavía la puerta para no descubrir tan de repente la imagen de su decadencia. Cielos, ¿qué ha pasado primo?, dije, todavía sin pretender franquear la entrada, un poco perplejo ante alguien que luciera un mayor deterioro que el mío.
> He sufrido mucho, dijo. ¿Quieres pasar? (140)

Que Antígona se le tire encima y comience a devorarlo de una, sin los preámbulos habituales, es señal de que está todo dicho: ya no hay casi ni un atisbo de vida en el primo Mariátegui, en esa imagen de lo que fue un ser humano. Y sin embargo esa fue una muerte dulce, un contacto humano, un poco de placer:

> Luego ella empezó a susurrar las palabras más amorosas del mundo y bajó la mano y le bajó el cierre relámpago de su Blue-jean Levis ¡y tenía el pipí parado! [...] Ahora el que hablaba era él. Decía que le lamiera primero el pecho, y que después mordiera. ¿Así? decía ella, y acto seguido mordía, y él, Sí, así, y luego Más duro, y ella, ¿Más duro qué? La lamida, la lamida, decía él, claro, porque la mordida no podía ser, porque cada mordida era duro y debía doler terriblemente. (142)

El momento de la muerte es para el primo Mariátegui un relampagueo de satisfacción que comparte en su fugacidad con Antígona. El vacío de Antígona y el de Mariátegui se cruzan, por un instante, pero nunca se completan. Antígona sigue con hambre después de devorarse al primo, y los huesos siguen allí abandonados por muchos años más, hasta que los ingenieros que entraron cuando en el lugar se construiría un Hotel Internacional (y los padres de Mariátegui regresaran) "adjudicaron total deterioro moral en ese hogar, pérdida de la razón, degeneramiento, locura y muerte por suicidio. Cosas de los jóvenes de hoy en día" (144).

Solano busca desesperadamente en Antígona lo que ella busca en sus víctimas: saciar un hambre, llenar un vacío, alejarse, de alguna manera, de la fatalidad del destino. Pero como esto es imposible, como no les es dado detener el tiempo (la progresión, el progreso), esta búsqueda lleva inevitablemente a la caída. La cosa es, como diría Solano Patiño en "El tiempo de la ciénaga", elegir la propia felicidad, o sea, la propia muerte:

> Igual que ustedes yo también he pensado mucho en la muerte todos estos días, entonces concédanme la gracia de decidir yo mismo el momento, pues *estoy dispuesto a trabajar por la felicidad, y entiendo a la muerte como consecuencia del advenimiento de la felicidad.* (136, el énfasis es mío)

La muerte es aquí un *comentario* sobre la felicidad. Así como la muerte de Mariángela, la de Solano Patiño, la de Mariátegui, la de las víctimas de Antígona, las del cuento "Felices amistades", y todas las muertes que rondan los relatos de Caicedo:

> Curioso, en una carta que les escribí, al decir "mi visa expira" puse, "mi vida expira". Tal vez tenga algo no de profecía sino de reflexión con aquel error. Lo que he sentido hoy al menos por tres horas me hace pensar que tengo adentro un río de arena hirviendo que poco a poco se agota en un hoyo profundo y negro, y no he tenido tiempo para probar en verdad el placer de la compañía, eso que intuyo yo, el placer de la celebración, del amor, de la música. (*El cuento* 54)

Es esta "reflexión" sobre la muerte y la felicidad el centro de las tragedias de Caicedo. Porque en este pliegue el orden de las cosas se invierte: la muerte no es el fin de la felicidad sino su promesa, la vuelta al paraíso perdido de la infancia, la detención de la progresión y el progreso del tiempo. La muerte no representa la decadencia, la mediocridad de la vida y el destino inevitable de la alienación *de* y *en* la sociedad, sino la victoria en la lucha contra la decadencia. En todo caso la ironía de estas muertes vuelve más livianas su fatalidad y refuerza su condición de *comentario*.

En las memorias de Andrés Caicedo está plasmada la relación entre vida y escritura, su título mismo materializa esta relación: *El cuento de mi vida*, donde la vida puede ser leída como un comentario de la ficción, y viceversa. Cuando Caicedo escribe "mi vida expira" y lo asocia con una reflexión acerca de la felicidad intuida, deja claro que esos dos caminos no se juntan, que por un lado la idea de la felicidad es una idea de plenitud, una forma de vida o, en este caso, de escritura, que no se corresponde con la suya.

Según Claire Colebrook la "narrativa de la felicidad", o la felicidad como narrativa lleva consigo una idea de plenitud, una concepción del ser completo, guiado por un orden, un fin y una moral normativa que provee de sentido a la vida y al mundo. Este tipo de narrativa es directamente político.[7] Se constituye y crea una imagen moral del yo y del mundo; un yo consciente de su felicidad, ya que "human happiness, we are told, is never a mere life: it is a life lived with meaning. It is a chosen or ordered life" (86).[8] Colebrook parte de la concepción ética de Aristóteles que dice que no podemos afirmar que un hombre es feliz hasta que está muerto. Esta es una "vida narrativa", según Colebrook, en donde el fin ordena todos los elementos y en donde el tiempo del *yo* no es simplemente una serie consecutiva de placeres aislados: "Narrative time is a time aware of itself, a time bounded by death, by the sense of and end or the limit of the self. Happiness requires a unique *moral* relation among time, the self, and narrative" (87).[9]

La felicidad como narración, entonces, delimitaría un tipo de escritura en la cual la plenitud del yo (y por lo tanto de la suma de *yos* que representa una comunidad, o sea, del sujeto en un contexto político) existe en una progresión en el tiempo que termina en la muerte. La felicidad como *meta* representa un orden inserto en una temporalidad, y este orden tiene, necesariamente, connotación moral, o sea, adquiere una valoración con respecto a la constitución de la subjetividad y a la posición del sujeto en el contexto. ¿Qué sucede entonces cuando se revierte esta progresión temporal y la meta pasa a ser la muerte misma? En las tragedias caicedianas la muerte es el punto de partida y de llegada de la narración. Todo va hacia ese "hoyo profundo y negro", como la plaza de Sears que se chupa en la oscuridad a Solanito: "Es tan negra esta plaza, y eso que con la luna que hace. Y con la luz que le ponen: un poste en cada extremo. Así, si uno está en el centro de la plaza se lo chupa la oscuridad, lo tritura" (*Noche sin fortuna* 22). Solano Patiño *busca* ese centro, en el cual intuye, al mismo tiempo, la oscuridad que tritura y su propio deseo de la oscuridad.

La búsqueda de la felicidad en las tragedias de Caicedo es, entonces, la búsqueda de la propia muerte; es decir de una muerte *propia*: en el doble sentido de personal y de apropiada. Una muerte que tenga el peso ético que no tiene la vida, o mejor dicho, la narración de la vida como progresión hacia la felicidad. Hemos mencionado anteriormente que la muerte como comentario refiere a algo más, la búsqueda de la felicidad en el paraíso perdido de la infancia, y que los personajes de Caicedo eligen su propia caída. La muerte es un comentario que se refiere a la fatalidad del destino –la mediocridad de la vida adulta– y conlleva la connotación ética de una muerte *propia*. Sin embargo, no hace falta morir para *estar muerto*. El abandono de la vida como narración de la plenitud se alcanza por medio de la auto-degradación y del placer y la celebración de la caída. Este es el sentido del "manifiesto" final de María del Carmen Huerta en *¡Que viva la música!*:

> Tú, haz aún más intensos los años de niñez recargándolos con la experiencia del adulto. Liga la corrupción a tu frescura de niño. Atraviesa verticalmente todas las posibilidades de tu precocidad. Ya pagarás el precio: a los 19 años no tendrás sino cansancio en la mirada, agotada la capacidad de emoción y disminuida la fuerza de trabajo. *Entonces, bienvenida sea la dulce muerte fijada de antemano. Adelántate a la muerte, precísale una cita.* Tú sólo comprendes que enredaste los años para malgastar y los años de la reflexión en una sola torcida actividad intensa. Viviste al mismo tiempo el avance y la reversa. (202, énfasis mío)[10]

María del Carmen se adelanta a su muerte y le da cita en esa calle del Este, en donde decide quedarse. Ya no se mueve, ya no camina ("le he cogido miedito a eso de estar buscando nuevos rumbos", 199). Las cosas pasan, los pájaros cantan al otro lado del río, pero ha elegido ya la caída que es apropiada para ella, y de la cual ella se apropia. "Come todo lo que sea malo para el hígado: mango biche y hongos y pura sal, y acostúmbrate a amanecer con gusanos. [...] No accedas al arrepentimiento ni al arribismo social. Es preferible bajar, desclasarse; alcanzar, al término de una carrera que no conoció el esplendor, la anónima decadencia" (205).

María del Carmen no muere, y sin embargo, abandona toda posibilidad de movimiento, de progresión, de futuro y de paso del tiempo. María del Carmen es, como Antígona, víctima y victimario de su propio destino. Habiendo comprendido que la comunidad del prójimo es la muerte en vida, que la fatalidad de la suerte significa el volverse adulto, darse cita con la muerte de antemano es, entonces, la única opción: un escape a la fatalidad de la mediocridad; pero también la afirmación de su autonomía como sujeto. Es en este sentido que la muerte de los personajes –literal o simbólica– tiene connotaciones políticas. Ya que sus acciones están siempre ligadas a lo inevitable de la vida adulta (mediocridad y vacío) la elección de la propia muerte es una salida ética y una acción que devuelve la autonomía al sujeto *sujeto* a un destino fatal. Hay también implícita en la idea de *destinito fatal* la victimización de toda una generación.[11] No se debe interpretar esta idea como una derrota, sino, por el contrario, como el único lugar posible desde donde narrar un relato que no tenga a la plenitud y la progresión de la felicidad como camino. La autonomía del sujeto en la *propia caída* puede leerse además como comentario político, o mejor, *impolítico*, en términos de Roberto Esposito. Hemos mencionado anteriormente que los personajes eternamente adolescentes son en la escritura de Caicedo un recurso que permite detener el tiempo y evocar, en un solo gesto, el paraíso perdido de la infancia y la imposibilidad de la comunidad del prójimo, o el mundo adulto.[12] La repetición del tema del canibalismo (como Antígona que se alimenta de carne humana, el relato "Calibanismo", o de la figura del vampiro en "Los dientes de Caperucita") remite al vacío y la imposibilidad de vínculo con los demás, pero también es un gesto que pone en evidencia una desigualdad: la *apropiación* del otro pone en cuestión –parodia– el mandamiento bíblico de amar al prójimo como a sí mismo: el *único vínculo posible* se da por medio de la violencia excesiva hacia el otro y de esta manera se parodia la falta original, ubicándola en una zona del absurdo y el exceso que hace imposible cualquier discurso de la comunidad.[13]

La *anti*-representación de la comunidad (los límites a su pretensión de plenitud) enmarca las tragedias caicedianas en la categoría de lo impolítico.

Lo impolítico no está separado de lo político, Esposito los ubica conviviendo en "condivisión", compartiendo el mismo espacio. Lo impolítico no *critica* la realidad en nombre de un valor o un interés que está afuera de ella;

sino que "se emancipa de una perspectiva tradicionalmente crítica" (*Categorías* 21). Es aquí en donde reside la capacidad *limitadora* y *limitante* de lo impolítico con respecto a lo político. Las *anti*-representaciones de la comunidad de estos textos remiten a ese punto "vacío de sustancia" (24) de lo político y lo sustraen de su "plenitud mítico-operativa":

> ¿Qué cosa afirma lo impolítico? Afirma [...] que la política no es otra cosa que sí misma [...] que *no puede trascenderse en ninguna finalidad o cumplimiento exteriores a su desnudo ser lo que es [...]* (14, énfasis mío)

Lo impolítico actúa, entonces, como *barrera de contención* a la pretensión de universalidad de los discursos políticos que apuntan a la plenitud de la comunidad y, por lo tanto, de la narrativa de la felicidad como representación de la vida como un *todo* con un *fin* último. Una *barrera* que *vacía aún más* el vacío de estos discursos mostrando su artificialidad: así es, precisamente, como funcionan las tragedias de nuestro corpus, a las que podemos definir como una *escritura impolítica.*

Las escrituras impolíticas, entonces, no proponen un nuevo estilo, otra ideología, un programa de acción o escritura, nuevos valores, sino que encarnan una crisis del lenguaje basada en lo negativo, en lo absurdo que sin embargo no se constituye como límite del entendimiento, porque como escribe Blanchot con respecto a Kafka: "En cuanto el pensamiento encuentra el absurdo, ese encuentro significa el fin del absurdo" (84).

Los personajes de Caicedo están inmersos en el más desesperante y alienante aburrimiento. No son revolucionarios, no tienen propuestas, ni programas, ni críticas políticas, ni ideales políticos (recordemos cómo María del Carmen en *¡Qué viva la música!* deja, en la primera página de la novela, el grupo de estudio de *El capital* de Marx.) Las promesas revolucionarias son fórmulas vacías, puesto que, como en "Maternidad", la tragedia de la generación que promete termina siempre en locura o muerte. Prometer, en este caso, no es cumplir, sino fallar. Los personajes de Caicedo parecen seguir un eslogan de Mayo del '68 francés que reza "boredom is counterrevolutionary"; el aburrimiento es el síntoma del vacío de la comunidad, pero también de las propuestas políticas revolucionarias que funcionan con una imagen comunitaria.

En la escritura impolítica no existe promesa de un mundo mejor. Las tragedias caicedianas encarnan la paradoja entre el individuo y la comunidad; son como pequeñas muestras, microcosmos de la pérdida de la libertad individual que representa la comunidad: la represión de los instintos que da lugar a la cultura y que relega el poder del individuo al del Estado, la Ley, el Derecho. La imposibilidad de la comunidad con la que se trabaja en estos relatos plantea el problema del amor al prójimo, esa sentencia indiferenciada hacia la humanidad como un todo que Freud cuestiona, o, en sus propias palabras, "un amor que no discrimina":

> [...] simplemente porque también él es una criatura de este mundo, como el insecto, el gusano y la culebra, entonces me temo que sólo le corresponda una ínfima parte del amor, de ningún modo tanto como la razón me autoriza a guardar para mí mismo. ¿A qué viene entonces tan solemne presentación de un precepto que, razonablemente, nadie puede cumplir? (51)

Con esta pregunta deambulan trágicamente hacia su fin los personajes de Caicedo; sabiendo que esta es, sin duda, una pregunta retórica. "No tener ninguna dama bella como Edgar... y tener que matar a una sirvienta para dar cumplimiento a mi destino fatal", piensa Solano Patiño en "El tiempo de la ciénaga" (*Berenice* 131). Porque la traición, el asesinato o el abandono están signados por esa "necesidad objetiva" de la que habla Basterra y que mencionamos anteriormente, la necesidad de sujetarse a las reglas de un destino fatal, que en este caso permite al sujeto la autonomía de elegir su propia caída.[14]

Los adolescentes de Caicedo están atrapados en la contradicción de no ser ni niños ni adultos. Viven en un mundo "intermedio" y es precisamente en esa posición desde donde pueden observar presente y pasado; desde donde pueden elegir su propio destinito fatal, su propia caída, que les permitirá también devenir sujetos autónomos. El "limbo" de la adolescencia, su naturaleza ambigua, implica por un lado la pérdida del paraíso perdido de la infancia, de la inocencia, y por otro, la pérdida del futuro –o del final feliz. Es como si la verdadera tragedia fuera la imposibilidad de este final feliz (como en el relato "El espectador" el hombrecito que va al cine pero no puede compartir con nadie su visión de la película, su apreciación positiva de una historia sin final feliz, de una historia de muerte). La tragedia del impedimento de un final feliz, o el triunfo de la fatalidad del destino no debe ser interpretada de cómo modalidad individual; por el contrario, las muertes, simbólicas o literales, de los personajes caicedianos simbolizan la muerte de una generación, y con ella, la imposibilidad de un orden simbólico (la sociedad, la ley, la política) que la sostenga. En palabras de Colebrook: "Narratives of happy endings both reinforce the moral autonomy and self production of the human agent and flirt with a World that must be captured and harmonized with that autonomy" (95).[15]

Hay algo que asusta acerca de un mundo en el que podríamos ser felices pero no somos *responsables* por nuestra felicidad, dice Colebrook. Y esto tiene que ver con una concepción utilitaria de la felicidad: somos eficientes mientras perseguimos la felicidad, incluso si esa búsqueda no tiene relación con la verdadera calidad de vida. Colebrook argumenta que la alegría ("Joy") es una crítica a las políticas de la felicidad. La alegría *más allá* de la felicidad es el poder del organismo humano de decir no a la narrativa de la resolución y del placer moral. Eso es, quizás, lo que Caicedo intuye, lo que queda afuera cuando la "vida expira", esa alegría sin orden y sin meta de la música, del cine, de la compañía, de la infancia. La alegría de lo que se ha perdido doblemente: por la fatalidad del destino y por elección propia, la alegría de la destrucción:

> Tengo a Solano Patiño con su destino suspendido en mitad de la noche sin fortuna, y ya su noche no da para más. Tengo a Antígona sin poder terminarlo de devorar. Tengo a Danielito Bang tirado en el carro dando vueltas como un loco por la ciudad, y sin encontrar consuelo. Tengo ganas de salir ya, o de irme volando en ayuda de Danielito, anda a descargarte, no sea que te cojan y te encanen, feliz, que vas con tu cargamento de destrucción en el bolsillo, si vas por la mitad de la calle que te encuentren mis palabras, eh? [.. .] esa destrucción tibia, roja, apretada, dulce como la hoja más dulce del té maduro pero capaz de volver corroñoso el cerebro más limpio, más lují lujá. (*Noche sin fortuna* 163)

Este pasaje se encuentra en la "nota final" de Caicedo a *Noche sin fortuna.*[16] Aquí el destino está, todavía, suspendido en el tiempo, congelado pero *trágicamente* escrito. Danielito da vueltas como loco con la destrucción en el bolsillo, esperando que florezca, apartando con su furia roja la posibilidad de un final feliz. ¿Para qué serviría, de todas maneras, un final feliz? Para salir de la oscuridad de la sala del cine, de la oscuridad del parqueadero de Sears, pero estar siempre en la misma ciudad, Cali (calabozo) sin poder ir para adelante ni para atrás. Danielito traiciona a Solano, que a su vez traiciona a Danielito, que es traicionado por Antígona que finalmente intenta devorarlo, y este la traiciona a su vez abandonándola. Queda claro que ante la imposibilidad de la felicidad que representa la pérdida del paraíso perdido de la infancia y la incapacidad de vínculo con el prójimo, la implicancia política de un final feliz se relaciona a una promesa de futuro. Ante el destino inexorable de la mediocridad de la vida adulta es preferible el abandono de toda narrativa de la plenitud, de toda propuesta, de toda promesa. La única salida ética es, entonces, una escritura de la muerte o de la caída, pero de la *propia* caída. La caída que es propia del héroe trágico caicediano es la que adelanta su cita, la que afirma su autonomía como sujeto en su elección. Bajar al pozo donde vive la araña gigante, como lo hace el protagonista de *El atravesado*, o como cuando Edgar se tiró de cabeza al Maelstrom, el remolino más grande del mundo y "siguió derecho como por entre un tubo, espacio libre de agua, descendiendo, descendiendo, porción del paraíso" (*Berenice* 53). En la escritura de Caicedo cada uno desciende a su propio pozo, consciente de su noche sin fortuna: "Pero estábamos en plena noche y esta, de seguro, no era la suya. Ni la mía ni la de nadie, excepto Antígona, quien tenía la cara como de estar descendiendo por el pozo que conduce al centro de la tierra, en donde también hay mar" (*Noche sin fortuna* 148).

Notas

1 "Hay una correlación directa entre constituirse como sujeto, asumir la culpa, y ponerse en lugar de víctima" (8, la traducción es mía).

2 Basterra llama a esta paradoja "reversal of culpability": "This reversal of culpability, where man must appropriate an alien fault as a lesser evil in exchange for *not knowing*, can result only in inverted redemption. Having born 'innocent', the tragic hero assumes another's fault in order to exempt God" (32).

3 Manolín Camacho muere, en realidad, dos veces: una con Alfredo Campos y otra drogado y solo en un baño.

4 Véase Williams (55).

5 "The community that produces something in common, that establishes truth and that now establishes a technological universe of simulacra, excludes the savages, the mystics, the psychotics –excludes their utterances and their bodies. It excludes them in its own space: tortures. In the mist of the work of the rational community, there are forms of community of those who have nothing in common, who have nothingness, death, their mortality, in common. But is the death that isolates each one a common death? And can be identified as nothingness?" Véase Lingis (13).

6 La grieta es una figura recurrente en la escritura de Caicedo. Aparece en el espejo de la casa de los padres de María del Carmen Huerta en *¡Qué viva la música!* y en la casa blanca de la fiesta de quince de Angelita en *Noche sin fortuna*. Solano la descubre y se da cuenta de que la casa se va a derrumbar con todo el mundo adentro, pero no dice nada y se va. En el mismo texto Solano cuenta un episodio en el cual va con una muchacha a la grieta de una montaña y en el cual él se esconde y le tira una piedra por la cabeza. En esta escena también se representa la soledad insalvable de Solano y el vínculo imposible con el otro: "¡Solaaannooo!, gritó ella en aquella grieta. Qué tal lo que fue sentir allí mi nombre, Solano, allí solos los dos, solo yo, solo ella, solo que era ella la que reclamaba mi presencia, yo no, Solano. Ha debido ella también darse cuenta del sentido de la palabra que estaba diciendo, porque no la pronunció más que una vez, y después calló" (69).

7 "The pleasure of wholeness, the pleasure of narrative resolution, is not an ideological mask but is directly political. The original aesthetic commitment to the pleasure of unity, resolution or life as a meaningful whole is already a political pleasure. It is a commitment to a life that has no end other than itself, a life that is a self-effecting power". Véase Colebrook (87).

8 "La felicidad humana, nos han dicho, no es nunca mera vida: es una vida vivida con sentido. Es una vida elegida u ordenada" (la traducción es mía, 86).

9 "El tiempo narrativo es auto-consciente, es un tiempo unido por la muerte, por el sentido de un fin o el límite del yo. La felicidad requiere de una relación *moral* única entre el tiempo, el yo, y la narración" (la traducción es mía).

10 María del Carmen Huerta acompaña su firma con las iniciales (A.C.) que corresponden a Andrés Caicedo.

11 Por ejemplo, en el título de otra colección de cuentos: *Angelitos empantanados*.

12 Debemos remarcar además que estas historias siguen de alguna manera la estructura de los cuentos infantiles en los que los niños-protagonistas son huérfanos, o sus padres se encuentran viajando en algún lugar remoto. Esta estructura facilita que los niños vivan aventuras o situaciones imposibles de experimentar bajo el cuidado paternal. En la escritura de Caicedo además, se refuerza la "grieta" que divide el mundo adulto del adolescente.

[13] Con "falta original" nos referimos al mito del origen de la comunidad que Freud elabora en *Tótem y tabú* (en el cual los hermanos asesinan y devoran al padre primordial). El origen de la vida en comunidad estaría dado por el asesinato y el canibalismo, dos tabúes que se repiten en la escritura de Caicedo.

[14] Basterra identifica en la interiorización de la culpa y aceptación del destino del héroe trágico la posibilidad de inteligibilidad del sujeto y la continuidad del orden y de la Ley.

[15] "Las narrativas de final feliz refuerzan la autonomía moral y la auto-generación del sujeto autónomo, y juegan con un mundo que debe ser encerrado y correspondido con esa autonomía" (95, la traducción es mía).

[16] Esta nota está incluida en un apéndice que agregaron Sandro Romero Rey y Luis Ospina a la edición de Norma del 2008. Son fragmentos encontrados después de la muerte de Andrés Caicedo.

Bibliografía

Basterra, Gabriela. *Seductions of Fate. Tragic Subjectivity, Ethics, Politics.* New York: Palgrave MacMillan, 2004.

Blanchot, Maurice. *De Kafka a Kafka.* Buenos Aires: Fondo de Cultura Económica, 1993.

Caicedo, Andrés. *Berenice; El atravesado; Maternidad; El tiempo de la ciénaga.* Bogotá: Plaza y Janés, 1978.

_____ *Destinitos fatales.* Bogotá: Editorial La oveja negra, 1984 y 1988.

_____ *El cuento de mi vida.* Bogotá: Grupo Editorial Norma, 2008.

_____ *Noche sin fortuna y Antígona.* Bogotá: Grupo Editorial Norma, 2008.

_____ *¡Que viva la música!* Bogotá: Grupo Editorial Norma, 2001.

Colebrook, Claire. "Narrative, Happiness and the meaning of life". *New Formations* 63 (Winter 2007/2008): 82-102.

Esposito, Roberto. *Categorías de lo impolítico.* Roberto Raschella, trad. Buenos Aires: Katz, 2006.

_____ *Comunitas. Origen y Destino de la comunidad.* Buenos Aires: Amorrortu Editores, 2003.

Freud, Sigmund. *El malestar en la cultura.* Ardid, Ramón Rey Ballesteros, Luis López, trads. Buenos Aires: Alianza Editorial, 1988.

Lingis, Alphonso. *The Community of Those Who Have Nothing in Common.* Bloomington: Indiana UP, 1994.

Nietzsche, Friederich. *El nacimiento de la tragedia.* Andrés Sánchez Pascual, trad. Madrid: Alianza Editorial, 1995.

Williams, Raymond. *Modern Tragedy.* Stanford: Stanford UP, 1966.

Siempreviva o la heroína cruel: aspectos del mito femenino en *¡Que viva la música!* de Andrés Caicedo

Liliana Moreno Muñoz
Universidad Central de Bogotá

En el presente artículo se realiza una aproximación al pensamiento estético de Andrés Caicedo expresado en la obra *¡Que viva la música!* a través de un análisis del personaje femenino que constituye el centro de la novela y que debe su interés a la multidimensionalidad que presenta al interior de la obra, al juego intertextual que propone al lector y a la reinterpretación de lo femenino como elemento simbólico del cual se sirve el autor para atacar valores ético-estéticos modernos y premodernos, emparentados con un orden simbólico patriarcal.

El orden simbólico femenino está asociado con una visión de mundo no logocéntrica en tanto contrasta con los valores y sistemas de control impuestos en la sociedad occidental a partir del patriarcado (Garagalza 55). Por tanto, dentro de un orden femenino, se anularían los pares de oposiciones, la separación del binarismo lingüístico daría lugar a la presencia del oxímoron que reconcilia los contrarios: mente/cuerpo, razón/intuición, contenido/forma, etc. Así, dicha posición, de carácter telúrico, implica, sobre todo, el reconocimiento de todo aquello que ha sido marginado, a lo largo de la historia occidental, por el patriarcalismo, y por tanto, la disolución del pensamiento dicotómico.

En concordancia con este orden, las obras de Nietzsche y Artaud señalan una vía común que implica una posición no logocéntrica, pues mientras el pensamiento clásico griego, que se ha extendido hasta nuestros días, ha privilegiado la razón, subvalorando el cuerpo, el conocimiento sensible y todos los elementos que componen el orden simbólico femenino, estos autores intentan recuperar desde la filosofía y las artes, la experiencia del no-límite, es decir, la vuelta al punto cero (Dumoulié). Se parte de la inconformidad con el mundo, que provoca la necesidad de destrucción para un volver a inventar, para recuperar el ser, puesto que se supone un pasado, muy remoto, cercano a la animalidad, donde se encuentra el ser auténtico. Dicho proceso es sintetizado por Antonin Artaud con la categoría ético-estética de la crueldad. Obrar cruelmente, en el sentido artaudiano, significa establecer un juego con el otro donde se juega un destino, lo cual implica la cercanía de la muerte de manera constante y por tanto, el reconocimiento de la fuerza vital que se mantiene en constante devenir.

La crueldad entendida como esfuerzo que realiza el sujeto por escapar del límite y la represión que impone la sociedad sirve como referente para la comprensión de la apuesta de Caicedo, principalmente, por la concordancia que muchos de sus rasgos presentan con el orden femenino. En *¡Que viva la música!* la crueldad se manifiesta en distintos niveles y señala una vía alterna de construcción del sujeto (no sólo del sujeto femenino), que es a la vez destrucción de lo instituido (principalmente los valores modernos fuertemente cohesionados con el patriarcalismo).

En la novela *¡Que viva la música!* de Andrés Caicedo, hay una constante recurrencia al orden simbólico femenino que se expresa en distintos niveles de sentido mediante la subversión y el cuestionamiento a múltiples ideologemas patriarcales. Lo anterior implica una posición ético-estética no logocéntrica, pues pone en diálogo diversos elementos que han sido tradicionalmente entendidos como oposiciones: realismo/surrealismo, ascenso/descenso, vida/muerte, puta/virgen, reflexión/acción, oral/escritura, cuerpo/mente, entre otros.

Para dar cuenta de la ética-estética implícita en la obra *¡Que viva la música!* de Andrés Caicedo a partir del análisis de los elementos arquetípicos, sociocultural es y estéticos que configuran un orden femenino en la novela, se requiere una base hermenéutica que permita descubrir la estructura simbólica profunda de la obra. Por tal motivo, los presupuestos metodológicos de la presente propuesta tienen su base en el modelo de la hermenéutica medieval, adaptado para el análisis de textos literarios, donde se contempla la revisión de tres contextos: verbal, existencial y arquetípico (Aronne). Dicho modelo supone la obra literaria como un tejido que articula su significación a partir de varios contextos que se entrecruzan y permite examinar la propuesta ético-estética de la obra en distintas dimensiones y estratos de sentido.

1. El avance y la reversa

El personaje principal, María del Carmen Huerta, narra desde el presente sólo un periodo de su vida. Específicamente, un periodo crítico donde sufre una transformación. Bajtín, en el estudio de la autobiografía antigua, relaciona el cronotopo del camino con la metamorfosis del héroe, el camino le sirve al héroe, en dicho género, para transformarse positivamente. Narrar dicho cambio implica la intención de autoasumirse como figura, de algún modo, ejemplar (Bajtín). Esta estructura, desde el punto de vista de Lukács, corresponde a la novela de formación, pues señala el camino hacia la madurez del héroe novelesco.

El cronotopo en *¡Que viva la música!* se encuentra estrechamente relacionado con una forma autobiográfica que implica al menos dos instancias narrativas que se combinan generando simultaneidad de lo pasado y presente. Así, se percibe desde el inicio de la narración la apuesta del personaje por narrar una parte de su vida que considera significativa: "Yo lo que quiero es empezar a contar desde el primer día que falté a las reuniones, que haciendo cuenta lo veo también como mi entrada al mundo de la música, de los escuchas y del bailoteo" (Caicedo 12).

El personaje se autopresenta y revela al posible lector, en apariencia, las reglas de juego, en una constante dialéctica entre la mirada sobre sí en el pasado y el punto de vista inmediato desde el cual narra. Elige como material narrativo un fragmento de vida que asume como iniciación en el mundo de la música y dicho camino está representado en un recorrido por la ciudad, en el desplazamiento espacial: del norte hacia el sur. En contraste con la estructura de "la novela de formación" descrita por Lukacs, la heroína de *¡Que viva la música!* describe su deformación progresiva, se construye a través de la ruptura constante de los valores tradicionales que la han invadido desde su infancia.

La destrucción de tales valores se produce dentro del personaje y sólo a través de la acción: hay una decisión inicial por seguir el rumbo natural de la vida, representado en la música. María del Carmen corta tajantemente con la idea de progreso, lo que le impide trazar en su mente el camino antes de recorrerlo, de manera que se lanza al viaje, a lo desconocido. Y es, precisamente, ese camino de la deformación, el legado que la narradora quiere luego dejar a su lector: "en esta perdedera nocturna desde donde narro, desclasada, despojada de las malas costumbres con las que crecí. Sé, no me queda la menor duda, que yo voy a servir de ejemplo" (Caicedo 45).

Se entiende por deformación el efecto de una fuerza sobre un cuerpo u objeto, que provoca la pérdida de su forma habitual. Al inicio de la novela el personaje pertenece a la clase alta de Cali. Está, según su propia descripción, en una posición privilegiada. Este es el punto de partida, y el punto culminante, un prostíbulo del este de la ciudad, donde se instalará el personaje. El proceso de desclasamiento al que se somete la figura de María del Carmen, debido a una fuerza o motor que la mueve, la música, lleva consigo la lucha contra los valores tradicionales.

Se establece un espacio en la novela, que corresponde a una realidad, la ciudad de Cali, principalmente cuatro sectores: norte, sur, Valle del Renegado y este. Pero el recorrido realizado por el personaje, además de mostrar un simple tránsito por la ciudad, se amplía significativamente si se tiene en cuenta lo que cada uno de estos lugares representa. Aquí la verticalidad implica una caída, un movimiento: conciencia estrecha (según Lukács). Hacia el final de la novela, el personaje se desplaza al este, lugar donde se instala. Desde allí, el personaje narra su viaje hasta llegar al presente. Pero no se cuenta de manera lineal, se presenta un contraste entre lo que el personaje era y la reflexión desde el presente. Por tanto, el recurso de la autobiografía permite aquí un primer desdoblamiento del personaje que implica autorreflexividad y simultaneidad. Quien narra reconoce las máscaras de su pasado y las trae al presente para azuzarlas, hacerlas temblar. De esta manera el personaje utiliza no sólo la autobiografía sino también la escritura como medio para autoconstruise mediante la destrucción de los discursos ajenos que lo han invadido en el pasado.

Así, la composición se articula coherentemente a partir de la idea de "vivir al mismo tiempo el avance y la reversa", expresión del personaje que indica a la vez una concepción temporal, estética y ética que se opone a la nostalgia. No se narra el pasado para mitificarlo sino para mostrar la constante lucha contra distintos discursos en la construcción del ser auténtico. Se erige entonces, una heroína que se enfrenta a la nostalgia, a la que entiende como su principal enemigo.

En algunos pasajes de la novela, María del Carmen muestra cierta nostalgia por un pasado mejor, al describir, por ejemplo, el nacimiento de fábricas y construcciones que oprimen al sujeto de la ciudad y reducen el horizonte de su mirada. La nostalgia por un pasado ideal será el fantasma que persigue a María del Carmen a lo largo de la novela. El personaje reconoce esta presencia, pero se opone rotundamente a ella, ya que la repentina invasión de la tristeza es el signo principal de una enfermedad en la que no quiere sucumbir.

La relación que se establece entre la rumba y lo femenino se va desarrollando en la novela como una fuerza siniestra y poderosa que encarna cada vez con más fuerza en María del Carmen. La protagonista realiza un viaje en descenso, acompañada por la música –su Virgilio–, en el cual prueba distintas posibilidades de ser en el mundo degradado que representa Cali, mimetizándose en los distintos espacios hasta construir al final la diferencia a partir del reconocimiento de su fuerza cruel, natural, que le permite erigirse como ser individualista que no desea nada fuera de sí.

El componente espacio temporal de la novela señala el *bildungsroman* al revés. Se trata de una novela de "deformación" donde el descenso expresado espacialmente adquiere connotaciones de ascenso. Al descender, el personaje crece. El movimiento del personaje en la novela señala una caída que es vista y recapitulada desde el este, punto en el cual escribe la autobiografía. Ello entra en coherencia con la inversión de valores: el personaje se desvía de la línea del progreso, prefiere seguir el frenetismo de la música; elegir esta vía significa oponerse a valores que pueden asociarse al proyecto moderno como:

la unión familiar, el patriotismo, la razón como base para la construcción del ser humano. Dichos elementos están vinculados con el orden simbólico masculino.

Al realizar un análisis del sistema de personajes puede apreciarse cómo cada personaje es portador de una idea que es asimilada por la protagonista momentáneamente y luego destronada. En su recorrido, María del Carmen Huerta debilita a quienes la rodean, absorbe conciencias, fenómeno que le permite erigirse como heroína vitalista en un mundo cuya degradación estriba en la total desesperanza, en el agotamiento prematuro.

En Ricardito, El Miserable, encarna al ser melancólico y desamparado que corresponde a una generación de la clase alta caleña ubicada en el norte, en la cual la desintegración familiar y la desocupación, generada por los nuevos modos de vida, conducen al solipsismo y a una profunda nostalgia. La idea de unión familiar simplemente no aparece nunca, pero sí casos de extrema incomunicación y rebeldía absoluta que llegan al parricidio, fratricidio y nanicidio, como dice la protagonista. Los amigos marxistas representan la vía intelectual que desde el inicio de la novela la protagonista abandona, señalando al final su incoherencia entre pensamiento y acción. Posteriormente aparece Leopoldo Brook, personaje que trae consigo el modelo de vida norteamericano. Ante su imagen, María del Carmen se mimetiza, venerando la comodidad y la tecnología que hacen de su casa, por un momento, el mejor refugio. María del Carmen absorbe inicialmente la axiología de Mariángela, una autoridad en el Rock. Cuando ocurre el suicidio de esta última, afirma sentirse más viva que nunca, pues se libera a través de la muerte de ese personaje, del modelo norteamericano. Pasa entonces al sur y conoce la salsa, especialmente la de Richie Ray. La idea de sabotear el rock aparece luego de que ella ha participado activamente de esa cultura, aunque siempre quejándose de no entender el inglés. La idea del patriotismo es atacada al oponer la música folclórica y autóctona colombiana a la salsa. Más adelante, la protagonista se burla de la música que escuchaban las clases altas, para quienes Richie Ray era un escándalo, y lo hace a través de la voz del mismo Richie. Se burla también de la bandera colombiana, describiendo los espasmos de Rubén Paces. De esta manera, está desacralizando la idea de orgullo patrio y a la vez muestra la falsedad de esos símbolos como representación de una realidad. A través del personaje Bárbaro se presenta una defensa a la invasión yanky. En esta causa, Siempreviva se acoge a la visión de Bárbaro, quien se muestra crítico ante la mirada que tienen los extranjeros sobre Colombia y América. Esa aparente postura nacionalista que adopta en un momento Siempreviva, se va a romper en la pesadilla que se teje en el Valle del Renegado a través del enfrentamiento con el poder desconocido de la naturaleza: Bárbaro, después de toda la violencia que desborda, muere, también violentamente, a causa de la naturaleza; la tierra que tanto defiende, lo consume; Siempreviva, en cambio, sale renovada.

La fuerza masculina que se asocia con el patriarcado es destronada por la presencia del ser femenino cargado de una fuerza cruel, en tanto se trata de un enfrentamiento con el otro que produce el nacimiento, la renovación y la fuerza vital. Por tanto, un sentimiento como la piedad no tiene cabida en el personaje, ya que es el elemento que se opone a la crueldad.

> Al final me fue espantando la idea de que eso que él tenía y (permítame el lector decirle) me metía, era mío; sin verlo, sin tocarlo casi, lo conocía yo mejor que él. Yo le indicaba cómo usarlo, cómo dejarlo caer profundo sin que le doliera, porque a mí no me dolió nunca, ni me agoté nunca, ni me llenaron, ellos los pobrecitos, tan vacíos que quedan. Nos buscan, para qué será ¿para llorar después como lloraba él? Se quejaba de que le dolían los muslos, luego la nuca, la cabeza. Yo lo miraba serenita, con la mirada más viva que nunca, presta sin decirlo, a que él quisiera ser vaciado de nuevo ¿o chupado? (Caicedo 73)

Esta crueldad no sólo se presenta en cada una de las relaciones con los hombres, también, de manera especial, ante dos mujeres:

> Era que María esperaba, respirando despacito. Tener ante mí semejante belleza, indefensa ya, hizo despiadada mi sonrisa, y me permití puntitas de navaja allí donde antes había asentado la punta del dedo, en dos idénticas gotas de sudor suyas. (178)

María del Carmen emplea una seducción en la que los personajes se pierden, parece que ella absorbiera la fuerza de sus amantes para poder vivir, tal como un vampiro. El acto sexual es aquí, un medir fuerzas.

Lucía Tono, al referirse a las descripciones eróticas de la novela, anota, que son narradas por un ser masculino (quizá porque se focaliza aquello que el hombre siente físicamente y de María del Carmen sólo se aprecia su suficiencia, pero no hay tal descripción). Tono sustenta su hipótesis afirmando que hay una instancia narrativa masculina detrás de la narradora, como una figura fantasmal que aparece dos veces de manera clara, la primera en la siguiente cita:

> pero yo mucho más fuerte que ella: la rendí contra ese suelo, la froté y la abrí y la penetré y la maldije: 'ya nunca vivirás tranquila, pues no te abandonará el recuerdo de esta golondrina traviesa, este caracol de siete príapos, este amargo plumón de coclí que yo tengo adentro. (Caicedo 181)

Es claro que se trata de la voz de la protagonista dirigida a María Lata. La otra aparición de esa voz, según Tono, es en la siguiente cita:

> Lo acompañé hasta la puerta como era mi obligación, pero no le ayudé a bajar las gradas, no me quedé a verlo siquiera. Por mí, ha podido rodar por allí como un bulto de papas. Yo tampoco me habría quedado a verlo. (Caicedo 200)

No puede asegurarse que se trate de una voz masculina. La justificación de la aparición de esta voz "Yo tampoco me habría quedado a verlo", que parece ajena a la narradora, puede interpretarse también como la absorción que María del Carmen hace de los dos personajes femeninos que son más relevantes en la obra. Nótese que las tres se hermanan con el nombre María. La relación de los nombres es consciente:

> sonaba Aquí viene Richie Ray, no se pierda la rumba grande que allí va a haber, y eso fue lo que escogí yo, tengo tres Marías, me fui bordeando paredes hasta encontrar la entrada: la obstaculizaba un gordo con las piernas, tan corticas, y me miró en vano para reconocerme. (196)

La mención de las tres Marías aparece velada, insertada entre la narración, parece una frase sin sentido. Posteriormente en el manifiesto la narradora dice "*somos muchas, incomunica el dato*". ¿Por qué el plural? Puede referirse a las mujeres lectoras, pero también hay que tener en cuenta el juego especular con las otras dos Marías. Con Mariángela, que es su modelo al inicio de la novela, se crea tal semejanza que los demás las confunden. Luego, el suicidio de Mariángela desencadena en Siempreviva una fuerza que se explica más adelante en la novela: "sólo Mariángela hubiera podido servirme de compañía, pero después, cruel: para habitar mi cuerpo, para no rebosar en un milímetro mis líneas al mundo, mis fronteras de carne" (117).

Sólo concibe a Mariángela dentro de sí. Luego, con María Lata, hay una semejanza leve, tienen un bolso indígena idéntico, sin embargo, María del Carmen, en la huida del Valle del Renegado afirma: "Y ahora ella corría por mi cuerpo, ¿para huir de sí en mi cuerpo? Yo también huía, me quería perder, pero ambas huíamos en vano" (174).

A través de estos indicios, se puede pensar que María del Carmen ha absorbido a los otros dos personajes femeninos, formándose al final un ser plural, deforme, que deja escapar esas voces que la habitan, esas que integradas conforman una tríada de Marías, tres que son una.

Gabriel Weisz llama *psicofagia* a la capacidad de absorber y digerir sustancias psicológicas y reconoce en la labor del chamán (absorber enfermedades de los otros para luego expulsarlas) dicho fenómeno. El autor elabora este concepto partiendo del análisis de las culturas chamánicas mexicanas que permitieron a Antonin Artaud crear su ética-estética. La psicofagia sería allí un mecanismo alcanzado por un cuerpo que se permite la entrada de fluidos anímicos de los otros para curarlos, pero a la vez, esto procura una verdadera comprensión de las enfermedades, pues estas son vividas en el propio cuerpo.

María del Carmen no absorbe elementos psicológicos de las otras Marías para curarlas, se alimenta de ellas, las vacía, ejerce la crueldad sobre ellas robándoles la estabilidad. Y como puede apreciarse en este apartado, ha utilizado el mismo mecanismo con otros personajes durante su trayecto. Este velado vampirismo, es, no obstante, un modo de conocer: absorbe momentáneamente visiones del mundo ajenas, las hace suyas y luego las expulsa de sí tornándose un *cuerpo sin órganos,* al final de la novela.

En su camino, la heroína rescata sólo un valor: la conexión cruel entre ella y la música. Relación que le ha permitido al personaje fortalecerse para hincar una batalla, desde el presente, con la nostalgia, con el mundo en ruinas en el cual le tocó vivir y con el lector. En varios pasajes del "manuscrito" puede leerse su conciencia y voluntad de atrapar al lector, de ejercer también sobre él, cierto poder, cierto juego cruel: "Contaré con detalles: al estimado lector le aseguro que no lo canso, yo sé que lo cautivo" (Caicedo 12).

El lector es, para la autora del manuscrito, un ser vivo y presente. Esto permite que el lector, a su vez, perciba al personaje como un ente que conversa con él en el "aquí y ahora". Lo anterior implica al menos dos instancias narrativas: en la primera María del Carmen narra su pasado, en la segunda interpela al lector en presente. Ambas instancias se entrecruzan, se revelan simultáneamente.

El personaje es explícito en relación con el propósito de la narración: Pensaba llamar a una amiga para explicarle "mis causas, mis historias, pero... Ahora sé que no tenía por qué hacerlo, hay mejores oportunidades de contar una historia, y ahora el lector se está enterando, papito mío. Aún tengo la vida" (17). En esta cita es notoria una intención de acercamiento al lector. Ya se ha hablado antes de cautivar, es decir, de seducir y ahora se introduce el "papito mío", que como afirma Tono, es la palabra que ella repite al oído a sus amantes. De manera que también se quiere atrapar al lector, pero en un sentido más profundo, se quiere producir un juego cruel. La narradora, situada en el presente, parece estar en un escenario frente al lector, interviniendo todo el tiempo en su lectura como si le retara.

La conciencia del poder de la narradora sobre lo que cuenta se expresa con más fuerza mientras avanza la novela: "Que nadie exista si yo no le doy el pase, el consentimiento, de que se pulvericen apenas el lector voltee la página. El personaje no existe si yo no le rindo mis favores. Si se los retengo no tiene razón de ser, nanay cucas" (147). La narradora intenta increpar al lector todo el tiempo, haciendo temblar también sus máscaras. Es ya en la parte final cuando la segunda instancia narrativa se aprecia con mayor claridad, en el manifiesto, en el cual proclama sus propios mandamientos.

2. La heroína cruel

En constante diálogo con la cultura, Caicedo presenta un artefacto estético que le propone al lector una escritura orgánica, viva, oral, que involucra el cuerpo y una presencia total del personaje. Emplea una lengua atravesada por la música popular que arrastra una tristeza, indicando así un saber presente en lo popular, en la experiencia de vida.

El vínculo del personaje central protagonista con la música abre para ella nuevos horizontes culturales y le permite acceder también a un nuevo modo de conocer que trasciende la concepción agnóstica que tiende a separar sujeto y objeto de conocimiento. La relación de María del Carmen Huerta con el mundo, a través de la música, permite interpretar una posición no-logocéntrica y por tanto no patriarcal que supone la aspiración de rescatar el *mythos*.

Se enlaza lo anterior con el punto de vista empleado: el uso de la primera persona que sugiere la valoración de la subjetividad y un ataque a la absolutización de la verdad, de tal suerte que se subraya la pluralidad. Esta se intensifica con la presencia de un personaje femenino que se autoconstruye a partir de un mimetismo que transforma en pugna interior, en expansión de sus propios límites. La opción de narrar desde el punto de vista femenino conlleva una suerte de riesgos respecto a la verosimilitud de lo narrado, tratándose de un autor masculino; no obstante, poner en la voz y en el cuerpo de la protagonista toda la responsabilidad de lo narrado, otorgarle el poder de la escritura dentro de la escritura, permite, en este caso, asumir una posición crítica frente a un mundo patriarcal y logocéntrico, si se tiene en cuenta esa arquitectura del "manuscrito" de María del Carmen, fundada a partir de tensiones. En el "manuscrito", el personaje toma como referencia su propia vida, pero el espacio referido (a diferencia de lo que para entonces era considerado como el ámbito femenino por excelencia: el hogar), se amplía: es la calle, la ciudad. Con ello se manifiesta un cambio en la mentalidad femenina que se ha venido forjando en los países latinoamericanos desde la década de los sesenta. Así, el desplazamiento espacial del personaje incide en el cruce de lo privado y lo público que se intensifica en la novela.

A través del sistema de personajes se expresa la constante lucha de la protagonista por alcanzar la autenticidad haciendo de las voces o conciencias que viajan en la cultura amadas rivales que le permitan un verdadero diálogo. Y, en este sentido, se subvierten los prototipos de mujer latinoamericana imperantes hasta entonces.

En complicidad con la música y la fuerza de la naturaleza en su estado salvaje, la Mona o Siempreviva se lanza a un nomadismo en el cual cualquier asomo de moralidad y estatismo se convierte en enemigo. Es por esta razón que las instituciones que representan el proyecto moderno como la familia, el estado y la academia son interpretadas en la novela como corsés mediante los cuales se reprime una libertad que se concibe inseparable del cuerpo.

El cuerpo, para María del Carmen, no es un cuerpo para la producción sino un cuerpo para el goce, un goce, tal vez demasiado exigente. Por eso la contradicción en el asomo constante de la tristeza. Aquellas mañanas terribles no son resaca, como lo explica la narradora, sino la duda en medio de tanto impulso. Como se señaló en la descripción del cronotopo, en el manuscrito de María del Carmen se apuesta por narrar la velocidad desde la inmovilidad, por el uso de recursos que permitan deshacer el tiempo lineal. Lo anterior permite que se intensifique el espacio, donde el cuerpo es entendido como campo de fuerzas. El personaje está vivo en el espacio, mientras el tiempo al apagarse sólo brilla en la memoria de lo escrito, de la letra. Lo anterior permite la expresión de un presente musical, más allá de ese lenguaje que avanza lento, aire denso en medio de la selva.

La inversión de valores que se presenta en el manifiesto final imprime el reconocimiento de una ley propia que, en tanto rechazo a la nostalgia aleja la toma de posición de la figura central en el campo literario del momento, García Márquez. El realismo mágico se desplaza y emerge una visión de mundo que podría comprenderse como transición a la posmodernidad, puesto que no constituye una vuelta a los valores ancestrales perdidos pues se implica ya su posterior derrumbe. En Caicedo pervive un rechazo total a la industrialización pero esta no designa la necesidad del retorno, pues dicha salida (del realismo mágico) ya no se considera viable. Entonces no hay ya una vuelta o retorno, sino una aceptación del aquí y ahora, una posición que apunta hacia la necesidad de destruir para construir, denominada en este trabajo: crueldad. Elemento ético-estético que sugiere una alternativa de construcción del sujeto latinoamericano.

En el campo literario colombiano de entonces son escasos los personajes femeninos como protagonistas. Según el análisis realizado por Lucía Guerra-Cunningham acerca del personaje literario femenino, durante mucho tiempo en la novela latinoamericana la representación de la mujer implicó la absolutización de dicho personaje como excesivamente sagrado o bien como excesivamente profano, siguiendo los arquetipos culturales creados dentro de la religión católica (Bornay): Eva y María. La primera como signo del pecado, la muerte y por tanto el deber no-ser femenino y la segunda como representación de la maternidad, la pasividad, la inocencia y la subordinación; es decir, el deber ser femenino. Guerra-Cunningham señala varios ejemplos en la novela del siglo XIX y XX, donde tal absolutización se hace evidente. Entre ellos menciona la obra de Jorge Isaacs, *María*, donde la protagonista cumple con el ideal romántico. Se trata de una heroína piadosa, angelical, cuya dimensión espiritual salta a la vista.

Es importante anotar que dicho personaje femenino, dentro del campo literario del Valle del Cauca, posee un gran valor simbólico. Por esta razón, el nombre de la protagonista no puede pasar inadvertido, sobre todo si se tiene en cuenta la reiteración en los tres personajes femeninos más relevantes de la novela: María del Carmen, Mariángela, María Lata. Como se ha visto, María representa la heroína romántica, pero en la novela de Caicedo, dicho nombre se resignifica, ya que se invierte el valor del nombre. Por otra parte, la complicidad con la naturaleza y la música generan en el personaje una nueva síntesis: mujer fatal – diosa terrígena. De esta manera se abandonan en la novela las dos visiones absolutas de la mujer: la mujer ideal y la mujer fatal. Esta síntesis es también expresada a partir del autobautismo final: Siempreviva.

El personaje lucha contra la feminidad establecida y se opone a las mujeres que la rodean, incluso reconoce modelos y los destrona. No hay asomo de lo débil y pasivo femenino más que en algunos personajes femeninos quienes son ridiculizados en la novela: su madre, sus compañeras del colegio, la madre de Ricardito.

El reconocimiento de su sexualidad y a la vez de su insatisfacción, no está desprovisto de un señalamiento axiológico que entra en ruptura con la idea del silencio como virtud que durante muchos siglos se asignó a la mujer. Así pues, el personaje femenino de la novela habla sin reservas de su vivencia sexual, aunque resaltando siempre un erotismo violento, una guerra donde no acepta ser vencida.

La heroína de Caicedo tiene sus antecedentes en personajes de Edgar Allan Poe y el cine, dos fuentes que nutrieron la obra de Caicedo. De igual manera se puede establecer una asociación con las imágenes decimonónicas en Baudelaire y los malditos. Sin embargo, la imagen se renueva aquí, el trópico incide en la construcción del monstruo terrígeno que señala la vuelta al punto cero, la espiral en llamas.

3. Siempreviva o el régimen nocturno

La imagen arquetípica del descenso tiene su base en el esquema de la caída (uno de los primeros miedos humanos) que deviene de la dominante postural o la búsqueda humana de la posición erguida (Durand). En la cultura occidental, donde domina el régimen diurno de la imagen, lo masculino, predomina una interpretación donde los símbolos ascensuales (como la flecha, el dolmen, las catedrales que apuntan al cielo), señalan como elemento positivo el arriba y negativo el abajo, de manera que allí la caída significa lo que desde el punto de vista moral se entiende como pecado, desvío del camino del bien. El ejemplo más relevante es el Génesis, donde la caída simboliza la pérdida del paraíso.

En contraste con lo anterior, en el régimen nocturno de la imagen aparece la simbología del descenso que implica el hecho de desaprender el miedo. Se desciende para conocer, para volver en sí, a voluntad, evitando la vertiginosa caída involuntaria. Así, en *¡Que viva la música!*, el descenso descrito en el segundo capítulo a través del análisis del cronotopo, señala la búsqueda, del personaje femenino central, por desaprender el miedo de la caída y tiene su expresión en los siguientes mitemas:

*El abandono de la casa paterna. La casa representa aquí la institución familiar protectora, el útero. Sin embargo, tal como se presenta en la obra, sugiere la idea del encierro y el aburrimiento. Espacialmente, la casa se ubica en el norte y es de acuerdo con el desplazamiento posterior del personaje que se dibuja el descenso. La decisión de abandonar la casa señala, entonces, tanto un nacimiento como la búsqueda de la individualidad, la aventura y la libertad.

*Paso hacia el sur de la ciudad guiada por la Música: Al escuchar tambores, el personaje cruza la línea que separa el espacio correspondiente a los jóvenes de clase acomodada y la zona marginal de Cali. La expresión musical que llama al personaje tiene como rasgo fundamental la afectación del cuerpo. De manera que dicho cruce señala la elección de seguir únicamente su deseo, anclado en la danza.

*Valle del Renegado como infierno: La ubicación de este lugar está más abajo del sur, en la profundidad. La música también enmarca el ingreso y la salida de este espacio. Se transcriben en cada una de estas acciones, canciones completas. En el primer caso, la letra es incomprensible, se trata de una canción de Richie Ray que toma un dialecto africano fundido con el español ("Lo atara la arachê"). María del Carmen relaciona dicha canción con un conjuro, lo importante es el ritmo, no lo que dice. A la salida del Valle del Renegado aparece otra canción completa, aquí tampoco importa mucho lo que dice la letra, es una constante repetición: "lluvia con nieve". En ambos casos, las canciones se caracterizan por estar cercanas al rito, piénsese en la repetición que se da en las oraciones. Se trata de una especie de encantamiento que enmarca el Valle del Renegado (recuérdese la cita de Artaud sobre la música).

Dentro del Valle, la alucinación generada por los hongos crea una atmósfera infernal donde la naturaleza se anima terroríficamente, como se explicará más adelante. Es la salida de este lugar el umbral que modifica el punto de vista del personaje central, pues a partir de allí decide abandonar la verticalidad e instalarse en el Este.

Los símbolos a partir de los cuales se concreta el arquetipo del descenso en la novela son la salida de casa y el recorrido hacia el infierno, elementos que en conjunción señalan el viaje iniciático del personaje. En este caso, el arquetipo se actualiza en la figura del desclasamiento como vía para ingresar al mundo marginal que ofrece, desde el punto de vista de la obra, un modo de ser más auténtico. El descenso es entendido por la protagonista como un ascenso ético, pues le permite desaprender el miedo a lo desconocido.

La psicofagia como vampirismo velado se articula con el arquetipo de la mujer fatal, funciona como mitema donde se concentra la peligrosidad del personaje femenino, pues, a través de esta manifestación, María del Carmen agota o desaparece a los demás personajes, como si les robase el alma, constituyéndose al final en un ser múltiple. Parece enfrentarse a cada uno de sus compañeros de viaje aplicando el rigor de la crueldad hasta realizar un vaciamiento corporal al final que le permite hacerse un cuerpo sin órganos (Weisz), en constante lucha con las voces de los otros que ha interiorizado.

El vampirismo conecta directamente con la simbología de la luna y el sol. La noche es una constante simbólica en la novela, es en ella donde el personaje actúa, es en esa oscuridad donde su cabello rubio se convierte en telaraña luminosa que atrae a sus víctimas. Se opone este espacio lunar femenino al detestable sol mañanero-masculino de la resaca, de la nostalgia insoportable. Así, se indica la noche como espacio que posibilita el movimiento, el desarrollo de la fuerza vital. Dicho elemento entra en contraste con la tradición patriarcal en la cual toda potencia vital se conecta con el sol, mientras lo oscuro es señal de muerte.

En la representación física del personaje se fija una excesiva belleza que puede asumirse como signo de deformación (Girard 46). Se trata de una monstruosidad física que se emparenta con la monstruosidad moral, dos aspectos que son inseparables. El cabello, elemento simbólico, comete crímenes, la monstruosidad se traslada o se cristaliza en el cuerpo sin órganos, pues aquel que era el signo de la belleza y la fuerza pierde intensidad, mas ello no implica la desaparición de estos elementos en el personaje. De igual manera, la danza de María del Carmen, especialmente de ritmos afroamericanos, se constituye en elemento de seducción y marca la diferencia respecto a los demás personajes. Además de la fuerza femenina que expresa esta acción, señala un mecanismo para atrapar a sus "presas". Como el personaje lo revela, nadie puede resistirse a su danza que, como su cabello, brilla en la oscuridad de "la rumba salvaje".

El arquetipo de la mujer fatal se hace mucho más visible en la opción del personaje por ejercer la prostitución para permanecer en la vía marginal. En la imagen de la prostituta se ha encarnado por mucho tiempo, en la tradición literaria occidental, la idea de la mujer que representa el deseo unido al peligro.

La protagonista relata cómo en su primer día de trabajo como prostituta "extrañamente" muere su cliente, sugiriendo irónicamente que actuó como la mantis religiosa que asesina después del coito.

Después de narrar su tránsito hacia la vida marginal, la protagonista se rebautiza como Siempreviva, nombre que indica coherentemente, respecto a los distintos elementos significativos descritos, la negación de la muerte y la opción por la continuidad en ese heroísmo particular que se dibuja en la novela. La rumba implica un estado privilegiado, el estado ideal, para el personaje, que le confiere el poder para autobautizarse allí donde no existe el control, donde se vence la muerte.

La figura de Lilith quizá puede señalarse como la base del personaje de Caicedo, pues es en ella donde se agrupan elementos como el vampirismo (que implica la aspiración a la vida eterna: Siempreviva), la emancipación femenina del yugo patriarcal, el deseo peligroso y la vía del mal o escape del control social. Sin embargo, aquí la fuerza y la independencia femenina cobran otros valores gracias a la narración en primera persona y por tanto se crea una visión que ataca la concepción que sobre lo femenino pervive en los imaginarios nacionales latinoamericanos del siglo XIX y parte del XX.

En el Valle del Renegado, la naturaleza, como la protagonista, actúa midiendo fuerzas. La venganza de la naturaleza se teje en el silencio, en lo subterráneo. El cuerpo masculino se une a la naturaleza, por fin, a la muerte. El arquetipo del padre benefactor-protector deviene estereotipo masculino y se manifiesta en este momento de la novela, a través de Bárbaro, quien intenta doblegar un árbol con su fuerza mental y por tanto simboliza en ese instante un aspecto clave de la civilización: el dominio del mundo natural.[1] Sin embargo, es el árbol animado quien camina hacia él, se eleva y hunde sus raíces en su estómago y lo hace parte de sí, señalando el ciclo natural de la regeneración.

En la tríada de Marías puede leerse una alusión velada a la Diosa Blanca (Graves). Siguiendo esta interpretación, cada elemento que conforma la trinidad indicaría un aspecto de la Diosa, o bien, un estado. Así, el personaje de Mariángela funciona como modelo o madre. Para emprender el camino de la individuación, María del Carmen la imita, luego la absorbe. María Lata, en cambio, se presenta como una niña indefensa y aunque María del Carmen la saca del infierno que representa el Valle del Renegado, la abandona a su suerte posteriormente, indicando, sin embargo, una absorción de este personaje.

El juego de espejos se crea a partir de elementos simbólicos muy sutiles e implica un tejido significativo oscuro que va creciendo por debajo de la trama. María del Carmen se va transfigurando en ser plural, en "muchas". No hay que perder de vista, de igual modo, que el personaje se nos presenta con tres nombres: La Mona (como la llaman los demás), Siempreviva (según su autobautismo) y María del Carmen Huerta (según la firma del "Manuscrito").

Se resalta la imbricación de las dos imágenes femeninas más importantes en la tradición literaria occidental. La no-mujer, como lo expresa Erika Bornay, la figura femenina inalcanzable, celeste, se combina con la diosa terrígena. Dicha unión en concordancia con la sugerencia de las tres Marías y el nombre de la ciudad de Cali[2] que es sustituido en el "manuscrito" por Kali, señalan un sentido: el retorno a la Diosa de las culturas matriarcales y por tanto, la aspiración a la reunión de los contrarios.

De acuerdo con lo anterior, la interconexión de arquetipos y mitemas de la obra de Caicedo, así como las redundancias míticas que en ella se hallan, permiten vincular la estructura simbólica general de la novela con lo que Durand denomina el régimen nocturno de la imagen que se caracteriza por la agrupación de elementos cuya raíz representativa está inmersa en la concepción de lo femenino generada en las culturas matriarcales. Así, la imagen arquetípica del descenso, la resignificación de la figura de la mujer fatal y las constantes alusiones al arquetipo de la Diosa, funcionan como isotopías dentro de este régimen que revela la coimplicación de contrarios.

Surge pues, una figura femenina que rechaza las normas de vida en sociedad impuestas desde el orden simbólico masculino y que se identifica con la naturaleza en su estado salvaje, esto implica un modo de expresión de la feminidad que se aleja tanto del arquetipo mariano latinoamericano como de los estereotipos femeninos presentes en la literatura colombiana anterior. El hallazgo del personaje femenino central de la obra es la instauración en su vida del orden simbólico femenino. Así que, finalmente, el mito central puede leerse en la obra como metamorfosis: muerte-renacimiento: no ser para ser.

Notas

1 Nótese la ambigüedad que provoca el nombre del personaje: barbarie-civilización. Aunque parte de las acciones de Bárbaro conectan directamente con la barbarie, por ejemplo la manera de asesinar al gringo, se sugiere a través de su reto al árbol, la encarnación de la civilización.

2 Acerca del origen del nombre de la ciudad de Cali existen varias hipótesis, una de ellas indica que los colonizadores la llamaron así para relacionar el carácter antropofágico de los pueblos indígenas que allí habitaban con la Diosa Kalí, por ser reconocida desde mucho atrás con el rasgo distintivo de "devoradora de hombres".

Bibliografía

Aronne Amestoy, Lida. *América en la encrucijada de mito y razón: introducción al cuento epifánico latinoamericano*. Buenos Aires: Editorial Fernando García Cambeiro, 1976.

Bajtín, Mijail. *Problemas literarios y estéticos*. Madrid: Taurus, 1989.

Benveniste, Emile. *Problemas de lingüística general*. México: Siglo Veintiuno Editores, 1979 (*Problémes de linguistique générale*, Gallimard, Francia, 1966).

Bornay, Erika. *Las Hijas de Lilith*. Madrid: Cátedra, 1993.

Caicedo Estela, Andrés. *¡Que viva la música!* Bogotá: Grupo Editorial Norma, 2000.

Campbell, Joseph. *Las máscaras de Dios: mitología occidental*. Madrid: Alianza Editorial, 1999.

Dumoulié, Camille. *Nietszche y Artaud: Por una ética de la crueldad*. México: Siglo Veintiuno Editores, 1996.

Durand, Gilbert. *Las estructuras antropológicas de lo imaginario: introducción a la arquetipología general*. México: FCE, 2004.

Garagalza, Luis. *La interpretación de los símbolos: hermenéutica y lenguaje en la filosofía actual*. Barcelona: Editorial Anthropos, 1990.

Girard, René. *Mentira romántica y verdad novelesca*. Barcelona: Editorial Anagrama, 1985 (*Mensonge romantique et verité romanesque. Editions Bernard Grasset, París, 1961)*.

Graves, Robert. *La Diosa Blanca: gramática histórica del mito poético*. Madrid: Alianza Editorial, 1983.

Guerra-Cunningham, Lucía. "El personaje literario femenino y otras mutilaciones". *Revista Hispanoamérica* 43/XV (1986): 3-19.

Navia Velasco, Carmiña. *La mujer protagonista en la narrativa colombiana*. Bogotá: Editorial El Búho, 1992. 10.

Ortiz-Ossés, Lanceros Patxi. *Diccionario de hermenéutica*. Bilbao: Universidad de Deusto, 2004.

Tono, Lucía. "La oralidad desde la escritura". Tesis doctoral. Providence: Brown University, 1999.

Weisz, Gabriel. *Filosofía corporal de Artaud y distintas culturas chamánicas*. México: Grupo Editorial Gaceta-UNAM, 1994.

Escribir sin refugio en la *Noche sin fortuna* de Andrés Caicedo

JUAN DUCHESNE WINTER
University of Pittsburgh

> Ante la certeza del progreso, ¿era necesario ocuparse de los juegos de un niño envejecido?
> Georges Bataille, *La risa de Nietzsche*

La segunda y última novela de Andrés Caicedo, *Noche sin fortuna*, quedó inconclusa, presumiblemente interrumpida por su suicidio en 1977.[1] Generalmente, dado cierto desarrollo del texto, la inconclusividad no impide que se asuma una obra como un cuerpo autosuficiente, si bien no finalizado. Una obra no terminada por las razones que fuere, aun como proyecto que alberga y postula su propia inconclusión (cual la famosa "obra abierta" *à la* Umberto Eco), es de todas formas, obra, producto. Es a partir de ahí que cobra sentido considerar el *desobramiento* de la obra, o su desconstrucción si se quiere. Si el texto de la *Noche sin fortuna*, considerado como tal sólo hasta la página donde se suspende, se asume como una entidad orgánica, como una obra, en el sentido de objeto individual y mínimamente autosustentable, nada impide entonces leer el "Apéndice" y la "Nota final" dejados por Caicedo junto al manuscrito y añadidos en la edición de Romero, como injertos invaginantes que de repente exponen la obra literaria a la exterioridad contaminante del habla plural. Caicedo escribe el "Apéndice" y la "Nota final" como si punzara el texto que construye, lacerándolo al mismo tiempo que lo suplementa con articulaciones extrañas. En verdad, como ocurre con casi todo texto caicediano, la factura de *Noche sin fortuna* queda de todas maneras expuesta al torrente de hablas extrañas que la cruzan. Sin embargo, estos apéndices sobrantes adheridos a una obra manifiestamente incompleta, como remiendos provisorios, dramatizan la manera en que Caicedo continuamente somete al cuerpo literario a procedimientos que no sólo lo mutilan, sino que auxilian el brote de excrescencias, de tentáculos de escritura salidos de ese mismo cuerpo, que lo expanden y diseminan, complicando su identidad. Se trata, eso sí, de procedimientos en escala, como el brote de un grano en la piel, que no alardean de experimentación vanguardista y se valen de la acumulación de pequeños efectos de exposición.

Vale decir que el "Apéndice" de *Noche sin fortuna* incluido en la edición de Romero no corresponde al punto donde la novela se suspende, sino al asterisco insertado en un episodio anterior. Interrumpe en efecto, el pasaje más lírico del relato, que plasma, con aliento musical y cinematográfico, la única, fugaz sensación de plena participación en la noche, en la mujer y en su propia vida que le es dado vivir al narrador. Por encima de la insuficiencia y el dolor que no dejan de agobiarlo, Antígona le ha concedido la noche a Solano y después de encandilarlo al bañarse desnuda en una fuente pública de la avenida, como echándole un guiño a *La dolce vita*, lo pasea en su auto por las calles de Cali con la promesa de su misterio libidinal:

> ... y ella manejaba el carro con presteza y gran delicadeza, el perfil lindo recortado con la noche. Yo miraba el pavimento, los muchachos rezagados, que no se incorporaron al fin y al cabo a ningún grupo y recorrían la noche sin rumbo y sin propósito, y volteaban apenas nos sentían y a ella se le iluminaba la cara al verlos, alumbrados, con sus focos, y les pitaba y ellos quedaban alelados mirando este carro de aires misteriosos. Dejábamos una especie de estela café y zapote al alejarnos, y el amor aullaba, el mar cambiado de lugar de una noche a otra, de un día a su noche, *la noche esta primogénita que ha traído mi estado último, mi independencia de las normas.* (203)[2]

Dos oraciones más adelante, un asterisco nos lleva al "Apéndice". Es preciso sopesar qué es lo que este asterisco interrumpe. Interrumpe justo el pasaje que condensa, como una alegoría en miniatura, el movimiento esencial de la novela. En esta historia Solano es un Telémaco *invertido*, que en lugar de salir en busca del padre, persigue a la madre ideal de la infancia, de la que se desliga una madre demasiado real que su propia maduración adolescente le arrebata. En la noche que escenifica su travesía, se topa con el "infortunio", trágica y gozosamente asumido como aquello realmente buscado. En el lugar de la suplente vicaria de la madre ideal, dudosamente personificada por las muñequitas precariamente etéreas de la burguesía caleña, encuentra a Antígona, la madre-hermana-ninfa, proteica y devoradora, es decir, la madre obscena que, vía la auténtica incorporación de este huérfano de la sociedad en su seno, cumplirá con devolverlo al origen perdido (i.e., la "noche primogénita"). Antígona, pese a su nombre, actúa más bien como una Medusa, como *virago* fálica que con su "lengua más larga y más fina de lo normal" (191) penetra la garganta y hasta los ojos del joven. En fin, Solano asume, convocando un último resto de alegría, la fortuna de esa noche sin fortuna que, como se revela en el pasaje donde la novela finaliza cortándose, no le pertenece en verdad a nadie, sino al espectro final de Antígona: "Ni la [noche] mía ni la de nadie, excepto

Antígona, quien tenía la cara como de estar descendiendo por el pozo que conduce al centro de la tierra, en donde también hay mar" (220).

¿Qué ataja, a modo de nota al calce, la más o menos fluida secuencia de los amantes que surcan la noche de Cali? ("Surcamos, veloces, el terreno" 213) ¿Una referencia cualquiera al "mundo real", o a la "realidad histórica" que "penetra" la obra estética? ¿Una intervención del "autor real" que vincula "vida y obra"? No. Es la escritura la que se interrumpe a sí misma, que interrumpe su propio fabular(se) y su hacerse obra, mostrándose como ese movimiento material y corporal tan exterior al sujeto como la piedra dura interpelada en vano por los poetas.[3] Es una escritura tanto o más obscena que la Antígona fantaseada por Solano, que se desnuda como tecleo impostergable de los dedos:

> Oh, interrumpo esta página para pensar que escribo sintiendo un vacío en el estómago y un dolor en la espalda, escribo porque la máquina es suave y porque hay gente pendiente del teclear de cada letra, de mi intento de unir las letras para formar palabras, palabras que tejan un sentido, una verdad y que sean, además, bellas, ardientes en la aridez de mi pensamiento... (222)

Sus manos inquietas y su cuerpo adolorido entran, junto a otras fuentes de zozobra, si bien no en la fábula de Solano Patiño, sí en la escritura a la cual no pueden dejar de pertenecer, que no deja de prometer devorarlos. Roland Barthes decía que en la ficción literaria, el que habla (en el relato) no es el que escribe, y el que escribe (en la vida real) no es.[4] Y esto es cierto en gran medida, pero *quien sí es*, es la escritura: porque el reino de la fábula no le pertenece a nadie si no a la escritura, tal como la noche sin fortuna le pertenece a la cruel dama vestida de blanco que asola a los jovencitos bien de Cali. El "Apéndice", más que una digresión, es un desvío abrupto, no de la trama relatada, sino de la obra misma:

> Si interrumpo este teclear se va a crear un vacío, una falta de algo en esta oficina. Seguro que todos pensarán "Como escribe el muchacho, como". En lugar de estar escribiendo esto, interrumpiendo páginas de una novela a la que ya no torno con las ganas de hace seis meses, debería continuar el diario de reflexiones sufrientes que en torno al cine comencé en Los Ángeles (escribo Los Ángles y no L.A.) para alinear más palabras, quién sabe cuántas otras construcciones que no dependerán de esta pobreza, de esta abulia, no, no muchas, aquí se está bien porque el calor no entra y la máquina, ya lo dije, es suave...

Lo que la escritura otorga, la escritura quita, y estas líneas registran cómo la conclusión de la novela le ha sido arrebatada a su autor por una devoradora insensible como la piedra, que no deja de seducirlo, pero que no acaba de devorarlo, que ni siquiera le otorga el refugio de la aniquilación reintegradora dentro del todo originario, maternal (la "noche primogénita" –o su equivalente, reclamada por el amor "que aullaba"). En la fábula de Solano esa devoradora es Antígona, en la fábula de Caicedo, es la escritura.

Antígona es aquí la substituta obvia de la madre, que también muy obviamente *no equivale* a la madre, al prometer encarnar esa otra cosa foránea a la maternidad realmente existente, y que sin embargo le es demasiado afín: la concepción en reversa, la devoración aniquiladora que recupera al ser engendrado, lanzado a la orfandad de la existencia, para devolverlo a la totalidad originaria y protectora de la no-existencia. La obsesión edípica del protagonista de esta novela se repite, se machaca hasta la belleza, en una secuela de escenas y evocaciones que alcanzan una intensidad diáfana, en contraste con las sombras de la calle. Solano prevarica durante la tarde de su gran salida a la fiesta de quinceañera de Angelita. Los padres ya lo han despedido y comparten en el dormitorio el ocio de fin de semana. Solano no acaba de irse, ronda el dormitorio donde siempre late la intolerable escena primaria del sexo entre papá y mamá.[5] Lo embarga el miedo porque intuye que esa noche es en verdad el quinceañero de su generación; esa noche marca su iniciación como adulto y el despegue simbólico y definitivo de una madre demasiado joven y bella cuyos remozados retozos conyugales lo encienden en celos. Se despide en falso y vuelve a despedirse sin fin:

> ¿Y qué pasa? Dijo mi papá, ¿no te podés ir solo o qué?
> Es su primera fiesta, está que se muere de miedo, dijo ella, y allí en medio se comenzó a reír hasta que se le acabó el aire y se le apretó el estómago, entonces se quedó toda en sonrisas, con todos esos hoyitos, yo casi me enloquezco... (30)

Entradas las diez de la noche, después de un mudo adiós en que se derrumba y se prosterna ante la madre, que no comprende o prefiere no comprender que el gesto significa *dime 'no te vayas'*, Solano a duras penas reúne fuerzas para salir definitivamente al encuentro de su noche sin fortuna: "Pero yo me fui de ella [mi madre], y de la casa [...]. Salí a la noche" (34). El periplo errático, indeciso, cargado de pretextos, que emprende antes y después de llegar a la fiesta, no le impide admitir que ha salido en busca de Antígona, la misma que suele vestir bluyines lindamente como su madre, la "mujer mayor que es más bonita y más peligrosa que ninguna" (215), la "señora casada" (198), la dama vestida esa noche de blanco cuya compañía prestigia a imberbes alebrestados como Daniel Bang, su "novio", y al mismo Solano Patiño, el amigo que se la "quita".

El tópico del canibalismo no es precisamente el más original ni fuerte de la novela, no empece los énfasis de la crítica. Sin necesidad de abundar, remarquemos que Antígona no falla en comerse, con resoplidos "de ballena,[6] o de tigre y tiburón" (210), al primo de Solano Patiño, vástago como él, de la alta burguesía, el tal Juan Carlos Mariátegui. Sobre las ruinas de la casona familiar donde yacen sus huesos (limpiados por los dientes de Antígona), se erige más tarde el Hotel Internacional. La alegoría en torno al rol de la burguesía nacional no puede ser más patente; tampoco el epitafio del narrador, que es un manifiesto tallado sobre la tumba de su generación:

> ... un muchacho enfermo y abandonado que había escrito miles de cartas a sus padres sin localizarlos nunca, sin nunca obtener respuesta. [...] Muerte por desesperación y pobreza moral. Cosas de los jóvenes de hoy en día. (213)

Pero lo que nos interesa no es el regodeo en el canibalismo o el vampirismo hollywoodense, más *camp* que siniestro, incorporado por Caicedo a la literatura colombiana, sino el *impasse* que este giro de la fábula provoca en el desenvolvimiento de la novela, hasta el punto de suspenderla. Es cierto que se suspende en el momento de contradictoria satisfacción y alegría ya señalado, cuando Solano se sabe escogido para la noche por Antígona, cuando su monólogo interior registra frases estilo bolero de tierna ironía y ambigüedad:

> ... mi vida es una impertinencia total, un sinsentido, y por eso se aprovechan. Pero es mía. Ella y mi vida, aunque soy otro... (215)
> [...]
> ... ahora nos vamos, mi amor y yo, a tierras más prometedoras. (218)
> [...]
> No hay nada peor que el despertar en el que uno no advierte ninguna posibilidad mejor para el nuevo día. Si la noche durara siempre. O si uno no se levantara nunca... Pero mi noche se perfila gloriosa, acechante. (216)
> [...]
> La dicha me alcanzaba, sólo que a veces yo iba más rápido que ella. (219)

Sin embargo, notemos que Antígona realmente no acaba de concederle al narrador la ofrenda de devorarlo; no es inminente en el relato el cumplimiento de su promesa implícita; de ahí la vacilación, el "Apéndice" y la suspensión de la novela. Estimo que Caicedo se resiste a endilgarle a su novela la solución mitológica de la entrega a la gran madre obscena y devoradora; rechaza someter a su protagonista a la lógica del sacrificio. Tal vez prefiere así, no rendirle tributo al suicidio sacrificial y gozoso tan caro a los mitos del poder. No cabe duda de que el suicidio ronda la obra de Caicedo, mas ésta no necesariamente le proporciona un santo altar de sacrificio.

Es el compromiso con la escritura el que le permite a Caicedo interrumpir el acabamiento de la obra para no dejarla en manos del expediente mítico en el que ha incursionado guiado por los monstruos occidentales del ego (Telémaco, Edipo, Medusa...). En consecuencia, el "Apéndice" que interrumpe la novela no vacila en repasar otras obras posibles, otros géneros, que palpitan en el cajón de manuscritos o en el tintero del autor, y aún más, las hablas plurales a las que responden sus posibles escritos, a tono con la intuición de que nada le da más vida a una estética verbal, que mantener el vínculo activo con las hablas de su tiempo, a la escucha del dialogismo social. El "Apéndice" no sólo actúa entonces como un respiradero conectado al exterior, que oxigenaría una obra detenida en las aporías mitologizantes de que dispone, sino para "trazar un círculo en cuyo interior vendría a inscribirse el afuera de todo círculo".[7] Así, el "Apéndice" va repasando una serie de enunciados que de hecho exponen a la obra a hablas diversas que incursionan como posibles preguntas y respuestas en la escritura, tales como "el diario de reflexiones sufrientes en torno al cine" mencionado en la cita anterior, "la versión definitiva de la crónica de Cartagena" (223), las "cartas [a mi mamá] que escribía acostado, enfermo, llorando" (224), el recuerdo de una lectura de *La casa de Usher*, la edición de la revista *Ojo al Cine*, las críticas de un amigo a la novela anterior *¡Que viva la música!*,[8] el desprecio del padre por su trabajo ("y mi papá no tendría oportunidad de decirme que lo que escribo son cosas sujetas a modas y pendejadas", 226) y sus propios sueños, entre muchos otros.

La "Nota final" funciona igual que el "Apéndice", con la excepción de que al comienzo presenta una anécdota intradiegética sobre Daniel Bang, es decir: plenamente instalada dentro de la fábula. Pero el segundo segmento de la nota vuelve a inscribir el afuera de la novela, el exterior que como una herida invade el cuerpo de la obra, construyendo otro cuerpo con el afuera de todo cuerpo. No sorprende, en este sentido, la fisiología expulsora que abre el segmento: "Acabo de defecar a deshora. Buena señal de que me desintoxico"–, obvia referencia, además, a las dolencias adictivas del autor y a su íntima relación con esa química foránea que interfiere los órganos, rearticulando el deseo a su propia pulsión molecular, no disímil de la escritura que conduce tan insensiblemente la posibilidad misma de articular una sensibilidad:

> ¿No te sientes muy mal o al menos muy curioso escribiendo por el mero hecho de producir ruido de tecleo? [...] Mientras esta máquina esté sonando, me siento protegido como por una cortina de humo, y eso está bien. Mientras mis dedos estén produciendo ruido... suben mujeres, yo me descruzo las piernas para quedar en una posición más sugestiva... ¿servirá esto que escribo? [...] Esto se llama seguir el método de W.S. Burroughs para la novela. Escribir automáticamente, sin que nada nada nada importe, sin que haga falta narrar verdaderamente nada. (236-7)

Burroughs, cabe decir, se amparó en la toxicomanía, o más bien en su pugna contra ella, para escribir, pero Caicedo, pese a que no desconoció la toxicomanía, no se refugió en ella ni en su repudio. Caicedo no halla dónde sujetar el borde por donde se derrama su obra que no sea alzándose en ofrenda a la devoración que él le reclama a la escritura misma, o prosternándose implorante ante ella, como ante una madre-medusa sin otro poder mitológico que la disolución de los mitos de su generación perdida. Si la novela registra cómo Solano queda suspendido ante una virago vampiresca que no se digna a devorarlo así como así, cual un cliché canibalístico más, la "Nota final" registra la suspensión ante una escritura que no le entrega a Caicedo fábulas ni mitos de devoración capaces de estar a la altura de su excepcional conciencia crítica:

> Poder escribir "no se puede más", como G.C.I.,[9] qué tal la satisfacción al poder escribir eso. Darle consejos, pobrecito. Tengo a Solano Patiño con su destino suspendido en mitad de la noche sin fortuna, y su noche no me da pa más. Tengo a Antígona sin poderlo terminar de devorar. Tengo a Danielito Bang tirado del carro dando vueltas como un loco por la ciudad, y sin encontrar consuelo. (240-1)

Este texto de la "Nota final" es tan errabundo como la expedición nocturna de Solano Patiño. Luego de aludir a anécdotas de su presente cotidiano, a amigos como los hoy directores de cine Luis Ospina y Óscar Campo, a personajes e incidencias hoy inidentificables y aún a su propia hermana Rosario, Caicedo no deja de regresar a la búsqueda imposible de Antígona, pretendiendo asumir él mismo, ya en tono ambiguo, entre autobiográfico y novelesco, la búsqueda de ese protagonista que acaba de abandonar "con su destino suspendido en mitad de la noche sin fortuna":

> Gracias a ti, Antígona, que me elegiste de sólo posar tu mirada en mí y me diste el entendimiento, la inmediata comprensión de que me habías elegido... [...] Erraré por estas calles y te buscaré hasta encontrarte, hasta que sientas una vez más deseo de mí, deseo de la carne fresca que te consigo. [...] Eva primigenia, que me encontrarás en esta esquina a la hora que te dé la gana divina... [...] Ven, ven por mí. (242)

En este implorante final de su "Nota final", Caicedo le arrebata la voz a su protagonista, para terminar reiterando la petición del personaje que no ha recibido respuesta dentro del relato mismo ni la recibirá en la nota adjunta. El autor de la "Nota final", ese Andrés Caicedo que escribe y "no es", funde tanto la voz del que habla en el relato (Solano) como la de quien escribe porque no puede *ser* sino en su escritura, para emitir un solo aullido de amor completamente neutro y fantasmal, y no por eso menos dotado de un cuerpo lacerante que pertenece a nadie y a todos. La última expresión de la noche sin fortuna es una nota final añadida al texto propiamente novelesco, que no sólo desestabiliza la separación entre el interior y el exterior de la fábula, sino que desgarra la cobertura de la ficción, exponiendo una escritura sin refugio y sin consuelo.

Ni siquiera la noche, es decir, la gran metáfora de lo que en Caicedo es la sombra y el extravío cultivados en sus aproximaciones a la literatura, la música y el cine, le sirve de refugio a esta escritura. La experimentación con el extravío que caracteriza la obra de este niño envejecido de nuestra modernidad, constituye, en fin "una noche sin fortuna" –tal es el descubrimiento que nos lega la novela. El narrador en primera persona, Solano Patiño, menciona en más de una ocasión el centro del parqueadero de Sears que en las noches se convierte para él en una especie de hoyo negro, como el centro de una *mandala* mística donde se suspende la ubicación del personaje en el mapa demasiado real de Cali, y que sirve de corredor clandestino a una utopía de la imaginación donde no hay "Nada de vergüenza. Sólo memoria" (38). Esta zona oscura impenetrable donde nadie ve a uno, le promete también una suerte de útero protector a Solano en medio de la ciudad, secreto que él sueña compartir con otros:

> Si alguien está allá en el centro de la plaza, tiene que ser amigo.
> [...]
> Cuando llegué a todo el centro tantié un poco, acostumbrándome a la oscuridad.
> Pero no había nadie.
> Chévere que sería poder estar acá con alguien, algún día, y compartir lo que se siente viendo desde adentro, en donde somos sombra. Donde soy sombra.

Por eso tan pronto Solano se ve surcando la ciudad esa misma noche en compañía de su mejor amigo y la mujer (Antígona) que piensa "quitarle" a ese mismo amigo, lo primero que hace es invitarles a compartir su secreto del parqueadero de Sears. Allí van a parar en el auto de Antígona, estacionándose en medio de la sombra. Este prosaico lugar de la ciudad no deja de obsequiarles su lado portentoso a Solano y sus cuates, después de todo, cada lugar, aun el más humilde, tiene su magia: pronto los rodean olas atronadoras, el auto sobreflota y Antígona aúlla, excitada. Pero se trata de un realismo mágico inconsecuente y bastante degradado. El agua apesta a pescado podrido. Luego no es tanto un mar sino una laguna de aguas negras. Y finalmente es el mismo pavimento alquitranado y duro de siempre que reluce como agua. Pero no todo lo que reluce con la luna es mar. La escritura de Caicedo no se engaña ni nos engaña, ya en esa época esta novela parodia la deriva mítica del todavía reinante realismo mágico. En suma, esta noche escenifica una última cita de Caicedo con sus metáforas de la sombra y el extravío, un decirle "hola y adiós" a una juventud orfandada por la modernidad, una juventud que de tanto experimentar y no hallar la fuente de la experiencia auténtica, envejeció sin plazo de espera. Pero quizás la experiencia auténtica sí le fuera concedida a uno de los ángeles del extravío de esa generación, en una escritura que prefirió errar sin refugio y sin consuelo, aullando e implorando el amor imposible, antes que claudicar ante los mitos bienpensantes de su tiempo.

NOTAS

1 Véase Romero Rey, "Luz al sendero de *Noche sin fortuna*", prólogo a la primera edición de Andrés Caicedo, *Noche sin fortuna.* Reimpresa en 2007.
2 Página de la edición citada. Énfasis suplidos.
3 Shakespeare: "¡Insensible, eres roca, duro como el acero!" (*Venus y Adonis*); Rubén Darío: "Dichoso el árbol, que es apenas sensitivo / Y más la piedra dura, porque esa ya no siente" (*Lo fatal*).
4 Roland Barthes, "Introduction á l'analyse structurale des récits" (20).
5 Véase Freud, "Historia de una neurosis infantil (El caso del 'hombre de los lobos')".
6 Presumible homenaje a la quimera del deseo y el horror de *Moby Dick* (Mellville), aludida en el texto.
7 Véase expresión de Maurice Blanchot en *El diálogo inconcluso* (140).
8 Se refiere, obviamente, a alguna lectura del manuscrito de ésta, que no se publica sino el día de la muerte del autor.
9 Guillermo Cabrera Infante.

BIBLIOGRAFÍA

Barthes, Roland. "Introduction á l'analyse structurale des récits". *Communications 8*. Paris: Seuil, 1966.

Blanchot, Maurice. *El diálogo inconcluso.* Pierre de Place, trad. Caracas: Monte Ávila, 1996.

Caicedo, Andrés. *Noche sin fortuna.* Bogotá: Norma, 2007.

Freud, Sigmund. "Historia de una neurosis infantil (El caso del 'hombre de los lobos')". Ensayo LXXXV, *Obras completas* Vol. 10. Buenos Aires: Orbis Ediciones, 1993.

Romero Rey, Sandro. "Luz al sendero de *Noche sin fortuna*", prólogo a la primera edición de Andrés Caicedo, *Noche sin fortuna.* Bogotá: Norma, 2002.

De Andrés Caicedo a León Valencia: ¿el suicidio como clausura o como apertura?[1]

Felipe Gómez Gutiérrez
Carnegie Mellon University

Hace treinta años, el escritor caleño Andrés Caicedo se quitaba la vida con una sobredosis de barbitúricos, inscribiéndose así en el universo de personajes que, como Marilyn Monroe y Alejandra Pizarnik, optaron por lo que Caicedo daba en llamar "el Gran Sueño del Seconal" (Caicedo, "Hollywood" 148). El suicidio de Caicedo ha sido sin duda un factor que ha contribuido a la difusión de su obra. Sin embargo, esa muerte prematura se sigue manteniendo como una pregunta abierta e incita a la revisión de sus textos en busca de claves que permitan, si no resolverla, al menos aproximarnos al valor que le quiso imprimir él mismo a su muerte. Se escucha que Caicedo expresó de manera pública y repetida su intención de no vivir más allá de los veinticinco años y que luego de un par de intentos frustrados tomó la determinación definitiva poco después de recibir de manos de sus editores en Colcultura (el organismo estatal encargado en aquella época de la difusión de las obras literarias y culturales colombianas más representativas) el ejemplar de su novela *¡Que viva la música!* listo para publicación. Así daba además cumplimiento a una de las máximas con que la narradora de ese texto, María del Carmen Huerta, finaliza su relato: "Si dejas obra, muere tranquilo, confiando en unos pocos buenos amigos" (*¡Que viva la música!* 188). Por ser uno de los textos en que Caicedo trabajaba en la época que precedió a su muerte, esta novela podría ser leída como un testamento o una nota suicida, un documento que permite aproximarnos a sus ideas sobre la funcionalidad del suicidio y su potencial relación con la independencia del sujeto y, por extensión, de la colectividad.

Siguiendo ese propósito, la reciente publicación de *Con el pucho de la vida* (2004), la primera novela de León Valencia,[2] establece un interesante punto de comparación con el texto de Caicedo, pues esta novela adopta al suicidio como su tema central. Examinar ambos textos en relación con este tema permite establecer una comparación entre algunos de sus casos y preguntarse por la posible continuidad establecida por los dos en el campo de la literatura colombiana. Ambos textos se ocupan del suicidio entre personajes jóvenes en dos de las principales ciudades colombianas, Cali y Medellín, durante la época inmediatamente anterior a la aparición de los grandes carteles de la cocaína, y en ambos la música popular juega un papel fundamental. Sin embargo, existen también diferencias notables entre ellos, y para el propósito de este ensayo no puede dejarse de lado el hecho de que el escritor de uno sea él mismo un suicida, ni tampoco que el de el otro lo haya escrito con mirada retrospectiva, hablando de hechos ficcionales ocurridos aproximadamente veinticinco años antes de su fecha de publicación.

Las discusiones más recientes sobre el suicidio tienden a examinar su causalidad e instrumentalidad como arma política e ideológica, especialmente en relación con los llamados atacantes suicidas y aquellos que han logrado evadir las maquinarias de control de la vida en lugares como la prisión de Guantánamo, hechos dramáticos que son expresión del momento que vivimos. Pero la pregunta por la independencia con relación al suicidio es una cuestión ética compleja que la filosofía se ha formulado y ha intentado responder de maneras distintas durante siglos. Kant, por ejemplo, se opone en su moral al suicidio por considerarlo un acto de rebeldía frente al ser creador, además de contrario a una libertad y autonomía que son condiciones de vida y que pueden usarse sólo a través del cuerpo viviente: autodestruirlo implicaría para Kant aniquilar esa posibilidad.

La independencia, por otra parte, es generalmente definida como la libertad frente al control o la influencia externa, tanto en el caso de los individuos como en el de territorios y naciones. Su etimología (del latín *dependere*) implicaría el no pender de, o no estar subyugado a, ninguna autoridad o condicionamiento, sino a la propia voluntad. Pero si, en el caso de los seres humanos, definir con precisión el papel de la independencia en la decisión del suicidio es materia complicada, lo puede ser aún más en el caso de los suicidios ficcionales, pues el conocimiento de la voluntad de los personajes es necesariamente limitado para los lectores, y con frecuencia también para los escritores. Por eso quizás sea más provechoso utilizar para este análisis una definición operativa que siga el delineamiento foucaultiano según el cual la libertad sería la apertura de posibilidades de una época, "el momento de lo inesperado en oposición a lo normalizado, lo imprevisto como opuesto a lo determinado" (Oksala 188).[3] Siguiendo esta definición, quiero enfocar la atención en las "fracturas virtuales" que posibilita el evento del suicidio en los textos de Caicedo y Valencia, los signos de que, a partir del suicidio, algo de *lo que es* está *dejando de ser*. En este sentido, el suicidio se pondría en contacto con la independencia individual y colectiva en la práctica de la resistencia y en los breves momentos en que sus resultados se hacen concretos (Oksala 209).

¡Que viva la música!: el suicidio como ejemplo

Para una novela cuya intención principal es ocuparse del papel que tiene la música popular en el desarrollo de la conciencia política de su protagonista, y que sigue los consecuentes desplazamientos geográficos y corporales de ésta (su "desclasamiento"), el suicidio tiene en *¡Que viva la música!* un rol bastante principal. La novela de Caicedo no sólo está poblada por personajes que se suicidan o que casi con certeza realizarán este acto en el futuro, sino que contiene además, en una especie de manifiesto situado al final de la narración de su protagonista y que presumiblemente vendría de ella, varias máximas que invitan al suicidio. A continuación cito algunos ejemplos que aparecen en esta sección con la intención de recrear un poco el tono de desafío nihilista y contracultural con el que se sitúa el suicidio en estas páginas:

> "bienvenida sea la dulce muerte fijada de antemano. Adelántate a la muerte, precísale una cita". (186)
> "Para la timidez, la autodestrucción". (189)
> "Para endurecer la unidad sellada, ensaya dándote contra las tapias". (189)
> "Muérete antes que tus padres para librarlos de la espantosa visión de tu vejez. Y encuéntrame allí donde todo es gris y no se sufre". (189)
> "Tú enrúmbate y después derrúmbate". (191)

Hay en esta novela un suicidio en particular que, a mi juicio, es fundamental para su trama y desarrollo. Es el de Mariángela, *doppelgänger* de la narradora, quien se quita la vida arrojándose del piso decimotercero del edificio de telecomunicaciones (Telecom) en Cali. Mariángela y la Mona (María del Carmen Huerta, la narradora) forman parte de la juventud que habita eso que esta última da en llamar el "sector más representativo y bullanguero del Nortecito... el primer Norte, el de los suicidas" (*¡Que viva la música!* 31). El suicidio es en el espacio así designado un acto mitológico o legendario más en la enumeración de "los elementos del desastre" que definen la ruina o la decadencia de una zona urbana fuertemente dependiente de los Estados Unidos en lo cultural y lo económico. A esta dependencia podría adscribírsele la conformación de una contracultura juvenil que escucha y adopta los valores de la música rock en inglés (que "le mete a uno muchas cosas raras en la cabeza", opina la narradora (89)) y que se rebela consecuentemente contra la generación de sus padres, a menudo de forma violenta, como en el caso de los personajes del Flaco Flores y Pedro Miguel Fernández, señalados por envenenar y asesinar a miembros de su familia inmediata: "Fue allí cuando los columnistas más respetables empezaron a diagnosticar un *malestar* en nuestra generación" (58), afirmará la Mona quien, habiendo crecido en esa zona, se manifestará en un principio identificada tanto con Mariángela como con esa subcultura.

Mariángela es para la Mona un modelo idolatrado, el *sine qua non* original a partir del cual se reconoce ella como copia. La Mona la describe como "la primera del Nortecito que empezó esta vida, la primera que lo probó todo. Yo he sido la segunda" (18). Su admiración se basa en el conocimiento que tiene Mariángela de la música rock (hasta "decía nombres de músicos y de canciones en inglés" (19)), sus dotes para bailarla y su actitud independiente, que genera respeto entre hombres y mujeres por igual. El deseo de la Mona de parecerse a ella llega al extremo en que las confunden en la calle: "ya nos decían: 'se parecen tanto, que si uno sale con la una es como salir con ambas'" (88). Eso sí, admite la Mona, Mariángela era "rara" (62). Esa "rareza" es definida por ella en términos de "angustia" (62), y también de un carácter "poco femenino" que no se alínea con las expectativas de la generación de los padres ni de la suya. Si se considera el sentido que Sartre le imprime a la angustia, situando su origen en "la confrontación con una situación que parece ofrecer potencial de muerte [. . .] y la comprensión de que se es absolutamente libre en el sentido de que sólo uno mismo puede abstenerse de hacer algo, incluso si se trata de lanzarse al vacío" (Laskar 417), la angustia de Mariángela y su interpretación contracultural del ser mujer están vinculadas estrechamente. En principio esto tiene que ver con su orientación sexual: Mariángela rechaza a los hombres en el baile y ridiculiza su sexualidad, como lo declara en tono despectivo en un rincón de su casa mientras le almohadilla los senos a la Mona. Intentando una explicación para su suicidio, la Mona dirá más adelante que "Le faltaba el sexto [sentido], ese que tenemos nosotras las mujeres" (*¡Que viva la música!* 64). Puede presumirse entonces que entre las causas de su suicidio se encuentren el aislamiento y la incomprensión generados por su orientación sexual alternativa.

Otro elemento que parece tener incidencia en su decisión es el evento traumático del suicidio de su madre, con quien Mariángela tiene una relación tensa y distante, con poca comunicación y muchas diferencias. De la madre se sabe que es una devota católica y que asiste los sábados a misa en San Judas (*¡Que viva la música!* 41) y cuenta la narradora que una noche "se tomó una inmensa sobredosis de Valium 10 y no despertó nunca" (89). Cualquiera que haya sido el motivo, lo que se resalta es que "Mariángela decidió vivir más que nunca a partir de ese nuevo día". Es revelador que el recuento de esa decisión preceda inmediatamente en la narración al de su prolongada reclusión voluntaria y al momento en el que Mariángela "[c]aminó despacio hasta el centro, saludando amable. Llegó al edificio de Telecom, subió en ascensor..., y se tiró de cabeza, con las manos tapándose los oídos, desde el treceavo piso" (90). Dada la contigüidad de la decisión y la reclusión, la narradora parece inclinada a pensar que ese "vivir más que nunca" estaría necesariamente relacionado con el lanzamiento al vacío, su intención avisada de antemano de "*ver* esta ciudad desde arriba" (que la Mona asume erróneamente que se refiere a un "viaje a las montañas"). Este suicidio (que recuerda al del filósofo francés Gilles Deleuze, al penoso intento realizado por el cantante Héctor Lavoe, y a tantos otros) tiene la particularidad del gesto simbólico que le define como un acto esencialmente comunicativo, "una forma simbólica del lenguaje, un silencio diciente".[4] Digo esto tanto por la elección del edificio del cual salta Mariángela para convertirse en "parte del aire", que sugiere su intención de fundirse con las ondas sonoras desde allí emitidas, y además por el gesto de taparse *no los ojos* sino los oídos con las manos, como quien quiere bloquear un sonido bestial mientras ve acercarse vertiginosamente el pavimento contra el cual estrellará la existencia.

El suicidio, afirma Margaret Higonnet, transforma al espectador en partícipe activo en la producción de significado (229). En un planteamiento basado en Walter Benjamin y Aleksandr Rodchenko, Higonnet propone al suicidio como "el acto autobiográfico por excelencia", pero uno que se enmarca a partir del "corte suicida" para crear "un punto de vista oblicuo dirigido hacia un entendimiento que reside más allá de la máxima social, y quizás más allá de la narrativa misma" (229). Esto parece estar en concordancia con la actitud de la Mona, quien ve en esta gestualidad la prueba de que el suicidio de Mariángela requiere ser leído e interpretado; y de que el momento en que se funden en ella la "línea de fuga" y la "línea de muerte", como señala Sweeney-Turner en sus preguntas a propósito del suicidio de Deleuze (194), quedará impreso en la (anti-)memoria para generar respuestas. Para la Mona el suicidio de Mariángela no es un acto egoísta sino, por el contrario, altruista; es definitivamente lo contrario de una derrota: "cuando se tiró supo que llevaba todas las de ganar... quiso hacer un ejemplo, una especie de comentario", comenta (*¡Que viva la música!* 90). Es decir, se trata de una muerte pensada en relación con las consecuencias sobre los demás.

Como en la discusión que hace la Mona de la muerte de Brian Jones (integrante de los Rolling Stones), el suicidio de Mariángela en la novela queda como un modelo de la manera en que la muerte, y especialmente *la manera* de morir, pueden darle sentido a la vida. A nivel del texto, además, su suicidio cumple funciones precisas. Anticipado para los lectores desde las primeras páginas, este suicido añade a su historia un elemento de suspenso al tiempo que ofrece una ventana para observar lo que la Mona decide tomar de ella para seguir conformando su vida. Por ejemplo, es a través de la vida de Mariángela que la Mona conoce a Leopold Brook (cuyo nombre podría insinuar una referencia a Leopold Bloom), el pelirrojo guitarrista estadounidense con quien perderá la virginidad y penetrará la cultura y los valores de la música rock, incluida la narcodependencia. Pero es con la muerte de Mariángela que la narradora *superará*, en un dialectismo heideggeriano, esta etapa de su vida y se arrojará de una vez por todas a descubrir lo que tiene para ofrecerle la inesperada e imprevista sección de la ciudad que baila y crece al otro lado del río. Igual que Mariángela luego del suicidio de su madre, la Mona afirma sentirse desde ese día más viva que nunca. Pero para ella (la "siempreviva"), estar viva significa dejarse arrastrar por la vitalidad de la música. El suicidio de su amiga funciona entonces como puente figurado hacia cambios radicales: el abandono de Leopold y la ruptura con el universo del Norte al que acusa de marchito y exhausto, agotado de posibilidades: muerto. Si Mariángela se lanzaba al vacío con los oídos tapados, la Mona se desploma metafóricamente a partir de ese momento desde la punta de la pirámide socioeconómica con los oídos más abiertos que nunca en un suicidio social que ella denomina desclasamiento. Vale la pena recordar acá que para Deleuze y Guattari el suicidio también está vinculado estrechamente con la desestratificación.[5] De hecho, la Mona ya ha afirmado para ese momento lo siguiente al reflexionar en retrospectiva sobre su desclasamiento y el acto de deshacerse de las "malas costumbres" con las que creció: "Sé, no me queda la menor duda, que yo voy a servir de ejemplo" (*¡Que viva la música!* 42). Tanto el dramático suicidio físico de Mariángela como el suicidio social que acomete la Mona como respuesta han de servir de modelos: la manifestación de su desprecio por la rendición del grupo de sus antiguos compañeros de rumba, para quienes el cansancio redunda en una súplica de paz, entendida como pausa y ausencia de volumen, es de alguna forma cerrar los oídos a esa antigua vertiente y abrir el cuerpo y la conciencia a lo que aparecerá mas abajo, en el sur.

La desaparición de Mariángela es en ese sentido consistente con la progresiva incapacidad de la Mona de satisfacer su curiosidad y vitalidad. Si en un principio se identificaba con ella y llegaba a parecérsele excesivamente, hay un punto en el cual se empiezan a distanciar: "'Ya no te entiendo', le decía yo al final de los últimos días, cuando ya francamente no era que me molestaran sino que no me interesaban sus letargos, o no compartía sus insultos cuando un muchacho insistía en que bailaran" (*¡Que viva la música!* 62). Además de señalar nuevamente en la cita anterior su diferencia sexual, se va haciendo claro cómo, llegado el momento, el original se hacía innecesario frente a la presencia y la realidad adquiridas, en términos hegelianos, por la copia. Así lo sugiere la Mona en su narración: "Yo no sé si esto de irse pareciendo a otra persona es ofrecerle al mundo un refuerzo de una personalidad fascinante, o ganas de quitársela al mundo y suplantarla... [D]e tanto parecérsele, le iba robando la persona, pues la mejoraba o la copiaba tan fielmente que, una de dos, el original o el facsímil se iba a hacer innecesario" (88-9).

Un caso similar se da más adelante con la aparición y posterior fuga de Maria lata Bayó, la puertorriqueña. "Tengo tres Marías", dirá la Mona (*¡Que viva la música!* 181) y, de hecho, Mariángela, María del Carmen y María lata constituyen una trinidad de personajes femeninos entre los cuales la Mona se erige como la síntesis sobreviviente. La "Siempreviva", como se autodenomina en las últimas páginas, prevalece luego del suicidio de Mariángela y el regreso de Maria lata a su país de adopción, y vaticina que ésta terminará por suicidarse: "Que USA terminará matándola, ya lo prevenía. [...] Encerrada vive dándole vueltas a la idea de coger un día y tirársele a esas paredes que tanto observa. Y sentir que el otro borde de su reclusión es lamido noche y día por el mar chicloso de Miami... la mierda color *shampoo*" (179). Como nos enseña la astronomía que suele suceder en el cosmos entre estrellas gemelas, en cada una de estas sucesivas parejas dialécticas el personaje de la Mona termina por hincharse al límite hasta explotar y devorar a su hermanable otra.

Con el pucho de la vida: posibilidad abierta

En la novela de Valencia el suicidio comparte algunas de las funciones anteriores aunque también se distancia de manera significativa de lo planteado por la novela de Caicedo. A nivel de la trama, por ejemplo, es la curiosidad que le despierta un primer caso de suicidio al protagonista de esta novela, el reportero colombo-argentino Sergio Baldini, lo que comienza a desarrollar la historia. Baldini tiene la intención de realizar una serie de columnas periodísticas sobre los suicidas de Medellín. En su propósito colabora un hombre de nombre Ramiro, quien además de policía es coleccionista, que reúne notas de suicidio encontradas durante levantamientos de cadáveres. Como puede intuirse desde acá, el acto suicida es el generador de todas las historias en esta novela (cuatro de los cinco capítulos están dedicados a desarrollar la historia de algún suicidio) y es el punto en el que convergen vidas y muertes. En palabras de Higonnet "El suicidio provoca narrativas, tanto la narrativa inscrita por el actor como sujeto, como las historias creadas alrededor del suicidio como objeto enigmático de interpretación. Pues el gesto autodestructivo convierte a una persona tanto en sujeto como en objeto de la acción" (229). Las notas suicidas cumplen en este texto con el objetivo de convertirse en sustitutos de ese enigma interpretativo, adscribiendo una causa principal para que el sujeto termine con su vida. En esa medida, Baldini y Ramiro se convierten en los guardianes de la interpretación, y de ellos depende la circulación del significado del suicidio, lo cual tiene consecuencias tanto al nivel de construcción de la novela como al de la trama misma.

Ambas novelas aluden a la vida o la vitalidad en sus títulos y la muerte es central al desarrollo de ambas. También la música, especialmente la salsa, tiene un lugar preponderante en sus tramas. El núcleo espacial de la de Valencia es el Bar El Suave, con el que todos los personajes, suicidas o no, tienen algún grado de relación inmediata: "había algo que unía a esta gente y no era compartir profesiones o pertenecer a la misma condición social o tener una militancia política común", se dice Baldini (56). A lo largo del texto se hace claro que la música y los suicidios son los ingredientes principales del engrudo social que enlaza, conecta y mantiene unida a esta comunidad.

El suicidio de Martha Echeverría, una joven estudiante colombiana en Francia, llama la atención de Baldini, quien investigando el caso termina encargado de cumplir el último deseo de la occisa: que la carta que ha escrito en sus horas finales de vida llegue a manos de quienes fueran sus compañeros de rumba en El Suave. A través del contenido de la carta y de conversaciones entabladas por Baldini con amigos y conocidos de Martha, quien también figura con el *nom de guerre* de Julia Ramos y el mote de "la Mona", sabemos que ella, como la también apodada Mona en la novela de Caicedo, es un personaje que encuentra en el ambiente de la rumba salsera el camino para desclasarse y distanciarse de una familia conservadora de clase alta.

En el suicidio de la Mona "paisa" se erige como causa principal el dramático descubrimiento de las aventuras extramatrimoniales de su padre. El suceso ocurre al poco tiempo de conocer que la antigua amante de su padre (y madre de su media-hermana) se ha lanzado hacia la muerte desde el sexto piso del edificio donde residía (48). Aunque esta Mona se presenta como un espíritu rebelde frente a las costumbres y los presupuestos morales de su clase social, esforzándose por separarse de ellos, el pretendido "suicidio social" pierde precedencia frente al tema de las relaciones familiares, una "extraña atadura que tenemos los antioqueños a la familia" sobre la que reflexiona ella en su carta (40). "La hipocresía y la falsedad" de una solapada estructura social que se ha empeñado en esconder la verdad de estas relaciones extramatrimoniales en aras de conservar intacto el prestigio social de su padre y su apellido se suman a la ausencia de redes sociales de apoyo y la incomprensión que vienen con su situación como extranjera para desembocar en la desazón que conduce a la trágica circunstancia de su suicidio, acontecido en 1977. No sólo el año será alusivo a la muerte de Caicedo: refugiada en el interior de su apartamento, acompañada por la máquina de escribir en la que redacta la carta y por un tocadiscos que le proporciona el fondo musical, Martha terminará con su vida al ingerir una sobredosis de calmantes (22).

No sería desmesurado proponer que la dupla suicida constituida por esta Martha/Julia/Mona y su *alter* madre es a su vez una imagen invertida y algo distorsionada de la generada en *¡Que viva la música!* por los suicidios de Mariángela y su madre. Existe, por una parte, y más allá de la sobredosis y el lanzamiento al vacío como métodos empleados, la idea de que la muerte voluntaria de la mujer mayor incide profundamente en la resolución de la más joven de acabar con sus días. La naturaleza de la decisión tomada por las mujeres jóvenes, sin embargo, es distante en ambas novelas: por más que el progresivo aislamiento adquiera importancia en las dos, para Martha/Julia/Mona se trata de la desesperación y la frustración producidas por el descubrimiento de las fisuras en una estructura patriarcal aparentemente apolínea y de las consecuencias que esos secretos tienen sobre ella y los demás. Esta historia, como se ve, no está distanciada del todo de la leyenda de Antígona. Mientras tanto, el suicidio de Mariángela en el texto de Caicedo es leído por María del Carmen como un pronunciamiento, un "ejemplo" que busca abrir a la fuerza un espacio para la existencia de formas identitarias alternativas divorciadas de las relaciones familiares y de los patrones heteronormativos que ellas refuerzan. A nivel funcional, por otra parte, si en la novela de Caicedo el suicidio de Mariángela servía para darle mayor fuerza de realidad dialéctica a la narradora, la muerte de la Mona de Valencia es el dispositivo que pone a Baldini en contacto con el microcosmos de El Suave y le inicia en su descubrimiento de las historias suicidas que componen la novela. Pero además pone también en movimiento actitudes defensivas convencionales por parte de la propia familia de la Mona, la cual hace circular la versión de un accidente con el fin de acallar cualquier escándalo. Queda en manos de Baldini romper esa tradición del secreto divulgando la carta, algo que se cumple en relación con los lectores de la novela, pero que se hace de manera muy limitada con los asiduos de El Suave.

Hablaba anteriormente de los suicidios de "las madres" como hechos traumáticos que de alguna manera condicionan el posterior suicidio de los personajes jóvenes femeninos. El hecho traumático presenciado en la infancia, señalado por Freud como causa del duelo y la melancolía asociados por él al suicidio, incide también en el caso de otro de los personajes de Valencia. Cuando era niño, Fernando presenció el cadáver de su padre nadando en sangre tras ser baleado por asaltantes. El recuerdo de este hecho tiene indudable relación con las pesadillas y los vómitos recurrentes que sufre (66), que a su vez remiten a los de Rubén Paces en *¡Que viva la música!* El vómito y la náusea, desde el punto de vista sartreano, implican una "impotente negación del ser al intentar de manera simbólica 'rechazar' un mundo del cual él es efectivamente rechazado".[6] Para Fernando ese mundo puede ser el del recuerdo de la sangre en cuanto material paradójico que indica vida y muerte (de allí la hemofobia que desarrolla durante su práctica de la medicina). Para Rubén, en cambio, es evidentemente la imposibilidad de recordar el evento más significativo de su vida.

A diferencia de Rubén, quien trabaja como discjockey de fiestas, a Fernando no le gusta la rumba y huye de cualquier cosa que le suene a salsa o a ritmo afrocaribeño. Se define así como complemento de la personalidad de Silvya, alias La Chiqui, personaje con quien mantuvo una relación amorosa duradera. Visiblemente alterado como consecuencia de la ruptura con ella, Fernando terminará ahorcándose. Aunque el recuerdo del trauma original tiene sin duda incidencia en su perturbada decisión, es el desamor el que toma prioridad en la hora final, todo lo contrario al caso de Rubén, para quien la relación con la Mona es apenas una piedra en el camino hacia una autodestrucción predeterminada ya no por la presencia del recuerdo sino por su *ausencia*.

A excepción de la muerte de la Mona Echeverría, en esta novela el desmoronamiento del ideal amoroso romántico y heterosexual es presentado como el motivo primordial para los suicidios. Hasta en el caso del Negro Jaime y Manuelita, los dos guerrilleros del ELN que se matan con sendos disparos bajo la boca al verse perdidos en un asalto policial (168), recibe la misma orientación. Estos dos personajes son los únicos que exhiben una ideología rebelde o revolucionaria, curiosamente ausente en los otros a pesar del pretendido carácter contracultural del bar El Suave. El Negro, con sus ideas de hacer la revolución musical, regalando cassettes de salsa y promoviendo letras de revolución, heroísmo popular y nacionalismo, hace inevitable pensar en el desaparecido Jaime Bateman, líder del M-19. También se detalla en la trama la entrega de Manuelita a la causa revolucionaria. Y sin embargo, al momento de narrar sus muertes la novela privilegia la historia de amor entre la pareja por encima de los elementos ideológicos que podrían dar para categorizarlas como suicidios revolucionarios, siguiendo los parámetros de Huey Newton.

El narrador anticipa el énfasis en lo amoroso en relación con los suicidios hablando de la colección de notas suicidas de Ramiro: "Tenía treinta y cinco cartas y veintiocho de ellas eran de amor, lo cual le indicaba que el ochenta por ciento de los suicidios en Medellín estaban atados al indescifrable mundo del corazón" (77). Aparte de que se nos niega a los lectores conocer las causas adscritas al veinte por ciento restante, el hecho de que esos otros suicidios estén, en palabras del narrador, "atados", como lo estaba Martha a su familia, sugiere la ausencia de verdadera independencia en la toma de la decisión última. A diferencia de lo que sucedía en la novela de Caicedo con personajes que llegaban incluso al parricidio y fratricidio, en esta hay un excesivo apego sentimental, un lazo perverso que genera la imposibilidad en los personajes de imaginarse existiendo sin el complemento humano que han llegado a definir como parte integral de una identidad fija, romantizada con nostalgia y percibida como irrecuperable.

Algo así se puede entrever en el suicidio de otra pareja, Olga y Gerardo. Estos suicidios cobran interés inicialmente en cuanto los personajes se presentan no como la tradicional pareja heterosexual y monógama, sino como parte de un círculo erótico y amoroso cuyo centro es Olga. Revestida del temperamento frentero y liberado que suelen tener las mujeres en esta obra, pero además llevando un paso más allá esa actitud libertaria al elegir a varios compañeros con los cuales mantiene relaciones simultáneas (aunque separadas), Olga termina sin embargo exhibiendo el mismo tipo de dependencia que revela Fernando cuando decide, tras la muerte de uno de sus amantes, ingerir un veneno para quitarse la vida. Gerardo buscará la muerte a su vez al recibir, de parte del esposo de Olga, la carta en la que ella le cuenta la historia de sus relaciones y le explica los motivos para su decisión (102). Empleando un ejemplar de la colección de armas que ha "logrado sacar de la acción" (123) y rodeado por cientos de libros en una pose minuciosamente estudiada, Gerardo se revienta los sesos en su despacho presa de la tristeza y la desesperación de saber muerta a su más preciada compañera amorosa e intelectual.

El frontispicio de la novela de Valencia, "No hay más que un problema filosófico realmente serio: el suicidio", es quizás la frase más famosa del *Mito de Sísifo* de Camus. Es apenas apropiado que sea el personaje del profesor universitario quien cite al escritor francés en su justificación del suicidio. Su lectura de Camus se centra brevemente en el desencanto existencialista, aunque no entra en detalle sobre el hecho de que Camus considere el suicidio una falsa promesa de libertad y escape del absurdo de la vida, ni que termine por privilegiar la responsabilidad que tenemos los individuos de confrontar este absurdo. Más que la apología de la vida que termina siendo la obra de Camus (Cismaru & Klein 105), el personaje de Ramírez elige visualizarla como una apología del suicidio.

Una de las funciones de Gerardo en la novela es claramente la de aportar el contexto para la discusión académica del acto suicida en relación con la libertad: "Sólo la generalización del conocimiento y de la autonomía del individuo podía conducir a la liberación" (125), decía. Luego de estudiar filosofía y letras en la capital antioqueña y hacer una maestría en Psicología en París durante el '68, Gerardo Ramírez profesa apasionadamente sobre la anarquía y el suicidio ante sus alumnos universitarios. Cuenta el narrador: "Su último gran tema fue la libertad en relación con el suicidio" (126). El resumen que se ofrece del diario íntimo que llega a manos de Baldini posibilita que conozcamos algunas de sus citas de proponentes, críticos, teóricos y defensores del suicidio como Spinoza, Camus y Durkheim (a quien Ramírez critica por contaminar la sociología con medicina). También podemos apreciar su conocimiento de algunos de los debates filosóficos y socio-psicológicos en torno al suicidio cuando expone su visión sobre la manera en que "la religión, el estado y la ciencia médica le habían hurtado al hombre... la posibilidad de decidir libremente sobre su propia vida" (126), al convertir el suicidio en un hecho pecaminoso y una afrenta contra un ser omnipotente y omnipresente que decide cómo y cuándo sucede todo en el universo, al criminalizarlo y llegar incluso a expropiar los bienes del suicida, y tratarlo como una anormalidad médica y una enfermedad mental, respectivamente. Hay aquí una conciencia de los argumentos esgrimidos por Santo Tomás, Kant y Freud, mientras que en su rechazo a algunos de estos argumentos existen ecos de las réplicas hechas por Hume a estos argumentos. "El último grito de libertad se daría el día en que el hombre rescatara de manos de Dios y de los siquiatras la potestad sobre la vida", añadirá Ramírez (124). Al ser acusado en la universidad de promover el suicidio, argumenta que para que disminuya la ocurrencia de este hecho es necesario no callarlo sino abolir las condenas, confiando en el sentido de responsabilidad de los individuos (127). Aquí están delineadas las conclusiones a las que llega en 1895 William James en su discurso "*Is Life Worth Living?*". Si despenalizáramos y desestigmatizáramos el suicidio, argumenta James, estaría claro que la vida vale la pena vivirla porque puedo –pero me *niego* a– cometer suicidio. El suicidio se convierte entonces en el signo y la promesa de independencia y autodeterminación en el momento justo en el que es rechazado: "Sólo si arriesgamos nuestra condición de persona en cada momento se hace cierto que vivimos" (James 238). Pero el mundo en el que Gerardo vive y muere no es este ideal, y antes de quitarse la vida deambula por la calle recitando el "Nocturno" de José Asunción Silva (a quien Olga ha invocado en su hora final), inscribe en una pared un famoso verso de Cesare Pavese y destruye aquellos de sus libros en que se discute el suicidio.

¿Suicidio e independencia?

Un vistazo a la situación en que se encuentran los personajes principales en el final de ambas novelas permite reflexionar sobre la función de los suicidios en ellas, y aventurar si alguno de ellos ha abierto mayores posibilidades o, en otras palabras, si ha activado mecanismos de independencia individual o colectiva. En el último capítulo de *Con el pucho*, la maltrecha relación entre la Chiqui y Baldini, rota luego de que ella se enterara de que él mantenía escondida una carta de Fernando, su suicida ex-compañero, se reestablece, mientras que Ramiro se empareja con la que fuera la novia de un suicida anónimo luego de revelarle los pormenores de su nota suicida. Así pues, estos suicidios han dejado vacíos en la estructura de la pareja que los dos coleccionistas, en su papel de poseedores y controladores del secreto, han pasado a llenar. El baúl en que Baldini guarda la colección de notas suicidas, por lo tanto, termina revelándose no únicamente como fosa, carnero o archivo necrológico del cual se nutre la novela para armar sus relatos; es además la fuente de conocimiento e información que termina siendo instrumental para la reorganización social del microcosmos representado por el bar El Suave, que a pesar de las notables ausencias, se mantiene básicamente inmodificado al terminar la novela. Los suicidios en este texto crean vacíos y generan historias y culpas (especialmente entre familiares y allegados), pero son sobre todo objetos de colección que pueden ser exhibidos e interpretados al arbitrio de quienes los poseen con el fin de (re)organizar las historias de los sujetos en vida y darles una orientación determinada. Con contadas excepciones, las vidas de los personajes de esta novela son sólo "efecto[s] de su[s] muerte[s], posibilidades perdidas y animadas por las interpretaciones de sus lectores" (Stark 20). Esto quedaba insinuado ya con el destino de la carta escrita por la Mona Martha Echeverría explicándoles la decisión de su suicidio a los contertulios del bar El Suave. Esta carta habría podido afectar de alguna u otra manera, incluso ínfima, la organización de la clase social de la que provenía, pero la decisión de Baldini de limitar su circulación clausura esa posibilidad.

Al final de *¡Que viva la música!*, por otra parte, encontramos a la protagonista ubicada en el lugar desde el cual narra, "[n]i al Norte ni al Sur" (*¡Que viva la música!* 179) pero inmersa en la música, ejerciendo la prostitución para mantenerse al margen de las actividades económicamente productivas y anunciando el fin de su búsqueda diciendo que "[l]e he cogido mi miedito a eso de estar buscando nuevos rumbos, cuando ritmo sólo hay uno, y es con Richie namá" (183). Expresando mediante este gesto su limitada pero convencida independencia social, sexual y económica y rechazando tanto las costumbres y expectativas de la clase social en que nació como las expresiones de violencia física que encontró en el "bárbaro" extremo Sur, su posición individual se ha fortalecido con respecto a las etapas anteriores de la novela. Los suicidios de Rubén y otros de los que la han acompañado en ese recorrido, pero especialmente el de Mariángela, han contribuido en la construcción de su postura final, consolidándose como formas de aprendizaje. Si Mariángela quiso, como sospecha la Mona, hacer un comentario o un ejemplo con su manera de morir, para esta última el ejemplo que quiere dar se basa en su forma de manejar la vida. Pero no debe olvidarse que a esta última estación del recorrido retrospectivo por el que nos lleva la narradora a los lectores le sigue en la novela el manifiesto en el que se incluyen las exhortaciones al suicidio que mencioné al principio de este ensayo. Está implícito en ese manifiesto, tanto por su contenido como por su ubicación en la novela, que para la Mona el ejemplo dado mediante la manera de vivir tiene que incluir también la manera de morir. Quizás habría sido la intención de Caicedo recalcar esa propuesta al momento de ingerir las sesenta pastillas de seconal aquel 4 de marzo de 1977. Si el suicidio de Mariángela fue necesario para que la Mona siguiera viviendo, quizás fuese necesario que esta siguiera viviendo, siempreviva, para que Andrés Caicedo pudiera morir.

Notas

1 Una versión anterior y abreviada de este texto fue presentada en el marco del XV Congreso de Colombianistas, Bogotá, agosto del 2007.

2 Valencia, quien se ha hecho conocer más como columnista y analista político para varios diarios y revistas colombianos, perteneció al comando central del ELN hasta su desmovilización en 1994.

3 Esta y las demás traducciones que aparecen en el ensayo son mías.

4 Margaret Higonnet, "Suicide: Representations of the Feminine in the Nineteenth Century", *Poetics Today* 6 (1985): 103-118. Citado en Higonnet, 229.

[5] Deleuze y Guattari, *Mil mesetas.* Citado en Sweeney-Turner, 193.
[6] Doubrovsky, citado en Laskar 417.

Bibliografía

Caicedo Estela, Andrés. "Hollywood desvestido". *Ojo al cine.* Luis Ospina y Sandro Romero Rey, eds. Santa Fe de Bogotá: Norma, 1999. 141-149.

_____ *¡Que viva la música!* 1977. Santafé de Bogotá: Plaza y Janés Editores, S.A, 1996.

Cismaru, Alfred y Theodore Klein. "The Concept of Suicide in Camus and Beckett". *Renascence* 28 (1976): 105-110.

Colombat, André Pierre. "November 4, 1995: Deleuze's Death as an Event". *Man and World* 29 (1996): 235-249.

Higonnet, Margaret. "Frames of Female Suicide". *Studies in the Novel* 32/2 (2000): 229-242.

James, William. "Is Life Worth Living?" *Pragmatism and Other Writings.* Giles Gunn, ed. New York: Penguin Books, 2000. 219-241.

Kushner, Howard I. *American Suicide: A Psychocultural Exploration.* 1989. New Brunswick: Rutgers UP, 1991.

Laskar, Benjamin. "Suicide and the Absurd: The Influence of Jean-Paul Sartre's and Albert Camus's Existentialism on Stephen R. Donaldson's *the Chronicles of Thomas Covenant the Unbeliever*". *Journal of the Fantastic in the Arts* 14/4 [56] (2004): 409-426.

Newton, Huey P. *Revolutionary Suicide.* New York: Harcourt Brace Jovanovich, 1973.

Oksala, Johanna. *Foucault on Freedom.* New York: Cambridge UP, 2005.

Pickens, Rupert T. y James D. Tedder. "Liberation in Suicide: Meursault in the Light of Dante". *The French Review* 41/4 (1968): 524-531.

Ryan, Katy. "Revolutionary Suicide in Toni Morrison's Fiction". *African American Review* 34/3 (2000): 389-412.

Stark, Jared. "Wharton's Suicides". *Edith Wharton Review* 18/2 (2002): 12-25.

Stoltzfus, Ben. "Camus and Hemingway: The Solidarity of Rebellion". *International Fiction Review* 30/1-2 (2003): 42-48.

Sweeney-Turner, Steve. "Suicide: Some Questions in Memoriam Gilles Deleuze". *Parallax: a Journal of Metadiscursive Theory and Cultural Practices* 2 (1996): 193-195.

Valencia, León. *Con el pucho de la vida.* Bogotá: Alfaguara, 2004.

Colaboradores

GUSTAVO ARANGO
SUNY Oneonta

Ha publicado, entre otros *Un tal Cortázar* (Medellín, Colombia: Facultad de Comunicación Social. UPB. Colección Mensajes No. 4, 1987); *Un ramo de nomeolvides: García Márquez en* El Universal (Cartagena: El Universal, 1995) y *La voz de las manos: crónicas sobre escritores latinoamericanos* (New Brunswick: El Pozo, 2001). Su novela *El origen del mundo* (inédita) fue finalista del Premio Herralde de Novela 2007. Actualmente trabaja en un libro de ensayos sobre la obra de Juan Carlos Onetti y en el rescate de la obra del novelista colombiano del siglo XIX, Felipe Pérez.

ADOLFO CAICEDO
Universidad de los Andes, Bogotá

Obtuvo la Beca de residencias artísticas México-Colombia, Mincultura Colombia y Conaculta México en el 2002. Sus estudios se han concentrado en las narrativas europeas y latinoamericanas. Entre sus publicaciones se encuentran *Ifigenia. Un mito entre Eurípides y Alfonso Reyes* (México, 1990) y *Soliloquio de la Inteligencia: la obra poética de Jorge Cuesta* (Inba-Leega. México, 1988). En proceso de edición: *Alfonso Reyes y escritores colombianos. Afinidades electivas* y *Modos del nuevo ensayo latinoamericano (Reyes, Paz, Cortázar, Borges y Lezama Lima).*

ROSARIO CAICEDO ESTELA

Nació en Cali, Colombia en 1950. Un año mayor que su hermano Andrés, los dos formaron una gran unión emocional desde sus primeros años. Posteriormente compartieron con gran intensidad el amor por la lectura, el teatro y el cine. Fue Rosario la que leyó por primera vez sus escritos, sus obras de teatro; y amando la brillantez precoz de su prosa, escrita a tan tierna edad, continuamente lo motivó a seguir escribiendo. Rosario se trasladó a vivir a los

Estados Unidos en 1972 y desde 1974 vive en New Haven, Connecticut donde se gana la vida como trabajadora social y trata de ir a cine todos los días.

Edwin Carvajal Córdoba
Universidad de Antioquia

Ha publicado recientemente: "El concepto de 'texto' de I. M. Lotman en el contexto de *Beltenebros*, de Antonio Muñoz Molina", en *Lingüística y Literatura* 41-42 (octubre 2006); "Los comportamientos del Campo Literario Nacional: Criterios de edición, divulgación y circulación de publicaciones financiadas por entidades públicas", en *Estudios de Literatura Colombiana* 22 (enero-junio 2008); "La nación colombiana y los procesos de modernización urbana en *Frutos de mi tierra* de Tomás Carrasquilla", en *Estudios de Literatura Colombiana* 23 (julio-diciembre 2008). Elabora actualmente una edición crítica de *Frutos de mi tierra.*

Rosana Díaz Zambrana
Rollins College

Ha publicado recientemente "Diferencias aterradoras: El discurso del miedo y la liminalidad vinculado a dos ejemplos de discapacidad", en *Atenea* 25/1 (2005); "Memoria, sentido trágico y el viaje de aniquilación en *Hotel Atlântico* de João Gilberto Noll", en *Romance Quarterly* 56/2 (Spring 2009); "La metáfora vacía: globalización y cultura en el filme *Se arrienda*, de Alberto Fuguet", en *Ogigia, Revista Electrónica de Estudios Hispánicos* 5 (2009). Actualmente está co-editando un libro titulado *El cine en el Caribe hispano.*

Juan R. Duchesne Winter
University of Pittsburgh

Ha publicado recientemente *Del príncipe moderno al señor barroco: república de la amistad en Paradiso, de José Lezama Lima* (Cali: Archivos del Índice, 2008); *'Equilibrio encimita del infierno': utopía del trance en Andrés Caicedo* (Cali: Archivos del Índice, 2007); próximamente: *Comunismo literario y teorías deseantes: inscripciones latinoamericanas* (La Paz: Plural, 2009). Investiga sobre la *guerrilla narrada* en América Latina.

Héctor Fernández L'Hoeste
Georgia State University

Ha publicado, entre otros, *Rockin' Las Americas: The Global Politics of Rock in Latin America*, como editor (University of Pittsburgh Press, 2004) y *Redrawing The Nation: Latin/o American Comics and The Graphic Construction of National Identities* (New York: Palgrave Macmillan, 2009). Compila un volumen crítico sobre la cumbia como producto transnacional.

Felipe Gómez Gutiérrez
Carnegie Mellon University

Entre sus publicaciones recientes figuran "Adelántate a la muerte, pídele una cita: la autodestrucción como estrategia en tres escritores de la contracultura latinoamericana", en Carmen Elisa Acosta et al. (eds.), *Literatura, prácticas críticas y transformación cultural: Jalla Bogotá. Tomo 2* (Bogotá: Universidad de los Andes • Pontificia Universidad Javeriana • Universidad Nacional de Colombia, 2008); "Caníbales por Cali van: Andrés Caicedo y el gótico tropical", en *IKALA: Revista de Lenguaje y Cultura* 11/17 (enero-diciembre 2007). Próximamente: (con Margarita De la Vega-Hurtado) "Documentary Third Cinema in Colombia; The Case of Luis Ospina", en Ekotto & Koch (eds.), *Rethinking Third Cinema.* En la actualidad prepara una colección de ensayos sobre la muerte en cine, música y literatura de México, Colombia y Argentina; además prepara una novela basada en la vida y obra de Caicedo y el Grupo de Cali.

Nelson Antonio Gómez Serrudo
Universidad Nacional Bogotá

Destacan, entre sus publicaciones, "La vida cotidiana y el juego en la formación ciudadana de los niños", en *Revista Humanista Universitas* 66 (julio-diciembre 2008); *Espacio Público y sociabilidad urbana: el caso de la implementación del proyecto Transmilenio en la troncal de la Caracas* (Bogotá: Fundación Universidad Autónoma de Colombia/Sistema Universitario de Investigaciones, 2008); "Espacio Público en Bogotá: Bitácora Urbano/Territorial", en *Revista del Instituto de Investigaciones Hábitat, Ciudad y Territorio* 11/1 (enero-diciembre 2007). En la actualidad conduce investigaciones sobre consumo y estilos de vida.

Camilo Hernández Castellanos

Realiza estudios doctorales en Princeton University, donde completa una disertación sobre "Los teatros de la muerte. Cadáveres y representación en la modernidad (Colombia y México 1930-1960)".

María del Pilar Melgarejo Acosta
University of Wisconsin-Milwaukee

Ha publicado recientemente: "Trazando las huellas del lenguaje político de La Regeneración: la nación colombiana y el problema de su heterogeneidad excepcional", en *Genealogías de la Colombianidad* (Bogotá: Instituto Pensar, Universidad Javeriana/CEJA, 2008); "Miles de indios infelices: José Asunción Silva and the Language of Regeneration", en Margaret Parker and Andrea E. Morris, eds., *Celebrations and Connections: Selected Proceedings from the 25th Anniversary Edition of the Louisiana Conference on Hispanic Languages and Literatures* (Cambridge: Cambridge Scholars Press, 2007); "El discurso de la lengua nacional en Freyre y Bello", en Joshua Lund y Malcolm McNee, eds., *Gilberto Freyre e os estudos latinoamericanos* (Pittsburgh: Instituto Internacional de Literatura Iberoamericana, 2006).

KARINA MILLER

California State University-San Marcos

Ha publicado "Canibalismo y Modernidad: la historia como plato principal". *Revista Iberoamericana* LXXII/215-216 (2006); "Uña y Carne. Historia de una Virilidad". *Revista Hispamérica* (abril 2000). Actualmente trabaja en el cruce entre política, ética y literatura en la narrativa latinoamericana.

LILIANA MORENO MUÑOZ

Universidad Santo Tomás Bogotá / Universidad Central

Ha publicado "Alejandra Pizarnik o la palabra deformada", en *Revista Internacional de Culturas y Literaturas* 5 (2006), así como poemas en antologías de su país. Trabaja en el tema del sujeto en la literatura.

CARLOS DANIEL ORTIZ CARABALLO

Universidad de los Andes

Ha publicado "La idealización del amor y la mujer en *La Vorágine*". *Espéculo. Revista de estudios literarios.* Universidad Complutense de Madrid. 2006; "El valor impresionístico de los sonidos en el poema "No dejes los espejos bocarriba", de John Jairo Junieles". *La casa del Asterión. Revista trimestral de estudios literarios* VII/28 (enero-febrero-marzo 2007). Estudia actualmente la narrativa de Efraín Reyes Medina y las configuraciones románticas de la narrativa colombiana de 2001.

SERGIO RAMÍREZ LAMUS

Independiente

Ha publicado *Espectros de 1948: Osorio Lizarazo, Gaitán y el 9 de abril* (Cali: Archivos del Índice, 2007) y *Anatomía del estatus: alegorías colombianas de la jactancia al grunge* (2000), entre otros libros y ensayos de crítica cultural. Prepara el libro *Nación semanaria y sofoco académico*, e investiga las imágenes del poder en la Colombia actual.

NORMAN VALENCIA

Realiza estudios doctorales en Yale University, donde completa una tesis sobre la figura del padre en la literatura latinoamericana del siglo veinte. Publicó el cuento "Dos lectores Bogotanos" en la antología *Bogotá por Bogotá* (Bogotá: Fondo de Promoción de la Cultura / British Council / UN Radio, 2007).

FELIPE VAN DER HUCK
Universidad ICESI-Cali

Sociólogo, egresado de la Facultad de Ciencias Sociales y Económicas, Universidad del Valle. Actualmente trabaja en el Instituto de Investigación y Desarrollo en Prevención de Violencia y Promoción de la Convivencia Social de la Universidad del Valle-Cisalva, y en el equipo de investigación sobre "Ética y política" de la Universidad ICESI. Ha publicado, entre otros, en colaboración con Rosa Emilia Bermúdez y Lelio Fernández, *Trabajo, identidad y carácter. Dilemas y conflictos de la reestructuración laboral* (Cali, Universidad Icesi, 2007). De próxima aparición: *Diez fragmentos sobre ciudad.* Actualmente investiga, en la Universidad Libre de Berlín, las relaciones entre literatura y ciencias sociales.

www.ingramcontent.com/pod-product-compliance
Lightning Source LLC
Chambersburg PA
CBHW071740110726
47908CB00006B/1649

* 9 7 8 1 9 3 0 7 4 4 3 8 7 *